BARBARA WOOD

BARBARA

WOOD

EL AMULETO

RBA

Título original: *Blessing Stone*

Pérez Galdós, 36. 08012 Barcelona

Diseño de la cubierta: Adland Comunicación

ISBN: 84-473-4115-1
Depósito legal: M-622-2006

Impresión y encuadernación:
Mateu Cromo Artes Gráficas, S.A.

Impreso en España – Printed in Spain

PRÓLOGO

Hace tres millones de años

La Piedra Bendita nació a innumerables años luz de la Tierra, más allá de las estrellas.

Surgió como consecuencia de una explosión de proporciones estelares que esparció fragmentos cósmicos a lo largo y ancho de todo el espacio. Cual navío reluciente, el ardiente pedazo de masa estelar navegó por el mar sideral, rugiendo y siseando en la noche tenebrosa mientras se dirigía hacia su destrucción inexorable en un planeta joven y salvaje.

Los mastodontes y los mamuts dejaron de pastar para contemplar el destello que surcó el cielo cuando el meteoro entró en la atmósfera y su contenido en hierro ardió en una cola centelleante. También presenció el catastrófico suceso una familia de homínidos asustados, menudas criaturas similares a los monos, aunque de frente menos prominente y andar erguido y bípedo. Sobresaltados, interrumpieron la búsqueda de alimento en los alrededores de un bosque primitivo, y al cabo de un instante perdieron la bipedestación recién adquirida cuando la onda de choque del impacto los derribó.

La colisión calentó la piedra de tal modo que se derritió y esparció fragmentos como si de lluvia se tratara. En esa fragua de Vulcano, el polvo de estrellas quedó licuado y se fusionó con elementos cristalinos en la tierra, como un abrazo entre el cuarzo autóctono y los microdiamantes cósmicos creado por la varita mágica de un alquimista. El cráter abierto por el impacto se enfrió de forma gradual y se llenó de agua pluvial. Durante dos millones de años, los ríos que descendían por las laderas de los volcanes cercanos alimentaron el lago del cráter, obstruyéndolo con sedimentos, cubriendo los fragmentos celestes con capas y más capas de arena. Por fin, un solevantamiento geológico desplazó la cuenca de drenaje del lago hacia el este, creando así un torrente que con su erosión abrió una garganta en la roca, una garganta que algún día, en un futuro aún muy lejano, recibiría el nombre de Olduvai en un continente llamado África. El lago acabó por secarse y los vientos barrieron las capas de sedimento hasta dejar de nuevo al descubierto los fragmentos del meteorito, pepitas duras y feas que brillaban escasas en la superficie. Pero una de ellas ofrecía un aspecto único, forjada tal vez por casualidad, suerte u obra del destino. Nacida de la violencia, se había convertido en una piedra lisa de forma ovalada tras milenios y milenios de estar sometida a los azotes y al pulimento de agua, arena y viento. Despedía un profundo fulgor azul, como el cielo que la había enviado. Los pájaros sobrevolaban el lugar, dejando caer semillas que se transformaban en frondosa vegetación, procurando así a la piedra un biombo protector para que solo algún rayo de sol ocasional arrancara destellos a su superficie y revelara su presencia.

Pasaron otros mil años, y mil más, mientras la piedra que algún día sería venerada como pieza mágica y aterradora, maldita y bendita a un tiempo, aguardaba…

LIBRO PRIMERO

ÁFRICA. HACE CIEN MIL AÑOS

La cazadora acechaba agazapada entre la hierba, las orejas pegadas al cráneo, el cuerpo tenso y listo para saltar.

A escasa distancia, varios humanos buscaban raíces y semillas, ajenos a los ojos ambarinos que los observaban. Pese a su corpulencia y el tamaño de sus músculos, la cazadora era un animal lento. A diferencia de sus competidores, los leones y leopardos, criaturas raudas que perseguían a sus presas, el felino de dentadura afilada se veía obligado a esperar y coger a su presa por sorpresa.

Por ello, permaneció inmóvil entre la hierba amarronada, observando y esperando mientras su presa se acercaba sin albergar sospecha alguna.

El sol continuó su ascensión por el cielo y en la llanura africana empezó a apretar el calor. Los humanos avanzaban en su interminable búsqueda de alimento, engullendo frutos y gusanos, llenando el aire con el crujido de la comida entre los dientes y algún que otro gruñido o palabra. El felino siguió observando. La paciencia era la clave.

Por fin, un niño que caminaba sobre piernas aún inseguras se alejó de su madre. El felino fue rápido y brutal. El pequeño profirió un grito agudo y la cazadora se alejó al trote con su presa entre las mortíferas mandíbulas. Los humanos se lanzaron sin demora en su persecución, gritando y blandiendo lanzas esmirriadas.

El felino desapareció entre la maleza enmarañada en dirección a su guarida mientras el niño se debatía frenético y chillaba entre los dientes cortantes. Temerosos de seguir al animal por aquel paraje más frondoso, los humanos empezaron a dar saltos, a golpear la tierra con garrotes toscos y a lanzar gritos al cielo, donde los buitres ya se congregaban con la esperanza de hacerse con algo de carroña. La madre del niño, una hembra joven a la que los demás llamaban Avispa, daba vueltas y más vueltas ante la abertura por la que había desaparecido el felino.

De repente, uno de los machos profirió un grito y les indicó por gestos que debían alejarse de allí al tiempo que un cuerpo salía despedido de entre la maleza espinosa. Avispa se negó a marcharse pese a los intentos de otras dos hembras para llevársela a rastras. Se arrojó al suelo y empezó a aullar como atormentada por un intenso dolor físico. Por fin, temerosos de que el felino regresara, sus compañeros la abandonaron y huyeron raudos a una arboleda próxima para trepar hasta la seguridad de sus ramas.

Ahí se quedaron hasta que el sol inició su ascenso hacia el horizonte y las sombras empezaron a alargarse. Ya no oían los lamentos de la madre. El silencio de la tarde solo había quedado quebrado en una ocasión por un grito agudo, seguido de la calma más absoluta. Con el estómago vacío e impelidos por una sed acuciante, bajaron de los árboles, echaron un breve vistazo al lugar ensangrentado donde habían visto a Avispa por última vez y acto seguido emprendieron camino hacia el oeste para seguir buscando comida.

El pequeño grupo de humanos caminaba erguido por la sabana africana, moviendo los largos miembros y los torsos esbeltos con gracia animal. Iban desnudos y no llevaban ornamento alguno, tan solo lanzas y hachas en las manos. Eran setenta y seis componentes de edades comprendidas entre la más tierna infancia y la ancianidad. Nueve de las hembras estaban embarazadas. Concentrada en la búsqueda infatigable de alimento, aquella familia de humanos primitivos ignoraba que cien mil años más tarde, en un mundo que no alcanzaban a imaginar, sus descendientes los denominarían *Homo sapiens*, «hombre sabio».

«Peligro.»

Espigada yacía inmóvil en el lecho que había compartido con Madre Anciana, los sentidos aguzados por los sonidos y los olores del alba; el humo de la hoguera; el aroma penetrante de la comida asada; el frío cortante; los pájaros en las ramas de los árboles, recién despertados, cantando y graznando en ruidosa cacofonía. Sin embargo, no percibía los rugidos del león, las risas de la hiena ni el siseo de la serpiente que solían anunciar el peligro.

Pese a ello, Espigada no se movió. Si bien tiritaba de frío y anhelaba entrar en calor junto a Madre Anciana, que estaría junto a las piedras de la hoguera, avivando las brasas, siguió tumbada. El peligro no había desaparecido; lo percibía con gran intensidad.

Muy despacio, alzó la cabeza y parpadeó varias veces para escudriñar el alba humeante. La familia estaba despertando. Oyó el ronco jadeo matinal de Raspa, llamado así porque en cierta ocasión había estado a punto de morir atragantado por culpa de una raspa. Fosa Nasal lo había salvado golpeándolo con fuerza entre los omóplatos hasta que la espina salió despedida por encima de la hoguera, pero Raspa no respiraba bien desde entonces. Ahí estaba Madre Anciana, arrojando hierba al débil fuego como de costumbre mientras Fosa Nasal, acuclillado junto a ella, se examinaba una fea mordedura de insecto en el escroto. Hacedora del Fuego amamantaba a su bebé. Hambriento y Bulto aún roncaban en sus jergones, y Escorpión orinaba contra un árbol. A la luz mortecina del amanecer se entreveía la silueta de León, que gruñía de placer sexual con Buscadora de Miel.

Todo parecía en orden.

Espigada se incorporó y se frotó los ojos. Durante la noche, el sueño de la familia se había visto perturbado por los chillidos frenéticos de uno de los hijos de Ratón, un niño que dormía demasiado cerca del fuego y al darse la vuelta se había quemado gravemente con las brasas ardientes. Era una lección que todos los niños aprendían. La propia Espigada lucía una cicatriz alargada en el muslo derecho por dormir demasiado cerca del fuego cuando era niña. A pesar de sus gemidos mientras su madre le aplicaba barro a la herida, el niño parecía encontrarse bien. Espigada observó a los demás integrantes de la familia, que se dirigían somnolientos y arrastrando los pies a beber en la charca. No advirtió en ellos indicio alguno de temor ni alarma.

Pero algo andaba mal. Aunque no veía, oía ni olía nada fuera de lo corriente, la joven hembra sabía con cada instinto de su cuerpo que en las proximidades del campamento acechaba el peligro. Sin embargo, Espigada carecía del intelecto necesario para comprenderlo y del lenguaje que se requería para transmitir sus temores a los otros. Mentalmente escuchaba el concepto de advertencia, pero si pronunciaba la palabra, los demás mirarían a su alrededor en busca de serpientes venenosas, perros salvajes o felinos de afilada dentadura. Al no ver a nadie, se preguntarían por qué Espigada los había alertado.

«No es una advertencia para hoy —le susurró aquella voz interior cuando por fin abandonó la seguridad de su lecho—, sino para mañana.»

Pero la joven hembra de aquella familia de humanos primitivos no tenía modo de expresar aquello, pues carecían del concepto de «futuro». El peligro «venidero» era una idea desconocida para aquellas criaturas, conscientes tan solo del peligro inmediato. Los humanos de la sabana vivían como los animales que los rodeaban, pastando y buscando comida y agua, huyendo de los predadores, satisfaciendo las necesidades sexuales, durmiendo cuando el sol alcanzaba el cenit y tenían el estómago lleno.

Cuando el sol empezó a elevarse en el cielo, la familia dejó la protección de las espadañas y los juncos para salir a la llanura abierta, sintiéndose más seguros ahora que el alba había acabado de disipar la noche y sus amenazas. Con el corazón atormentado por un temor sin nombre, Espigada se unió a los demás cuando se alejaban de la hoguera e iniciaban la búsqueda diaria de comida.

De vez en cuando se detenía para escudriñar los alrededores, con la esperanza de vislumbrar aquella amenaza que presentía con tal intensidad. Sin embargo, lo único que veía era un mar de color león marino, salpicado de árboles de follaje frondoso y peñascos que a lo lejos se convertían en colinas. Ningún predador seguía a los humanos impelidos por la sed, ninguna amenaza los acechaba desde el cielo todavía brumoso. Espigada vio manadas de antílopes pastando, jirafas estirando el cuello para mordisquear las hojas de los árboles, cebras agitando el rabo. Nada extraño ni nuevo.

Solo la montaña que se alzaba en el horizonte. Días atrás estaba dormida, pero aquel día escupía humo y ceniza al cielo. Eso sí era una novedad.

No obstante, los humanos hicieron caso omiso de ello. Fosa Nasal cazó un saltamontes y se lo metió en la boca. Buscadora de Miel arrancó un puñado de flores para comprobar si las raíces eran comestibles. Hambriento observó el cielo lleno de humo en busca de buitres que indicaran la presencia de algún cadáver y, por tanto, de carne. Ajenos a la amenaza que entrañaba el volcán, los humanos continuaron con su búsqueda incansable, caminando descalzos sobre la tierra roja y la hierba espinosa, deambulando por un mundo hecho de lagos y marismas, bosques y praderas, habitado por cocodrilos, rinocerontes, mandriles, elefantes, jirafas, liebres, escarabajos, antílopes, buitres y serpientes.

La familia de Espigada rara vez se cruzaba con otros miembros de su especie, si bien en ocasiones intuían la presencia de humanos más allá de los límites de su territorio. Habría resultado difícil aventurarse fuera de su tierra, pues se enfrentaban a complicadas barreras, como un barranco en un lado, un río ancho y profundo en el otro y una marisma impracticable en el tercero. Entre aquellas fronteras, la familia de Espigada, guiándose por el instinto y la memoria, había vagado y sobrevivido durante generaciones.

La familia viajaba en formación apretada, manteniendo a los ancianos y a las hembras con hijos en el centro protegido, mientras los machos caminaban en la periferia con garrotes y hachas, siempre ojo avizor a la presencia de predadores. Los predadores siempre atacaban a los débiles, y aquel grupo de humanos era débil, sin lugar a dudas, pues no tenían agua desde el día anterior. Avanzaban despacio bajo el sol cada vez más alto, los labios y la boca resecos mientras soñaban con un río donde encontrarían tubérculos, huevos de tortuga y terrones de vegetación comestible, o tal vez un sabroso flamenco, raro manjar que a veces quedaba atrapado entre los tallos de papiro. Los integrantes de la familia se llamaban León, Bulto, Hambriento, Nariz Grande, Tuerto, Bebé, Buscadora de Miel, Espigada y Madre Anciana, que caminaba con cierta dificultad junto a Espigada, colgada de su brazo para conservar el equilibrio… Sus nombres cambiaban con las circunstancias, pues los nombres no eran más que mecanismos de comunicación que permitían a los miembros de la familia llamarse entre sí o bien hablar los unos de los otros. Buscadora de Miel recibió su nombre el día en que encontró un panal, brindando así a la familia la posibilidad de probar un poco de azúcar por primera vez en más de un año. Bulto fue bautizado así el día en que trepó a un árbol para escapar de las garras de un leopardo y luego cayó al suelo y se propinó un golpe en la cabeza que le dejó un chichón permanente. Tuerto perdió el ojo derecho cuando él y León intentaban ahuyentar una bandada de buitres que devoraban un rinoceronte muerto, y una de las aves se resistió. A Rana se le daba bien cazar ranas distrayendo a su presa con una mano y agarrándola con la otra. Espigada se llamaba así porque era la hembra más alta de la familia.

Los humanos vivían movidos por impulsos, instintos e intuiciones animales. Pocos de ellos se detenían a pensar, y puesto que carecían de pensamientos, también carecían de preguntas, y por tanto no les hacía falta hallar respuestas. No se preguntaban nada ni cuestionaban nada. Su mundo se componía tan solo de lo que veían, oían, olían, tocaban y saboreaban. Nada era secreto ni desconocido. Un tigre de dientes de sable era un tigre de dientes de sable, es decir, un predador en vida y una fuente de alimento después de muerto. Por esa razón, los humanos no eran supersticiosos ni se habían forjado aún los conceptos de magia, espíritus o poderes invisibles. No buscaban explicación al viento porque no se les ocurría hacerlo. Cuando Hacedora del Fuego se sentaba a encender el fuego, no le preocupaba de dónde venían las chispas ni por qué se le había ocurrido mil años antes a un predecesor intentar hacer fuego. Sencillamente, había aprendido a hacerlo observando a su madre, quien a su vez lo había aprendido observando a la suya. Era alimento cualquier cosa que encontraban, y puesto que su capacidad de habla y sus habilidades sociales eran limitadas, la caza se restringía a las piezas más pequeñas, como lagartijas, pájaros, peces y conejos. La familia de Espigada desconocía quién o qué era, así como el hecho de que acababan de atravesar un largo proceso evolutivo que significaba que tanto ellos como sus descendientes no cambiarían físicamente durante los siguientes cien mil años.

Asimismo, ignoraban que, con Espigada y el nuevo peligro que intuía, estaba a punto de dar comienzo un segundo proceso evolutivo.

Mientras buscaba plantas e insectos comestibles, una visión atormentaba a Espigada: la de la charca de la que habían bebido al amanecer. Para trastorno de la familia, durante la noche la superficie se había cubierto tanto de hollín volcánico y ceniza que el agua se había tornado imbebible. La sed los había empujado a ponerse en marcha cuando en circunstancias normales se habrían quedado para comer, y seguía impulsándolos en esos momentos hacia el oeste mientras seguían tenazmente a León, que conocía la ubicación de la siguiente fuente de agua dulce. Avanzaban con la cabeza erguida por encima de las hierbas altas para poder ver las manadas de ñus que también buscaban agua. El cielo había adquirido un matiz extraño y el aire despedía un olor acre y penetrante. Justo delante de ellos, en el horizonte, la montaña escupía humo con una fuerza sin precedentes.

Con la mente torturada por un rompecabezas inusual en ella, Espigada también se sentía atormentada por un recuerdo, el terror que había experimentado dos noches antes...

La noche nunca era silenciosa en la llanura africana, pues los leones rugían tras cazar a sus presas y las hienas emitían sus chillidos estridentes para avisar a sus compañeras de la presencia de comida. Los humanos que se cobijaban en las márgenes del bosque dormían inquietos pese a las hogueras que mantenían encendidas para protegerse de la oscuridad, no pasar frío y ahuyentar a las bestias. Pero dos noches antes, la situación había cambiado. Aun habituados a una vida plagada de peligros, los humanos habían sentido un miedo aún mayor que los había mantenido despiertos y con el corazón desbocado. Algo extraño y terrible ocurría en el mundo que los rodeaba, y al carecer de las palabras adecuadas para explicar las nuevas calamidades, de pensamientos coherentes en su mente primitiva para hallar la razón y en ella el consuelo, tan solo podían recurrir a apretujarse a merced del terror más puro e irracional.

No sabían que los terremotos habían asolado aquellos parajes muchas veces en el pasado, ni que la montaña que se erguía en el horizonte llevaba milenios arrojando lava al cielo para luego permanecer dormida durante largo tiempo, como había sucedido los últimos cien años. Pero ahora había cobrado vida, y en la parte superior de su cono se veía un aterrador fulgor rojo que teñía el cielo nocturno, hacía temblar la tierra y rugía como una bestia.

Sin embargo, solo Espigada recordaba el terror mientras los demás escudriñaban la tierra y la vegetación en busca de termiteros, plantas cargadas de vainas y parras portadoras de bayas amargas.

Cuando Tuerto propinó un puntapié para dejar al descubierto un montón de gusanos temblorosos, los humanos se abalanzaron sobre el festín, embutiéndose las larvas en la boca. La comida no se compartía; los más fuertes comían, mientras que los más débiles morían de hambre. León, el macho dominante del grupo, se abría paso a codazos para hacerse con grandes puñados de bichos blancos.

Cuando era más joven, León se había topado con el cadáver fresco de una vieja leona y pudo desollarlo antes de que los buitres se lanzaran sobre él. Se había echado la piel ensangrentada sobre los hombros y la espalda, permitiendo que se ajustara a su cuerpo mientras los gusanos daban buena cuenta de ella, hasta que por fin se secó. Llevaba años sin quitársela, por lo que el cuero tieso formaba parte integrante de él; el cabello le crecía como una prolongación de la piel, que crujía cuando León se movía.

León no había sido elegido jefe de la familia; no había habido consenso ni votación. Sencillamente, un día decidió que lideraría el grupo, y los demás se habían limitado a seguirle. La compañera ocasional de León, Buscadora de Miel, era la hembra dominante gracias a su corpulencia, su fuerza y su personalidad agresiva y codiciosa. A la hora de comer, apartaba a empellones a las hembras más débiles a fin de conseguir comida para sus hijos, arrebatándosela a las demás y engullendo más de lo que le correspondía. León y Buscadora de Miel emplearon ambas manos para recoger los gusanos gordos y blanquecinos de entre la madera podrida y embutírselos en la boca. Una vez quedaron saciados y Buscadora de Miel se cercioró de que sus cinco vástagos habían comido, ambos se apartaron para que los miembros más débiles de la familia pudieran hacerse con los últimos gusanos somnolientos.

Espigada masticó un puñado de ellos y escupió la papilla resultante en la palma de su mano. A continuación, se la alargó a la desdentada Madre Anciana, quien lamió agradecida la pulpa masticada.

Una vez engullidos los gusanos, los humanos se sentaron a descansar bajo el sol de mediodía. Los machos más fuertes montaron guardia para detectar la presencia de predadores mientras los demás se dedicaban a las actividades cotidianas, consistentes en amamantar a los bebés, asearse, dormir la siesta y satisfacer las necesidades sexuales. Las copulaciones solían ser breves y quedar olvidadas al poco, incluso en aquellas parejas que compartían un vínculo afectivo temporal. No existían las relaciones a largo plazo, y la satisfacción de las necesidades sexuales tenía lugar de forma arbitraria y casual. Escorpión empezó a olisquear a las hembras, sin saber que buscaba el olor de medio ciclo que indicaba la fase fértil de la mujer. En ocasiones era la mujer quien buscaba al macho, como Bebé en aquel instante, que instintivamente buscaba hambrienta una cópula rápida con un macho. Puesto que Escorpión ya estaba ocupado con Ratón, Bebé eligió a Hambriento y, aunque no muy interesado al principio, lo excitó y muy contenta se sentó a horcajadas sobre él.

Así pues, mientras la familia cubría sus necesidades y, en la distancia, la montaña seguía escupiendo fuego y gas, Espigada permanecía ojo avizor con la esperanza de atisbar la sombra o las orejas del nuevo peligro que los acechaba. Pero no vio nada.

Caminaron durante toda la tarde con la boca reseca. Los niños lloraban de sed, y las madres intentaban consolarlos mientras los machos se alejaban de vez en cuando del grupo, protegiéndose los ojos para escudriñar la llanura en busca de algún río o laguna. Siguieron las huellas de antílopes y ñus, esperando que las manadas los condujeran hasta el agua. Se fijaron en el vuelo de los pájaros, sobre todo de las aves acuáticas, como las garzas reales, las cigüeñas y los ibis. Asimismo, buscaron rastros de elefantes, porque eran las bestias que más tiempo pasaban en las charcas, revolcándose en el barro para refrescarse la piel reseca por el sol o bien sumergiéndose casi del todo en el agua, dejando fuera tan solo la punta de la trompa para poder respirar. Sin embargo, los humanos no vieron antílopes, cigüeñas ni elefantes que pudieran conducirlos hasta la fuente de agua más próxima.

Al llegar junto a la osamenta de una cebra, experimentaron una breve alegría, pero al ver que los huesos ya estaban abiertos y desprovistos de médula, su decepción fue intensa. No les hizo falta examinar las huellas que rodeaban el cadáver para saber que las hienas se les habían adelantado.

Siguieron adelante. En las inmediaciones de un promontorio cubierto de hierba, León detuvo al grupo y lo acalló con un gesto. Todos aguzaron el oído y la brisa les llevó el ronroneo característico que emiten los leopardos cuando se comunican con sus crías. Con gran cuidado, los humanos dieron media vuelta y se mantuvieron de espaldas al viento para que los felinos no percibieran su olor.

Mientras las hembras y los niños recogían cuantas plantas e insectos comestibles encontraban a su paso, los machos, armados con sus lanzas de punta de madera, aguardaban la llegada de posibles presas. Si bien desconocían el arte de la caza organizada, sí sabían que una jirafa era más vulnerable cuando estaba bebiendo, pues se veía obligada a separar las patas para alcanzar el agua, y en esa posición era un objetivo fácil para los humanos, que la atacaban a toda prisa con sus palos afilados.

De repente, Fosa Nasal profirió una exclamación de júbilo al tiempo que hincaba una rodilla en la tierra y señalaba el rastro de un chacal. Los humanos sabían que los chacales enterraban sus presas y volvían más tarde para comérselas. Sin embargo, por mucho que escarbaron frenéticamente, no hallaron ningún animal enterrado en las inmediaciones.

Siguieron adelante sudorosos, hambrientos y sedientos, hasta que, por fin, León lanzó un grito para indicar que había encontrado agua. Todos echaron a correr y Espigada rodeó a Madre Anciana con el brazo para que no quedara rezagada.

León no siempre había sido el jefe de la familia. Antes de él, un macho llamado Río era el macho dominante, se apropiaba de los mejores bocados, monopolizaba a las hembras y decidía dónde dormiría la familia cada noche. Río recibió su nombre tras una peligrosa experiencia con una riada. La familia había logrado ponerse a salvo, pero Río quedó atrapado. Lo había salvado un árbol arrancado que flotaba en la corriente y lo depositó en un banco de arena días más tarde, magullado y exhausto, pero con vida. La familia le había puesto el nombre del nuevo río que ahora fluía por su territorio y, durante un tiempo, Río gozó de la supremacía en el grupo, hasta que León compitió con él por una hembra y venció.

Fue una lucha mortífera a golpes de garrote que los demás miembros de la familia presenciaron entre gritos. Cuando por fin Río huyó ensangrentado, León agitó los puños en el aire y de inmediato procedió a montar a Buscadora de Miel con gran vigor. Nadie volvió a tener noticias de Río.

A partir de entonces, la familia siguió a León obedientemente y sin preguntas. Su tosca sociedad no era igualitaria por la sencilla razón de que los integrantes de la familia no eran capaces de pensar por sí mismos. Al igual que las manadas de animales que pastaban a su alrededor en la sabana o sus primos, los simios que vivían en los lejanos bosques húmedos, el grupo necesitaba un líder para sobrevivir. Siempre había uno que se imponía a los demás, bien por su fuerza física, bien por su superioridad mental. No siempre se trataba de un macho, no obstante. Antes de que Río asumiera el liderazgo, una hembra de gran fuerza, llamada Hiena porque reía como dicho animal, había guiado a la familia en su sempiterno e invariable ciclo de búsqueda y recolección de alimento. Hiena recordaba los límites del territorio, conocía el paradero de las mejores fuentes de agua y de las bayas, y sabía qué estaciones traían nueces y semillas. La noche en que se separó de los demás y, por aquellas ironías del destino, fue descuartizada por una manada de hienas, la familia vagó sin rumbo hasta que una riada convirtió a Río en su nuevo jefe.

León los condujo hasta la fuente de agua dulce que recordaba de hacía cuatro estaciones, un pozo artesiano bien resguardado bajo un saliente rocoso. Los humanos se abalanzaron sobre él y bebieron ansiosos hasta quedar saciados. Pero al terminar miraron a su alrededor y no hallaron alimento alguno. Ningún banco de arena donde escarbar en busca de huevos de tortuga o crustáceos de agua dulce, ni flores de raíces tiernas, ni vegetación de sabrosas semillas. León recorrió el lugar con una mirada disgustada, pues sin duda el lugar debía de haber estado cubierto de hierba en tiempos, y por fin indicó a los demás con un gruñido que debían seguir su camino.

Espigada se detuvo para examinar el agua de la que acababan de beber. Observó la superficie transparente, a continuación alzó la mirada hacia el cielo humeante y de nuevo la bajó hacia el agua, escudriñando de paso el saliente rocoso. Frunció el ceño; al amanecer, la charca de la que habían intentado beber había quedado inutilizada, mientras que esta era dulce y cristalina. Su mente pugnó por establecer la conexión. El cielo impregnado de hollín, el saliente rocoso, el agua clara…

Y por fin logró formar un pensamiento: «Esta agua estaba protegida».

Siguió con la mirada a la familia, que empezaba a alejarse. León encabezaba la procesión con su espalda velluda y cubierta por el sempiterno pellejo, a su lado Buscadora de Miel con un bebé en brazos, un niño pequeño sobre los hombros y otro algo mayor aferrado a su mano libre. Caminaban arrastrando los pies, la sed olvidada entre punzadas de hambre. Espigada se sintió tentada de indicarles que volvieran para avisarlos. Pero no sabía de qué debía avisarlos. Guardaba relación con aquel peligro nuevo y sin nombre que llevaba intuyendo todo el día. Ahora sabía que, de algún modo, el peligro tenía que ver con el agua, con la charca cubierta de hollín de aquella mañana, con el pozo artesiano de agua cristalina del que acababan de beber, con el lago, situado algo más lejos en el ancestral camino, hacia el que León los conduciría a continuación.

En aquel instante sintió que alguien le tiraba del brazo. Era Madre Anciana, el rostro pequeño y marchito vuelto hacia Espigada con una expresión preocupada. No debían quedar rezagadas.

Cuando la familia llegó junto a un baobab cargado de fruta, todos los que podían blandir un palo golpearon las ramas para hacer caer las vainas carnosas. Los miembros de la familia se dieron un festín allí mismo, sentados o en cuclillas, algunos incluso de pie a fin de poder detectar a tiempo la presencia de predadores mientras comían. Al acabar, dormitaron bajo la amplia copa del árbol, sintiendo el calor de la tarde en la carne y los huesos. Las madres amamantaron a sus bebés mientras los hermanos se revolcaban en la tierra. Tuerto tenía ganas de copular, de modo que observó a Bebé mientras revolvía las vainas vacías en busca de alguna aún llena, y cuando le hizo cosquillas y empezó a acariciarla, la hembra se echó a reír, se puso a gatas y permitió que Tuerto la penetrara. Buscadora de Miel se puso a arrancar piojos de la melena enmarañada de León, Madre Anciana aplicó saliva a la quemadura del niño y Espigada, apoyada contra un árbol con expresión sombría, mantenía la vista clavada en la furiosa montaña del horizonte.

Después de la siesta se levantaron y, de nuevo impulsados por el hambre, reemprendieron viaje hacia el oeste. Al caer la tarde, la familia llegó a un ancho río donde una manada de elefantes vadeaba y escupía agua con las trompas. Los humanos se acercaron a la orilla con cautela en busca de cualquier cosa que se asemejara a un tronco flotante, pues serían cocodrilos, que nadaban en el agua manteniendo tan solo los ojos, las fosas nasales y la mínima curva del lomo sobre la superficie. Si bien los cocodrilos solían cazar de noche, los humanos sabían que también podían atacar durante el día si percibían la presencia de una presa fácil. En más de una ocasión, los humanos habían visto a uno de los suyos arrancado de la orilla y arrastrado bajo el agua en un abrir y cerrar de ojos. En un principio quedaron trastornados al comprobar que la lenta corriente del río estaba cubierta de hollín y ceniza, pero al poco vieron gran abundancia de aves en las orillas, chorlitos e ibis, gansos y andarríos, que prometían nidos llenos de huevos. Puesto que el sol ya se aproximaba al horizonte y las sombras empezaban a alargarse, decidieron pasar la noche allí.

Mientras algunas de las hembras y los niños recogían hierbas y hojas flexibles para hacer los jergones, Madre Anciana, Espigada y otras hembras se dedicaron a escarbar en las márgenes arenosas del agua en busca de mariscos. Rana y sus hermanos buscaban ranas toro, que durante la estación seca yacían en letargo en madrigueras subterráneas y no salían hasta que las primeras gotas de lluvia de la estación húmeda ablandaban la tierra. Puesto que llevaba varias semanas sin llover, los muchachos auguraban una buena caza. Hacedora del Fuego encargó a sus hijos recoger los excrementos de cualquier manada que hubiera pastado en la zona recientemente y acto seguido empezó a frotar sus piedras, ayudándose de ramitas secas para encender el fuego. Una vez agregados los excrementos de ñus y cebras, el fuego empezó a arder con más fuerza, y los machos colocaron antorchas confeccionadas con ramas de árbol y resina en el perímetro del campamento para mantener alejados a los predadores. La búsqueda también proporcionó hojas de achicoria, tubérculos de cebolleta y el cadáver aún no descompuesto de una rolliza mangosta. Los humanos comieron con ansia, devorándolo todo sin guardar una sola semilla ni un solo huevo para el hambre del día siguiente.

Al terminar se apretujaron para protegerse del frío de la noche en un recinto natural cuyos límites estaban formados por arbustos espinosos y ramas de acacia. Los machos se congregaron a un lado de la hoguera, mientras las hembras y los niños se agolpaban al otro. Había llegado la hora del aseo, un ritual nocturno impulsado por la necesidad primitiva de compañerismo y contacto físico, que de un modo muy sutil determinaba el tosco orden social existente entre ellos.

Empleando un afilado sílex que Hambriento le había confeccionado de cuarzo, Bebé cortó el cabello a sus hijos, ya que el cabello sin cortar acababa llegando a la cintura y convirtiéndose en un peligro. Bebé era buena prueba de ello. De pequeña había escapado de su madre porque detestaba que le cortaran el cabello, de modo que le había crecido hasta la cintura, transformándose en una melena grasienta y tiesa que un día se enredó en un zarzal, donde quedó atrapada. Cuando la familia consiguió por fin liberar a la histérica Bebé, varios pedazos de cuero cabelludo ya se le habían desprendido por el forcejeo, y la cabeza le sangraba con profusión. Fue así como recibió su nombre, pues pasó varios días llorando sin cesar. Bebé tenía varias clapas en la cabeza y el resto del cabello le crecía en mechones irregulares y salvajes.

Otras hembras examinaban el cabello de sus hijos en busca de piojos que aplastaban entre los dientes, y cubrían a sus pequeños y a otras hembras con barro traído del río. Sus risas se elevaban hacia el cielo como las chispas de la hoguera, junto con alguna que otra exclamación o advertencia. Si bien todas las hembras estaban ocupadas en sus tareas, no perdían de vista a Yerma, llamada así porque no tenía hijos, que seguía a Comadreja, que estaba preñada, a todas partes. Todo el mundo recordaba el día en que Bebé había dado a luz a su quinto retoño y Yerma se lo había arrebatado, placenta incluida, para salir corriendo con él. Todos los integrantes de la familia la habían perseguido hasta darle alcance, y el bebé había muerto en la refriega durante la cual las mujeres estuvieron a punto de matar a Yerma a golpes. Desde entonces, Yerma seguía a la familia cuando esta buscaba comida y dormía lejos de la hoguera, como una sombra en los límites del campamento. Sin embargo, en los últimos tiempos se había tornado más osada y empezaba a seguir a Comadreja a todas partes. Comadreja estaba asustada, pues había perdido a sus tres vástagos anteriores por causa de una mordedura de serpiente, una caída por un barranco y un leopardo que cierta noche había atravesado el perímetro del campamento y se había llevado al tercer niño.

Al otro lado de la hoguera principal se sentaban los machos. Una vez un macho joven se hacía demasiado mayor para quedarse con las hembras y los niños, pasaba a sentarse con los machos adultos para observar e imitar los movimientos de las manos callosas y surcadas de cicatrices que confeccionaban herramientas de sílex y afilaban palos hasta transformarlos en lanzas rudimentarias. Los machos jóvenes, libres ya del dominio de sus madres, aprendían a comportarse como machos adultos, a convertir la madera en armas y la piedra en utensilios, a identificar los rastros de animales, a oler la presencia de una presa... Asimismo, aprendían los escasos sonidos y palabras que los machos empleaban para comunicarse y, al igual que las hembras, se aseaban unos a otros, arrancando bichos vivos de las melenas enmarañadas y cubriéndose los cuerpos de barro. El barro, que los protegía del calor, las picaduras de insectos y las plantas venenosas, debía aplicarse a diario y era una parte importante del ritual nocturno. Los machos jóvenes competían por el honor que representaba asear a León y a los machos de más edad.

Caracol, así llamado por su lentitud, protestaba porque lo obligaban a montar guardia. Tras un intercambio de gritos y puñetazos enojados, León zanjó la disputa golpeando a Caracol en la cabeza con una lanza. El hombre vencido se dirigió hacia su puesto a regañadientes mientras se enjugaba la sangre que le manchaba el rostro. El viejo Escorpión se frotaba el brazo y la pierna izquierdos, que por alguna extraña razón sentía cada vez más entumecidos, mientras Bulto intentaba rascarse un punto al que no llegaba y acababa por frotarse contra el tronco rugoso de un árbol cercano hasta sangrar. De vez en cuando miraban a las ocupadas hembras, criaturas a las que los hombres veneraban de forma inconsciente porque solo ellas creaban nueva vida, mientras que los hombres desconocían el papel que desempeñaban en el proceso. Las hembras eran seres imprevisibles. Una hembra a la que no interesaba la copulación podía convertirse en una bestia si se la forzaba. El pobre Labio, al que antes todos llamaban Nariz de Pájaro, había sido rebautizado tras un encontronazo con Espigada. Cuando intentó penetrarla en contra de su voluntad, la hembra se resistió y le arrancó parte del labio inferior de un mordisco. La herida sangró durante varios días, luego segregó pus y cuando por fin sanó, dejó una hendidura fruncida que dejaba al descubierto la parte inferior de su dentadura. A partir de entonces, Labio dejó en paz a Espigada, al igual que casi todos los demás machos. Los pocos que habían intentado montarla decidieron tras una agotadora lucha que no merecía la pena, pues la familia estaba llena de hembras complacientes.

Rana estaba sentado solo con expresión huraña. Durante todo aquel año, él y una joven hembra, llamada Devoradora de Hormigas a causa de su pasión por las hormigas de miel, habían gozado de un vínculo especial, como Bebé y Tuerto, que en aquel instante se abrazaban y acariciaban en plena copulación. Sin embargo, Devoradora de Hormigas estaba preñada y no quería saber nada de él, de modo que respondía a todos sus avances con bofetones y siseos furiosos. No era la primera vez que Rana veía aquella reacción. En cuanto una hembra daba a luz, prefería la compañía de las otras hembras con hijos. Juntas reían y charlaban mientras amamantaban a los bebés y vigilaban a sus hermanos mayores. Los machos rechazados quedaban entonces relegados a la solitaria tarea de la confección de herramientas y armas.

El vínculo entre madre e hijo era el único afecto real que conocía la familia. Cuando un macho y una hembra se apareaban, el lazo no solía durar, pues la relación atravesaba un período inicial de pasión ardiente que no tardaba en extinguirse. Escorpión, amigo de Rana, se acuclilló junto a él y le dio una palmadita en el hombro con ademán comprensivo. También él había gozado de una relación especial con una hembra hasta que esta tuvo un bebé y ya no quiso saber nada más de él. Por supuesto, algunas hembras, como Buscadora de Miel, reservaban su afecto a un solo macho, sobre todo cuando este toleraba a sus retoños, como era el caso de León. Sin embargo, Escorpión y Rana no tenían paciencia con los bebés de las hembras y por tanto preferían la compañía de hembras sin hijos.

Rana sintió que se apoderaba de él una oleada de calor. Lanzó una mirada envidiosa a Tuerto y Bebé, que se acariciaban y aseaban cariñosamente. Tuerto satisfacía sus necesidades sexuales cuando le venía en gana, pues Bebé siempre estaba dispuesta a complacerlo. En aquellos momentos formaban la única pareja estable de la familia. Incluso dormían juntos y se mostraban afecto mutuo. Además, Tuerto toleraba a los hijos de Bebé, algo a lo que pocos machos estaban dispuestos.

Rana decidió interesar a algunas de las hembras mostrándoles su erección y lanzándoles miradas esperanzadas, pero ellas hicieron caso omiso de él o bien lo apartaron a empujones, de modo que el macho rechazado volvió junto a la hoguera y removió las brasas. Para su deleite, encontró una cebolla en la que nadie había reparado, algo carbonizada, pero aún comestible. Se la llevó a Hacedora del Fuego, quien de inmediato se puso a gatas y se apoyó con una mano en el suelo mientras con la otra daba buena cuenta de la cebolla. Rana no tardó mucho en quedar satisfecho, y al poco regresó a su jergón para dormir.

Cuando León terminó de comer, se volvió para mirar a Madre Anciana, que chupaba una raíz. León y Madre Anciana habían nacido de la misma hembra, bebido de los mismos pechos y jugado juntos de niños. León había quedado muy impresionado al ver que Madre Anciana paría doce retoños. Pero Madre Anciana estaba cada vez más débil, y León albergaba la vaga idea de que darle comida era un desperdicio. Sin darle tiempo a reaccionar, pasó junto a ella, le arrebató la raíz y se la metió en la boca.

Al percatarse de lo sucedido, Espigada se acercó a la trastornada Madre Anciana e intentó consolarla con murmullos mientras le acariciaba el cabello. Madre Anciana era el miembro más viejo de la familia, aunque nadie conocía su edad exacta, pues no dividían el tiempo en años ni estaciones. De haber contado, habrían descubierto que había alcanzado la avanzada edad de cincuenta y cinco años, mientras que Espigada había vivido quince veranos y sabía vagamente que era hija de una hembra a la que había parido Madre Anciana.

Mientras observaba a León rodear la hoguera y acomodarse en su jergón, Espigada experimentó una oleada de temor desconocido, un temor relacionado con Madre Anciana y su indefensión. De pronto acudió a su mente un recuerdo lejano. Su madre se había roto una pierna, y la familia la abandonó al ver que ya no podía caminar, una figura solitaria sentada con la espalda apoyada contra un árbol, siguiendo a la familia con la mirada. El grupo no podía hacerse cargo de una madre débil, pues los predadores siempre acechaban entre la maleza. Al cabo de un tiempo, al pasar de nuevo por aquel lugar, la familia no halló rastro de la madre de Espigada.

Por fin, todo el mundo se dispuso a dormir, las madres y sus hijos acurrucados juntos en sus jergones, los machos al otro lado de la hoguera, buscando los lugares más cómodos, tumbados espalda contra espalda para no pasar frío, agitándose al escuchar los gruñidos y ladridos que poblaban la oscuridad. Incapaz de conciliar el sueño, Espigada se levantó del jergón que compartía con Madre Anciana y se dirigió a la orilla del agua. A poca distancia vio que una pequeña manada de elefantes, todos ellos hembras con sus crías, dormía en la postura característica de aquellos animales, apoyados contra un árbol o unos contra otros. Al llegar a la ribera contempló la superficie del agua, cubierta por una gruesa capa de ceniza volcánica. Luego volvió los ojos a las estrellas, cada vez menos visibles a causa del humo, y una vez más intentó interpretar el tumulto que atormentaba su mente.

Guardaba relación con el nuevo peligro.

Miró por encima del hombro el campamento, donde setenta y tantos humanos se disponían a dormir. Algunos ronquidos ya llenaban la noche, acompañados de rugidos y suspiros nocturnos. Reconoció los gemidos y jadeos de una pareja en plena copulación. Un bebé empezó a berrear, pero su madre no tardó en acallarlo. El eructo inconfundible de Fosa Nasal. Los ruidosos bostezos de los machos que vigilaban el perímetro del campamento con lanzas y antorchas para proteger a la familia durante la noche. Parecían despreocupados, pues para ellos la vida transcurría como siempre. Pero Espigada estaba inquieta; solo ella percibía que algo andaba mal en el mundo.

Pero ¿en qué sentido? León conducía a la familia a todos los lugares ancestrales por donde habían pasado durante generaciones. Encontraban la comida que siempre habían encontrado, incluso el agua en los sitios donde la habían dejado, aunque ahora cubierta de ceniza. La invariabilidad proporcionaba seguridad y garantizaba la supervivencia. El cambio asustaba a la familia; de hecho, el concepto de cambio jamás surcaba sus mentes.

Pero en esos momentos empezaba a hacerlo, al menos en el caso de una de sus integrantes.

Los ojos castaño oscuro de Espigada recorrieron la noche, alerta a cualquier movimiento sospechoso. Siempre ojo avizor, sin bajar la guardia, Espigada vivía como el resto de la familia, guiándose por el ingenio, el instinto y un acusado sentido de la supervivencia. Pero aquella noche era distinta, como las noches anteriores, desde que la sensación de peligro se había adueñado de ella, un peligro que no podía ver ni nombrar. Un peligro que no dejaba huellas ni rastros, que no rugía ni siseaba, que carecía de colmillos y garras, pero aun así erizaba los pelos de la nuca.

Contempló las estrellas y vio que el humo las iba engullendo. Vio la ceniza lloviendo del cielo. Inspeccionó la superficie cubierta de hollín del agua e inhaló el hedor a azufre y magma procedente del lejano volcán. Vio también el modo en que la hierba se doblaba por el impulso del viento nocturno, la inclinación de los árboles, la dirección en que salían volando las hojas secas. De repente, el corazón le dio un vuelco, pues acababa de comprender.

Contuvo el aliento y quedó petrificada mientras la amenaza sin nombre cobraba forma en su mente, y en un vertiginoso instante comprendió lo que ningún otro miembro de la familia había comprendido: que el agua del día siguiente, a pesar de lo que les había enseñado la experiencia de muchas generaciones, estaría cubierta de ceniza.

Un chillido desgarró la noche.

Era Comadreja, atenazada por los dolores del parto. De inmediato, las hembras la ayudaron a alejarse del campamento y se dirigieron con ella a la intimidad de los árboles. Los machos no las siguieron, sino que corrieron nerviosos a la periferia del campamento, armados con sus toscas lanzas y recogiendo piedras que lanzar a los posibles predadores. En cuanto los grandes felinos y las hienas oyeran el grito de un ser humano vulnerable y olieran la sangre del parto, acudirían sin tardanza. Instintivamente, las hembras formaron un círculo alrededor de Comadreja, vueltas de espaldas a ella, gritando y pisoteando la tierra para ahogar los gritos de dolor y la vulnerabilidad de su compañera.

No contó con ayuda alguna a la hora de parir. Se aferró al tronco de una acacia, se puso en cuclillas y empujó con fuerza mientras un terror gélido se adueñaba de ella. ¿Acababa de oír el rugido triunfal de un león por encima de los gritos de sus compañeras? ¿Había una manada de felinos al acecho, dispuestos a abalanzarse sobre ella, todos colmillos, garras y ojos amarillos, para hacerla pedazos?

Por fin llegó el bebé, y Comadreja se lo llevó de inmediato al pecho para sacudirlo y acariciarlo hasta que lloró. Madre Anciana se arrodilló junto a ella y le masajeó el vientre, como se había hecho a sí misma y a sus hijas a lo largo de los años, a fin de que la placenta saliera con rapidez. Una vez la tuvieron en las manos, las hembras se aprestaron a enterrarla junto con toda la sangre posible, y la familia se congregó en torno a la flamante madre para contemplar con curiosidad a la criatura diminuta apretada contra su pecho.

De repente, Yerma se abrió paso a codazos y arrancó al recién nacido de los brazos de Comadreja. Las hembras la persiguieron y le arrojaron piedras. Yerma dejó caer al bebé, pero las hembras siguieron en su pos hasta darle alcance. Arrancaron ramas de los árboles y la golpearon sin piedad y sin detenerse hasta que su cuerpo, irreconocible, quedó inmóvil a sus pies. Una vez convencidas de que Yerma había dejado de respirar, regresaron al campamento, donde, por obra de un milagro, el bebé seguía con vida.

León decretó que debían ponerse en marcha sin demora. El cadáver de Yerma y la sangre del parto atraerían a los peligrosos carroñeros, sobre todo a los buitres, bestias capaces de mostrarse muy resueltas y temerarias. Así pues, levantaron el campamento a pesar de que todavía era de noche y, armados con antorchas, echaron a andar por la llanura abierta. Mientras caminaban bajo la luna llena, oyeron a su espalda pasos y gruñidos de animales que habían acudido a toda prisa para destrozar el cadáver de Yerma.

Otro amanecer y la ceniza seguía cayendo del cielo.

Los humanos despertaron al ruidoso canto de los pájaros y al parloteo de los monos en los árboles. Atentos a la presencia de predadores, pues el fuego se había extinguido, se dirigieron el agua, donde las cebras y las gacelas intentaban en vano beber. El agua había quedado sepultada bajo una gruesa capa de hollín. Los humanos, sin embargo, pudieron apartar los desechos volcánicos con las manos y encontrar bajo ellos agua potable, aunque arenosa y de sabor desagradable. Mientras los demás procedían a registrar los alrededores en busca de huevos, mariscos, ranas, tortugas y raíces de lirio, Espigada volvió la mirada hacia el oeste, donde la montaña humeante se recortaba contra un cielo aún oscuro.

Las estrellas no se veían a causa de las grandes nubes de humo que flotaban en todas direcciones. Espigada se giró para contemplar con ojos entornados el cielo de levante, que empezaba a palidecer y por el que no tardaría en asomar el sol. Ahí, el cielo aparecía fresco y transparente, salpicado de las últimas estrellas. Espigada se volvió de nuevo hacia la montaña y experimentó una vez más la revelación de la noche anterior, cuando, por primera vez en la historia de su gente, había tomado partes separadas de una ecuación para unirlas en una respuesta: la montaña escupía humo que el viento empujaba hacia el este… y por tanto contaminaba cuantas fuentes de agua hallaba a su paso.

Intentó comunicárselo a los demás, hallar las palabras y los gestos necesarios para transmitir la esencia del nuevo peligro. Pero León, que se guiaba únicamente por el instinto y la memoria ancestral, ajeno al concepto de causa y efecto, comprendiendo tan solo que el mundo siempre había sido de un modo y seguiría siendo así, era incapaz de dar el salto. ¿Qué tenían que ver la montaña y el viento con el agua? Recogió su tosca lanza y dio orden de ponerse en marcha.

Espigada se encaró con él.

—¡Malo! —exclamó desesperada mientras señalaba hacia el oeste—. ¡Malo!

Luego señaló hacia el este, donde el cielo aún era transparente y donde sabía que el agua estaría limpia.

—¡Bueno! ¡Vamos!

León paseó la mirada entre los demás, pero en sus rostros no se leía expresión alguna, porque no sabían qué intentaba decirles Espigada. ¿Por qué cambiar lo que siempre habían hecho?

Así pues, abandonaron una vez más el campamento e iniciaron su búsqueda diaria de alimento mientras observaban el cielo por si aparecían buitres, lo que significaría la presencia de algún cadáver y la posibilidad de largos huesos repletos de sabrosa médula. León y los machos más fuertes del grupo se dedicaron a zarandear los árboles para hacer caer nueces, fruta y vainas que más tarde pudieran asar. Las hembras se acuclillaban junto a termiteros e insertaban en ellos ramitas para hacer salir a los rollizos insectos y comérselos. Los niños se concentraban en un hormiguero de hormigas de miel, mordiendo con cuidado sus vientres hinchados de néctar al tiempo que evitaban sus afilados colmillos. Puesto que siempre encontraban alimento en raciones tan exiguas, la búsqueda nunca cesaba. Raras veces daban con una bestia recién muerta que las hienas y los buitres aún no hubieran descubierto, y en tales ocasiones, los humanos la desollaban y se atracaban de carne.

Espigada caminaba inquieta. «El agua empeorará cada vez más.»

Hacia mediodía se encaramó a un pequeño promontorio y se protegió los ojos para contemplar la sabana color pelaje de león. Cuando de repente empezó a gritar y a agitar los brazos, los demás supieron que había localizado un nido de huevos de avestruz. Los humanos se acercaron con precaución sin perder de vista la enorme ave que vigilaba el nido. Las plumas blancas y negras les indicaron que se trataba de un macho, lo cual resultaba inusual, porque por lo general eran las hembras pardas las que guardaban el nido de día, mientras que los machos las relevaban por la noche. Aquel en particular ofrecía un aspecto inmenso y amenazador. Los humanos buscaron con la mirada a la hembra, que sin duda se encontraría en las inmediaciones y sería tan mortífera como su pareja a la hora de defender el nido.

A un grito de León, Hambriento, Bulto, Escorpión, Fosa Nasal y todos los demás machos se abalanzaron sobre el avestruz con palos y garrotes, armando todo el estruendo posible. El gigantesco pájaro se apartó volando del nido con un impresionante aleteo para enfrentarse a los intrusos, las plumas del pecho muy tiesas y el cuello estirado hacia delante al atacar con el pico y avanzar sobre sus poderosas patas. Al poco apareció la hembra, una enorme bestia parda que cruzó la llanura a toda velocidad, con las alas extendidas, el cuello también estirado y unos chillidos estridentes y ensordecedores.

Mientras León y los demás machos distraían a las aves, Espigada y las otras hembras recogieron cuantos huevos pudieron y salieron corriendo. Al llegar a una arboleda, procedieron a romperlos de inmediato para engullir su contenido. Cuando León y sus compañeros llegaron sin aliento junto a ellas tras dejar a la trastornada pareja de avestruces junto a su nido destruido, se hicieron con su parte, agujereando las gruesas cáscaras para luego sacar la yema y la clara con los dedos. Algunos profirieron gritos de júbilo al encontrar polluelos en el interior de sus huevos y se metieron en la boca las escurridizas criaturas. Espigada llevó un huevo a Madre Anciana, rompió la parte superior y lo depositó en sus manos. Una vez se cercioró de que Madre Anciana había comido lo suficiente, Espigada se acomodó por fin para dar cuenta del último huevo que había guardado. Sin embargo, en cuanto lo abrió, León se inclinó sobre ella, le arrebató el huevo, le dio la vuelta y engulló la inmensa yema de una sola vez. Acto seguido arrojó al suelo la cáscara, la hizo arrodillarse, le sujetó las muñecas con una mano mientras le apretaba el cuello con la otra y la penetró sin hacer caso de sus protestas.

Al terminar se alejó para dormir la siesta, buscando el lugar más sombreado. Cuando llegó al punto más agradable, encontró a Escorpión sentado con la espalda contra el tronco de un árbol, mirándolo con aire desafiante. León agitó el puño y lanzó un rugido y, tras una breve lucha de voluntades, Escorpión se alejó, resentido.

Durmieron las horas de mediodía, mientras la sabana permanecía en calma. A poca distancia, una manada de leones tomaba el sol, pero los restos de una presa no lejos de allí, de la que los buitres ya estaban dando cuenta y por la que los humanos no sentían interés alguno, indicaron al grupo de Espigada que los felinos acababan de comer y por tanto no representaban ninguna amenaza. Mientras la familia dormitaba, Espigada rebuscó entre las cáscaras de huevos con la esperanza de encontrar vestigios de yema y clara. No obstante, tenía más sed que hambre. Una vez más observó las nubes de humo que oscurecían el cielo e intuyó que cuanto más avanzaran en aquella dirección, en peor estado encontrarían el agua.

La montaña humeante se había dormido. La columna de hollín y ceniza había menguado, de modo que el aire se había aclarado un poco. Tras varios días de subsistir a base de raíces, cebollas silvestres y algún que otro nido con huevos, los humanos anhelaban comer carne. Siguieron una manada mixta de antílopes y cebras, sabedores de que los grandes felinos harían lo propio. Cuando la manada se detuvo a pastar, Fosa Nasal subió a la cima de un promontorio cubierto de hierba para vigilar mientras los demás se agazapaban entre la maleza.

A lo largo de la quietud de la mañana, a medida que el día se caldeaba y la tierra empezaba a arder, los humanos observaron y esperaron. Por fin, su paciencia quedó recompensada, pues vieron a una leona avanzando sigilosa por la hierba alta. Los humanos sabían cómo cazaría. Puesto que casi todos los animales eran más veloces que los leones, permanecería en el lado donde soplaba el viento para que sus presas no detectaran su presencia e iría arrastrándose en silencio hacia los animales hasta hallarse a una distancia lo bastante corta para poder dar alcance a su presa.

Espigada, Madre Anciana, Bebé, Hambriento y los demás aguardaron muy quietos, la mirada clavada en Fosa Nasal, que seguía cada paso del felino. De repente, la leona se lanzó hacia delante, ahuyentando a numerosos pájaros. La manada de antílopes y cebras echó a correr, pero la leona fue más rápida y no tuvo más que correr una distancia corta para hacerse con la cebra más lenta. Dio un salto y le dio un zarpazo en el costado para derribarla. Cuando la cebra pugnaba por incorporarse, la leona se arrojó sobre ella, atrapó su hocico entre los dientes y la mantuvo inmovilizada hasta que el animal murió asfixiado. La leona arrastró la presa hacia la sombra de un baobab, y los humanos la siguieron sigilosos para que la bestia no detectara su presencia. Al ver a los machos y los cachorros que acudían corriendo al festín, volvieron a agazaparse. Por unos instantes, el aire se llenó de gruñidos salvajes mientras los leones se peleaban antes de empezar a comerse el cadáver. Los buitres ya sobrevolaban la zona.

Con los estómagos encogidos y las bocas hechas agua por el hambre, la familia de Espigada esperó paciente, oculta, vigilante. Incluso los niños sabían que el silencio era vital, que marcaba la diferencia entre comer y ser comido. La tarde siguió su camino, las sombras se alargaron y el único sonido que portaba la brisa era la ansiosa masticación de los grandes felinos. A Fosa Nasal le dolían la espalda y las piernas. Hambriento se moría de ganas de rascarse los sobacos. Las moscas se posaban sobre la piel desnuda para morderla con fiereza. Pero los humanos no se movieron, pues sabían que tarde o temprano les llegaría su oportunidad.

El sol se ocultó tras el horizonte. Varios niños empezaron a inquietarse y a llorar, pero a esas alturas, los leones estaban demasiado ahítos para prestarles atención y ya se alejaban del cadáver destrozado para echarse una larga siesta. Los humanos siguieron con la mirada a los machos de melena negra, que se alejaban entre bostezos, seguidos de los rollizos cachorros de hocicos ensangrentados. En cuanto los leones se tendieron bajo el baobab, los buitres tomaron el relevo. Fosa Nasal y Hambriento miraron a León en espera de la señal y, cuando el jefe la dio, todos echaron a correr hacia el cadáver, gritando y arrojando piedras a los buitres. Sin embargo, los grandes pájaros, acuciados también por el hambre, se resistían a renunciar a su presa. Extendiendo las amplísimas alas, lucharon con picos y garras para proteger lo que era suyo.

Los humanos se vieron obligados a batirse en retirada, hambrientos y cansados, algunos de ellos heridos por el altercado con los buitres.

De nuevo se agazaparon en la hierba, esta vez atentos a la llegada de las hienas y los perros salvajes que sin duda irían a dar cuenta de su parte. Tras un breve crepúsculo cayó la noche, y los buitres seguían comiendo. Espigada se pasó la mano por los labios resecos. Tenía retortijones de hambre. Los bebés de Buscadora de Miel lanzaban berridos de protesta. Los humanos siguieron esperando.

Por fin, cuando la reluciente luna asomaba por el horizonte, bañando el paisaje en su lechosa luz, los buitres emprendieron el vuelo, ya saciados. Blandiendo lanzas y profiriendo aullidos a pleno pulmón, los humanos lograron mantener a las hienas alejadas de lo que quedaba de la cebra, poco más que pellejo y huesos. Trabajaron con rapidez, empleando las afiladas hachas para seccionar las patas de la cebra del cuerpo. Con sus trofeos alzados por encima de la cabeza, los humanos echaron a correr, permitiendo que las hienas se hincharan de tendones, ligamentos y pelo.

Una vez aposentados en una resguardada arboleda, Hacedora del Fuego encendió varias hogueras para ahuyentar a los predadores. León y los demás machos fuertes del grupo procedieron a arrancar la piel de las patas de la cebra y, una vez limpias, rompieron los huesos con mano experta para dejar al descubierto la preciada médula rosada. Con la boca hecha agua, los humanos gimieron y suspiraron al contemplar el manjar, y de inmediato olvidaron las largas horas de vigilia, el dolor de miembros y articulaciones. No se lanzaron frenéticos sobre la médula. León cortó la grasienta delicia en porciones, y esta vez, todos recibieron su parte, incluso Madre Anciana.

Una vez más, Espigada intentó convencerlos para que no siguieran caminando en aquella dirección, y lo único que consiguió fue que León la abofeteara con tal fuerza que la derribó. Tras reunir a los niños, los bebés y sus escasas pertenencias, la familia reemprendió viaje hacia el oeste. Madre Anciana acudió en ayuda de Espigada, emitiendo sonidos de consuelo mientras acariciaba la mejilla lastimada de su nieta.

Al cabo de un rato respirando el humeante aire volcánico, Madre Anciana gimió, se llevó la mano al pecho y dio un traspié, intentando recobrar el aliento. Espigada la sostuvo por el brazo. Avanzaron unos pasos más, pero de repente Madre Anciana profirió un grito y se desplomó. Los demás la miraron, pero continuaron andando, pues lo único que les importaba era encontrar comida. Buscaban termiteros y zarzales, árboles cargados de nueces y el manjar más preciado y escaso: las colmenas. Todo ello les impedía preocuparse por Madre Anciana, que había dado a luz a la mitad de sus madres. Solo Espigada intentó ayudarla a seguir caminando y por fin se la echó sobre los hombros. La carga fue en aumento a medida que el sol se acercaba a su cenit. Finalmente, pese a sus denodados esfuerzos, fue incapaz de seguir llevándola, a pesar de su estatura y fuerza.

Cayeron al suelo, y los miembros de la familia, obligados a detenerse, se miraron indecisos. León se inclinó sobre la hembra inconsciente, le olisqueó el rostro, le golpeteó las mejillas y le abrió la boca.

—Hum —gruñó al ver los ojos cerrados y los labios azulados—. Muerta —pronunció, refiriéndose a que estaba prácticamente muerta—. Vamos —ordenó al tiempo que se incorporaba.

Algunas de las hembras rompieron a llorar, mientras otras emitían gemidos de temor. Buscadora de Miel pateó la tierra, agitó los brazos y lanzó exclamaciones de dolor. Nariz Grande estrechó a su madre inconsciente entre sus brazos y lloró. Bulto se sentó junto a ella y le tiró de las manos. Los niños pequeños, aterrados por las acciones de los adultos, estallaron en sollozos. Pero León cogió sus lanzas y el garrote, volvió la espalda al grupo y echó a andar con paso resuelto hacia el oeste. Uno a uno, los demás lo siguieron hasta que todos se marcharon y los rezagados miraron por encima del hombro a Espigada, que se quedó junto a Madre Anciana.

Espigada amaba a Madre Anciana con una intensidad que no alcanzaba a definir. Cuando el grupo abandonó a su madre a causa de su pierna rota, Espigada lloró durante varios días. Fue Madre Anciana quien la acogió, Madre Anciana quien la alimentó y compartió su lecho con ella a partir de entonces. «Madre de mi madre», pensó Espigada, comprendiendo vagamente el vínculo que la unía a aquella hembra en una familia que no poseía concepto alguno del parentesco.

Pronto quedaron solas en la vasta sabana, con la única compañía de los buitres que las sobrevolaban. Espigada arrastró a Madre Anciana hasta la protección de los árboles y la apoyó contra un tronco robusto. El día tocaba a su fin, y la noche traería consigo a los carnívoros de ojos dorados que acorralarían a las humanas indefensas.

Espigada encontró dos piedras y, acuclillándose sobre una pila de hojas secas, empezó a golpearlas. Requirió un enorme esfuerzo de paciencia y voluntad, y la espalda y los hombros no tardaron en dolerle, pero había visto a Hacedora del Fuego lograrlo en tantas ocasiones que sabía que podía hacerse. Una y otra vez, mientras el cielo se oscurecía y las estrellas pugnaban por abrirse un hueco entre las nubes de humo, Espigada entrechocó ambas piedras hasta que por fin consiguió crear una pequeña llama. Con infinito cuidado la avivó y añadió más hojas secas hasta formar una hoguera. Entonces la rodeó de piedras, agregó más ramitas y buscó junto a ella protección contra la noche.

Madre Anciana, aún inconsciente, seguía respirando con dificultad, los ojos cerrados, el rostro contraído en una mueca de dolor. Espigada se sentó junto a ella para observarla. No era la primera vez que presenciaba la muerte. Sucedía a los animales en la sabana, a veces entre los miembros de la familia. El grupo dejaba atrás sus cadáveres y hablaba de ellos durante una estación o dos antes de relegarlos al olvido. A Espigada nunca le había cruzado la mente la idea de que algún día también ella podía morir. El concepto de la mortalidad y de la conciencia del yo era más ajeno a su pensamiento que las lejanas estrellas.

Al cabo de un rato, Espigada comprendió que Madre Anciana necesitaría agua. Al ver un conjunto de flores casi tan altas como ella, de capullos moteados en forma de campana y hojas velludas, supuso que el agua no andaría lejos. Se puso a gatas y escarbó en la tierra con la esperanza de hallarla. Oyó el susurro de una manada de hienas moviéndose por la maleza. Se le erizaron los pelos de la nuca. Había visto a las hienas cazar a un ser humano y devorarlo vivo. Espigada sabía que solo el fuego las mantenía a raya y que debía volver junto a él cuanto antes para mantenerlo encendido.

Escarbó con mayor ahínco. Sin duda debía de haber agua cerca para alimentar unas flores tan grandes y de tallos tan carnosos. Siguió intentándolo hasta que los dedos le sangraron.

Al cabo de un rato se sentó, vencida por la frustración, la fatiga y un intenso deseo de dormir. Pero debía encontrar agua y mantener encendido el fuego, así como proteger a Madre Anciana de los predadores que acechaban en la oscuridad.

Entonces lo vio, un reflejo de luna. ¡Agua! Agua clara y azul acumulada en la base de una de las flores. Pero cuando alargó la mano hacia ella, comprobó que el agua estaba dura y no formaba ningún charco. Cogió el objeto y consideró desconcertada el pedazo de agua azul aplastado junto a las hojas secas de la dedalera. ¿Cómo podía ser sólida? Sin embargo, tenía que ser agua, porque era transparente y lisa, y parecía dispuesta a hacerse líquida en cualquier momento.

Llevó la piedra, nacida hacía tres millones de años de un meteorito, junto a Madre Anciana y, sosteniéndola entre sus brazos, se la deslizó con delicadeza entre los labios resecos. Madre Anciana empezó a succionar de inmediato, y en las comisuras de sus labios no tardó en aparecer la saliva, por lo que Espigada supo que el agua se había tornado líquida.

Sin embargo, al cabo de un instante, el cristal resbaló de la boca de Madre Anciana y, para su sorpresa, Espigada comprobó que el agua seguía en estado sólido. Pero ahora la veía con mayor claridad, pues la lengua de la anciana hembra había limpiado los restos de planta que cubrían su superficie.

El cristal encajaba a la perfección en la mano de Espigada, como un huevo en su nido. Por lo demás, era liso como un huevo, aunque poseía una superficie acuosa que reflejaba la luz de la luna como si de un lago o un río se tratara. Al darle la vuelta y sostenerlo entre dos dedos, vio matices de un azul más profundo en su corazón y, más hondo aún, algo que brillaba blanco y penetrante.

Un suspiro de Madre Anciana distrajo la atención de Espigada. Asombrada, vio que los labios de la hembra habían perdido su color azulado para tornarse de nuevo rosados, y que respiraba con mayor facilidad. Al poco, abrió los ojos y sonrió. Luego se incorporó y se llevó la mano al pecho marchito con expresión maravillada. El dolor había desaparecido.

Juntas examinaron la piedra transparente. Desconocedoras de los poderes curativos de la digital, creyeron que era el agua de la piedra la que la había salvado.

Al amanecer, cuando dieron alcance a la familia, los demás las miraron con leve curiosidad, pues Espigada y Madre Anciana ya habían empezado a borrarse de su memoria. Por señas y con escasas palabras, Madre Anciana explicó que la piedra de agua la había devuelto a la vida, y cuando Espigada la alargó a los sedientos miembros de la familia, todos la succionaron hasta salivar. Por un rato, la sed quedó saciada y todos contemplaron a Espigada con admiración y algo de temor.

Se topó con el desconocido por casualidad. Estaba buscando huevos de salamadra entre la alta maleza que circundaba el lago occidental cuando lo oyó en la orilla. Nunca había visto a aquel joven alto de hombros anchos y muslos musculosos, y mientras lo espiaba se preguntó de dónde habría salido.

El día anterior, al llegar al lago, la familia encontró el agua cubierta de ceniza, con todos los peces muertos y descompuestos. La búsqueda de huevos de tortuga y reptiles había resultado infructuosa, y la vegetación de la orilla estaba tan sofocada por la ceniza volcánica que había trocado raíces comestibles en palos ennegrecidos e incomestibles. Las aves se habían marchado, de modo que no había nidos llenos de deliciosos huevos de grulla y pelícano. Solo vieron una pequeña bandada de patos luchando por sobrevivir entre los juncos y las espadañas marchitas. Todos los miembros sanos de la familia se habían dispersado por una amplia zona para buscar alimento, mientras los ancianos y los niños se quedaban en un campamento instalado sobre un saliente de roca relativamente resguardado de los predadores. Espigada acababa de divisar una pequeña manada de cebras arrodilladas junto al agua, intentando beber entre las cenizas, cuando vio al joven desconocido, que estaba haciendo algo desconcertante.

En una mano sostenía una larga tira de tendón animal lazada y atada a una piedra, mientras con la otra arrojaba al agua un guijarro que hizo levantar el vuelo a los patos reales. A continuación, blandió el tendón por encima de la cabeza y soltó la piedra. Ante la mirada atónita de Espigada, la piedra salió disparada y alcanzó a uno de los patos, que se desplomó al instante. El joven vadeó por el agua poco profunda y recogió el ave muerta.

Espigada lanzó una exclamación ahogada.

El desconocido se detuvo en seco, se volvió hacia ella y escudriñó el muro de maleza hasta que Espigada, movida por un repentino impulso de valentía, se dejó ver.

Se sentía valiente porque llevaba la poderosa piedra de agua colgada del cuello con una larga brizna de hierba. Se apoyaba entre sus pechos como una gigantesca gota de agua, con su núcleo nebuloso, formado tres millones de años atrás, cuando el polvo de diamante cósmico se fundió con el cuarzo terrestre, reluciente como un corazón.

Ambos se miraron con recelo.

El desconocido ofrecía un aspecto algo distinto de los miembros de su familia. Tenía la nariz diferente, la mandíbula más fuerte, los ojos de un misterioso color musgo. Su cabello, sin embargo, era como el de la familia de Espigada: largo, enmarañado y cubierto de barro rojo, aunque adornado con fragmentos de concha y piedra que a Espigada se le antojaron muy hermosos. Lo más enigmático del joven era el cinturón de huevos de avestruz que llevaba colgado sobre otro cinturón de juncos trenzados. Los huevos estaban agujereados; los agujeros, tapados con barro.

Si bien hablaban lenguajes distintos, el joven macho logró explicar a Espigada que se llamaba Espina y provenía de otra familia instalada en el otro extremo de la llanura, en un valle que Espigada nunca había visto. Mediante señas y sonidos, le refirió el origen de su nombre.

Dando saltos y fingiendo sentir un intenso dolor para reproducir el accidente que había sufrido, se masajeó los glúteos, donde se le habían clavado numerosas espinas. Espigada no tardó en comprender que le habían puesto ese nombre después de que cayera en un zarzal. Lanzó una carcajada histérica, y el joven, complacido por su reacción, le alargó el pájaro muerto.

Espigada se puso sombría, pues de repente acudió a su mente un recuerdo desagradable. Largo tiempo atrás, antes de que León asumiera el liderazgo, antes incluso de que Río fuera el jefe, cuando Espigada era muy pequeña, llegaron al campamento dos desconocidos. Procedían de más allá de la sierra, donde la familia jamás se había aventurado. En un principio, todos se mostraron recelosos, pero por fin habían aceptado a los dos forasteros en su seno. Pero entonces sucedió algo..., una pelea. Espigada recordaba la sangre y al jefe de la familia desmembrado en la hierba. Uno de los dos forasteros ocupó su lugar y, a partir de entonces, la familia lo siguió.

¿Mataría ese desconocido a León para ocupar su lugar?

Mientras lo observaba curiosa y en silencio, Espina cazó algunos patos más con su honda, y juntos los llevaron de vuelta al campamento.

La familia profirió exclamaciones de alegría al ver las aves, pues llevaban días sin probar carne alguna, y tardaron unos instantes en prestar atención al forastero. Los niños lo miraban con timidez desde la seguridad de las piernas de sus madres, mientras las niñas de más edad se mostraban más temerarias. Buscadora de Miel le hizo cosquillas en los genitales, pero Espina se echó a reír sin apartar la mirada de Espigada. Cuando León señaló los huevos de avestruz que el desconocido llevaba colgados de la cintura, Espina desató uno y se lo ofreció. León examinó desconcertado el agujero, consiguió retirar el tapón de barro, metió el dedo en el agujero y quedó asombrado al descubrir que contenía agua en lugar de yema de huevo. Espina dio la vuelta al huevo y dejó que el agua le goteara en la boca antes de alargar el huevo a León. Los miembros de la familia estaban estupefactos. ¿Qué clase de ave ponía huevos llenos de agua? Pero Espigada comprendió enseguida que Espina había llenado de agua las cáscaras vacías. Acto seguido sacó una conclusión aún más asombrosa, una para la que carecía de palabras y que no era sino una idea vaga que pugnaba por formarse en su mente. Espina llevaba agua para prevenir la sed futura.

Echaron los patos al fuego para quemar las plumas y cocer algo la carne, y aquella noche la familia se dio un festín que terminó con una amigable batalla de huesos. Madre Anciana chupó muy contenta la médula de los huesos y bebió grandes tragos de agua fresca de los huevos de avestruz. Todas las hembras del grupo lanzaban miraditas al nuevo macho, cuyas bufonadas y demostraciones de fuerza las excitaban. E incluso los machos trataron con gran cordialidad al intruso durante un tiempo.

La familia se quedó junto al lago hasta apurar los patos de Espina. Este no se sentaba junto a la hoguera como los demás machos, confeccionando herramientas de piedra y afilando lanzas. Se advertía en él cierta inquietud y una gran necesidad de atención. Espigada lo consideraba un niño grande ansioso por hacer reír a los demás con sus cabriolas. Ante las miradas vagamente curiosas de los demás, brincaba y retozaba, saltaba e imitaba sin motivo aparente. Pero al cabo de unas cuantas noches, Espigada fue la primera en entender qué pretendía y, poco a poco, todos comprendieron qué significaban las payasadas del recién llegado.

Estaba relatando historias.

En épocas posteriores, el público lo habría tachado de comicastro, pero su teatralidad fascinaba a la familia de Espigada. Desconocían el concepto de la diversión y aún más el de los relatos sobre el pasado. Pero a medida que empezaban a comprender sus gestos, sonidos y expresiones faciales, también empezaron a visualizar las historias. Eran relatos sencillos, dramas minúsculos en los que Espina reencarnaba una cacería y representaba a los cazadores victoriosos transportando a una jirafa de vuelta al campamento, o bien un accidente en el que un niño era salvado de morir ahogado, o una lucha a brazo partido con un cocodrilo, que acababa con la muerte del contendiente. Al poco, todos los miembros de la familia de Espigada reían sus gracias y se palmeaban los muslos, o bien lloraban y se enjugaban las lágrimas, o gritaban de temor, o suspiraban maravillados. La comida era escasa, los animales habían huido del lago, el agua estaba sucia y maloliente hasta el punto de matar a los peces, pero Espina hacía olvidar a los humanos su sed y su hambre mientras les contaba una y otra vez la cómica historia del origen de su nombre.

Nunca se cansaban de «verlo» caer en el zarzal y sufrir la humillación de que le arrancaran una a una las espinas de las nalgas.

Cierta noche los asombró aún más transformándose de repente en otra persona.

Se levantó del lugar que ocupaba junto al fuego y empezó a caminar arrastrando los pies de un modo extraño, el brazo izquierdo doblado sobre el pecho, la pierna izquierda casi inerte tras él. Al principio, todos lo miraron desconcertados, pero de repente empezaron a proferir exclamaciones. ¡Se parecía a Escorpión! Aterrados, miraron a su alrededor para comprobar si Escorpión seguía allí. ¿Habría poseído de algún modo el cuerpo de Espina? Pero no, el macho seguía allí, mirando petrificado al forastero. El lado izquierdo de su cuerpo estaba cada vez más entumecido, de forma que su brazo y pierna izquierdos habían quedado casi inutilizados.

Entonces, ante el sobresalto de todos, Espina cambió de personaje y echó a andar bamboleando las caderas y fingiendo que comía a dos carrillos. ¡Buscadora de Miel!

Fosa Nasal gritó entre enojado y temeroso, pero algunos de los niños se echaron a reír. Cuando Espina se tiró del cabello largo y enmarañado hasta dejarlo tieso, y empezó a andar a pasitos diminutos, todo el mundo reconoció a Bebé, y más miembros de la familia se rieron.

Al cabo de un rato, todos reían histéricos, y el asunto se convirtió en un juego. Espina caminaba despacio y se agachaba para examinar un palo.

—¡Caracol! —exclamaban todos.

Luego se frotaba la espalda contra el tronco de un árbol.

—¡Bulto! —gritaban.

Cuando se echó a un niño pequeño a la espalda, entrelazando sus brazos bajo la barbilla y sus piernas alrededor de la cintura en imitación a la piel putrefacta que llevaba León, todos los integrantes de la familia se troncharon de risa.

A Espina le gustaba hacerles reír. Aquella familia no era muy distinta de la suya. Buscaban la misma comida, seguían caminos ancestrales, vivían en la misma estructura social, con las hembras y los niños en un lado, y los machos formando su propio grupo, pero todos procurando la supervivencia de la familia. Las hembras realizaban las mismas sesiones de aseo y cría, mientras que los machos se dedicaban a confeccionar lanzas y tallar hachas de sílex. Se enojaban con rapidez y con igual celeridad olvidaban el motivo de su enfado. Entre ellos imperaban los mismos celos y envidias, amistades y enemistades. Madre Anciana le recordaba a Sauce con sus piernas estevadas, los pechos marchitos y la boca desdentada con que comía. Fosa Nasal y Bulto le recordaban a sus hermanos y el modo en que jugaba con ellos cuando eran pequeños.

Y también estaba Espigada.

Era distinta del resto de la familia, no solo más alta, sino también más sabia. Observaba las miradas sombrías que lanzaba a la montaña humeante, su ceño al ver el humo que flotaba por el cielo. También él había observado el fenómeno y lo hallaba inquietante. Pero más aún que la inteligencia de Espigada, era su cuerpo vigoroso lo que atraía a Espina, sus miembros largos, su paso firme. Le gustaba su risa, la justicia con que trataba a las hembras más débiles, el hecho de que siempre se asegurara de que todo el grupo recibía alimento. Le recordaba a las hembras de su familia, un recuerdo que se estaba borrando de su memoria a pasos agigantados.

Espina no sabía por qué había dejado a su familia. Cierta mañana, una inquietud inexplicable se había adueñado de él, de modo que recogió hacha y garrote, y se marchó. Otros machos del grupo habían hecho lo propio en el pasado; tal era el caso del hermano de su madre, Brazo Corto, y el hermano mayor de Espina, Una Oreja. No todos los machos abandonaban la familia; de hecho, casi todos se quedaban. Sin embargo, el ansia de ver mundo acuciaba a unos cuantos miembros de cada generación, y cuando se marchaban, nunca regresaban.

Espina se había alejado de su familia, que aún dormía, con la mente poblada de imágenes vagas de la hembra que lo había parido, de sus hermanas... Mientras contemplaba a aquella tentadora y alta hembra, no era consciente de que la razón principal de su marcha había sido la escasez de hembras dispuestas en su familia, no comprendía que se había ido por instinto, al igual que otros machos jóvenes procedentes de otros grupos humanos se habían unido a su familia a lo largo de las generaciones. Espina no se había despedido. Con el tiempo, su familia lo olvidaría, al igual que, con el tiempo, también él los olvidaría a ellos.

El lago acabó por contaminarse de tal modo que todos los patos se esfumaron, y la familia se vio obligada a reemprender viaje.

Las condiciones fueron empeorando. Empezaron a toparse con animales muertos, y si bien al principio ello representó grandes festines de carne para la familia, a medida que seguían avanzando hacia el este y veían cada vez más antílopes, ñus, elefantes y rinocerontes muertos, cientos, miles de cadáveres malolientes que impregnaban el aire del hedor a carne descompuesta y de auténticos nubarrones de moscas negras, la carne que encontraban estaba demasiado podrida para consumirla.

Espigada comprendió que los animales morían porque toda la vegetación estaba cubierta de ceniza y hollín. Solo los carroñeros, los chacales, hienas y buitres, se saciaban y engordaban. Ella y Espina convenían en que existía alguna relación entre el volcán y la muerte de los animales, pero León insistía en que la familia siguiera avanzando hacia el oeste en busca de comida y agua.

Cada día que pasaba, las fuentes de agua estaban más contaminadas. La comida empezó a escasear, pues los animales se habían evaporado y las plantas estaban sepultadas bajo una capa de hollín. El cielo se oscurecía cada vez más y la tierra temblaba con creciente frecuencia. Cada atardecer, Espigada observaba consternada la montaña humeante y entendía con mayor claridad que nunca que León los conducía hacia un peligro seguro.

A las madres se les secó la leche y los bebés morían. Tras llevar durante varios días a su bebé muerto en brazos, Comadreja se sentó por fin junto a un gran termitero que días antes habría proporcionado un opíparo festín a la familia, pero que en esos momentos estaba inexplicablemente desierto, inclinó la cabeza sobre el pequeño y se quedó con él mientras la familia seguía adelante.

Una noche, Espigada se removió inquieta en sueños poblados por la sonrisa y las cabriolas de Espina. Experimentó un calor que jamás había sentido, un anhelo que se parecía al hambre, aunque no era comida lo que deseaba. Despertó a causa del aullido solitario y lejano de un perro, y de pronto vio una silueta que se movía por el campamento dormido. Reconoció a Espina y se preguntó qué estaría haciendo. Tal vez se alejaba un poco para orinar; tal vez acudiría a su lecho. Sin embargo, Espina cruzó todo el campamento en silencio, rebasó el perímetro de protección y salió a la llanura abierta. Espigada lo siguió, pero solo hasta la barrera de antorchas y ramas de acacia, donde Caracol y Escorpión montaban guardia. Allí aguardó el regreso de Espina, pero al amanecer no había rastro de él, y la familia debía seguir adelante.

Transcurrieron cuatro días en los que Espina no se reunió con el grupo. Espigada lloraba silenciosa en su lecho, temerosa de que el encantador desconocido hubiera muerto, preguntándose por qué habría abandonado a la familia que lo había acogido en su seno. La pasión que había empezado a sentir por él dio paso al dolor y la pena, emociones que nunca había experimentado hasta entonces.

Pero entonces, Espina reapareció de repente en la cima de un promontorio, con el sol poniente a su espalda, agitando los brazos y dando saltos. La familia interpretó sus gestos como buena señal y corrió hacia él. Espina les indicó que lo siguieran, y todos caminaron en tropel tras él por la orilla sinuosa de un riachuelo ahora seco, por otra colina, y a lo largo de una garganta estrecha y rocosa, hasta que por fin ascendieron por una ligera cuesta y Espina señaló orgulloso lo que había encontrado.

Era un grupo de tamarindos. Y todas las partes del tamarindo eran comestibles.

Los humanos se abalanzaron sobre los altos y frondosos árboles como langostas, haciéndose con las carnosas vainas, arrancando las hojas y desprendiendo corteza. La carnosa fruta calmó su sed, mientras que la corteza aplacó las punzadas del hambre. Hacedora del Fuego encendió una hoguera y todos arrojaron semillas de tamarindo sobre las piedras calientes para comerlas más tarde.

Espigada lloró de nuevo, pero esta vez de gozo y admiración. Todo el mundo había creído que Espina había huido impulsado por el hambre y la sed, pero ahora sabían que había ido en busca de comida para la familia... y la había encontrado.

El poder cambió de manos en un abrir y cerrar de ojos. Espina recibió el tamarindo más rollizo, mientras que León tuvo que conformarse con el resto.

Después de acabar con toda la fruta, las hojas, las semillas y la corteza de los tamarindos, la familia reanudó su viaje, pero esta vez provistos de líquido. Antes de que consumieran todo el jugo de los tamarindos, Espina les enseñó a exprimirlos y a guardar el zumo en huevos de avestruz vacíos para llevarlos consigo.

Siguieron encontrando cadáveres en descomposición, pero la médula aún era comestible. Durante un tiempo, el volcán descansó, y las estrellas volvieron a hacerse visibles en el firmamento. Y cuando Espina condujo a la familia hasta un pozo artesiano que les proporcionó agua fresca, decretó que pasarían allí la noche.

Nadie se molestó en consultar a León.

El calor que había empezado a adueñarse de Espigada la noche en que todos creyeron que Espina los había abandonado, siguió intensificándose en su interior, hasta que por fin solo pensaba en él día y noche. Deseaba su cuerpo, sus manos. Cuando la familia se dedicaba al ritual del aseo junto al fuego, era a Espina a quien quería para que le cubriera el cuerpo de barro, no a Bebé. Lanzaba miradas tímidas al otro lado del campamento y lo veía allí, en compañía de los demás machos jóvenes, mostrándoles cómo confeccionaba la honda, riendo con ellos. Cuando Espina la miraba, Espigada experimentaba de nuevo aquellas oleadas de calor, como chispas que salieran despedidas de entre las brasas.

Abrumada por aquella desazón, una noche se alejó del grupo y fue al saliente rocoso, donde algunas garzas reales manchadas de hollín vadeaban en el pozo artesiano. Era vagamente consciente de que se alegraba de ver la luna y las estrellas, a pesar de que el cielo seguía sin mostrarse diáfano, y también se alegraba de que la tierra no hubiera temblado durante varios días. Quizá se habría detenido a reflexionar sobre aquellos extraños misterios de haberse hallado en otro estado de ánimo.

Cuando oyó pasos en la hierba seca a su espalda, no se alarmó. Sabía por instinto de quién se trataba y por qué la había seguido. Al volverse vio la sonrisa de Espina brillar a la luz de la luna.

Espigada había visto a otros actuar de aquel modo sin comprender por qué se tocaban, acariciaban, olisqueaban y lamían, pero ahora, aquellos actos caldeaban todo su cuerpo. Espina apretó la boca contra sus mejillas y cuello, y restregó la nariz contra la de ella. Las manos de Espigada hallaron lugares en el cuerpo de Espina que le arrancaron gemidos de placer. El joven macho le sonrió y ella lanzó una risita ahogada. Empezaron a hacerse cosquillas hasta que Espigada se echó a reír y de repente se alejó de él a la carrera. Espina la persiguió aullando y agitando los brazos. Espigada permitió que el joven le diera alcance, aunque podría haberlo evitado con sus largas piernas. Cuando llegó a su lado, ambos rieron como locos, y Espigada se puso a gatas para que Espina pudiera penetrarla. Pero antes de que terminara, se apartó de él y entre risas se tendió de espaldas antes de atraerlo de nuevo hacia sí. Mientras Espina la penetraba con vigor, Espigada se aferró a él y rodó por la tierra con él sin dejar de proferir exclamaciones de placer.

A partir de entonces, pasaron los días totalmente concentrados el uno en el otro. Él olisqueaba cada centímetro de su cuerpo; ella saboreaba la sal de sus sobacos. Espina daba saltos, hacía cabriolas, se erguía e hinchaba el pecho para mostrarle cuán grande era. Espigada apartaba la vista con ademán coqueto, fingiendo indiferencia. Si bien Espina habría podido escoger entre cualquier hembra, solo estaba interesado en Espigada. Por las noches se aseaban mutuamente y dormían con los cuerpos entrelazados. Espigada jamás había conocido un afecto tan profundo, ni siquiera de Madre Anciana. Cuando yacía entre los brazos de Espina no sentía temor alguno, y cuando la acariciaba y la penetraba, se aferraba a él con una pasión dolorosa. Por añadidura, ya no era la única que temía el nuevo peligro, pues también Espina observaba el cielo, veía cómo el viento barría el humo y sabía que el peligro acechaba a la vuelta de cualquier amanecer.

Finalmente, Madre Anciana murió, cerrando los ojos mientras yacía con la cabeza apoyada sobre el vientre preñado de Espigada. La familia aulló y golpeó la tierra con palos antes de dejar el cadáver de Madre Anciana en la hierba y seguir adelante.

Cierta mañana en que el cielo se veía oscurecido por el hollín y la tierra volvía a rugir, la hija mayor de Buscadora de Miel, que acababa de alcanzar la pubertad y descubrir los excitantes instintos que anidaban en su interior, siguió con la mirada a Espina mientras este se afanaba en confeccionar una nueva honda de tendón procedente del cadáver de un antílope. Durante un rato observó sus hombros anchos y sus brazos musculosos, antes de acercarse a él riendo y menear el trasero ante él. Espina se excitó de inmediato, pero la muchacha no era la compañera que deseaba. Se incorporó de un salto, buscó con la mirada a Espigada y al verla extrayendo semillas de unas vainas de baobab, corrió hacia ella. Le hizo cosquillas, jugueteó con su cabello, dio saltos a su alrededor y emitió sonidos cómicos. Espigada se echó a reír y tiró de él hacia unos arbustos, donde copularon bajo el sol ardiente.

León presenció la escena con gélido desapego. Desde la llegada del forastero, las hembras habían dejado de ofrecerle sus encantos. Los niños seguían al recién llegado por todas partes y los machos lo admiraban. Con sus piedras mortíferas, Espina conseguía cazar algún que otro pájaro que se aventuraba a surcar el cielo ceniciento, y por las noches los entretenía con sus historias cómicas. Todo el mundo quería a Espina.

La idea partió de Buscadora de Miel, pues también ella estaba disgustada con el hecho de que Espina hubiera desplazado el equilibrio de poder en la familia. Ahora que León había sido derrocado, también ella había quedado relegada, y Espigada, ahora preñada, ocupaba su lugar como hembra dominante.

Así pues, Bulto, Hambriento, Fosa Nasal y Buscadora de Miel, que formaban la facción leal a León, se acercaron un día a Espina con sonrisas y gestos amigables. Espina estaba sentado a la sombra de una acacia, transformando tendones en nuevas hondas. Los había obtenido del cadáver descompuesto de una jirafa, y en aquel instante los masticaba y golpeaba con piedras a fin de tornarlos lo bastante dúctiles para crear un arma precisa.

Alzó la mirada al ver a Buscadora de Miel, quien le ofreció un puñado de manzanas marchitas. Espina se alegró mucho, pues aquella vigorosa hembra no parecía haberle cobrado ningún afecto. Le complacía comprobar que por fin lo había aceptado. Cuando se levantó y alargó la mano para coger las manzanas, vio que de repente aparecían León y los demás machos armados con garrotes, palos y grandes piedras.

Espina los miró con expresión desconcertada, luego sonrió y les ofreció una parte de las manzanas. Al ver que León apartaba la fruta de un manotazo, la expresión de Espina cambió; de inmediato, los otros se abalanzaron sobre él, cinco machos corpulentos atacando su cuerpo esbelto.

Espina levantó los brazos para protegerse, dio un traspié y cayó contra el árbol. Mientras recibía golpe tras golpe, intentó desesperadamente comprender qué ocurría. En un momento dado se puso de rodillas y buscó a tientas las hondas que había dejado en la hierba. Las sostuvo en alto, pero el garrote de León se estrelló contra sus antebrazos. Espina intentó entonces una de sus gansadas para hacerlos reír, pero la sangre le manaba profusa de la nariz y el cuero cabelludo. Aún de rodillas, extendió las manos en una muda pregunta. ¿Por qué? En aquel momento, León estrelló con todas sus fuerzas el garrote contra la cabeza del joven macho y oyó un fuerte crujido. Espina se aovilló e intentó protegerse, y justo antes de perder el conocimiento, numerosas imágenes le surcaron la mente. La hembra que lo había parido, el campamento en el valle donde había crecido, las risas con sus hermanos, la libertad en la sabana bajo el sol ardiente. Entonces el dolor se apoderó de él como una marea negra. Su último pensamiento antes de morir fue para Espigada.

Al oír los gritos, Espigada y los demás llegaron corriendo por la maleza, y cuando la joven vio el cuerpo destrozado de Espina, profirió un grito desgarrador. Se echó sobre él y siguió chillando indignada. Le tiró de los hombros en un intento de despertarlo, le lamió las heridas, percibiendo el sabor de la sangre, cogió su rostro casi irreconocible entre las manos y dejó que sus lágrimas cayeran sobre la carne desecha. Pero Espina permaneció inmóvil, sin respirar. La familia guardó silencio mientras Espigada seguía lamentándose y golpeando la tierra con los puños. Al cabo de un rato, también ella se sumió en un silencio mortal, y cuando por fin se levantó, todos se apartaron de ella.

Era la personificación del poder: alta, preñada, con la piedra de agua centelleando entre los pechos turgentes. Miró uno por uno a los asesinos de Espina, y a excepción de León y Buscadora de Miel, todos desviaron la vista, avergonzados.

El silencio solo se veía quebrado por el zumbido de los insectos y el rugido distante de la tierra. Toda la familia presenciaba la escena, e incluso los niños contuvieron la lengua mientras Espigada desafiaba a sus adversarios con furia imperturbable.

De repente, seguida por muchos pares de ojos, Espigada se agachó muy despacio y recogió de la hierba una de las hondas de Espina y una piedra. León se irguió, dispuesto a contraatacar, cerrando los dedos en torno al garrote. Pero Espigada actuó de forma tan inesperada y rauda que lo cogió desprevenido. En un abrir y cerrar de ojos, encajó la piedra en la honda de Espina y la disparó contra la cabeza de Buscadora de Miel.

La hembra de mayor edad retrocedió dando tumbos. Antes de que nadie pudiera reaccionar, antes incluso de que León pudiera levantar el garrote, Espigada disparó de nuevo y en esta ocasión alcanzó a Buscadora de Miel entre los ojos. La hembra se desplomó con un grito; de inmediato, Espigada se cernió sobre ella, golpeándola con la honda una y otra vez hasta que el rostro de Buscadora de Miel quedó reducido a una masa irreconocible.

Al terminar, Espigada se volvió hacia León y escupió con desprecio a sus pies.

Nadie se movió. Rodeada de ceniza volcánica traída por el viento caliente, Espigada clavó la mirada en León, dejándolo inmovilizado a pesar de que el macho era más grande y fuerte, llevaba lanzas y garrote, además de la espalda cubierta por el pelaje podrido de una leona.

Mientras se desafiaban con la mirada, mientras el odio que se profesaban llenaba el aire con tantas chispas como el volcán, y la familia presenciaba la escena sin aliento, aguardando el siguiente movimiento, la tierra tembló de repente con mayor violencia que nunca, derribándolos al suelo.

Instintivamente, la familia corrió a protegerse en la arboleda cercana, pero Espigada no se movió. Más allá del bosque se alzaba la fiera montaña. Llovía ceniza, ascuas y demás desechos incandescentes. Las ramas superiores de los árboles prendieron de inmediato.

De repente lo comprendió todo con claridad meridiana: el peligro sin nombre que había empezado a acecharla meses atrás, la creciente sensación de temor, de saber que algo andaba mal. Aquel lugar no era bueno, y aunque su especie había vivido y evolucionado allí durante millones de años, había llegado el momento de marcharse.

Bajó la mirada hacia la piedra de agua que pendía entre sus pechos y la sostuvo sobre la palma de la mano como si de un huevo se tratara. Al dar la espalda a la montaña ardiente, comprobó que el extremo más estrecho de la piedra azul apuntaba directamente hacia delante, hacia el este, y en su corazón de diamante vio un río y la promesa de agua.

Levantó un brazo y señaló hacia el oeste, donde el cielo se veía cubierto de humo volcánico negro.

—¡Malo! —exclamó—. ¡Morimos!

A continuación levantó el otro brazo en la dirección opuesta, hacia el cielo diáfano del este.

—¡Ahí! ¡Vamos!

Su voz resonaba con fuerza por encima del rugido del volcán. Los miembros de la familia cambiaron miradas nerviosas, y por su actitud, Espigada comprendió que muchos querían seguirla, pero aún temían a León.

—Vamos —insistió con mayor firmeza y sin dejar de señalar.

León se volvió hacia el volcán humeante con ademán desafiante y temerario, y cuando echó a andar, Hambriento, Bulto y Escorpión lo siguieron.

Espigada volvió a escupir en el suelo y miró por última vez el cadáver destrozado de Espina, ya casi cubierto por una capa de ceniza. Luego se volvió hacia los demás, Bebé, Fosa Nasal, Hacedora del Fuego y Raspa, y al ver que permanecían junto a ella, dio la espalda a la nube mortífera que ensombrecía el cielo de poniente y dio el primer paso resuelto hacia el este.

No se detuvieron para mirar a León y su pequeño grupo, que caminaban decididos hacia el oeste, sino que se quedaron cerca de Espigada, que andaba a grandes zancadas y amenazaba con dejarlos a la zaga. Por el camino pararon a recoger huevos de avestruz y llenarlos de agua, y cuando encontraban comida, Espigada les ordenaba no comérsela toda, sino llevar consigo nueces y semillas para momentos más duros.

La tierra siguió rugiendo y temblando, y por fin la montaña explotó. Espigada y su grupo vieron una enorme nube negra que se extendía a toda velocidad por el cielo, oscureciendo el sol y sepultando todo el oeste en un infierno. Fue la última erupción de un volcán que, muchos años después, recibiría el nombre de Kilimanjaro, un volcán que en un santiamén redujo a cenizas a León y su pequeño grupo de obstinados seguidores.

ÍNTERIN

Llena de tristeza por la muerte del joven macho que la había seducido y resuelta a no olvidarlo jamás, Espigada dio la espalda al jardín que hasta entonces había constituido su mundo y, armada con la piedra del agua y convencida de que su poder para liderar la familia procedía de la piedra, no de ella, siguió conduciendo a los suyos hacia el este, donde, tal como había vaticinado, hallaron agua potable. Hizo un alto lo bastante largo para dar a luz a su primer hijo, sin saber que era descendiente del joven macho llamado Espina. Luego siguieron viajando hasta llegar por fin a una orilla repleta de mariscos y agua dulce que descubrieron al escarbar en la tierra. También descubrieron allí un nuevo árbol que proporcionaba alimento, el cocotero, muy abundante en aquellos parajes. La familia permaneció allí durante mil años, hasta que sus miembros fueron demasiado numerosos para alimentarse de la comida que allí había y se vieron obligados a dividirse. Algunos se dirigieron hacia el sur a lo largo de la costa para establecerse en la zona más meridional de África, pero casi todos pusieron rumbo al norte, siguiendo los litorales de tierras que algún día se llamarían Kenia, Etiopía y Egipto. Durante varias generaciones se asentaban en un lugar y lo poblaban, para luego seguir viajando, siempre en busca de nuevas fuentes de alimento y territorios inexplorados. Con ellos viajaba la piedra azul, que pasaba de generación en generación.

A medida que transcurrían los milenios, los descendientes de Espigada esparcieron su simiente por ríos y valles, montañas y bosques, adentrándose en territorios nuevos y muy alejados de sus orígenes, aprendiendo a construir refugios y vivir en cuevas, creando palabras y vías de comunicación, desarrollando nuevas herramientas, armas y técnicas de caza. A medida que mejoraba la capacidad lingüística, también avanzó la organización social, que permitió la creación de partidas organizadas de caza. Los humanos dejaron de ser carroñeros para convertirse en predadores. Nació el pensamiento, con él las preguntas, y con ellas la necesidad de respuestas. Así vieron la luz los espíritus, los tabúes, el bien y el mal, los fantasmas y la magia. La piedra mágica, centelleante fragmento de un meteorito ancestral que había viajado con los humanos durante tanto tiempo, objeto de su respeto y veneración, ya no era poderosa en sí misma, sino a causa del espíritu que la habitaba.

Al llegar a orillas del Nilo, los descendientes de Espigada se dividieron. Algunos se quedaron, otros siguieron su camino; la piedra azul viajó hacia el norte, donde los glaciares cubrían el mundo con una capa de cegador hielo blanco. El pueblo de Espigada encontró allí a otros humanos, otra raza descendiente de antepasados distintos y por tanto, de aspecto diferente, más corpulento y velludo. Las luchas territoriales fueron inevitables, y la piedra mágica cayó en manos del otro clan, que adoraba a los lobos. Una mujer chamán del Clan de los Lobos escudriñó el corazón del cristal y, al reconocer su magia, la hizo engastar en el vientre de una figurilla de piedra.

De ese modo, la piedra del agua se convirtió en un símbolo de la fertilidad y del poder femenino.

LIBRO SEGUNDO

ORIENTE PRÓXIMO. HACE TREINTA Y CINCO MIL AÑOS

Era la primera vez que veían la niebla.

Las asustadas mujeres, tan lejos de su hogar y perdidas sin remisión, creyeron que la niebla blanca era un espíritu malévolo que se adentraba en el bosque sobre pies fantasmales, aislando a los humanos fugitivos del resto del mundo, apresándolos en un universo silencioso e informe. Por la tarde, la niebla se disiparía lo suficiente para que las mujeres pudieran entrever los alrededores, pero al salir las estrellas volvería a espesarse y a aislarlas.

Pero la niebla no era la única amenaza que acechaba en aquellos parajes desconocidos y extraños que la tribu de Laliari llevaba semanas recorriendo. Había fantasmas por todas partes, escondidos, ocultos, aterradores. Por ese motivo, las viajeras permanecían muy juntas mientras atravesaban aquel mundo hostil, tiritando en la niebla arremolinada porque solo llevaban faldas de paja, un atuendo apropiado para el cálido valle del río que había sido su hogar, pero insuficiente en aquella tierra ignota a la que se habían visto obligadas a huir.

—¿Estamos muertas? —susurró Keeka, sosteniendo a su bebé dormido contra el pecho—. ¿Morimos con los hombres en aquel mar furioso y nos hemos convertido en fantasmas? ¿Es esto lo que significa estar muerto?

Se refería a la ceguera impuesta por la densa niebla, el extraño timbre de sus voces, el sonido sordo de sus pisadas en la tierra. Era como si caminaran por el dominio de los muertos. Keeka creía que cuando menos debían de parecer fantasmas, o eso se le antojaban sus compañeras mientras avanzaban con cautela entre la blanca espesura, mujeres de pechos desnudos y cabello hasta la cintura, los cuerpos profusamente adornados con conchas, huesos y marfil, sobre los hombros hatillos de pieles de animales, en las manos lanzas de punta de sílex. Sin embargo, sus rostros no eran propios de fantasmas, se dijo Keeka. Sus ojos, muy abiertos por el temor y la perplejidad, eran humanos, sin lugar a dudas.

—¿Estamos muertas? —repitió en un susurro.

Pero Keeka no obtuvo respuesta de su prima Laliari, demasiado afligida para pronunciar palabra, porque peor aún que la niebla amenazadora, el frío y los fantasmas invisibles había sido la pérdida de sus hombres.

La cabeza oscura de Doron desapareciendo bajo las aguas turbulentas.

Intentó recordar a su amado Doron tal como era antes de la tragedia, joven, imberbe, esbelto, un valiente cazador que de noche gustaba de sentarse pacíficamente junto al fuego para tallar el marfil. A Doron le encantaba reír y contar historias, y era de los pocos hombres que toleraba a los niños. A diferencia de los demás varones del clan, que no tenían paciencia con ellos, a Doron no le importaba que se le subieran al regazo; de hecho, disfrutaba de su compañía y reía a menudo con ellos, aunque se ruborizaba avergonzado si lo sorprendían. Pero sobre todo, Laliari recordaba el abrazo de Doron, su pasión antes de conciliar el sueño abrazado a ella, respirando suavemente contra su cuello.

Laliari ahogó un sollozo. No debía pensar en él. Traía mala suerte pensar en los muertos.

La invasión los había cogido desprevenidos. Laliari y su gente se dedicaba como de costumbre a sus quehaceres cotidianos en el valle del río donde habían vivido durante incontables generaciones, cuando de repente aparecieron unos forasteros por el este, cientos, miles de ellos, diciendo que su territorio del interior se estaba convirtiendo rápidamente en un desierto. Expusieron sus cuitas al tiempo que contemplaban con ojos codiciosos las tierras herbosas que flanqueaban ambas orillas del río, pletórico de peces y aves. Comida en abundancia que los forasteros querían solo para sí. La lucha territorial que siguió fue larga y encarnizada; los forasteros, más numero sos y fuertes, expulsaron al clan de Laliari hacia el norte, obligándolos a huir con sus pertenencias a la espalda, los enormes huesos de elefante que formaban la estructura de sus tiendas, las pieles que constituían las paredes... Al llegar al delta donde el río se ramificaba, se toparon con otro pueblo muy parecido al suyo, pero reacio a compartir su comida. Tuvo lugar otra dura batalla, pero el pueblo de Laliari perdió de nuevo y esta vez se vio forzado a viajar hacia el este.

Lo que había comenzado como un gran éxodo de varios centenares de personas había quedado reducido a un grupo de ochenta y nueve. Las mujeres, los niños y los ancianos caminaban a la cabeza, mientras que los hombres iban en la retaguardia para protegerlos del posible ataque de los moradores del delta. En un momento dado, llegaron a una amplia marisma salpicada de juncos y empezaron a atravesarla. Pero en cuanto las mujeres alcanzaron el otro lado, una monstruosa tromba de agua surgida de la nada, una inundación torrencial barrió la marisma y engulló a los hombres que la atravesaban en aquellos instantes.

Desde la seguridad de la orilla, las mujeres presenciaron consternadas la desaparición de los cazadores bajo las aguas turbulentas, brazos y piernas agitándose como ramitas frágiles, sus gritos acallados de inmediato al llenárseles los pulmones de agua. La inundación se calmó al poco, y las mujeres, sin saber que aquellos parajes estaban sometidos a los caprichos de mareas muertas y vivas que los transformaban en lodazales o bien en riadas, creyeron hallarse a orillas de un mar recién creado.

Aturdidas, pusieron rumbo al norte, siguiendo la orilla oriental del nuevo mar hasta llegar a un cuerpo de agua aún mayor, más ancho que el punto más ancho de su río, más ancho que el nuevo mar que había cubierto la marisma de juncos y cadáveres de cazadores. De hecho, el vasto mar se perdía en el horizonte, y las mujeres no divisaron tierra ni árboles en el otro extremo. Era también la primera vez que veían olas romper en la orilla, y profirieron gritos de temor cuando el agua rodó hacia ellas en enormes olas que rompían en la playa, se retiraban y regresaban al poco, como un animal que intentara atacarlas. Si bien encontraron gran cantidad de comida en los charcos que quedaban al retirarse la marea, lapas, litorinas y mejillones, las mujeres huyeron del mar que un día recibiría el nombre de

Mediterráneo y cruzaron un paraje hostil en extremo hasta llegar al valle de un río envuelto en niebla que guardaba bien poca similitud con el que hasta hacía poco habían considerado su hogar.

Allí, lejos de su tierra ancestral, de sus hombres y de cuanto conocían, emprendieron la búsqueda de un nuevo hogar, un deambular azaroso de diecinueve mujeres, dos ancianos y veintidós bebés y niños.

Mientras caminaban otro amanecer brumoso tras pasar otra aterradora noche sin luna, las mujeres estuvieron atentas a cualquier señal del espíritu de su clan, la gacela. No habían visto ninguna desde que salieran de su valle. ¿Y si no había gacelas en aquella tierra desconocida? ¿Perecería el clan sin su espíritu? Caminando fatigada junto a sus parientes por el valle desconocido, Laliari se vio acometida por el pensamiento aún más espeluznante de que había cosas peores que perder el espíritu del clan o incluso que perder a sus hombres, porque en aquel mundo extraño y envuelto por la niebla, no veían la luna. De hecho, llevaban semanas sin verla.

Laliari no era la única que albergaba temores. Las demás mujeres lloraban la pérdida de sus hombres, pero aún más lamentaban la pérdida de la luna. No habían visto su rostro en muchos días y empezaban a temer que hubiera desaparecido para siempre. Sin la luna no podían tener bebés, y la ausencia de bebés significaba en última instancia la muerte del clan. Ya se advertían entre ellas los primeros indicios de la tragedia, pues en las semanas transcurridas desde la catástrofe, ninguna de las mujeres había quedado embarazada.

Laliari desplazó el pesado hatillo que llevaba sobre los hombros, miró a los dos ancianos que encabezaban la marcha entre la niebla e intentó hallar consuelo en la idea de que Alawa y Bellek, con sus poderes sobrenaturales y sus conocimientos de magia, acabarían por encontrar la luna.

Pero Laliari no tenía modo de saber que Alawa también era víctima de un intenso temor y guardaba un terrible secreto.

La anciana Alawa era la encargada de guardar los cuernos de gacela y, por tanto, la historia del clan. El nombre Alawa significaba «la que fue buscada», porque una vez, cuando era pequeña, se perdió, y el clan pasó varios días buscándola. Tenía el honor de lucir una cornamenta de gacela sobre la cabeza, anudada bajo la barbilla con tiras de tendón. Los lóbulos de las orejas de Alawa se habían distendido tanto a lo largo de los años por causa de los ornamentos que pendían de ellas que le llegaban a los huesudos hombros. Entre sus senos marchitos colgaban collares de concha, hueso y marfil, y llevaba el resto del cuerpo cubierto de amuletos, no por motivos estéticos, sino de magia ritual. La gente de Alawa sabía que, a fin de sobrevivir, debían proteger todos los orificios del cuerpo de la invasión de los malos espíritus. A los niños se les perforaba el tabique nasal con una pluma de avestruz, y el orificio se mantenía abierto a lo largo de la vida adulta mediante una aguja de marfil, ya que ello impedía que los malos espíritus irrumpieran en el cuerpo por las fosas nasales. También se perforaban las orejas en la parte superior y en el lóbulo, así como los labios. Los miembros del clan llevaban amuletos colgados de cinturones para protegerse las nalgas y el pubis, pues era bien sabido que los espíritus podían penetrar en el cuerpo humano por el recto y la vagina.

El otro anciano era Bellek, chamán del clan y guardián de los hongos. Al igual que Alawa, llevaba el cabello largo y blanco trenzado con cuentas que tintineaban a cada paso. Su único atuendo consistía en un taparrabo confeccionado de suave piel de gacela, y su cuerpo estaba tan recargado de amuletos como el de Alawa. Bellek llevaba hongos secos en una bolsita de cuero, pero también buscaba setas frescas en las zonas boscosas a orillas de aquel río desconocido. Si bien abundaban los hongos, y el grupo se sació de ellos mientras viajaban por aquella extraña tierra de brumas y fantasmas, Bellek buscaba uno en particular, de tallo largo y delgado, y sombrero característico que siempre le había recordado a un pezón de mujer. Eran los hongos que, al ingerirlos, transportaban a la persona a un plano metafísico en el que moraban seres sobrenaturales.

Laliari agradecía que Bellek y Alawa siguieran en el clan, pues los ancianos eran los miembros más preciados del grupo, y juntos, de ello estaba convencida, encontrarían la luna.

Como si percibiera sobre él la mirada de la joven, Alawa se detuvo en seco y se volvió para observarla entre la bruma. También los demás se detuvieron y miraron a Alawa con expresión alarmada. El silencio que los envolvía era aterrador, pues era el silencio de los fantasmas que callaban, de los malos espíritus listos para el ataque.

Varias de las mujeres atrajeron hacia sí a niños y bebés. El momento pareció prolongarse en el tiempo. Laliari contenía el aliento y los demás aguardaban en tensión. Entonces Alawa tomó alguna decisión secreta y reemprendió la marcha.

He aquí la decisión secreta de Alawa: aún no había llegado el momento de comunicar a los demás lo que sabía y que tanto la entristecía. Había leído las piedras mágicas e interpretado sus sueños, había escudriñado el humo de la hoguera y seguido el vuelo de las chispas, y todos los indicios apuntaban a una terrible verdad que se había grabado inexorable en la mente de Alawa.

Para garantizar la supervivencia del clan, los niños debían morir.

Por la tarde, la niebla se disipó, tal como habían previsto, y les permitió contemplar un paisaje de bosque desconocido y una ribera arenosa antes de que el sol se pusiera y les arrebatara la luz.

Se detuvieron a descansar. Mientras Keeka y las otras madres jóvenes amamantaban a los bebés, y las adolescentes iban a buscar agua, Laliari abrió las últimas reservas de dátiles y los distribuyó entre las integrantes del grupo. Los habían recolectado días antes en un pequeño palmeral junto al río. Todas arrojaron piedras a los racimos de fruta carnosa que pendían en lo alto de los árboles y obtuvieron una cosecha abundante. Dieron cuenta de una parte allí mismo y con el resto llenaron las cestas que llevaban a la espalda.

Mientras las demás comían, Alawa se apartó del grupo y buscó un rincón soleado para leer sus piedras mágicas. Al mismo tiempo, Bellek, encorvado y miope, escudriñó cada rama, cada arbusto y cada brizna de hierba para determinar si aquel lugar podía traerles suerte, pero hasta entonces apenas había hallado magia buena.

Sesenta y cinco mil años antes no se le había ocurrido a un hombre llamado León que su pueblo podía alterar las circunstancias en las que vivía. Sin embargo, sí se le había ocurrido a una muchacha llamada Espigada, y fueron sus acciones las que garantizaron la supervivencia de su raza. Tal era el legado que dejó a sus descendientes, el conocimiento de que no tenían por qué vivir a merced de su entorno. No obstante, a lo largo de los siglos y milenios, a medida que los humanos se multiplicaban y ensanchaban los límites de su mundo, los descendientes de Espigada fueron adoptando una actitud extrema respecto al cambio y el control, y ahora intentaban constantemente dominar hasta el último detalle del entorno a base de no ofender y aplacar a los fantasmas. Tenían que estar siempre ojo avizor a fin de mantener el equilibrio de su mundo, pues el más mínimo desliz enojaría a los espíritus y haría que el infortunio se cerniera sobre la gente. Cada vez que se disponían a cruzar un río, pedían a los espectros: «Espíritu de este río, deseamos cruzarlo en paz». Cuando mataban a un animal, le pedían perdón. Se pasaban la vida «leyendo» el mundo que los rodeaba. Mientras que, sesenta y cinco mil años atrás, sus ancestros no habían prestado atención alguna a un volcán humeante, Laliari y su familia veían señales en cada chispa de las brasas. Esa era la razón por la que Alawa, al interpretar los movimientos de sus piedras mágicas, se preguntó qué habrían hecho mal en el Mar de los Juncos para que acabara engullendo a los cazadores. Por supuesto, no habían sabido que se convertiría en un mar, de modo que no tenían modo de invocar su espíritu. Pero a buen seguro había habido alguna señal... Siempre había alguna señal. ¿Qué habían pasado por alto que podría haber evitado la catástrofe?

Y señales capaces de prevenir la siguiente catástrofe, pensó sombríamente, pues una vez más la colección de guijarros y piedras transmitidas de generación en generación desde la primera guardiana de los cuernos de gacela revelaba el mismo mensaje: los niños tenían que morir.

Por entre los árboles contempló al miserable grupo de mujeres y niños. Todos estaban cansados por la falta de sueño. Los atormentaban las pesadillas, sueños espeluznantes que Alawa creía consecuencia del hecho de que no habían celebrado velatorio por los muertos. De haber celebrado el habitual velatorio silencioso, los desgraciados espectros no poblarían los sueños de los vivos.

Su propia hija, corriendo, perseguida de cerca por un invasor que la agarró por el cabello, la arrojó al suelo de espaldas y la golpeó una y otra vez con el garrote.

Al principio apareció tan solo un puñado de invasores a los que Doron y los cazadores habían podido ahuyentar sin mayor dificultad. Sin embargo, empezaron a llegar más forasteros que habían oído hablar de la exuberante sabana repleta de caza, y luego más invasores, que cubrieron las colinas occidentales como hormigas hasta vencer al pueblo de Alawa. Obligados a desplazarse hacia el norte, dieron con otros asentamientos, parientes a los que veían en la reunión anual de los clanes. Se encontraron con el Clan del Cocodrilo, del que Bellek había llegado muchas estaciones atrás, y el Clan de la Garza, cuna de Doron. Con la ayuda de los parientes, el pueblo de Alawa había intentado plantar cara al enemigo y luchar; pero los invasores, más fuertes, numerosos y nada dispuestos a compartir el munificente valle, resistieron.

El pequeño Hinto, hijo de la hija de Alawa, agarrado por el brazo y arrojado al aire para quedar empalado en la lanza de un invasor. Istaqa, Guardiana de la Choza de la Luna, volviéndose para arrojar una lanza a un enemigo, golpeada con una piedra en el rostro con tal fuerza que se le partió el cráneo. La sangre filtrándose en la tierra. Los gritos de las víctimas. Los gemidos de los moribundos. Terror ciego, pánico. La anciana Alawa corriendo para salvar la vida, sus pisadas al ritmo del corazón desbocado. El joven Doron y los demás en la retaguardia para proteger a las mujeres y a los ancianos.

Tal vez deberían celebrar ahora el velatorio, pensó Alawa al tiempo que se levantaba con dificultad. Tal vez ello aplacaría a los espectros enojados que atormentaban sus sueños. Sin embargo, existía un problema, pues celebrar el ritual significaría pronunciar los nombres de los muertos, lo cual a su vez quebrantaría el tabú más poderoso del clan.

Miró a los niños con una profunda sensación de tristeza. Muchos de ellos habían quedado huérfanos al morir sus madres a manos de los invasores. También estaba el pequeño Gowron, hijo de la hija de su hija, que jugaba con una rana que había encontrado. Alawa le había perforado ella misma la naricita con el hueso de garza que impedía la entrada de malos espíritus por las fosas nasales. Le partía el corazón saber que debía morir.

Volvió su atención hacia Bellek, que encorvado y entre jadeos exploraba los tamariscos en busca de señales. Tenía que encontrar la luna, de modo que era esencial que se concentrara en cada detalle, ya que un solo error podía cernir la desgracia sobre ellos.

Ya en su tierra ancestral, la gente vivía en temor constante del mundo que los rodeaba. La muerte hacía su aparición con frecuencia, rapidez y tal brutalidad que incluso allí, entre piedras y árboles tan conocidos, a orillas del río que era su hogar, había razones suficientes para vivir atemorizado. Todo el mundo procuraba no ofender a ningún espíritu, pronunciaba los hechizos a todas horas, llevaba los amuletos apropiados y realizaba los gestos que habían aprendido en su más tierna infancia. Pero uno de los problemas a los que se enfrentaban en aquella tierra desconocida residía en que ignoraban los nombres de las cosas. Veían flores y árboles que les resultaban ajenos, pájaros de plumaje nuevo, peces que no habían visto jamás. ¿Cómo debían llamarlos? ¿Cómo asegurarse de que ninguna desgracia sobrevenía al Clan de la Gacela?

Mientras Alawa observaba al anciano chamán ocupado en sus interpretaciones, agachándose para examinar un guijarro, olisquear una flor o deslizar tierra entre sus dedos, se preguntó cómo reaccionaría a su noticia. Se le ocurrió que tal vez a Bellek no le gustara la idea de tener que sacrificar a los niños, aunque de ello dependiera la supervivencia del clan.

También se le ocurrió que Bellek había dejado de ser útil.

Alawa siempre había despreciado a los hombres porque no creaban nueva vida, y a menudo se había preguntado por qué la luna engendraba siquiera varones. Tal vez en su valle de origen, los hombres sirvieran para traer a casa carne de rinoceronte e hipopótamo, tarea demasiado pesada para las mujeres, y proporcionar así alimento para varias semanas. Pero su nuevo hogar estaba repleto de comida, por lo que los cazadores ya no eran necesarios. ¿Era esa la razón por la que sus sueños y piedras mágicas le ordenaban sacrificar a los niños, como un modo de purificar el clan?

Alawa volvió su atención a los niños mientras comían, jugaban o succionaban los pechos de sus madres. Se fijó sobre todo en los varones, de edades comprendidas entre la más tierna infancia y la pubertad, pues los que la rebasaban habían dejado a sus progenitoras para unirse a los cazadores, de modo que habían muerto en el Mar de los Juncos. Mientras los miraba, pensó de nuevo en los cazadores muertos, en la luna perdida, en las pesadillas que atormentaban a las mujeres..., y el aterrador pensamiento que había cobrado forma en su mente días antes regresó con más fuerza. Los ahogados eran desgraciados y estaban celosos de los vivos. Por eso poblaban los sueños de las mujeres. ¿Cómo no iban a poblarlos, si no habían celebrado ningún velatorio por ellos? Era bien sabido que los muertos estaban celosos de los vivos, razón por la que todos temían tanto a los espíritus. ¿Acaso los cazadores muertos no estarían especialmente celosos de los niños varones, que crecerían y acabarían por ocupar sus lugares?

Pese a que detestaba la idea de llevar a cabo el sacrificio, Alawa ya había tomado una decisión. Mientras los cazadores siguieran sintiendo celos de los niños y, por tanto, atormentaran a las mujeres, la luna no regresaría. Y sin la luna, el clan perecería. Por tanto, los niños debían ser sacrificados a fin de ahuyentar a los fantasmas. De ese modo, la luna regresaría y volvería a poner bebés en los vientres de las mujeres, y el clan sobreviviría.

En el siguiente alto, las mujeres se sentaron apoyadas contra los árboles para amamantar a los bebés y hacer arrumacos a sus demás hijos. Algunos de ellos habían agotado sus fuerzas y lloraban.

Todos ellos habían perdido seres queridos en el Mar de los Juncos: hijos, hermanos, sobrinos, tíos, compañeros... Bellek había visto morir a sus hermanos menores; Keeka, a los hijos de las hermanas de su madre; Alawa, a cinco hijos y a doce hijos de sus hijas; Laliari, a sus hermanos y a su amado Doron. Era una pérdida incomprensible e inconmensurable. Cuando la ola engulló a los cazadores, las mujeres habían empezado a correr orilla arriba y abajo, gritando y gimiendo mientras buscaban algún rastro de supervivientes. Dos de ellas se habían arrojado a las aguas turbulentas y no habían regresado. Las mujeres acamparon en la nueva orilla durante una semana, hasta que Bellek, tras ingerir hongos mágicos y adentrarse en el mundo de los muertos, decretó que aquel lugar traía mala suerte y que debían marcharse. Fue entonces cuando se dirigieron al norte para encontrar un inmenso y espeluznante mar, desde donde viajaron tierra adentro, a la búsqueda de la luna.

Sin embargo, aún no la habían encontrado, y las mujeres empezaban a desesperar.

Al ver lágrimas en las mejillas de Keeka, Laliari metió la mano en la bolsita que llevaba colgada del cinto, sacó un puñado de nueces y se las ofreció a su prima.

Keeka había sido una mujer rolliza antes de que llegaran los invasores. Le encantaba comer. Vivía en una choza con su madre, la madre de su madre y sus seis hijos, y cada noche, tras la colación común, volvía corriendo a la choza para esconder en ella la comida que se había escondido bajo la falda de paja. También le gustaba mucho copular con hombres y no se hacía de rogar, pese a lo cual los cazadores que entraban y salían de su choza a menudo le llevaban regalos, por lo que del techo de la choza de Keeka colgaban pescados secos, cuartos traseros de conejo, cebollas, dátiles y mazorcas de maíz. Sin embargo, a nadie le importaba, pues todos los miembros del clan comían en abundancia.

Mientras Keeka engullía las nueces, Laliari miró entre los árboles y vio una figura trágica envuelta en la niebla. Sin Nombre. A Laliari la asombraba que la pobre criatura hubiera sobrevivido tanto tiempo, estando como estaba apartada del clan y obligada a seguirlo de lejos entre la espesa bruma. Laliari la compadecía. La gente temía a las mujeres sin hijos porque las creían poseídas por un mal espíritu. ¿Cómo si no se explicaba que la luna no les hubiera dado progenie? Antes de la llegada de los invasores, Sin Nombre vivía en los flecos del asentamiento, tratada como un ser invisible, comiendo los restos desechados por la familia. Se le había prohibido tocar la comida de los demás, su agua y sus chozas. Ningún hombre se acercaba a ella, por muy necesitado que estuviera de satisfacción sexual.

Sin Nombre no había nacido marcada por la mala suerte. De hecho, había iniciado su andadura como cualquier otra muchacha. Laliari recordaba el día en que el clan celebró su primer flujo lunar, el trato especial que recibió de acuerdo con la tradición. Todo el mundo pronunció su nombre con regocijo, la mimó y le llevó obsequios y comida. El clan celebraba una fiesta aún mayor cuando una mujer quedaba embarazada por primera vez, ya que a partir de entonces ocupaba una posición mucho más elevada en el grupo. Pero el flujo lunar de Sin Nombre había seguido apareciendo, las estaciones llegaron y se fueron sin que tuviera ningún bebé, y la gente empezó a mirarla con suspicacia, hasta que finalmente la convirtieron en una proscrita, la despojaron de su nombre y de la posición que ocupaba en el clan.

Si bien Laliari se había acostumbrado a la pobre criatura que los había seguido desde el Mar de los Juncos, la sombría presencia de Sin Nombre le produjo en aquel momento un escalofrío. Si la luna no reaparecía, ¿acabarían todas como ella?

Angustiada, Laliari cerró los dedos en torno al amuleto mágico que llevaba colgado del cuello, un talismán de marfil tallado durante la luna creciente. También lucía un collar confeccionado con más de cien cadáveres de avispón que con gran minuciosidad había recogido, secado y limpiado. Parecían nueces pequeñas y producían un leve tintineo cuando caminaba. No se trataba de un elemento decorativo, sino que los espíritus de los avispones debían protegerlos a ella y al clan, ya que aquellos insectos protegían con inusual fiereza su hogar. Asimismo, la bolsita que llevaba colgada del cinturón trenzado de su falda de paja contenía los valiosos pétalos y semillas de la flor del loto, su protector espiritual personal.

Sin embargo, en aquellos instantes no hallaba consuelo en amuletos y collares. Ella, sus hermanas y sus primas habían perdido su tierra, a sus hombres y la luna. Si al menos pudiera pronunciar el nombre de su amado Doron...

Pero los nombres constituían una magia muy poderosa y no debían pronunciarse con frivolidad, pues simbolizaban la esencia de una persona y guardaban relación directa con su espíritu. Puesto que los nombres implicaban magia y suerte, además de determinar cómo transcurriría la vida de una persona, no se asignaban a la ligera, sino tras un intenso proceso de reflexión e interpretación de señales. En ocasiones se cambiaba algún nombre durante la adolescencia, tras un gran acontecimiento en la vida de la persona en cuestión o bien de acuerdo con la ocupación a la que se dedicaba, como era el caso de Bellek («be-'l-ek»), que significaba «lector de señales». Laliari, «la-li-iari», que significaba «nacida entre lotos», debía su nombre a que su madre había ido a buscar agua al río cuando dieron comienzo los dolores del parto. Durante el resto de sus días, Laliari sería protegida por la flor del loto. Keeka, «tee-ka», que significaba «hija del sol poniente», se llamaba así porque había nacido en ese momento del día. Freer, «fr-e'-er», el «halcón que extiende las alas», había sido el más poderoso de sus cazadores, y su nombre no volvería a usarse jamás. Traía mala suerte pronunciar el nombre de un difunto, ya que invocaba su espíritu desgraciado; por ello, Laliari se veía obligada a callar el nombre de Doron y, por tanto, a relegar al propio Doron al olvido.

Se arrebujó en la piel de gacela. Cuando ya no pudieron soportar el frío por más tiempo, las mujeres desenrollaron los hatillos que llevaban a la espalda, pieles de animales que utilizaban para construir las chozas. En su hogar, cuando el río fluía bajo, vivían en la orilla, pero cuando iniciaba su crecida anual y anegaba la ribera, todos desmontaban las chozas y se dirigían a terrenos más elevados, donde erigían nuevos refugios con pieles y colmillos de elefante. Cuando se vieron obligadas a huir de los invasores, las mujeres enrollaron y ataron sus valiosas pieles y se las cargaron a la espalda. Ahora las empleaban como capas para resguardarse del frío que azotaba aquella tierra extraña.

Tiritando, Laliari pensó de nuevo en Doran, en el calor que le proporcionaba por las noches en la choza de su madre. Se le llenaron los ojos de lágrimas. Laliari amaba a Doron porque había sido muy bueno y paciente con ella tras la muerte de su bebé. Si bien casi todos los hombres lloraban la muerte de cualquier niño, porque representaba una pérdida para el clan, se recobraban pronto y no comprendían la prolongada aflicción de las madres. A fin de cuentas, razonaban, la luna siempre daba más hijos a las mujeres. Pero Doron la había comprendido. A pesar de que nunca experimentaría lo que era tener un hijo o una hija, y que el único parentesco que podía unirlo a un niño se produciría a través de los hijos de su hermana, comprendía que el bebé de Laliari era carne de su carne, y que ella lo lloraría como él habría llorado la muerte del hijo de su hermana.

Y ahora Doron había muerto, engullido por la furia de un nuevo mar.

Alawa profirió una exclamación alarmada. ¡Los árboles estaban llorando!

No era más que la niebla, tan densa en el valle que la humedad se había acumulado en las ramas y las hojas goteaban como lluvia. Pero Alawa sabía lo que significaba: los espíritus de los árboles estaban disgustados.

Hizo un gesto de protección y retrocedió a toda prisa. Se sentía más atemorizada cada día. Pese a que Bellek insistía en que más al norte tenían más probabilidades de encontrar la luna, Alawa no estaba tan segura. Su exilio había sido extraño y desconcertante, empezando por el mar interior que no contenía peces ni vida de ninguna clase. Al viajar hacia el este desde el mar que carecía de orilla opuesta y encontrar un cuerpo de agua sin peces ni algas, rodeado de una playa de sal en la que no crecían moluscos ni juncos, un mar sin vida, en definitiva, las mujeres se habían alarmado. Incluso Alawa juró no haber visto jamás nada tan extraño. Pero entonces siguieron la orilla salada y dieron con un río que fluía al revés.

Demasiado temerosos para seguir avanzando, los integrantes del grupo acamparon en la orilla del río que fluía al revés mientras Bellek ingería sus hongos mágicos para adentrarse en la tierra de las visiones. Al volver en sí declaró que aquel nuevo río era un lugar seguro pese a su extraña corriente, y que debían seguir su curso, pues la luna se encontraba al norte, más allá de la niebla.

Así pues, reanudaron el viaje, avanzando primero por una tierra seca, pedregosa y sin apenas vegetación, para llegar a un punto donde crecían sauces, adelfas y tamariscos. Pero a medida que continuaban hacia el norte, el río se estrechó cada vez más, convirtiéndose en un hilo sinuoso y flanqueado de escarpadas colinas. ¡Qué distinto del río ancho de riberas llanas que había sido su hogar! Sin embargo, la pesca era abundante, al igual que los árboles frutales. Encontraron uva silvestre, granadas, miel y gran cantidad de higos. Al llegar a los pequeños y frondosos árboles cargados de frutas oleosas de cáscara dura, recolectaron cuantas avellanas eran capaces de cargar.

Pero era una tierra radicalmente distinta a la suya. En su valle, la gente se apartaba del río al inicio de la crecida anual, desmontando las chozas para volver a erigirlas en tierras más altas. Allí permanecían durante toda la inundación, a la espera de que las aguas remitieran. Luego esperaban a que la hierba y los cereales brotaran de forma arbitraria en el lodo reciente, con la esperanza de que los espíritus del río les proporcionaran un año más el apreciado grano. La cosecha consistía en una recolección caótica de cascabillos de maíz y espigas de trigo que arrojaban al fuego para tostarlas. Una vez consumidos todos los cereales, el clan volvía a alimentarse de pescado, huevos y pájaros hasta el año siguiente.

Sin embargo, no parecía que aquel río tortuoso inundara nunca sus orillas, y a pesar de la abundancia de comida, cuanto más avanzaban a lo largo de la orilla del río que fluía hacia el sur, más los atemorizaba su naturaleza. Aquel río fluía como una serpiente, con tantos recodos que el grupo de Alawa caminaba ora hacia el oeste, ora hacia el norte y ora hacia el este, como si el río no se decantara por ninguna dirección.

Vieron cosas aún más extrañas. Al norte del mar muerto llegaron a una llanura muy extensa cubierta de frondosa hierba. Pero ¿dónde estaban los animales? Bellek inspeccionó la tierra y halló rastros de excrementos, de modo que por allí habían pasado manadas en algún momento. ¿Dónde estaban? ¿Acaso la extraña niebla nocturna se había llevado a los animales al igual que se había llevado la luna?

Entonces llegaron junto a los árboles que lloraban. La angustia de Alawa crecía con cada noche sin luna, cada nuevo día sin mujeres preñadas. Se imponía sacrificar a los niños muy pronto, ya que de lo contrario perderían la luna para siempre.

Al atardecer vieron otra cosa que los dejó asombrados. Las mujeres y los niños enmudecieron con los ojos muy abiertos, en un principio incapaces de comprender el espeluznante espectáculo. Al pie de un acantilado se levantaba una montaña de esqueletos, cientos de antílopes apilados unos sobre otros, los cráneos aplastados, los huesos rotos. Alawa alzó la mirada y vio la pared desnuda cerniéndose sobre los cadáveres. Aquellos animales se habían precipitado por el precipicio a una muerte segura. ¿Por qué? ¿Qué los había asustado hasta ese extremo?

Las mujeres siguieron adelante, ansiosas por dejar atrás los infortunados espíritus de los animales.

Por fin alcanzaron la orilla de un lago de agua dulce que mucho más tarde recibiría el inadecuado nombre de «mar» de Galilea. El lago, flanqueado de frondosos árboles y arbustos, tamariscos y rododendros, estaba repleto de peces, y en la orilla abundaban las aves. La niebla se había disipado y los últimos rayos de sol aún caldeaban la tierra. Mientras husmeaba el viento y examinaba las nubes, Bellek levantó su bastón decorado con amuletos mágicos y colas de gacela, y declaró que la magia del lugar era buena, por lo que esa noche acamparían allí.

Mientras él y la vieja Alawa celebraban el ritual nocturno, consistente en salvaguardar el campamento de los malos espíritus, grabando símbolos protectores en los troncos de los árboles y disponiendo piedras en un orden ritual, las mujeres desenrollaron las pieles para formar cortavientos. Puesto que no tenían costillas de elefante, les resultaría imposible construir chozas, de modo que clavaron troncos y ramas robustas en la tierra para sujetar a ellos las pieles. Los miembros del Clan de la Gacela vivían en comuna, es decir que las chozas no se asignaban a familias, sino a grupos definidos con una finalidad ritual. Las chozas más amplias se destinaban a los cazadores, que dormían en ellas separados de las mujeres; las chozas individuales quedaban reservadas a los venerados ancianos. También había chozas para las jóvenes que aún no tenían hijos, la choza de la luna para las mujeres, la choza del chamán, la choza para la iniciación de jóvenes cazadores, así como algunas construcciones matriarcales en las que convivían abuela, madres, hermanas y niños pequeños. Las cabañas siempre eran redondas, a fin de que los espíritus no pudieran esconderse en ningún rincón.

Aquella noche, mientras se aprestaban a montar el campamento antes de la puesta de sol, sus prioridades eran la choza de Alawa y la choza de la luna.

Durante la menstruación, las mujeres eran vulnerables y necesitaban protección contra los malos espíritus y los fantasmas enojados que siempre esperaban la ocasión para poseer a un humano vivo. Eran momentos de magia poderosa, cuando se decidía si una nueva vida comenzaría en el vientre de una mujer. Cada mujer miraba la luna para que su fase le indicara cuándo debía apartarse de los demás. Llegado el momento, se retiraba con sus amuletos mágicos y su comida especial para aguardar la aparición de las señales. Si se presentaba el flujo lunar, significaba que no había nueva vida en su interior, pero si no llegaba, significaba que estaba encinta. Por ello, la choza lunar era la primera en construirse mientras Alawa entonaba hechizos protectores alrededor de la entrada, confeccionaba cuerdas de cauri, poderosos símbolos de los genitales femeninos, y trazaba dibujos mágicos en la tierra con almagre para simbolizar la valiosa sangre lunar.

La segunda choza era para Alawa. Pocas mujeres vivían más allá de la menopausia, y las que lo conseguían eran tratadas con gran respeto, pues se creía que poseían una gran sabiduría lunar.

Durante su búsqueda de alimento, las mujeres dieron con un nuevo tipo de planta, un arbusto que les llegaba a la rodilla, cargado de vainas que contenían semillas blanquecinas y carnosas. Tras comprobar que el fruto no era venenoso, procedieron de inmediato a recolectar los garbanzos. Entretanto, Bellek se acercó al agua y, pese a su escasa visión, detectó vida en la zona poco profunda del lago, y se le hizo la boca agua con la idea de saborear una cena a base de pescado asado. Los adultos enviaron a los niños a buscar bayas y huevos tras advertirles con severidad que debían observar los tabúes correspondientes pese a hallarse en tierra extraña, así como procurar no ofender a ningún espíritu.

Por fin, Alawa encargó a una persona que montara guardia por si aparecía la luna, con instrucciones de despertar a todo el mundo si la veía. Si tenían suerte, aquella sería la noche en que verían salir la luna antes de que la niebla volviera a envolverlo todo.

Mientras las mujeres y los niños se congregaban alrededor de la reconfortante hoguera para comer y asearse unos a otros, remendar cestas, afilar lanzas, amamantar bebés e intentar olvidar sus temores, Alawa se dirigió sin ser vista a la orilla. Si la luna no se mostraba aquella noche, decidió, debería actuar. Al día siguiente sacrificarían a los niños varones.

Mientras alimentaba a sus seis hijos, Keeka siguió con la mirada a la anciana, que se alejaba con el cuerpo otrora orgulloso y ahora encorvado bajo el peso de los cuernos de gacela. Keeka sospechaba desde hacía tiempo que algún secreto atormentaba a la anciana. Sabía de qué se trataba: Alawa se disponía a elegir a su sucesora.

Puesto que la guardiana de los cuernos de gacela era la persona más importante del clan, siempre le asignaban la mejor choza y la mejor comida. Keeka quería convertirse en la sucesora de Alawa, pero no se trataba de solicitarlo, sino que la decisión se tomaba sobre la base de las señales y tras interpretar los sueños. Una vez hecha la elección, la sucesora viviría de forma constante junto a Alawa a fin de aprender la historia del clan, escuchar las historias y grabárselas en la memoria, al igual que Alawa había hecho tantos años antes, cuando era una mujer joven. A la larga historia del clan se añadiría ahora un relato: la invasión de las gentes procedentes del oeste, la fuga del clan río arriba, el ahogamiento de los hombres en el nuevo mar, la pérdida de la luna y la búsqueda de un nuevo hogar.

Mientras Alawa desaparecía entre la vegetación que bordeaba el río, un grito estridente llamó la atención de Keeka. Su prima Laliari se había subido a uno de los niños huérfanos al regazo y le hacía cosquillas. Keeka adoptó una expresión sombría, pues temía que Alawa se decantara por Laliari.

Había empezado a odiar a Laliari dos años antes, cuando el apuesto Doron se unió al Clan de la Gacela. Keeka había hecho cuanto estaba en su mano para seducir al joven, pero él solo tenía ojos para Laliari, lo cual era inusual, pues las relaciones físicas entre hombres y mujeres siempre eran aleatorias y promiscuas, con pocas reglas y ningún compromiso. Sin embargo, Doron y Laliari desarrollaron un afecto mutuo que les hizo perder el interés por los demás, una relación precursora del matrimonio y los vínculos de por vida, conceptos que tardarían otros veinticinco milenios en aparecer.

Cuanto más deseaba Keeka al joven y apuesto cazador, y cuanto menos caso le hacía este, tanto más se acuciaba su deseo, hasta que se convirtió en una auténtica obsesión. Cuando Doron se ahogó en el Mar de los Juncos, Keeka experimentó una alegría malsana, pues tampoco Laliari podría tenerlo ahora. A la sensación de triunfo sobre su prima se añadía el hecho de que Laliari no tenía descendencia, ya que su hijo había muerto sin cumplir la primera estación. Y puesto que en aquella tierra no había luna que pudiera darle más hijos, Keeka, madre de seis retoños, la miraba con profunda condescendencia.

Detestaba la idea de que Laliari fuera elegida sucesora de Alawa.

Después de comer y asearse llegó el momento de las historias. Las mujeres esperaron a que Alawa apareciera junto al fuego e iniciara sus relatos nocturnos. El pueblo de Laliari necesitaba las historias porque estas los vinculaban con el pasado y los hacían sentirse parte integrante de un cosmos por lo demás incomprensible y aterrador. Las historias los conectaban con la naturaleza; los mitos y las leyendas resultaban reconfortantes en su familiaridad y desvelaban los misterios. Las mujeres y los niños siempre guardaban silencio cuando Alawa empezaba a recitar con voz frágil y ronca: «Hace mucho,

mucho tiempo…, antes de que existiera el Clan de la Gacela, antes de que existieran los hombres, antes de que existiera el río…, nuestras madres llegaron del sur. Nacieron del vientre de la Primera Madre, quien les ordenó viajar al norte para encontrar un hogar, y llevaron consigo el río. Cada noche, cuando salía la luna, hacían fluir el agua, hasta que por fin llegaron a nuestro valle y supieron que su viaje había terminado…».

A medida que se prolongaba la ausencia de Alawa, las mujeres intentaron controlar el miedo. Sabían que buscaba la luna, pero ahora que había caído la noche, la niebla volvía a extenderse por el valle, y las mujeres sospechaban que Alawa no vería el preciado disco.

Laliari alzó la mirada e intentó ver algo a través del techo de bruma. La luna era más que la dadora de bebés y reguladora del cuerpo de la mujer; también proporcionaba su valiosa luz durante la noche, cuando más falta hacía, a diferencia del sol, que lucía inútil durante el día, cuando no había necesidad alguna. También a diferencia del sol, cuyo rostro era tan brillante que no podía mirarse, una podía contemplar la luna durante horas sin quedar cegada. Dependiendo de sus fases, la luna abría capullos por las noches, incitaba a los felinos a cazar y henchía las mareas. La luna era previsible, tranquilizadora, como una madre. Cada mes, tras los aterradores días de la Luna Oscura, los miembros del clan se congregaban en el lugar sagrado junto al río para presenciar la primera salida de la Luna Bebé, un fino gajo en el horizonte. Todos lanzaban suspiros de alivio y luego vitoreaban y danzaban mientras la luna ascendía por el cielo, ya que significaba que la vida seguiría.

Mientras Laliari abrazaba a uno de los niños huérfanos, recordó al niño al que había dado a luz un año antes. La luna se lo había dado poco después de que Doron se uniera al clan. Sin embargo, el bebé no vivió mucho, y Laliari se vio obligada a llevarlo a las peñascosas colinas del este y dejarlo allí. A partir de entonces, con frecuencia contemplaba el sol naciente e imaginaba a su niño allí, preguntándose si su espíritu sería desgraciado. Siempre experimentaba el impulso de volver al lugar donde lo había dejado, pero traía mala suerte acercarse al lugar de las cosas muertas. Si alguien moría en una choza, la quemaban, y el clan se desplazaba río arriba para montar un nuevo campamento.

Rememorando la época de la enfermedad y la muerte de su hijo, Laliari se culpaba a sí misma, pues sin duda había ofendido a algún espíritu sin darse cuenta, y este la castigó matando a su niño. Y eso que Laliari siempre ponía mucho cuidado en seguir las reglas y obedecer las leyes de la magia y la fortuna. ¿Era esa la razón por la que su territorio había sido invadido por forasteros antes de que los cazadores perecieran en el mar asesino de los juncos? ¿Acaso el clan entero había pasado por alto algún ritual? En tal caso, ¿cómo podían esperar sobrevivir en su nuevo hogar si no conocían ninguna de sus reglas?

Sabía que traía mala suerte pensar en los muertos, pero recordar a Doron la reconfortaba. El día en que se habían conocido, por ejemplo. La reunión anual de los clanes tenía lugar durante la inundación, cuando el río desbordaba sus orillas. Miles de personas acudían de todas partes, erigían chozas circulares e instalaban símbolos de sus respectivos clanes. Durante la reunión se zanjaban las disputas, se determinaban los linajes, se formaban y consolidaban las alianzas, se intercambiaban noticias y chismes, se saldaban las deudas, se cumplían las venganzas y, lo más importante, se intercambiaban familiares. Las familias con pocas mujeres recibían mujeres de familias con exceso de ellas. En el caso de las familias escasas de hombres, se realizaba la operación inversa. Se trataba de un proceso largo y complejo en el que participaban todos los interesados, y en el que los ancianos intervenían en caso de conflicto. Doron y otro joven habían sido intercambiados por dos muchachas del clan de Laliari. Por aquel entonces, Laliari tenía dieciséis años, y ella y Doron se habían observado disimuladamente durante una semana. Era la primera vez que Laliari reparaba en los fuertes hombros de los varones, en especial de Doron, y este, que a la sazón tenía diecinueve estaciones, se azoraba al contemplar la esbelta cintura y las sinuosas caderas de la joven. Cuando la reunión tocó a su fin, y Doron partió con el clan de Laliari hacia su tierra ancestral, los dos jóvenes ya pasaban todas las noches abrazados.

Abrumada de repente por el dolor, Laliari apoyó la frente en las rodillas y lloró en silencio.

En la orilla del lago, otra alma sucumbía a la aflicción. Mientras contemplaba el agua, Alawa había tomado una decisión dolorosa. Los niños debían morir ahogados, como los cazadores.

Al oír ruido de pisadas se volvió y vio la familiar silueta de Bellek entre los juncos. El anciano permaneció inmóvil junto a ella durante un largo instante, el huesudo pecho agitado por la respiración laboriosa. Sabía desde hacía algún tiempo que Alawa estaba a punto de tomar una decisión importante. «Va a elegir a su sucesora», pensó.

Le habría gustado poder tener voz y voto en la elección, pero solo la guardiana de los cuernos de gacela sabía quién sería su heredera. Nada tenía que ver con opiniones ni votos, sino tan solo con lo que quería el mundo de los espíritus, el espíritu de la gacela. Solo Alawa conocía el contenido de sus sueños y las respuestas de sus piedras mágicas.

—¿Será Keeka? —preguntó en voz baja.

Esperaba que no fuera así, pues Keeka mostraba una glotonería que Bellek consideraba perjudicial para el clan. De haber estado en sus manos la decisión, habría elegido a Laliari, porque la guardiana de las historias del clan debía carecer de egoísmo.

Alawa sacudió la cabeza muy despacio a causa del peso de los cuernos de gacela que la cubrían. Cuando era joven, los cuernos le parecían casi ingrávidos, pero con la edad se habían tornado cada vez más pesados, de modo que ahora el cuello se le doblaba bajo su peso.

—Mañana deben morir los niños —anunció con voz quebrada.

Bellek se la quedó mirando como si no la hubiera entendido.

—¿Qué has dicho?

—Los niños varones deben morir. Los espíritus de los cazadores están celosos de ellos; por eso nos atormentan y alejan de nosotros la luna. Si los niños no mueren, el clan perecerá. Para siempre.

Bellek respiró hondo y trazó un símbolo protector en el aire.

—Los sacrificaremos en el lago —decretó Alawa en tono resuelto—. Los cazadores se ahogaron, así que los niños también deben ahogarse. —Se volvió hacia él con una mirada penetrante—. También tú debes morir, Bellek.

—¿Yo? —exclamó el anciano, muy pálido—. ¡Pero el clan me necesita!

—El clan aún me tendrá a mí. Y si la luna desea que tengamos hombres, nos dará otros.

—Pero ¿qué amenaza puedo representar yo? Los niños sí, pues

crecerán hasta convertirse en cazadores, pero yo no soy más que un anciano.

—Y has puesto celosos a los cazadores porque has sobrevivido —aseguró Alawa, levantando la voz—. ¡Egoísta! ¿Serías capaz de arriesgar la extinción de nuestro pueblo para salvarte?

Bellek se echó a temblar.

—¿Es posible que exista un error?

—¡Cómo te atreves! —gritó Alawa—. ¡Osas poner en duda mis sueños y lo que me han comunicado los espíritus! ¡Tus dudas atraerán la mala suerte sobre todos nosotros! —Agitó las manos ante los ojos como si pretendiera ahuyentar a un mal espíritu—. ¡Niega lo que acabas de decir, porque de lo contrario, todos sufriremos las consecuencias!

—Lo siento —musitó el anciano—. No era mi intención dudar de ti. Los espíritus han hablado. Los... —Se interrumpió, apenas capaz de terminar la frase—. Los niños morirán.

Mientras Alawa dormía arropada entre suaves pieles, Laliari permanecía sentada con la cabeza apoyada contra la pared de cuero. La había sorprendido que la anciana le pidiera que la acompañara a su choza, y no se le habían escapado las miradas de admiración y envidia que le habían lanzado las demás, sobre todo Keeka, pues todas sabían lo que aquello significaba sin duda. Alawa estaba contemplando la posibilidad de hacer de Laliari su sucesora.

Pero la anciana se había dormido de inmediato, y en la reducida choza hacía calor. Laliari dobló las rodillas contra el pecho, se las abrazó y descansó la cabeza sobre los antebrazos. No había pretendido quedarse dormida, pero al despertar, la luz de la brumosa mañana ya se filtraba por los resquicios de la tienda. Y supo, aun antes de mirarla, que Alawa había muerto.

La joven salió de la choza aterrorizada. Nunca había estado tan cerca de una persona en el momento de su muerte. ¿Adónde había ido el espíritu de Alawa? Laliari recordaba que en su antiguo hogar, junto al río, un hombre y una mujer dormían juntos todas las noches. Una mañana, al despertar, el hombre descubrió que la mujer había muerto; Bellek lo había examinado y proclamado que el hombre estaba ahora poseído por el fantasma de la difunta, de modo que el clan lo había expulsado del campamento para siempre. Nunca volvieron a verlo.

Presa del pánico, Laliari se tapó la nariz en un intento tardío de impedir que el fantasma de la anciana se apoderara de ella. Sus lamentos despertaron a los demás. De inmediato procedieron a desmantelar la choza de Alawa y a preparar el velatorio. Bellek examinó a Laliari con minuciosidad, escudriñando el interior de sus orejas, ojos, boca y vagina hasta quedar satisfecho.

—No hay ningún espíritu —sentenció con firmeza para tranquilizarla.

Tal vez Alawa era demasiado anciana para que su espíritu abandonara su cuerpo con rapidez suficiente, como sucedía en el caso de personas más jóvenes. Tal vez el viejo fantasma aún pugnara por salir de su cárcel de carne. Bellek comunicó a las trastornadas mujeres que debían celebrar un buen velatorio para cerciorarse de que, cuando reemprendieran su camino, la vieja Alawa no los siguiera para atormentarlos.

Era un ritual tan antiguo como el mundo, transmitido de generación en generación desde el primer pueblo para llorar a los muertos. Bellek trazó un círculo en la tierra alrededor del cadáver de Alawa y entonó las palabras mágicas. Entretanto, las mujeres comieron y bebieron hasta saciarse, ya que ayunarían durante todo el siguiente ciclo solar. Incluso los niños debían sentarse en silencio junto a sus madres y abandonar el círculo tan solo cuando las vejigas repletas los obligaran a alejarse unos instantes. Debía reinar un silencio absoluto, y nadie debía comer ni beber, pues ello disgustaría al espíritu del difunto y despertaría sus celos. Todo el mundo sabía que los fantasmas eran entes desgraciados; a fin de cuentas, nadie quería morir. Y puesto que eran desgraciados, querrían hacer también desgraciados a los vivos y por tanto atormentarlos. El objetivo del velatorio consistía en convencer a los fantasmas de que aquel era un lugar aburrido, sin comida, bebida ni risas, para que así buscaran mejores parajes a los que dirigirse.

Bellek cubrió el cadáver con una manta de piel de gacela, explicando a las mujeres que lo hacía para impedir que el espíritu de Alawa poseyera a alguna de ellas. Sin embargo, también existía otro motivo. Nadie había reparado en las marcas que había en el cuello de la anciana ni en la expresión de terror que se congeló en su rostro al morir, prueba de que Alawa había malinterpretado sus sueños y cometido el error de creer que los cazadores querían ver sacrificados a los niños. Solo podía haber muerto de miedo y estrangulación si los espíritus de los cazadores se habían deslizado en su choza para acabar con ella.

Por fortuna, Alawa no había revelado su plan a nadie, y Bellek guardó el secreto. Mientras viviera, los niños… y él estarían a salvo.

Después de que las afligidas mujeres velaran el cadáver durante un día y una noche, los estómagos encogidos por el hambre, las bocas resecas por la sed, las articulaciones doloridas por la falta de movimiento y los niños inquietos e irritables, distribuyeron las pertenencias de Alawa según las necesidades de cada uno, entregando los cuernos de gacela a Bellek, dejaron el cadáver donde estaba, levantaron el campamento y siguieron avanzando hacia el norte.

Las noches se tornaron más frías, la niebla aparecía cada noche; las mujeres del Clan de la Gacela, desconocedoras del otoño y sus brumas, así como del hecho de que esa estación daría paso a las lluvias invernales, creían que estaban atrapadas en la niebla para siempre. Tiritaban en sus precarios refugios, dormían poco y apenas lograban entrar en calor, hasta que una noche las despertó una feroz tormenta que en nada se parecía a las que habían experimentado en el pasado, una tempestad que llegó rugiente del oeste, descendió por las montañas cercanas y barrió el frágil campamento con un viento gélido y una lluvia que parecían compuestos de mil lanzas. Las mujeres pugnaron por conservar las chozas, pero el malvado vendaval, aullando como una bestia herida, arrancó las pieles de gacela y se las llevó a través del lago turbulento. También desarraigó árboles y arbustos, lanzando por los aires ramas empapadas mientras las mujeres aterrorizadas se apretujaban unas contra otras e intentaban proteger a los niños.

Cuando terminó y el alba dejó al descubierto un paisaje asolado, las mujeres contemplaron una escena que las dejó anonadadas. Las lejanas montañas, antes verdes, se habían teñido de blanco.

—¿Qué es? —preguntó Keeka, abrazando a sus hijos mientras otras mujeres lloraban y gritaban de miedo.

Laliari miró con fijeza las distantes cumbres y sintió que se le formaba un nudo en la garganta. ¿Qué significaban aquellas montañas blancas? ¿Acaso se habían transformado en fantasmas? ¿Significaba que el mundo tocaba a su fin?

Tiritando, el viejo Bellek, con los labios y los dedos irritados por el frío cortante, contemplaba entristecido el lago, donde las pieles de gacela flotaban sobre el agua. No temía las montañas blancas, pues largo tiempo atrás, cuando era niño, había oído historias de algo llamado nieve. El mundo no se acababa, pero el tiempo estaba cambiando. Decidió que, si querían sobrevivir, deberían hallar algún refugio más sólido.

Se volvió hacia el oeste y contempló los acantilados que se erigían verticales y lisos desde la llanura ondulante. Estaban surcados de cavernas que suponía cálidas y secas, aunque no le gustaba la idea de resguardarse en cavernas. Su pueblo nunca había vivido en cuevas y, por supuesto, nunca las había explorado. En las cuevas vivían los murciélagos y los chacales, y peor aún, los espíritus de los infortunados muertos. Sin embargo, pensó mientras se frotaba los brazos helados, sin los colmillos de elefante y sin las pieles de gacela, ¿cómo podrían las mujeres erigir chozas suficientemente robustas?

Cuando anunció su decisión de examinar las cuevas, se elevó un coro de protestas. Pero Laliari reconoció al instante la sabiduría de su decisión y se ofreció a acompañarlo. No obstante, había pasado toda la tormenta confinada en la choza de la luna, y su flujo mensual aún no había cesado, de modo que se vieron obligados a esperar.

Al tercer día pudo viajar, así que reunieron comida y agua, y dedicaron un día a los preparativos espirituales. Partieron armados hasta los dientes con poderosos amuletos y símbolos místicos pintados sobre la piel para protegerse de los fantasmas y los seres sobrenaturales. Mientras las demás mujeres y los niños se despedían de ellos entre tristes sollozos, la valiente pareja partió rumbo al oeste.

Alcanzaron los acantilados a mediodía y se detuvieron a comer dátiles y huevos de chorlito, así como a entonar cantos destinados a apaciguar a los espíritus hostiles. A continuación, Laliari abrió la marcha y encontró el paso más fácil entre los cantos rodados antes de retroceder para ayudar a Bellek. Hallaron un tosco sendero que conducía a las cuevas y sus salientes rocosos, un camino alfombrado de huesos de animales y herramientas de pedernal, indicadores de que algún pueblo había vivido allí antaño.

Laliari caminaba cantando, más para avisar a posibles moradores de su presencia que para aplacar a los espíritus. Si alguien vivía en aquellos parajes, no quería sobresaltarlos ni cogerlos desprevenidos. Convenía más darse a conocer, ya que un acercamiento ruidoso demostraría que no tenían nada que ocultar y que venían en son de paz.

Pero no se toparon con nadie.

Las cuevas de piedra caliza eran profundas y tenebrosas, habitadas tan solo por impresionantes estalagmitas. En cada una de ellas, Laliari y Bellek vieron herramientas de piedra en el suelo, hachas, raspadores y cuchillas, así como restos de caballos, rinocerontes y ciervos, lo que indicaba que en tiempos habían vivido y comido en ellas seres humanos. Lo que los dos exploradores no podían saber era adónde habían ido aquellos humanos que habían dejado hogares carbonizados, utensilios rotos y, en algunos casos, desconcertantes símbolos pintados en las paredes de piedra caliza.

Tras inspeccionar las cuevas durante un día y una noche, Laliari y Bellek empezaron a desalentarse. Si bien eran sin lugar a dudas excelentes refugios que otros habían encontrado más que habitables, el hecho de que otros seres humanos hubieran vivido allí era precisamente la razón por la que Bellek no podía llevar allí a su gente. Las cuevas que eligieran debían de estar libres de vestigios humanos y de espíritus, ya que de lo contrario atraerían sobre sus cabezas el peor de los infortunios.

Al segundo atardecer empezó a caer una llovizna que tornó resbaladizas las rocas. Mientras ascendían por el borde del precipicio hacia la siguiente cueva, Bellek perdió pie y cayó. Laliari consiguió agarrarlo, pero no antes de que el afilado canto de una roca se le clavara en la espinilla. Laliari lo ayudó a subir el resto del camino hasta la cueva, donde se apresuraron a resguardarse de la lluvia.

En ella no solo vieron pruebas de presencia humana pasada, sino también los rescoldos de una hoguera reciente. Al percibir en el aire el aroma de comida cocida, un hambre canina superó su temor a los desconocidos. Se aprestaron a buscar algún morador, pero la cueva parecía desierta, de modo que al poco empezaron a buscar comida. En un momento dado, Laliari comprobó que la tierra de la cueva estaba removida y recordó que, en ocasiones, su pueblo almacenaba o «sazonaba» carne en la tierra. Cayó de rodillas y empezó a escarbar. De pronto, sus dedos toparon con algo suave y firme que parecía un animal, y Laliari sonrió a Bellek. Con un poco de suerte podrían comer. Pero al apartar más tierra y comprobar qué había enterrado allí, lanzó un grito y se alejó de un salto.

Bellek se acercó cojeando y echó un vistazo al hoyo.

Un niño pequeño yacía de costado con las rodillas dobladas contra el pecho. A su alrededor, alguien había dispuesto herramientas de pedernal y cuernos de cabra, y el cadáver estaba cubierto de pétalos de jacinto y malva, así como agujas de pino. Bellek trazó en el aire una señal protectora y se apartó dando tumbos. ¡Se hallaban en presencia de un niño recién muerto!

Laliari miró al anciano con ojos abiertos de par en par a causa del terror, y antes de que tuviera ocasión de preguntarle qué debían hacer para salvarse, una forma negra, enorme y velluda, irrumpió en la cueva, se abalanzó sobre Laliari y la derribó.

La joven se defendió con uñas y dientes, rodando por el suelo en violento forcejeo. Cuando por fin logró incorporarse, la bestia la agarró por el tobillo y tiró de ella hacia atrás. Acto seguido le rodeó la cintura, la levantó en volandas y con fuerza inhumana y un brutal rugido la estrelló contra la pared de la cueva, donde se golpeó la cabeza. Haciendo caso omiso de Bellek, que había quedado petrificado por el terror, la bestia, que resultó ser un hombre vestido con pieles, corrió hacia el hoyo funerario y procedió a cubrir al niño muerto.

Al cabo de unos instantes, Laliari volvió en sí, y cuando su cabeza se despejó y pudo enfocar la vista, se encontró sentada con la cabeza apoyada contra la pared de la cueva, con Bellek acurrucado a su lado, cubriéndose la pierna ensangrentada con la mano. Luego volvió la mirada hacia el centro de la cueva y presenció una escena asombrosa.

El bruto que la había atacado estaba acuclillado junto al hoyo donde yacía el niño muerto y emitía extraños sonidos mientras agitaba los brazos como un hombre poseído por un espíritu. La invadió una oleada de terror y se sintió tentada de salir corriendo de la cueva para alejarse lo más posible del cadáver, pero la pierna de Bellek sangraba profusamente y el anciano estaba muy pálido. Se acercó a él, le rodeó los hombros con el brazo e intentó decidir, pese a su aturdimiento, qué debían hacer para protegerse.

Entretanto el hombre, que seguía haciendo caso omiso de los dos intrusos, acabó sus cánticos y esparció los últimos pétalos sobre la tumba. Luego se acercó a la hoguera y la avivó. El humo desaparecía por un conducto de ventilación invisible del techo. Al volverse hacia los desconocidos comprobó que la muchacha lo miraba con los ojos muy abiertos.

El hombre había salido a cazar, así que sacó los dos conejos que había obtenido, los desolló y los arrojó sobre las llamas. Cuando uno de ellos quedó carbonizado, limpió las cenizas acumuladas sobre él y procedió a engullirlo. El hombre se llamaba Zant y era el último miembro de su pueblo que quedaba en el valle.

Mientras comía, Zant contemplaba huraño a las dos figuras acurrucadas contra la pared. El anciano gemía por el dolor que le causaba la herida sangrante, y la muchacha lo abrazaba con expresión temerosa. Debería haberlos matado por quebrantar un tabú tan importante como era profanar una tumba. Tal vez aún lo hiciera, pensó allí sentado.

Pasaron las horas. El desconocido seguía acuclillado junto a la cálida hoguera, el rostro iluminado por las llamas. En un principio, Laliari creyó que era un animal porque nunca había visto a un hombre cubierto con pieles. Además, era muy feo, pensó, pues la frente prominente y la enorme nariz le conferían aspecto de bestia. Lo más inquietante era el color de sus ojos, discernible a pesar de la distancia; eran azules, como el cielo. Era la primera vez que Laliari veía ojos azules, y se preguntó si serían ojos de fantasma. ¿Era esa la razón por la que no temía hallarse en presencia de un cadáver?

Cuando los gemidos de Bellek se hicieron más audibles, el desconocido se levantó y se acercó a ellos. Laliari se puso en pie de un salto para situarse entre Bellek y el hombre, pero este la empujó a un lado y se puso en cuclillas. Laliari lo observó con suspicacia mientras examinaba la herida. Al más mínimo gesto amenazador, defendería a Bellek con su vida. Pero lo único que hizo el desconocido fue sacar algo de una bolsita que llevaba al cinto y aplicarlo a la herida. Bellek hizo una mueca al sentir el contacto de su mano y Laliari se preparó para saltar. Sin embargo, el dolor del anciano pareció menguar al cabo de un instante, y el desconocido se dirigió de nuevo hacia la hoguera. Laliari volvió a sentarse de inmediato junto a Bellek, observando con detenimiento la piel desgarrada de su pierna y olisqueando la herida para determinar qué había aplicado sobre ella el desconocido. Al poco, el desconocido regresó con un odre lleno de agua y un conejo asado, y alargó ambas cosas a Laliari.

Pese a que estaba desfallecida, la joven vaciló. En su clan, la distribución de los alimentos estaba sujeta a una serie de reglas muy complejas, y el consumo de carne dependía de numerosas circunstancias, tales como qué cazador había cazado al animal y en qué condiciones, quiénes eran la madre y la madre de la madre del cazador, qué ancianos tenían derecho a comer primero, en qué fase se encontraba la luna... ¿Cómo podía estar segura de que aquel desconocido había pronunciado los hechizos correctos al matar al animal? Desde luego, no lo había oído entonar las invocaciones apropiadas al desollar el conejo y arrojarlo a las llamas.

La idea de comer carne tabú le producía una sensación vaga e inquietante de sacrilegio, pero la carne estaba tostada, rosada y jugosa, además de despedir un aroma delicioso. Y el pobre Bellek se estaba relamiendo. El hambre venció toda prevención y Laliari acabó por aceptar el ofrecimiento.

Sintió deseos de devorar la carne de inmediato, pero la ley del clan dictaba que Bellek debía comer en primer lugar, de modo que empezó por arrancar varios bocados con los dientes para masticarlos y ofrecerle la papilla resultante. Fue un proceso lento y laborioso, durante el cual el desconocido permaneció en cuclillas, observándolos.

Parecía fascinado por la falda de paja de Laliari, que contemplaba sin dejar de ladear la cabeza mientras tocaba las fibras con un dedo curioso. También tiró del cinturón de hierba trenzada, apartándoselo de la cintura, como si le desconcertara que le creciera hierba de la piel. Luego se quedó mirando con fijeza la aguja de marfil que le perforaba la nariz, y cuando alargó la mano para tocarla, Laliari se la apartó con brusquedad.

Una vez el anciano quedó saciado y cerró los ojos, exhausto, Laliari devoró el resto del conejo, rebañando los huesos y lamiéndose la grasa de los dedos sin desviar la mirada del feo desconocido.

Al cabo se aburrió y regresó junto al fuego. En la cueva hacía calor y por fin todos se durmieron. Laliari despertó durante la noche y vio al hombre yaciendo de bruces sobre la tumba, llorando. Estaba perpleja. Desde luego, comprendía el dolor, pero ¿acaso no sabía el desconocido que atraería sobre sí la mala suerte si permanecía tan cerca de un cadáver? Laliari habría querido huir de la cueva, pero en esos momentos caía una lluvia torrencial, y la herida de Bellek le impedía caminar. De nuevo poblaron su mente visiones del niño muerto, y pensar en su espectro acechando entre las sombras no le permitió volver a conciliar el sueño.

Por fin, el desconocido se incorporó y, tras permanecer sentado durante un largo instante sobre el montículo de tierra, como si ponderara una decisión en su mente, indicó por señas a Laliari que se sentara con él junto al fuego.

Laliari titubeó hasta que la curiosidad pudo más que ella. Miró a Bellek, sumido en un sueño inquieto, y por fin se dirigió hacia la hoguera tras rodear la tumba en un amplio círculo.

Se sentó con las piernas cruzadas y contempló las pertenencias del desconocido apiñadas junto a su lecho de pieles. Había lanzas con punta de sílex, hachas, bolsitas de cuero repletas de objetos misteriosos, así como cuencos de piedra llenos de nueces y semillas. Se calentó las manos sobre la lumbre y, sin levantar la cabeza, estudió al desconocido entre las pestañas. Sobre su pecho velludo se veían collares de huesos y marfil ensartados en tiras de tendón. Su cabello largo y enmarañado estaba adornado con cuentas y conchas. Pequeños tatuajes color violeta salpicaban sus brazos y piernas. En definitiva, ofrecía el mismo aspecto que cualquier hombre de su propio clan, a excepción de los toscos rasgos faciales.

Se preguntó por qué estaría allí solo, adónde habría ido su pueblo.

—¿Quién eres? —le preguntó por fin, mirándolo fijamente.

El hombre sacudió la cabeza sin comprender.

Mediante gestos repetitivos, señalándose a sí misma y a él, consiguió por fin hacerle entender la pregunta. El hombre se golpeó el pecho y de su boca brotó un sonido parecido a «Ts'ank't». Pero cuando Laliari intentó reproducirlo, lo que más se acercaba era «Zant». Por su parte, «Laliari» le resultaba tan inteligible al desconocido que por mucho que se fijaba en sus labios y su lengua para intentar pronunciarlo, lo único que conseguía articular era «Lali», de modo que así la llamó.

Intentaron seguir comunicándose; Zant pronunciaba los nombres de otras cosas, como la cueva, el fuego, la lluvia, incluso Bellek, empleando palabras de su lengua, pero a Laliari le costaba mucho repetirlas. Y cuando ella decía algo en su idioma, Zant intentaba articularlo, pero desistió al cabo de un rato. Por fin callaron, conscientes de las limitaciones que entrañaba la comunicación entre ellos, y contemplaron las llamas mientras ponderaban el milagro de haberse topado con un humano de otro mundo. Pero una pregunta obsesionaba a Laliari, y por fin no le quedó más remedio que formularla, de modo que señaló el montículo de tierra en el centro de la cueva y miró a Zant con expresión inquisitiva.

Se sobresaltó al comprobar que los ojos del hombre se llenaban de lágrimas. Pocos hombres de su clan lloraban abiertamente, y cuando vio las lágrimas rodar por las mejillas de Zant, Laliari se alarmó. Las lágrimas tenían poder, al igual que la sangre, la orina y la saliva. Sin embargo, el hombre se limitó a enjugárselas y articular una palabra ininteligible. Laliari lo miró desconcertada, y el hombre la repitió una y otra vez mientras señalaba el montículo, hasta que por fin la joven comprendió que pronunciaba el nombre del niño.

Horrorizada, Laliari dio un respingo y miró a su alrededor en busca del fantasma del niño a la vez que hacía gestos frenéticos para protegerse.

Zant no comprendía nada. Le gustaba pronunciar el nombre del niño, le proporcionaba consuelo. ¿Por qué se asustaba la mujer? Se levantó, regresó junto a la tumba, se arrodilló y palmeó cariñosamente la tierra que la cubría, pero Laliari se limitó a seguir sacudiendo la cabeza.

Zant reflexionó unos instantes, volvió junto al fuego, se puso en cuclillas, deslizó la mano en la piel que le cubría el torso y sacó una pequeña piedra gris que alargó a Laliari.

Al ver que no la cogía, masculló una palabra y para inmensa sorpresa de Laliari esbozó una sonrisa que transformó su rostro. De repente, sus facciones toscas dieron paso a las de un hombre idéntico a los suyos. De nuevo le ofreció la piedra, y Laliari acabó por aceptarla. La sostuvo en la mano con el ceño fruncido, sin comprender.

La piedra gris, a todas luces modelada con herramientas, le cubría toda la palma de la mano. Era puntiaguda en ambos extremos, mientras que la parte central se componía de protuberancias lisas y redondeadas. Laliari no supo qué era hasta que Zant le rozó el pecho desnudo con la yema del dedo antes de repetir el gesto en una de las protuberancias de la piedra. Laliari examinó el objeto con mayor detenimiento, hasta que por fin reconoció la forma. Era una mujer embarazada.

Profirió una exclamación ahogada; era la primera vez que veía una figura con forma humana. ¿Qué magia le permitía sostener en la mano a una mujer tan pequeña?

En aquel momento, las llamas del fuego arrancaron intensos destellos a la figurilla, y Laliari distinguió en el interior de su abdomen la piedra azul más bella que había visto en su vida. Parecía agua congelada, o bien un pedazo de cielo estival. Era azul como los ojos de Zant, y cuando la luz del fuego se reflejaba en ella, el efecto resultaba tan impresionante que Laliari quedó fascinada.

Se acercó la piedra al rostro para escudriñar su deslumbrante corazón. El fuego chisporroteaba y Bellek roncaba en su rincón. Laliari siguió examinando las cristalinas profundidades azules hasta que por fin lo vio... Lanzó un grito.

¡En el interior de la piedra azul vio un bebé acurrucado en el seno de la mujer!

Zant intentó explicarle que, largo tiempo atrás, sus antepasados habían arrebatado la piedra azul a los invasores del sur, y que una mujer chamán de su tribu la había hecho engastar en el vientre de aquella figurilla de piedra. Lo que Laliari no sabía era que cuando los ancestros de Zant habían seguido a las manadas de animales hacia el sur, hacia climas más templados, devolvieron la piedra azul a los territorios de sus propietarios originales, los descendientes de Espigada, a cuyo grupo, irónicamente, pertenecía Laliari.

El hombre intentó explicarle la relación existente entre la figurilla preñada y el niño muerto, pero pese a que se esforzaba por comprender, Laliari permaneció en la inopia.

De repente se oyó un gemido, y Bellek gritó el nombre de Laliari. La joven se acercó a él y lo vio acurrucado de costado y temblando como una hoja. Intentó frotarle las extremidades frías y caldearlo con su aliento, pero sus temblores no hicieron más que intensificarse y sus labios se tornaron azules. Zant la apartó con delicadeza, levantó al frágil anciano en sus brazos y lo llevó junto al fuego. Tras tenderlo en el círculo de calor, Zant cogió una de sus pieles y lo arropó en ella. Al cabo de un rato, los temblores remitieron y Bellek se sumió en un tranquilo sueño. Zant apoyó una de sus enormes manos sobre la frente del viejo y murmuró unas palabras que Laliari no alcanzó a descifrar.

El estado de Bellek siguió empeorando. Su herida supuraba, y ardía de fiebre. No obstante, Zant cuidaba con diligencia de él. A pesar de la lluvia torrencial, cada día salía de la cueva y volvía con alimentos que el anciano podía comer, como raíces blandas, huevos y nueces convertidas en papilla, así como medicamentos, como áloe para la herida y corteza de sauce empapada en agua caliente para la fiebre. Presenciando los atentos cuidados que Zant dispensaba al anciano, sosteniendo su frágil cabeza para ayudarlo a beber o cantándole en su extraña lengua, el recelo y la repulsión iniciales que Laliari sintió hacia él se desvanecieron.

Sin embargo, seguía siendo un hombre misterioso.

¿Por qué estaba solo? ¿Dónde estaba su gente? ¿Acaso su clan había muerto por la ausencia de la luna? ¿Era el niño enterrado en su tumba el último de sus congéneres y por ello ahora estaba solo?

¿Qué había sucedido con los animales del valle, adónde habían ido?

Por último, estaba la mujer embarazada con seno de piedra azul. ¿Qué significaba?

Además de todas estas preguntas que poblaban su mente, también le preocupaba su gente, acampada junto al lago. Sin los poderes de Alawa y Bellek quedarían indefensos y vulnerables. A buen seguro estarían aterrados, ya que su gente jamás había vivido tantos días seguidos de lluvias. Mientras miraba la entrada de la cueva y la lluvia torrencial que no cesaba, pensó en la luna perdida, en los animales desaparecidos del valle, en Zant, el último representante de su pueblo, y se preguntó si el mundo estaría a punto de acabarse.

Mientras Zant seguía cuidando de Bellek en su intento de devolverle la salud, era tiempo de exploración para el hombre y la mujer de dos razas distintas. Zant enseñó a Laliari el poder curativo de las hierbas que crecían en el valle, y Laliari recolectaba raíces y verduras para mostrarle cómo las cocinaba su pueblo. Sin embargo, a Zant no le hacían ninguna gracia aquellos alimentos, pues los suyos solo comían carne, y rechazaba las verduras con gestos desdeñosos.

—Para caballos —decía—, no para hombres.

Explicó que formaba parte del Clan del Lobo, y que los lobos eran carnívoros. Laliari nunca había visto un lobo.

Por toda la cueva se veían esparcidos unos curiosos cuencos de piedra, cada uno de los cuales contenía residuos de grasa animal quemada. Zant le mostró su finalidad prendiendo fuego a uno y alargándoselo a Laliari, quien se lo quedó mirando asombrada. Era una luz que ardía de forma constante. Puesto que su pueblo no moraba en cuevas, sino en chozas con aberturas al cielo y, por tanto, a las estrellas y la luna, nunca habían inventado lámparas. Y si bien habían aprendido a transportar brasas para encender los fuegos futuros, nunca transportaban fuego.

Zant llevaba objetos en bolsas confeccionadas con vejigas, estómagos y pieles de animales. Laliari, procedente de un valle donde abundaban las hierbas altas y los juncos, llevaba una cesta que desconcertaba a Zant, quien nunca había visto hierbas trenzadas.

Puesto que Zant y su pueblo eran carnívoros, nunca se les había dado bien pescar. ¿Qué necesidad tenían, con tanta caza a su alrededor? Pero ahora escaseaban los animales en el valle, además de que la lluvia dificultaba la tarea, de modo que Laliari le enseñó a pescar con una red hecha a base de fibras vegetales y tendones animales. Eligieron un día en que la lluvia cesó el rato suficiente para permitir que el sol asomara entre las nubes, y bajaron a un río repleto de peces. Laliari desplegó la red que llevaba en la cesta, la lastró con piedras y la arrojó a la corriente. Emocionado al ver tantos peces escurridizos atrapados en ella, Zant se zambulló en el agua para recogerla. Sin embargo, resbaló y cayó cuan largo era, y Laliari se retorció de risa cuando el hombre trepó de nuevo a la orilla y se sacudió del modo más cómico. Su vestimenta de pieles estaba empapada, de modo que se la quitó y la puso a secar sobre unos cantos rodados. Al ver su torso desnudo, Laliari dejó de reír.

Su piel era blanca como una nube de verano, pero cubierta de finos pelos negros que relucían por el agua. Su pecho era ancho, sus hombros y sus brazos, poderosos y musculados. Un taparrabo de suave piel le cubría la virilidad, pero sus nalgas desnudas, firmes y blancas, se cubrieron de puntitos cuando el sol se ocultó de nuevo entre las nubes y la temperatura descendió. Cuando Zant levantó los brazos para escurrirse el largo cabello empapado, Laliari vio los músculos y tendones moverse bajo la piel mojada de un modo que le quitó el aliento.

Al cabo de un instante, el sol reapareció, y Zant alzó el rostro para recibir sus rayos. Permaneció completamente inmóvil, el cuerpo desnudo bañado en luces y sombras, reluciente de agua, el cabello largo y negro pendiéndole por la espalda. Laliari observó su perfil, el poderoso pecho echado hacia delante, la pesada nariz oscura vuelta hacia el cielo, y se preguntó perpleja si los lobos tendrían aquel aspecto.

Por fin las nubes cubrieron de nuevo el sol, el día se tornó frío y el instante mágico terminó. Pero no así la fascinación de Laliari. Mientras Zant se agachaba para recoger su túnica empapada, la joven se maravilló de su fuerza y el oscuro misterio que lo rodeaba, y experimentó un nuevo calor en lo más hondo de su ser. De repente, Zant se volvió hacia ella y la miró con aquellos ojos tan azules; y Laliari sintió que el corazón le daba un vuelco desconocido para ella, como si una gacela brincara en su pecho, una gacela gozosa, feliz, pletórica de vida.

Sin embargo, aquella sensación no tardó en dar paso a la tristeza, pues de inmediato recordó la soledad en que vivía Zant.

Cada día, Laliari lo veía salir de la cueva, lanza y hacha en ristre, y desaparecer entre la lluvia. Regresaba al cabo de largo rato, siempre con una presa, pero helado y tembloroso, sin decir nada mientras desollaba al animal y arrojaba la carne a las llamas. Laliari lo observaba ponerse en cuclillas y contemplar las llamas con expresión triste y perdida, y no cesaba de hacerse preguntas. ¿Por qué se había quedado? ¿Por qué no se había marchado de allí? De vez en cuando, Zant alzaba la mirada, como si hubiera percibido la de Laliari. Sus ojos se encontraban, y entonces Laliari sentía que algo, no sabía qué, tenía lugar en los cálidos y humeantes confines de la cueva. Más tarde, Zant les llevaba carne a ella y Bellek, y se cercioraba de que ambos comían antes que él, pese a que la presa era suya. Mientras comía, Laliari sentía su mirada, sus ojos inundados de soledad, inquisitivos, anhelantes.

Pasaban los días buscando comida, las tardes en torpe comunicación y las noches sumidos en un sueño inquieto. Ninguno de los dos poseía las palabras necesarias para describir lo que sucedía, ninguno de los dos podía explicar las emociones desconocidas que los embargaban. Laliari y Zant cuidaban de Bellek para procurar que recobrara la salud, pero ambos percibían que algo más ocurría en la cueva, algo que cobraba forma, como un fantasma, pero no hostil, tal vez un fantasma de fuego, pues ambos sentían un calor ardiente en su interior. Laliari se preguntaba cómo obtenía placer el pueblo de Zant, mientras que este se preguntaba cómo se unían hombres y mujeres en el pueblo de Laliari. Se interponían entre ellos tabúes ignotos y el temor a quebrantarlos.

Cuando un día Laliari abandonó de repente la cueva, llevándose consigo sus pertenencias y algo de comida tras murmurar algunas palabras tranquilizadoras al anciano, Zant lo comprendió. Las mujeres de su clan también se aislaban durante el flujo lunar.

Cinco días más tarde, cuando regresó a la caverna, Zant le mostró algo asombroso que le abrió la mente y le hizo entender muchas cosas.

La lluvia había remitido y el sol brillaba entre las nubes. Tras cerciorarse de que Bellek estaba abrigado y cómodo, Zant cogió a Laliari de la mano, salió con ella de la cueva y ascendió por un angosto sendero que conducía a la cima del acantilado. Allí, en el techo del mundo, bajo un cielo interminable, Laliari sintió que el viento invadía su espíritu y la elevaba a unas alturas insospechadas. A sus pies veía las llanuras y colinas ondulantes que empezaban a cubrirse de verdor primaveral, y a lo lejos, el inmenso lago de agua dulce donde esperaba su gente. Laliari nunca había estado en un punto tan alto ni había visto el mundo desde semejante perspectiva.

Pero no fue aquel paisaje el que despejó las incógnitas. Sin decir nada, Zant la condujo a través de la meseta llana en dirección a su extremo lejano y escarpado. A Laliari la aterraba la idea de acercarse a tan abrupto precipicio, pero Zant le sostuvo el brazo con una sonrisa alentadora. Por fin, la joven se asomó al abismo, y temerosa de que el viento se la llevara, miró abajo.

Lo que vio la dejó sin aliento.

A sus pies, amontonados desde el fondo de una profunda garganta, había innumerables cadáveres de caballos. Animales enteros, con solo el vientre abierto, la piel, los huesos y las colas intactas. El hedor resultaba casi insoportable, pues los animales se estaban descomponiendo. Mediante los gestos de Zant, la espeluznante escena cobró vida en la mente de Laliari. Zant y su gente habían destruido aquella manada. Así era como cazaban. Recordaba las montañas de cadáveres de antílopes con que ella y su pueblo habían topado varias semanas antes. Se habían preguntado por qué los animales se precipitarían hacia su perdición. Ahora comprendía que los habían obligado a ello unos humanos resueltos a destruirlos.

De repente, con mayor horror aún si cabe, reparó en que solo habían aprovechado una pequeña parte de las bestias. Mientras Zant se expresaba con palabras y gestos torpes, Laliari visualizó la carnicería. Vio a la gente de Zant abriendo los vientres de los caballos, muchos de ellos todavía vivos, y asomándose a su interior para arrancar los órganos tiernos y darse un festín de corazones aún en marcha e hígados calientes, pintándose con la sangre de los animales para apoderarse de su espíritu.

Al principio, Laliari reaccionó espantada ante semejante desperdicio. Su gente habría aprovechado cada órgano, cada tendón, incluso las crines. Pero de repente comprendió que el clan de Zant había violado el más importante de los tabúes. Casi todos aquellos caballos eran hembras. Cuando su propio clan cazaba, solo iba tras los machos, puesto que ellos, incapaces de tener crías, no eran necesarios para la supervivencia de una manada. Matar a las yeguas significaba matar a sus futuros vástagos y, en última instancia, destruir a toda la manada. Mientras contemplaba trastornada el derrochador sacrificio y reparaba en que algunas de las yeguas habían estado preñadas, recordó de pronto que su gente no había visto ningún caballo durante el trayecto desde el Mar de los Juncos. ¿Serían estos los últimos ejemplares?

Se volvió hacia el hombre que la excitaba y desconcertaba, que ahora además la horrorizaba y repugnaba, como la noche en que se conocieron. Un hombre capaz de cuidar con infinito mimo la herida infectada de un frágil anciano, pero a la vez de conducir a cientos de caballos hacia una muerte segura sin tan siquiera pestañear. Zant seguía hablando, señalando el norte con su mano nudosa y golpeándose el pecho con expresión orgullosa, bravucona, aunque en sus ojos se advertía la honda soledad que lo había atormentado durante todas aquellas semanas. De repente, Laliari comprendió. Zant no era el último de su raza. Tras matar en exceso en aquel valle, su pueblo se había visto obligado a viajar hacia el norte en busca de otras manadas. Eran el Clan del Lobo, le explicó el hombre, de modo que seguían las jaurías de lobos que, a su vez, iban en pos de las manadas. Su clan estaba acampado a escasos días de viaje hacia el norte, más allá del lago, en las montañas, donde lo esperaban.

Por fin, Bellek se curó, y Zant declaró que había llegado el momento de emprender el viaje para reunirse con su pueblo. Recogió sus pertenencias, y empezaron a despedirse con gran tristeza. Ahora se les permitía tocarse, pues iban a separarse.

—Lali —murmuró Zant en tono tan perdido que la conmovió.

El hombre le acarició las mejillas con sus dedos rugosos, y una oleada de calor le recorrió el cuerpo entero. Le cubrió la mano con la suya y volvió el rostro para besarle la palma callosa con profunda aflicción.

Bajo las cejas pobladas, los ojos azules se veían inundados de lágrimas. Zant intentó pronunciar de nuevo el nombre de Laliari, pero de su garganta no brotó sonido alguno. Emociones sin nombre y sentimientos indescriptibles se adueñaron de ella. Nada la había conmovido jamás de aquel modo, ni el primer abrazo de Doron, ni la visión de su muerte. Aquel desconocido oscuro y desconcertante venido de otro mundo había llegado a rincones de su ser cuya existencia desconocía, despertando un nuevo espíritu hambriento, ardoroso y convencido de que moriría sin Zant.

Zant la estrechó entre sus brazos y ella le rozó las mejillas con los labios, sintiendo su aliento cálido en el cuello y su virilidad urgente contra ella. Zant la tendió sobre el suelo de la cueva y Laliari lo atrajo hacia sí. Él la llamó «Lali» y la acarició con movimientos febriles. Ella murmuró «Zant» y se abrió a él. Era más grande que Doron en todos los sentidos, y la sensación de plenitud le quitó el aliento.

Buen conocedor de aquellos asuntos, Bellek esperó fuera, acuclillado en el saliente rocoso, y procedió a despiojarse.

Zant se quedó con Laliari siete días y siete noches, tiempo que dedicaron a explorarse y descubrirse, cazando y pescando de día, fundiéndose en apasionados abrazos de noche. Cuando por fin se separaron, ambos sabían que jamás volverían a verse. El lugar de Laliari estaba junto a su gente, entre la que, aunque aún no lo sabía, acabaría llevando los cuernos de gacela. Zant, por su parte, debía reunirse cuanto antes con su pueblo en el norte, sin saber que, a causa de su forma de cazar, numerosas manadas de mamuts, caballos, renos e íbices serían obligados a precipitarse por acantilados hasta provocar la extinción de muchas especies. Zant y los suyos migrarían hacia el norte sin saber que su propia raza también estaba al borde de la extinción por razones que seguirían siendo un misterio treinta y cinco mil años más tarde, época en la que su especie recibiría el nombre de «neandertal».

En cuanto Zant se fue, Laliari recogió con tristeza sus pertenencias, y se disponía a regresar al lago con Bellek cuando en una de sus cestas encontró la figurilla con la piedra azul engastada en el vientre. El último obsequio de Zant.

Mientras atravesaban la llanura, con Bellek, que ahora cojeaba, apoyado en Laliari, ambos se preguntaron en silencio si el campamento seguiría allí después de tanto tiempo. Pero entonces vieron el humo de las hogueras, y el viento les llevó risas infantiles. Y al acercarse más vieron…

¡Fantasmas!

Bellek se detuvo en seco y emitió una exclamación ahogada. Pero la visión de Laliari era mejor, y enseguida distinguió que los hombres del campamento no eran fantasmas, sino los cazadores a los que habían creído ahogados, pero que estaban vivos. Apretaron el paso, y pronto Laliari echó a correr, buscando desesperadamente el rostro que más ansiaba ver. Y entonces lo vio.

Doron, que había sobrevivido a la embestida del furioso mar.

La corriente los había arrastrado durante largo rato, explicaron con dramatismo los cazadores a su exaltado público, hasta que por fin los depositó en la orilla opuesta a la de las mujeres. Por ello se habían visto obligados a esperar a que cambiara la marea y el Mar de los Juncos se retirara antes de cruzarlo. No tenían idea de adónde habían ido las mujeres. Tardaron varios días antes de encontrar su rastro y a partir de entonces se limitaron a seguir los símbolos mágicos que Bellek había trazado en los árboles durante el viaje de las mujeres.

De nuevo estaba todo el clan reunido. Laliari miraba a Doron con lágrimas de felicidad en los ojos, pero en sus pensamientos, Zant...

Aquella noche, mientras Bellek los deleitaba con el relato de su estancia en la cueva, pese a que casi siempre había estado dormido, y mientras Laliari pasaba la figurilla de la fertilidad para que todo el mundo la admirara, de repente oyeron un grito procedente de la periferia del campamento. Uno de los cazadores, al que habían asignado la tarea de vigilar por si reaparecía la luna, acudió corriendo y agitando los brazos con expresión enloquecida. Todos se levantaron de un salto y corrieron entre los árboles hasta un claro, donde vieron...

Contuvieron el aliento.

La luna brillaba grande y redonda en el firmamento estrellado.

Aquella noche, el Clan de la Gacela celebró una gran fiesta, en la que Bellek distribuyó hongos mágicos. Al poco, todos se deleitaban con fabulosas alucinaciones, colores intensificados y un acusado bienestar. Los corazones se henchían de afecto mutuo, los pulsos se aceleraban por el deseo. Las parejas fueron retirándose. Doron condujo a Laliari a la intimidad de los juncos y las espadañas. Bellek se encontró entre los brazos de dos entusiastas jóvenes, y Freer, compañero de caza de Doron, buscó solaz entre las piernas calientes y complacientes de Sin Nombre, haciendo caso omiso de su categoría de proscrita.

A la mañana siguiente, todos coincidieron en que no podía ser casual que la luna hubiera regresado al mismo tiempo que Laliari y Bellek. Laliari, en un intento de explicar el desconcertante fenómeno, dijo que la luna debía de haber llegado con la piedra azul que el desconocido le había dado en la cueva.

Los demás dudaron de la conclusión de Laliari y decidieron que estaba equivocada, pero al cabo de un mes tuvieron que rectificar, pues casi todas las mujeres del clan, incluida Sin Nombre, estaban embarazadas. Esta vez examinaron la figurilla con mayor detenimiento y determinaron, más allá de toda duda, de que aquellas protuberancias eran los pechos y el abdomen de una mujer embarazada, y que en el corazón del cristal azul se acurrucaba un bebé.

La piedra había devuelto la luna y, por ende, la vida al clan.

Así pues, celebraron otra fiesta, esta vez para cantar las alabanzas de Laliari. Esta aceptó con modestia el honor, y mientras pensaba con tristeza en Zant, pero con alegría en Doron, no reparó en un par de ojos que la observaban desde el otro lado del círculo, los ojos de Keeka, que no se alegraba un ápice de que su prima hubiera regresado de las cavernas.

Keeka estaba obsesionada con la venganza.

Se había regocijado en secreto al ver que el viaje de Laliari a las cuevas se prolongaba semanas y más semanas. Si bien la asustaba, como a todos los demás, la posibilidad de que Bellek hubiera muerto y por tanto el clan pudiera quedar despojado del anciano que leía las señales y los guiaba, había esperado en su fuero interno que su prima no regresara jamás. Cuando Doron y los otros supervivientes aparecieron un buen día en el campamento, Keeka reconoció la oportunidad de hacer suyo al joven. Casi lo había conseguido, pues Doron empezó a sentarse junto a ella durante la cena y a mostrar interés en copular con ella…, pero entonces, Laliari y Bellek salieron de entre la niebla.

En los siete años transcurridos desde entonces, la categoría de Laliari había subido en el clan. Puesto que todos creían que su piedra de la fertilidad había sacado a la luna de su escondite y permitido que incluso Sin Nombre tuviera descendencia y volviera a ser respetada como madre, el clan la eligió Guardiana de los Cuernos de Gacela. Ahora tenía tres hijos, Doron dormía en su choza en lugar de con los cazadores y todo el mundo la quería. Keeka sentía tales celos que ya no lo soportaba más.

Sin embargo, debía reflexionar minuciosamente sobre el método de su venganza. Laliari no debía saber que era Keeka quien la había matado, pues de lo contrario su espíritu la atormentaría durante el resto de sus días. Pero ¿cómo matar a alguien sin que se enterara? Todos los métodos que se le ocurrían, como lanzas, garrotes o empujar a Laliari por un precipicio, carecían del anonimato requerido. Tampoco podía engañar a su prima como había engañado a la anciana Alawa. Cuando Keeka se deslizó en la choza de la vieja para estrangularla, paso que se había visto obligada a dar tras oírle decir a Bellek que debían sacrificar a los niños, ¡a los hijos de Keeka!, se cubrió el rostro con barro y el cabello con hojas para convencerla de que era un fantasma. Pero Laliari era más inteligente y veía mejor, por lo que sabría de inmediato que su atacante era Keeka.

Las mujeres salían a la llanura para recolectar plantas primaverales. En su nuevo hogar, el clan había adoptado un nuevo ritmo estacional. En lugar de someterse al gobierno de la crecida anual de un río, como hacían en su valle ancestral, situado al oeste del Mar de los Juncos, ahora se regían por la niebla otoñal, la nieve invernal, la floración primaveral y el calor estival. Habían tenido que aprender los patrones de migración de animales de caza y pájaros, así como encontrar los lugares donde abundaban las frutas silvestres y los cereales. Las faldas de paja ya no bastaban para resguardarse del frío invernal, de modo que habían aprendido a confeccionar túnicas y pantalones con pieles. En invierno se cobijaban en las cuevas cálidas y secas de los acantilados, pero en primavera salían de ellas para erigir chozas de paja junto al lago de agua dulce.

Así fue como Keeka recolectaba comida en compañía de otras mujeres cuando dio con una planta que no había visto jamás. Procedía de un territorio situado muy al norte, en las montañas de un país que mucho tiempo más tarde recibiría el nombre de Turquía, y a lo largo de los siglos el viento y las aves habían transportado sus semillas a otros parajes, permitiendo que creciera a orillas del mar de Galilea. Cargada con sus cestas trenzadas y sus palos para escarbar,

Keeka se detuvo para contemplar los largos tallos rojos y las anchas hojas verdes de aquella planta desconocida. El clan había descubierto muchos alimentos nuevos en aquel valle, de modo que aquella planta no representaba ninguna sorpresa. Sin embargo, cuando se inclinó para arrancar una de ellas, vio algo que la dejó petrificada.

Varios roedores muertos yacían entre las plantas.

Keeka profirió una exclamación ahogada y se apartó. ¡En aquel lugar había malos espíritus! Mientras trazaba un gesto protector en el aire y murmuraba a toda prisa un hechizo, algo en los roedores muertos la impulsó a examinarlos más de cerca.

Al poco se dio cuenta de que los animales debían de haber mordisqueado las hojas de aquella nueva planta justo antes de morir. De hecho, uno de ellos seguía vivo, aunque presa de convulsiones que no tardaron en dar paso a la inmovilidad de la muerte. Keeka se mantuvo a cierta distancia, atemorizada por el espíritu ponzoñoso que habitaba la planta, pero no salió huyendo porque en su mente estaba cobrando vida una visión inesperada: Laliari tendida en el suelo como los roedores, asesinada por el espíritu maligno de la planta.

Y de repente vio el instrumento de su venganza.

Tremendamente exaltada, Keeka corrió a la orilla y se cubrió las manos de barro fresco. Acto seguido entonó cantos protectores mientras con mucho cuidado arrancaba el ruibarbo de la tierra. Guardó la planta en la cesta y a toda prisa volvió junto al agua para lavarse las manos a conciencia, sonriendo ante su astucia, pues no sería ella quien matara a Laliari, sino el espíritu de la planta. Mientras volvía junto a la cesta y su contenido mortífero, se imaginó la vida tras la muerte de Laliari, y su sonrisa se ensanchó al pensar en cómo atraería a Doron a su choza.

Los primeros intentos del clan de confeccionar ropas habían sido un fracaso estrepitoso, pues las pieles de las cabras que encontraban se endurecían y tornaban imposibles de manejar, de modo que durante el primer invierno el pueblo de Laliari se había refugiado tiritando en las cuevas. Sin embargo, Laliari sabía cuán suaves y dúctiles eran las pieles que empleaba Zant, de modo que ellas y sus compañeras dedicaron todo el verano siguiente a intentar estirar y raspar las pieles hasta conferirles la suavidad adecuada. A continuación, diseñó unas agujas de hueso para perforar las pieles y así poder coser las costuras. Tal era la razón por la que en esos momentos estaba en la cima de un promontorio ventoso, ataviada con una larga túnica de piel de cabra cálida y suave, los pies calzados con botas de piel y su niñita de ocho meses acomodada en una bolsa de cuero de oveja a su espalda. Los dos hijos mayores de Laliari, Vivek y Josu, perseguían saltamontes, bien abrigados en sus capas y pantalones hechos de suave piel de gacela.

En la cumbre del promontorio, Laliari era una figura notable, alta y orgullosa que escudriñaba el incipiente verdor en busca de los primeros frutos de la primavera, pues llevaba los cuernos de gacela del clan sobre la cabeza, bien sujetos bajo la barbilla con tendones de animales. Estaba pensando en el ajo que crecía junto al río, pero por desgracia era demasiado pronto para recolectarlo. El ajo no podía cosecharse hasta mediado el verano, lo cual era una lástima, pues el clan se había aficionado mucho a él. Examinó la vieja y enorme higuera que se alzaba en la colina, fijándose en sus frutos aún no maduros. Transcurriría otro ciclo lunar antes de que el clan pudiera saborear la dulzura de los higos. Por fin vio un moral que recordaba del año anterior, y se alegró sobremanera al comprobar que las primeras bayas ya estaban listas para la recolección.

Mientras la guardaba en la cesta, la brisa se intensificó un poco y la bañó en el delicado perfume de los jacintos azules que florecían a millares en colinas y prados. También empezaban a abrirse, casi de la noche a la mañana, campos enteros de narcisos de un blanco deslumbrante. Tras pasar varios meses confinados en las cuevas llenas de humo, los miembros del Clan de la Gacela se deleitaban en el renacimiento de la primavera.

También Laliari se sentía acometida por un gozo inexpresable. Su niñita dormía en la mochila y muy cerca, entre las hierbas altas, jugaban sus dos preciosos hijos.

El mayor, Vivek, tenía seis años. Sombreaban sus ojos dos cejas harto pobladas, y pese a su corta edad ya se vislumbraban indicios de la fuerte mandíbula que algún día poseería. No la sorprendía que se pareciera tanto a Zant, pues era la figurilla de la fertilidad de Zant, con la piedra azul en su seno, la que le había dado al niño. El segundo, Josu, era un inteligente chiquillo de cuatro años, rizos dorados y brazos y piernas regordetes. Al día siguiente celebrarían el ritual de la perforación de la nariz. Sería una gran fiesta durante la que le entregarían un hacha pequeña y un collar de conchas compuesto de talismanes de la buena suerte.

Costaba recordar el terror que había experimentado años antes en aquella tierra o que su pueblo había sido en tiempos ajeno a ella. El clan amaba aquel paraje junto al lago. Laliari alzó el rostro para sentir la brisa y pensó en Zant. Esperaba que hubiera encontrado a su gente, que fuera feliz y cazara con ellos. Nunca había regresado a la cueva donde se conocieron, pues en ella yacía un niño muerto, y Bellek la había declarado tabú.

En aquel momento oyó un silbido agudo y al volverse vio a su prima Keeka subiendo por la colina. A pesar del aire fresco, Keeka iba con el pecho descubierto y exhibía orgullosa un hermoso collar de vincapervinca que uno de los cazadores había confeccionado para ella. Keeka había engordado en los años transcurridos desde su huida por el Mar de los Juncos; en cuanto el clan se asentó a orillas del lago, había retomado el viejo hábito de acumular comida.

Sin embargo, para sorpresa de Laliari, esta vez venía para compartir. Al llegar junto a ella le alargó una cesta llena de hojas anchas y verdes, diciendo que se trataba de una planta nueva y deliciosa que había descubierto. Agradecida, Laliari aceptó el regalo y a cambio ofreció a su prima una cesta de moras. Mientras Keeka se alejaba sonriente y embutiéndose moras en la boca, Laliari mordisqueó una hoja y la halló insulsa.

—Mamá.

Bajó la vista y vio que Josu alargaba las manitas, así que entregó sendas hojas a sus hijos. Vivek probó la suya y la escupió con una mueca, pero Josu saboreó encantado su parte.

Después de llenar dos grandes cestas de moras, Laliari llamó a sus hijos y juntos regresaron al campamento. Otras mujeres llegaron con los frutos de su búsqueda, como dientes de león, pepinos silvestres, semillas de cilantro y huevos de paloma, así como grandes fajos de anea para trenzar cestas y comer sus sabrosos meollos. Los hombres volvían con peces atrapados en redes, cestas de lapas y cabras recién desolladas. Todos los alimentos se distribuirían según las reglas, y todos los integrantes del grupo comerían bien.

Entre cánticos rituales, la carne fue descuartizada, asada y distribuida, primero a las madres de los cazadores, luego a los ancianos y así sucesivamente, hasta llegar a los propios cazadores, que comían en último lugar. Laliari amamantó a su pequeña y se cercioró de que sus otros dos hijos recibieran suficiente alimento. Mientras Vivek daba entusiasta cuenta de una yema de huevo, el pequeño Josu siguió mordisqueando la hoja de ruibarbo. Alguien había dado con un campo de trigo nuevo y repartido sus frutos. Todos ataron los tallos y los sostuvieron sobre el fuego hasta que las ahechaduras quedaron carbonizadas. Luego frotaron las espigas para sacar el grano y comérselo.

Después de comer, el campamento se convirtió como de costumbre en un lugar ruidoso. Las mujeres se dedicaban al aseo y trenzaban cestas, los hombres afilaban cuchillos y hablaban de la caza del día... Al poco, Laliari reparó en que Josu se quejaba de que le dolía la boca. Echó un vistazo y vio unas peculiares lesiones en el interior de sus mejillas y labios. De inmediato se alarmó. ¿Acaso lo había poseído un mal espíritu? Josu aún no contaba con la protección de la nariz y los labios perforados.

—Y aquí —murmuró el pequeño, apretándose el vientre.

—¿Te duele aquí?

El chiquillo asintió.

El corazón de Laliari dio un vuelco. Un espíritu había penetrado en el cuerpo de su hijo por la boca y ahora estaba alojado en su estómago.

Mientras intentaba decidir qué hacer, Josu empezó a temblar. Lo abrazó con fuerza.

—¿Tienes frío, mi amor?

El niño la miró con los ojos muy abiertos al tiempo que los temblores se intensificaban.

Otras mujeres se acercaron para ver al niño, apoyar las manos sobre él y murmurar palabras de inquietud.

Laliari lo estrechó entre sus brazos y lo meció. De repente comenzó a respirar con dificultad, y Laliari llamó a Bellek. Cuando el anciano llegó armado con sus amuletos y hechizos, el resto del clan ya se había congregado en torno a madre e hijo. Bellek examinó al pequeño y de inmediato procedió a preparar un remedio. Mientras las llamas de las numerosas hogueras danzaban bajo las estrellas, bañando a los humanos en un juego de luces y sombras, Bellek colocó poderosos talismanes sobre el cuerpo de Josu al tiempo que entonaba ensalmos místicos. Después sumergió los dedos en diversos tarros de pigmento y trazó símbolos curativos sobre su frente, pecho y pies.

La respiración de Josu empeoró.

Desde la periferia del grupo, Keeka presenciaba la escena con infinito desapego mientras comía nueces. A causa de su propia codicia, no se le había ocurrido que Laliari ofrecería las hojas de ruibarbo primero a sus hijos. El espíritu había poseído al niño en lugar de a Laliari, y Keeka era lo bastante lista para saber que no tendría otra oportunidad y que Doron nunca le pertenecería. Aun así, la expresión aterrada de su prima y las lágrimas que le rodaban por las mejillas le proporcionaban cierta satisfacción.

Por entonces, Josu había perdido el conocimiento, y todos los miembros del clan habían quedado sin habla.

De repente, el pequeño fue presa de espantosas convulsiones.

—¡Sálvalo! —imploró Laliari, abrazándolo con fuerza.

Mientras el viejo Bellek se debatía, indeciso, las convulsiones cesaron.

—¿Josu? —musitó Laliari con repentina esperanza.

El pecho del niño se expandió en una inspiración profunda que exhaló con un largo estertor. Y entonces quedó inmóvil.

El velatorio silencioso en honor de Josu fue el más doloroso que el clan había celebrado jamás, e incluso cuando empezaron a levantar el campamento, pues debían seguir adelante y dejar el pequeño cuerpo de Josu a merced de los elementos, todos guardaron silencio, moviéndose con gestos pesados y expresión profundamente afligida.

Sin embargo, pese a que urgía marcharse al término del ritual, Laliari continuaba junto al cadáver de su hijo mientras los demás se cargaban a la espalda los pesados fardos para reanudar la marcha a lo largo de la orilla. Su rostro estaba más pálido que las últimas nieves de las lejanas cumbres. Los miembros del clan se removían inquietos y temerosos de la mala fortuna que Laliari podía atraer sobre ellos.

De pronto, Laliari alzó en volandas el menudo y frío cadáver entre lamentos desgarrados, y su gente se horrorizó. «Debemos dejarla aquí», instó la mitad de ellos. «Pero lleva los cuernos de gacela», argumentaron los demás. Doron se acuclilló junto a ella con el apuesto rostro contraído por la preocupación y alargó a la mano hacia ella, aunque sin atreverse a tocarla.

Tras llorar amargamente durante unos instantes, Laliari se sumió en un extraño y absoluto silencio. Sobre ella descendía una suerte de calma mortal que despojó sus ojos de toda expresión reconocible, aunque en realidad estaban clavados en las cuevas de los acantilados. Recordó entonces la caverna en la que había conocido a Zant y al niño enterrado en ella. Deslizó la mano en la bolsa que pendía de su cinto y sacó la figurilla de piedra con la piedra azul engastada en su abdomen. Al mirarla rememoró la noche en que Zant se la mostró por primera vez, la noche en que sepultó a aquel niño. En ese momento no había comprendido qué intentaba explicarle, pero ahora sí lo entendía. El cristal no representaba un vientre en el que yacía un bebé, sino una tumba en la que yacía un niño.

«Mi hijo no quedará a merced de las bestias salvajes. No quedará a merced del viento y los fantasmas. Y no quedará relegado al olvido.»

Ante las perplejas miradas de los demás, Laliari se aseguró de que su pequeña estaba bien sujeta y dormida a su espalda, levantó del suelo el cadáver de Josu, ordenó a Vivek que se agarrara a su falda y empezó a alejarse del campamento.

Los demás se quedaron donde estaban, preguntándose qué estaría haciendo, pero cuando Bellek salió cojeando tras ella, todos acabaron por seguirla. Sin embargo, guardaban cierta distancia respecto al viejo chamán. ¿Ordenaría este a Laliari que dejara al pequeño y se reuniera con ellos? ¿Adónde se dirigía Laliari?

Obtuvieron las respuestas que esperaban cuando la joven llegó al pie de los acantilados e inició el difícil ascenso por el sendero rocoso que habían utilizado durante los últimos siete años. Se vio obligada a detenerse en varias ocasiones para que Vivek pudiera alcanzarla o para desplazar la pesada carga que llevaba. En varios momentos tuvo que dejar a Josu en el suelo para ayudar a Vivek a salvar cantos rodados demasiado grandes, para luego recoger de nuevo su trágica carga y seguir adelante con paso resuelto.

No miró atrás ni una sola vez.

La cueva que eligió era una que no habían ocupado porque era demasiado pequeña, poco profunda y de techo muy bajo. No obstante, quedaba resguardada de los elementos y tenía el suelo blando y arenoso. Tras dejar a Josu sobre él con suma delicadeza, cogió el palo que siempre llevaba colgado al cinto y empezó a cavar.

Los demás se agolparon en la entrada, mirando y murmurando, sin atreverse a entrar. Al cabo de unos minutos, el bebé rompió a llorar. Laliari dejó de cavar, la sacó de su mochila y la amamantó. En cuanto la pequeña quedó saciada y volvió a conciliar el sueño, Laliari la dejó en un lugar seguro y siguió cavando.

Una vez hubo abierto un hoyo lo bastante hondo, cogió a Josu y con gran ternura depositó su cuerpo en el interior, colocándolo en una postura cómoda, como si estuviera dormido. Luego se levantó y salió de la cueva seguida de los demás. Todos se detuvieron al borde del precipicio rocoso para seguirla con la mirada mientras caminaba entre los cantos rodados, cogiendo flores silvestres y hierbas aromáticas. En cuanto tuvo suficientes, regresó al interior de la caverna y esparció las plantas con cuidado sobre el cadáver antes de cubrirlo de tierra arenosa y apisonarla para conferirle firmeza.

De nuevo se dirigió a la entrada de la cueva, donde Vivek aguardaba con Doron. Asió la mano de su hijo de seis años y lo condujo junto a la tumba.

—No tengas miedo —le dijo—. Tu hermano duerme a salvo de fantasmas y desgracias. No puede hacerte daño. Su nombre es Josu, y siempre lo recordarás.

Todos los miembros del clan profirieron exclamaciones ahogadas. ¡Laliari había pronunciado el nombre del difunto!

No le importaba lo que pensaran los demás ni que Bellek hubiera palidecido mortalmente. Tan solo era consciente del inmenso alivio que la acometió al saber que su hijo descansaría allí, a salvo en aquella cueva, cerca de su familia para siempre jamás.

Cuando por fin salió a la noche bañada por la luna, el bebé de nuevo bien sujeto a la espalda y el pequeño Vivek a su vera, Laliari sostuvo en alto la figurilla de piedra para que los demás la vieran. Todos enmudecieron para escucharla, pues a fin de cuentas, era la Guardiana de los Cuernos de Gacela.

—La Madre da vida, y a la Madre regresa la vida. No debemos

olvidar este regalo que nos ofrece. A partir de ahora, los nombres de los muertos ya no son tabú.

Laliari sabía que a su gente no le resultaría fácil superar tan ancestral tabú, pero ello no hizo tambalear su resolución. Nunca más volvería su pueblo a llorar sin consuelo como ella y las demás mujeres del clan habían llorado en su día la muerte de los cazadores ahogados, sin posibilidad de pronunciar sus nombres. Los muertos no debían quedar sumidos en el olvido, ahora lo comprendía. Era una sabiduría que había aprendido de un desconocido llamado Zant.

ÍNTERIN

Todo el mundo temió a Laliari después de aquel episodio…, al menos durante un tiempo. Sin embargo, al ver que la mala suerte no se cernía sobre el clan por haber pronunciado el nombre de un niño muerto, y que la nueva estación traía consigo gran cantidad de alimento en el valle, empezaron a preguntarse si poseería un poder desconocido. Al morir Bellek la siguiente primavera, Laliari pronunció su nombre durante el velatorio silencioso y rememoró los actos más notorios de su larga vida. Al término de la ceremonia, su cadáver fue depositado en una tumba contigua a la de Josu. De nuevo no se cernió ningún infortunio sobre el clan por el hecho de que Laliari quebrantara el tabú; la gente empezó a perder el miedo y a pronunciar los nombres de seres queridos muertos largo tiempo atrás, hijos y hermanos muertos a manos de los invasores.

Al comprobar que los fantasmas no los atormentaban y que el valle seguía proporcionándoles comida en abundancia, la gente fue olvidando el viejo tabú de los nombres, hasta que pronunciarlos se convirtió en parte integrante de los velatorios silenciosos…, que de este modo dejaron de ser silenciosos para transformarse en ceremonias recordatorias. Puesto que era la sencilla figurilla con la asombrosa piedra azul la que había revelado a Laliari aquellas nuevas leyes, empezó a ser costumbre en las sesiones ir pasando la piedra para que cada miembro la sostuviera mientras cantaba las alabanzas del difunto.

Años más tarde, cuando Laliari fue enterrada en la cueva junto a su hijo, cada miembro del clan tomó la palabra para hablar de lo que mejor recordaba acerca de la anciana Guardiana de los Cuernos de Gacela, pero sobre todo de la época, hacía ya tantas estaciones, antes de que nacieran casi todos los integrantes del grupo, en la que Laliari devolvió la luna y la fertilidad a la gente, y les enseñó a recordar a los muertos.

Después de que la raza humana que estuviera a punto de extinguirla se marchara, la fauna regresó de forma paulatina al valle del Jordán, y el Clan de la Gacela siguió a las manadas, desplazándose con las estaciones para pasar los veranos junto a las frescas corrientes del sur y los inviernos en las abrigadas cuevas del norte. Dondequiera que iban, la figurilla de la fertilidad los acompañaba.

El milagro de la piedra azul residía en su belleza. De haber sido más anodina, como el jaspe, o más opaca y tosca, como la cornalina, a la larga se habría perdido u olvidado. Pero su brillo deslumbrante fascinaba a la gente, y cada generación sucumbía de nuevo a su hechizo, de modo que la reluciente pepita de meteorito cósmico pasaba de mano en mano y permanecía a salvo, venerada, adorada, admirada.

Con el tiempo, la piedra azul devino tan especial que la gente dejó de llevarla consigo como si de un amuleto cualquiera se tratara. Puesto que estaba engastada en el abdomen de una mujer de piedra, le construyeron un hogar en miniatura, una choza diminuta de madera y barro que pusieron a cargo de una guardiana especial. Además de la Guardiana de los Cuernos de Gacela y el Guardián de los Hongos, ahora el clan contaba con el Guardián de la Piedra Mágica.

Diez mil años después de que Laliari y Zant yacieran abrazados, un invierno particularmente crudo azotó el valle, y Galilea quedó cubierta de nieve. Los miembros del Clan de la Gacela permanecían apretujados en las cuevas y el Guardián de la Piedra tuvo un sueño. En él, el cristal azul le decía que estaba cansado de vivir en un cuerpo pequeño. Así pues, los ancianos del clan se reunieron y decidieron que la piedra debía pasar a un cuerpo nuevo, mejor, más grande y apropiado a su poder. Nombraron a unos artesanos para que labraran una nueva figurilla, más detallada y realista, con rasgos faciales e incluso cabello largo de mujer grabado en la cabeza. Le colocaron el cristal en el vientre, pues era el espíritu de la estatua, y también agrandaron la choza en la que moraba, además de añadirle materiales más duraderos, y como ahora pesaba mucho más, hacían falta dos hombres para transportarla sobre una plataforma sujeta por dos postes. Dondequiera que iba el Clan de la Gacela, la estatua lo acompañaba en su casa especial, transportada por hombres que competían por el honor que ello representaba.

El aumento de tamaño de la estatua y su hogar provocó que su espíritu también creciera en la mente de los miembros del clan. Veinte mil años después de que Laliari enterrara a su hijo en una cueva de Galilea, la gente del Clan de la Gacela sabía que entre ellos moraba una diosa. Vivía en el seno de cristal de una mujer de piedra que habitaba una casa propia.

El clan se fue tornando cada más vez más numeroso, hasta que las fuentes de alimento autóctonas fueron incapaces de mantener a todos sus miembros. Por ello se escindieron varios grupos para ocupar otros territorios en los que cazar y recolectar. Sin embargo, todos siguieron siendo miembros de la misma tribu que rendían homenaje a los mismos antepasados y a la misma Diosa, y que una vez al año, en verano, acudían al Encuentro entre Clanes en el lugar donde siempre era primavera, al norte del mar Muerto y al oeste del río Jordán.

Existían dos clanes principales, el occidental y el septentrional, que a su vez se dividían en familias. La familia de Talitha formaba parte del Clan de la Gacela en el norte, mientras que Serophia pertenecía al Clan del Cuervo en el oeste. Era costumbre durante el encuentro anual que se celebraba entre familias y clanes al norte del mar Muerto, que la Diosa y su casa pasaran a manos de otra familia, que cuidaba de ella durante todo el año siguiente. Las generaciones futuras declararían que no era casual el hecho de que el verano en que Talitha descubrió el mágico zumo de uvas fuera también el verano en que la Diosa estuvo a su cuidado.

Y fue entonces cuando empezaron todos los problemas.

Aunque en realidad, dirían los cuentacuentos, los problemas habían empezado años antes, cuando Talitha y Serophia eran jóvenes, y los clanes estaban asentados al norte del mar Muerto, soportando el abrasador calor estival. No era cosa rara que de vez en cuando aparecieran forasteros, cazadores que preferían vivir y viajar solos, sin afiliarse a clan ni familia algunos. Aquellos hombres descendían de las colinas con alguna presa recién cazada y buscaban en el campamento alguna hoguera junto a la que compartir la carne con quien la desollara y asara. Talitha, una rolliza madre de cinco hijos, tenía reputación de tener siempre dispuesta una buena hoguera que nunca se apagaba. Mantenía sus piedras de cocción siempre calientes y conocía los secretos de numerosas especias. El desconocido que llegó aquel verano, un fuerte cazador llamado Bazel, de hombros cubiertos con suave piel de oveja, dio con la tienda de Talitha, donde se quedó una semana, disfrutando de su lecho y sus guisos. Cuando se mostró dispuesto a continuar camino, pues era de natural vagabundo, Talitha decidió que quería conservarlo, de modo que lo tentó con sabrosos cereales tostados y zumo de uva, artes que había perfeccionado con el tiempo y que no revelaba a nadie más.

El cazador permaneció otra semana en la tienda de Talitha. Cierta mañana salió a cazar gacelas en las colinas, y al regresar no se dirigió a la tienda de Talitha, sino a una choza de paja situada al otro lado del río, donde moraba otro clan. La choza pertenecía a una mujer llamada Serophia, más joven y delgada que Talitha, y con menos hijos. Allí pasó otras dos semanas colmadas de placeres antes de volver la mirada inquieta al horizonte. Mientras que los hombres de ambos clanes estuvieron encantados de verlo partir, pues deseaban a Talitha y Serophia para ellos mismos, las dos mujeres no eran de la misma opinión, pues cada una de ellas quería conservar al cazador de forma permanente.

La consiguiente contienda se convirtió en el entretenimiento principal de aquel verano, y fue la comidilla de ambos clanes durante muchos años. Talitha y Serophia lanzaron una campaña que, en opinión de los cazadores, rivalizaba en táctica con la mejor de las cacerías y batallas. Bazel se hallaba en el centro de ella, más contento que unas pascuas, dividiendo su tiempo entre la tienda y la choza, repartiéndose tan democráticamente como podía. Nunca había estado tan bien alimentado ni disfrutado de tanto sexo. Fue un verano que jamás olvidaría.

Pero llegó el día en que los videntes decretaron la disolución del encuentro, de modo que los clanes debían disponerse a partir hacia sus hogares invernales. Talitha y Serophia se desesperaron, pues Bazel todavía no se había pronunciado.

Más tarde, nadie supo explicar lo sucedido. Llovían acusaciones desde todos los flancos. Algunos afirmaban que Talitha había echado el mal de ojo a Serophia, otros aseguraban que Serophia había lanzado un maleficio contra Talitha. En cualquier caso, ambas mujeres contrajeron una enfermedad cruenta con micciones dolorosas que les impedía tener relaciones sexuales y que no remitió hasta bien entrado el invierno. Ni los videntes ni los chamanes alcanzaban a adivinar el origen del problema ni a encontrar el remedio. Sin embargo, era evidente que ambas estaban poseídas por sendos malos espíritus. Cierta noche, durante la luna oscura, tras decidir que más le convenía marcharse antes de que todos lo acusaran de llevar espíritus malignos a los clanes, Bazel cogió su lanza y se escabulló del campamento, desapareciendo para siempre.

Mientras los clanes viajaban hacia el oeste y hacia el norte respectivamente, en dirección a sus tierras ancestrales, las dos mujeres, enfermas y desgraciadas, se dedicaron a culparse mutuamente de aquel infortunio y acumularon un rencor tan profundo y tenebroso que tendría repercusiones durante varios siglos.

—Y ahora llegamos al Verano de las Uvas —introducían el tema los contadores de historias—. El verano en que empezaron todos los problemas.

Por entonces, Bazel había quedado relegado al olvido; solo permanecía el odio entre las dos mujeres. Con los años, cada una de ellas había adquirido cada vez mayor importancia en su clan. Ambas habían dado a luz a un número prodigioso de hijos y ahora eran veneradas abuelas pletóricas de poder lunar posmenopáusico. Talitha se había convertido en una mujer corpulenta y de huesos anchos porque por sus venas corría sangre de Zant. Serophia seguía siendo esbelta, pero no frágil en modo alguno. Ambas eran mujeres de constitución robusta y personalidad indomable. Habían transcurrido numerosas estaciones, y los clanes seguían reuniéndose cada año en medio de una guerra sutil pero inextinguible.

—¡Argh! ¡Los garbanzos de Serophia saben a mierda de cerdo! —refunfuñaba Talitha ante las mujeres de los otros clanes.

—Todos los huevos que toca Talitha se echan a perder —confiaba Serophia a quien estuviera dispuesta a escucharla.

Su rivalidad se convirtió en leyenda y fuente de murmuraciones inagotables en los clanes. Los espías corrían de uno a otro para dar parte de las novedades más recientes. Cuando Serophia declaraba que cuando un hombre yacía entre las piernas de Talitha, esta se dormía, su adversaria replicaba que cuando un hombre yacía entre las piernas de Serophia, era él quien se dormía. Incluso los hombres, al menos los que no mantenían relaciones con ninguna mujer y por tanto se reunían ante la tienda común de los cazadores, tomaban parte en las conversaciones. Se otorgaban puntos a uno u otro bando, y se hacían apuestas. En cada reunión anual, las últimas noticias de la batalla entre Talitha y Serophia se convertían en el entretenimiento nocturno predilecto junto a todas las hogueras.

A causa de la coincidencia de una fiebre y una debilidad, la guerra fría terminó durante el Verano de las Uvas, que pronto se transformó en una leyenda por derecho propio.

Durante su descenso desde las cuevas del norte, el clan de Talitha quedó retenido por una fiebre estival que se propagó entre los niños, de modo que el clan de Serophia fue el primero en llegar al valle de la eterna primavera. Al ver que estaban solos y sabedora de que Talitha era una apasionada de la uva, Serophia ordenó a su pueblo que recolectara todas las uvas silvestres hasta dejar las vides completamente desnudas. Cuando llegaron los otros clanes, todos ellos más reducidos en número, Serophia trocó encantada las uvas por bienes que su clan necesitaba, como lino del sur y sal del este. Pero cuando llegó el nutrido grupo de Talitha, ya no quedaban uvas que intercambiar ni tampoco en las vides, y cuando la mujer se enteró de lo que había sucedido, montó en cólera.

Se dirigió con paso resuelto hacia la tienda de Serophia, y al ver las recientes manchas de zumo de uva sobre la camisola de piel de gamo que llevaba su rival, estalló.

—¡Dejas que te monten los machos cabríos! —gritó.

—¡Los escorpiones echan a correr cuando te ven llegar! —replicó Serophia.

—¡Ni los buitres se acercarían a tu cadáver!

—¡La serpiente que te muerda morirá!

Sus respectivos familiares se vieron obligados a separarlas, y mientras Serophia saboreaba cierta sensación de triunfo, Talitha se puso a urdir en secreto las represalias.

El verano siguiente, Talitha se cercioró de que su clan fuera el primero en llegar al lugar de la reunión. Una vez allí ordenó a su gente que cosecharan toda la uva, parte de la cual consumieron ellos mismos, mientras que el resto sirvió de moneda de cambio para comerciar con los clanes más pequeños. Acto seguido, hizo envasar los restos en cestas impermeables que escondieron en una cueva cercana de piedra caliza. Cuando regresaran el verano siguiente, Serophia podría cosechar cuanta uva quisiera, pues Talitha dispondría de reservas secretas.

Sin embargo, cuando los clanes se reunieron al año siguiente para erigir sus tiendas y chozas junto a la corriente, para encender sus hogueras e iniciar los rituales consistentes en cerrar tratos, formar alianzas y juzgar a quienes quebrantaban las leyes, el pueblo de Talitha se llevó una tremenda sorpresa. Las cestas llenas de uva, tan bien escondidas que habían permanecido intactas en la oscura y fresca cueva durante todo un año, habían sufrido una extraña transformación.

Los granos de uva habían madurado hasta estallar, y las pieles se habían mezclado con la pulpa y el jugo, de modo que las cestas contenían una suerte de papilla. No obstante, despedían un olor no del todo desagradable, y cuando uno de los videntes sumergió un dedo en el zumo y lo probó, constató que tenía un sabor exótico y misterioso.

Así pues, Talitha sumergió la mano formando un cuenco y se bebió el zumo. Todo el mundo esperó mientras la mujer chasqueaba los labios y se deslizaba la lengua por la boca con una expresión indecisa pintada en el rostro.

—¿Qué te parece, Talitha? —preguntó Janka, actual Guardián de la Diosa, un hombre cargante que se daba aires de grandeza.

Talitha se lamió el resto de la mezcla de la palma y tomó un poco más. No sabía si su sabor le gustaba o no. Pero había algo más, algo que no alcanzaba a definir…

Bebió un poco más y meditó unos instantes. De repente se sentía alegre y contenta. Tras declarar que la papilla de uva era potable, ordenó a los hombres que transportaran las pesadas e infladas cestas a su campamento, que no era más que una parte de un inmenso conjunto de tiendas y chozas erigidas en el llano que flanqueaba el agua. Para cuando el grupo de Talitha llegó allí con las cestas, numerosas hogueras ya enviaban su humo a las estrellas. Por todas partes se oían las risas y los gritos de las familias ocupadas en sus quehaceres, y los integrantes del Clan de la Gacela se sentaron a ponderar el nuevo misterio que había entrado en sus vidas.

Sentada en un amplio taburete, con los codos apoyados sobre sus monumentales muslos, Talitha sumergió un tazón de madera en una de las cestas y bebió un poco más. Mientras todo el mundo observaba y esperaba, volvió a chasquear los labios y se deslizó la lengua por la boca. Un sabor extraño, pero nada desagradable. Carecía de la dulzura que solía hallarse en el zumo de uva y era mucho más seco. Por señas indicó a los demás que sumergieran sus tazones en la papilla y la probaran. Algunos lo hicieron a regañadientes, mientras que otros se mostraron muy osados. Al poco se escuchó el chasqueo de numerosos labios, así como opiniones a diestro y siniestro mientras los tazones volvían a sumergirse una y otra vez en el espeso zumo.

Todos convinieron en una cosa: no sabían qué estaban bebiendo.

Sin embargo, al cabo de un rato, todos empezaron a presentar extraños síntomas, como voz pastosa, pérdida de equilibrio, hipo y ataques de risa sin motivo aparente. Talitha se alarmó un tanto. ¿Acaso su pueblo había sido poseído por espíritus malignos? Sus dos hermanos se apoyaban el uno en el otro mientras caminaban dando tumbos. Y de sus dos hermanas, una reía enloquecida y la otra lloraba. También ella experimentaba una extraña sensación de calor. Cuando Janka, por lo general un hombre reservado en extremo, soltó una ventosidad, todos estallaron en carcajadas. Encantado con aquella reacción, el guardián repitió la operación, y mientras todos reían sin poder evitarlo, como si aquello fuera lo más gracioso que les hubiera pasado en la vida, emitió sonidos groseros con la boca hasta que el grupo entero se retorció de risa. También Talitha reía, pero al mismo tiempo la atenazaba el miedo. Aquel comportamiento no era habitual en ellos. ¿Qué los había poseído? Por desgracia, no podía pensar con claridad y cuanto más zumo bebía, más olvidaba sobre qué no podía pensar con claridad. Cuando Janka, el plomífero y solemne Guardián de la Diosa, la agarró de repente y empezó a besarla, en lugar de indignarse, pues desde luego no le había indicado que tuviera interés en copular con él, para su enorme sorpresa se echó a reír y se levantó la falda para recibirlo.

El hombre acabó pronto, se apartó y empezó a roncar junto a ella. Talitha tomó más zumo de uva y reparó atónita en que las rodillas habían dejado de dolerle.

Llevaba meses con dolor en las rodillas, y las articulaciones se le hinchaban de tal modo que había que llevarla en volandas a todas partes. Incluso el brevísimo trayecto hasta la cueva de piedra caliza le había ocasionado un dolor tan intenso que dos hombres habían tenido que cargar con ella de vuelta al campamento. Sin embargo, ahora no solo había desaparecido el dolor, sino que tenía la sensación de que sus rodillas eran las de una mujer joven.

El descubrimiento la sobresaltó y alegró a un tiempo; sin duda debía tratarse de un brebaje mágico, dotado de los espíritus de la felicidad y la salud. ¡Una bendición de la Diosa!

Pero a medida que continuaba bebiendo, en lugar de sentirse joven y alegre, empezó a sentirse torpe y entumecida, de modo que, tras beber un último trago, consiguió levantarse a duras penas y atravesar otros campamentos dando tumbos, tropezando con la gente y casi derribando una tienda hasta que por fin llegó al campamento de Serophia, donde todo el mundo enmudeció, estupefacto.

Talitha rompió a llorar y se golpeó el pecho.

—¡Somos primas, Serophia! ¡Somos parientes! ¡Deberíamos querernos, no odiarnos! Es culpa mía, por ser tan codiciosa y egoísta —se acusó, cayendo de rodillas—. ¿Podrás perdonarme, querida prima?

Serophia estaba tan asombrada que no pudo más que quedársela mirando con la boca abierta de par en par. Dos de los sobrinos de Talitha, que habían salido en su busca, llegaron al círculo, y al ver a su tía en semejante estado, de inmediato la asieron por los codos, la levantaron del suelo y la ayudaron a salir del campamento, seguida de las miradas atónitas de Serophia y los suyos.

Para cuando llegaron a la tienda de Talitha, la mujer había perdido toda coherencia, al igual que la mayoría de sus parientes. Cuando sus sobrinos la acostaron sobre las pieles que formaban su lecho, se durmió de inmediato, y sus estruendosos ronquidos llenaron la noche.

Al día siguiente, la cosa cambió un tanto.

Al despertar, todos se dieron cuenta de que se encontraban muy mal. Los demonios les martilleaban la cabeza y les revolvían el estómago, espíritus malignos les retorcían las entrañas, provocando terribles diarreas. Les temblaban las manos y veían borroso. Varios aseguraron hallarse al borde de la muerte. La vergüenza y la humillación se apoderaron de ellos cuando recordaron las tonterías que habían hecho la noche anterior, pero sobre todo al darse cuenta de que habían olvidado muchísimos detalles.

Cuando Talitha salió de su tienda con andar inseguro, las manos en la cabeza, observó con ojos entornados a Ari, que vomitaba a gatas, a Janka, que bebía agua de una calabaza como si ni todos los ríos del mundo fueran capaces de aplacar su sed, y a todos los demás sujetándose la cabeza y gimiendo. Además, varias de las mujeres se trastornaron al hallar pruebas físicas de que habían mantenido relaciones sexuales que no recordaban.

Talitha estaba perpleja y asustada. ¿Cómo podían haber estado tan contentos la noche anterior y sentirse tan mal ahora? A todas luces los habían poseído espíritus que les habían proporcionado alegría y felicidad durante un rato para luego dejarlos sumidos en la enfermedad y la desgracia. ¡Espíritus malignos y astutos, sin duda!

Talitha no recordó su visita al campamento de Serophia hasta que vio la expresión avergonzada en el rostro de sus dos sobrinos, los únicos que no habían bebido zumo de uva. Mientras se preguntaba por qué no la miraban a los ojos y por qué tenían aspecto de niños traviesos a punto de recibir unos azotes, de repente lo recordó todo. Se había arrodillado para suplicar a Serophia que la perdonara.

—¡Por los pechos de la Diosa! —exclamó.

¿Acaso todos estaban poseídos por malos espíritus?

A pesar de todo, Talitha no quería renunciar por completo a la nueva bebida, pues a fin de cuentas les había proporcionado un buen rato de alegría. Ordenó a los videntes y al Guardián de la Diosa que leyeran las señales, meditaran sobre lo ocurrido y rogaran a la Diosa que los guiara. Tras un día de retiro y oración, de ayuno y hongos mágicos, los profetas del clan declararon que la Diosa había transformado la bebida mágica para entregársela a sus hijos elegidos como obsequio especial. Al fin y al cabo, también los videntes y el Guardián de la Diosa recordaban las sensaciones agradables que habían experimentado la noche anterior. Por tanto, abordaron la situación con cautela, considerando el zumo transformado como bebida sagrada que no debía tomarse a la ligera, sino con gran solemnidad.

La noticia se difundió por todos los campamentos, y todo el mundo empezó a hablar del zumo de uva mágico. Talitha invitó a los jefes de los demás clanes a probarlo y dar su opinión, excluyendo notoriamente a Serophia. Todos se pasaron el cuenco y probaron el vino. Al poco sintieron que sus venas se caldeaban y los oídos les zumbaban de un modo agradable. Los jefes de los clanes y los videntes se reunieron para hablar y tomar más vino, hasta que por fin convinieron en que el zumo encantado no era mala cosa. A fin de cuentas, alegraba el espíritu, ahuyentaba el dolor y recompensaba a quien lo bebía con un sueño profundo. De hecho, era a todas luces un brebaje sagrado, imbuido por la Diosa del espíritu de la vida.

El Clan de la Gacela pasó el invierno en las cuevas del norte, y la siguiente primavera llegó al lugar de la reunión antes que los demás clanes. Cosecharon la uva y la transportaron de inmediato a las cuevas secretas que daban al mar muerto. Esperaron una semana y volvieron para probar el zumo, pero lo único que encontraron fueron uvas. Aguardaron una semana, pero el zumo mágico no hacía su aparición. Por fin, Talitha declaró que la transformación debía de tardar un año, de modo que permanecieron alejados de la cueva, cuyo emplazamiento no revelaron a los otros clanes, y el verano siguiente, al bajar de los refugios invernales, fueron derechos al escondrijo, donde probaron el zumo con gran aprensión. ¡La transformación había tenido lugar! En esta ocasión, Talitha compartió la bebida especial con los otros clanes y aceptó bienes a cambio.

La cuarta vez que la familia llegó junto a la corriente perenne, Talitha dijo que no tenía sentido regresar a las cuevas para pasar el invierno, pues podían erigir allí mismo refugios lo bastante sólidos. Más valía quedarse para vigilar las uvas, razonó, que marcharse y correr el riesgo de que otros clanes se las arrebataran.

Sin embargo, la tradición ancestral dictaba que lo que fue, es, y lo que es, siempre será. Seguían completando el circuito norte-sur-norte sencillamente porque siempre lo habían hecho. Pero al igual que, en su día, Espigada decidió que, a fin de sobrevivir, su pueblo debía cambiar de dirección, Talitha decidió que su gente debía quedarse. Les daba miedo no regresar a las cuevas en invierno, pero al mismo tiempo descubrieron que les gustaba quedarse junto al manantial perenne. Asimismo temían en secreto no poder volver a saborear la bebida mágica. Así pues, Talitha envió un contingente al norte para exhumar los huesos de sus antepasados enterrados en las cuevas y llevarlos junto al río para darles nueva sepultura, razonando que si los ancestros yacían enterrados allí, aquella sería su tierra ancestral.

Erigieron refugios sólidos y se nombraron guardianes del vino alegre. El verano siguiente, cuando la fruta maduró, Talitha dirigió la vendimia, la elaboración del zumo mágico y su almacenaje. Sin tener conocimiento de la levadura que se acumulaba de forma natural sobre la piel de la fruta, ni su acción química sobre el azúcar de la uva, que lo convertía en alcohol, ni que dicho proceso recibía el nombre de fermentación, estaban convencidos de que era la Diosa quien confería a la por lo demás inocua uva propiedades que alegraban a los hombres y preñaban a las mujeres.

La familia de Talitha monopolizaba los viñedos, pero se mostraba encantada de cambiar el vino por los bienes de los demás clanes. Excluía al clan de Serophia de las intensas actividades comerciales, adjudicándose así una victoria en la guerra contra su prima, pero no sabía que en la misma época tuvo lugar otro descubrimiento.

En las inmediaciones del manantial perenne crecía de forma natural otro cultivo muy valioso, y cada verano, los clanes recolectaban toda la cebada que necesitaban, tostaban las espigas sobre las llamas y se comían el grano. Serophia decidió que, como represalia por el triunfo de Talitha, monopolizaría la cosecha de cebada y comerciaría con otros clanes, pero no con el de su prima. Asimismo decidió que, al igual que el clan de Talitha, su familia se instalaría junto al río para asegurarse la propiedad de la cebada. Sin embargo, el proceso no incluía ninguna cueva sagrada. Los familiares de Serophia recolectaban las semillas de cebada, las guardaban en cestas que almacenaban en una de las tiendas de Serophia y medían las porciones destinadas al consumo y al comercio.

Pasaron los años. El clan de Talitha cambiaba vino por otros bienes en una orilla, mientras el clan de Serophia trocaba granos de cebada en la otra, hasta que en el Verano de la Lluvia se produjo un segundo milagro.

La lluvia era un fenómeno inusual en el valle del Jordán, sobre todo durante el verano, de modo que cuando sobre los campamentos una tormenta descargó durante días, sus infortunados moradores descubrieron en sus tiendas goteras de las que nunca habían tenido que preocuparse hasta entonces. No solo quedaron empapados los lechos y las ropas, sino que la lluvia llenó las cestas de cebada, echándola a perder.

El orgullo impidió a Serophia mandar vaciar las cestas. Mantuvo en secreto la desgracia a fin de que Talitha no se enterara y tuviera motivo para regocijarse en una alegría malsana. Un día de otoño, uno de los sobrinos de Serophia anunció que la tienda despedía un olor peculiar. Al inspeccionar las provisiones estropeadas, la familia descubrió que las cestas estaban distendidas, y en su interior, en lugar de semillas de cebada empapadas, hallaron un líquido espeso que despedía un aroma penetrante. Al igual que Talitha, el clan de Serophia nada sabía de la levadura aerotransportada, el efecto que surtía sobre la cebada empapada en agua ni la consiguiente fermentación. Lo único que sabían era que la bebida transformada producía una alegría eufórica.

Puesto que los clanes ya no eran nómadas, descubrieron que de repente les sobraba tiempo, de modo que dedicaron todos los momentos y energías excedentes a actividades de ocio como la elaboración de joyas, herramientas e instrumentos musicales, así como a perfeccionar el curtido de pieles. La comida se tornó más elaborada. En lugar de comer los granos de trigo silvestre directamente de la espiga, las mujeres descubrieron que si los molían con piedras y los cocían con agua, obtenían una papilla muy nutritiva. Un día de otoño, una mujer llamada Fara tuvo que dejar a toda prisa sus quehaceres y en su apresuramiento volcó la mezcla de agua y grano sobre las piedras calientes de cocción. Al regresar encontró un plato más sabroso que la papilla y que además se conservaba durante más tiempo. Así pues, una tercera familia decidió instalarse en el manantial perenne y se dedicó al lucrativo negocio de la panadería.

Llegaron más familias, y cuando la gente empezó a cultivar verduras que regaban las aguas burbujeantes del río, creando así una fuente de alimento constante, ya no hubo necesidad de emigrar en busca de comida. Empezaron a construir viviendas permanentes, y la permanencia significaba que la riqueza material ya no se limitaba a lo que una persona podía llevar consigo. Los hogares de ladrillo de adobe empezaron a llenarse de efectos personales, chucherías y baratijas que crearon por primera vez una distinción entre dos nuevas clases de personas, los ricos y los pobres.

La Diosa, con su milagrosa piedra azul que convertía el zumo de uva en vino y la cebada en cerveza, se convirtió en el centro de una nueva forma de rezar. La gente ya no oraba tan solo por los muertos, la fertilidad y la salud, sino también por la lluvia para que crecieran los cultivos, por cosechas abundantes y por la llegada de más clientes.

Los pobres pedían hacerse ricos, y los ricos, hacerse aún más ricos.

LIBRO TERCERO

EL VALLE DEL RÍO JORDÁN. HACE DIEZ MIL AÑOS

Por lo que atañía a Avram, la noche podía haber estado plagada de portentos y apariciones, cometas y un eclipse de luna, una noche ominosa y temible que anunciara el Armagedón y el día del Juicio Final. O bien podía haber sido la más pacífica de las noches estivales. Avram no tenía ni idea, pues estaba inmerso en un mundo aparte.

¡Menudo sueño había tenido! Marit en sus brazos, voluptuosa y flexible, cálida y dócil, abriéndose a él, ofreciéndole caderas y labios. Un sueño tan desbordante de pasión que aun ahora, al caminar por el viñedo a la fría luz del alba, sentía la piel ardiente de fiebre. Mientras trepaba por la escala de madera que conducía a la atalaya, mano tras mano, con varias hogazas de pan de cebada colgadas de un hombro y una bota de cerveza diluida del otro, pues pasaría el día en la torre para detectar la presencia de merodeadores, Avram sintió que volvía a excitarse. Para cuando llegó a la atalaya, su erección era de nuevo monumental. Nunca había estado tan enamorado ni sido tan desgraciado.

Y eso que solo tenía dieciséis años.

El objeto de su amor era una muchacha de catorce años, senos incipientes, ojos de gacela, miembros largos y gráciles como el viento, carácter dulce y bondadoso. La razón de su desgracia era que Marit pertenecía a la Casa de Serophia, mientras que Avram era de la Casa de Talitha. Ambas familias llevaban dos siglos enfrentadas, y el odio que se profesaban era legendario. Si alguien se enteraba del amor secreto que Avram sentía por la joven prohibida, sería humillado en público, maldito, azotado, encerrado, obligado a pasar hambre y tal vez incluso castrado. Al menos así imaginaba el castigo su joven mente.

Sin embargo, no lograba desterrar las palabras que su *abba*, Yubal, había pronunciado cuando Avram empezó a percibir cambios en su cuerpo.

—La vida es dura, muchacho. Es una lucha cotidiana llena de dolor y sufrimiento. Por ello la Diosa, en su sabiduría, nos ha entregado el don del placer para compensar tanta miseria, posibilitando que hombres y mujeres puedan proporcionarse placer unos a otros y así olvidar sus penas. Por tanto, cuando sientas el impulso, muchacho, debes obtener placer donde puedas, pues tal es el deseo de nuestra Madre.

Por lo visto, Yubal tenía razón, pues Avram tenía la sensación de que los habitantes del Lugar del Manantial Perenne procuraban por todos los medios complacer a la Diosa en ese sentido. El pasatiempo tradicional del asentamiento era un círculo eterno que consistía en enamorarse, formar un hogar y separarse. Los ciudadanos a quienes más gustaban los chismes se sentaban ante tinas de cerveza y hacían apuestas respecto a la duración de tal o cual pareja, o a quién verían salir de la choza de quién. En ocasiones, el fin de una relación era mutuo, pero con mayor frecuencia era uno de los dos quien se aburría y seguía su camino. Era entonces cuando se desencadenaban luchas, sobre todo si uno de los dos se instalaba en el hogar de un tercero. La gente aún hablaba del día en que Lea, la partera, sorprendió a Uriah, el fabricante de flechas, con una de las hermanas Cebolla. Lea había arrancado el cuero cabelludo a la mujer y arrojado agua hirviendo sobre Uriah, quien huyó del asentamiento para no volver jamás. Sin embargo, también había alguna que otra pareja que permanecía unida durante toda la vida, como la madre y el *abba* de Avram, y así se veía él con Marit, como amantes para toda la eternidad.

De pie bajo la plataforma que constituía el techo de la torre, un toldo de paja esencial ahora que había llegado el verano y los días eran cada vez más calurosos, intentó aspirar profundas bocanadas de aire fresco con la esperanza de que su ardor se mitigara y así pudiera concentrarse en la tarea de recorrer con la mirada las colinas y las gargantas en busca de posibles invasores. Estaba resuelto a hacer un buen trabajo. El año anterior llegaron los invasores del este sin previo aviso. Su madre había sido asesinada brutalmente, y sus dos hermanas, raptadas. Por ello habían erigido la torre, y la misión de Avram consistía en montar guardia en ella para prevenir futuros ataques.

Los invasores no llegaban cada año, y no había forma de predecir sus incursiones. Eran gentes de una raza salvaje cuya tierra se encontraba más allá de las montañas del este, y vivían de la caza y el robo. Nadie sabía quiénes eran ni cómo vivían, porque nadie había tenido jamás el valor de seguirlos tras una de sus incursiones. Sin embargo, circulaban toda suerte de rumores. Se decía que comían piedras y bebían arena, que no tenían mujeres propias y por ello perpetuaban la especie raptando a mujeres de otras tribus. Sus almas podían abandonar el cuerpo mientras dormían. Tenían el don de cambiar de forma y con frecuencia merodeaban entre las gentes asentadas junto al manantial perenne disfrazados de cuervos y ratas. Por último, se comían a sus muertos.

Por todo ello, la vigilancia era esencial. Sin embargo, no era fácil escudriñar el horizonte sin descanso ni recorrer los viñedos en busca de ladrones, sobre todo ahora que a Avram le resultaba imposible apartar su mente de Marit y el delicioso sueño que había tenido la noche anterior. A buen seguro, ningún hombre se había visto jamás afligido por un deseo tan inmenso, ni siquiera su *abba*, Yubal, que lloró abiertamente tras la muerte de su madre y declaró que era la única mujer a la que había amado.

El muchacho irguió los hombros e inició la vigilancia.

El cielo se teñía de rosado sobre las montañas del este, y el asentamiento, llamado el Lugar del Manantial Perenne, situado a medio día de viaje al oeste del río que la gente llamaba Jordán y que significaba «el que desciende», pues fluía de norte a sur, se desperezaba entre la bruma matutina. Empezaban a verse hogueras, y en el aire flotaba el aroma del pan recién hecho y la carne asada. Se oían voces airadas, gozosas, sorprendidas e impacientes. Desde donde se encontraba, Avram no solo veía el viñedo de su *abba* y los campos de cebada de Serophia, así como los olivares, los granados y las palmeras datileras, sino que también disfrutaba de una excelente vista sobre la parte central del asentamiento, una gran población en la que dos mil almas vivían en casas de ladrillo, chozas de paja, tiendas de piel de cabra o bien al raso, durmiendo arropados entre pieles con sus posesiones terrenales bajo la cabeza.

Muchas personas vivían allí de forma permanente, pero algunos llegaban un día y se marchaban al siguiente, dando paso a otros que repetirían el proceso. Acudían al Lugar del Manantial Perenne para cambiar obsidiana por sal, conchas de cauri por aceite de linaza, malaquita verde por fibra de lino, cerveza de trigo por vino y carne por pan. En el meollo de aquel inmenso hervidero de actividad humana, surcado por largos canales de irrigación que se extendían como patas de araña, burbujeaba el manantial perenne de agua dulce, donde a aquella hora tan temprana las muchachas y las mujeres sumergían las cestas y calabazas.

Avram lanzó un suspiro inquieto. Muchas mujeres, pero ninguna tan bella ni atractiva como su amada Marit.

Al igual que casi todos los demás muchachos de su edad, Avram poseía cierta experiencia sexual. Si bien el deporte consistía casi siempre en subir a las colinas con sus amigos para capturar alguna oveja salvaje y turnarse en su monta, también había vivido algunas experiencias con jóvenes. Sin embargo, carecía de experiencia con Marit. Pese a vivir desde siempre en propiedades adyacentes, no habían cambiado una sola palabra. Avram estaba seguro de que su abuela lo mataría si lo intentaba siquiera.

Avram habría querido vivir en los viejos tiempos, que imaginaba mucho mejores que los actuales. Le encantaba escuchar relatos sobre sus antepasados, no sobre Talitha y Serophia, sino sobre los antepasados de épocas mucho más lejanas, cuando su pueblo era nómada y todos sus miembros convivían en una gran tribu, y los hombres y mujeres se procuraban placer con quien elegían. Pero ya no eran nómadas ni viajaban en grandes clanes, sino que formaban pequeñas familias que vivían siempre en la misma casa y en la misma tierra, lo cual los inducía a creer que los que vivían en aquella tierra eran mejores que los que vivían en otra.

—El vino de Yubal sabe a meados de asno —sentenciaba a menudo el *abba* de Marit, Molok.

—La cerveza de Molok es zumo de testículos de cerdo —replicaba el *abba* de Avram, Yubal.

Claro que los dos hombres no se decían sus opiniones a la cara, pues hacía generaciones que los miembros de las Casas de Talitha y Serophia no se dirigían la palabra.

Así pues, era evidente que un muchacho de una casa jamás, jamás podría estrechar entre sus brazos a una muchacha de la otra.

A Avram le parecía una injusticia. La rivalidad era cosa de sus antepasados, no suya. Los antepasados habían tenido su momento, su oportunidad, y ahora había llegado el momento y la oportunidad de Avram. Fantaseaba con la idea de fugarse con Marit (una vez encontrara el modo de hablar con ella), de llevársela lejos del viñedo y el campo de cebada, lejos de las tiendas, las chozas y las casas de ladrillo para explorar el mundo juntos. Avram siempre había sido un soñador inquieto cuya mente cuestionaba y buscaba el porqué de las cosas. En otra era habría sido astrónomo, explorador, inventor o erudito, pero los telescopios, los navíos, la metalurgia y el alfabeto, incluso los animales domesticados, eran conceptos inimaginables a la sazón.

Desató una hogaza plana de pan de cebada, arrancó un pedazo y mientras masticaba volvió la mirada hacia las humildes moradas de ladrillo agolpadas junto al campo de cebada de Serophia, la choza de la trilla, el cobertizo donde se fermentaba la cerveza de cebada en tinas, así como la casa que habitaba la familia de Marit, y lanzó otro suspiro anhelante, aún más ardoroso si cabe porque no sabía qué sentía Marit por él.

Recordó las veces que la había sorprendido observándolo. Hacía pocas semanas, en la fiesta del Equinoccio de Primavera, Marit de repente desvió la vista y se ruborizó. ¿Sería señal de buena suerte? ¿Significaría que compartía los sentimientos de Avram? ¡Ay, si pudiera averiguarlo!

Mientras el sol continuaba su ascenso sobre las lejanas montañas, Avram recorrió con la mirada el asentamiento en busca de la joven, pues si la divisaba lo consideraría como indicio de buena suerte, de que el resto del día transcurriría sin incidentes. Sin embargo, solo vio a la gruesa Cochava, que perseguía a sus hijos con una vara, a dos fabricantes de ladrillos enzarzados en una ruidosa disputa por una tina de cerveza (por lo visto, se habían pasado la noche bebiendo), a Enoch el sacamuelas y a Lea la partera en apresurada cópula contra el tronco de un árbol. En la otra punta divisó a Dagan el pescador saliendo a toda prisa de la choza de Mahalia mientras una mano enfurecida le arrojaba sus pertenencias desde dentro. El mes pasado, Dagan había vivido con Ziva, y el anterior, con Anath. Avram se preguntaba qué tendría Dagan para que las mujeres se cansaran tan pronto de él y lo echaran de sus hogares. Pobre Dagan... Sin una mujer y su hoguera, ¿cómo iba a vivir un hombre?

De repente vio algo que lo hizo reír. ¡Era el loco de Namir concentrado en otro de sus experimentos con cabras! Dos años antes, a Namir se le había ocurrido que en lugar de perseguir a las cabras por el monte, matar las que necesitaba y volver al asentamiento con la carne, representaría mucho menos esfuerzo llevar cabras vivas a casa, encerrarlas en un recinto y sacrificarlas para comérselas o bien trocarlas por otros bienes. Así pues, él y sus sobrinos subieron al monte y dieron caza a todas las cabras que pudieron. Pero puesto que querían que el rebaño se reprodujera por sí mismo, solo eligieron hembras y dejaron atrás a los machos. Pero al cabo de un año, las hembras dejaron de reproducirse, y Namir acabó por comerse o intercambiar todo el rebaño. Todos sus vecinos se burlaron de él, pero Namir juró que su plan acabaría por funcionar.

—Al fin y al cabo —señalaba a sus amigos mientras tomaban cerveza—, las manadas de cabras se reproducen en las colinas, así que, ¿por qué no en mi redil?

Subió de nuevo al monte, capturó más cabras hembras y las encerró en el redil de vallas hechas de ramas y maleza. En esta ocasión, ninguna de las cabras crió, y el rebaño cautivo no tardó en extinguirse. Y ahí iba de nuevo Namir, resuelto a criar cabras, conduciendo por el asentamiento a sus avergonzados sobrinos y a varias cabras que balaban e intentaban zafarse de las ataduras que las ligaban a largos postes. Entre el humo de las hogueras, Avram vio a cuatro hombres sentados bajo un toldo, compartiendo una tina de cerveza y lanzando vituperios a Namir al tiempo que hacían apuestas sobre el tiempo que aguantaría aquel nuevo rebaño.

Avram tenía la impresión de que todo el mundo tenía proyectos, y no todos tan ridículos como el de Namir. Recordaba cuánto se habían burlado todos de otro hombre, llamado Yasap, que diez años antes había llegado al asentamiento y plantado campos de flores. Pero ¿qué utilidad podían tener las flores? Se habían reído. Sin embargo, las risas cesaron cuando las abejas encontraron el campo, y Yasap obtuvo panales y con ellos miel. Por primera vez en la historia del asentamiento, la gente disponía de azúcar durante todo el año, y tanta popularidad alcanzó el dulce manjar que Yasap se convirtió en el tercer hombre más rico del asentamiento.

Cada vez más personas que llegaban al Lugar del Manantial Perenne miraban a su alrededor y encontraban oportunidades para llevar una vida más fácil, se construían hogueras y dejaban de vagar por el mundo. Quienes poseían habilidades especiales trocaban sus servicios por comida, ropa y joyas. Había barberas y tatuadores, adivinos y astrólogos, talladores de huesos y pulidores de piedra, pescadores y curtidores, parteras y curanderos, tramperos y cazadores. Llegaban gentes de todos los oficios, y casi todos se quedaban.

«Si yo fuera libre y solo dependiera de mí mismo —se dijo Avram—, no intentaría buscar el modo de quedarme aquí, sino que cogería pan, cerveza y lanza, e iría a ver qué hay más allá de las montañas.»

En aquel momento oyó unos gritos agudos, y al bajar la mirada vio a sus hermanos menores corriendo entre las vides y persiguiendo pájaros. Tenían trece, once y diez años respectivamente, y amaban el viñedo, que habían convertido en el centro de su mundo. La semana siguiente, cuando llegara la vendimia, trabajarían junto a los adultos para llenar cestas y más cestas de fruta madura, y más tarde, una vez recolectada toda la uva, sus pequeños pies pisarían con fuerza en la prensa para elaborar el preciado zumo de uva.

Avram estaba a punto de saludar a Caleb, el mayor de sus hermanos menores, cuando vio algo que lo dejó petrificado. Una anciana de pecho desnudo, larga falda de piel de gamo y cabello trenzado que mostraba mechas blancas bajo el tinte de henna, recorría con dificultad el sendero, doblegada por el peso de los numerosos collares de piedras y conchas que llevaba colgados del cuello marchito. Pero era una mujer rica, y el deber de la mujer consistía en hacer alarde de la riqueza de su familia.

A Avram casi se le salían los ojos de las órbitas. ¿Por qué se dirigiría su abuela hacia el Templo de la Diosa? La idea lo sobresaltaba y alarmaba. ¿Qué hacía la anciana caminando a esas horas? Solo podía tratarse de un recado urgente. ¿Habría descubierto el amor secreto que Avram sentía por Marit y pediría a la Diosa que lo embrujara? Como casi todos los jóvenes, Avram tenía un miedo cerval a su abuela; las ancianas tenían un poder inimaginable.

Con gesto involuntario se llevó la mano a la filacteria que llevaba colgada del cuello con una tira de cuero. Por tradición, cuando un niño alcanzaba la edad de siete años y parecía que iba a sobrevivir hasta la edad adulta (muchos morían antes), recibía un nombre permanente y una bolsita para llevar sus talismanes más valiosos: el cordón umbilical, reseco y arrugado, el primer diente, un mechón de cabello de la madre, tal vez un pequeño fetiche animal, algunas hojas secas de una planta protectora..., todo ello destinado a conservar la salud y protegerlo de todo mal. Al cerrar el puño en torno a la filacteria que contenía guijarros mágicos, así como fragmentos de huesos y ramitas, Avram se preguntó si tendría poder suficiente para protegerlo de su abuela.

La siguió con la mirada mientras se abría paso entre chozas y tiendas, sorteando pilas de menudencias y entrañas, dejando atrás el hedor que rodeaba la choza de curtido, donde las pieles sanguinolentas se extendían al sol, y por fin enfilando el sendero que conducía a la pequeña estructura de ladrillo donde se encontraba el Templo de la Diosa. Avram vio a Reina, la sacerdotisa, salir de su pequeña morada para saludar a la visitante.

Aun desde donde se hallaba, Avram veía los magníficos pechos de Reina. En verano, todas las mujeres del asentamiento iban con el busto descubierto, lo cual había desencadenado la lujuria que le inspiraba Marit. ¿Cuándo había dejado de ser niña para convertirse en mujer? En verano, los hombres podían regalarse la vista con los tesoros de sus mujeres. Los senos de Reina eran firmes y turgentes, nada caídos como era el caso de casi todas las mujeres de su edad, porque Reina no tenía hijos. Al ser ordenada sacerdotisa, había consagrado su virginidad a la Diosa. Sin embargo, eso no la convertía en una mujer de menor categoría.

Reina enrojeció los pezones con rojo ocre y perfumó su cabello con aceites aromáticos. El cinturón que le sujetaba la falda de napa ceñía sus anchas caderas justo por debajo del ombligo, sobre el triángulo sagrado que era tierra de nadie.

Avram suspiró de nuevo, debatiéndose entre la pasión juvenil y las dudas. Se preguntaba por qué la Diosa había dispuesto aquella desconcertante avidez entre hombres y mujeres. Pensaba en Reina, a quien ningún hombre podía tocar, provocando así que el mayor deseo de ellos fuese, precisamente, tocarla; y en Marit, la dueña de su corazón, a quien nunca podría conseguir... ¿Qué sentido tenía todo aquello?

Tras unos pocos minutos, vio a su abuela salir del santuario de la Diosa, donde se custodiaba la estatua sagrada que contenía el corazón de cristal azul. Se sorprendió cuando la anciana, tras abandonar aquel lugar sagrado, se dirigió apresuradamente a casa, como si tuviese un urgentísimo encargo que cumplir. La anciana entró en su hogar y poco tiempo después Avram pudo escuchar dos voces distintas que mantenían una conversación cada vez más tensa: ¡la abuela estaba discutiendo acaloradamente con su *abba*!

Al poco, el *abba* salió de la casa hecho una furia y, sin mirar atrás, enfiló el polvoriento sendero que se perdía serpenteando en el ancho horizonte a través de los campos, en dirección a la morada de Marit.

Para Avram no era nada agradable ver a Yubal tan contrariado. Recordaba las manos de su *abba* sujetándolo por los muslos cuando lo llevaba a hombros, cruzando arroyos y prados a grandes zancadas; Avram se había llegado a sentir como un gigante, abrazado con orgullo a los anchos hombros de Yubal y deseando no bajar nunca de tan ventajosa posición. Guardaba muy buenos recuerdos de él, tantos que se preguntaba si algún niño habría disfrutado alguna vez de una relación tan buena como la que los unía a ambos.

No todos los hombres merecían el apelativo de *abba*, casi un título honorífico, palabra que significaba «dueño» o «señor». Ese era un término que se aplicaba más bien a los amos de negocios prósperos o, también, a los hombres que habían decidido hacerse cargo de la mujer y los niños de una casa. No era muy común que un hombre permaneciese al lado de una mujer durante mucho tiempo, especialmente si ella había empezado a tener hijos, por eso Yubal era una rara excepción, pues siempre había mostrado con franqueza su afecto por la madre de Avram y vivido en su casa durante veinte años.

Avram observó a Yubal, muy apuesto con su atuendo de pieles de macho cabrío, el cabello largo y la barba bien aceitados, como correspondía a su elevada posición social, dar unos pasos, detenerse en seco, mesarse la barba y a continuación girar sobre sus talones para regresar al asentamiento, como si de repente hubiera cambiado de opinión. Al cabo de unos instantes, Avram vio a Yubal sentarse bajo el toldo sombreado de Joktan, el vendedor de cerveza, donde otros tres hombres ya compartían una tina. Dispensaron al recién llegado una calurosa bienvenida, pues Yubal era uno de los hombres más admirados y apreciados del asentamiento. Enseguida llamó por señas a Joktan, quien sacó un junco de dos brazos de longitud. Yubal sumergió el junco en la tina, apartando el poso que el proceso de fermentación siempre dejaba en la superficie, y empezó a succionar el líquido. La cerveza de Joktan era mucho peor que la de Molok, pero Yubal había jurado beber orina de serpiente antes de permitir que el linaje de Serophia tocara sus labios.

Al ver a Yubal, Avram redobló sus esfuerzos de vigilancia. Quería hacer un buen trabajo por su *abba*, para que este estuviera orgulloso de él. Sin embargo, pese a todos sus intentos de concentrarse en la guardia, por todas partes acechaban recordatorios de Marit y el sexo.

En la puerta de casa del pulidor, una reciente pintura de unos órganos genitales femeninos relucía al sol matinal. El anciano esperaba que la imagen contribuyera a preñar a sus hijas. Muchas familias pintaban símbolos semejantes junto a sus puertas principales, por lo general pechos y vulvas, con la esperanza de que la fecundidad de la Diosa llegara a sus casas. Algunas mujeres acudían a Reina, la sacerdotisa, en busca de algún hechizo milagroso, pociones para la fertilidad o hierbas con poderes sobrenaturales. El remedio más popular consistía en comerse la placenta de una parturienta.

Los hombres no participaban en la búsqueda de la fertilidad, pues el pueblo de Avram aún desconocía que el varón desempeñaba cierto papel en la procreación. Para ellos, la concepción era un misterio reservado a las mujeres mediante el poder de la Diosa.

Un grito lo indujo a concentrarse de nuevo en el asentamiento y sus actividades. Uno de los criminales atados a los postes de castigo junto al manantial burbujeante increpaba a los niños que le arrojaban excrementos y cosas podridas. Si bien las personas atadas a los postes solían ser estafadores, embusteros, intrusos y chismosos maliciosos, aquel hombre desnudo e indefenso se había emborrachado de cerveza de cebada para luego encaramarse al tejado de una casa y orinar sobre los transeúntes. Tal vez el castigo habría sido más leve si una de sus víctimas no hubiera sido la abuela de Avram. Otros dos hombres estaban atados a sendos postes junto a él por violar a una hija de la Casa de Edra. Puesto que aquellos hombres eran blanco de mujeres iracundas, que les arrojaban piedras y excrementos, unos hombres que observaban la escena hacían apuestas sobre si los violadores sobrevivirían hasta el amanecer.

La justicia era rápida y brutal en el asentamiento. A los ladrones les cortaban la mano y los asesinos eran ejecutados. Desde su privilegiado punto de observación, Avram veía, más allá de los campos de trigo, el cadáver de un asesino ahorcado en un árbol. Había muerto hacía tan poco que los cuervos aún le estaban sacando los ojos.

De pronto, el corazón le dio un vuelco.

Se protegió los ojos con la mano e intentó aguzar la vista. ¿Era una columna de polvo lo que veía? ¿Una columna de polvo procedente del nordeste?

Se le hizo un nudo en la garganta. ¡Invasores!

Pero entonces abrió más los ojos y profirió una exclamación. No eran invasores, sino la caravana de Hadadezer.

—¡Madre bendita! —gritó, y en su exaltación cayó escala abajo hasta el pie de la torre.

Echó a correr vociferando y agitando los brazos. ¡Habían llegado los comerciantes de obsidiana! Aquella noche se celebraría una fiesta sin par. Y entre tanta alegría, con todo el mundo bebiendo y abandonándose a los placeres, ¿quién repararía en dos jóvenes que cambiaban miradas prohibidas?

La caravana era todo un espectáculo. Un verdadero río de humanidad fluía por montañas, prados y valles, mil almas que marchaban al unísono, cada una de ellas una bestia de carga doblegada por el peso de las mercancías y las provisiones. Algunos de ellos llevaban a los hombros yugos de madera con hatillos suspendidos de ambos extremos. Otros transportaban cestas que sujetaban a la espalda con correas de cuero cruzadas en la frente. Los artículos más pesados se cargaban en trineos arrastrados por tiros de hombres unidos por yugos. Era una empresa larga, lenta y ardua recorrer tantos kilómetros entre cardos y rocas, achicharrados bajo el sol, congelados bajo la lluvia, cruzando gargantas y desiertos ardientes. Sin embargo, era la única forma. La gente del sur quería lo que tenía la gente del norte, y viceversa. Si bien algunos hombres valientes de las montañas septentrionales intentaban domesticar ganado para convertirlo en animales de carga, los resultados no habían sido satisfactorios hasta la fecha, de modo que la malaquita, la azurita, el ocre, el cinabrio, los objetos de alabastro, mármol y piedra, las pieles, los cuernos y las cuernas, así como la fina vajilla de madera por la que los pueblos del norte eran famosos, salseras, hueveras diminutas y fuentes de asas talladas, se transportaban hacia el sur a espaldas de los hombres para ser trocados por papiro, aceite, especias, trigo, turquesa y conchas que la caravana se llevaría al norte sobre las mismas espaldas doblegadas.

También formaban parte de la caravana numerosas mujeres, que cargaban su parte de jergones, tiendas, aves vivas y cacerolas, mujeres que seguían a sus hombres o bien se habían unido al convoy por el camino, en ocasiones acompañadas de sus hijos, algunos de los cuales habían nacido durante el impresionante avance de la caravana hacia el sur. Algunas de aquellas mujeres abandonarían la caravana cuando esta llegara al Lugar del Manantial Perenne, y varias mujeres del lugar, por distintas y misteriosas razones, escaparían del Lugar del Manantial Perenne para proseguir con ella viaje hacia el sur.

A la cabeza del inmenso convoy humano iba su capitán, un mercader de obsidiana llamado Hadadezer. El medio de transporte que empleaba era otra maravilla digna de admiración. Hadadezer no caminaba a ninguna parte, y mucho menos los tres mil kilómetros que comprendía el circuito de su caravana. Así pues, se le había fabricado una plataforma con asiento de ramas y juncos trenzados entre dos robustos postes que llevaban ocho hombres fuertes. Hadadezer viajaba sobre ella con todo esplendor, sentado con las piernas cruzadas sobre esteras tejidas, los brazos y la cabeza apoyados en suaves almohadones de piel de gamo rellenos de plumas de ganso. Puesto que todo el mundo sabía que un hombre gordo era un hombre rico, a juzgar por el generoso vientre de Hadadezer, el mercader debía de ser el hombre más rico del mundo.

Hadadezer llevaba el cabello largo hasta la cintura, untado y trenzado de forma impresionante, al igual que la magnífica barba negra, que además se veía adornada con gran profusión de cuentas y conchas. Lucía una túnica de cuero hasta la rodilla, cubierta de conchas de cauri desde el cuello hasta el dobladillo, una prenda tan suntuosa que todo el mundo quedaba atónito al verla. Seis años más tarde, los descendientes de Hadadezer lucirían oro, plata, diamantes y esmeraldas, pero en aquella época, cuando aún no se habían descubierto los metales preciosos ni las gemas en los confines más secretos de la tierra, el cauri era el adorno más preciado y también la moneda de cambio.

Hadadezer era famoso en todas partes por su astucia. En su juventud había iniciado un negocio de incienso, una resina extraída de un árbol llamado *lebonah*, blanco, que crecía en el norte. Una vez prendido, el incienso despedía un perfume exquisito, lo que le había conferido popularidad inmediata, hasta el punto de que se codiciaba en ambos valles. Sin embargo, aunque Hadadezer cobraba un alto precio por el producto, a su vez pagaba mucho a los recolectores de resina, de modo que le quedaba un margen muy exiguo. Pero una estación, mientras atravesaba las tierras boscosas del norte, descubrió que la madera fragante de enebros y pinos, una vez pulverizada, adulteraba el incienso de tal modo que nadie se daba cuenta de que recibía el producto diluido. De este modo rentabilizaba sus provisiones de resina, cobraba el mismo precio y obtenía beneficios mucho más sustanciosos.

A Hadadezer no se le pasaba nada por alto. Una razón de su éxito como mercader residía en que empleaba una compleja forma de contabilidad que solo él comprendía. Puesto que el papel y la escritura no se inventarían hasta mil años más tarde, el mercader de obsidiana utilizaba un sistema de fichas hechas con arcilla dura sobre las que imprimía símbolos que solo él alcanzaba a identificar, y que se colgaba de la cintura con diversos cordeles y bramante.

Todo el mundo salió al encuentro de la caravana, anticipando ya con ansia la celebración de la noche, cuando las viejas amistades se reanudarían, los amantes del pasado se reunirían, los enemigos se reencontrarían para saldar sus problemas, se cerrarían contratos, se cumplirían promesas y se intercambiaría toda suerte de bienes y servicios. Mientras el sol seguía su ascenso abrasador por el cielo, se levantaron tiendas, se encendieron hogueras y se abrieron odres de vino y tinas de cerveza para celebrar el acontecimiento. Al igual que los moradores del asentamiento buscarían diversión y placeres en el campamento de la caravana, los exhaustos miembros de esta, después de largos meses de arduo trabajo, acudirían al asentamiento en busca de pan, cerveza, juego y sexo.

Hadadezer permanecería cinco días en el Lugar del Manantial Perenne, tras lo cual desenterrarían las estacas, se cargarían los fardos a la espalda y continuarían viaje hacia el sur hasta llegar al Valle del Nilo, donde volverían a acampar antes de dar la vuelta y emprender camino al norte, a su hogar. Hadadezer recorría el circuito de ida y vuelta de tres mil kilómetros desde su hogar en las montañas del norte hasta el delta del Nilo en el sur en un año, y sus visitas al Lugar del Manantial Perenne coincidían con los solsticios de verano e invierno.

Todos los hombres y mujeres capaces de caminar, gatear o ser transportados participarían en el festín de la noche, pues sería una velada de placer y diversión. Los industriosos habitantes del Lugar del Manantial Perenne pasaban ambas mitades del año esperando con impaciencia la llegada de la caravana de Hadadezer, y esa noche tenían intención de pasarlo en grande.

Con una desgraciada excepción.

Después de obtener permiso para presenciar la Procesión de la Diosa, a la que transportaron por todo el campamento de la caravana para que bendijera a los visitantes y las actividades comerciales que allí tendrían lugar, Avram había sido enviado de regreso a la viña, que él y sus hermanos menores debían patrullar al acecho de ladrones.

Mientras caminaba entre las vides, antorcha en ristre, Avram pensó con nostalgia en los hombres de la caravana y las maravillosas historias que siempre contaban sobre cacerías salvajes, mares que ahogaban a los hombres, mujeres con fuego entre las piernas y gigantes de la estatura de árboles. Habían viajado Nilo arriba y conocido a gentes de tez negra como la noche. En el lejano norte habían visto un animal que no era ni caballo ni antílope, sino un cruce entre ambos, con dos gibas en el lomo. Avram ansiaba ser mercader; no quería pasarse el resto de sus días pisando uvas.

También sabía que Marit participaría en la alegría general, tal vez comprando henna o admirando collares de conchas. Quizá se alejaría de su madre y sus hermanas para presenciar las cabriolas de un mono adiestrado o para comprar una de las especiadas delicias de carne que tan famosas habían hecho a las mujeres del norte. Y quizá entonces, lejos de la mirada vigilante de su familia, bajo la luna y las estrellas, entre el bullicio de risas, peleas y jolgorio, entre las embriagadoras fragancias del humo, el perfume y la comida, no le importaría si cierto muchacho se acercaba a ella e incluso le rozaba el brazo como quien no quiere la cosa.

La pasión era más intensa que la obediencia, y Avram ya no lo soportaba más. Entregó la antorcha a su hermano Caleb con un pretexto cualquiera y se escabulló del viñedo como una sombra.

El campamento cubría toda la llanura, desde los campos de maíz y cebada hasta la orilla del río Jordán. El humo de mil hogueras se elevaba hacia el cielo. Había tanto que ver y hacer que, abandonándose al ambiente festivo, Avram casi olvidó su obsesión por Marit. De vez en cuando se detenía para observar a los acróbatas, magos, bailarines, malabaristas, encantadores de serpientes y charlatanes, todos ellos ansiosos por separar a los crédulos espectadores de sus preciadas conchas de cauri.

Por todas partes se ofrecían manjares. Enormes estacas empalaban cerdos y cabras asados, sobre esteras de juncos se amontonaban panes de cebada, cuencos de miel e incontables tinas de cerveza con largas cañas de junco. Avram siguió buscando a Marit.

Dio con una muchedumbre que presenciaba la danza de una bailarina que llevaba poco más que unos collares de cuentas y un cinturón confeccionado con conchas. Era bella y voluptuosa, toda curvas, sudor y carne que se balanceaba y contorsionaba de un modo seductor en extremo al son de los tambores y las palmas. Avram no sabía quién era, pero deseó perderse en su interior, arder en lo más profundo de su ser. Experimentó una oleada de agresividad y un calor más intenso que los rayos de mil soles. Se le secó la garganta y tuvo la sensación de que la lengua se le hinchaba en la boca. Sus ojos recorrían anhelantes los muslos de la mujer. Pensó en Marit, y un hambre insaciable se adueñó de él.

Desvió la mirada de la bailarina y al volverse vio al *abba* de Marit regateando apasionadamente con un mercader de marfil. Molok era un hombre bajo, robusto y estevado, de vientre generoso que le pendía sobre el cinturón en señal de prosperidad y del amor que profesaba a la cerveza que él mismo elaboraba. Era un hombre de mucho genio, capaz de cortar los testículos a cualquier descendiente varón de Talitha que osara mirar siquiera a una mujer de la Casa de Serophia.

A Avram le dio un vuelco el corazón. ¿Qué clase de locura era la suya? ¿Por qué persistía en su obsesión si era evidente que no podía arrojar fruto alguno?

A punto estaba de decidir que la búsqueda de Marit solo podía acarrearle mala suerte y que debía regresar al viñedo para continuar patrullando con sus hermanos, tal como le habían ordenado, cuando divisó a un grupo de mujeres agolpadas en torno a un vendedor de henna. No era el aspecto de las mujeres lo que le llamó la atención, sino más bien sus risas, sobre todo la de una de ellas, aguda y cadenciosa, como el canto de cierto pajarillo que anidaba en los sauces de la ribera.

De repente, el campamento entero se esfumó como por ensalmo y la tierra desapareció bajo los pies de Avram. El cielo quedó disuelto en la nada, hasta que lo único que quedó fue la dulce y encantadora risa de Marit.

—¡Aparta, muchacho! —vociferó un carnicero que transportaba a duras penas un cadáver de oveja.

Pero Avram se había convertido en una figura de madera rígida e inmóvil. El anhelo lo envolvió como una lluvia cálida, y le costaba respirar. Se preguntó si sería posible morir en vida.

Entonces Marit se volvió y lo miró. Y se hizo el milagro.

De repente, la noche regresó con todas sus estrellas y la luna más brillante que nunca. La tierra volvió a asentarse bajo sus pies, rica, sólida y llena de promesas. El campamento se materializó de nuevo con las risas, la música, las bailarinas dando vueltas y más vueltas en aquel ambiente lleno de humo y fiesta. El corazón de Avram se asentó otra vez en su pecho mientras otra parte de su cuerpo ascendía y un ardoroso hormigueo le recorrió toda la piel. Porque Marit lo estaba mirando fijamente con sus ojos oscuros, bebiendo su esencia, atrayéndolo hacia su interior como tantas veces había hecho en los sueños de Avram.

Tragó saliva. Aquella mirada era inconfundible.

El Valle de los Cuervos era un lecho de río que durante las tormentas invernales rugía con furia, pero que en verano quedaba seco y agrietado. La sombra de Avram, proyectada por la luna, lo seguía como un cómplice, recortándose nítida sobre las paredes rocosas del angosto cañón. Escuchó el silencio, el aullido solitario de los chacales, el viento que silbaba por la garganta rocosa. El aire nocturno era fresco, pero la piel le ardía febril. Contempló la luna, llena y reluciente, que trazaba su rumbo eterno por el firmamento.

No albergaba muchas esperanzas de que Marit acudiera a la cita. Había empleado un subterfugio muy sencillo. Un amigo suyo le había transmitido un mensaje secreto junto al pozo. Avram había descubierto una flor exótica en el Valle de los Cuervos y quería mostrársela. Marit sabría que se trataba de una mentira, pero era la excusa que necesitaría si es que quería reunirse con él.

Se puso en cuclillas y esperó. Al poco, la brisa cambió. A sus oídos llegaron los lejanos sones de la música y las risas procedentes de la fiesta de despedida celebrada en honor de la caravana; de vez en cuando percibía un delicioso olor a comida. El estómago empezó a gruñirle, pero no sentía hambre, sino tan solo una impaciencia y un nerviosismo crecientes.

Pasaba el tiempo. La luna proseguía su viaje por el cielo. Avram se puso en pie y empezó a pasearse como un poseso. Marit no iría. Qué estúpido había sido al creer que acudiría a la cita.

De repente la vio, como si acabara de deslizarse por un rayo de luna hasta aterrizar sigilosa ante él.

Se miraron con fijeza. Era la primera vez que estaban a solas en toda su vida, pues siempre andaban cerca las hermanas de Marit, los hermanos de Avram u otros moradores del asentamiento. Pero en esos momentos solo estaban ellos dos, a solas bajo las estrellas.

Avram reparó en que temblaba de miedo y emoción. En ninguna de sus fantasías había sentido miedo. De repente, aunque un poco tarde, se le ocurrió que los acompañarían en aquel cañón sus antepasadas, Talitha y Serophia, dos contendientes fantasmales observándolos para ver qué tabúes quebrantaban. Percibió un sudor frío en la espalda. Estaba convencido de que, si se daba la vuelta, vería a

Talitha de pie tras él, enojada, furiosa incluso, lista para arrancarle la cabeza.

Vio que Marit se frotaba los brazos y miraba furtivamente a izquierda y derecha, como si también ella esperara ver salir de la nada a su antepasada vengadora para asestarle un golpe mortífero.

Pero el momento se prolongaba; lo único que oían era el silbido del viento entre las rocas, lo único que veían eran sombras, luz de luna y el uno al otro. Avram carraspeó y el sonido se le antojó retumbante como un trueno.

Marit se miró las manos.

—La flor... —empezó en voz baja—. ¿La has...?

Avram tragó saliva.

—Yo...

Marit aguardó.

Avram se sentía como si las llamas de la pasión fueran a devorarlo en cualquier momento.

—Yo... —tartamudeó de nuevo.

Ninguna fantasía sobre las primeras palabras que cambiarían lo había preparado para la realidad. De repente, sentía sobre él la mirada de su abuela, de su padre, de todos los antepasados hasta llegar a Talitha, y el miedo se adueñó de él. El sudor frío mitigaba el ardor de su piel y se puso a temblar con más fuerza. ¿Qué estaba haciendo? ¡Estaba violando el tabú más importante de su familia!

Entonces vio que también Marit temblaba y comprendió que, a su vez, ella había corrido un gran riesgo al acudir a la cita. Molok le cruzaría la espalda con una vara si se enteraba.

Aún estaban a tiempo de dar media vuelta y salvarse. Avram debía correr al monte y dejar que Marit regresara a su casa. Nadie sabría jamás lo ocurrido.

Pero ninguno de los dos se movió. Eran prisioneros de la luna y del deseo mutuo, la muchacha de catorce años y el joven de dieciséis, a punto de convertirse en hombre y mujer.

Más tarde, ninguno de los dos sabría a ciencia cierta quién había dado el primer paso. Pero solo hizo falta un paso, pues los demás siguieron en rápida sucesión, y en un instante que disipó todos los siglos y milenios que los habían precedido, cayeron uno en brazos del otro. Avram la besó y Marit le rodeó el cuello con los brazos. En aquel beso desesperado, apresurado y muy torpe, ambos imaginaron que las paredes del cañón se desmoronaban y los sepultaban en un alud de piedras, que oían las protestas de los antepasados indignados, que el gélido aliento de la muerte se apoderaba de ellos.

Pero en definitiva solo estaban ellos dos, Avram y Marit, fundidos en un abrazo de fuego, ajenos a cualquier espíritu que pudiera observarlos, a todo tabú y sus repercusiones, a la venganza sangrienta. Cuando por fin lograron tomar aliento suficiente para articular una palabra, ambos eligieron la palabra amor.

A la mañana siguiente, Avram permaneció alerta por si había atraído la mala suerte sobre la familia. Despertó esperando hallar la casa en ruinas, el tejado en llamas y su piel cubierta de pústulas. Sin embargo, era una mañana tranquila, y su abuela estaba desayunando cerveza, como cada día. No mencionó haber tenido pesadillas ni presentaba indicios de que algo fuera mal. Yubal, sin embargo, parecía más pensativo de lo habitual, aunque Avram atribuía su actitud a la inminente vendimia.

Avram se tomó el pan y la cerveza en nervioso silencio y, antes de salir de casa, rindió un tributo especialmente cuidadoso a los ancestros, dejándoles una parte de su desayuno más generosa de lo normal y suplicándoles que no atormentaran la casa por su transgresión con Marit.

Si bien vivía atenazado por un miedo constante a las represalias, a que la tierra lo tragara de repente o que un rayo bajara del cielo estival para partirlo, los días transcurrieron sin pruebas de infortunio, de modo que Avram cobró confianza y concertó otro encuentro secreto con Marit en el Valle de los Cuervos. Tampoco ella había reparado en nada inusual en su casa, ni la presencia de espíritus ni mala suerte alguna, así que a los ancestros no debía de importarles que se vieran.

—La Diosa desea que hallemos placer —razonó Avram al estrecharla entre sus brazos—. ¿Quiénes son los ancestros para desobedecer a la Diosa?

El hecho de que lograran mantener su relación en secreto era un milagro que los convenció de que la Diosa debía de estar de su parte, pues en las semanas y los meses que siguieron, con sus días llenos de besos robados, sus noches de abrazos prohibidos, ningún miembro de sus familias sospechó de ellos ni los sorprendió. Avram podía escabullirse bajo el pretexto de que iba a pescar y nadie hallaba extraña la conducta de Marit, pues se encontraba en la edad en que las jóvenes se tornaban soñadoras y daban paseos a la luz de la luna. Su madre incluso la alentaba a hacerlo, pues tales paseos a menudo desembocaban en embarazo.

Mientras Avram y Marit expresaban su amor secreto estación tras estación, ajenos al resto del mundo, perdidos en la mirada del otro, el joven experimentó un cambio. Cuando estaba con Marit se sentía completo, como si fueran una sola alma compartida en dos cuerpos, pero cuando estaban separados, se sentía hueco y carente de propósito en la vida. Lo peor eran los cinco días al mes que Marit pasaba en la choza de la luna, en especial comunión con la Diosa. Durante aquel período, Marit no solo se alejaba de él físicamente, sino también espiritualmente, pues esos días transcurrían entre oraciones, rituales y en total unión con Al-Iari.

Avram y Marit no solo compartían su amor y sus cuerpos, sino también sus sueños. El muchacho le contó que anhelaba convertirse en mercader, como Hadadezer; no quería pasarse toda la vida pisando uvas. El problema residía en que su sueño era incompatible con su corazón, ya que si llevaba vida de mercader, nunca estaría en casa y pasaría largos períodos de tiempo sin ver a Marit. ¿Cómo conciliar ambas cosas?

La visión de Marit era bien distinta.

—Me encanta formar parte de una larga cadena de vida, saber que procedo de mi madre, quien a su vez procede de la suya, y así sucesivamente hasta Serophia y por fin la propia diosa Al-Iari. Me reconforta y maravilla saber que mis hijas, cuando las tenga, continuarán con esta cadena.

De repente, Avram sintió en sus carnes la injusticia de la vida. El linaje de la mujer se perpetuaba, mientras que el del hombre solo podía continuar a través de sus hermanas.

Por entonces había transcurrido medio año, se acercaba el solsticio de invierno y el regreso de la caravana de Hadadezer. Avram y Marit estaban orgullosos de la pericia con que guardaban su secreto. Incluso lograban fingir ante los demás que ni siquiera se apreciaban. En su juvenil ingenuidad, creían poder seguir así para siempre.

No existía mayor prueba del poder creador de vida de la Diosa que la elaboración del vino. ¿Acaso no era la cueva el útero de la Madre Tierra? ¿Y acaso no era el zumo de uva del viñedo de Yubal como el flujo lunar femenino? Todo el mundo sabía que, cuando el flujo lunar de una mujer quedaba retenido en su seno, una nueva vida empezaba a formarse en él. De igual modo se obraba el milagro del vino. Los moradores del asentamiento llevaban el zumo de uva a la cueva-útero y lo dejaban allí, envuelto en misterio y oscuridad, hasta que, al cabo de seis meses, los hombres que iban a buscarlo lo encontraban milagrosamente transformado en una bebida dotada de «vida».

Por ello, la cata de la cosecha era el rito religioso más importante y solemne en el Lugar del Manantial Perenne. La propia Diosa, transportada a hombros de cuatro hombres robustos, su corazón de cristal azul reluciendo bajo los primeros rayos del sol matutino, encabezaba la procesión hasta la sagrada cueva del sur. La estatua había sido tallada cien años antes de un solo bloque de piedra caliza, medía un metro de altura y poseía gran lujo de detalles, desde los ojos grandes y omniscientes hasta las delicadas sandalias que calzaban sus pies. El cristal, antiquísimo, mágico e inconmensurablemente poderoso, se asentaba entre los pechos desnudos de la Diosa.

El aire matinal era frío y prístino. Faltaban escasos días para el solsticio de invierno mientras la procesión atravesaba solemne la llanura en dirección a la orilla del río, donde continuaría hacia el sur hasta llegar al mar muerto, junto al que se encontraban las cuevas sagradas del vino. Alcanzaron los acantilados a mediodía y Reina la sacerdotisa ordenó el alto. Tras asegurarse de que la Diosa era acomodada sobre su trono de roca, dirigió una plegaria. A continuación sacrificaron una oveja y la colocaron sobre el altar. Luego, la abuela de Avram, su *abba*, Yubal, el propio Avram y sus tres hermanos menores emprendieron solos el ascenso hacia la boca de la cueva.

No se oía ni un murmullo entre la gente congregada al pie del acantilado, pues la primera cata de la cosecha estival indicaba cómo transcurriría el resto del año.

La abuela de Avram se detuvo en la entrada, alzó los brazos y rezó en voz alta a la Diosa y a cualquier espíritu o fantasma que pudiera hallarse en las inmediaciones. Pronunció las palabras transmitidas de generación en generación desde tiempos de Talitha, cuando nació el primer vino en aquella misma cueva, y a continuación espolvoreó el umbral con incienso y hojas de laurel, una mezcla sagrada destinada a santificar el lugar. Fue la primera en entrar a fin de frotar pedazos de pedernal y encender las lámparas de aceite dejadas allí en verano. Se movía con cuidado para que su intrusión no perturbara el carácter sagrado de la cueva.

Una vez se cercioró de que los odres de vino estaban intactos, de que no se había cometido ningún sacrilegio durante los meses de la fermentación, pues quien entrara en la cueva sagrada del vino se enfrentaba a la muerte, llamó por señas a Yubal. Él era el *abba* de la casa y también el *abba* del viñedo, de modo que debía ser el primero en catar el caldo.

Para sorpresa de Avram, Yubal le tocó el brazo y le indicó que lo siguiera. Avram nunca había puesto los pies en la cueva sagrada y, muy impresionado, siguió a Yubal en la oscuridad, sintiendo el poder de la Diosa como una presencia física a su alrededor. Pensó en Marit, que aguardaba fuera con los demás, y en el orgullo que debió de sentir al verlo entrar en la cueva.

Yubal se detuvo ante los odres almacenados sobre saledizos de piedra caliza labrados en las paredes y se volvió hacia el muchacho alto y apuesto en cuyas mejillas ya se observaba una barba incipiente. Yubal no sabía por qué sentía lo que sentía por él. Todo había empezado mientras la madre de Avram estaba encinta. Por las noches, cuando yacían sobre el jergón, Yubal contemplaba embelesado el enorme vientre de su mujer y sus movimientos cuando el bebé daba patadas. Apoyaba la mano sobre aquel montículo maravilloso y percibía los vaivenes del niño. Lo acometía entonces una sensación milagrosa, como si el bebé se moviera en su interior.

—Antes de proceder, Avram —empezó Yubal en voz lo bastante baja para que sus palabras no trascendieran la entrada de la cueva—, tengo algo que decirte, una noticia maravillosa —añadió con una sonrisa.

Al escudriñar la mirada expectante del joven se puso sombrío.

Nunca le había costado comunicarse con Avram; siempre habían estado muy unidos y se sentían cómodos en mutua compañía. Incluso aquella vez, cuando Avram cumplió trece años y Yubal tuvo que explicarle las reglas y los tabúes que regían las relaciones con las mujeres, así como la finalidad de la tienda especial a la que las mujeres se retiraban una vez al mes, el flujo lunar que creaba nueva vida y que era dominio exclusivo de las mujeres. Había resultado difícil explicarle todo aquello al muchacho; el poder que encerraba el misterio de la mujer casi le trababa la lengua.

Pese a su riqueza, Yubal era un hombre sencillo. Comprendía su viñedo y su vino, pero las mujeres lo dejaban perplejo. Entrañaban un secreto, ese lugar oculto del que el hombre obtenía el placer, donde también empezaba la vida y que era la morada de la Diosa. Como la mayoría de los hombres, Yubal sentía un fuerte temor a la sangre menstrual. Entrar siquiera en contacto con ella, decían los mitos, significaba la muerte instantánea para el hombre, pues la sangre lunar contenía el poder de la Diosa, el poder de la vida y la muerte. Cuando la sangre femenina dejaba de manar, significaba que daba comienzo una nueva vida, y cuando aparecía el flujo, significaba que una vida había muerto.

—Nuestra casa recibirá a un nuevo miembro —anunció Yubal a la vacilante luz de las lámparas.

Avram lo miró asombrado. En su obsesión por Marit había estado tan ajeno a todo que no había reparado en que su *abba* tenía planes para unir su familia a otra. Pero por supuesto, era un paso que debía acabar dándose.

Las tradiciones y las leyes de las alianzas familiares empezaron con las primeras familias del asentamiento, muchas generaciones atrás, cuando los invasores arrasaron cosechas y casas. Por aquel entonces, los antepasados decidieron que, a fin de garantizar la supervivencia del asentamiento, las familias debían protegerse unas a otras. A lo largo de las generaciones, descubrieron que la forma más segura de garantizar la protección mutua contra las invasiones y las catástrofes consistía en canjear de forma regular hijos por hijas y viceversa. En la familia de Avram había demasiados pocos varones para trabajar la viña y proteger la cosecha de los merodeadores, Con frecuencia, Yubal recurría a jornaleros, pero estos tendían a comerse la uva y al menor indicio de invasores ponían pies en polvorosa. Asimismo, no había mujeres en la Casa de Talitha, tan solo la anciana abuela. Con tan solo Yubal, Avram y sus tres hermanos menores, la casa acabaría por extinguirse. Por tanto, agregarían a una mujer a la familia, preferiblemente una con muchos hermanos y tíos, ya que ellos ayudarían de buen grado a proteger el viñedo y no robarían a la familia a la que se habían unido por alianza.

—¿Quién es? —inquirió Avram mientras repasaba mentalmente las posibilidades.

Estaban las hijas de Sol, que cultivaba grano, las sobrinas de Guri, el fabricante de lámparas, la más joven de las hermanas Cebolla.

Yubal carraspeó y se removió inquieto.

—Una hija de la Casa de Serophia.

Avram se lo quedó mirando, atónito.

—Serophia —farfulló.

Yubal alzó la mano.

—Sé que te sorprende, pero hemos consultado a la Diosa y se ha pronunciado por mediación de Reina. También hemos consultado al astrólogo y los videntes. Todos convienen en que una familia tan antigua y noble como la nuestra solo puede aliarse con una casa de igual categoría. Y ¿cuál si no la de Serophia?

A Yubal tampoco le hacía gracia la idea y había discutido con la abuela al respecto. La Casa de Edra era excelente, argumentó, al igual que el linaje de Abihail. Pero la abuela y la Diosa se habían impuesto. Ninguna otra casa serviría. Y así, a través de un representante, pues era imposible que los dos *abbas* rivales se dirigieran la palabra, Yubal había planteado a Molok la idea de unir ambas familias. Sin embargo, Yubal contaba con cierta ventaja. Había oído decir al mercader Hadadezer que Molok empezaba a preocuparse por su negocio cervecero, porque cada vez resultaba más fácil a otros hombres elaborar su propia cerveza. Lo único que debían hacer era comprar pan de cebada, desmigajarlo en agua hasta formar una papilla y dejarla reposar hasta que fermentara. No tenían que molestarse en cultivar un campo de cebada, cosechar la planta y protegerla de las langostas y los ladrones. Circulaba el rumor de que el negocio se tambaleaba y que Molok buscaba modos de diversificar sus actividades a fin de asegurar la prosperidad de la familia. No obstante, Molok poseía otra clase de riqueza, ya que su casa contaba con muchos hijos varones fuertes, por lo que Hadadezer había señalado a Yubal que constituía una buena transacción trocar una prensa de vino y una parte de la cosecha de la uva por la protección de los hijos de otro hombre. Así, tras varios siglos de rivalidades, la alianza quedó sellada.

—Aun cuando cabe la posibilidad de que los hijos de Serophia todavía nos odien —prosiguió Yubal—, protegerán a su hermana en la eventualidad de un ataque externo, así como a nosotros y la viña.

—¿Cuál de las hijas, *abba*? —preguntó Avram en un susurro.

—La más joven, Marit.

Avram se sentía como si lo hubiera alcanzado un rayo y al mismo tiempo como si estuviera cubierto en miel. Tales eran la sorpresa y el gozo que quedó petrificado.

Yubal siguió hablando a toda prisa, pues malinterpretó la expresión de su hijo.

—No te culpo por estar enojado, pero es por el bien de los ancestros y el linaje. Pero aguarda un momento... ¡Tengo una noticia aún mejor!

Avram intentó decirle que nada podía ser mejor que el hecho de que su amada Marit fuera a compartir su vida, pero Yubal volvió a hablar.

—He llegado a un acuerdo con Parthalan, de la Casa de Edra, y nos aliaremos con su familia enviándote a vivir con ellos. ¡Piénsalo, Avram! ¡Vivirás con los trabajadores de conchas! Una posición envidiable, puesto que su trabajo es limpio, sin sudor, sin callos, con las manos siempre suaves y limpias. Además, tienen varias hijas de gran hermosura con las que podrás gozar.

Yubal estaba muy complacido de su propia astucia. ¡Qué expresión se pintaba en el rostro del muchacho! A todas luces estaba a punto de desmayarse ante aquel repentino golpe de suerte. Puesto que Avram era un soñador que siempre se preguntaba qué habría más allá de las colinas y no le interesaba en lo más mínimo la viña ni la elaboración del vino, Yubal había hallado la solución ideal en Parthalan, ya que él y sus hijas viajaban cada año al Gran Mar, donde recogían conchas de cauri, almejas, vieiras y abalón, que traían de vuelta para tallarlas y convertirlas en joyas, fetiches, amuletos y ornamentos mágicos. Parthalan era rico y llevaba tiempo buscando a un joven sano que agregar a su familia. Por ello, Yubal había llegado a un acuerdo con él. Avram se uniría a la Casa de Edra y, a cambio, Parthalan pagaría una cantidad anual en conchas de abalón a la Casa de Talitha.

El rostro de Yubal brillaba de alegría a la vacilante luz de la lámpara.

—¡Por fin verás lo que hay al otro lado de las colinas! ¿Qué mejor vida podías esperar?

—Oh, *abba* —gimió Avram, y su lamento resonó contra las paredes de la cueva—. Es una noticia terrible.

Yubal quedó atónito.

—¿A qué te refieres? Deberías regocijarte. Nunca has sido feliz trabajando en la viña ni en la prensa. Ahora te ofrezco la oportunidad de ver qué hay más allá del horizonte. Pongo a tu alcance todos tus sueños, ¿y tú te enojas?

—¡Mi sueño es Marit! —barbotó Avram.

Yubal se lo quedó mirando con la boca abierta.

—¿Qué dices?

—Marit. Amo a Marit.

—¿Sientes pasión por esa muchacha? No tenía ni idea; desde luego, lo has mantenido en secreto.

Avram bajó la cabeza.

—No puedo dejarla, *abba*.

—Pues debes hacerlo.

—No puedo separarme de Marit.

—Aún eres joven, muchacho. Una vez hayas probado los suculentos muslos de las hijas de Parthalan...

—No quiero a las hijas del trabajador de conchas. ¡Quiero a Marit!

El rostro de Yubal se ensombreció. Quería al muchacho, pero Avram se estaba extralimitando en la cueva sagrada.

—Pues no puedes tenerla, Avram, y me rompe el corazón pensar en lo que he hecho. Pero el acuerdo está sellado, todo está dispuesto y hemos hecho un juramento ante la Diosa. No podemos retractarnos —aseguró Yubal antes de apoyar su pesada mano sobre el hombro de Avram—. Piensa que Marit vivirá en nuestra casa, protegida y a salvo, y que estará allí cuando regreses del Gran Mar.

Avram no podría haber sido más desgraciado.

—Los pescadores de abalón se ausentan un año entero.

—Pero vuelven para tallar y vender las conchas, y entonces podrás estar con Marit.

—Moriré en el Gran Mar.

Yubal lanzó un suspiro; el día no había transcurrido tal como había previsto. Sin embargo, nada podía hacerse para remediar el mal, y Avram era joven, de modo que lo superaría. Había llegado el momento de proceder y recordar el motivo de su visita a la cueva, pero antes quería hacer otra cosa.

Yubal llevaba un colmillo de lobo colgado del cuello con una tira de cuero. Un día, mientras cazaba en el monte, un lobo lo había atacado. Yubal estuvo a punto de morir y las cicatrices que surcaban su cuerpo eran testigos de ello. Los hombres que lo llevaron de vuelta a casa, cubierto de sangre, también portaban al lobo muerto, con el cuchillo de Yubal clavado en el pecho. Más tarde, Yubal le arrancó uno de los colmillos como trofeo y lo convirtió en un colgante, un enorme colmillo amarillo que aún mostraba las pálidas manchas color óxido de la sangre del animal. Era un poderoso amuleto que protegía contra todo mal, pues en él moraba el espíritu del lobo.

Se quitó el collar y lo colgó del cuello de Avram.

—Para que te proteja mientras estés en el Gran Mar.

El joven no podía articular palabra. Bajó la vista hacia el poderoso talismán y sintió un nudo en la garganta.

—Juro honrar a la familia y tu acuerdo con Parthalan, *abba* —farfulló por fin.

Mentalmente vio a Marit, agitando el brazo a modo de despedida desde la cima de una colina, una figura cada vez más pequeña que acababa por perderse de vista.

Había que ser ciego para no darse cuenta de que Yubal había cometido un tremendo error, pensó Hadadezer con cinismo.

Mientras mordisqueaba una articulación de cordero, mesándose de vez en cuando la generosa barba con manos grasientas, el mercader de obsidiana miraba a su alrededor y constataba que aquel festín parecía más un funeral que una celebración. Los hermanos de la muchacha de Serophia exhibían una expresión sombría. Molok bebía demasiado. La madre de Marit hablaba demasiado alto, lanzaba carcajadas falsas y lucía tantas joyas de hueso y conchas que parecía a punto de desplomarse a causa del peso. La abuela de la Casa de Talitha había adoptado una expresión repugnantemente dulce y no cesaba de adular a los invitados. Y había demasiada comida, incluso para unas familias tan ricas como aquellas. ¿Qué esperaban? ¿Que unos pocos gestos, un ritual prescrito y unos juramentos pronunciados ante la diosa disiparan de repente todo el odio que les inculcaban desde el nacimiento? Gran Creador, aquella fiesta estaba impregnada de mala suerte. Por primera vez en todos los años que llevaba comiendo y bebiendo en el Lugar del Manantial Perenne, Hadadezer estaba ansioso por regresar a su tienda y alejarse del infortunio que percibía.

Por desgracia, era un invitado de honor, ya que su caravana partiría al día siguiente rumbo al norte, y por tanto no podía escabullirse. Debía soportar el tormento y luego seguir la procesión que conduciría a la muchacha a su nuevo hogar. Mediaba poca distancia entre el hogar de Serophia y el de Talitha, pero a Hadadezer se le antojaría una eternidad. Lanzó un suspiro; al menos nadie esperaba que demorara su partida, y podría unirse a la procesión que conduciría al malhumorado hijo de la Casa de Talitha, Avram, a su nuevo hogar entre los trabajadores de conchas.

Al menos la joven parecía feliz, allí sentada sobre su pequeño trono festoneado de flores invernales, la cabeza cubierta por una corona de hojas de laurel, el pecho casi inmóvil por el peso de innumerables collares de conchas de cauri, obsequio de familiares y amigos. Pero sus flamantes parientes, Yubal y Avram, parecían dos almas en pena. Y estaban bebiendo demasiado, incluso para los baremos de Hadadezer.

La falsa alegría se prolongó un buen rato, hasta que por fin Reina, la sacerdotisa, dio la señal indicadora de que debía procederse a la última fase de la unificación de ambas casas. Hadadezer eructó de alivio e hizo una seña a sus portadores, que se levantaron de un salto y se cargaron la plataforma sobre los hombros. Siguieron a la muchacha y su familia a una distancia discreta, y al poco el mercader dio otra señal, para que los portadores se desviaran en dirección al campamento de la caravana, donde dos hermosas jóvenes lo esperaban para compartir su lecho.

Yubal apenas se sostenía en pie. Lamentaba tanto el acuerdo que había sellado con los pescadores de abalón al creer que Avram estallaría de gozo con la noticia, que había bebido mucho más vino del que acostumbraba a tomar. También lo afligía un dolor más profundo que ni todas las bebidas fermentadas del mundo podían paliar: la realidad de que había tenido que acudir a Molok para proponerle la alianza. Si bien al principio se había sentido muy satisfecho al saber que Molok estaba desesperado por salvar su tambaleante negocio, e incluso había zanjado las negociaciones creyendo que le había hecho un favor al pobre hombre, la realidad de lo que había hecho se le clavaba en la garganta como una espina. Ni todas las bendiciones de la Diosa, ni todos los buenos deseos de los amigos, ni todas las aseveraciones de los videntes y astrólogos respecto a que había hecho lo correcto podían disipar la amargura que atenazaba las entrañas de Yubal. Aún odiaba al clan de Serophia, y a Molok más que a nadie, y lamentaba no haber sido capaz de hallar otra salida para salvar el linaje de Talitha.

Por su parte, Avram también se sentía desgraciado, porque partiría al cabo de una semana y permanecería ausente un año entero. Así pues, también había bebido mucho más vino de lo habitual en él.

Cuando la procesión llegó a la casa de Talitha, Reina invocó la bendición de la Diosa; y acto seguido todos los presentes vitorearon a ambas familias y les desearon lo mejor. Molok y su hermana se despidieron de Marit con un beso, mientras los huraños hermanos miraban a Yubal con enojo y le transmitían sin palabras el mensaje de que velarían con gran meticulosidad por el bienestar de su hermana. Por fin se dispersó la reunión. Yubal y Avram se dirigieron dando tumbos hacia sus lechos mientras la abuela llevaba a Marit a la parte femenina de la casa.

La luna brillaba redonda y amarilla, más primaveral que invernal, y perforaba el tejado de paja en mil rayos diminutos. Su radiante luz también entraba por el ventanuco abierto en la pared de ladrillo y bañaba a Marit, tendida con los ojos abiertos en su nuevo lecho. Esperaba a Avram; habían acordado que, en cuanto todos se hubieran dormido, el joven se reuniría con ella.

Pero ¿dónde estaba?

Marit escuchó el silencio de la casa, quebrado tan solo por los ronquidos de la anciana y los hermanos menores de Avram, y por fin decidió no seguir aguardando. Se levantó y caminó desnuda de puntillas hacia el otro extremo de la casa.

En aquel mismo instante, Yubal se removía inquieto en su sueño afectado por la luna donde su amada compañera de lecho, la madre de Avram, se le aparecía para decirle que no había muerto y que volvía junto a él. Pero cuando la estrechaba entre sus brazos y empezaban a hacer el amor, despertó con un sobresalto y parpadeó envuelto en una bruma etílica, incapaz de distinguir entre sueño y realidad. ¿Adónde había ido la madre de Avram?

Entonces oyó un sonido, volvió la cabeza y la vio... La madre de Avram, joven, esbelta y desnuda, atravesando de puntillas la sala común. Se dirigía hacia la parte masculina de la casa, hacia él.

Tras conseguir a duras penas ponerse en pie, Yubal caminó hacia ella con paso inseguro y la agarró con brusquedad.

El grito de Marit despertó a Avram. Parpadeó en la oscuridad y frunció el ceño al vislumbrar dos figuras humanas bañadas un instante por la fragmentada luz de la luna. Se restregó los ojos y volvió a mirar. Eran dos personas desnudas y abrazadas.

Se levantó, pero de inmediato cayó de rodillas. No, debía de estar soñando. Era una alucinación.

Volvió a mirar. La imagen flotaba borrosa ante él, como si la casa se hubiera hundido en el manantial perenne. Vio unos brazos pálidos retorciéndose como serpientes, y dos cabezas ejecutando una extraña danza. Piernas agitándose, cuerpos en contorsión... Dos amantes fundidos en un abrazo acuático.

Entonces experimentó uno de esos momentos de claridad absoluta en medio del estupor ebrio. ¡Marit en brazos de Yubal!

De nuevo intentó incorporarse, pero el suelo se balanceaba bajo sus pies como la atalaya durante las tormentas. De repente sintió náuseas y comprendió que estaba a punto de vomitar.

Consiguió salir de la casa a tiempo y vomitar en el pequeño huerto de coles de su abuela. Aspiró profundas bocanadas de aire nocturno y cuando ya se disponía a entrar de nuevo en la casa, las náuseas volvieron a apoderarse de él.

Las manos de Yubal sobre el cuerpo de Marit.

Intentó entrar, pero unas arcadas peores que las que podía causar el vino lo abrumaron. ¡Yubal y Marit! Sus pensamientos volaban sin rumbo ni cohesión, un amasijo de conceptos y sentimientos confusos.

Dio media vuelta y echó a correr. Empapado en sudor y aún mareado, mientras el mundo giraba vertiginoso a su alrededor, corrió al viñedo, donde su cerebro intoxicado estalló en una lluvia de pensamientos irracionales. De pronto se le ocurrió que Yubal había urdido todo el plan para poder poseer a Marit.

—No —susurró al desplomarse en la tierra—. No puede ser.

Intentó comprender lo que sus ojos habían visto, pero su cerebro estaba ahogado en vino y las ideas no acudían en orden lógico alguno, solo la furia y los celos.

—¡Me has traicionado! —clamó al cielo con el puño alzado, medio ahogado por los sollozos mientras su cuerpo oscilaba sobre piernas que apenas lo sostenían—. ¡Lo has hecho adrede! Has traído a mi amada a nuestra casa y ahora me envías al Gran Mar. ¡La querías para ti desde el principio! ¡Maldito seas, Yubal! ¡Ojalá sufras la más terrible de las muertes!

Sin dejar de llorar, todavía acometido por las náuseas y envuelto en un mundo que no cesaba de dar vueltas a su alrededor, Avram echó a correr de nuevo, chocando contra las plantas, cegado por las lágrimas, abrumado por un tremendo malestar mental y físico mientras se zambullía en una oscuridad que acabó por engullirlo.

Luz deslumbrante. Gemidos.

Avram yacía totalmente inmóvil, preguntándose por qué se encontraba tan mal. La cabeza le palpitaba, tenía el estómago revuelto y la boca reseca y polvorienta.

Otro gemido. Comprendió que brotaba de su propia garganta.

Muy despacio abrió los ojos para habituarse a la luz. El sol entraba por la abertura de una tienda.

¿Por qué estaba en una tienda?

Cuando intentó incorporarse, las náuseas lo acometieron en una poderosa oleada que lo obligó a tenderse de nuevo. Un lecho de pieles. No era el suyo.

¿De quién era aquella tienda? ¿Y por qué estaba él en ella?

¿Cómo había llegado hasta allí? Intentó recordar, pero su mente era como un lodazal. Los recuerdos acudían a ella en fragmentos vagos. La fiesta para celebrar la alianza de las dos familias, la procesión hasta su casa, su abuela conduciendo a Marit a la parte femenina de la casa, él y Yubal cayendo sobre sus esteras.

Y luego nada.

Oyó una suerte de zumbido y al volverse vio a una mujer de complexión morena guardando utensilios de cocina en una cesta. Intentó hablarle, y cuando la mujer vio que estaba despierto, le alargó un odre de agua y le explicó que ella y sus hermanas lo habían encontrado delante de su tienda en un charco de vómito. Lo habían entrado, aseado y dejado dormir la mona.

Avram se incorporó y se llevó las manos a la cabeza atormentada por demonios furiosos. El joven no recordaba haberse encontrado tan mal en toda su vida.

«¿Vomité? Pero ¿por qué aquí, en el campamento de la caravana? ¿Por qué no estoy en casa?»

Consiguió ponerse de rodillas y por fin de pie, pero no lograba mantenerse erguido y la cabeza le palpitaba sin piedad. Aturdido, observó a la mujer morena, que seguía sacando objetos de la tienda hasta que solo quedó el lecho en el que había dormido él. Entonces recordó que la caravana de Hadadezer partía aquella mañana.

«Debo regresar a casa antes de que se percaten de mi ausencia.»

Sin embargo, a la entrada de la cueva, la luz cegadora del sol lo detuvo. Se cubrió los ojos con una mano, luchó contra las náuseas que amenazaban con volver a adueñarse de él e intentó recobrar la compostura. Tenía la vejiga a punto de explotar y necesitaba orinar de inmediato.

La parte trasera de la tienda brindaba cierta intimidad, y mientras orinaba vio que los miembros de la caravana levantaban el enorme campamento. Al poco se volvió hacia el asentamiento y oyó un inmenso coro de lamentos y llanto, sonido que tan solo se escuchaba cuando alguien moría.

Rodeó de nuevo la tienda hasta donde la mujer morena estaba arrancando estacas de la tierra y le preguntó qué había sucedido en el asentamiento. La mujer le explicó que un vinatero había muerto mientras hacía el amor con una joven.

Avram parpadeó perplejo. ¿Un vinatero haciendo el amor con una joven?

Entonces lo recordó todo. Despertar y ver a Yubal besando a Marit. La huida, el puño alzado y la maldición gritada al cielo. Y luego…

Todo volvía a su memoria, un panorama espeluznante que había observado desde su escondrijo entre las vides. Un grito, Marit saliendo de la casa a la carrera seguida de su abuela, que lloraba y se golpeaba el pecho. Los hermanos de Avram dando tumbos como si los hubiera alcanzado el rayo. La llegada a la casa de otras personas.

—¡Yubal ha muerto! —habían clamado los vecinos—. ¡El *abba* de la Casa de Talitha se ha reunido con sus ancestros!

Recordaba también su propio estupor ebrio mientras permanecía oculto en el viñedo sin poder moverse. ¿Yubal había muerto?

Y su maldición clamada al cielo con el puño en alto. «¡Ojalá sufras la más terrible de las muertes!»

Había echado a correr ciegamente, enfermo y confuso, y sin saber cómo se encontró en el templo de la Diosa.

Eran recuerdos vagos, turbios. La casa de Al-Iari, pequeña y de techo bajo, su interior penumbroso alumbrado tan solo por lámparas de aceite que iluminaban los estantes repletos de amuletos mágicos, hierbas medicinales, pociones, polvos y ensalmos de fertilidad. Y sobre el altar…

La estatua.

Y reluciente a la luz de las lámparas, la piedra azul. El corazón de la Diosa. Su corazón misericordioso. En su desesperación de borracho, se había abrazado a las piernas de piedra de Al-Iari, perdiendo el equilibrio y arrastrando consigo la imagen. Se oyó un estruendo.

Consternado, Avram retrocedió como si acabaran de golpearlo. ¡La Diosa hecha añicos en el suelo!

¡Era imposible, una pesadilla demasiado monstruosa y retorcida!

En aquel instante oyó que alguien le hacía una pregunta, y al volverse vio a la mujer de tez morena.

—¿Conocías al vinatero? —repitió la mujer.

Pero Avram solo podía pensar en la estatua destrozada de Al-Iari. No había sido una pesadilla. ¡Había matado a la Diosa!

Entonces acudió a su mente otro recuerdo. En él alargaba la mano hacia la piedra azul, cerraba el puño en torno a ella, buscaba a tientas su filacteria y guardaba la piedra en la suave bolsa de cuero.

Casi paralizado por el terror, Avram se llevó la mano al pecho y percibió bajo su túnica el bulto de la filacteria, ahora más dura y voluminosa.

La piedra azul, el corazón de la Diosa.

Intentó moverse, intentó gritar, llorar, obligar a sus pulmones a expresar su indignación, su dolor. Pero su cuerpo se negaba a obedecer. Como un hombre hechizado, observó a las mujeres mientras desmontaban la tienda y la cargaban sobre un trineo, y cuando emprendieron la marcha con el resto de los miembros de la caravana, un éxodo masivo que se alejaba del Lugar del Manantial Perenne, Avram se unió a ellos sin pensar.

Formaban una familia de siete mujeres, compuesta por la abuela, la madre, tres hijas y dos primas. Le contaron que hacían tocados de plumas y que estarían encantadas de que las acompañase. Así pues, Avram fue con ellas, un muchacho mudo y anónimo de cuya presencia habrían recelado de no ser por sus facciones agradables y el hecho de que a todas luces pertenecía a una familia rica.

Los días y las semanas se sucedían en una neblina. Durante el día, Avram se dedicaba a las tareas más arduas que le encomendaban las mujeres, quienes por la noche lo acariciaban y lo besaban, asegurándole que era un muchacho de lo más apuesto antes de atraerlo hacia sus cuerpos voluptuosos. Con el tiempo, el entumecimiento remitió, y Avram tomó conciencia del mal que había hecho. Había matado a su *abba*, atraído la desgracia sobre su linaje, violado el contrato sellado con Parthalan, abandonado a Marit y, al robar el corazón de la Diosa, acabado también con la vida de esta. Por todo ello permitía que las artesanas, desconocedoras de los detalles de su tragedia, le ofrecieran cobijo y consuelo.

No sabían que el muchacho que viajaba con ellas no era más que una sombra, una cáscara sin alma ni propósito. Su cuerpo se movía por instinto mientras dormía, comía u orinaba. Cuando le ponían un vaso en las manos, bebía, y cuando las mujeres acudían a su estera por las noches, su cuerpo reaccionaba como el de un hombre y les proporcionaba placer. Sin embargo, él no sentía placer, hambre ni dolor. Se hallaba suspendido en una esfera que no pertenecía ni a los vivos ni a los muertos.

La caravana avanzaba hacia el norte en un lento río de seres humanos cargados con pesadas cargas. Se detenían en los asentamientos y luego reanudaban la marcha, pasando por el lago de agua dulce y la cueva de Al-Iari para adentrarse en el frondoso bosque donde crecía el lebonah. Avram tiraba del trineo de las mujeres y por las noches montaba su tienda, mientras sus compañeras de viaje le daban de comer y se deleitaban en su juventud e inocencia. Si bien se le daba un ardite su propio bienestar y seguridad, algo en su interior lo impulsaba a esconderse de Hadadezer, que había sido amigo de Yubal.

Con la mente, el cuerpo y el espíritu entumecidos, Avram observaba las labores de las avezadas fabricantes de tocados. Su talento, conocido en toda la ruta de la caravana hasta el lejano norte, donde se abría el delta del Nilo, residía en su capacidad de disponer las plumas sobre el cuero tal como se disponen en los pájaros. Asimismo eran muy diestras en el uso de los colores, de modo que sus abanicos, capas, cinturones y tocados se vendían a los precios más elevados.

Sabedora de que un espíritu maligno anidaba en el interior de Avram, la matriarca le administraba brebajes medicinales destinados a ahuyentarlo, murmuraba palabras tranquilizadoras y posaba sobre él sus manos sanadoras. Por su parte, sus hijas y sobrinas formaban un círculo amoroso a su alrededor y le cantaban, sobre todo cuando despertaba sobresaltado de pesadillas en las que se veía persiguiendo a Yubal en un intento de hacerlo regresar.

Tal vez no se trataba de ningún espíritu maligno a fin de cuentas, acabó por dictaminar la abuela al comprobar que sus cuidados no surtían efecto alguno. Tal vez el espíritu del joven había muerto, y una vez muerto, el espíritu no podía resucitar.

Ya era primavera cuando la caravana salió por fin de un paso montañoso y se adentró en una vasta llanura herbosa donde varias familias acampaban junto a un lago poco profundo. Las artesanas invitaron a Avram a acompañarlas hasta su poblado de casas de piedra, donde podría llevar una vida ociosa durante dos años, hasta que volvieran a unirse a la caravana de Hadadezer. Sin embargo, Avram sentía la necesidad de continuar, pues el sol poniente lo atraía por motivos que no alcanzaba a comprender. Supo que aquel era un campamento invernal y que, una vez cesaran las lluvias, las familias allí instaladas lo levantarían para seguir a las manadas que iban en busca de pastos primaverales. Por tanto, fue de tienda en tienda para ofrecer sus servicios para cualquier tarea ardua que se presentara a cambio del permiso de viajar con las familias.

De ese modo, Avram continuó su huida del Lugar del Manantial Perenne. Las fabricantes de tocados de plumas lo despidieron entre lágrimas y le regalaron una capa ribeteada de plumas de oca. Al poco, el muchacho emprendió viaje con su nueva familia por la meseta de Anatolia, una benigna llanura de hierba corta, sauces achaparrados, tulipanes y peonías silvestres. Seguían a las nutridas manadas de caballos, asnos salvajes y antílopes. Avram vio camellos, corpulentas marmotas durmiendo al sol, bandadas de miles de estorninos rosados y grullas que construían sus nidos en el suelo. Pero todas aquellas maravillas lo dejaban indiferente. Avram no reveló a la familia nómada su nombre ni su historia, pero trabajaba duro para ellos y observaba la más pacífica de las conductas. Cuando las mujeres acudían a su lecho, su reacción era tan objetiva y automática como con las fabricantes de tocados; les proporcionaba placer con su cuerpo, pero no les entregaba ni un pedacito de corazón.

Cuando llegaron a la margen occidental de la meseta, Avram se despidió de la familia y continuó viaje hasta la costa, donde vio una angosta extensión de agua que tomó erróneamente por un río, sin saber que en realidad era un estrecho que comunicaba dos grandes mares y separaba dos continentes. Tampoco sabía nada de la remisión de los glaciares en el continente europeo y la consiguiente subida del nivel del mar que, con los milenios, convertiría aquel pequeño estrecho en una importante vía de navegación que algún día recibiría el nombre de Bósforo.

Allí vio barcos por primera vez en su vida y conoció a un hombre dispuesto a llevarlo al otro lado. Avram acababa de cumplir dieciocho años y estaba convencido de que su vida había acabado.

Viajaba solo.

Si topaba con indicios de seres humanos, daba un amplio rodeo para evitarlos. En su nueva autosuficiencia adquirida durante el implacable viaje hacia el oeste, Avram el soñador se convirtió paulatinamente en Avram el cazador, el trampero, el pescador. Confeccionaba trampas para cazar conejos y lanzas para pescar salmones. Escarbaba en la arena de las playas para encontrar marisco y dormía solo junto a una hoguera. La capa de plumas lo protegía del viento y la lluvia, y durante el caluroso verano la tensaba sobre postes para tener sombra. Su escuálido cuerpo de adolescente empezó a desarrollar músculos y la barba le creció en aquel período. Viajaba hacia el oeste siempre que podía, pero cuando topaba con el litoral y veía mares sin orilla opuesta, se desviaba hacia el norte, sin saber que seguía rutas que ocho milenios más tarde recorrerían unos hombres llamados Alejandro Magno y san Pablo.

En un estuario situado en la costa occidental de lo que un día se llamaría Italia, dio con un poblado cuyos habitantes comían cantidades ingentes de berberechos e incluso disponían de un utensilio de pedernal especial para abrirlos. Vivían en chozas de paja que se desmoronaban con cada tormenta. Puesto que Avram estaba cansado de viajar y necesitaba reposar, permaneció con ellos una estación y luego siguió su camino sin haber revelado a los devoradores de berberechos su nombre ni su historia, y sin haber aprendido su lengua, pues había llegado a considerar que la vida era un fenómeno efímero y que, por tanto, las historias y los nombres carecían de importancia. Cada vez que sentía nostalgia de su hogar en el Lugar del Manantial Perenne o lo recordaba con calidez, endurecía su joven corazón y se obligaba a recordar el crimen que había cometido, la deshonra que había causado a su familia y el hecho de que era un hombre maldito, destinado al destierro eterno.

El horizonte seguía haciéndole señas, como hacía desde su infancia, aunque ya no se dirigía hacia él para descubrir qué había al otro lado, sino porque no tenía ningún otro lugar adonde ir. En su ciega necesidad de huir cada vez más lejos de su hogar, no halló ningún otro asentamiento que pudiera compararse con el del manantial perenne. Otrora había creído que todos los seres humanos vivían en casas de ladrillo y tenían huertos, pero durante su viaje hacia el norte, mientras cruzaba ríos y praderas sin nombre, mientras subía a colinas y escalaba cumbres, descubrió que los habitantes del Lugar del Manantial Perenne eran únicos en el mundo entero.

También descubrió otra cosa, y es que gracias al colmillo de lobo que Yubal le había entregado en la cueva sagrada del vino, no sufriría ningún daño. Mientras viajaba al origen del río Jordán y más allá, luego continuaba hacia el oeste por la llanura de Anatolia y por fin cruzaba el peligroso estrecho en una barca, nada malo le había sucedido. Los comedores de berberechos lo habían acogido con los brazos abiertos, mientras que otros lo habían tratado con cierto recelo. Los animales lo dejaban en paz, y por fin comprendió que era el poder del espíritu del lobo el que lo protegía.

Sin embargo, aquella protección no le proporcionaba consuelo ni gozo alguno, pues lo atormentaba la cruel ironía de que Yubal le había regalado el colmillo de lobo. Si se lo hubiera guardado, tal vez la maldición de Avram no habría acabado con su vida.

Continuó rumbo al norte, siguiendo el curso de caudalosos ríos y sobreviviendo en las montañas más altas que había visto en su vida. Encontró frondosos bosques de abedules, pinos, encinas y robles, donde la caza consistía sobre todo en ciervos rojos y ganado salvaje. Allí topó con una raza de cazadores de bisontes. Trocó la capa de plumas, ya no flamante, pero todavía una novedad para los cazadores de bisontes, por pieles, botas y una buena lanza. Se unió a partidas de cazadores con las que permanecía un tiempo antes de seguir camino. Nunca revelaba su nombre ni su historia, pero cazaba bien, siempre compartía su botín, respetaba las leyes y los tabúes de las tribus con que vivía y nunca yacía con una mujer sin el consentimiento de esta.

Durante todo aquel tiempo mantuvo la piedra azul cerca de su pecho, oculta, símbolo de su crimen y su vergüenza. Desde su huida del Lugar del Manantial Perenne no la había sacado de la filacteria, pero no pasaba un solo día sin que fuera consciente de su presencia fría, impersonal, crítica. Por la noche, cuando lo atormentaban los sueños en los que Marit lo buscaba en el Valle de los Cuervos o Yubal lo llamaba para que bajara de la atalaya, nada decía a sus compañeros.

Llegó el día en que de nuevo lo acometió la inquietud. Mirando al norte, preguntó a los cazadores qué había en esa dirección.

—Fantasmas —le respondieron.

Así pues, Avram se despidió de ellos y emprendió viaje al norte, hacia la tierra de los fantasmas.

Envuelto en pieles, con lanzas y flechas sujetas a la espalda, Avram viajó calzado con los zapatos de nieve que le habían dado los cazadores hasta llegar al borde de un inmenso desierto blanco. Había más nieve de la que había visto en toda su vida, una interminable extensión de nieve sin montañas, sin horizonte siquiera, barrida por vientos que soplaban con una fuerza inimaginable en ráfagas que sonaban como el aullido de mil demonios y le ponían los pelos de punta. «He llegado al fin del mundo —pensó—. He aquí mi destino.»

Cuando se disponía a cruzar aquel desierto, el viento cambió y le retiró la capucha del rostro, cubriéndolo con su aliento gélido. Se la volvió a colocar a toda prisa y sujetó bien las cintas bajo el mentón helado. Luego siguió adelante, sin saber que estaba atravesando un mar, que ya no pisaba tierra firme. No tenía idea de qué lo esperaba al final del viaje, tan solo intuía vagamente que se dirigía a la tierra de los difuntos. En el instante en que se le ocurrió que quizá ya había muerto y que aquel último paseo no era más que una formalidad, el hielo cedió bajo su peso y lo precipitó al agua helada.

Frenético, Avram intentó aferrarse al hielo, pero la capa no cesaba de quebrarse bajo sus guantes de pieles. Mientras manoteaba en el agua, algo chocó contra sus piernas, y vislumbró un enorme monstruo pardo que nadaba a su alrededor. Fue presa del pánico; ya no quería morir, sino seguir con vida. Sin embargo, sus esfuerzos de nada sirvieron, porque las piernas se le entumecieron en el agua, seguidas del resto de su cuerpo. Cuando por fin se soltó del hielo y el agua se cerró sobre su cabeza, su último pensamiento fue para Marit y el sol cálido.

Avram estaba volando, pero no como un pájaro, comprendió, porque estaba medio sentado, medio reclinado, con los brazos cruzados sobre el pecho bajo un montón de pieles. «¿Es así como los muertos viajan a la tierra de los ancestros?»

Miró entre el anillo de pieles que le rodeaba el rostro y vio un paisaje blanquísimo pasando veloz junto a él. Frunció el ceño. No estaba volando y tampoco corría, pues tenía las piernas extendidas ante él y también envueltas en pieles. Miró al frente y cuando por fin consiguió enfocar la vista, vio que se lo llevaba una jauría de lobos. «Voy a servirles de cena.» Tal vez se vengaban de la muerte de su compañero a manos de Yubal muchos años antes. En tal caso, el colmillo ya no lo protegería de nada.

«Devoradme entonces —gimió su mente turbulenta—. Es lo que merezco.» Y acto seguido perdió de nuevo el conocimiento.

Cuando volvió en sí, la sensación de volar había remitido un tanto, y divisó unas colinas blancas y redondas que se acercaban cada vez más. Miró de nuevo a los lobos y esta vez se dio cuenta de que no eran lobos normales y que además parecían unidos por correas de cuero. De pronto oyó un grito y comprendió que alguien estaba de pie a su espalda, cerniéndose sobre él, dando órdenes a los lobos. Avram intentó vislumbrar su rostro, pero estaba oculto por las pieles.

Tras decidir que no sabía si le gustaba estar muerto, se desmayó de nuevo; al despertar se encontró en un lugar pequeño y oscuro que olía a aceite quemado y sudor humano. Parpadeó e intentó enfocar la vista. El techo era de hielo. ¿Estaba en una cueva de hielo? Pero no, veía las junturas entre los bloques de hielo. Era una casa construida de hielo, y él yacía sobre un lecho, desnudo bajo las pieles que lo arropaban. ¡Alguien le había quitado la ropa! Intentó llevarse la mano a la filacteria, pero algo les sucedía a sus brazos; no podía moverlos.

Una voz muy cerca y luego una sombra en la pared. Parpadeó de nuevo y consiguió entrever un rostro viejo, arrugado y de boca desdentada. La mujer habló... Al menos, creía que se trataba de una mujer. De repente, para su completo asombro, la mujer apartó las pieles de un tirón, exponiendo su desnudez.

—¡Mujer indecente! —gritó Avram.

Sin embargo, solo había proferido el grito en su mente, pues no podía mover la mandíbula ni abrir la boca siquiera. Mientras yacía paralizado e indefenso, la anciana le abrió la boca, escudriñó su interior, le inspeccionó el ombligo y le toqueteó los testículos. Por fin empezó a masajearle la carne helada, presionando y frotando para devolverle la vida. Se llevó las manos de Avram a los labios para insuflarles aliento cálido, pero el joven no sentía ni el aire ni el contacto de sus manos, como tampoco su masaje por el cuerpo.

Al rato, la anciana se detuvo y lo miró con expresión preocupada. Tras pronunciar algunas palabras incomprensibles, se agachó para salir de la casa por una abertura en la que Avram no había reparado hasta entonces.

—¡No me has cubierto! —quiso exclamar, pero sus labios y lengua no le obedecían.

La anciana no tardó en regresar acompañada de otra persona, una figura alta de hombros anchos. Asombrado, Avram observó a la segunda persona despojarse de capas y más capas de pieles hasta dejar al descubierto dos pechos turgentes, una cintura de avispa y unas caderas generosas. La mujer se tendió junto a Avram y lo estrechó entre sus brazos. La anciana los cubrió a ambos y volvió a salir de la choza de hielo.

Avram siguió un tiempo sumido en aquel estado de semiinconsciencia, hasta que por fin volvió en sí definitivamente. Lo primero que vio fueron unas pestañas doradas sobre pómulos pálidos, una nariz larga y fina, y una ancha boca rosada. Mucho más tarde se enteraría de que la mujer se llamaba Frida y que era ella quien le había salvado la vida al sacarlo del hielo.

Tardó semanas en recuperarse a manos de Frida y la anciana, quien le hacía masajes y le daba pescado, sopa y hierbas medicinales. Los hombres de la tribu se acercaban a verlo, acuclillándose en el interior de la choza de hielo y haciéndole preguntas que Avram no comprendía. Cada noche dormía entre los brazos de Frida y por la mañana despertaba con su cabello rubio desparramado sobre el pecho. La mañana en que despertó con una erección, la anciana declaró que estaba curado y Frida no volvió a dormir con él.

Más adelante averiguó por qué le habían salvado la vida y compartido con él sus escasas provisiones. Antes de caer al agua, antes de iniciar la travesía del mar helado, una ráfaga de viento le había apartado la capucha de la cabeza, y Frida lo había visto. Ajeno al hecho de que había gente en las inmediaciones, Avram se había colocado de nuevo la capucha para seguir andando, pero no antes de que Frida vislumbrara su cabello negro y su tez morena. Entre sus dioses, explicó a Avram cuando este aprendió su lengua, había algunos de cabello oscuro que guardaban los bosques y las cuevas, además de tener poderes mágicos.

Por fin, una mañana la anciana le llevó sus ropas, de nuevo secas y suaves. Avram se vistió con entusiasmo, encantado de volver a ver su filacteria, aún sujeta a la tira de cuero y en apariencia intacta. De todos modos, la abrió para cerciorarse de que no había perdido nada en el accidente, y si bien la anciana lo observó con curiosidad mientras caía de la bolsa objeto tras objeto, la cuerda marchita que era su cordón umbilical, un diente de leche, los colmillos de lobo de Yubal, ella no chilló hasta que vio el corazón de cristal azul.

Para sorpresa de Avram, se arrastró saliendo a toda prisa de la casa de hielo. Podía oírla gritar fuera. Poco después, el hombre más grande que Avram había visto jamás se introdujo a duras penas a través de la angosta entrada de la casa. Por un instante Avram pensó que aquel hombre había venido a robar la joya, el corazón azul; en vez de eso, el desconocido se agachó sobre el suelo helado, miró el cristal maravillado, después a Avram y le dijo algo en una lengua que no comprendía.

—No entiendo tu idioma —fue lo único que pudo contestar.

El hombre cesó su alocución e hizo ademán de abandonar la estancia, pero antes de salir le indicó con un gesto que lo siguiera.

Avram dio su primer paso fuera de la vivienda con el amuleto firmemente sujeto al cuello, oculto bajo su túnica de cuero. La idea de un nuevo día con el sol brillando en el cielo se esfumó. Fuera no había nada más que una tierra sumida en la oscuridad.

La gente se apiñó tímidamente a su alrededor con la curiosidad que siempre despiertan los extranjeros. Todos vestían chaquetones con capucha, pantalones y guantes impermeables fabricados con piel de foca y eran tan semejantes entre sí que Avram se preguntó cómo se las arreglarían para distinguir a los hombres de las mujeres. Muchos de ellos parecían espectros de piel blanquísima y cabello claro, tan rubio como el trigo. Otra cosa que llamó la atención de Avram era su talla: todos eran altísimos, incluso las mujeres lo superaban en estatura. En contrapartida, ellos parecían fascinados con la corta talla de él, con su cabello negro y su tez morena.

El que parecía ser el jefe del clan se presentó.

Avram no pudo por menos que compararlo con los osos que se había encontrado en sus viaje. Bodolf, así se llamaba, era un hombretón enorme, pálido, cuya risa retumbaba como un trueno. No dejó de observar que el jefe de la tribu no se untaba la barba con aceite, como acostumbraban los hombres de su clan; en cambio, su larga melena rubia sí estaba recogida en trenzas. De todas maneras las coletas no lucían ornamentos con conchas y cuentas, sino con huesos de dedos humanos.

—Arrancados de los cadáveres de nuestros enemigos —se jactó más tarde Bodolf.

Acto seguido, Avram fue presentado a un hombre llamado Eskil, a quien en un principio tomó por hermano de Bodolf a causa del gran parecido existente entre ambos. Sin embargo, enseguida reparó en que Eskil era mucho más joven. ¿Serían tío y sobrino, tal vez? Pero Bodolf no tardó en disipar sus dudas.

—Eskil y yo no somos parientes de sangre. Es hijo de mi compañera, la mujer con quien paso todos los inviernos.

Bodolf no era de aquellos hombres que buscan variedad, sino que se contentaba con unirse a la misma mujer cada año.

Aquella noche, aunque a decir verdad el sol no había llegado a salir durante el día, el clan celebró un festín en honor de su visitante, poseedor de un pedazo de cielo. Por primera vez en su vida, Avram comió foca, aceite de ballena y carne de un oso cuyo pelaje era blanco como la nieve. Intentaron impresionarlo con su manjar predilecto, una oca asada a la que habían alimentado exclusivamente a base de pescado podrido con la intención de conferir a la carne un sabor exótico que a Avram se le antojó repugnante. Pese a todo, agradecía seguir vivo y hallarse en compañía de una raza tan hospitalaria, sobre todo porque las mujeres, de cabellos dorados como el maíz y piel suave como la fruta, lo consideraban una atractiva novedad.

Siguió compartiendo la casa de hielo de la anciana y se ganaba la manutención entreteniendo al clan con lo que sus miembros llamaban mentiras, es decir, descripciones de palmeras, desiertos de arena, jirafas, hipopótamos y veranos tan calurosos que el agua se evaporaba al caer sobre las rocas abrasadas.

Al llegar los primeros indicios de la primavera, el clan de Bodolf, que se denominaba el Pueblo del Reno, abandonó las casas de hielo y viajó en trineo hasta una región montañosa donde los pinos y los abedules empezaban a desprenderse de su nevada carga. Allí procedieron a talar árboles para convertirlos en leña. Trabajaron día y noche hasta construir una imponente casa de madera, lo bastante espaciosa para que todos ellos pudieran vivir y dormir en ella. Avram contribuyó manejando el hacha y aplicando brea. Comía con los demás integrantes de la familia, pero de noche dormía solo. No quería aprender su lengua ni conocer sus nombres.

Cuando disponía de algún momento a solas, contemplaba el incipiente verdor primaveral y, recordando la primavera en el Lugar del Manantial Perenne, volvía la mirada hacia el sur. Puesto que ya no podía continuar rumbo al oeste ni al norte, pues había llegado al fin del mundo, tal vez fuera el momento de emprender el regreso.

Pero ¿adónde? ¿Al Lugar del Manantial Perenne, donde solo conocería la deshonra? La única razón que podía impulsarlo a regresar era imaginar a Marit viviendo en su casa con su abuela y sus hermanos.

—Quédate con nosotros —instó Bodolf al tiempo que le rodeaba los hombros con el brazo—. Te contaremos nuestras historias, y tú nos contarás las tuyas. Beberemos juntos y alegraremos el corazón de nuestros ancestros.

Lo familiarizaron con el hidromiel, una bebida elaborada a base de miel fermentada que consumían en grandes cantidades durante los meses de verano. Al probar la bebida y ver las llamas de la hoguera bellamente reflejadas en el cabello de Frida, Avram decidió que a fin de cuentas no tenía tanta prisa por marcharse.

Los veía cazar, los oía hablar, y poco a poco, aun a su pesar, aprendió su lengua.

—¿Cómo llegó tu pueblo a un lugar como este? —preguntó un día a Bodolf, pensando en su tierra bendita por el sol, un lugar que se le antojaba una elección mucho más sensata.

—Nuestros antepasados vivían en el sur, pero cuando los renos oyeron la llamada del norte, se dirigieron hacia aquí, y mis antepasados los siguieron.

Bodolf señaló las montañas que brotaban como cuchillos de la tierra y los ríos de hielo que se extendían entre ellas.

—La llamada procedía de esos glaciares, que se estaban retirando hacia el norte, dejando atrás el liquen y el musgo que tanto gusta a nuestros renos. Así pues, podría decirse que los glaciares nos trajeron aquí.

—¿Y por qué se retiran los glaciares?

—Puede que el cielo los reclame —repuso Bodolf con un encogimiento de hombros.

—¿Volverán? —quiso saber Avram mientras intentaba imaginar un mundo totalmente cubierto de hielo.

—Depende de los dioses. Quizá algún día…

Avram se volvió hacia el recinto donde el clan encerraba a los extraños lobos. Para su asombro, unos hombres les daban de comer sin que los animales los atacaran.

—¿Cómo es posible? —exclamó.

—¿No tenéis perros en tu tierra?

—¿Qué son perros?

—Primos de los lobos.

—¿Los habéis domesticado?

—Ellos nos han domesticado a nosotros —puntualizó Bodolf con una sonrisa—. Hace mucho tiempo se acercaron a nuestros ancestros y les dijeron: «Si nos dais de comer, trabajaremos para vosotros y os haremos compañía en las oscuras noches».

Avram averiguó que el pueblo de Bodolf adoraba al reno como proveedor de alimento y pieles, pero también como creador de vida.

Las magníficas bestias vivían en un espacioso complejo donde podían campar a sus anchas, hermosos animales de largo pelaje oscuro, manto blanco y cornamenta tan imponente que recordaba a los árboles. Le sorprendía ver aquellos animales domesticados por el hombre, pero aún más asombroso le parecía el hecho de que se dejaran ordeñar. Pensó en Namir y en sus intentos de criar cabras, y de repente sintió un nuevo respeto por él, pues hasta entonces no había considerado posible domesticar animales.

Bodolf le habló de los tiempos en que los ancestros perseguían manadas de renos por el hielo. Cierto día, un hombre había quedado separado de la partida de caza. Mientras yacía en la nieve, helado, hambriento y moribundo, un reno hembra apareció de repente, se tendió junto a él para abrigarlo con su enorme cuerpo y permitió que bebiera de su leche. Mientras le devolvía la salud, le dijo:

—No nos cacéis; llevadnos a vivir con vosotros, y os alimentaremos y abrigaremos. Pero debéis dejar que mis manadas corran en libertad.

Así pues, capturaron algunas hembras y las llevaron a su asentamiento. Durante algún tiempo tuvieron leche, pero entonces, el reno se apareció al ancestro en sueños y volvió a hablarle.

—No podéis separar las hembras de los machos, pues al igual que los hombres y las mujeres, mis renos deben obtener placer.

Así pues, los ancestros capturaron un macho para que viviera entre las hembras, y a partir de entonces nunca faltó la leche.

Avram frunció el ceño.

—Pero ¿obtienen placer los animales? —inquirió mientras intentaba imaginárselo.

Bodolf lanzó una carcajada e hizo un explícito gesto con la mano.

—¡Claro que sí, como los hombres y las mujeres! ¡Los animales no son distintos en ese sentido!

Puesto que solo había visto animales cuando salía a cazarlos por el monte, Avram nunca había observado semejante comportamiento entre ellos. Suponía que tenía sentido; la Diosa había creado el acto de placer íntimo para los hombres, así que, ¿por qué no también para los animales?

—Cuando llegue la primavera —prosiguió Bodolf con satisfacción—, nacerán las crías.

—¿Cómo lo sabes? —replicó Avram con las cejas enarcadas—. La luna determina cuándo nacen las crías. El hombre no puede predecirlo.

Bodolf lo miró con expresión impaciente.

—¿Acaso no hay animales en tu tierra?

—Hay muchos.

—¿Y tienen crías?

—Cuando cazamos en primavera, vemos crías en las manadas.

—Entonces puede predecirse. Porque de este modo —Bodolf volvió a hacer un gesto obsceno con la mano— el espíritu del reno engendra vástagos en las hembras. Y lo mismo sucede con las mujeres. Cuando una mujer sueña con un reno, inhala el humo de la carne de reno asándose al fuego o lleva un amuleto de reno colgado del cuello, queda preñada. El reno es el creador de toda vida. ¿No pasa lo mismo en tu pueblo?

—En mi tierra, es la luna la que preña a la mujer —explicó Avram, aún no convencido del asunto del placer sexual entre animales.

Sin embargo, la gente intrigaba a Avram aún más que las bestias. Observaba vínculos de pareja más estables entre los miembros del Pueblo del Reno que entre su propia gente. No existían alianzas entre familias, sino más bien entre dos personas. La mujer proporcionaba hoguera y cobijo, mientras que el hombre aportaba comida y protección. Tal vez se debía a los largos y crudos inviernos, al hecho de que la vida era mucho más dura allí, y por tanto la supervivencia dependía más de la cooperación. Avram se dijo que un hombre no podía dedicarse a deambular de noche en busca de una mujer, no como en las noches calurosas y tórridas del Lugar del Manantial Perenne, donde la copulación era casual y tenía lugar bajo las estrellas.

Cuando el verano acabó y ya se acercaba el invierno, Bodolf sugirió a Avram que eligiera una compañera para la estación. Avram repuso que estaba acostumbrado a dormir con hombres, y Bodolf y otros estallaron en carcajadas.

—Búscate una mujer. ¿Qué mejor modo de mantenerse siempre abrigado?

Avram pensó en Frida y se enteró de que tampoco ella había elegido aún compañero para el invierno. Sin embargo, para obtener acceso a la casa de una mujer, el hombre debía demostrar antes que servía para proporcionarle alimento, de modo que Bodolf y Eskil se lo llevaron a lo que sería su primera cacería.

Los cazadores se deslizaban por los desiertos helados sobre esquís y trineos tirados por perros mientras perseguían a osos polares y alces. Avram se echó la capucha hacia atrás y alzó el rostro hacia el cielo. ¡Qué velocidad! ¡Qué sensación de libertad! Saludó a gritos a los otros, quienes le devolvieron el saludo, y durante un rato olvidó su maldición, el hecho de que era un asesino, un perjuro, un hombre que había abandonado a su amada y mancillado el honor de su familia. Durante algunas horas se sintió puro y libre, permitiéndose pensar con sentimiento en sus tres hermanos y en cuánto habrían disfrutado de aquella aventura sobre el hielo.

Pero al ver a Bodolf y Eskil juntos, el vínculo especial que los unía, rememoró su relación con Yubal, y su corazón volvió a encogerse de pesadumbre. Algo que sabía y que podía transmitir a aquel pueblo era que uno podía matar a un hombre con solo pronunciar un juramento.

Los días se acortaron, y el Pueblo del Reno abandonó el refugio de madera para construir de nuevo sus casas de hielo en el desierto helado. Bodolf examinó la nieve con el cuchillo en varios puntos hasta dar con el peso y la textura adecuados para fabricar los bloques.

—Es una nieve bastante mala, demasiado blanda en la superficie y demasiado dura en el fondo, pero no encontraremos nada mejor —decretó.

Él y Eskil cortaron el primer bloque. Avram los ayudó a darle la vuelta, y acto seguido Bodolf talló un cubo utilizable en el centro del pedazo. Los bloques se dispusieron capa sobre capa en espiral, y una vez acabada la cúpula, Bodolf excavó una plataforma para dormir en el suelo, retirando la nieve sobrante por la pequeña abertura situada en la base de la cúpula.

Una vez construido el refugio, Bodolf y Eskil llevaron a Avram a cazar focas en el mar helado. Bodolf le explicó que, puesto que las focas necesitaban respirar, arañaban el hielo hasta practicar en él orificios a los que regresaban con regularidad. Avram observó a sus compañeros mientras estos empleaban a sus medio lobos para husmear los agujeros y luego perforaban el fino hielo con un delgado hueso de ballena. Cuando el hueso de ballena se movía, significaba que la foca estaba a punto de emerger, momento en que el cazador se aprestaba a clavarle el arpón. Era una tarea que requería permanecer inmóvil durante horas, lo cual a Avram se le daba muy bien gracias al tiempo pasado en la atalaya de Yubal.

Si bien se rieron de los fallidos intentos de Avram de cazar alguna pieza, Bodolf y Eskil acabaron por aunar fuerzas para ayudarle a capturar una, para que así no tuviera que pasarse los meses de invierno durmiendo junto a ancianos que roncaban. Era costumbre llevar el cadáver de la foca directamente a la mujer elegida, quien debía ofrecer al animal agua en señal de hospitalidad para así propiciar su espíritu. Así pues, Avram llevó su foca a Frida, quien le ofreció agua e invitó al joven a alojarse en su hogar.

Eskil y una joven de sonrisa tímida, junto con Avram y Frida, cogidos de la mano, se reunieron en la casa de hielo que compartían Bodolf y su compañera desde hacía muchos años, Thornild. Escucharon los aullidos de los lobos en la noche y la explicación que Bodolf dio a Avram.

—Nadie sabe por qué aúllan los lobos. Tal vez ven fantasmas o están poseídos por los espíritus de los hombres a los que matan. O quizá les gusta el sonido de su voz —añadió con una sonrisa.

Bebían las últimas reservas de hidromiel y disfrutaban del calor de las pieles y el humeante brasero que caldeaba la acogedora casa de hielo.

—A las jaurías de lobos les encanta aullar al unísono. Los he visto saludarse aullando después de una cacería.

—Como las personas —señaló Avram con una sonrisa.

Cada vez se sentía más a gusto en el Pueblo del Reno, aunque se sentía superior a ellos y sabía que ellos se consideraban superiores a él. No obstante, era una rivalidad amigable.

—¿Vivís todo el año en la misma casa? —inquirió Bodolf cuando intentó describirle su morada.

—Sí, todo el año y durante muchos años.

Los demás quedaron asombrados y se pellizcaron la nariz con aire asqueado.

—Pero las barremos —se apresuró a agregar Avram en tono defensivo—. Las mantenemos limpias.

—¿Por qué os quedáis siempre en la misma casa?

—Para vigilar el viñedo.

—¿Tenéis que vigilar el viñedo?

—Eso he dicho.

—Y si no lo vigiláis, ¿las uvas no crecen?

—Sí crecen.

—Entonces, ¿por qué tenéis que vigilar el viñedo?

—Para evitar que otras personas se lleven las uvas.

—¿Y por qué tenéis que evitar que otras personas se lleven las uvas?

—Porque son nuestras.

Bodolf cambió una mirada con sus compañeros.

—Entonces, cuando vienen forasteros, ¿no pueden comer uvas?

—No.

—¿Por qué no? La fruta está en la vid.

—Pero mi *abba* cultivó las vides, de modo que las uvas le pertenecen.

—Si tu *abba* muriera, ¿morirían también las uvas? —quiso saber Eskil con el ceño fruncido.

—No...

—Entonces, ¿qué significa que le pertenecen?

Avram le contó la historia de Talitha y Serophia con gran solemnidad, pero para su indignación, todos se echaron a reír. Sin embargo, a medida que tomaba más bebida fermentada, también a él empezó a hacerle gracia el asunto, y al rato se sujetaba el estómago de tanto reírse de las tonterías de aquellas dos mujeres imposibles.

Por fin, y a pesar de sus diferencias, Avram y sus compañeros del Pueblo del Reno convinieron en que las bebidas fermentadas eran algo magnífico.

Los integrantes del Pueblo del Reno querían escuchar la historia de Avram, de modo que el joven se la contó.

—No sé por qué huí ni por qué seguí adelante —confesó al terminar—. Podría haberme quedado con las fabricantes de tocados de plumas y llevar una vida cómoda, pero el horizonte me llamaba, y ahora parece que he llegado al fin del mundo.

—Puede que la tuya sea una búsqueda visionaria —observó Bodolf, a lo que sus compañeros asintieron con solemnidad.

Así fue como Avram pasó su segundo invierno entre el Pueblo del Reno, cazando focas que llevaba a Frida, durmiendo entre sus brazos de noche, riendo con ella de día..., aunque no existía diferencia alguna entre el día y la noche. Frida le mostró luces en el cielo septentrional, fantasmas danzantes de colores fabulosos. Avram le habló del desierto y del mar salado sin vida. Hacían el amor en su nido de pieles y hielo, y entre los brazos de Frida, Avram lograba olvidar por un rato la vergüenza que lo había llevado hasta allí y el crimen que había cometido. Sepultaba el rostro en su cabello sedoso y rubio, declarando que ella era el amor de su vida. Pero Frida se echaba a reír y se burlaba de él, pues lo había oído llamar a Marit en sueños y sabía que su rival era una mujer de cabello oscuro.

Avram aprendió a regirse por un nuevo ciclo de luz y oscuridad. Los días más luminosos se daban desde primavera hasta final de verano, y los más tenebrosos, entre otoño y primavera. Durante tres meses, el sol nunca se ocultaba tras el horizonte, y durante otros tres, no se elevaba en ningún momento. El ciclo estacional venía determinado por la aparición y la desaparición del hielo sobre el mar. Oyó hablar de los dioses de Bodolf, así como de las supersticiones de su pueblo, y aprendió a respetar sus creencias. Aprendió a apreciar el sabor de la carne de foca, y en verano seguía a Frida hasta cumbres nevadas desde las que se divisaba el mundo entero. Los integrantes del Pueblo del Reno se tatuaban el cuerpo con una fina aguja de hueso con la que se pasaban hilo cubierto de hollín bajo la piel, y una primavera Avram soportó con valentía el ritual sobre su frente. El Lugar del Manantial Perenne se convirtió en un sueño, y Marit y los demás ya no parecían más que personajes imaginarios. Aquella tierra de calor y sol, tan alejada de esos parajes de frío y nieve, no podía existir.

Cuando una de las perras que tiraba del trineo parió una camada, Avram cobró gran afecto a uno de sus cachorros y empezó a visitar el recinto donde dormían. Debía de tratarse de un sentimiento recíproco, pues al poco la cachorrilla gemía cada vez que Avram se marchaba y un buen día saltó la valla para seguirlo a la casa de madera. Avram la llamó Perro, y la cachorra se convirtió en su más fiel compañera a partir de entonces.

Fue durante su quinto verano con el Pueblo del Reno cuando comenzaron los sueños. En ellos aparecían Yubal y Marit, Reina la sacerdotisa, sus hermanos, incluso Hadadezer; eran sueños cálidos y seductores, poblados de los matices verdes y dorados de la primavera en el Jordán. La mente durmiente de Avram gravitaba como un bebé hacia el calor, y se imaginaba alargando los dedos hacia las amapolas rojas y las peonías rosadas, hacia los dátiles dulces y las jugosas granadas. Eran sueños tan reales que al despertar se asombraba de seguir en el gélido norte y se preguntaba cómo era capaz su alma de recorrer tan largas distancias en tan poco tiempo.

La frecuencia e intensidad de los sueños aumentaron de tal modo que Avram empezó a llorar y andar cabizbajo como un perro enfermo. Alarmados, Bodolf y Frida acudieron a la lectora de runas.

La lectora de runas era una anciana menuda de cuerpo marchito, como una nuez parda envuelta en una cáscara de pieles de foca y reno. Sin embargo, sus ojos eran penetrantes como la Estrella Polar y centelleaban con una intensidad que convenció a Avram de que la anciana tendría todas las respuestas.

Todo el pueblo se sentó en círculo mientras la vidente soplaba en el interior de una bolsita de cuero y a continuación dejaba caer unas piedras sobre un rectángulo de suave piel de foca. Luego fue señalando cada una de ellas.

—Esta piedra alberga tus esperanzas y temores. Esta piedra representa lo que no puede alterarse y debe esperarse. Esta piedra simboliza tu situación actual. —La anciana miró a Avram—. Deseas quedarte. Deseas irte. He aquí tu dilema.

—¿Pueden decirme las piedras qué debo hacer?

La anciana lanzó un lento suspiro.

—Junto a ti veo el espíritu de un animal que no reconozco. Es una bestia pequeña, de cuernos altos y rizados como una columna de humo. Su pelaje es del color del hidromiel, y franjas negras surcan su vientre blanco. —De nuevo alzó la vista hacia él—. Es el espíritu de tu clan.

—La gacela —se maravilló Avram.

¿Cómo podía describirla con tanta precisión si jamás la había visto?

—¿Qué quiere la gacela que haga? —inquirió.

La vidente sacudió la cabeza.

—No se trata de ella.

Se lo quedó mirando un momento con aquellos ojos centelleantes como estrellas insertados entre pliegues de piel arrugada.

—Hay otra piedra —declaró por fin—. Ninguna de estas... Ahí —añadió, señalando la bolsa que descansaba sobre el pecho de Avram—. Azul como el cielo, transparente como el mar. Esta piedra posee la respuesta.

Avram sacó la filacteria de debajo de la chaqueta de pieles y la abrió con sumo cuidado. Sacó el cristal y lo sostuvo sobre la palma de la mano, la poderosa piedra que la propia Al-Iari había entregado a su gente en la noche de los tiempos. Al mirar su corazón vio el polvo de diamante cósmico y comprendió que el manantial burbujeante era el corazón de su hogar. «El cristal es el corazón de la Diosa —pensó—. Su lugar está en el Lugar del Manantial Perenne.»

El lugar de su propio corazón también estaba allí, entre su gente, ahora lo sabía. Durante su estancia entre el Pueblo del Reno, Avram no había sido consciente del lento cambio que se producía en su interior. Su dolor había ido remitiendo para dar paso a una nueva emoción, el anhelo de regresar a casa.

Al despedirse del Pueblo del Reno, regaló el colmillo de lobo a Bodolf, pues el lobo era su enemigo. Por su parte, Bodolf le entregó un fragmento de ámbar tallado en forma de oso polar. Avram besó a Frida, embarazada de nueve meses, y le deseó buena suerte. Luego se cargó el hatillo a la espalda, cogió lanza y arco y, acompañado de Perro, emprendió viaje hacia el sur, hacia el puente de hielo que lo conduciría al otro lado del mar y al camino que lo había llevado hasta allí cinco años antes.

Cuando Avram llegó a la aldea de montaña que era el hogar de Hadadezer, había transcurrido un año desde que dejara el pueblo de Bodolf y más de nueve desde que huyera del Lugar del Manantial Perenne. Él y Perro habían vivido una auténtica aventura, cruzando las montañas y los ríos que Avram recordaba. Se hacían mucha compañía. De noche dormían acurrucados para darse mutuamente calor, y Perro empezaba a ladrar si acechaba algún peligro, mientras que Avram compartía su caza diaria con el leal can. También se habían salvado mutuamente la vida. En cierta ocasión, un oso atacó a Perro y la habría matado de no ser por la destreza de Avram en el manejo de la lanza, y otra vez, un gato montés se abalanzó sobre Avram y habría acabado con él de no ser por las poderosas mandíbulas de su amigo. Para Avram, la experiencia fue un gran descubrimiento, pues en el pasado solo había conocido a los animales como fuentes de alimento y pieles. Ahora, sin embargo, existía una relación entre el perro y él que lo llenaba de un gozo sin precedentes.

Al llegar a la fortaleza de piedra construida en la montaña, la pareja causó un gran revuelo, ya que los centinelas querían matar al lobo. Invocando el nombre de Hadadezer, Avram consiguió que le perdonaran la vida. No obstante, mientras lo conducían por el laberinto de muros de piedra y túneles, todo el mundo se los quedaba mirando y murmuraba sobre el animal salvaje que había llegado a su hogar.

La fortaleza era un peculiar complejo de casas tan juntas que compartían las paredes, formando una extraña colmena de moradas carentes de puertas y ventanas, cuyas entradas eran unas aberturas practicadas en el tejado. Los guardianes condujeron a Avram a un patio tan sombreado por las paredes y las montañas que lo rodeaban que la luz del sol nunca tocaba las baldosas del suelo. En aquel lugar, Hadadezer pasaba los últimos días de su vida acomodado sobre una espléndida plataforma cubierta de almohadones y pieles, atendido por sirvientes que satisfacían todas y cada una de sus necesidades. Su rostro era redondo como el de la luna llena y relucía de sudor, su cuerpo era inmenso y lo sostenían dos pies tumefactos que tenían aspecto de no haber tocado el suelo en muchos años. Los ojos casi se le salieron de las órbitas rodeadas de carne al ver a su visitante.

—¡Gran Creador, pero si es mi viejo amigo Yubal!

Avram se detuvo en seco y se preguntó si el mercader habría visto un fantasma, pero pronto se dio cuenta de que Hadadezer lo miraba a él.

—Te equivocas, pues soy Avram, hijo de Chanah, de la Casa de Talitha. No me recordarás, pero…

—¡Por supuesto que te recuerdo! —tronó el viejo—. ¡Gran Creador, qué bendición ver al hijo de mi viejo y querido amigo, descanse su espíritu en paz!

—¿Hijo? —se extrañó Avram.

Hadadezer agitó los rollizos brazos.

—Hablaba en sentido figurado, pues es evidente que los hombres no pueden tener hijos. Pero tu parecido con Yubal, descanse en paz junto a la Diosa, demuestra que mi amigo posee un espíritu fuerte que ejerce gran influencia sobre ti.

Dicho aquello dio una orden a sus sirvientes, quienes trajeron el objeto más increíble que Avram había visto en su vida: un pedazo de obsidiana casi tan alta y ancha como un hombre, delgada como el filo de un cuchillo, plana como el mar muerto e insertada en un marco de concha. Colocado en el ángulo adecuado, el vidrio volcánico materializaba el fantasma de Yubal. Avram retrocedió de un salto y trazó una señal protectora en el aire.

Hadadezer se echó a reír.

—No tengas miedo, muchacho. Solo eres tú reflejado en el cristal.

Atónito, Avram volvió la cabeza de un lado a otro, levantó un pie envuelto en pieles, luego el otro, y por fin comprendió que la imagen era él.

La idea lo ponía nervioso. El único lugar donde uno podía verse reflejado era el agua, y se consideraba que traía muy mala suerte mirarse en ella, pues el agua podía arrebatar el espíritu de la persona. Fascinado, clavó la vista en el hombre barbudo que lo observaba desde el vidrio negro. Era Yubal, sin lugar a dudas.

—Vamos, vamos, siéntate —instó Hadadezer—. Comeremos, beberemos y hablaremos de los tiempos pasados, que fueron mejores que los de ahora. Desde siempre, los tiempos pasados siempre han sido los mejores.

Mientras los sirvientes de su anfitrión traían una enorme tina de cerveza con dos largas pajas, Avram refirió la historia de su largo y extraordinario viaje, omitiendo tan solo la razón de su marcha.

—¿Y qué es esto? —preguntó Hadadezer al reparar por primera vez en la presencia de la perra, que yacía aovillada a los pies de Avram, con la cabeza apoyada sobre las patas.

—Es mi compañera más fiel.

—¿Viajas con una loba? Y yo que creía haberlo visto todo. Cuéntame, ¿cómo es el mundo? —inquirió Hadadezer tras ingerir una considerable cantidad de cerveza y mientras se enjugaba la boca con la mano.

—Lleno de lugares distintos como distinta es la gente. Hay hombres que viven como osos, hombres que viven en el hielo, hombres que entran en cuevas arrastrándose sobre el vientre para pintar imágenes de los animales a los que han matado.

—¿Y ciudades? ¿Has visto ciudades?

—Solo aquí y en el Lugar del Manantial Perenne.

De repente, Avram se vio acometido por la melancolía al hablar de su lugar de origen y al hallarse de nuevo en compañía de una persona de su pasado. Los recuerdos acudieron a su mente en un tumulto y le formaron un nudo en la garganta.

—Todos nos preguntábamos adónde habrías ido —musitó Hadadezer al rato, tal vez percibiendo la mirada perdida de Avram—. La mayoría creía que habías muerto. ¿Huiste porque Yubal murió? Sí, ya me parecía. Eras joven y estabas asustado; es comprensible. Tras la muerte de Yubal y tu desaparición, todos comprendieron que había sido un gran error intentar unir a ambas familias. A todas luces, la maldición de Talitha y Serophia se cernió sobre el asentamiento.

En aquel momento les llevaron bandejas de aves rellenas, verduras cocidas en aceite, pan chato, minúsculos cuencos de sal y una repugnante papilla llamada yogur.

—Sí, imagino que te consternó saber de la muerte de Yubal —prosiguió Hadadezer mientras se servía paloma asada rellena de setas y ajo—. No obstante, a mí no me sorprendió en absoluto.

La mano de Avram, en la que sostenía una nuez encurtida, se detuvo junto a su boca.

—¿A qué te refieres?

—Yubal sufría desde hacía tiempo un mal de cabeza. Imagino que no te lo dijo, tal vez para no inquietarte. Cada vez que se enfadaba o hacía grandes esfuerzos, la cabeza le dolía de un modo espantoso. Me preguntó si tenía algún remedio para ese mal, pero le respondí que no. Sin embargo, le advertí que contuviera su mal genio y se tomara las cosas con calma, pues había visto a hombres mucho más jóvenes que él aquejados del mismo trastorno. Dicen que murió mientras yacía con una joven —comentó, asintiendo con aire sabio—. No me sorprende en absoluto.

Avram se quedó mirando con franco asombro a aquella montaña de hombre con la barba manchada por la cena del día anterior. ¿Yubal sufría un mal mortífero? ¿No era entonces la maldición de Avram lo que había acabado con su vida?

Estaba estupefacto. Después de llevar aquella pesada carga durante tantos años, por fin se libraba de ella…

La muerte ya anidaba en el cuerpo de Yubal.

«Yo no maté a mi querido *abba.*»

Sentía enormes deseos de gritar de alegría. Extasiado, quería ofrecer de inmediato sacrificios a la Diosa y a los dioses locales. Quería dar saltos y abrazar al corpulento Hadadezer. Quería ponerse a bailar y contarle a todo el mundo cuán bello era el mundo. No obstante, se limitó a tomar un largo trago de cerveza y emitir con los labios un chasquido satisfecho.

Hadadezer desplazó su imponente peso sobre la plataforma que no solo hacía las veces de parihuelas, sino también de lecho.

—Después de aquello sucedieron muchas cosas, muchacho —refirió—. Dos años después de la muerte de Yubal llegaron los invasores. Esta vez fueron más concienzudos, y murió mucha gente. Y al año siguiente hubo una plaga de langostas.

De repente, Avram adoptó de nuevo una expresión seria y ansiosa de noticias.

—¿Sigue viva mi abuela? ¿Cómo están mis hermanos?

—A decir verdad, la noche que murió Yubal fue la última vez que estuve en tu hogar. Al regresar a las montañas comprendí que mis viajes habían tocado a su fin. Puse la caravana en manos de los hijos de mi hermana para poder disfrutar de los años que me queden. Mis sobrinos me transmiten las noticias más importantes, como la invasión, las langostas, la muerte de las cosechas…, pero en cuanto a los nombres de los vivos y los muertos…

Hadadezer extendió las rollizas manos antes de explicar que su caravana atravesaba tiempos difíciles, en parte debido al infortunio acaecido en el Lugar del Manantial Perenne.

—Ya no comercian con vino —dijo—, y eso es algo que echo muchísimo de menos.

A Avram se le cayó la paja de la mano.

—¿Qué ha pasado con el vino?

—Solo producen el suficiente para tomarlo ellos —repuso Hadadezer con un encogimiento de hombros.

Avram imaginó a sus hermanos trabajando en el viñedo, hombres ahora, ya no niños, pugnando por cultivar la uva, cosecharla, llenar la prensa y por fin transportar los odres a la cueva sagrada. Todo ello sin la sabia e infatigable supervisión de Yubal.

—¿Dices que quieres regresar a casa? —preguntó Hadadezer al tiempo que deslizaba un odre de piel de cabra vacío bajo la túnica para orinar en él.

Avram se preguntó cómo defecaría y prefirió no pensar en el asunto.

—Sí, vuelvo a casa. Hace casi diez años que me marché.

Hadadezer asintió, alargó el odre a un sirviente y se enjugó las manos en la barba.

—Tal vez, mi joven amigo, podríamos llegar a un acuerdo ventajoso para ambos —propuso el mercader.

Cuando le expuso el inteligente plan que tenía en mente, Avram no pudo por menos que reconocer que reportaría beneficios a los dos. Cuando la caravana iniciara su siguiente viaje anual hacia el sur, Avram la encabezaría.

Pasó el verano en la peculiar ciudad montañesa de Hadadezer, disfrutando de su hospitalidad y aceptando las coquetas invitaciones de sus sobrinas a compartir sus lechos. Durante su estancia presenció muchas maravillas, pues aquellas curtidas gentes formaban una raza diligente e imaginativa. Realizaban experimentos con cerámica hecha de arcilla y luego cocida en un horno, fundían pepitas de cobre para transformarlas en herramientas y ya empezaban a adiestrar ganado para que tirara de los arados. Cuando Avram profirió una exclamación al ver a una mujer amamantando un corderito, Hadadezer se apresuró a despejar el enigma.

—Hemos observado que los cabritos y los corderillos desarrollan muy pronto un vínculo con sus madres. Al verse separado de la manada al nacer y ser amamantado por una nodriza humana, desarrolla ese mismo vínculo con su madre humana y a partir de entonces vive dócilmente con la familia humana. Lo descubrimos por casualidad, cuando una mujer que acababa de perder a su bebé empezó a amamantar a un cabrito salvaje, y a partir de entonces el pequeño la seguía a todas partes. Ahora tenemos cabras domesticadas y ya no necesitamos cazar —explicó Hadadezer, amante del mínimo esfuerzo.

Llevaron a Avram a una hilera de estructuras de piedra donde moraban reses hembras, vacas que no habían nacido en libertad, sino en aquellos establos, donde los humanos las ordeñaban, como sucedía con los renos de Bodolf.

—Habrás observado que adoramos al toro, Avram —señaló Hadadezer, al que habían transportado hasta la vaquería sobre la plataforma—. El toro es el creador de toda vida. Nuestras mujeres se bañan en sangre de toro para quedar embarazadas.

Avram había reparado en que muchos hogares tenían astas de toro, y que por todas partes abundaban los símbolos taurinos. Mudo de asombro, contempló aquellas plácidas bestias que se dejaban manipular por el hombre. ¿Qué magia permitía a aquel pueblo domesticar animales?

—En tiempos de nuestros ancestros —narró Hadadezer mientras ofrecía a Avram un cuenco de yogur—, antes de construir esta ciudad, cuando aún vivíamos en tiendas y deambulábamos por la llanura, adorábamos la tierra y el cielo, pues no sabíamos que el toro da a la vaca su ternero. Un día, los dioses ordenaron a nuestros ancestros que dejaran de deambular por la tierra y construyeran este lugar, al que debían traer animales desde la llanura a fin de que el espíritu del Gran Toro hiciera fértil a nuestro pueblo. Eso es lo que confiere tanta fuerza a los nuestros, Avram, el espíritu del Gran Toro, mientras que tu gente nace de la luna, lo cual los debilita. No pretendo insultarte, tan solo constatar una verdad. Verás por ti mismo que la vida en el Lugar del Manantial Perenne ha perdido vigor y vitalidad. Te daría un toro para que lo llevases contigo si pudiera, pero son imposibles de manejar.

Avram reparó en que Hadadezer hablaba de los toros igual que Bodolf hablaba de los renos, así que se preguntó si cada raza se perpetuaría a través de un dios distinto. Ello explicaría por qué la apariencia y las características de cada pueblo del mundo variaban tanto. El Pueblo del Reno con su cabello claro y su tez pálida de tanto beber leche de reno; el pueblo de Hadadezer con su piel rubicunda a causa de la sangre de toro. «Y mi gente —pensó— menuda y morena, pues nacemos de la luna y su dominio es la noche.»

Mientras vivía entre los muros de piedra y aquellas gentes de tez rojiza, aprendiendo sus costumbres, yaciendo con sus mujeres y acostumbrando su estómago al yogur, el queso y la leche, una extraña enfermedad empezó a apoderarse de su alma. No era un trastorno del cuerpo anunciado por signos ni síntomas físicos, sino más bien un mal que afectaba el alma. Se introdujo en el cuerpo de Avram por medio de sueños siniestros y turbulentos, así como recuerdos que acudían a su memoria sin previo aviso y que giraban en torno a un solo tema: la noche en que murió Yubal. Mientras dormía, Avram se veía forzado a revivir aquella noche una y otra vez, a imaginarse despertando, descubriendo dos figuras desnudas abrazadas en la oscuridad, comprendiendo que Yubal lo había urdido todo para así poder poseer él mismo a Marit. El dolor del descubrimiento lo asaltaba con renovada fuerza cada mañana, cuando despertaba de sueños que lo dejaban empapado en sudor. En todos los años que había pasado viajando por tierras ignotas, pocas veces había pensado en la doblez de Yubal, en el motivo por el que había maldecido a su *abba*. Sin embargo, ahora que sabía que no era la maldición la que lo había matado, ahora que podía recordar los demás aspectos de aquella noche fatídica, se veía atormentado por la ineludible y cruel realidad de que el hombre al que había amado y venerado había dispuesto su marcha con los pescadores de abalón para así poder tener a Marit para él mismo.

Por fin remitió el calor abrasador del verano, y Hadadezer consultó al vidente local, quien declaró que había llegado el momento propicio para partir con la caravana.

La noche antes de salir, Hadadezer confesó a Avram que habría preferido no dejar el negocio de la caravana en manos de los hijos de su hermana, pues eran unos hombres volubles que despreciaban el trabajo duro y no tenían instinto comercial alguno. Admitió con franqueza que creía ser víctima de sus estafas, pero por desgracia la tradición mandaba que las herencias debían quedar en familia.

—Pero eso no significa que no pueda situar agentes a lo largo de la ruta, hombres con cuya lealtad puedo contar.

Avram sería el representante de Hadadezer en el Lugar del Manantial Perenne. Los otros cuatro agentes eran los hijos de la mujer con la que Hadadezer convivía desde hacía muchos años. El mayor se parecía tanto a Hadadezer que Avram no pudo por menos que pensar en la semejanza existente entre él mismo y Yubal, así como entre Bodolf y Eskil. Hadadezer confiaba en aquellos jóvenes, pues lo amaban y respetaban, de modo que llevarían con honradez las cuentas relativas al comercio en los asentamientos en los que instalarían, es decir, el país de los lebonah, la costa del Gran Mar, el delta del Nilo y el poblado que florecía y crecía a marchas forzadas en la ribera meridional del Nilo. Hadadezer ofreció a su invitado varios presentes, y Avram eligió con cuidado, pensando en Parthalan, Reina y Marit. Aquellos obsequios serían el principio de su reconciliación con ellos. A cambio, regaló a Hadadezer la piel de oso polar de Bodolf, que deleitó como un niño al mercader.

La mañana de la partida, Avram vio otra peculiaridad, unos burros adiestrados para acarrear pesadas cargadas. Si bien el Pueblo del Reno domesticaba a medias a sus renos y perros para que dieran leche y tiraran de los trineos, desde luego no intentaban hacerlos transportar cargas. Era asombroso.

Pero todo tiene su límite —advirtió Hadadezer—. Trátalos bien, aliméntalos bien y llevarán tu carga, pero no intentes montarlos, pues te llevarás la sorpresa más desagradable de tu vida cuando te devuelvan al suelo.

Avram se echó a reír, convencido de que el viejo mercader debía de estar borracho, ya que, ¿cómo podía hablar siquiera de la posibilidad de montar un animal? Hadadezer hizo cargar los burros y a los hombres con los bienes para canjear, es decir, semillas para el cultivo, obsidiana para fabricar herramientas y armas, además de provisiones como pescado en salazón, cerveza y pan.

—Como inversión —explicó a Avram, casi sin resuello por el esfuerzo que representaba dar tantas órdenes, a pesar de que no se había levantado de la silla siquiera—. Reaviva el asentamiento del manantial, Avram. Conviértelo de nuevo en un lugar próspero para que así también mi caravana vuelva a ser rentable.

Avram se despidió de las rollizas sobrinas de Hadadezer con sendos besos, y mientras encabezaba la caravana por la entrada principal de la ciudad amurallada en dirección al paso, endureció su corazón y su espíritu. Estaba dispuesto a suplicar a sus hermanos que lo perdonaran por haber huido y deshonrado a la familia; se arrojaría a los pies de Parthalan para restablecer el honor de la familia. Imploraría el perdón a Marit y se consagraría a ella por entero. Sin embargo, jamás pediría perdón al espíritu de Yubal, pues era este quien debía pedir perdón a Avram.

La caravana recorrió el mismo trayecto hacia el sur que había conducido a un consternado joven hacia el norte diez años antes, pero en esta ocasión Avram contempló el paisaje con los ojos bien abiertos. En aquel primer viaje, cuando se hallaba en compañía de las fabricantes de tocados de plumas y era un muchacho sin alma, había contemplado la tierra con ojos vacuos, sin ver nada. Sin embargo, ahora veía bosques de cedros fragantes y magníficos, las cuevas de Al-Iari, el hogar de sus antepasados y un río tan dulcemente conocido que cayó de rodillas y derramó lágrimas de gozo y quebranto.

El cielo estaba encapotado y lloviznaba cuando la caravana llegó al Lugar del Manantial Perenne. La muchedumbre reunida en la cima de la colina para dar la bienvenida a la caravana era menos nutrida que en tiempos pasados, y Avram se preguntó si tal vez se debería a la ausencia de atalayas y de centinelas encargados de anunciar a los ciudadanos la llegada de la caravana. No obstante, al seguir avanzando delante de su asno cargado, comprobó que el asentamiento era mucho más pequeño que la última vez que lo viera y se dio cuenta con horror de que no había estructuras de ladrillo y que ni siquiera seguía en pie la casa en la que se había criado. Reconoció al hombre que salió corriendo a su encuentro; era Namir el cazador de cabras, mayor y más encanecido, lo cual lo impulsó a preguntarse si la población entera habría cambiado en aquellos diez últimos años.

De repente, Namir se detuvo en seco y parpadeó con expresión perpleja.

—¡Es un fantasma! —vociferó y echó a correr hacia el asentamiento antes de que Avram pudiera asegurarle que él no era Yubal resucitado de entre los muertos.

Otros lugareños de edad también se quedaron mirando a Avram con expresión desconcertada y temerosa, mientras que los más jóvenes contemplaban atónitos a Perro y los asnos cargados, fenómenos que jamás habían visto.

Avram dio la señal para instalar el campamento. Los exhaustos hombres se libraron de sus cargas con gruñidos justificados, se encendieron varias hogueras, aunque en realidad las ramas y el estiércol mojados producían más humo que llamas, y se levantaron las tiendas bajo la llovizna. A Avram le pareció un campamento tristón y precario que en nada se parecía a los días de grandeza de Hadadezer. Sin embargo, estaba eufórico y paseaba ansioso la mirada entre el gentío en busca de caras conocidas. ¿Reconocería a sus hermanos? Era imposible que su abuela siguiera con vida. Pero Marit, en su mente aún una niña, sin duda viviría allí todavía...

Por fin, un hombre de corta estatura, pero actitud resuelta como un gallo, se adelantó caminando con un impresionante cayado de madera. Avram tardó unos instantes en reconocer a Molok, el *abba* de Marit.

—¡Bienvenido, bienvenido! —exclamó el anciano con entusiasmo.

No obstante, Avram advirtió la expresión de curiosidad que se pintaba en el rostro de Molok mientras este intentaba identificarlo. Todos los demás acudieron a recibir la caravana en cuanto la noticia se propagó por el asentamiento.

Tres hombres se acercaron corriendo con sendas azadas en las manos. Avram apenas si los reconoció. Durante los años que había pasado viajando, sus hermanos habían permanecido invariables en su memoria, y nunca había imaginado que se harían adultos. Sin embargo, eran hombres hechos y derechos, robustos y apuestos. Para asombro de Avram, Caleb cayó de rodillas y se abrazó a sus piernas.

—¡Bendito el día que nos ha devuelto a nuestro hermano! ¡Te dábamos por muerto!

—Levántate, hermano —pidió Avram al tiempo que lo asía por los codos para ayudarlo a incorporarse—. Soy yo quien debería arrojarse a tus pies.

Acto seguido se abrazaron llorando, y al poco, los otros dos hermanos menores de Avram le dieron la bienvenida entre lágrimas de gozo.

—¿Te conozco, joven? —preguntó Molok, mirándolo con ojos entornados y enturbiados por las cataratas—. Me resultas familiar.

—*Abba* Molok —repuso Avram con respeto—, soy Avram, hijo de Chanah, de la Casa de Talitha.

—¿Cómo? ¿Avram? Decían que habías muerto, pero eres demasiado corpulento para ser un espectro.

Dicho aquello, Molok alzó los brazos con aire algo pedante y decretó que el resto del día se dedicaría a la celebración, un anuncio innecesario, puesto que ya habían empezado a aparecer tinas de cerveza, cabras y ovejas recién sacrificadas, panes ácimos, tarros de miel y bandejas de pescado en salazón y fruta. El sonido de las flautas y los cascabeles ya llenaba el aire antes de que todas las tiendas de la caravana estuvieran montadas, y a la música se unía la algarabía de gritos de bienvenida y reencuentro a medida que los integrantes de la caravana se mezclaban con los habitantes del asentamiento.

A fin de cuentas, todo seguía como en los viejos tiempos.

Al atardecer, todo el asentamiento parecía haberse reunido para la fiesta, compartiendo comida, hogueras, chismes y noticias. Sin embargo, los dos rostros que Avram más ansiaba ver no aparecían, y temía preguntar a sus hermanos por el paradero de Marit y Reina.

Si bien el asentamiento era su hogar, Avram instaló un pequeño campamento en los confines de la caravana, pues no sabía a ciencia cierta qué posición ocupaba entre los suyos. Aunque ya se sabía inocente de la muerte de Yubal, seguía pendiente el asunto de la deshonra. No obstante, todo parecía ir a las mil maravillas mientras sus hermanos iban trayendo patos para asar en las hogueras, cestas de pan y odres de vino. Tenían mil noticias que contar, pero también estaban ansiosos por conocer las nuevas de Avram. Mencionaron el nuevo tatuaje que adornaba su frente y querían saber dónde había estado todos aquellos años.

Al ver con qué entusiasmo se zambullían sus viejos amigos y vecinos en la celebración improvisada, olvidando por unas horas su infortunio y la preocupación por el futuro, se le ocurrió algo que no se le había pasado por la cabeza durante todos los años de su ausencia: las gentes del asentamiento no sabían que era él quien había robado el corazón de cristal azul de la Diosa. Tampoco sabían que había huido por cobardía ni que había hecho caso omiso del acuerdo que Yubal había sellado con los pescadores de abalón. La reputación de haber caído en desgracia y ser una vergüenza para la gente no había sido más que fruto de su imaginación, pues, tal como le había dicho Hadadezer, nadie sabía lo que había sido de él. «Creían que había muerto, que me habían raptado o que me había marchado impulsado por el dolor y luego muerto en tierras lejanas. ¿Cómo voy a pedirles perdón si no saben qué tienen que perdonarme?»

Entonces vio otra cosa en sus miradas llenas de esperanza, y era que no querían saber la verdad. En un instante asombroso comprendió que habían arrostrado una carga tan pesada de infortunio durante su ausencia, que la peor crueldad residiría en llevar la deshonra, la vergüenza y la culpa a sus vidas. Así pues, inventó una vívida patraña según la cual el dolor lo había impelido a marcharse, tras lo cual se había extraviado, había perdido la memoria, lo habían capturado y por fin había logrado regresar, un relato épico poblado de dioses, monstruos, mujeres lujuriosas y heroicidades que todos hallaron improbable pero muy entretenido. Mientras se iban pasando los odres de vino, nadie culpó a Avram por lo que había sucedido diez años atrás. El pasado quedaba atrás, y lo único que importaba ahora era emborracharse y pasarlo en grande.

Más tarde, sus hermanos menores le refirieron su propia historia de desgracias.

Sobrevinieron otras catástrofes durante la ausencia de Avram, no tan solo la llegada de los invasores y la plaga de langostas que acabó con todas las cosechas, obligando a muchas familias a recurrir de nuevo a la vida nómada. El asentamiento, otrora tan nutrido y próspero, había quedado reducido a un puñado de valientes.

—¿De qué sirve cultivar la tierra si te van a robar sus frutos?

Preguntó por la cosecha estival de uva, ya que se acercaba el solsticio de invierno y pronto se dirigirían a la cueva sagrada para probar el nuevo vino. Pero Caleb sacudió la cabeza con ademán triste y le dijo que la cosecha había sido lamentable, apenas suficiente para elaborar pasas que vender a los viajeros.

—Los nómadas llegan, acampan aquí y dan cuenta de nuestras uvas. ¿Cómo vamos a detenerlos? No podemos montar guardia día y noche.

—Pero ¿y los hijos de Serophia?

—Tras la muerte de Yubal, Marit regresó junto a su familia —repuso Caleb con amargura—, de modo que ya no contábamos con la protección de sus hermanos. Al llegar los invasores, los hijos de Serophia lograron proteger su cosecha de cebada, mientras que nuestro viñedo quedó reducido a la nada. Tardamos dos años en volver a producir una nueva cosecha, que las langostas se encargaron de destruir. Desde entonces, apenas hemos sido capaces de producir vino suficiente para nosotros, con un pequeño excedente para comerciar.

Eran noticias alarmantes, pues el comercio del vino era el sustento principal del asentamiento; el vino era lo que procuraba prosperidad a la gente y, de hecho, era lo que les había impulsado a renunciar a la vida nómada para asentarse en aquel lugar.

—Todo se arreglará —aseguró Avram a su hermano—. Recuperaremos el viñedo, y la próxima vez que vengan los invasores estaremos preparados para recibirlos.

En su mente ya estaba trazando un plan; ofrecería a los hombres un odre de vino por montar vigilancia nocturna en el viñedo.

—¿Dónde esta Reina la sacerdotisa? —inquirió por fin con voz cautelosa, temeroso de la respuesta.

Reina cuidaba de su templo, le contestaron. La Diosa ya no desfilaba entre la gente, la procesión había tocado a su fin diez años antes. Sin embargo, seguía allí, al igual que su leal servidora.

Al poco, Avram invitó a sus hermanos a que bebieran cuanto se les antojara y permanecieran junto a su hoguera, se levantó con cierta dificultad y salió del bullicioso campamento. En primer lugar fue a lo que quedaba del viñedo de Talitha y se trastornó al verlo empequeñecido y en mal estado, sobre todo a la luz grisácea del día agonizante. Sus hermanos habían erigido cuantas defensas habían podido en torno a un pequeño grupo de vides, pero el resto de lo que antaño era un enorme y fructífero campo se había convertido en una suerte de prado descuidado y cubierto de maleza. No se veía rastro de la atalaya de madera, y el lugar donde antes se había levantado su hermosa casa de ladrillo estaba ocupado por una gran tienda de pieles de cabra.

Con el corazón cada vez más encogido, Avram siguió avanzando hacia el asentamiento, sumido en el silencio, pues casi todos sus moradores lo estaban pasando bien en el campamento de la caravana. Una vez allí se llevó una sorpresa aún más desagradable. La situación era peor de lo que había imaginado en un principio. La morada de Guri, el fabricante de lámparas, la tienda de los seis hermanos fabricantes de lino, la casa de las hermanas Cebolla, la de Enoch el sacamuelas y Lea la comadrona, el hogar de ladrillo de Namir y el de Yasap el recolector de miel… habían desaparecido. El asentamiento ofrecía el aspecto provisional y destartalado propio de los tiempos de los ancestros, sin ninguna clase de estabilidad.

Cuando encontró a Parthalan, el pescador de abalón, Avram estuvo a punto de desmoronarse. El anciano estaba solo y casi ciego, sobreviviendo a duras penas en una choza de paja, capaz tan solo de tallar las pocas conchas con las que conseguía hacerse. Al ver a Avram rompió a llorar y no culpó al joven de su desgracia.

—La vida es una maldición —sentenció—, y la muerte, una bendición.

Avram pensó en los presentes que había traído para Parthalan, hermosas conchas para que las tallara, pero que quedarían destrozadas en las manos temblorosas del anciano ciego.

Dejó al viejo trabajador de conchas con un nudo en la garganta. Sabía que nada sucedía por casualidad, que todo tenía una causa, y al pasear la mirada por el asentamiento empobrecido y percibir el olor a desgracia que todo lo impregnaba, supo la causa. Todo era culpa de Yubal. De no ser por su doblez, su empeño por cerrar una alianza maldita para poseer a Marit, tal vez no habría muerto, el viñedo seguiría arrojando abundantes frutos y en el asentamiento aún reinaría la prosperidad.

Con el corazón emponzoñado de amargura, Avram se dirigió al último lugar que sabía debía visitar: la residencia de Serophia, donde vivía Marit.

También su casa de ladrillo había desaparecido, y alrededor de la tienda erigida en su lugar aún se distinguían sus cimientos ruinosos. Marit estaba junto a la entrada, alimentando el fuego con paja mientras sobre las piedras calientes se cocía el pan ácimo. No alzó la mirada, pero Avram percibió que era consciente de su presencia.

Marit se había redondeado agradablemente durante su ausencia. Ya no era esbelta, sino que estaba llena de curvas carnosas y femeninas, perfectas para encajar entre los brazos de un hombre. Pero no los de Avram, pensó este con firmeza, pues aunque su corazón aún se henchía de amor por ella y su cuerpo ansiaba tocarla, el recuerdo de aquella última noche, de verla entre los brazos de Yubal, era más doloroso que mil puñaladas. Sabía que no podría volver a mirarla sin recordar el engaño de Yubal, que no sería capaz de tocar su piel sin imaginarlos a ambos desnudos y atenazados en un abrazo febril.

—¿Por qué has venido? —preguntó Marit con infinita sequedad.

Avram no sabía qué decir. Había creído que Marit se alegraría de verlo o al menos de saber que seguía con vida.

Marit se volvió hacia él con mirada pétrea. Su rostro, aún redondo y hermoso, estaba surcado de líneas, y las comisuras de sus labios se curvaban hacia abajo por culpa de demasiados años llenos de penuria y decepción.

—Sabía que estabas vivo, Avram. Todos los demás te daban por muerto, pero yo sabía lo que te había sucedido. Aquella noche nos viste a Yubal y a mí. Despertaste, nos viste y saliste huyendo. Esperé a que regresaras, pero al ver que no era así, que pasaban días y semanas, comprendí que habías huido y por qué.

—Tenía todo el derecho del mundo —la atajó Avram, indignado.

—¡No tenías ningún derecho! Estabas celoso de Yubal y de mí sin saber siquiera qué habías visto. Sacaste una conclusión precipitada y nos juzgaste. Creías que Yubal y yo yacíamos juntos por placer.

—Es lo que vi.

—Avram, ¿acaso te has pasado demasiado tiempo contemplando la luna? Si te hubieras quedado un instante más, me habrías visto apartarme de Yubal, lo habrías oído a él llamándome por el nombre de tu madre, lo habrías visto pedirme perdón muy avergonzado, lo habrías visto dirigirse hacia su cama, y luego lo habrías visto llevarse las manos a la cabeza y caer al suelo. ¿Acaso no tenías fe en nosotros? ¿En tu *abba* y tu amada?

—Pensé que... —farfulló Avram, parpadeando.

—¡Ese es tu problema, que piensas demasiado! —lo interrumpió Marit al tiempo que se enjugaba una lágrima de la mejilla.

Avram se la quedó mirando, demasiado atónito para articular palabra.

—Ningún hombre quiso yacer conmigo después de aquello. Me convertí en una intocable porque todos consideraban que estaba maldita, que mis manos mataban a los hombres. En todos estos años no he conocido el consuelo de un solo abrazo.

—¿Y por qué no contaste la verdad? —exclamó Avram.

—¿Cómo se disipa un rumor, Avram? La gente cree lo que quiere creer, sea cierto o no..., empezando por ti —añadió con amargura.

—Cuánto debes de haberme odiado todos estos años —musitó Avram con voz ronca.

—Al principio sí, pero con el tiempo el odio dio paso al desprecio. Todos los demás te daban por muerto y rezaban por ti, pero yo callaba. De todos modos, ¿quién iba a escucharme? ¿Quién iba a hacer caso de una mujer maldita? —Puso los brazos en jarras, irguió la cabeza y siguió hablando en tono desafiante—. Eres el único hombre con quien he yacido en toda mi vida. ¿Puedes tú decir lo mismo, Avram? ¿Con cuántas mujeres has copulado en estos diez años?

Avram siguió mirándola como un tonto mientras contaba mentalmente las mujeres. Las fabricantes de tocados de plumas, las nómadas, las comedoras de berberechos, las cazadoras de bisontes, Frida, las sobrinas de Hadadezer.

Marit le dio la espalda y siguió echando paja al horno.

—Diez años perdidos. Tú y yo hemos vivido media vida, Avram. Tu abuela llegó a los sesenta y dos años, pero era una mujer bendecida; nadie vive tanto tiempo. Lo único que podemos esperar son algunos años más de salud antes de convertirnos en una carga para nuestras familias. Y yo seré una carga, sin lugar a dudas, pues la Diosa no me ha dado hijos. Soy yerma, Avram, y nadie merece alimento y cobijo menos que una mujer yerma. Ahora márchate y ve a compadecerte de ti mismo a otra parte. Aquí no encontrarás compasión alguna.

Avram se alejó dando tumbos, aturdido y trastornado. ¡Por la Diosa, qué había hecho!

Sus pies lo llevaron al único lugar que le quedaba por visitar. El templo de la Diosa era más pequeño y modesto que el edificio de ladrillo que recordaba, y estaba construido de madera y paja, con una estructura anexa que servía de morada a la sacerdotisa. Sus hermanos le habían contado que Reina llevaba una vida humilde pese a ser aún la sacerdotisa de Al-Iari. Los invasores la habían violado, y la experiencia la había convertido en una persona amargada. Por añadidura, a causa de la desaparición de la piedra azul, muchos habían dado la espalda a la Diosa, sobre todo tras la invasión, la plaga de langostas y el fatídico verano en que todas las cosechas habían sido malas. La gente culpaba a la sacerdotisa de haber malinterpretado las señales, por lo que Reina ya no recibía los generosos obsequios de antaño y se veía obligada a subsistir míseramente.

Avram la encontró removiendo el contenido de una marmita sobre el fuego mientras añadía pizcas de hierbas. Su cabello había encanecido, pero estaba cuidadosamente peinado y trenzado. Ya no llevaba un vestido de hilo fino, sino que cubría su cuerpo delgado una piel de gamo manchada. Parecía cansada, vencida. De repente, Avram no sabía qué hacer. Había acudido a ella en busca de consuelo y orientación, a fin de pedirle que restableciera el orden en su mundo. Pero la sacerdotisa parecía más necesitada de ayuda que él. Avram no sabía qué decir, de modo que movió los pies para anunciar su presencia.

La sacerdotisa alzó la vista y lo miró con los ojos muy abiertos.

—¡Yubal! —exclamó.

—No temas, señora sacerdotisa —se apresuró a tranquilizarla Avram—. No soy Yubal, no soy un fantasma. Soy Avram.

—¿Avram?

Reina cogió una lámpara y la acercó a él. A su luz, Avram distinguió círculos oscuros bajo los ojos de la sacerdotisa, la tez envejecida por los años y las mejillas hundidas. Su aspecto lo alarmó; ni siquiera la sacerdotisa era inmune a la mala suerte que se había cernido sobre el asentamiento.

Los ojos de Reina se llenaron de lágrimas mientras escudriñaba el rostro de Avram, su largo cabello trenzado, su barba de hombre, incluso las canas que se advertían en sus sienes, a pesar de que aún no había cumplido los treinta años. Los ojos de la sacerdotisa parecieron devorar sus hombros anchos y su pecho poderoso antes de regresar a su rostro y detenerse un instante en el peculiar tatuaje de su frente. Por fin sonrió, y la sonrisa suavizó sus facciones, confiriéndole un aspecto más joven.

—Sí, eres Avram, sin duda, ahora lo veo claro. Pero cuánto te pareces a Yubal... Cuando oí que había llegado la caravana, nadie me dijo que tú ibas en ella. Vamos, debemos beber, recordar los viejos tiempos y dar gracias a la Diosa por tu regreso.

No le preguntó por qué se había marchado ni por qué había vuelto. Era como si hubiera perdido toda curiosidad, o tal vez diez años de penurias le habían enseñado a aceptar las cosas sin cuestionarlas. No tenía vino que ofrecerle, y la cerveza estaba aguada y desbravada, pero Avram la aceptó con gratitud y se sentó con ella junto a un brasero humeante, pues la noche era fría.

Reina bebió y Avram se asombró al ver que antes no ofrecía una libación a la Diosa.

—Me alegro de volver a verte, Avram —suspiró Reina con calor—. Es como tener de nuevo entre nosotros a Yubal. ¿Sabes una cosa? Yo estaba enamorada de él.

Las palabras de la sacerdotisa lo cogieron desprevenido.

—No lo sabía —dijo.

—Era mi secreto, pero aunque nunca yací con él, el deseo anidaba en mi corazón, y creo que la Diosa me castigó por quebrantar el voto de castidad. Cuando los invasores nos atacaron y me forzaron brutalmente, mataron en mí todo deseo hacia Yubal y hacia cualquier otro hombre, además de enseñarme que el placer entre hombre y mujer no es placer, sino dolor.

Avram bajó la mirada hacia su vaso de madera, la escasa cantidad de cerveza que contenía y los residuos que flotaban en la superficie del líquido, y el corazón le dio un vuelco.

—Lo siento tanto… —musitó, sintiéndose tan vacío como los desiertos de hielo que habitaba el pueblo de Bodolf—. ¿Cómo es posible que nuestra gente haya sufrido tan mala fortuna?

—No lo sé —repuso Reina—, como tampoco sé cuándo empezó todo. Tal vez comenzó con algo insignificante, tal vez alguien pisó la sombra de otra persona o una sirvienta rompió una vasija o alguien insultó a un ancestro…

—Huí —la atajó Avram.

Reina asintió con la mirada clavada en la pequeña llama de la lámpara de aceite.

—Vi algo que malinterpreté y como un cobarde…

Reina alzó una mano endurecida por los callos.

—Lo pasado, pasado está, y puede que el mañana nunca llegue, de modo que debemos vivir el presente, Avram.

—He venido en busca de perdón.

—No tengo perdón que darte.

—De la Diosa.

La sacerdotisa le dedicó una mirada atónita.

—¿Acaso no sabes que la Diosa nos ha abandonado?

Dijo aquello con sencillez y sin rencor alguno, como si ya no le quedara rabia. Su actitud alarmó más a Avram que si la hubiera visto descargar su furia sobre él como había hecho Marit.

De repente comprendió la magnitud de su falta. La mala suerte que se había cernido sobre su hogar no se debía a una vasija rota ni a un ancestro ofendido. Todo era culpa suya. Avram, hijo de Chanah, del linaje de Talitha, había provocado todas aquellas calamidades.

—Por la Diosa —murmuró mientras todo se aclaraba.

Había juzgado mal a Yubal y Marit, había robado el cristal de la Diosa y huido al norte como un cobarde.

Sacó la filacteria de debajo de la túnica, la abrió y dejó caer la piedra azul sobre la palma de su mano. Acto seguido se la alargó a Reina. La luz de la lámpara arrancaba destellos cegadores a la piedra.

—¡Has traído a la Diosa! —exclamó Reina.

—No, ella me ha traído a mí —puntualizó Avram—. Debes mostrar la piedra a la gente para que sepan que la Diosa ha vuelto a ellos.

La sacerdotisa lloró un instante con el rostro sepultado en las manos y los hombros temblorosos. Al poco recobró la compostura y cogió la piedra con suma delicadeza, como si fuera el objeto más frágil del mundo.

—No se lo diré aún, pues algunos recordarán que la piedra desapareció la misma noche que tú y verán que ha regresado el mismo día que tú. Buscaré el momento idóneo y les revelaré el milagro de forma que no despierte sospecha alguna sobre ti. Le construiré un templo nuevo y mayor, mejor que el antiguo. Celebraré una gran fiesta y comunicaré al pueblo que la Diosa ha vuelto a ellos.

—Creía haber vuelto con nueva sabiduría —suspiró Avram—, pues he visto el mundo y las gentes que lo habitan, pero ahora sé que no poseo sabiduría alguna y que soy tan miserable como el día en que las fabricantes de tocados de plumas me llevaron consigo hacia el norte. Toda vuestra mala fortuna es culpa mía. ¿Qué debo hacer para compensaros y traer de nuevo la buena suerte a nuestro pueblo?

Reina le apoyó una mano en el brazo.

—¿Has presentado ya tus respetos a Yubal? Debes hacerlo, Avram. Ve ahora mismo a honrarle y rezarle. Yubal era un hombre sabio; él te mostrará el camino. Bendito seas por habernos devuelto el espíritu de la Diosa —añadió con voz trémula—, pues ahora traerá prosperidad a sus hijos.

Avram se levantó para marcharse, pero al poco se volvió hacia Reina.

—Marit no tiene hijos. ¿Puedes ayudarla?

—Acudió a mí muchas veces y lo intentamos año tras año. Le di amuletos, pociones, plegarias y ensalmos. Le di a comer placenta y le hice inhalar humo, pero el flujo lunar aparece mes tras mes.

Reina se llevó la piedra al pecho y esbozó una sonrisa radiante como en los viejos tiempos.

—Pero puede que aún haya esperanza; Marit todavía está en edad de procrear.

Avram regresó a la tienda de sus hermanos y encontró el nicho ancestral donde moraban las estatuillas de los antepasados. La de Yubal tenía forma de lobo, y Avram recordó el colmillo de lobo que su *abba* le había regalado.

—Durante todos los días y noches de mi huida hacia el oeste —confesó a su venerado *abba*—, mientras atravesaba tierras forasteras y hostiles, creía que era el espíritu del lobo el que me protegía. Sin embargo, ahora sé que eras tú, *abba*, caminando junto a mí para guiarme y mantenerme a salvo. —Cogió la estatuilla del lobo y la besó—. Juro por tu espíritu y por los espíritus de nuestros antepasados que acabaré con la mala suerte que he causado a nuestro pueblo.

Tuvo un sueño en que Yubal le hablaba. En él, su *abba* sostenía la piedra azul de la Diosa.

—Debes erigir defensas para el asentamiento —decía—. Una muralla y una torre.

—Empezaré a talar árboles de inmediato —le prometía Avram en el sueño.

—No, las defensas no deben ser de madera, pues la madera puede arder.

—De ladrillo, entonces. Pondré manos a la obra enseguida.

Pero Yubal meneaba la cabeza.

—El ladrillo se disuelve en la lluvia —advertía el anciano antes de entregarle la piedra azul—. Así debes construir las defensas, con muros tan duraderos como el corazón de la Diosa.

Al despertar, Avram sabía lo que debía hacer.

Tras desayunar pan y cerveza, se puso los pantalones y las botas de pieles, pero nada de cintura para arriba. Antes de que despuntara el alba sobre los acantilados del este, cogió los asnos de Hadadezer y subió a las cercanas colinas. Allí trabajó durante todo aquel día cada vez más encapotado y frío. Escarbó en la tierra con las manos y de ella sacó piedras y rocas tan pesadas que el esfuerzo lo dejaba sin resuello. Pasó hora tras hora desenterrando piedras y cargándolas en las alforjas de los asnos, y a su regreso al asentamiento, fue derecho al manantial y vació las alforjas en el suelo. A continuación, sin decir palabra a los perplejos espectadores, dio media vuelta y regresó a las colinas.

Fue haciendo viajes, trabajando en silencio bajo el cielo gris, llevando más y más piedras al manantial, donde cada vez se congregaba más gente para observarlo. Trabajó hasta el anochecer sin dirigir la palabra a nadie, conduciendo a los asnos colina arriba y regresando con sus alforjas repletas de piedras y rocas, y con la única compañía de Perro, que trotaba fiel a su lado.

Aquella noche, Avram cayó rendido y durmió pocas horas; se

levantó de nuevo antes del amanecer para dar de comer a los animales mientras los acariciaba y les susurraba palabras de aliento, y luego los condujo de nuevo a las colinas.

Cada vez más gente se reunía para presenciar sus desconcertantes actividades. Alguien arrastró una tina de cerveza hasta el manantial y empezó a vender cañas. Los hombres hacían apuestas sobre la naturaleza del demencial proyecto de Avram. Una pila de piedras junto al burbujeante manantial. ¿Acaso había enloquecido?

Cuando por fin se animaron a preguntarle qué hacía, Avram no contestó. En su rostro se pintaba una expresión firme y resuelta, y solo se detenía para sumergir las manos en la boca del manantial, pues las palmas lastimadas le sangraban. Cuando Caleb y sus demás hermanos acudieron para hablar con él, tampoco les dirigió la palabra. Sus pecados no quedarían redimidos hasta que terminara la muralla y la torre.

Trabajaba hasta agotarse, sin descansar jamás, sin comer apenas, hasta que por fin un día se desplomó junto a su montaña de piedras.

Los presentes temían tocarlo porque lo creían poseído. Cuando Marit llegó corriendo y lo vio inconsciente en el suelo, escupió a los pies de su gente.

—¿Acaso no tenéis orgullo ni honor? ¿Por qué no ayudáis a vuestro amigo?

En aquel instante apareció Caleb y la ayudó a llevar a Avram a su tienda, donde lo tendieron sobre su lecho en la mitad femenina del cobijo. Los hermanos de Marit, que habían vuelto del campo de cebada para almorzar, miraron a su antiguo rival con desprecio, pero la expresión fiera de su hermana los hizo callar.

—Coged el pan y volved al trabajo —les ordenó.

Sus hermanos obedecieron, pues Marit había sido cabeza de familia desde que su madre muriera y su padre perdiera el juicio.

Marit lavó las manos de Avram, les aplicó un ungüento curativo y las envolvió en tiras de hilo. Luego le lavó el rostro, el pecho y las extremidades mientras sus lágrimas se derramaban sobre la piel desnuda de Avram. Lo increpó y lo acusó de haber pasado demasiado tiempo contemplando la luna, pero su cuerpo estaba exhausto y su piel estaba grisácea, y Marit sabía que los demonios lo habían impulsado a desenterrar rocas en las colinas. Perro se había acurrucado a los pies de su amo y Marit no consiguió apartarla de allí.

Cuando Avram despertó, Marit le estaba acariciando la frente.

—Avram, no alcanzo a comprender qué nos ha pasado a todos ni por qué la Diosa elige para nosotros los destinos que elige. No soy más que una mujer sencilla, pero sí estoy segura de una cosa, de mi amor por ti.

Dicho aquello se tumbó junto a él, y Avram la estrechó débilmente entre sus brazos, presintiendo ya el retorno de la buena suerte.

A la mañana siguiente lo despertaron unos vítores.

—¿Qué ocurre?

Marit se estaba peinando y trenzando el cabello. Le dedicó una sonrisa que la hizo parecer casi joven de nuevo.

—Reina dice que el corazón de la Diosa ha vuelto —repuso antes de arrojarse a sus brazos para expresar su alegría.

Una vez recobró fuerzas suficientes, Avram reanudó la tarea de reunir piedras para la muralla y la torre de vigilancia, y Marit se unió a él con dos cestas. A mediodía, también Caleb y sus otros dos hermanos participaban en el trabajo, mientras los demás habitantes seguían haciendo de espectadores.

Al tercer día, Namir se presentó con una cesta y acompañado de cuatro de sus sobrinos. Al caer la noche ya contaban con una impresionante montaña de piedras y rocas.

A la mañana siguiente, cuando Avram despertó, numerosos hombres y muchachos ya habían puesto manos a la obra, subiendo a las colinas y bajando de ellas cargados de material. Ver el corazón de cristal azul de nuevo insertado en el pecho de la Diosa había dado a los moradores del manantial perenne nuevas esperanzas.

Avram ordenó cavar una trinchera que serviría de cimientos para la muralla. Las mujeres participaron en aquella tarea, sujetándose el dobladillo de las faldas en la cintura para poder agacharse y escarbar con comodidad. Mientras la trinchera trazaba un enorme perímetro en torno al manantial, los hombres decidieron que querían tener sus hogares dentro de la muralla, de modo que dio comienzo una febril fabricación de ladrillos, hasta que el asentamiento entero se volcó en la misión de reconstruirse con el corazón reforzado por el poder de la Diosa. Trabajaron durante todo el invierno y la primavera mientras varios muchachos montaban guardia en torres de madera provisionales. Y por fin colocaron la primera capa de piedras.

Entretanto, Avram contrató a unos cuantos hombres para que patrullaran el viñedo a cambio de vino. Sus hermanos devolvieron la vida a las vides, que ahora arrojaban abundantes frutos. Otros moradores se sumaron a la tarea de garantizar la buena salud del viñedo, arrancando malas hierbas, podando, fertilizando y regando, pues todos echaban de menos el vino, y se abalanzaban sobre todo ladrón de uvas con palos y garrotes.

Entonces ocurrieron dos milagros para los que Avram no estaba preparado.

El primero tuvo lugar después de que Perro desapareciera de repente una tarde. Avram estuvo inquieto durante varios días, pero una buena mañana el animal reapareció junto a su puerta, con el pelaje cubierto de ortigas que había encontrado en las colinas cercanas, y cayó exhausto a sus pies. Con el tiempo, Avram reparó en que su vientre se hinchaba, y cuando Perro dio a luz una camada de cachorros, el joven supo que una nueva población había encontrado su lugar junto al manantial.

Entonces se obró el segundo milagro.

—Estoy embarazada —anunció un buen día Marit con igual asombro que si hubiera visto el rostro de la Diosa.

Sin duda era un milagro, una señal de que el pueblo había hallado de nuevo el favor de la Diosa. Pero aquella noche, mientras hacían tiernamente el amor, Avram fue consciente de algo en un confín remoto de su mente, como una mariposa transparente que le hacía cosquillas, pero cuya sustancia no alcanzó a captar.

Aquel verano, mientras se añadían más capas de piedras a la muralla, se levantaban cada vez más casas de ladrillo en el interior del círculo y una robusta torre de piedra se alzaba gracias a la labor de los albañiles, el viñedo produjo una cosecha munificente y todos interrumpieron sus tareas para pisar la uva en la prensa.

Reina y la Diosa encabezaron la procesión a la cueva sagrada, y mientras se acercaban se levantó una brisa suave y embriagadora, dulce y fresca. Avram se detuvo para contemplar la llanura que se extendía hasta el mar Muerto y tuvo la extraña sensación de que una persona de aliento perfumado respiraba muy cerca de él. Su cabello y su barba se agitaban a la brisa estival, y entonces el sol arrancó destellos dorados al mar Muerto. El día adquirió una dimensión surrealista. De pronto oyó el pesado zumbido de los insectos y los colores se le antojaban más brillantes que antes, como si la naturaleza intentara revelarle algo.

Detuvo la procesión al pie de los acantilados y miró la abertura penumbrosa de la cueva con ojos entornados. Se le ocurrió, al igual que se les había ocurrido a otras personas muchas generaciones antes, que se parecía sobremanera a un seno materno. Al cabo de unos instantes llevarían el zumo de uva al seno de la Madre Tierra, lo colocarían sobre los estantes labrados en la piedra y lo dejarían en la oscuridad para que la Diosa obrara su transformación mágica y llenara de vida el jugo para convertirlo en vino.

Mientras contemplaba la cueva, aquella mariposa transparente volvió a hacerle cosquillas en los confines de la mente, enloquecedoramente escurridiza. Era un pensamiento a la espera de formarse, una idea a punto de ser conocida; pero pese a que intentó con todas sus fuerzas materializarla, no lo consiguió.

Una vez colocados los odres en la cueva, todos regresaron al asentamiento para continuar trabajando en la construcción de la muralla y las casas de ladrillo. Sin embargo, Avram no conseguía concentrarse. Ayudaba a mezclar paja y barro para los ladrillos, inspeccionaba el avance de la muralla de piedra y trabajaba con los demás hombres en la construcción de la escalera interior de la nueva torre, pero una parte de su mente seguía intentando atrapar aquella idea vaga que se había instalado en su mente.

Una noche, sentado bajo un emparrado, tomando cerveza mientras Marit trituraba garbanzos y cebollas para la cena, se fijó en Perro, que amamantaba a sus cachorros. De repente reparó en un detalle que no se le había ocurrido hasta entonces: que cuatro de ellos eran blancos como ella, mientras que dos tenían el pelaje gris como los lobos salvajes de las colinas.

Por primera vez, Avram se preguntó cómo habría quedado preñada. Perro procedía de una tierra muy alejada de la soberanía de la luna, del territorio del dios Reno. ¿Acaso llegaba tan lejos el influjo fertilizador del reno? Además, ¿cómo había entrado el espíritu del lobo en el seno de Perro?

Los pensamientos de Avram se tornaron filosóficos mientras contemplaba a Marit, cuyo embarazo ya estaba muy avanzado, y se preguntaba: «¿Qué poder crea la vida?». Bodolf y su pueblo creían que era el espíritu del reno. Hadadezer creía en el espíritu del toro. Por su parte, el pueblo del Lugar del Manantial Perenne sabía que era la luna la creadora de toda vida. Pero ¿era posible que existiera un poder más amplio, más omnipresente que el reno, los toros y las lunas de cada lugar? De nuevo pensó en la cueva del vino, en el zumo de uva descansando en fecunda penumbra, a la espera de la transformación en vino por obra de la Diosa. Una vez más acudió a su mente aquel pensamiento evasivo, aquella mariposa traviesa que se negaba a dejarse capturar.

Durante las semanas siguientes, Avram adquirió el hábito de dar largos paseos por los prados y los cañones desiertos para estar a solas con sus vagos pensamientos. Por la noche dormía inquieto, atormentado por extraños sueños en que aparecían Bodolf y Eskil, Yubal y él mismo, Hadadezer y los hijos de la mujer con la que había vivido durante tantos años. Al despertar, el significado de los sueños se le escapaba, hasta que una tarde de otoño, tras sentir de nuevo el impulso de alejarse de los demás, llegó junto a una laguna acompañado tan solo de la fiel perra. Se puso en cuclillas y al contemplar su reflejo vio a Yubal. Fue entonces cuando comprendió el significado de los sueños. Los jóvenes se parecían a sus mayores.

Al igual que los cachorros de Perro se parecían a su madre, pero también a los lobos de las colinas.

Una tarde visitó a Namir, que muy malhumorado intentaba en vano enderezar un carcaj de flechas. Tras ofrecerle un odre de vino y sentarse a la sombra, Avram preguntó al anciano qué había observado en los rebaños de cabras.

—¿Las has visto hacer esto? —preguntó mientras hacía un gesto con ambas manos.

—Las he visto hacer muchas cosas —repuso Namir con un encogimiento de hombros—. Corren, juegan y se pelean, como las personas.

—Pero ¿las has visto hacer esto? —insistió Avram, trazando el mismo gesto.

Namir se llevó una flecha a los ojos y la inspeccionó con expresión disgustada.

—Supongo que sí —admitió.

—¿Por qué lo hacen?

—¿Cómo quieres que lo sepa?

—¿Lo hacen los machos y las hembras?

Por fin, Namir alzó la vista para mirarlo.

—¿Te has pasado demasiado tiempo contemplando la luna, Avram?

—Cuando capturas cabras vivas, ¿solo capturas hembras?

—¡Por supuesto! Los machos no sirven para nada más que para comerlos directamente.

Avram le habló de los renos de Bodolf y los toros de Hadadezer. Namir lo escuchaba rascándose la cabeza.

—¿Quieres decir que los animales obtienen placer como nosotros? ¿Acaso uno de esos asnos te ha dado una coz en la cabeza, Avram?

—Cuando cazamos, los animales huyen de nosotros. En cuanto nos husmean, se dispersan y no se entretienen copulando. ¿Cómo podemos saber lo que hacen cuando no los observamos?

—¿Eh? —farfulló Namir, arrugando la nariz.

—Los animales confinados en un redil, alimentados y domesticados, no huyen de nosotros. Namir, he visto con mis propios ojos a animales copular unos con otros como los humanos.

—¡Tonterías! —exclamó el anciano con una carcajada, aunque Avram vio un destello de curiosidad en sus ojos.

No lograba desterrar aquel pensamiento de su mente. Pensó en el complejo donde vivían los renos, en los machos montando a las hembras. Por aquel entonces no sabía que los animales hacían eso. Rebuscó en su memoria los primeros tiempos de su huida, cuando viajaba por la llanura de Anatolia con los nómadas. Habían acampado entre manadas de animales salvajes, y de vez en cuando había visto a animales montarse los unos a los otros. Por fin recordó a los toros de Hadadezer dando placer a las vacas. Y en Perro, que había desaparecido en las colinas para regresar con una camada de cachorros medio lobos.

¿Era ese el acto que engendraba la vida? ¿No un acto realizado por un espíritu, sino por un hombre y una mujer? Pero ¿cómo? A fin de cuentas, no sucedía en todos los casos. Estaba el viejo Guri, el fabricante de lámparas, quien gustaba de yacer con muchachas muy jóvenes que nunca quedaban embarazadas. Y la mayor de las hermanas Cebolla, quien copulaba con muchos hombres y nunca quedaba encinta. Entonces se le ocurrió que las niñas y las mujeres de edad no tenían el flujo lunar.

Avram estaba estupefacto. ¿Era eso? Todo el mundo sabía que el flujo lunar era lo que la Diosa utilizaba para crear bebés. Pero ¿y si el flujo lunar era como el zumo de uva? Pues he aquí el milagro esencial de la vida. Las uvas no fermentaban en la vid, y el zumo de uva tampoco fermentaba en una taza de madera. Las uvas eran uvas, y el zumo era zumo. Hacía falta el poder de la Diosa en su cueva para transformarlo en vino.

«Pero hacen falta hombres para transportar el zumo de uva a la cueva.»

Avram estaba como fulminado por un rayo. Volvió el rostro hacia la brisa, miró en lontananza y en la llanura ondulada que rodeaba el manantial vio a los hombres arando los nuevos campos para la siembra. Entonces vio algo que nunca había visto, que los surcos de la tierra se parecían al lugar más secreto de la mujer. También visualizó la mano del hombre esparciendo la semilla por la tierra.

¿Acaso hombres y mujeres creaban la vida juntos?

«No —se corrigió—. Es la Diosa quien crea la vida; ese poder le está reservado solo a ella. Pero se sirve del hombre y de la mujer para formar esa nueva vida.»

A punto estuvo de caer por causa del peso de aquella revelación. «El vino se crea del mismo modo que los bebés, mediante el poder de la Diosa. Pero al igual que las uvas almacenadas en la cueva no se transforman en una bebida sagrada, sino que requieren de la colaboración de los hombres para convertirse en vino, el flujo lunar por sí solo no puede convertirse en niño, sino que requiere la participación de un hombre. Las semillas esparcidas sin ton ni son por la tierra sin preparar no tienen tantas probabilidades de germinar como las que se siembran en un campo arado. Cueva, campo y mujer: todos ellos son Madre y engendran vida, pero no por sí solos, sino con la colaboración del hombre.»

Entonces lo asaltó la idea más asombrosa de todas: Marit, que llevaba once años sin yacer con un hombre, estaba embarazada.

Avram fue al altar de la Diosa en busca de consejo. Se puso a rezar y en silencio le preguntó si creía que albergaba pensamientos blasfemos. Pero entonces vio a Reina y recordó que largo tiempo atrás la había mirado con lujuria, preguntándose por qué la Diosa había creado aquella necesidad embriagadora entre hombres y mujeres. Pues ahora le parecía, como le había parecido cuando era un joven atormentado, que la intimidad existente entre hombre y mujer no solo giraba en torno al placer, como pretendía hacerle creer Yubal.

—La Diosa nos ha dado este placer para que olvidemos nuestro dolor —le había explicado su *abba* hacía mucho tiempo.

Sin embargo, ello carecía de sentido para Avram, ya que con demasiada frecuencia el placer íntimo iba acompañado de dolor y seguido de tragedia. ¿Por qué entonces había creado la Diosa aquel magnetismo ineludible entre hombres y mujeres?

En aquel instante, la Diosa le habló, diciéndole que lo había hecho para garantizar la creación de la vida.

Avram empezó a temblar de emoción. Su siguiente pregunta casi lo aterraba: «Entonces, ¿son el hombre y la mujer, el macho y la hembra quienes engendran la vida?», preguntó a la estatua con corazón de meteorito.

A modo de respuesta, el cristal azul pareció refulgir con más fuerza y despedir innumerables puntos de luz. Avram clavó la mirada en el corazón de la piedra mística, pugnando por hallar una respuesta. Al poco, su mente se abrió en un destello de comprensión absoluta. Mientras que antes había creído que la esencia lechosa del corazón representaba el manantial perenne, ahora sabía que se trataba de la esencia que el hombre despide cuando obtiene placer con una mujer. «El flujo lunar y el fluido del hombre, mezclados en la cueva de una mujer para que la Diosa obre su milagro.»

Inesperadamente, todas las piezas encajaban, como si llevara toda la vida viendo el mundo con ojos nublados y de repente pudiera aguzar la vista. Todo aquel milagro tenía sentido ahora. Lo veía dondequiera que iba, en los pájaros que construían juntos sus nidos, macho y hembra, para poner huevos y alimentar a sus crías; en los peces que nadaban en los ríos, las hembras para poner sus huevas, los machos para pasar sobre ellos y bendecirlos con su esencia procreadora. Avram se sentía unido a toda la humanidad y la naturaleza de un modo que jamás había experimentado. Ya no era un mero observador, sino que formaba parte integrante de todo. Recordaba que en cierta ocasión Marit había hablado de ser un eslabón en una larga cadena. También él formaba parte de una cadena, y sin él los eslabones futuros no podrían vincularse a sus predecesores. Marit estaba embarazada... de él.

Era como si el cielo se hubiera abierto sobre su cabeza. Durante toda su vida, Avram se había preguntado por qué, había querido desvelar los misterios de la naturaleza, y al mirar a su alrededor de repente todo encajaba, todo tenía sentido, todo lo comprendía.

Fue derecho a su tienda, donde se postró ante las estatuillas de los antepasados y habló con Yubal, abriéndole su corazón, proclamando el amor y el respeto que le profesaba, derramando lágrimas de alivio y gozo mientras lo llamaba *abba*, esta vez con un nuevo significado, pues si bien aquel término siempre había significado «amo» o «cabeza de una casa», a partir de entonces también significaría «padre».

Avram no hizo pública la revelación, pues sabía que la gente se burlaría de él y declararía que había pasado demasiado tiempo contemplando la luna. No obstante, aconsejó en privado a Namir que la próxima vez que capturara un rebaño de cabras, cogiera machos además de hembras, y comentó a Guri, el fabricante de lámparas, que su plan de criar cerdos no era descabellado. Sí comunicó a Marit la maravillosa nueva, y ella la aceptó de buen grado porque provenía de la Diosa. Avram sabía que, con el tiempo, a medida que criasen asnos y perros, cabras y cerdos, otros observarían lo mismo que él y llegarían a las mismas conclusiones.

Por fin quedó terminada la muralla.

Todo el mundo se reunió para celebrar la consagración de la nueva torre, que llamarían Jericó, «bendecida por la luna». Avram subió por la escalera nueva de piedra casi exactamente doce años después de subir por la escalera de madera de la torre que su padre tenía instalada en el viñedo aquel fatídico amanecer que tan lejano se le antojaba ahora. A la sazón no era más que un muchacho imberbe, lleno de incertidumbre y falto de objetivos, que trepaba travesaño a travesaño mientras intentaba hallar algún sentido en su mundo desconcertante. Ahora era un hombre seguro de sí mismo que apoyaba los pies con firmeza en cada peldaño de piedra y poseía un sentido mucho más amplio del mundo.

Entre los orgullosos espectadores se encontraba Marit con su hijo, un robusto varón de dos años, sentado sobre la cadera. A su lado estaba Perro con el vientre de nuevo hinchado y rodeada de una nueva generación de cachorros. Avram había visto a las crías de la primera camada de Perro crecer, madurar, retozar, jugar y montarse unas a otras hasta que las hembras quedaron preñadas y dieron a luz una tercera generación de cachorros que pasó a formar parte de la vida cotidiana del asentamiento. Namir sonreía al sol, un hombre grueso, próspero y muy orgulloso de su floreciente rebaño de cabras gracias al consejo de Avram. Guri, el fabricante de lámparas, volvía a experimentar con la cría de cerdos, mientras que las hermanas Cebolla habían añadido un corral de patos en su terreno tras descubrir lo que Avram ya había descubierto, que existía en la naturaleza una armonía mayor de la que habían imaginado, una interdependencia milagrosa que era como una hermosa y reluciente tela de araña en la que animales, espíritus y seres humanos quedaban unidos por un pacto sagrado.

Avram llegó a la cima de la torre, y cuando salió a la brillante luz del sol, la muchedumbre vociferó. Los habitantes de Jericó contemplaron su nuevo logro con gran orgullo y una sensación de seguridad, pues en ningún otro lugar del mundo existían murallas como aquella, capaces de repeler el ataque de cualquier invasor. Mientras escuchaba complacido el rugido ensordecedor de la gente y se sentía en paz, exonerado de sus pecados pasados, Avram se permitió divagar y pensar en el Pueblo de Reno, en Frida y el niño que llevaba en su seno cuando él abandonó la aldea de hielo…, su hijo.

Avram había dejado su sangre en el remoto norte, el linaje de Talitha y de Yubal que otras personas continuarían a muchísima distancia de su hogar.

Avram nunca comprendió por qué había sido él el depositario del descubrimiento de la paternidad. Sin embargo, la Diosa tenía sus razones y durante el resto de su vida le dio las gracias día y noche, dedicándole oraciones llenas de alabanzas hacia la Madre de todo. Con el tiempo, si bien no en vida de Avram ni de sus hijos o nietos, a la Madre de todo se uniría el Padre de todo, hasta que un día, en un futuro no demasiado lejano, la Madre quedaría sustituida del todo por el Padre.

Jericó prosperó. Avram y Marit tuvieron más hijos varones, el rebaño de cabras de Namir se tornó cada vez más numeroso, Perro y sus hijos dieron a luz más y más camadas, y Guri dejó de fabricar lámparas para dedicarse a la cría de cerdos. La gente plantaba cada vez más cultivos, trigo, maíz, algodón y lino, domesticaba y criaba más animales para obtener leche, huevos y lana. Se ofrecían numerosos sacrificios a la Diosa en proporción a la munificencia y la buena suerte de que gozaba el pueblo. Su altar se amplió, y cada vez más sacerdotisas la servían. Con el correr de los siglos, la muralla dejó de parecerse a la que construyera Avram, pues aquella se desmoronó en numerosas ocasiones y fue reconstruida una y otra vez.

La manufactura textil, así como el alfabeto y la escritura, llegaron a Jericó. Dos mil años después de que Avram y Marit se reunieran con sus ancestros, un hombre llamado Azizu se hallaba sentado ante su torno de cerámica y lo volcó sin querer. Mientras lo observaba dar vueltas y más vueltas de costado, se le ocurrió una idea. Le llevó muchos intentos y fracasos, pero por fin logró fabricar dos ruedas que giraban sobre un eje y sobre las que colocó un carro. Ahora podía transportar diez veces más objetos de cerámica que antes; atribuyó su inspiración a una visita que había realizado al altar de la Diosa, cuyo corazón de cristal azul había besado para que le diera buena suerte. Cuatro mil años después de que Hadadezer asombrara a Avram con pepitas de cobre extraídas del lecho de un río, los hombres extraían cobre y estaño de minas para fundirlos y formar bronce. Mil años más tarde, los hombres descubrieron el hierro y cómo manipularlo, y el mundo cambió para siempre.

A medida que crecían las poblaciones, los asentamientos se convirtieron en aldeas, y las aldeas en ciudades. De las masas surgieron líderes que se hacían llamar «rey» y «reina» para gobernar a los demás. El poder de Al-Iari se incrementó, su altar se convirtió en un tabernáculo y más tarde en un templo con sacerdotes y sacerdotisas. Su pueblo recibía el nombre de cananeos, y los viajeros procedentes de Babilonia y Sumeria la identificaban como sus amadas Ishtar e Innana. Junto con Baal, era adorada por su fertilidad, y si bien su semblante cambió con los años y las estatuas que la representaban se sucedían, el ancestral cristal azul siguió siendo su corazón.

Así vivió, protegida y adorada, durante miles de generaciones desde los tiempos de Laliari y Zant. Cierto día, unos invasores llegaron del valle del Nilo bajo las órdenes de un faraón conquistador llamado Amenhotep, quien no solo hizo prisioneros humanos, sino que también se apropió de dioses y diosas. Entre ellos se encontraba la Diosa patrona de Jericó, quien de forma provisional y por respeto pasó a ocupar el altar de una diosa menor egipcia, donde su corazón cristalino llamó la atención de una reina adúltera.

Cuando aquella reina fue sepultada en un sepulcro de magnificencia inimaginable (fruto del sentimiento de culpabilidad del rey que la había envenenado), el cristal azul la acompañó; desde entonces, reina y cristal reposaron en un mundo oscuro y desprovisto de aire, anónimo y olvidado durante mil años, hasta que unos saqueadores de tumbas, borrachos de cerveza, apestando a orina y acribillados de mordeduras de pulga, irrumpieron en el sepulcro y desenterraron una vez más la antiquísima piedra azul. La lágrima de meteorito cambió de manos en numerosas ocasiones al ser comprada, vendida, disputada y apostada hasta que por fin fue a parar a Alejandría, en concreto a las manos de un importante funcionario romano que la hizo engastar en un hermoso collar de oro para su esposa.

Pretendía que aquel obsequio fuera un castigo.

LIBRO CUARTO

ROMA. 64 D.C.

La plegaria de *domina* Amelia era fruto de la desesperación.

«Que el niño nazca sano, por favor.»

El altar de los dioses domésticos contenía diversas divinidades romanas, de modo que *domina* Amelia podía elegir entre algunos de los más poderosos del panteón. Sin embargo, puesto que las circunstancias requerían la intercesión especial de una diosa que comprendiera la súplica de una madre, *domina* Amelia se había decantado por una a la que la gente llamaba la Virgen Santa, una diosa que había concebido un hijo sin la intervención de hombre alguno, una diosa que había conocido el sufrimiento cuando su hijo fue colgado de un árbol para luego resucitar. Así pues, fue a aquella madre compasiva, a la Reina de los Cielos, a quien *domina* Amelia dirigió su súplica.

—Te ruego que el niño nazca sin tacha ni mácula, que el esposo de mi hija lo acoja en su corazón y en el seno de su familia.

Sus palabras murmuradas murieron en el silencio de la mañana. Murieron porque carecían de significado, de fe. Su plegaria era un engaño, palabrería dirigida a un pedazo de mármol. *Domina* Amelia hacía alarde de piedad porque eso era lo que se esperaba de ella; como matrona romana modélica, siempre hacía lo correcto y guardaba las apariencias. Pero su corazón estaba despojado de toda fe. ¿Cómo podía una mujer creer en diosas si los hombres tenían derecho a disponer a su antojo de los hijos de las mujeres?

Terminada la oración, se santiguó llevándose la mano a los hombros, la frente y el pecho porque en tiempos había sido seguidora de

Hermes, el ancestral dios salvador conocido como el Mundo Hecho Carne. Trazó la señal de la cruz movida por un hábito muy consolidado, aunque ya no creía en su poder. Recordaba la época en que rezar resultaba un consuelo, en que los dioses representaban un consuelo. Pero ahora la habían abandonado, y no había en todo el mundo consuelo para ella.

De repente resonaron unos gritos por toda la casa, las paredes, las columnas y el mármol estatuario. Su hija llevaba un día y medio de parto, y las comadronas empezaban a desesperar.

Domina Amelia dio la espalda a la Virgen Santa Juno, madre del dios salvador Marte, y se adentró en la columnata penumbrosa que rodeaba el patio interior de la villa, donde una fuente gorgoteaba con dulce tintineo aquel cálido día de primavera. *Domina* Amelia no se molestó en visitar el altar de los antepasados. Llevaba años sin rezarles. Sin dioses no podía existir la vida después de la muerte, y sin vida después de la muerte tampoco podían existir los antepasados.

Pasó sigilosa ante el atrio, donde varios jóvenes jugaban a los dados y reían, ajenos a los gritos que desgarraban la paz matutina. Eran los tres hijos varones y los dos yernos de Amelia, amigos íntimos del joven cuyo hijo pugnaba por venir al mundo. Al pasar ante la puerta abierta vio al esposo de su hija, un joven futuro padre reclinado en su silla, tomando vino y tirando los dados con la más despreocupada de las actitudes.

«Tal vez no tenga preocupación alguna», pensó con un rencor impropio de ella. A fin de cuentas, el parto solo concernía a las mujeres.

De repente, un pensamiento cruzó la mente de Amelia como una sombra rauda y oscura como un cuervo. «Las mujeres llevamos a los hijos en nuestro seno, los alimentamos con nuestro aliento y nuestra sangre, nuestro corazón les insufla la vida, y durante casi diez meses, hijo y madre son un solo ser. Entonces llegan los dolores del parto, el desgarro de la carne, la sangre, la agonía de traer una nueva vida al mundo. Sin embargo, para ti, joven padre, no existe el dolor ni la sangre. Un instante de placer, y al cabo de nueve meses bebes vino, juegas a los dados y decides el destino del recién nacido.»

Amelia sintió una punzada de resentimiento, no solo hacia su yerno, sino hacia todos los hombres, que decidían sobre la vida y la muerte con tanta ligereza como si de una partida de dados se tratara. No siempre se había sentido así. En otros tiempos Amelia, esposa del poderoso y noble Cornelio Cayo Vitelio, creía en los dioses y en que la vida era buena, en que los hombres eran buenos. Pero todo el gozo y toda la fe se habían extinguido el día en que la muerte había triunfado sobre la vida.

Un día muy parecido a este.

De repente se cruzó en su camino un anciano. Era el lector de pájaros, a quien había contratado para que interpretara las señales. El viejo griego tenía un negocio muy lucrativo, porque los romanos eran gentes supersticiosas, siempre atentas a señales y augurios, que veían significados en cada nube y en cada trueno. Para un romano, el día no podía empezar sin determinar antes si sería un día auspicioso para hacer negocios, contraer matrimonio o preparar salsa de pescado. De todos los instrumentos de vaticinio, desde nudillos hasta hojas de té, el vuelo de los pájaros era el más importante; incluso la palabra auspicio provenía de *auspicium*, que significaba adivinación del vuelo de las aves.

—He leído los auspicios, señora —empezó el lector de pájaros—. Veo a un hombre con los brazos extendidos, listo para abrazarte.

—¿A mí? Sin duda te refieres a mi hija. O a su hijo recién nacido.

—Las señales eran diáfanas. Un hombre va a entrar en tu vida, señora, y extiende los brazos para darte la bienvenida.

El único hombre que se le ocurría era su esposo, Cornelio, cuyo regreso de Egipto se esperaba cualquier día. Pero era imposible; llevaba años sin abrirle los brazos.

—¿Qué dicen los pájaros de mi hija?

El vidente se encogió de hombros con ademán rápido y extendió la mano para recibir el pago que le correspondía.

—No dicen nada de ella, señora, solo de ti.

Amelia entregó al hombre una moneda de oro y continuó por la columnata hasta el dormitorio donde su hija luchaba por dar a luz una nueva vida.

Domina Amelia había tomado todas las precauciones posibles para garantizar el éxito de aquel embarazo, el primero de su hija menor. En cuanto Cornelia le anunció que estaba encinta, Amelia insistió en que durante la gestación se instalara en casa, es decir, en la villa de campo donde la patricia familia Vitelio había producido vino y aceitunas durante generaciones. Amelia habría preferido la casa de la ciudad, pero cada vez que su esposo Cornelio salía de viaje, insistía en que tanto Amelia como el resto de la casa se trasladaran al campo. Solo Amelia conocía el secreto de aquella regla inquebrantable; solo Amelia sabía que era una forma de castigo.

Entró en el dormitorio abarrotado de comadronas y sus ayudantes, las tías y primas de Cornelia, su hermana mayor, sus cuñadas y el astrólogo, sentado en un rincón con sus cartas e instrumentos, preparado para registrar el momento del nacimiento. Siguiendo una antigua tradición entre las familias aristocráticas, la hija de Amelia había recibido la versión femenina del nombre de su padre, Cornelia, al igual que el hijo mayor se llamaba Cornelio, lo que en ocasión llamaba a confusión. A Amelia le habría gustado que su hija llevara su nombre, pero la costumbre no lo permitía.

Se compadeció de Cornelia, de diecisiete años, la misma edad que Amelia tenía al dar a luz a su primer hijo, un varón que tendría veintiséis años de haber sobrevivido. El segundo embarazo de Amelia había terminado en aborto, pero el tercero, a la edad de veintiún años, le había dado a su hijo mayor, Cornelio, un joven de veintidós años que estudiaba leyes con la esperanza de seguir los pasos de su ilustre progenitor. Amelia había tenido siete embarazos desde entonces. En uno de ellos había parido a los gemelos, de veinte años de edad, otro le había dado a Cornelia, en el siguiente había visto la luz Cayo, su hijo de trece años, y el último, seis años atrás, cuando Amelia tenía treinta y siete, había alterado su vida y su universo para siempre.

Se acercó al lecho de su hija, la miró con preocupación y comprensión, y le apoyó la mano sobre la frente con el sincero deseo de poder sufrir ella todo aquel dolor.

La joven le apartó la mano.

—¿Dónde está papá? —jadeó—. Quiero que venga papá.

Amelia experimentó una punzada de dolor. Cornelia no había acabado accediendo a instalarse en la casa de campo porque quisiera estar con su madre, sino porque quería estar allí cuando su padre regresara de Egipto.

—He enviado un mensaje a Ostia —le aseguró Amelia—. En cuanto atraque su barco, le comunicarán la noticia.

Cornelia se volvió hacia su hermana y sus cuñadas, alzando las manos hacia ellas. Las jóvenes se acercaron más al lecho hasta excluir a Amelia del círculo. Amelia no protestó; hacía años que la habían expulsado del círculo familiar, cuando la pena la había empujado a cometer un acto imperdonable. Las niñas que antes la adoraban y la seguían a todas partes como sombras dieron la espalda a una mujer a la que ya no consideraban digna de su amor.

«¡Sí! —quiso gritarles, como había querido gritarles durante los últimos seis años—. Cometí adulterio. Busqué solaz en brazos de otro hombre, pero no por necesidad de sexo o amor, sino por la pena causada por el hecho de que mi hija nació lisiada y mi esposo la desechó.»

Pero el grito quedó atascado en su garganta, como siempre, pues a nadie le importaba por qué se había acostado con otro hombre, sino tan solo el hecho en sí, y entrelazó las manos con fuerza mientras observaba a la comadrona haciendo su trabajo. La mujer había lubricado el canal del parto con grasa de oca, pero el bebé se resistía a nacer, de modo que sacó una larga pluma blanca de su bolsa, se encaramó al lecho, montó a horcajadas sobre Cornelia y le hizo cosquillas con la pluma en la nariz para provocar un estornudo.

Domina Amelia cerró los ojos al verse asaltada por un recuerdo doloroso, el de su último parto, del que nació la niña a la que Cornelio se negó a reconocer, por lo que, a los pocos minutos de nacer, ordenó a un sirviente que cogiera a la criatura recién nacida y la llevara a un vertedero. Amelia ni siquiera había llegado a verla. Tras sacarla de su vientre, la entregaron directamente a Cornelio, quien echó un solo vistazo a su pie deforme y la declaró inútil. Amelia había pasado todos aquellos años intentando averiguar qué había hecho para merecer tal desgracia, pues sin duda era culpa suya. ¿Cómo explicar si no el pie malformado del bebé? Con el corazón lleno de dolor, revivió una y otra vez los meses del embarazo en un intento de descubrir el error, el desliz causante de la malformación. Y entonces se le ocurrió. Fue el día en que estaba sentada en el jardín de la casa de la ciudad. Estaba leyendo poesías y no reparó en la mariposa que se había posado sobre su pie. No la vio hasta bajar la mirada hacia ella, y tan fascinada quedó por su proximidad, su belleza y su aparente falta de miedo, allí posada, gloriosa a la luz del sol, agitando las frágiles alas, que Amelia no la ahuyentó. No sabía cuánto tiempo permaneció la mariposa posada sobre su pie, pero a todas luces el suficiente para dejar en el bebé una huella que cobró forma en su vientre de inmediato, ya que al cabo de tres meses la niña nació con el pie deformado, lo que la condenó a acabar en un vertedero.

Por esa razón, *domina* Amelia se había mostrado protectora en extremo con su hija durante aquellos últimos meses, leyendo los auspicios varias veces al día en busca de señales, procurando no violar ningún tabú ni atraer la mala fortuna sobre la casa. Cada vez que aparecía en el jardín un gato negro, lo hacía matar de inmediato. En cambio, al ver aparecer un gato blanco callejero, había mandado traerlo a la casa y mimarlo para que les trajera buena suerte. *Domina* Amelia no soportaba la idea de que su hija sufriera la agonía que ella había sufrido al perder a su último hijo.

Puesto que la pluma no surtía efecto alguno, la comadrona volvió a rebuscar en su bolsa y sacó una medida de pimienta que volcó sobre la palma de su mano.

—Inhala profundamente —ordenó a Cornelia tras acercarle la mano a la nariz.

La muchacha emitió un estornudo tan fuerte que el bebé descendió por el canal del parto.

—¡Ahí está la cabeza! —exclamó una de las ayudantes.

A los pocos instantes, el recién nacido se deslizó sobre la manta que lo aguardaba. Mientras la partera anudaba y seccionaba el cordón umbilical, *domina* Amelia permaneció junto al lecho con aprensión.

—¿Es un varón? —preguntó Cornelia sin aliento—. ¿Es perfecto?

Pero Amelia guardó silencio. Ahora que el bebé había nacido, el asunto quedaba fuera del alcance de las mujeres. Lo que sucediera a continuación dependía del esposo de su hija. Si rechazaba al niño, más valía que Cornelia no supiera nada de él, pues se lo arrebatarían para llevarlo a un vertedero, expuesto a los elementos.

En cuanto la partera envolvió al recién nacido en la manta, *domina* Amelia lo cogió en brazos con suma delicadeza y salió a toda prisa de la habitación. Tras ella oyó a Cornelia preguntar a la partera si era niño o niña, pero la mujer calló sabiamente. Cuanto menos supiera la madre del bebé, mejor, por si acaso.

Domina Amelia entró en el atrio y de inmediato centró la atención de todos los jóvenes allí reunidos. Su hijo mayor, Cornelio, padre de dos niños pequeños; el siguiente, mellizo de su hija de veinte años; su hijo menor, de tan solo trece; el joven esposo de su hija de veinte años; primos y amigos íntimos; y por último, el esposo de Cornelia, de diecinueve años, que se levantó muy erguido y orgulloso, consciente de la solemnidad de la ancestral tradición que estaba a punto de seguir y de la importancia de las acciones que realizaría a continuación.

Amelia dejó el bebé a sus pies y retrocedió un paso. Nadie se movió ni respiró cuando el joven se inclinó para retirar la manta y así comprobar el sexo de la criatura. Si era niña y carecía de defectos, la reconocería como suya y dejaría que los esclavos la entregaran a una nodriza, como dictaba la costumbre. Pero si era un varón perfecto, lo tomaría en brazos y lo reconocería como hijo suyo ante familiares y amigos.

El momento se prolongaba. Amelia se sentía casi enferma de temor. Seis años antes, Cornelio retiró la manta, vio que el bebé era una niña y acto seguido reparó en el pie deformado que la convertiría en una lisiada de por vida. Le dio la espalda e hizo un gesto enojado al esclavo, quien se llevó a la pequeña como si de basura se tratara. Cornelia, de tan solo once años a la sazón, irrumpió en el dormitorio anunciando que su padre había ordenado desechar al bebé. «¿Era un monstruo, mamá?»

Ahora la propia Cornelia esperaba las mismas noticias…

El recién nacido era un varón perfecto, sin mácula alguna. El joven padre esbozó una sonrisa y lo levantó del suelo.

—¡Tengo un hijo! —exclamó.

Todos los presentes vitorearon y lo felicitaron.

Domina Amelia estuvo a punto de desplomarse de alivio, pero cuando se disponía a volver junto a su hija para darle la buena nueva, se oyó una repentina conmoción en el exterior. Filo, el mayordomo de la villa, apareció en el umbral con su cayado de madera y su porte orgulloso.

—Señora, ha llegado el amo —anunció.

Domina Amelia se llevó la mano a la boca. ¡No estaba preparada!

Decidió no salir al encuentro de Cornelio, sino observarlo desde las sombras mientras los esclavos se apresuraban a recibir a su amo con vino y comida, a quitarle la toga y agasajarlo con transparente alegría; la vida en el campo era un fastidio cuando no estaba el amo. Cornelio aceptó sus zalamerías con la condescendencia de un rey. A sus cuarenta y cinco años, era un hombre alto y apuesto que apenas si mostraba unas canas en las sienes. Amelia casi recordaba cómo era estar enamorada de él.

Pero eso fue antes de que descubriera su corazón frío e inmisericorde, del que hizo gala al enterarse de la breve aventura que su esposa había tenido con un poeta de paso por Roma. Amelia confesó y le suplicó que la perdonara, asegurándole que solo se había acostado con él impelida por el dolor de la pérdida de su último hijo, pérdida que el poeta había mitigado un poco con sus dulces palabras. Pero Cornelio juró que jamás la perdonaría y cambió a partir de entonces.

Amelia lo siguió en silencio mientras Cornelio iba derecho al dormitorio, donde felicitó a su yerno y tomó al recién nacido de los brazos de la nodriza para hacerle carantoñas. Luego se sentó sobre el lecho y se inclinó sobre Cornelia. La muchacha siempre había sido su favorita; cuando estaban juntos, Amelia siempre se había sentido excluida. ¿Qué secretos le estaría susurrando al oído en aquel momento?

De pronto, un niño pequeño irrumpió en la estancia.

—¡Papá, papá! —gritó.

Lucio, un niño rollizo y mimado de nueve años, llegó seguido de un viejo sabueso al que había llamado Fido, el nombre perruno más popular de toda Roma, ya que significaba «fiel». Fido habría sido también un buen nombre para el niño, quien adoraba a su padre y lo seguía a todas partes. Amelia vio a Cornelio estrechar al niño en un cariñoso abrazo. En realidad no era hijo suyo, sino que Cornelio lo había adoptado a los tres años, cuando quedó huérfano. Era hijo de unos primos lejanos y por tanto formaba parte de la familia. Amelia intentaba querer al pequeño, pero no lo conseguía. No era culpa del niño, pero Amelia nunca pudo olvidar que Cornelio había adoptado al hijo de otra mujer y en cambio había desechado a una de los suyos.

Amelia tenía treinta y siete años cuando concibió a su último hijo. Ya empezaba a experimentar ciertos cambios en su cuerpo, indicios de que sus años fértiles tocaban a su fin. Por ello, aquel embarazo fue muy especial, porque sabía que sería el último, y amó la vida que se formaba en su vientre con más intensidad que a cualquiera de sus otros hijos. Aquella criatura le haría compañía durante la vejez, cuando los demás ya hubieran crecido y emprendido el vuelo; sería ese hijo especial que recibe todas las atenciones y la sabiduría de una madre mayor.

Entonces Cornelio arrojó a su pequeña a la basura.

Amelia había intentado recordar que debía mostrarse agradecida, pues tener cinco hijos vivos de diez embarazos era señal de que gozaba del favor de los dioses. A los niños romanos no les ponían siquiera nombre hasta que cumplían un año, pues la mortalidad infantil era muy elevada. ¿Habría sobrevivido su amada niña en el vertedero? ¿Vagaría por algún lugar de Roma una niña huérfana con un pie deforme? A veces, las personas que revolvían los montones de basura en busca de vasijas rotas, lámparas, fragmentos de papiro o jirones de tela se llevaban algún niño que aún respiraba. No salvaban a los pequeños por compasión, sino para sacarles provecho. Un niño pequeño podía criarse con cantidades mínimas de alimento y cuidado, y si sobrevivía hasta los tres o los cuatro años, podía venderse en el mercado de esclavos con ganancias casi netas. Si era afortunada, la niña crecería para servir a un amo bondadoso, pero lo más probable era que llevara una vida de arduos trabajos, y si era agraciada, serviría de juguete sexual.

Tras presenciar la reunión familiar como si fuera una forastera, pues sabía que jamás la incluirían en la celebración a pesar de que era esposa y madre, Amelia abandonó la protección de las sombras y fue a dar instrucciones al cocinero para el banquete que se celebraría aquella noche. El hecho de que el joven amo hubiera aceptado al recién nacido en el seno de la familia era motivo suficiente para una celebración, pero ahora se añadía además la emocionante perspectiva de regresar a la ciudad.

Sin embargo, mientras Amelia inspeccionaba las piezas de caza fresca y comentaba las posibles salsas con el cocinero, Filo, el mayordomo, se presentó para su sorpresa ante ella y le anunció que su esposo deseaba verla. Amelia no confiaba en Filo; sabía que tras sus pesados párpados se ocultaba un intelecto brillante y sospechaba que la espiaba y daba cuentas de todas sus actividades a Cornelio.

Amelia no fue directamente a los aposentos privados de su esposo, sino que pasó por los suyos para verificar peinado, atuendo y perfume. De repente se sentía presa del nerviosismo. ¿Para qué querría verla Cornelio? Amelia y su esposo apenas si se dirigían la palabra, ni siquiera tras pasar siete meses separados.

Cornelio Vitelio, uno de los abogados más prestigiosos de Roma y actual favorito de las masas, había viajado a Egipto para supervisar los negocios que la familia poseía allí. Amelia y su esposo eran muy ricos. Cornelio era propietario de varias minas de cobre en Sicilia, una flota de navíos mercantes y campos de trigo en Egipto, mientras que Amelia poseía varios bloques de pisos de arrendamiento en el corazón de Roma.

Lo encontró sentado a un pequeño escritorio. A pesar de que acababa de llegar de un larguísimo viaje, ya se estaba poniendo al día en correspondencia y noticias. Aguardó pacientemente unos instantes y luego carraspeó.

—¿Qué tal Egipto, mi señor? —preguntó por fin.

—Muy egipcio —repuso él con indiferencia.

Amelia deseaba haber podido acompañarlo. Desde muy pequeña albergaba el sueño de visitar algún día las ruinas de Egipto, pero, por supuesto, tales sueños eran inalcanzables. Mientras esperaba nerviosa a que su esposo le explicara por qué la había mandado llamar, repasó frenéticamente los últimos siete meses en busca de cualquier detalle que pudiera considerarse una infracción de las reglas que Cornelio le había impuesto. Su esposo era capaz de tomar cualquier palabra o gesto como un acto de rebeldía. Fuera lo que fuese, ¿qué castigo le infligiría esta vez? ¿La obligaría a permanecer en el campo cuando él regresara a Roma? Amelia no creía poder soportar aquel confinamiento por mucho más tiempo.

El castigo de Cornelio siempre se había manifestado de las formas más sutiles, y parte del control que ejercía sobre ella consistía en no permitir siquiera que sacara a colación el asunto que lo había provocado. La había juzgado y con ello la cuestión quedaba zanjada. Amelia quería explicarle por qué lo había hecho, pero la puerta estaba cerrada, a pesar de que era su puerta, parte de su vida, y era ella quien debería haber decidido si se hablaba del asunto o no. Cornelio no la había interrogado como habrían hecho otros esposos. No le había levantado la voz ni la había insultado. Con frecuencia, Amelia pensaba que si lo hiciera, el «monstruo» podría salir a la luz y quizá desaparecer de sus vidas. Pero Cornelio había cortado cualquier vía, asegurándose de que el fantasma anónimo no escapaba, sino que continuaba existiendo entre ellos como tormento particular de Amelia.

El adulterio era algo que había sucedido sin más. Había quedado desconsolada tras la pérdida de su bebé. La aventura amorosa tan solo había durado una semana, pero era más que suficiente. En lugar de divorciarse de ella y condenarla al exilio, como era su derecho, Cornelio la sorprendió al permanecer casado con ella. Por aquel entonces creyó que era su forma de perdonarla, pero la verdadera razón era bien distinta.

Ahora controlaba su vida por completo, y de forma regular, como parte del castigo, la obligaba a instalarse en el campo. Amelia amaba la ciudad, donde estaban todos sus amigos, sus reuniones, el teatro... Cada vez que se encontraba confinada en el campo, recordaba a Julia, hija de Augusto, exiliada a la isla de Pandateria, un árido peñasco volcánico en medio del océano, tan pequeño que podía recorrerlo de cabo a rabo en menos de una hora. No se le permitía ingerir vino ni ninguna de sus comidas predilectas, como tampoco tener mascotas, diversiones, compañía ni lujo alguno. Allí murió, tras varios años sin ver un alma a excepción del anciano que le llevaba pescado de la playa. Tal era el destino de las esposas adúlteras, si es que no eran ejecutadas por el crimen cometido.

Pero Cornelio había elegido un castigo más lento y doloroso. En lugar de asestarle un golpe definitivo y enviarla al exilio, la mantuvo a su lado para poder ir minándola poco a poco, desportillando su seguridad en sí misma y su orgullo. En el jardín se alzaba la estatua de una diosa expuesta a los elementos, y cada estación se la veía un poco más pequeña, un poco más marchita a medida que el viento y la lluvia la erosionaban. Largo tiempo atrás había sido una figura hermosa, perfecta, de rasgos faciales cincelados, pero ahora sus mejillas, nariz y barbilla se habían redondeado, y su rostro era tan informe que ya no se distinguía de qué diosa se trataba. Así era como Amelia se veía a sí misma, como una estatua expuesta a los crueles elementos de su esposo. Y cual estatua permanecía inmóvil, incapaz de huir. Temía que llegara el día en que toda su persona fuera ya irreconocible.

Por fin, Cornelio se levantó y le alargó un pequeño estuche de ébano.

—¿Qué es? —inquirió Amelia con la mirada clavada en la cajita.

—Cógelo.

¿Le había traído un regalo? El corazón le dio un vuelco de esperanza. ¿Acaso los meses que había pasado en Egipto, lejos del hogar, le habían permitido reflexionar y reconsiderar la situación? Recordó la profecía del lector de pájaros, según la cual un hombre la recibiría con los brazos abiertos, y se preguntó con una punzada de emoción si Cornelio la habría perdonado por fin.

Profirió una débil exclamación al abrir el estuche y ver que contenía el collar más hermoso que había visto jamás.

Mareada de alegría y repentina esperanza, sacó la cadena de oro de la caja con sumo cuidado y la sostuvo a la luz. Engastada en la elaborada estructura de oro labrado se veía una impresionante piedra azul, de forma ovoide, suavidad infinita y todos los matices del cielo, el arco iris y los lagos.

—Dice la leyenda que fue hallada en el sepulcro de una reina egipcia que engañó a su esposo y fue ejecutada por ello —explicó Cornelio mientras Amelia se ponía el collar.

La alegría y la esperanza se disiparon al instante.

En un brevísimo momento vio la realidad de su vida, la vida de una mujer a la que sus hijos ya no necesitaban, cuyo esposo era frío y cruel, cuyos pocos amigos murmuraban a sus espaldas. Era una situación intolerable, pero nunca podría marcharse, pues la ley otorgaba a Cornelio derechos absolutos sobre la vida y la muerte de su esposa. Además, había obrado mal y merecía ser castigada.

Amelia despertó con un sobresalto.

Escuchó los sonidos de la noche y más allá de su ventana abierta oyó el incesante ruido de la ciudad. De día estaba prohibido el tráfico rodado por las calles de Roma, de modo que la noche siempre se llenaba del golpeteo de los cascos y los crujidos y renqueos de los carros. Pero no era la ciudad lo que la había despertado.

—¿Quién anda ahí? —murmuró en la oscuridad.

Al no obtener respuesta permaneció tumbada y contuvo el aliento. Estaba segura de haber sentido una presencia en la habitación.

—¿Cornelio? —dijo, sabedora de que era imposible.

De repente se le puso la piel de gallina. Presa de un temor sin nombre, se incorporó en el lecho. La luz de la luna bañaba su dormitorio. Miró a su alrededor sin ver a nadie, pero estaba convencida de que allí había alguien.

Se levantó de la cama y atravesó la estancia para mirar por la ventana. Roma dormía. Veía tejados, torres, colinas y valles cubiertos de edificios que relucían a la luz de la luna y las estrellas. El tráfico constante en las calles parecía más callado, solemne, como si fueran fantasmas los que conducían caballos y mulas.

Percibió un aliento gélido en la espalda. Se volvió con brusquedad y paseó de nuevo la mirada por la estancia. Todos sus sentidos estaban alerta. El mobiliario parecía recortado en un espeluznante relieve a la luz sobrenatural de la luna. De pronto ya no se parecía en nada a su dormitorio, sino que le recordaba sepulcros y muerte.

Caminando sobre el suelo frío, llegó junto al tocador, donde contempló el estuche de ébano que Cornelio le había traído de Egipto. Entonces lo supo: «Aquí está la presencia sin nombre». El odioso cristal azul que había yacido durante mil años sobre el pecho de una muerta. Amelia estaba aterrada. Cuando Cornelio le entregó el collar, Amelia había examinado durante largo rato las profundidades azules de la piedra y lo que vio en ellas la llenó de tal terror que guardó el collar, jurando que jamás volvería a mirarlo.

Pues en la piedra había visto el fantasma de la reina asesinada.

Mientras los rayos de sol entraban a raudales por su ventana, Amelia se sentó ante el tocador como hacía cada mañana para aplicarse maquillaje, elegir las joyas apropiadas y arreglarse el cabello. Era un ritual necesario; Amelia conservaba la cordura guardando las apariencias. Dar instrucciones sobre el peinado del día le permitía mantener cierto orden en sus emociones. Hacer lo que «se esperaba» de ella la exoneraba de pensar y tomar decisiones. Como mujer de cierta posición, existían reglas que debía respetar, y Amelia las observaba de forma casi obsesiva. Era como los mimos del teatro, toda gestos y sin sustancia alguna. En un pasado lejano había amado a Cornelio, pero apenas si recordaba qué había sentido al amar a su esposo, al amar en general. No se había enamorado de su amante, un hombre con el que se relacionó durante una semana y cuyo rostro apenas recordaba. En retrospectiva, no recordaba qué emociones la habían empujado a sus brazos, y desde luego, no quedaba vestigio alguno de su fugaz pasión física.

El adulterio era una cosa extraña. Todo dependía de quién lo cometía y con quién. Entre las clases inferiores, engañar al cónyuge era casi un pasatiempo nacional y una gran fuente de chistes para el teatro. No obstante, la nobleza se regía por otros baremos y se consideraba que una esposa patricia que cometía adulterio no solo engañaba a su esposo, sino a toda su clase social. Tal como Lucila, la hermosa viuda de un famoso senador, le había explicado con arrogancia en cierta ocasión, el pecado no era el adulterio en sí, sino que te sorprendieran en flagrante delito. Amelia había cometido una gran estupidez, algo que los señores y señoras de Roma no podían perdonarle.

—Cuidado con el número cuatro, mi señora —advirtió el astrólogo con ronca voz de anciano mientras leía una carta astral.

Domina Amelia apartó la mirada del espejo. Se había aplicado polvos de arroz sobre las oscuras ojeras porque, cuando por fin logró conciliar el sueño, se había visto atormentada por espantosas pesadillas de tumbas, sarcófagos y reinas muertas sedientas de venganza.

—¿El número cuatro? —repitió.

—Hoy es vuestro número de la mala suerte —explicó el anciano que le leía el horóscopo cada mañana—. Debéis evitarlo a toda costa.

Amelia contempló de nuevo su reflejo. ¿Cómo evitar un número tan omnipresente? El universo entero estaba hecho de cuatros. Los cuatro elementos, los cuatro vientos, las cuatro fases lunares... Incluso las personas: cuatro extremidades, cuatro cámaras cardíacas, cuatro pasiones.

Sus esclavas le arreglaban el peinado con exquisito cuidado porque apreciaban a su ama. Amelia era más amable que muchas otras damas de su posición y no pinchaba a sus esclavas con horquillas si no hacían las cosas exactamente como ella quería. Las dos jóvenes trabajaban con delicadeza, pues era imperioso que las damas cambiaran de peinado; no podían lucir día tras día el mismo tocado. Aquella mañana dispusieron los largos rizos de Amelia, teñidos con alheña para disimular las canas, sobre su cabeza a modo de tiara. Como esposa de un Vitelio era de vital importancia que siempre ofreciera un aspecto impecable. Llevaba vestidos de seda china, collares de perlas procedentes del océano Índico, joyas elaboradas con plata ibérica y oro dálmata. Cualquier desconocido podría envidiarla.

—¿Mencionan tus cartas algo acerca de un hombre que me recibe con los brazos abiertos? —quiso saber.

El anciano vidente arqueó las pobladas cejas blancas.

—¿Con los brazos abiertos, señora?

—Como si quisiera abrazarme o darme la bienvenida.

El hombre denegó con la cabeza y recogió sus instrumentos.

—Nada, señora —aseguró antes de marcharse.

Amelia se mordió el labio inferior. El lector de pájaros nunca se equivocaba; sus profecías se hacían realidad con asombrosa frecuencia. Por desgracia, el lector de auspicios no le había acompañado a la ciudad.

Amelia se estremeció, pero no de frío, sino de temor. El collar. La asustaba a pesar de permanecer guardado en su caja. El cristal azul, duro y frío, le hacía pensar en la muerte. Era del color de la crueldad y la intransigencia, carecía de misericordia, como quien se lo había regalado. Agradable a la vista, pero duro, frío e inescrutable, como el propio Cornelio.

Pensó en su poder, en el poder de los hombres en general. ¿Qué poder tenían las mujeres? Su padre y sus hermanos varones se habían encargado de velar por su virginidad y, en consecuencia, por su sexualidad. Cuando se casó, su padre la «entregó» a su esposo. En ningún momento de su vida había sido dueña de su persona. Cuando sus hermanos la visitaban, la saludaban, como todos los hombres romanos saludaban a las mujeres de su familia, besándola en ambas mejillas. No se trataba de un gesto afectuoso, sino más bien de un modo disimulado de detectar el olor a vino en el aliento de una mujer, pues beber alcohol se consideraba indecente. «Ni siquiera tengo derecho a decidir qué ingiero.»

Volvió a estremecerse, reacia a mirarse de nuevo en el espejo por temor a lo que pudiera ver: el espectro de la reina muerta flotando a su espalda. Aquel horrible collar. Era como si Cornelio hubiera traído un espectro a su hogar. Si al menos pudiera rezar... Hubo un tiempo en que la oración le proporcionaba consuelo, pero ahora solo existía en su interior un desierto espiritual donde antes florecía la fe.

Cómo envidiaba a su amiga Raquel, tan devota, tan activa en su comunidad religiosa, tan segura del lugar que ocupaba en el mundo. Raquel sabía que Amelia había perdido la fe e intentaba con delicadeza convencerla de que abrazara el judaísmo. Sin embargo, la religión de Raquel no hacía más que desconcertar a Amelia. Si cien dioses romanos no podían inspirar fe alguna, ¿cómo iba a conseguirlo uno solo?

Pensando en Raquel, Amelia recordó una vez más la sorpresa que se había llevado la noche anterior, al recibir una invitación para ir el día siguiente a su casa, un día en que por regla general no habría visto a su amiga, pues para ella era fiesta de guardar, el *sabbath*. Más asombroso aún era que la hubiera invitado a comer. Puesto que la ley rabínica prohibía a los judíos compartir mesa con los gentiles, en todos los años que duraba ya su amistad, nunca habían partido el pan juntas. Por ello, Amelia estaba emocionada e impaciente por pasar el día con su amiga. Sin embargo, debía procurar no mostrar su alegría a Cornelio, ya que su esposo era capaz de ordenarle que se quedara en casa.

Amelia sabía por qué Cornelio le permitía conservar su amistad con Raquel, cuando la había privado de todos los demás privilegios y libertades. Lo hacía para tener algo con que amenazarla, un bien preciado que poder arrebatarle, que la mantenía temerosa de él. Si Cornelio le negaba absolutamente todos los placeres y la convertía en una auténtica prisionera, no le quedaría nada con que presionarla, con que controlarla. Las visitas a casa de Raquel constituían un recordatorio constante del poder que Cornelio ejercía sobre ella, y de ese modo la tenía siempre en vilo. Amelia nunca sabía hasta el último instante si le permitiría salir de casa. Así pues, si bien se alegraba ante la perspectiva de ver a Raquel, una sombra se cernía sobre ella: ¿sería la última vez?

—Es un día favorable en extremo para que presentes tu caso ante el tribunal, excelencia —afirmó el astrólogo personal de Cornelio tras consultar sus cálculos con aire satisfecho—. Muy favorable, sin duda. Diría que el asunto quedará zanjado antes de mediodía.

Mientras tres esclavos se esforzaban por disponer la toga de su amo a la perfección, drapeándola en una y otra dirección, y midiendo los pliegues con gran precisión, Cornelio se volvió hacia la puerta abierta. Sabía que Amelia acechaba al otro lado como un pajarillo.

Su esposa no siempre había sido una mujer tímida. En otros tiempos, Amelia había sido una mujer de personalidad fuerte, acorde con la elevada posición social que ocupaba en Roma. Ella misma era responsable del triste destino que le había tocado, y el divorcio seguido del destierro era el castigo más apropiado. Sin embargo, solo Cornelio conocía la razón secreta por la que seguía desposado con ella. A los romanos no les gustaban los solteros, sobre todo los ricos. El emperador Augusto había llegado al extremo de considerar la soltería casi como un delito. Si Cornelio se divorciaba de Amelia, todas las madres con hijas solteras, todas las viudas y las divorciadas, en suma, todas las mujeres casaderas del Imperio lo perseguirían sin piedad. En cambio, de ese modo, Amelia le servía de escudo. De hecho, Cornelio estaba complacido del modo en que había organizado su vida. Amelia ya no era una esposa entrometida, un obstáculo; ya no formaba parte de sus obligaciones y podía hacer caso omiso de ella, pero al mismo tiempo constituía la barrera ideal para detener a las mujeres sedientas de matrimonio. Muy práctico, sin lugar a dudas.

¡Y el collar! Un toque de genialidad, desde luego, aunque le estuviera mal decirlo. En el mismo instante en que el mercader egipcio le mostró el collar robado del sepulcro, Cornelio supo que era perfecto para Amelia, la chuchería llamativa de una reina adúltera. No podría haber topado con él en un momento más oportuno. La indiscreción de su mujer había tenido lugar seis años antes, y la gente empezaba a olvidar, por lo que el cristal azul de escandalosa leyenda era el objeto ideal para refrescarles la memoria. Asimismo, era la forma perfecta de recalcar sutilmente el poder creciente que Cornelio tenía en Roma, pues el collar advertía que si el abogado podía hacerle algo así a su esposa, no había más que imaginar lo que podía hacerles a otros.

Una pequeña multitud lo aguardaba en el atrio. Cornelio había regresado tan solo dos días antes, pero la noticia del regreso del rico letrado ya se había difundido por la ciudad.

Siempre se presentaban al alba jóvenes hambrientos en busca de favores, referencias, presentaciones. Llegaban a toda prisa desde sus precarios alojamientos en los bloques de pisos de arrendamiento para presentar sus respetos a su benefactor, del que dependía su supervivencia. A cambio de obsequios y ágapes, se esperaba que aquellos ansiosos clientes lo acompañaran en sus rondas por la ciudad. Era la tradición romana: cuanto más nutrido el séquito, más importante quien lo encabezaba. Y Cornelio Cayo Vitelio contaba con uno de los séquitos más nutridos de Roma.

Cornelio era un letrado de gran éxito, influencia y excelentes contactos. Cada vez que se anunciaba su participación en un caso ante el tribunal, acudía una auténtica multitud a escucharlo. También era conocido por su generosidad. Patrocinaba días en los baños, con su nombre exhibido de forma ostentosa en una pancarta sobre la puerta; en el circo, uno de los toldos que se extendía sobre una de las secciones para proporcionar misericordioso alivio del sol llevaba el nombre de Cornelio, informando al populacho de que la sombra bajo la que se cobijaban era fruto de su generosidad. Enviaba a esclavos a las calles para que hicieran sonar los clarines y proclamaran su grandeza, seguidos de otros que repartían hogazas de pan. Cornelio aspiraba a convertirse en cónsul algún día, un cargo solo inferior al de emperador que le daría derecho a tener un año nombrado en su honor y así ser recordado para siempre. Ante semejante perspectiva, las hogazas de pan y los toldos representaban un precio modesto a pagar.

Pensó en Amelia, que aguardaba al otro lado de la puerta.

Lo único que un hombre poseía de verdad era su buen nombre. Podía perder sus tierras, su fortuna y todos sus logros, pero nada era irremediable mientras le quedara su buena reputación, lo único que un hombre tenía derecho a defender a toda costa. No existía peor humillación en Roma que ser el hazmerreír de sus ciudadanos. Ser blanco de las pullas era para otros, no para Cornelio Cayo Vitelio, cuya sangre patricia era más pura que la del propio emperador, si bien Cornelio sería el último en recordárselo a Nerón. Condenar a su esposa adúltera al destierro habría sido demasiado fácil, la decisión del cobarde. En cambio, Cornelio había demostrado a Roma de qué pasta estaba hecho al mantenerla a su lado y convertirla en un ejemplo constante para las demás esposas.

Su matrimonio había sido de conveniencia, una alianza entre dos familias poderosas mediante el compromiso de ambos cuando tenían once y ocho años de edad respectivamente. Ocho años más tarde contrajeron matrimonio y al cabo de cinco años más eran padres. Después del nacimiento de su primer hijo se sucedieron varios embarazos que acabaron en abortos, bebés que nacían muertos o niños sanos, una mezcla de lo más habitual. Con los años, Cornelio consolidó su reputación como orador y letrado en los tribunales, mientras que Amelia era la esposa ejemplar. No podía pedirse más a la vida.

Pero entonces, Amelia había trabado amistad con Agripina, madre de Nerón y la mujer más poderosa del Imperio romano, una mujer que en tiempos había asistido a los juegos ataviada con túnicas tejidas con hilo de oro que cegaban a los demás espectadores. Agripina ya había muerto, gracias a los dioses, pero Cornelio jamás olvidaría el humillante instante, hacía seis años, cuando él y Amelia, por entonces embarazada, entraron en el palco imperial del circo, recibidos por el rugido aprobador de los invitados y espectadores. Cornelio levantó los brazos para agradecer la adulación, pero Agripina le espetó en un siseo que vitoreaban a su esposa, no a él.

¿Cómo iba a saber que Amelia había convencido personalmente al auriga predilecto de Roma que saliera de su retiro para disputar una última carrera? Las actividades de una esposa en nada concernían al esposo siempre y cuando los niños fueran bien educados, la casa marchara sobre ruedas y la mujer mantuviera prístina la reputación de su marido. Al hombre no le importaba en qué actividades participaba su esposa, ya fueran actos benéficos, fiestas o compras. Por tanto, ¿cómo iba a saber Cornelio que Amelia había encabezado una delegación de damas patricias para halagar, adular y por fin suplicar al arrogante auriga que disputara una carrera más? Puesto que Amelia había conseguido aquello en lo que muchos habían fracasado, y puesto que Roma adoraba al auriga hasta el punto de que casi le atribuía categoría divina, la plebe había elevado a su esposa a la categoría de heroína.

Y su esposo no había sabido nada del asunto.

Cornelio había sido el blanco de todas las burlas durante varios meses después de aquello. La gente recitaba rimas, garabateaba en las paredes públicas chistes según los cuales «Cornelio Vitelio» era sinónimo de esposo estúpido. Cornelio no podía hacer nada sin parecer aún más estúpido, de modo que la humillación y el resentimiento lo habían corroído como un cáncer hasta que de repente se le ocurrió el modo de vengarse. Tal vez no pudiera apartar a Amelia de su pedestal público, pero sin duda podía derribarla del personal. Aunque el bebé hubiera sido un varón perfecto, lo habría condenado al vertedero; por fortuna, fue una niña, y nadie se había fijado lo suficiente o había tenido el coraje de cuestionar la existencia de un pie deformado. Se deshizo de la niña a pesar de las súplicas histéricas de Amelia y la hizo llevar a un vertedero, donde quedaría expuesta a la intemperie y al hambre de aves y ratas. De ese modo quedó restablecida su soberanía.

Entonces la muy estúpida se acostó con otro hombre, un poeta, ni más ni menos. Encima había sido lo bastante tonta para no llevar el asunto con discreción, de modo que el escarceo se descubrió. Una vez más, Cornelio se vio obligado a actuar, pero no exiliándola de Roma. Puesto que era la favorita de las masas, que las masas recordaran constantemente que en realidad era una ramera.

Cuando sus esclavos acabaron por fin de ponerle la toga, Cornelio se apartó de ellos para mirarse en el espejo de cuerpo entero de cobre bruñido.

—Supongo que quieres visitar a la judía —dijo sin dirigirse a nadie en particular.

Cornelio nunca se refería a Raquel por su nombre. Despreciaba a los judíos y discrepaba de la política imperial de tolerancia hacia ellos y su misteriosa secta. También había olvidado muy convenientemente que fue el esposo de la judía, un médico llamado Salomón, quien salvó la vida de uno de sus hijos.

Por fin, Amelia se dejó ver en el umbral de la puerta.

—Si me lo permites…

Cornelio se arregló la toga, se miró en el espejo desde todos los ángulos, dio una orden a los esclavos y se inspeccionó las perfectas uñas antes de hablar.

—¿Es algo que realmente deseas hacer? —preguntó por fin.

Amelia se mordió el labio inferior.

—Sí, Cornelio —afirmó por fin.

Deseaba desesperadamente obtener permiso para salir de la casa. Después de visitar a Raquel, esperaba poder pasar por el Foro para informarse de la actividad de los poetas. Pero tendría que ser una parada rápida y debería cerciorarse de que Cornelio no descubría el libro.

Por fin, Cornelio se volvió hacia ella.

—No llevas mi regalo.

El corazón le dio un vuelco. ¡El collar!

—He creído que…, parece demasiado caro para…

—La judía es tu mejor amiga; sería lógico que quisieras mostrárselo.

Amelia intentó tragar saliva pese a que tenía la boca seca.

—Sí, Cornelio. Lo llevaré si así lo deseas.

—En tal caso, puedes visitarla.

Amelia intentó no exteriorizar el inmenso alivio que sentía.

—Volverás a casa antes de que se ponga el sol —advirtió su esposo—. Esta noche tenemos invitados.

—¿Quién…?

—Nada de pasar por el Foro. Volverás directamente desde casa de la judía, y ten presente que si no obedeces lo sabré.

—Sí, Cornelio —murmuró Amelia con la cabeza inclinada.

Cornelio la despidió y Amelia regresó a su dormitorio, donde sacó el collar de oro con el odioso cristal azul del estuche y se lo pasó por la cabeza. Al percibir su peso sobre el pecho, la acometió la sensación de que la envolvían las sombras. No le quedaba otro remedio que llevar consigo el espíritu de la reina egipcia.

Mientras recorría las calles de la ciudad en su litera con cortinas, acogió con satisfacción los ruidos y olores de Roma. Habituadas al aire fresco del campo, las fosas nasales de Amelia aleteaban frenéticas, como siempre durante sus primeros días de vuelta en la ciudad, ante los olores y miasmas que envolvían la metrópoli en cualquier estación. No le hacía falta apartar la cortina para saber que se encontraban en la calle de los Bataneros, pues los bataneros empleaban orina en el tratamiento de la lana, por lo que siempre colocaban jarros ante la puerta de sus comercios para que los transeúntes orinaran en ellos. El hedor le resultaba tan familiar como el del pan recién horneado. En otras calles, heces tanto animales como humanas se tostaban al sol, provocando un olor que se mezclaba con el del pescado cocido o podrido. Pero la fragancia más omnipresente y la que más agradable le resultaba era la de la humanidad.

Las calles de Roma estaban abarrotadas de gentes en busca de emociones y diversiones. Personas que compraban, personas que vendían, hombres deseosos de ser vistos o de ver a quien pudieran ver; mujeres provocando escándalos o a la caza de chismes... En cada esquina actuaban artistas callejeros, malabaristas, payasos, videntes y encantadores de serpientes. Podía cortarte el paso una muchedumbre presenciando las peripecias de un tragasables o a un trío de acróbatas ansiosos por reunir un puñado de monedas. Magos y palomas competían con enanos y sus monos. Había cantantes, pintores, tragallamas y mimos. Había oradores encaramados a cajas que lanzaban arengas sobre todas las cosas, desde las virtudes de la comida sin especiar hasta los vicios del sexo. Marineros con una sola pierna divertían a la gente con sus loros adiestrados para espetar palabras soeces; había poetas que recitaban en griego y en latín; buhoneros que vendían pociones y elixires que todo lo curaban. Ya fuera en los mercados, los parques o el Foro, en calles estrechas o anchas avenidas, las gentes de Roma deambulaban por doquier como bancos de peces inquietos, a la búsqueda perpetua de diversión y entretenimiento. Atestaban las tiendas y las tabernas impulsadas por su hambre de vino y carne; se contaban chismes, coqueteaban, se peleaban y se encontraban para escarceos amorosos en un sinfín de rincones pintorescos. Los callejones oscuros ofrecían diversiones más turbias, como salvajes peleas de perros, bailarinas desnudas o prostitución infantil. El sexo se compraba barato y se consumía a toda prisa y sin sentimiento alguno. Mujeres paupérrimas se ofrecían a sí mismas, a sus hijas e incluso a sus bebés por una hogaza de pan. También se cometían asesinatos en arrebatos de pasión o bien con premeditación y alevosía.

Domina Amelia, que recorría todo aquel bullicio en su litera llevada por cuatro robustos esclavos que no cesaban de proferir gritos para abrirse paso, amaba apasionadamente cada poro de la ciudad. Roma la hacía sentirse viva y la ayudaba a olvidar el fantasma que viajaba con ella.

Cuando la litera se detuvo ante un alto muro en el que se veía una verja de gran solidez, el sol ya había alcanzado su cenit. Amelia tiró de un cordón y oyó que en algún lugar del interior sonaba una campanilla. Al poco, la verja se abrió, y tras cruzarla, Amelia acarició con los dedos un pequeño pedazo de arcilla insertado en el muro de piedra. Recibía el nombre de *mezuzah* y contenía un fragmento de papiro con palabras sagradas escritas en él. Amelia lo tocó de forma mecánica, al igual que de vez en cuando se santiguaba, pero no porque creyera en el poder de las palabras sagradas, sino por respeto hacia Raquel, que sí creía en ellas.

Para Amelia, lo mejor de estar en compañía de Raquel era que se sentía completamente a sus anchas. Raquel no era una mujer competitiva ni chismosa, y Amelia nunca se sentía juzgada ni criticada como le sucedía con las mujeres de su entorno social. Con Raquel podía mostrarse habladora o permanecer silenciosa. Su pasatiempo favorito cuando estaban juntas era dar paseos por la orilla del Tíber, curioseando en los tenderetes o presenciando espectáculos callejeros, o bien pasar horas y horas sentadas en el jardín de Raquel, jugando amistosamente una partida de sabuesos y chacales, a menudo tan solo acompañadas por el sonido de los dados y el tintineo de las piezas. Pero nunca habían comido juntas, por lo que Amelia esperaba emocionada la nueva experiencia.

Su amiga salió a su encuentro en el sendero. Era una mujer entrada en años, rolliza, de rostro redondo y gran profusión de collares de plata sobre el pecho.

—Querida Amelia —exclamó mientras se abrazaban—. ¡Cuánto te he echado de menos! —suspiró con lágrimas en los ojos—. ¡Y ya tienes otro nieto!

—Un varón sano.

—Gracias a Dios. ¿Cómo se encuentra Cornelia?

—Ella y su esposo siguen en el campo, pero regresarán a Roma dentro de unos días. ¡Tienes muy buen aspecto, Raquel!

Hacía siete meses que no se veían, y si bien su amiga siempre ofrecía un aspecto saludable en extremo, en esta ocasión no pudo por menos que observar que se la veía radiante. Ataviada con una túnica de seda azul oscuro ribeteada de bordados plateados, Raquel aparentaba varios años menos de los que tenía. Asió del brazo a Amelia y le explicó que ella y sus hijas acababan de volver de la sinagoga y que Amelia era la primera invitada en llegar.

—Hoy es *Shavuot*, la festividad que conmemora el día en que Moisés recibió los diez mandamientos y la Torá de Dios en el monte Sinaí. En Jerusalén, la gente lleva ofrendas de los primeros frutos de su cosecha al templo. Por eso mi casa está decorada con flores y plantas, para recordarnos que esta es una fiesta de la cosecha. Es también una fiesta de peregrinación, y Salomón y yo siempre habíamos deseado poder celebrarla algún día en Jerusalén.

De repente se detuvo porque algo había centelleado al sol y llamado su atención. Era la cadena que Amelia llevaba al cuello.

—¿Qué es esto? ¿Un collar que ocultas?

Amelia sostuvo el cristal azul a la luz, y Raquel quiso tocarlo, pero su amiga retrocedió.

—No lo toques.

—¿Por qué?

—Porque está maldito.

Raquel abrió los ojos de par en par.

—Este collar fue arrebatado a la momia de una reina egipcia.

Raquel se llevó la mano al pecho.

—¿Fue robado a una muerta? Que Dios nos proteja, Amelia. ¿Por qué llevas semejante cosa?

—Porque Cornelio me lo ha ordenado.

Raquel guardó silencio. Hacía ya tiempo que había dicho cuanto tenía que decir sobre Cornelio.

—Siento su presencia.

—¿La presencia de quién?

—La de la reina muerta. Es como si Cornelio hubiera traído a casa su espíritu.

—En esta casa no hay fantasmas —aseguró Raquel mientras volvía a asirla del brazo—. Aquí estarás a salvo.

Cuando entraron en el fresco atrio, Raquel volvió a detenerse y tomó la mano de Amelia entre las suyas.

—No puedo callar la buena noticia ni un instante más —dijo con especial calidez—. Queridísima amiga, ha sucedido algo maravilloso mientras estabas en el campo. Sabes bien cuán desolada ha sido mi vida desde el fallecimiento de Salomón...

El esposo de Raquel había sido un médico formado en la escuela griega, es decir, un médico del grupo hipocrático, muy solicitado por su honradez. Ambas mujeres se habían conocido cuando uno de los hijos de Amelia se lastimó y acudió a visitarlo Salomón. Él y Raquel acababan de trasladarse a Roma desde Corinto. Salomón explicó que su padre y sus hermanos ejercían la medicina en Corinto y que no quería quitarles pacientes, de modo que viajó a Roma, donde descubrió que existía una gran demanda de buenos médicos. Raquel y Salomón habían disfrutado de una de esas raras relaciones en que los esposos se aman. En Roma no estaba nada bien visto que los esposos y las esposas estuvieran enamorados, y se consideraba especialmente reprobable que exteriorizaran su afecto en público. Amelia recordaba cuánto la había escandalizado ver a Salomón besar a su esposa en la mejilla. Raquel no era la misma desde la muerte de su marido, como si su fallecimiento hubiera dejado en ella un vacío imposible de llenar.

Sin embargo, ahora se la veía henchida de gozo.

—Antes pensaba que si pudiera volver a ver a Salomón, todo iría bien, y ahora lo sé con seguridad.

Raquel pasó a hablarle de un héroe judío al que llamaba el Redentor, del reino que había anunciado, de la promesa de la vida eterna.

—Cristo es nuestro medio para alcanzar la paz de espíritu. Unió a judíos y gentiles en su muerte acabando con aquello que los dividía, la antigua ley, y creando en su lugar una nueva.

Al ver la mirada perpleja de Amelia, Raquel se echó a reír.

—Sé que es desconcertante, pero pronto se aclarará todo. También encontrarás respuestas para ti, mi querida amiga.

Empezaron a llegar otros invitados. Amelia se sorprendió al ver la mezcla, pues Raquel le había asegurado en cierta ocasión que ella era su única amiga no judía, y entre los invitados había varios gentiles. Tampoco parecían pertenecer de forma exclusiva a la clase alta, como Raquel, sino que producían la impresión de proceder de todos los estratos. Incluso acudieron algunos esclavos, quienes para estupefacción de Amelia fueron recibidos con el mismo calor. Era una reunión bulliciosa. Puesto que el judaísmo constituía un misterio para casi todos los romanos, Amelia siempre había imaginado que sus rituales religiosos eran asuntos solemnes y silenciosos, como los que se celebraban en los templos de Isis y Juno. Sin embargo, Raquel explicó a su desconcertada amiga que aquellas reuniones se regían por los cánones de los encuentros semanales en la sinagoga, que se organizaban con fines sociales además de espirituales.

Había tres mesas de comedor rodeadas de nueve triclinios, cada uno de ellos ocupado por tres invitados. De este modo, Raquel hacía gala de su destreza como anfitriona, pues se consideraba impropio sentar a menos de nueve personas a una mesa o invitar a más de veintisiete personas a una fiesta. Todos los fuegos habían sido encendidos la noche anterior, pues estaba prohibido encender fuego en *sabbath*.

—Es para mí un motivo de gozo dar la bienvenida a los gentiles que se han unido a nosotros —empezó Raquel en cuanto todo el mundo se acomodó.

Un anciano tocado con casquete y chal de flecos protestó a viva voz ante la presencia de no judíos y se marchó.

—Muchos de nosotros siguen divididos en lo que respecta a cuestiones políticas —explicó Raquel a Amelia tras enviar a un joven en pos del anciano—. Cada comunidad tiene sus propias reglas y matices de fe. Los ancianos intentan unificar las comunidades, pero el mundo es muy grande. Nuestros hermanos y hermanas en Corinto se rigen por prácticas distintas de las nuestras, y nuestros hermanos y hermanas de Éfeso aplican reglas distintas de las de Roma y Corinto.

En aquel instante, Amelia vio que el anciano regresaba a la sala a instancias del joven, quien le decía:

—Recuerda las palabras del profeta Isaías: «Os traeré una luz para los gentiles, para que así llevéis mi salvación a los confines de la tierra».

El anciano ocupó su lugar en el triclinio, pero aún no parecía convencido ni contento por la presencia de no judíos en la fiesta.

A continuación, Raquel dirigió la plegaria.

—*Sh'ma Yisrael: Adonai Elohenu Adonai Ehad* —entonó.

—*Barukh Shem Kevod Malkhuto le-olam va-ed* —respondieron los demás.

Raquel sonrió a los nuevos invitados y repitió la oración en latín por deferencia a ellos.

—Escucha oh Israel: el Señor nuestro Dios, el Señor es Uno. Bendito sea Su Reino glorioso por los siglos de los siglos.

La reunión parecía consistir en leer cartas y relatar historias. Amelia reconoció algunas de ellas porque la resurrección de los dioses no era nada nuevo. Tras ser martirizado, el dios Marte descendió al mundo subterráneo para resucitar al cabo de tres días. Otros salvadores habían hecho lo propio en épocas anteriores; incluso Rómulo, el primer rey de Roma, se había aparecido a sus seguidores tras su muerte para comunicarles que ascendería junto a los dioses. Julio César y Augusto ya eran dioses. El fenómeno de hombres convertidos en dioses era moneda corriente, y en cuanto a la vida después de la muerte, ya Isis la había prometido. El grupo habló de la crucifixión de su Redentor. Ello no significaba gran cosa para Amelia, pues en Roma crucificaban a delincuentes a diario. Las cruces se alineaban en los caminos que llevaban a Roma, y raro era el día en que se veía alguna vacía. Por lo que respectaba a Jesús haciendo milagros y curando a los enfermos, tampoco tales circunstancias eran inusuales, ya que en Roma se observaban milagros por las calles cada día, en forma de magos que convertían el agua en vino y curanderos que hacían andar de nuevo a los inválidos. No obstante, escuchaba con cortesía, maravillándose de cuán fascinados parecían los presentes.

Entre los invitados se hallaba la prima de Raquel, llegada de Corinto, que había traído consigo cartas para leerlas en voz alta.

—Carecemos de sinagogas, templos u otros centros estructurados para nuestro culto —explicó Raquel a Amelia en voz baja—, de modo que nos reunimos en casas particulares. Al igual que yo, mi prima es defensora de la nueva fe y celebra fiestas en su casa de Corinto. Su cuñada, que vive en Éfeso, es también una mujer influyente y organiza reuniones en su hogar. Así nos reunimos, pero no observamos reglas ni creencias uniformes. Existe un grupo en Alejandría, por ejemplo, compuesto de forma exclusiva por gentiles, por lo que han decidido celebrar sus reuniones los domingos, la festividad de Mitra, en lugar del *sabbath*. Y no se atienen a las reglas relativas a los alimentos *kosher* como nosotros, sino que comen lo que siempre han comido, es decir, cerdo, marisco y leche con carne. Los compañeros que conocieron al Maestro envían cartas a las distintas comunidades en un intento de unirnos bajo una sola ideología. Pero resulta muy difícil dada la extensión del Imperio.

Amelia no detectaba apenas influencia gentil en aquella reunión. Casi todos los miembros eran judíos. Sobre la mesa había una *menorah*. Raquel llevaba la cabeza cubierta, al igual que los hombres, que en su mayoría lucían chales rematados con flecos y filacterias en la frente. Recitaban las oraciones primero en hebreo y después en latín. En los platos, muy variados y abundantes, brillaban por su ausencia el cerdo, el marisco, la leche y el queso. Sin embargo, había pescado al vapor aderezado con una sabrosa salsa, pollo hervido y un plato de ternera dulce y tierna.

Raquel explicó a los recién llegados que el encuentro se celebraba en honor de la llegada del Esperado, el Mesías que llevaría el reino de Dios a los judíos.

—Hoy tenemos entre nosotros a nuevos amigos —anunció antes de presentarlos—. Algunos de vosotros protestáis por la presencia de gentiles entre nosotros, pero Pablo ya nos decía que ante Dios no somos judíos ni gentiles, sino todos iguales.

Raquel partió trozos de pan y los distribuyó.

—Bienaventurados los mansos —entonó. Los demás contestaron.

—Porque ellos heredarán la tierra.

Y así sucesivamente, en una hermosa antífona.

Amelia advirtió que en sus plegarias se dirigían a un ser llamado «Abba».

—¿Es Abba el nombre de vuestro dios? —inquirió.

—La lengua de nuestro Dios era el arameo, y *abba* es la palabra aramea que significa «padre». Jesús llamaba a Dios *Abba*, y nosotros seguimos su ejemplo.

Si bien imperaba un estado de ánimo gozoso, Amelia percibía una tensión subyacente en el ambiente. Detectaba cierta ansiedad, y mientras escuchaba sus relatos, empezó a comprender la razón de su humor. Su redentor había sido crucificado treinta años antes y pocos de sus seguidores originales seguían con vida. Todo el mundo decía que ello indicaba que se acercaba el retorno de Jesús.

—Cualquier día de estos —aseguró Raquel al grupo.

Eso sí constituía una novedad para Amelia, ya que no se le ocurría ni un solo dios salvador que hubiera prometido regresar o hubiera regresado después de su resurrección. Raquel habló de unas tribus que habitaban en las zonas fronterizas del imperio y urdían la rebelión contra Roma; a continuación, citó señales y portentos que vaticinaban el fin del mundo.

Las últimas palabras de la reunión las pronunció un anciano al que todos llamaban «Pedro», lo cual extrañó a Amelia, ya que hablaban latín y por tanto se dirigían a él por el nombre de «roca». Nunca había oído hablar de nadie que se llamara Roca.

—Porque es Simón la Roca —le explicó Raquel cuando le preguntó por qué ese hombre tenía un nombre tan extraño—, lo cual hace referencia a su estabilidad y a su lealtad. Fue el primer discípulo de Nuestro Señor.

Pedro no hacía honor a su nombre físicamente. Era un anciano menudo y frágil al que ayudaron a llegar al triclinio, donde empezó a hablar con voz suave como una pluma. Primero alabó a Dios y luego habló de la santidad de la vida. Muchas de sus palabras carecían de sentido para *domina* Amelia, quien pese a ello escuchó con cortesía exhortaciones como esta: «Sois un pueblo elegido, un sacerdocio real, una nación santa. En el pasado no erais un pueblo, pero ahora sois el pueblo de Dios» y «El fin de todas las cosas se avecina, por tanto vivid vuestras vidas como desconocidos asustados».

Por fin tuvo lugar una colecta de dinero, parte del cual sería destinado a los pobres de Roma, mientras que el resto se enviaría a comunidades cristianas necesitadas del Imperio. Cuando todos los invitados se disponían a partir, Raquel pidió a Amelia que se quedara, pues ansiaba escuchar los comentarios de su amiga. Sin embargo, Amelia se vio obligada a confesar que no comprendía la nueva fe ni podía aceptar que el mundo estuviera a punto de acabarse.

—Te agradezco que me hayas incluido en esta reunión, amiga

mía, pero esto no es para mí. Carezco de la fe que requieres de tus compañeros y no creo que vuestro Redentor se interesara por mí.

Se interrumpió en seco.

El frágil y anciano apóstol se disponía a dirigir al grupo en una última plegaria y, ante la mirada atónita de Amelia, se levantó, extendió los brazos y empezó a recitar:

—Santo Padre que estás en los cielos...

Clavó la mirada en los brazos extendidos y recordó la profecía del lector de pájaros. ¿Era aquel el hombre al que había mencionado?

El calor del verano apretaba con gran intensidad, de modo que Raquel preparaba el jardín de peristilo para la reunión del *sabbath*. El grupo había crecido y ya no podía limitar la celebración a tres grupos de tres triclinios. Ahora los invitados se sentaban en el suelo o sobre bancos, y comían de tajaderos de pan que la anfitriona distribuía. Puesto que carecían de lugar de culto formal, de templo o sinagoga, y se congregaban en casas particulares, bautizaron el grupo con el nombre de *ecclesia*, que en griego significa «convocado a asamblea» y que en posteriores generaciones se transformaría en iglesia. Así pues, la casa de Raquel se había convertido en una casa-iglesia, al igual que la de Cloe en Corinto y la de Ninfa en Laodicea, entre muchas otras. Todas las casas-iglesia dispersas por el mundo empezaban a recibir el nombre de Iglesia Universal.

La fe cristiana se difundía con tal rapidez que Raquel oficiaba casi a diario bautismos en la fuente de su jardín de peristilo, donde la estatuilla de Baco que la coronaba escupía agua sobre los conversos. Llevaba a cabo el ritual tal como le había enseñado su prima Cloe, quien lo había aprendido del misionero Pablo, quien a su vez lo había aprendido de Pedro en Jerusalén. El ritual y la cadena ininterrumpida proporcionaban consuelo, ya que el propio Jesús había sido bautizado en el río Jordán, y ahora, casi cuarenta años más tarde, sus seguidores se sometían al mismo ritual. No obstante, Raquel aún no había conseguido bautizar a su mejor amiga.

Miró a Amelia, cuya contribución al ágape consistía en una serie de pequeñas hogazas de pan que había horneado ella misma y adornado con la cruz de Hermes.

Amelia no sabía con cuánto ahínco rezaba Raquel por ella, y no solo para introducirla en el gozoso rebaño de Jesús el Cristo, sino por un motivo más urgente que alimentaba las oraciones de Raquel: la salvación del alma inmortal de Amelia. La conversión de Raquel había tenido lugar en enero, un día lluvioso que no olvidaría jamás y en el que escuchó el glorioso mensaje de Palestina. El largamente esperado salvador, Jesús, había llegado por fin, y cuando regresara, los vivos se reunirían con los muertos, pues como prometía Pablo la muerte no era más que sueño, una «noche entre dos días», y los bautizados en el nombre del Señor volverían a vivir. Pedro apoyó las nudosas manos sobre la cabeza de Raquel, quien experimentó un alivio inmediato de su dolor. Deseaba lo mismo para Amelia.

Al morir Salomón, Amelia fue el apoyo y el consuelo más importante para Raquel. Acudía a visitarla de forma asidua, con palabras o silencio, según el estado de ánimo de Raquel, pero siempre con su presencia, compartiendo el dolor y la carga de hallarse de pronto sola en el mundo. Muchas veces durante aquellos días tenebrosos, Raquel se había preguntado si habría podido arreglárselas sin Amelia.

Más tarde, los papeles se invirtieron.

—Tengo la sensación de estar perdiendo el alma —le había confesado Amelia un día, mientras el anochecer cubría el jardín de su amiga como un manto—. Cornelio está acabando con mi resistencia, Raquel, y no tengo fuerzas para luchar contra él.

Raquel deseaba poder arrancarle aquel collar y pulverizar el ponzoñoso cristal azul con el pie. Pero Cornelio se cercioraba de que su esposa lo llevara cada día; y peor aún, Amelia creía merecer el castigo.

—A fin de cuentas, soy culpable de adulterio —recordaba con tristeza a su amiga.

—Amelia, escúchame. Un día, el Señor se topó con unas personas que estaban a punto de apedrear a una mujer sorprendida en acto de adulterio. Los detuvo e invitó a arrojar la primera piedra a quien estuviera libre de pecado. ¡Y nadie aceptó la piedra, Amelia! ¿Está Cornelio libre de pecado?

—En su caso es distinto. Es un hombre.

Raquel no podía discutir aquel punto, pues la desigualdad entre hombres y mujeres era idéntica en las tradiciones romana y judía, que otorgaban la supremacía doméstica al padre o al esposo sobre la mujer. Pero Jesús había predicado la igualdad entre hombres y mujeres, y ¿acaso no era Raquel buen ejemplo de ella? En la sinagoga debía sentarse en la galería, oculta tras la celosía, sin participar activamente en el servicio, mientras que en las reuniones del *sabbath* en su casa, durante la celebración de la vida, la muerte y la resurrección del Señor, era la diaconisa, oficiaba los servicios, presidía las oraciones y se encargaba de la partición del pan comunitario. Cuando Jesús regresara y diera comienzo el nuevo reino de Dios, también empezaría una nueva era para la mujer, además de para el hombre.

Raquel no tenía intención de dar por perdida a su amiga. Cuando Jesús volviera, solo los bautizados serían admitidos en el nuevo reino; y no tardaría en volver, pues Pedro afirmaba que Jesús había prometido regresar en vida de sus discípulos. El Salvador había muerto treinta años antes, y sus seguidores vivos eran de edad muy avanzada, como Pedro, tan frágil que cada aliento que tomaba daba la sensación de ser el último. Mientras probaba el estofado que llevaba sobre el fuego desde el inicio del *sabbath*, es decir, la noche anterior, con pedazos de cordero tan tiernos que se deshacían en la boca, Raquel se juró que, costara lo que costase, emplearía todas sus fuerzas y energías para salvar el alma de su amiga.

Amelia tarareaba mientras disponía las pequeñas hogazas de pan sobre bandejas. Tales tareas la hacían sentirse útil. En su casa ya nadie la necesitaba. Cornelio pasaba cada vez más tiempo en el Palacio Imperial, pues se había convertido en miembro del círculo íntimo de Nerón, y aunque Amelia tenía cinco hijos, un yerno, dos nueras y cuatro nietos, su casa de la colina Aventina era un lugar extrañamente silencioso y desierto. Solo quedaban los dos pequeños, Cayo, quien dos años más tarde recibiría su toga viril y que ya no era un niño, por lo que pasaba la mayor parte del tiempo con sus compañeros de escuela y sus preceptores, sin tiempo que dedicar a su madre, y Lucio, quien no era su hijo en realidad y que además tenía a su niñera, a sus preceptores y la atención de Cornelio cuando este estaba en casa. Amelia vagaba por las habitaciones, las columnatas y los jardines de su villa situada en la cima de la colina como si buscara algo. Raquel afirmaba que era la fe lo que buscaba, pero Amelia no estaba tan segura de ello. Si era fe lo que buscaba, ¿no la habría hallado entonces en aquel hervidero de celo y fervor religioso? En algunas reuniones, los presentes caían al suelo en arrebatos de éxtasis religioso, gritando cosas ininteligibles o profetizando el Fin de los Días. El grupo rezaba, cantaba y bautizaba a nuevos conversos, sus miembros veían al Señor como su salvador y ofrecían sus almas a Dios. Pero de momento nada de todo ello había conseguido inmutar a Amelia.

Concentró su atención en preparar un plato especial para el pobre Jafet, que no tenía lengua y por tanto le costaba comer. Un amo sádico le había cortado la lengua, y Jafet se unió a la casa-iglesia de Raquel porque el Dios de los judíos escuchaba las plegarias silenciosas. Un sacerdote del templo de Júpiter había exigido un pago por recitar en voz alta la plegaria que Jafet quería elevar al dios, preguntándole cómo esperaba que el dios le escuchara si no podía hablar.

Cuando Amelia alargó una bandeja de pan a Cleander, un joven esclavo con un pie amputado a quien Raquel había liberado poco tiempo antes, no pudo por menos que pensar en su pequeña desaparecida y preguntarse una vez más si habría sobrevivido al vertedero o si bien ya se encontraba en el más allá, esperando reunirse con su madre algún día, como Jesús había prometido. ¡Si pudiera creerlo! Amelia no se había unido al grupo de Raquel por fe, sino por amistad. Volvía a sentirse necesitada, parte de una familia. Gaspar, el esclavo manco liberado; Jafet, el mudo sin lengua; Cloe, la evangelista de Corinto; Febe, una anciana diaconisa que vivía en Roma... A Amelia no le importaba que Jesús fuera para muchas personas muchas cosas: sabio, rebelde, maestro, sanador, redentor, hijo de Dios..., pues ¿acaso no hablaba el propio Jesús en parábolas, de forma que cada uno podía interpretar su mensaje según sus creencias? Amelia veía a Jesús como maestro de una vida moral. No percibía divinidad en él, ningún poder milagroso, tal vez con una salvedad: su mensaje había devuelto la alegría a su vida, y eso sí era un milagro.

Se preguntó si Cornelio habría advertido el cambio operado en ella. Si pensaba en ella, ¿en qué suponía que ocupaba el tiempo? ¿Las imaginaba a Raquel y a ella sentadas como dos gallinas satisfechas, comparando nietos y quejándose de los peinados de moda? A buen seguro, no podía imaginar las reuniones semanales en las que participaba Amelia, sobre todo la mezcolanza de personas que allí se congregaba. Se estremecía al pensar en su reacción si se enterara de que su esposa compartía el pan con hombres y mujeres de baja cuna, o si supiera que había entregado un brazalete que él le había regalado con motivo de su casamiento veintisiete años antes para ayudar a poner en libertad a un judío preso en Tarso.

Cornelio. Aun después de tantos años, no lo entendía. Por ejemplo, ¿por qué después de seis años intensificaba el castigo, aprovechando cada oportunidad para humillarla, cuando a todas luces ya era hora de que el suceso empezara a borrarse de su memoria? Pero entonces empezó a notar las miradas de soslayo que le dirigía la gente y los murmullos a sus espaldas. Unos días después de regresar a Roma lo supo: Cornelio había llevado a la hermosa viuda Lucila a Egipto con él. Amelia se sintió enferma al enterarse. El collar de la piedra azul era un modo de mantener su pecado pasado en primer plano mientras Cornelio se salía discretamente con la suya.

Tras su regreso del campo, Amelia y Cornelio se zambulleron de lleno en su vida social, atestada de cenas y galas, casi el único pasatiempo de la alta sociedad romana. Cornelio siempre insistía en que Amelia llevara el collar egipcio, y si bien intentaba disimularlo bajo el vestido, su esposo la obligaba a mostrarlo a los demás mientras él relataba la leyenda de la reina adúltera. Una noche, la esposa de Nerón, Popea, sostuvo el pesado colgante de oro en la mano, examinó el cristal con ojos entornados y pronunció con voz maliciosa:

—¡Qué escándalo!

Las pesadillas atormentaban a Amelia, y durante el día, ya estuviera trabajando en el jardín, tejiendo o inspeccionando la casa, sentía la oscura sombra de la reina egipcia pisándole los talones, un fantasma malévolo que siempre le recordaba el pecado cometido. Pero cuando llegaba a las alegres fiestas del *sabbath* en casa de Raquel, donde los piadosos invitados observaban las leyes de su dios con gran barullo, Amelia se sentía contenta. Deseaba poder decirle a Raquel que se había tornado creyente. Pero ¿cómo sucedía el milagro de la fe? ¿Qué pasaba por la mente de personas que experimentaban epifanías repentinas en el jardín de Raquel, cayendo de rodillas y barbotando palabras incomprensibles? ¿Y por qué el poder misterioso funcionaba en algunos y en otros no? Cada semana, los miembros del grupo cantaban, batían palmas, entonaban aleluyas y se sumían en un frenesí febril de devoción que provocaba en muchos arrebatos de éxtasis e histeria religiosa, mientras que otros presenciaban el espectáculo con expresión atónita.

Todos estaban tan convencidos de que el mundo se acababa, no solo los integrantes del grupo de Raquel, sino también los visitantes de casas-iglesia de todo el Imperio, que muchos habían prescindido de todas sus posesiones. También la casa de Raquel estaba experimentando un cambio. Había liberado a los esclavos, se había desembarazado de buena parte de sus muebles caros y sustituido sus vestidos de seda por túnicas de sencilla tela casera. No cesaba de recaudar fondos para enviarlos a los hermanos y hermanas más pobres de Jerusalén, y había sacrificado su exquisita colección de collares de plata para financiar misiones evangélicas a Hispania y Germania.

Pero Amelia había descubierto que existía una ausencia creciente de fe unificada entre los cristianos. Cada vez la abrazaban más gentiles, personas de toda condición que traían consigo sus propias creencias, de modo que cuando Raquel terminaba de dirigir la oración «¡Escucha, oh Israel!», algunos se santiguaban, mientras que otros trazaban la señal sagrada de Osiris. En ocasiones acudían invitados especiales para hablar ante la asamblea, algunos de los cuales incluso habían conocido personalmente a Jesús, pero estos eran hombres muy ancianos que hablaban con voz quebrada y en un griego tan coloquial que precisaban intérpretes aun en un grupo que hablaba griego. Para desconcierto de Amelia, ni siquiera aquellos hombres lograban ponerse de acuerdo respecto a lo que había sucedido en Galilea más de treinta años antes. Eran los seguidores de un hombre llamado Pablo, que no había llegado a conocer a Jesús pero había adquirido gran popularidad porque la gente consideraba que sus enseñanzas significaban que, una vez abrazado el evangelio cristiano, todo el mundo podía vivir como le viniera en gana, y aunque Pablo no cesaba de escribir epístolas para deshacer el malentendido, no había forma. Otro grupo, compuesto en su mayoría por griegos, interpretaba el mensaje cristiano de acuerdo con la filosofía griega. Los seguidores de Pedro, el hombre más popular del movimiento cristiano, creían en la observancia estricta de la ley judía y en que los gentiles debían convertirse al judaísmo antes de hacerse cristianos.

También estaban los místicos, gentes procedentes de las religiones misteriosas, convencidos de que la nueva secta no debía evolucionar en torno a hombres corrientes, sino únicamente a través de la unión mística con Cristo. Cada grupo se creía mejor y superior que el vecino.

Asimismo, variaban las creencias. Si bien todos creían en el regreso inminente de Jesús, algunos afirmaban que llegaría en un carro de oro, otros que aparecería montado sobre un humilde asno. Unos decían que iría a Roma, otros que primero aparecería en Jerusalén. También existían distintas opiniones acerca del Reino de Dios, de su ubicación y de la fecha de su instauración. Algunos consideraban a Jesús como príncipe de la paz, otros como profeta de la guerra.

Alimentaban la confusión los numerosos evangelios que circulaban en rollos, epístolas y libros, pues cada uno de ellos afirmaba ser el mensaje «verdadero» de Cristo, aunque ninguno se escribió hasta mucho tiempo después de su muerte. Se añadía a este hecho que pocos de los hombres que habían conocido personalmente a Jesús seguían con vida. Una nueva generación de personas que jamás lo habían oído predicar interpretaba acontecimientos acaecidos treinta años atrás sobre la base de problemáticas y circunstancias actuales. El debate sobre la conversión de los gentiles seguía abierto. ¿Debían bautizarse o someterse a la circuncisión? Quienes abogaban por la circuncisión aseguraban que resultaba demasiado fácil abrazar la fe, que los conversos no renunciaban a sus antiguos dioses, sino que se limitaban a añadir a Jesús a su panteón. Los cristianos gentiles empezaban a celebrar el día del Señor el 25 de diciembre, día del aniversario de Mitra, y los seguidores de Isis, Reina de los Cielos, decían que la madre de Jesús, María, era la reencarnación de la diosa. Cada uno creía que era su dios cuyo reino había proclamado Jesús.

Ni siquiera quedaba claro cuál era el nombre del Señor. Era Josué, Jesuá, Iesous o Jesús según la nación y la lengua de cada cual. Algunos lo llamaban Barrabás, que significaba Hijo del Padre, mientras que otros aseguraban que Barrabás, cuyo nombre de pila también era Jesús, era otro hombre. Quienes lo llamaban Jesús bar José también chocaban con la oposición de quienes opinaban que si el Señor se hacía llamar hijo de Dios, entonces no tenía padre terrenal, como otros salvadores antes que él.

Sin embargo, a Amelia poco le importaban las reglas y la ideología, quién tenía razón y quién se equivocaba, o cuál era el verdadero nombre del Señor, pues a diferencia de los demás no creía en Jesús, su dios ni las promesas que había hecho. Amelia asistía a las reuniones semanales por amistad, por la compañía, para estar con personas que no murmuraban sobre ella a sus espaldas, que no la juzgaban por sus errores pasados, que se cogían de las manos, cantaban juntos y compartían un abundante festín en nombre de un mártir crucificado. Sobre todo acudía porque, tal como Raquel le había prometido, el fantasma maligno que moraba en el cristal azul bajo su vestido se quedaba delante de la puerta y, durante una tarde, Amelia conocía paz y amor libres de temores.

Por fin llegó todo el mundo, y la reunión del *sabbath* estaba a punto de comenzar. Raquel se disponía a leer un pasaje de la Torá; en esta ocasión había elegido uno de Deuteronomio: «¿Qué otra nación es tan grandiosa que tiene a sus dioses cerca de ella como el Señor nuestro Dios está cerca de nosotros cuando le rezamos?».

Por fin, Raquel había roto con la sinagoga, donde se prohibía a las mujeres leer la Torá a la congregación. Cuando el rabino le ordenó desistir de tales prácticas, Raquel le recordó que Miriam había sido profeta por derecho propio y ayudado a los israelitas a salir de Egipto como igual de su hermano Moisés, no como subordinada suya.

Antes de que pudiera desenrollar el manuscrito, uno de sus esclavos liberados llegó corriendo al jardín para anunciarle la llegada de una rezagada. Cuando los presentes conocieron la identidad de la mujer, un murmullo de emoción se propagó entre ellos.

Amelia se volvió hacia la anciana Febe.

—¿Quién es?

—Se llama María y conoció al Señor —repuso Febe con reverencia, sin poder apenas creer que tan ilustre personaje honrara con su presencia la humilde asamblea—. Es una mujer acomodada e influyente que alimentó y alojó a Jesús y sus seguidores a fin de que pudieran difundir el mensaje.

Amelia sabía que Jesús había contado con numerosas mujeres entre sus seguidores, mujeres que entregaban su riqueza a él y a su causa, tal como Raquel, Febe y Cloe hacían ahora. Sin embargo, no sabía que alguna de ellas siguiera viva.

—María fue su compañera más próxima, su primera apóstol. Cuando Jesús fue arrestado, Pedro y los demás negaron conocerlo, y cuando lo crucificaron, solo las mujeres lloraron al pie de la cruz. Fueron ellas quienes bajaron su cadáver y lo colocaron en la tumba. Después de sellar la tumba, fueron ellas quienes montaron guardia ante ella, porque Pedro y los demás hombres estaban escondidos y muertos de miedo. Cuando Jesús salió de la tumba, fue a las mujeres a quienes primero se apareció y anunció su resurrección. En mi fuero interno creo —terminó la anciana con los ojos relucientes— que cuando el Señor regrese, se aparecerá primero a esta mujer, a María.

La visitante era una mujer de apariencia anodina, edad muy avanzada, menuda, encorvada y envuelta en una túnica de tosca tela blanca. Caminaba apoyada en un bastón y asistida por una joven, y hablaba con voz tenue de mariposa, en un griego que era el dialecto de Palestina, de modo que su joven acompañante se veía obligada a traducir sus palabras al latín para que la congregación las comprendiera. Hablaba con sencillez, pero de todo corazón.

Era un caluroso día de julio; las moscas zumbaban en el jardín y las abejas llenaban el aire con sus sonidos. Soplaba una brisa tan suave que los presentes tenían que abanicarse. En un rincón, un anciano echaba una cabezadita.

En primer lugar, María pidió a todos que rezaran con ella. Los presentes se levantaron, extendieron los brazos y echaron la cabeza hacia atrás emulando al Crucificado, y volvieron los ojos al cielo mientras cantaban en voz alta y al unísono. Al término de la plegaria, varios de ellos se santiguaron, y fue entonces cuando María empezó su relato.

—Mi Señor era el más bondadoso de los hombres. Amaba a los niños pequeños, y su corazón sangraba cuando presenciaba enfermedad, pobreza e injusticia. Dedicó su vida a curar, bendecir y predicar la bondad.

El calor se aposentó en el jardín, como un invitado deseoso de escuchar la historia, trayendo consigo una calidez mágica, un efecto soporífero que transformaba las palabras de la anciana en un cántico hipnótico. Arrullada por el calor y por la cadencia de las palabras de María, Amelia se sintió transportada a un estado de conciencia alterada, como si hubiera bebido vino sin diluir, y al cabo de un rato ya no oía palabras, sino que veía imágenes. Se vio a sí misma caminando con Jesús por las verdes colinas de Galilea, de pie a orillas del río mientras él predicaba desde una barca de pesca; sentada entre cantos rodados rodeados de hierba mientras él hablaba desde un promontorio sobre misericordia, bondad y ofrecer la otra mejilla; saboreando su vino en una boda y sintiendo su sonrisa rozarle la mejilla al pasar.

María habló de cambistas y sacerdotes, de una niña pequeña en coma, de un hombre llamado Lázaro. Amelia visualizó un banquete de panes y peces, olió el polvo de los caminos y las sendas de Palestina, oyó los cascos de los caballos romanos.

El aire pesado, el calor, el zumbido de las abejas..., y el jardín se sumergió en otra época, otro lugar, llevándose consigo a Amelia. La voz de María describía las imágenes más vívidas. Y de repente...

¡Estaba allí, en el jardín de Raquel! El judío renegado y pacífico predicador, el zelote armado e hijo de Dios, múltiples semblantes surgiendo de entre las ardientes losas como fantasmas relucientes para fundirse en un solo hombre.

Amelia estaba transfigurada. Las palabras de María, flotando en el aire tórrido junto a abejas y libélulas, habían provocado la aparición del hombre, y ahora Amelia veía su carne, su sangre y sus tendones. Cuando María explicó que Jesús se preguntaba por qué Dios le había impuesto aquella carga, Amelia vio la duda en sus ojos, el sudor de su frente. Cuando describió cómo rezaba, vio su rostro irradiar gloria. Todos los Jesuses acerca de los cuales se había predicado y debatido se hallaban ahora entre las flores y los arbustos de un jardín de peristilo romano, en forma de hombre, ya no un mito ni un misterio, sino un ser humano nacido de madre y lastrado con todas las esperanzas, dudas y debilidades que conformaban el destino del hombre.

—Entonces fue traicionado —contó Mary con voz quebrada—. Los soldados romanos lo desnudaron y se mofaron de él, le perforaron la frente con espinas y le azotaron la espalda. Luego lo obligaron a cargar la cruz por todo Jerusalén mientras la gente le abucheaba y le arrojaba tierra. Le clavaron clavos en las muñecas y los pies, y por fin irguieron la cruz para que todo el mundo lo viera. Mi amado

Señor quedó colgado de ella como un pobre animal, sangrante e indefenso, humillado y avergonzado. Mientras las moscas empezaban a darse un festín en sus heridas, mientras el aire empezaba a abandonar sus pulmones y su rostro se contraía en la más extrema de las agonías, mi Señor habló, rogando al Padre que perdonara a quienes le habían hecho aquello.

Algunos presentes rompieron a llorar; era una especie de susurro, tanto más angustiado en su contención que el lamento estruendoso de mil deudos. Otros estaban demasiado paralizados para respirar siquiera. Amelia se sentía profundamente conmovida. Ninguna de las arengas de Pedro, ninguna de las exhortaciones de Pablo, ninguna lectura de rollos, epístolas ni evangelios había logrado lo que las suaves palabras de la anciana María habían alcanzado a la primera: dar vida a Jesús.

Amelia se llevó la mano al pecho porque se sentía falta de aliento. Al sentir el collar bajo la tela, se preguntó qué era, y al recordarlo, lo sacó y examinó el cristal azul a la luz difractada del jardín de Raquel. Mientras lo miraba vio a la pobre criatura torturada por los soldados romanos, su cuerpo demacrado por largos meses de privaciones y sacrificios, el rostro cubierto de sangre, la piel amoratada y desgarrada, los pies resbalando sobre el áspero adoquinado de una calle de Jerusalén. Amelia había visto a muchos criminales crucificados, pero nunca había visto al hombre, nunca se había detenido a pensar en la mente y el corazón que se ocultaban bajo la carne atormentada. ¿Cuántos de aquellos pobres seres colgados de cruces a lo largo de la Vía Apia eran inocentes de los delitos de los que habían sido acusados? ¿Cuántos de ellos tenían familia, mujeres a las que amaban, hijos para quienes soñaban un futuro? ¿Cuántos de ellos habían sido colgados injustamente de las cruces mientras sus familiares lloraban a sus pies?

—Sí —repitió María, la voz tensa por el recuerdo de aquella tragedia acaecida treinta años antes—. A pesar de todo lo que había sufrido, Nuestro Señor pidió a Dios que perdonara a quienes lo habían torturado.

Amelia sintió que se le formaba un nudo en la garganta. Vislumbró el cristal azul entre lágrimas y tuvo la sensación de que se tornaba líquido en sus manos. Después de todo lo que le habían hecho, Jesús, con su último aliento, pidió a su dios que perdonara a los hombres que tan mal lo habían tratado. De repente vio con claridad meridiana el corazón del cristal. No era el fantasma de una diosa egipcia, no eran ni Simón ni Pedro en plena oración, sino Jesús crucificado, con los brazos abiertos para recibirla, para abrazarla. ¡Tal como había profetizado el lector de pájaros!

Amelia profirió una exclamación. Durante todas aquellas semanas lo había llevado sobre su pecho sin saberlo…, sin reconocer al hombre que abría los brazos para darle la bienvenida.

Fue bautizada.

Todos sus nuevos amigos asistieron al acontecimiento, tras el cual celebraron un banquete, rezaron, lloraron y rieron juntos. Raquel tuvo el honor de oficiar la ceremonia en su fuente mientras lágrimas de gozo resbalaban por sus mejillas y el agua cubría la cabeza de Amelia. Nada le importaba a esta que su familia no supiera de su conversión religiosa. No lo comprenderían, de modo que no intentaría explicárselo. Tal vez con el tiempo, se dijo, empezaría a hablar de su experiencia personal y quizá consiguiera que uno o todos sus hijos abrazaran la nueva fe. Tal era su secreta esperanza, ver a Cornelia y a los demás arrodillarse gozosos en la fuente bautismal de Raquel.

—¿Qué es esto? —preguntó Cornelio al salir al jardín con su brusquedad habitual, sin saludarla siquiera.

Amelia cuidaba las flores y se preguntaba si las rosas estivales siempre habrían despedido una fragancia tan exquisita. Tenía la sensación de ver el mundo con nuevos ojos, como si, en palabras del evangelista Pablo, se le hubieran caído las escamas de los ojos. A su alrededor, todo poseía un nuevo color, una nueva fuerza. Como aquellas rosas. Decidió cortar un ramo para Febe, que había contraído un catarro de verano, e ir a visitarla. Uno de los deberes de los miembros de la casa-iglesia consistía en realizar el Bikur Cholim, el gran *mitzvah* o acción loable de visitar a los enfermos, pero Amelia no lo consideraba un deber, pues apreciaba a Febe como a una hermana.

La fe de Amelia aún no estaba consolidada como la de Raquel. Si bien experimentaba una nueva energía, aún estaba un poco desbordada. No se trataba de algo que pudiera explicar, ya que le faltaban las palabras. La aceptación total no era instantánea; había demasiadas cosas en que pensar. El concepto de un dios que todo lo veía pero que era invisible, por ejemplo. Era un dios sin estatuas, sin imágenes. Amelia nunca había rezado a un espíritu. El cristal azul ayudaba, pues en él veía la imagen del Redentor crucificado. Otros miembros de la casa-iglesia también se servían de imágenes, pues la gente hallaba consuelo en los símbolos que les resultaban familiares, y no veían razón para renunciar a ellos. Gaspar rezaba a su estatuilla de Dionisio, quien también había sido un dios-salvador crucificado. Jafet seguía llevando su vieja cruz de Hermes, y un recién llegado de Babilonia, que antes adoraba a Tamuz el Pastor, había pintado en el jardín de Raquel un viejo mural que plasmaba a Jesús como pastor con un cordero sobre los hombros. A Amelia también le costaba aceptar que no hubiera diosa alguna, ya que ¿acaso la naturaleza no se componía de todo lo masculino y lo femenino? Por ello, al igual que los cristianos que todavía rezaban a Isis, Amelia siguió creyendo en Juno, la Virgen Santa. Otros aspectos de la nueva fe también le resultaban nuevos y costaban de aceptar, pero de una cosa sí estaba segura, y era que Jesús le había perdonado sus pecados y que la esperaba una nueva vida.

—¿Qué es esto, Amelia? —repitió Cornelio con impaciencia.

—Buenos días, Cornelio —lo saludó su esposa sin volverse.

—Quiero saber qué es esto.

—¿No te parecen interesantes las rosas de verano? —preguntó Amelia, contemplando las frágiles flores que sostenía en las manos—. Me enseñaron que era necesario eliminar las flores marchitas para garantizar que la planta volviera a florecer; sin embargo, no todas las rosas renacen, ¿lo sabías? Algunas solo florecen en primavera, y en el caso de ese tipo de rosas, cortar las marchitas de nada sirve. Pero en el caso de las que sí vuelven a florecer, como estas rosas amarillas, eliminar los vestigios de las flores muertas sin duda contribuye a la siguiente floración.

—Amelia, haz el favor de mirarme cuando te hablo —ordenó Cornelio, exasperado.

Amelia se volvió, y Cornelio vio el destello azul que el sol arrancaba al collar, que ahora llevaba sobre el vestido.

—¿No te parece interesante, Cornelio? Me refiero a que eliminar las flores muertas aliente el crecimiento de otras nuevas.

—Dime qué es esto.

Amelia bajó la mirada hacia el objeto que su esposo sostenía en la mano.

—Parece un rollo, Cornelio.

—Es la lista de los arrendamientos cobrados en el bloque de pisos del distrito Décimo, o mejor dicho, de los arrendamientos no cobrados. No has presionado a estos inquilinos para que paguen y quiero saber por qué.

—Porque no pueden. Son mujeres con hijos y sin nadie que las mantenga, esclavos liberados sin empleo, enfermos y ancianos. No pueden permitirse pagar el alquiler.

—Eso no es de nuestra incumbencia. Exijo que estos arrendamientos se recauden ahora mismo.

—El edificio me pertenece, Cornelio, así que yo decidiré qué hacer con los arrendamientos.

Sus palabras y el tono en que las pronunció lo acallaron durante unos instantes.

—Nunca has tenido sentido comercial alguno, Amelia —señaló por fin—. Enviaré a Filo con la guardia de la ciudad para que cobre esos arrendamientos.

—El edificio me pertenece —repitió Amelia con suavidad pero firmeza—. Mi padre me lo dejó en herencia, y soy su propietaria legítima, de modo que yo decidiré quién paga el alquiler y quién no.

—¿Te das cuenta del dinero que estamos perdiendo?

Amelia lo miró de arriba abajo, fijándose en la elegante toga blanca de ribetes color violeta, dispuesta en pliegues perfectos sobre su cuerpo.

—No me parece que eso te afecte demasiado.

Cornelio parpadeó.

—Muy bien —espetó, golpeándose la palma de la mano con el rollo para conferir fuerza a sus palabras—. Yo mismo me encargaré de cobrar los arrendamientos.

Cornelio tardó un mes y necesitó la ayuda de varios guardias fornidos para sacar los exorbitantes alquileres a los asustados inquilinos, mientras que Amelia tardó una sola tarde en devolverles el importe íntegro.

—Todos nuestros amigos hablan de ello, Amelia. Me has convertido en el hazmerreír de la ciudad.

De nuevo estaban en el jardín y en el rostro de Cornelio se pintaba una expresión amenazadora.

—Cornelio —dijo en el tono que a menudo empleaba con Lucio—. Te dije que no cobraría alquiler a esas personas, al menos hasta que su situación mejore.

Su esposo examinó con ojos entornados el collar, que Amelia lucía de nuevo sobre el vestido.

—No sé qué mosca te ha picado, pero creo que debes quedarte en casa una temporada. No visitarás a la judía —decretó antes de volverse para entrar en la casa—. ¿Me has oído, Amelia? —preguntó para asegurarse.

—Sí, Cornelio, te he oído.

—Muy bien, entonces queda claro que no visitarás a la judía.

Mientras miraba a Cornelio, Amelia pensó en la convicción de Raquel de que el mundo tocaba a su fin. Casi todos los cristianos compartían aquella creencia, por lo que muchos de los debates que tenían lugar en las reuniones del *sabbath* giraban en torno a aquel final. ¿Estallaría el mundo en una ingente bola de fuego? ¿Habría terremotos e inundaciones? ¿Se alzarían las naciones para luchar a muerte hasta que solo quedaran los salvados? Muchos veían a ángeles con trompetas acercándose, otros imaginaban pestilencias y muerte. Sea como fuere, Amelia se preguntaba cómo reaccionaría Cornelio. Lo imaginaba caminando de un lado a otro con grandes zancadas, como hacía en los tribunales, gritando que aquello no podía ser. El pensamiento casi le arrancó una sonrisa.

—¿Me has oído, Amelia?

—Sí, Cornelio, te he oído.

—Muy bien. No volverás a casa de la judía. —De nuevo se dispuso a marcharse, pero al poco se detuvo—. Amelia...

—¿Sí, Cornelio?

Cornelio volvió a bajar la mirada hacia el pecho de su esposa, donde el collar egipcio se exhibía llamativo, con su cristal azul refulgiendo al sol.

—¿Te parece apropiado? —preguntó, señalando la joya.

—Me lo regalaste tú, Cornelio. ¿Acaso no quieres que lo luzca?

En cuanto la apóstol María se marchó aquel maravilloso día en que tuvo lugar la epifanía de Amelia, esta preguntó a Raquel cómo podía obtener el perdón que Jesús había pedido para sus torturadores, y quedó asombrada al descubrir que no tenía que pagar tributos a ningún templo ni sacrificar animales. Tampoco era necesario recurrir a intermediarios como sacerdotes o sacerdotisas. Sencillamente, debía hablar con Dios, le indicó Raquel, suplicar Su perdón de todo corazón, y con ello bastaría.

Había salido de casa de Raquel sumida en un tumulto de emociones. Agradecida por el hecho de que no hubiera nadie en casa cuando volvió, se dirigió de inmediato a su santuario privado, un pequeño jardín con una fuente y una estatua de Isis, para pensar en lo sucedido hasta bien entrada la noche. Durante horas la embargó la furia contra hombres que torturaban a seres inocentes, y por fin su ira se había canalizado y concentrado mucho más cerca, en Cornelio, que se negaba a perdonarla. Pero a la mañana siguiente, tras una noche de sueño reparador, sus pasiones habían quedado destiladas en un solo elemento: un nuevo poder. Ya no se sentía presa de la ira, del dolor ni de la confusión, ya no se sentía débil ni indefensa. Había despertado a un nuevo amanecer y a un nuevo yo. Al instante se colgó el collar del cuello, pero esta vez sobre el vestido, y pensó que si debía pasarse la vida marcada, más valía que todo el mundo lo viese.

Cornelio entornó los ojos; aquellos jueguecitos no eran propios de Amelia. De momento, dejaría correr el asunto del collar.

—Entonces queda claro que no volverás a visitar a la judía. ¿Me has oído? —añadió al cabo de unos instantes.

—Te he oído.

—Y obedecerás.

—No, Cornelio, seguiré visitando a mi amiga Raquel.

—¡Amelia!

—¿Sí, Cornelio?

Por primera vez, Amelia reparó en que su esposo había empezado a peinarse de atrás adelante. La alopecia no era motivo de admiración en Roma; de hecho, se consideraba signo de debilidad, por lo que los hombres se tomaban todas las molestias necesarias para compensar la calvicie. Eran los mismos hombres que se mofaban de sus esposas porque pasaban demasiado tiempo con sus peluqueros. Observar aquel detalle sobresaltó a Amelia, máxime porque no le causaba ningún sentimiento de desprecio, sino de compasión. Los bustos de Julio César mostraban que había sido un hombre de cabello ralo, pero aun así era un héroe, un dios, y nadie pensaba en su cuero cabelludo al admirarlo. Sintió deseos de decirle a Cornelio, que consagraba horas al peine y los ungüentos, que se bruñera la calva hasta hacerla relucir y luego enfilara el camino de la grandeza.

—Te prohíbo que vuelvas a esa casa.

Amelia siguió examinando las rosas.

—¿Me has oído, Amelia?

—No estoy sorda, Cornelio.

—Entonces no volverás a casa de Raquel.

Amelia continuó cortando rosas y disponiéndolas en una cesta.

—¿Te encuentras mal? —le preguntó su marido con el ceño fruncido.

—¿Por qué lo dices, Cornelio?

—Tienes fiebre.

—No.

—Entonces, ¿por qué te comportas de un modo tan extraño?

—¿Me comporto de un modo extraño?

—¿Qué te ocurre? —tronó Cornelio.

Al instante lamentó su arrebato, porque se enorgullecía de no perder jamás la compostura. Muchos oradores avezados y abogados hábiles lo habían intentado sin conseguirlo, y ahora precisamente su esposa estaba acabando con su paciencia; no tenía intención de tolerar semejante afrenta.

—Ya me has oído —sentenció en tono contundente.

Dicho aquello giró sobre sus talones y se alejó.

La desconcertante conversación siguió atormentándolo durante toda la tarde y parte de la noche, pero se negaba a seguirle el juego, fuera cual fuese. Sabía que no tenía nada que temer; Amelia nunca osaría desobedecerle.

Pero le desobedeció a la mañana siguiente.

—¿Dónde está *domina* Amelia? —preguntó a Filo, el mayordomo.

—La señora ha salido, señor.

—¿Adónde ha ido?

—Adonde siempre va los sábados, señor, a casa de la judía.

Cornelio sintió que perdía el mundo de vista. Amelia se había atrevido a desobedecerle, pero no tendría una segunda oportunidad.

Aquella noche la estaba esperando cuando volvió.

—Quítate el collar.

—Pero si le he cobrado mucho afecto…

—Sé que todo esto no es más que una trama para obligarme a perdonarte…

—Pero Cornelio, no necesito que me perdones; ya me ha perdonado alguien mucho más importante que tú.

—¿Quién? —exclamó Cornelio con una seca carcajada—. ¿La judía? Quítatelo, Amelia.

—Si soy una mujer marcada por el adulterio, Cornelio, quiero que todo el mundo conozca mi vergüenza.

—Y yo quiero que te lo quites.

—¿Acaso no deseas que recuerde mi pecado?

—Es por el maldito bebé, ¿verdad?

—¿El maldito bebé? —repitió Amelia con las cejas enarcadas—. ¿Te refieres a nuestra hija, a nuestro último vástago? Sí, supongo que este momento tiene su origen en aquel otro momento, acaecido hace seis años. Intenté ser obediente cuando tiraste a mi hija a la basura, pero lo que hice fue sumirme en una depresión. Y a ti se te dio un ardite, Cornelio, de modo que busqué solaz en brazos de otro hombre. Tal vez hiciera mal, no lo sé, pero sé que lo que hiciste con mi niña sí estuvo mal.

—La ley estipula…

—No me importa lo que estipule la ley —lo atajó Amelia con la barbilla erguida—. Son los hombres quienes redactan las leyes, pero los niños pertenecen a las mujeres y a nadie más. No tenías derecho a deshacerte de ella, a exponerla a una muerte segura.

—La ley me otorgaba ese derecho —espetó Cornelio con desdén.

—No, porque esa ley es una ley de hombres, una ley artificial. Por el contrario, el nacimiento de un niño es una ley natural y ningún hombre tiene derecho a quebrantarla.

Se volvió para marcharse.

—Quédate, Amelia, aún no he terminado contigo.

Pero Amelia siguió caminando y salió de la estancia.

El hecho de que Amelia exhibiera con orgullo el cristal azul se convirtió en el tema de conversación principal de su clase social y provocó no pocos chistes sobre Cornelio..., otra vez. Por fin exigió a Amelia que le entregara la joya, pero ella se negó. Como precaución, cada noche lo escondía bajo las sábanas de su lecho, de modo que si Cornelio intentaba quitárselo, despertaría y lo sorprendería, pero su esposo nunca lo intentó.

La siguiente vez que habló con Cornelio, este recorría la casa dando órdenes a los esclavos de que prepararan el equipaje para trasladarse al campo. En un principio, Amelia creyó que pretendía castigarla otra vez, pero cuando lo oyó explicar que se había declarado un brote de malaria y que no estarían a salvo hasta que drenaran el Campo de Marte, supo que decía la verdad.

La malaria había azotado la ciudad durante siglos y nadie conocía la solución para erradicarla, aunque sí se había advertido que cuando las marismas del Campo de Marte estaban secas, el mal remitía. El médico Salomón, esposo de Raquel, había sugerido que la causa de la enfermedad no eran los miasmas, como indicaba su nombre, *mal aria*, sino los mosquitos que pululaban en la marisma. Sin embargo, Salomón era judío, de forma que los magistrados de la ciudad habían hecho caso omiso de él.

Lo que convenció definitivamente a Amelia de que el traslado no guardaba relación alguna con ella fue que Cornelio insistió en que toda la familia fuera al campo. Cornelia con su bebé y su joven esposo, los gemelos de veinte años con sus cónyuges e hijos, Cornelio el Joven, de veintidós años, con su esposa y sus dos niños, Cayo, de trece, y Lucio, el hijo adoptivo, con su inseparable Fido pisándole los talones. Acompañado de niñeras, preceptores, criados personales y un inmenso séquito de esclavos y guardias, el clan Vitelio salió de la ciudad de Roma una mañana de principios de julio. Casi todos sus miembros estaban encantados de alejarse del calor, el hedor y el ruido de la ciudad durante un tiempo.

Solo Amelia tenía sus reservas.

Si bien la familia Vitelio, como todas las familias romanas ricas, poseía esclavos dedicados de forma exclusiva a hilar, tejer y confeccionar la ropa de sus amos, Amelia creía, al igual que casi todas las demás señoras de Roma, en las virtudes de realizar tales labores por sí misma.

Así pues, estaba sentada a la sombra de un sicomoro en el jardín de su villa campestre, con una bolsa de lana a sus pies, cardando las fibras para transformarlas en hilo. No estaba sola. Sus dos hijas y sus dos nueras, cada una de ellas meciendo una cuna o sosteniendo a un bebé nervioso, sus jóvenes hijos Cayo y Lucio, y numerosos niños y niñas, hijos de esclavos, se habían congregado a su alrededor para escuchar la historia de un hombre llamado Jesús y los tres magos que le llevaron presentes con motivo de su nacimiento.

Otra de las divisiones en la nueva fe residía en que, mientras que los cristianos judíos hacían hincapié en la obediencia a Dios y su ley, los cristianos gentiles anhelaban escuchar historias de su Redentor. Puesto que se sabía poco de la vida del Señor antes de sus últimos años de ministerio, y puesto que pocas personas que lo habían conocido en persona seguían con vida, los seguidores no dudaban en llenar las lagunas con historias que consideraban apropiadas para Jesús. Otros dioses salvadores, como Dionisio, Mitra y Krishna, habían recibido la visita de magos y pastores al nacer, de modo que lo mismo debía de haber sucedido con Jesús. Además, ¿qué importaba si los relatos eran verídicos o no? En su familiaridad universal, servirían para que el recién llegado aceptara a Jesús con mayor facilidad.

Cuando Amelia terminó la historia, el pequeño Lucio se incorporó con cierta dificultad y la abrazó.

—¿Jesús también me ama a mí, madre? —quiso saber.

—Id a jugar, niños —ordenó Cornelia de repente, quejándose de que hacía demasiado calor para estar rodeado de niños.

Su hermana y sus cuñadas, hartas de los relatos y del calor, cogieron a sus bebés y se encaminaron hacia la casa, llena de fuentes que proporcionaban cierto alivio. Sin embargo, Cornelia permaneció sentada a la sombra del sicomoro, ordenando a un esclavo que trajera más vino fresco y a otro que agitara con mayor vigor el abanico de plumas de avestruz.

—Anoche tuve un sueño —dijo mientras mecía la cuna donde su pequeño se revolvía incómodo por las ropas empapadas en sudor—. Algo malo pasa en la ciudad.

Su madre le prestó atención de inmediato. Los sueños revestían gran importancia y no cabía hacer caso omiso de sus mensajes.

—No vi nada en concreto —prosiguió la joven, mirando el muro del jardín con ojos entornados, como si pudiera atravesarlo y ver, más allá de las colinas, el lugar donde Roma se tostaba al calor de julio—. Ojalá papá pudiera reunirse con nosotros.

—Tiene muchas obligaciones.

—¡Obligaciones! —espetó Cornelia, malhumorada—. Está en Roma con su amante. Sabías que tiene una amante, ¿verdad, madre?

Amelia lo sospechaba. A fin de cuentas, Cornelio era poseedor de un saludable apetito sexual, y puesto que llevaba años sin acudir a su lecho, suponía que buscaba satisfacción en otra parte. Siguió cardando la lana.

—¿Cómo puedes tolerarlo?

Amelia se la quedó mirando. Cornelia se comportaba como si ella fuera la perjudicada, como si su padre le fuera infiel a ella.

—Lo que tu padre haga es asunto suyo.

—Sabes de quién se trata, ¿verdad? Es Lucila. Papá se la llevó de viaje a Egipto, ¿lo sabías?

Amelia cerró los ojos. Los maliciosos chismes de Roma se habían cerciorado de que supiera que Lucila había acompañado a Cornelio a Egipto, un viaje que ella siempre había deseado realizar. Si bien sospechaba desde hacía tiempo que Cornelio tenía una amante, no había sabido hasta poco tiempo atrás quién era. Pero tenía sentido que fuera la hermosa, rica y elegante Lucila, pues Cornelio no se habría conformado con menos. Pese a todo, Amelia no quería hablar del tema, en primer lugar porque era de mal gusto y en segundo porque no era asunto de su hija.

Cornelia observó a su madre unos instantes con el ceño fruncido.

—Has engordado.

Amelia se miró. Era cierto, estaba entrada en carnes, pero ¿qué mujer no lo estaba después de diez embarazos?

—Es lo que ocurre con la edad, Cornelia —explicó mientras se preguntaba a qué se debería la inesperada crítica.

—Aun así, no te sienta bien —insistió Cornelia antes de indicar con impaciencia a la nodriza que se llevara al nervioso bebé—. Y lo de esa nueva religión. No me parece nada apropiado adorar a un judío muerto.

Amelia dejó de cardar.

—¿Por qué estás tan enojada conmigo, Cornelia?

—No estoy enojada contigo.

—Pues algo te ha puesto de mal humor.

Cornelia, que solo tenía diecisiete años y detestaba la monotonía de la vida campestre, ahuyentó una abeja.

—La amante de papá; tú lo empujaste a sus brazos.

—Eso queda entre tu padre y yo.

—Entonces, ¿por qué llevas ese collar? Es una indecencia que lo difundas a los cuatro vientos.

—Me lo regaló tu padre —explicó Amelia, conteniendo la impaciencia.

—Mira, madre, no soy una niña y sé por qué te lo regaló. Lo sabe toda Roma, y me parece indecente que lo exhibas de ese modo.

Amelia deslizó la mano sobre la lana cardada, percibiendo la rica lanolina en las yemas de los dedos. El tema de lo sucedido seis años antes nunca había salido en ninguna conversación con su hija menor, y siempre había esperado que así siguiera.

—Cornelia, querida... —empezó.

—No intentes defenderte —la interrumpió Cornelia al tiempo que buscaba a tientas un rizo errante en su nuca húmeda y se lo sujetaba al moño—. Tú apartaste a papá de tu lado —afirmó con hosquedad—. No es más que un hombre, y con tu infidelidad lo empujaste a los brazos de otra mujer.

—¡Cornelia!

—Es cierto. De lo contrario, papá jamás habría cometido adulterio.

Amelia la miró consternada.

—Y aún se ve con ella —continuó Cornelia, malhumorada—. Y todo por tu culpa.

—Lo que tu padre haga en su tiempo libre...

—No es solo eso. También es Lucio...

El huérfano al que Cornelio había adoptado.

Amelia se volvió hacia el lugar donde el pequeño jugaba con Fido.

—¿Qué pasa con Lucio?

—Te llama madre.

—Legalmente, soy su madre —explicó Amelia, presa de un terrible presentimiento—. Y además, nos unen lazos de parentesco con él —prosiguió con un nudo en la garganta—. Sus padres pertenecían a la familia Vitelio.

—¿Cómo puedes estar tan ciega, madre?

De repente, había salido a la luz. Lo que Amelia sabía inconscientemente desde hacía tiempo pero que hasta entonces se había obligado a negar. Siempre había intentado convencerse de que el parecido entre Lucio y Cornelio se debía a que por las venas del niño corría sangre de la familia. Pero ahora veía con toda claridad lo que Cornelia estaba a punto de revelarle: que Lucio era hijo de Cornelio.

Se llevó la mano al collar para consolarse con el contacto del cristal azul entre los dedos y recitó una muda plegaria. «Dame fuerzas, oh Señor...»

—No hablaremos más del tema —ordenó con voz tensa mientras alargaba la mano para coger más lana.

—¿Y no te molesta que Lucio sea hijo de Lucila? ¿Que toda Roma sepa que papá adoptó al bastardo de su amante y aún la visita?

—¡Basta! —gritó Amelia.

Mientras sostenía la mirada desafiante de su hija, se dio cuenta por primera vez de que el gran parecido que Cornelia guardaba con su padre no era natural. Amelia recordaba un tiempo en que las facciones de Cornelia eran más suaves y compasivas. Pero con los años había adquirido el hábito de arrugar la nariz y apretar los labios con expresión perpetuamente desaprobadora, como su progenitor, y en consecuencia su rostro había cobrado un aspecto agriado.

—¿Qué he hecho para merecer tu desprecio, Cornelia?

—Engañaste a papá —repuso la joven, desviando la mirada.

—Después de que él se deshiciera de mi bebé.

Por fin salía a la luz.

—¡Hizo lo que debía! ¡El bebé nació deforme! Sin duda, hiciste algo mal.

Amelia quedó asombrada al ver los ojos de su hija anegados en lágrimas.

—¡Todo ha sido por tu culpa! ¡El bebé..., todo!

En aquel instante un esclavo salió corriendo de la casa.

—¡Señora, señora! ¡La ciudad está ardiendo!

Presenciaron el incendio durante seis días, recibiendo informes de mensajeros que llegaban cada día con noticias frescas. En la villa reinaba el caos más absoluto y la rutina diaria quedó totalmente desbaratada mientras familia y esclavos subían al tejado para contemplar el cielo rojo en lontananza. Roma era pasto de las llamas...

¿Sería el fin del mundo?, se preguntaba Amelia. ¿Era esto lo que habían profetizado Raquel y sus amigos? ¿Estaría Jesús a punto de entrar en Roma?

Cornelio envió una misiva para asegurarles que estaba bien. Había cabalgado hasta Antium para dar la noticia al emperador. Sin embargo, Amelia estaba preocupada por sus amigos, por Febe, anciana y enferma, por Jafet, quien al ser mudo no podía gritar en petición de auxilio, por Gaspar, al que le faltaba un brazo. ¿Cómo escaparían de las llamas?

Más tarde sabrían que el incendio se había originado en el Circo, desde donde alcanzó el Palatino y la colina Celia. Tras engullir tiendas que vendían artículos inflamables y crecer alimentado por el viento, el fuego se extendió con rapidez vertiginosa, sin freno alguno de mansiones amuralladas ni templos. Primero se propagó por las zonas llanas y luego ascendió por las colinas, venciendo cualquier intento de detenerlo. Las estrechas y sinuosas calles de la antigua ciudad, así como sus manzanas irregulares, facilitaron su avance. Pero lo peor era el pánico de que eran presa sus habitantes, pues las avenidas estaban atestadas de gente que intentaba huir. Testigos presenciales informaban de un caos absoluto entre la población mientras aquellos que pretendían sobrevivir a toda costa pisoteaban a los indefensos. Corrían a ciegas por calles llenas de humo y de repente se topaban con una pared de fuego que les impedía seguir. Cuando escapaban a un barrio contiguo al suyo, el incendio los seguía, como una bestia con voluntad propia. Por fin, el aterrado populacho se agolpó en los caminos rurales para escapar al campo y a las granjas.

Llegaban extraños informes de bandas amenazadoras que impedían a la gente extinguir las llamas. Según los partes, hombres que afirmaban seguir órdenes arrojaban antorchas sin tapujos. Luego estaban los saqueos vergonzantes que nadie podía detener. Las personas tendidas en el suelo, pero aún con vida, eran despojadas de ropas y joyas. Los hombres que intentaban salvar sus hogares eran asesinados por vándalos resueltos a desvalijarlos.

Cuando Nerón regresó a la ciudad aún en llamas para asegurarse de que todo el mundo sabía que había abandonado la seguridad de Antium y arriesgado la vida porque amaba a su pueblo, abrió de par en par el Campo de Marte, el conjunto de edificios públicos de Agripa, e incluso sus jardines privados para atender a las masas sin hogar. Había traído consigo comida de ciudades vecinas y redujo el precio del maíz. Sin embargo, aquellas medidas no le granjearon elogio alguno, pues corría el rumor de que, mientras la ciudad ardía, Nerón había actuado para su círculo de íntimos, cantando a la destrucción de Troya. Circulaba otro rumor aún peor, según el cual el propio Nerón, deseoso de construir una nueva ciudad, había ordenado prender fuego a Roma.

Al sexto día, las llamas ya solo lamían suelo y cielo abierto, y por fin el incendio murió al pie de la colina Esquilina. De los catorce distritos de Roma, solo cuatro quedaron intactos. Tres desaparecieron por completo, mientras que los demás quedaron reducidos a ruinas carbonizadas. Resultaba imposible contabilizar todas las mansiones, las manzanas y los templos arrasados, al igual que el número de personas sin hogar, huérfanos y viudos.

Durante una semana, Amelia vivió con el corazón en un puño pensando en sus amigos y esperando sus noticias. Habría ido personalmente a la ciudad de no haber tenido que pensar en su propia familia, pues auténticos ríos de refugiados llenaban los caminos y mendigaban en las villas de los ricos. Les habría abierto las puertas de no existir entre ellos elementos de desorden, malhechores que, aprovechándose de la catástrofe, se dedicaban a merodear por los campos para atacar a refugiados y casas, hasta que por fin fue enviada una cohorte de soldados para restablecer el orden.

Hasta que recibiera noticias de la propia Raquel, Amelia no podía más que esperar, preocuparse y rezar.

Por fin, Cornelio regresó a la villa y les comunicó que su casa de la ciudad estaba intacta, pero que gran parte de la colina había quedado en ruinas y que el edificio había sufrido daños causados por el humo. Anunció que mandaría construir una residencia nueva de inmediato, y que entretanto toda la familia se quedaría en el campo, donde el aire y el agua estaban limpios, y donde estarían a salvo de las enfermedades que asolaban la ciudad destruida.

Transcurriría casi un año antes de que regresaran, pero Amelia recibió una carta de Raquel, en la que le decía que su casa seguía intacta y que casi todos los miembros de la casa-iglesia, gracias a Dios, habían logrado sobrevivir a la catástrofe sin sufrir daños. Iban a reanudar sus encuentros semanales del *sabbath* e incluirían a Amelia en sus oraciones. Asimismo, Raquel consiguió enviar a algunos visitantes y epístolas de Pablo, y como Cornelio pasaba gran parte del tiempo en la ciudad, Amelia organizó una pequeña casa-iglesia a la que toda la familia y los esclavos estaban invitados. Cornelia no quería saber nada de las actividades de su madre y pasaba casi todo el tiempo nerviosa por su segundo embarazo, confinada en el pabellón de verano, donde recibía a sus propios amigos.

En aquel período, Roma fue reconstruida, y muchos sacaron partido de ello. Nerón contrató empresas privadas para que llevaran los escombros a las marismas de Ostia en cargueros de maíz que regresaban Tíber abajo. Decretó que una parte de cada edificio nuevo debía construirse con piedra ignífuga de Alba. Además, obligó a los propietarios a tener en sus casas útiles para combatir incendios que podían comprar a distribuidores locales. El dinero cambiaba rápidamente de mano en Roma aquellos días.

Al cabo de un tiempo, Amelia empezó a preguntarse cuál sería el motivo de la alegría que expresaba Cornelio. Cada vez que visitaba la villa, anunciaba que se harían inmensamente ricos gracias a la reconstrucción de Roma. Sus barcos eran los que habían conseguido el contrato para transportar material de construcción, y además se jactaba de haber tenido la previsión de monopolizar el mercado de la piedra en las canteras. Más tarde, al recordar cuánto había insistido en que toda la familia se trasladara al campo y el apresuramiento con que se había realizado la mudanza, una terrible idea asaltó a Amelia. ¿Y si Cornelio había estado al corriente del incendio antes de que se produjera?

Por fin llegó el día en que su esposo anunció que regresaban a la ciudad. Nadie se alegró más de la noticia que Amelia.

—Podrían robártelo —señaló Cornelio mientras contemplaba con el ceño fruncido el cristal azul que relucía temerario sobre el pecho de Amelia—. Un ladrón podría arrancártelo del cuello. Deberías haberlo dejado en casa, Amelia.

Pero Amelia se limitó a darle su respuesta habitual.

—Tú me lo regalaste, de modo que lo llevaré siempre.

—Al menos, escóndelo bajo el vestido.

Pero Amelia no hizo el menor ademán de ocultarlo.

Estaban llegando en su litera con cortinas al gran Circo del Vaticano. Era un gran día para el emperador, y toda Roma estaría presente. Amelia no tenía ganas de asistir, pero sabía que la familia imperial repararía en su ausencia. Además, su esposo era uno de los patrocinadores de los acontecimientos de la jornada, y no podía perdérselos. Nunca le habían gustado las luchas de gladiadores ni la matanza de animales salvajes, pero soportaría lo que fuera, pues Cornelio le había prometido que al día siguiente podría visitar a Raquel.

Llevaban menos de una semana en Roma, y Amelia apenas había tenido tiempo de ponerse al corriente de las noticias de sus amigos cristianos. Tal como prometiera Cornelio, su nueva casa de la colina Aventina era aún más espaciosa y lujosa que su antigua mansión, y Amelia pasaba los días ocupada comprando muebles, organizando la pintura de murales y adquiriendo nuevos esclavos. Un buen día, Cornelio anunció que Nerón iba a ofrecer unos juegos a los dioses en señal de gratitud por el renacimiento de la ciudad.

Un gran gentío entraba por las rampas y subía por las gradas a empellones en un intento de llenar la mitad superior de la inmensa cantidad de asientos con vistas a la enorme arena. Era una muchedumbre excitable y ruidosa, sin educación ni buenos modales, hombres, mujeres y niños que gritaban, reían y sudaban en su anhelo de diversión y entretenimiento. Más abajo, las primeras filas de gradas estaban ocupadas por senadores, sacerdotes, magistrados y otras personalidades importantes. En las filas siguientes se agolpaban ciudadanos ricos de buena posición. Aquí era donde el clan Vitelio poseía un palco privado.

Toda la familia se hallaba presente. Tras Cornelio y Amelia caminaban Cornelia y su esposo, Cornelio el Joven y su esposa, los gemelos con sus cónyuges, el joven Cayo y por último Lucio. Las jóvenes ya habían juntado las cabezas para chismorrear sobre quién había venido y con quién, quién se había vestido con colores inapropiados para la temporada, quién lucía un peinado anticuado, quién parecía más viejo, gordo y menos aceptable socialmente... Amelia intentó por todos los medios hacer caso omiso de la presencia de la hermosa viuda Lucila, sentada a tan solo dos palcos de distancia como invitada de un senador. Lucila deslumbraba a la luz del sol con su cabello teñido de rubio, su impresionante vestido y su estola de seda rosa.

En el año transcurrido desde el día del inicio del Gran Incendio, Amelia y Cornelia no habían vuelto a mencionar a la amante de Cornelio. Sin embargo, Amelia percibía que el tema seguía latente entre ellas, como una bolsa de aire frío que distanciaba a madre e hija.

Un impecable cielo azul se extendía sobre sus cabezas, y pronto desenrollarían los toldos para proteger a los espectadores del sol. El olor a comida flotaba en el ambiente mientras los vendedores preparaban las ofrendas que la gente compraría durante todo el día: salchichas de tocino, pan caliente, palomas asadas, pescado al vapor, tartas de fruta calientes y pasteles de miel. Por encima del murmullo de las conversaciones se oía el rugido de las bestias asustadas e inquietas en sus jaulas. La gente estaba sobre ascuas, pues se había difundido el rumor de que Nerón había preparado una sorpresa especial para la jornada, una sorpresa que él y sus patrocinadores habían logrado guardar en secreto. No quedaba un solo sitio vacío cuando las trompetas anunciaron la llegada de la familia imperial. Los últimos en llegar tuvieron que permanecer de pie en la última fila del estadio, que también estaba abarrotada. En un momento dado se desencadenó un tumulto en la entrada, porque los centinelas anunciaron a una muchedumbre enardecida que no cabía nadie más en las gradas. Armados con lanzas y garrotes, los guardias los ahuyentaron, y en el proceso, varias personas fueron pisoteadas. Un día cualquiera en el Circo.

Los juegos dieron comienzo con gran pompa, boato y varias ceremonias religiosas, pues en su origen, muchos siglos atrás, habían sido celebraciones para propiciar a los dioses. Los sacerdotes y sacerdotisas sacrificaron corderos y palomas para ofrecerlos a Júpiter y Marte, Apolo y Venus. Flotaba en el aire el olor a incienso, y la arena quedó salpicada de agua bendita. Todos y cada uno de los espectadores sabían que la diversión incluía una parte solemne, que tan sangriento deporte era necesario para la salud y la prosperidad duradera del Imperio.

Nerón atravesó la arena con gran ceremonia, enloqueciendo a la multitud. Una vez acomodado en el palco imperial, ordenó que dieran comienzo los juegos. Una fanfarria de trompetas anunció una pantomima bastante violenta, seguida de conjuradores y magos, acróbatas y payasos, osos bailarines y temerarios jinetes, conjuntos de danzarinas ataviadas con suntuosos trajes, bandas de música y desfiles de elefantes, jirafas y camellos. Un número de avestruces que llevaban tanto tiempo en cautividad que al salir a la arena se pusieron a retozar, obtuvo ruidosos aplausos de los espectadores, pues de repente aparecieron unos arqueros que acosaron a los cómicos animales perseguidos con flechas hasta matarlos a todos. Por fin comenzó la parte más cruenta, compuesta de combates entre gladiadores, cacerías de bestias salvajes y simulacros de batallas que tiñeron la arena de rojo. Entre los distintos números, numerosos esclavos salían con ganchos y cadenas para llevarse los cadáveres y extender arena limpia mientras los espectadores comían, bebían y hacían sus necesidades.

El día se tornaba cada vez más caluroso. Las letrinas desbordadas empezaron a apestar, y el hedor de la sangre, por mucho que la cubrieran con arena fresca, impregnaba el ambiente. Cuando las masas comenzaron a inquietarse, las trompetas sonaron de nuevo y Nerón anunció que por voluntad de los dioses había encontrado a los responsables del incendio que había destruido su amada ciudad, además de matar y herir a tantos de sus seres queridos. Las rejas se abrieron y por ellas salió un lamentable grupo de personas que avanzaba dando tumbos y parpadeando a causa de la intensa luz del sol. Amelia los miró sorprendida. Había esperado ver a malhechores curtidos y desertores del ejército, la clase de personas que uno siempre veía en aquellas ejecuciones. Pero aquel grupo parecía estar compuesto de...

¡Mujeres, ancianos y niños!

—Cornelio —espetó Amelia, aunque en voz baja para que nadie la oyera—, Nerón no creerá en serio que estas personas fueron responsables del Gran Incendio.

—Tiene pruebas.

—Míralos —insistió su esposa—. No es posible que...

De repente frunció el ceño. Le había parecido reconocer rostros familiares en el grupo. Se inclinó hacia delante y se protegió los ojos. Aquel anciano… se parecía mucho a Pedro, el pescador, invitado en la casa-iglesia de Raquel.

Profirió una exclamación ahogada. ¡Era Pedro! Un soldado lo hizo avanzar a latigazos hasta que cayó de rodillas y el gentío rugió complacido. ¡Y ahí estaba Priscila! Y Flavio, y el viejo Saúl.

—¡Santa Madre Juno! —susurró—. ¡Conozco a esa gente, Cornelio!

Al no obtener respuesta, se volvió hacia él y quedó estupefacta al ver la sonrisita satisfecha que se pintaba en su rostro. Cornelio no la miraba, sino que estaba concentrado en los acontecimientos que había contribuido a organizar: la ejecución de los presuntos culpables del Gran Incendio.

Entonces Amelia vio algo que le revolvió el estómago y le formó un nudo en el estómago. Se llevó las manos a la boca y gritó. Raquel en la arena ensangrentada, obligada a avanzar a punta de lanza. Llevaba el cabello suelto sobre los hombros, e incluso desde aquella distancia Amelia distinguía los cortes y los cardenales que cubrían su cuerpo. La habían torturado.

Permaneció paralizada y muda mientras veía al grupo caminar dando tumbos hasta las cruces tendidas sobre la arena, mientras los guardias pegaban a los ancianos, a las mujeres y a los niños hasta obligarlos a arrodillarse, mientras los forzaban a tumbarse de espaldas sobre los maderos y doscientos cincuenta mil espectadores reían, los abucheaban y gritaban «¡Muerte a los judíos!».

Por fin recobró el habla.

—Cornelio, debes impedirlo.

—Calla, el emperador va a hablar.

Al alzar la mirada, Amelia comprobó que Nerón la miraba, y al ver su saludo, su sonrisa exenta de malicia y la ausencia de despecho en sus ojos, comprendió que el emperador nada sabía de su relación con las personas condenadas.

Se volvió de nuevo hacia Cornelio, viendo su apuesto perfil como el de una moneda.

—Detén esta barbarie —insistió con mayor firmeza—. No puedes permitirlo. Estas personas son inocentes, son mis amigos.

Por fin, Cornelio se dignó mirarla con una expresión que le heló la sangre en las venas.

—¿Por qué debo hacerte caso? ¿Acaso no te he pedido yo cosas que te has negado a cumplir? —espetó al tiempo que lanzaba una mirada significativa al cristal azul.

De repente, Amelia sintió náuseas.

—¿Haces esto para castigarme? Vas a matar a unas personas inocentes porque… —el mareo apenas le permitió continuar—, ¿porque estás enfadado conmigo? Por todo lo que es sagrado, Cornelio, ¿qué clase de monstruo eres?

—La clase de monstruo, querida Amelia —repuso su esposo con una sonrisa—, que sabe cómo complacer a las masas.

Saludó con el brazo a los espectadores, quienes reaccionaron con un rugido de aprobación.

La muerte de Raquel y los demás se escenificó como una farsa. Los que no estaban condenados a morir en la cruz fueron ataviados con pieles de animales salvajes y destrozados por perros o leones. Las crucifixiones se reservaron para el postre, al atardecer, para que el efecto de los cuerpos quemados resultara más espectacular. Amelia presenció completamente aturdida cómo otros cristianos condenados erguían con ayuda de cuerdas las cruces donde morirían sus compañeros. Oyó los cánticos, los rezos y los lamentos de los desgraciados seres colgados de las cruces mientras los soldados les prendían fuego una a una. El público profería exclamaciones complacidas mientras las víctimas gritaban y se retorcían entre las llamas.

—¡Morid! —chillaban—. ¡Morid, incendiarios!

Amelia advertía sed de venganza en sus rostros, pues muchos habían perdido sus hogares o seres queridos en el Gran Incendio. Tras los juegos regresarían a sus casas algo apaciguados, un poco menos afligidos y apenados por su suerte, y los rumores de que el propio Nerón había prendido fuego a Roma acabarían por disiparse.

—¡Tengo que acabar con esta barbarie! —exclamó Amelia al tiempo que se levantaba, pero Cornelio la asió con fuerza del brazo.

—¿Te has vuelto loca? —siseó—. ¡Piensa en tu familia!

Por encima del hombro, Amelia miró a Cornelia y a su hermana, que con las cabezas juntas señalaban a alguien sentado en el palco de un magistrado. Los dos muchachos, Lucio y Cayo, habían acabado por hartarse del espectáculo y subido a la última fila para escupir a los que se sentaban en hileras inferiores. Sus hijos adultos y sus yernos estaban sentados con los brazos extendidos sobre los respaldos de las sillas contiguas, presenciando el espectáculo con indiferencia mientras tomaban vino.

Amelia rompió a llorar. Cuando el humo y el hedor de la carne quemada la alcanzaron, sintió que el fuego de las cruces le quemaba la garganta y le abrasaba el corazón. Percibió que su alma era pasto de las llamas y se quemaba al igual que sus amigos se quemaban en el circo. De nuevo la acometieron las náuseas, y el dolor le recorrió cada nervio y cada fibra del cuerpo. Raquel ya se había tornado irreconocible, y pese a que su cuerpo aún se movía, Amelia rezó por que solo se debiera a un reflejo, no a que su amiga siguiera con vida.

Nadie cuestionó la matanza; nadie se detuvo a pensar que, para poner fin a los rumores de su complicidad en el Gran Incendio, Nerón había decidido achacar las culpas a otros. Nadie puso en tela de juicio la elección de un grupo de judíos renegados llamados cristianos, que ya tenían mala reputación en la ciudad. Entre las zonas que se habían salvado del fuego se hallaba el distrito en la orilla opuesta del Tíber donde vivía gran cantidad de judíos. Todo el mundo recordaba que tan solo quince años antes, el emperador Claudio había desterrado de Roma a algunos advenedizos judíos por causar tumultos cercanos a una revuelta en las sinagogas con sus disputas en torno a Cristo.

A medida que su dolor se transformaba en estupefacción y entumecimiento, Amelia observó el rostro de Cornelio mientras sus amigos cristianos ardían. En las facciones de su esposo se pintaba un odio tan puro y concentrado que la dejó sin aliento. De repente se dio cuenta de que no era la primera vez que veía semejante mirada en los ojos de su marido. Había sucedido en otra ocasión, también en la arena, cuando ambos fueron invitados al palco imperial y la muchedumbre vitoreó a Amelia. Creyendo que la adulación iba dirigida a él, Cornelio alzó los brazos a modo de saludo y la madre de Nerón lo había puesto en su lugar llamándolo idiota. En aquel instante, Cornelio lanzó aquella misma mirada oscura y ponzoñosa a Amelia...

De pronto comprendió la verdad.

Amelia lloró como nunca antes había llorado. Ni siquiera cuando Cornelio se desembarazó de su bebé había derramado lágrimas tan angustiadas. Mientras la casa entera dormía en profundo silencio, permaneció tendida de bruces en su lecho, el rostro sepultado en la almohada, el pecho tembloroso por los sollozos, el cuerpo sacudido por el dolor. Nunca en la vida lograría desterrar de su mente la imagen de la muerte de Raquel; no quería hacerlo. Sería su homenaje secreto a su amiga, el recordatorio diario de su martirio.

La embargaban otras emociones además del dolor. Sentía furia, amargura, odio, sentimientos que brotaban con las lágrimas de sus ojos cual veneno, empapando su almohada hasta que, mucho después de medianoche, su llanto remitió y al incorporarse en la cama experimentó una extraña y desconocida hostilidad, pero no hacia el emperador Nerón, no hacia las masas del circo, sino hacia un solo hombre, un monstruo llamado Cornelio.

Sigilosamente se dirigió hacia su dormitorio y observó su figura dormida mientras las preguntas se agolpaban en su mente. «¿Por qué ha castigado Nerón a los cristianos? ¿Cómo sabía siquiera de nosotros? En Roma hay tantas sectas religiosas como esquinas, y nosotros no somos más que un vástago de los judíos. La noticia de nuestra existencia no llegaría a los elevados oídos de Nerón... a menos que alguien le hablara de nosotros, alguien que deseara nuestra destrucción. ¿Fuiste tú, Cornelio? ¿Ha sido esta otra forma de castigarme? Eres un monstruo. Colgado en la cruz, Jesús fue capaz de perdonar a quienes lo torturaron, pero yo no puedo perdonarte, Cornelio.»

De pronto fue consciente de que podía matarlo en aquel instante, mientras estaba sumido en el profundo sueño de la madrugada. Podía apuñalarlo allí mismo, luego dar la alarma y rasgarse la camisa para contar a los guardias que el culpable era un intruso. Podría salir impune del asesinato. Sin embargo, sabía que nunca mataría a Cornelio. No alcanzaría la libertad a través de su muerte, porque ya era libre.

Sostuvo el cristal azul a la luz de la luna y vio el espíritu benévolo alojado en su seno. El fantasma de la reina egipcia había desaparecido y en su lugar había aparecido un salvador.

Llegó acompañada de un solo esclavo, un fornido africano convertido al cristianismo. El hombre alumbraba el camino con una lámpara y era lo bastante corpulento para disuadir a cualquier ladrón o atacante que acechara en las calles de Roma. Cuando llegaron al ruidoso bloque de arrendamiento, uno de los pocos que habían quedado intactos tras el Gran Incendio, el africano la precedió por la estrecha escalera de piedra impregnada de hedores, ratas y paredes cubiertas de furiosas pintadas. Los umbrales carecían de puertas, y solo unas cortinas raídas proporcionaban cierta intimidad.

Amelia no sentía miedo. Había cambiado y buscaba respuestas.

Cuando alcanzó el alojamiento que le habían indicado, apartó la cortina y escudriñó el interior. La ocupante, una anciana, alzó la mirada con un sobresalto. Comía papilla en un cuenco de madera y la única iluminación de la estancia procedía de la luna.

Amelia se retiró el velo y se acercó la lámpara al rostro para que la mujer la viera con claridad.

—¿Me conoces, madre? —preguntó, empleando el tratamiento respetuoso que se dispensaba a las mujeres de edad.

La mujer la miró asombrada y temerosa.

—No tengas miedo, que no pretendo hacerte daño —aseguró Amelia antes de sacar algunas monedas y dejarlas sobre la mesa—. Dime, ¿me reconoces?

La partera echó un vistazo a las monedas antes de volverse de nuevo hacia la sorprendente visita. Dejó el cuenco sobre la mesa, se limpió las manos en el vestido y por fin habló.

—Te recuerdo.

—Tú trajiste al mundo a mi bebé hace siete años. Era una niña.

La anciana asintió con la cabeza.

—¿Nació deforme la pequeña?

La mujer bajó la cabeza.

—No…

Entonces todas las piezas encajaron. La ira de su hija. Su grito: «¡Todo ha sido por tu culpa! ¡El bebé…, todo!». Cornelia tenía once años cuando la niña nació y fue dejada a los pies de Cornelio. Su hija entró corriendo en el dormitorio con el temor dibujado en el rostro, exigiendo saber por qué su padre había rechazado a la recién nacida. Ahora Amelia lo comprendía todo. La niña había nacido perfecta, y Cornelia, que adoraba a su padre, no comprendió cómo este podía haber hecho una cosa así.

Por fin sabía la verdad: no era a su madre a quien Cornelia odiaba.

Al llegar a su casa de la colina Aventina, Cornelio se sentía satisfecho de la vida. Acababa de ganar un caso, y la muchedumbre lo había vitoreado. En su casa volvía a reinar la paz y Amelia se comportaba bien. Desde que presenciara el castigo de los cristianos en la arena, se había convertido de nuevo en una mujer callada y dócil. Incluso había dejado de llevar el maldito collar para que todo el mundo lo viera.

Una vez en el atrio se preguntó dónde estarían los esclavos. El mayordomo tenía por costumbre salir a saludarlo, pero no había rastro de Filo. Estaba a punto de llamarlo cuando oyó unas voces cantar al unísono. Se acercó más al jardín y oyó las palabras en latín:

—Padre que estás en los cielos, santificado sea tu nombre; venga a nosotros tu reino. Hágase tu voluntad en la tierra. Te rogamos nos des el pan de cada día, perdones nuestro pecados y nos libres de todo mal.

Cornelio cruzó el umbral y paseó la mirada por el jardín. Un grupo de personas, compuesto en su mayoría por desconocidos, pero también por sus esclavos, incluido Filo, estaban de pie con los brazos extendidos, las cabezas echadas hacia atrás y los ojos cerrados mientras rezaban. Entonces vio a Amelia, situada frente al grupo, dirigiendo la plegaria.

Cuando todos se santiguaron y dijeron «Amén», Amelia abrió los ojos y lo miró fijamente.

Ambos supieron en aquel instante que habían alcanzado un punto de inflexión.

Puesto que Nerón había confiscado la casa de Raquel, así como todos sus esclavos y bienes, la reunión de aquel *sabbath* se celebraría en casa de Febe. Sin embargo, Febe era mayor, la artritis la atormentaba, de modo que necesitaba ayuda. Amelia estaba en el mercado, comprando comida para el banquete. Pese a lo que les había sucedido a Raquel y los demás, cada vez más personas abrazaban la fe cristiana, sobre todo porque Nerón había abandonado su persecución, y por tanto aquel día esperaban a un nutrido grupo de invitados. Mientras elegía un vino de precio moderado, Amelia pensó en las personas sacrificadas en el circo.

Los rumores se habían propagado por toda la ciudad. Todo el mundo decía que tras el Gran Incendio, Nerón intentó aplacar a los dioses. Después de consultar los libros sibilinos, se elevaron oraciones a Vulcano, Ceres y Proserpina. También se hicieron sacrificios a Juno. Sin embargo, ni los recursos humanos, ni la generosidad imperial, ni los intentos de aplacar la ira de los dioses lograron eliminar las siniestras sospechas de que el incendio había sido provocado... por el propio emperador. A fin de disipar el rumor, Nerón necesitaba chivos expiatorios, de modo que eligió a los cristianos.

Nadie sabía por qué arremetió contra ese grupo en particular, si bien Amelia albergaba sus sospechas. La gente decía que, con toda probabilidad, se debía a que los cristianos eran ricos en su mayoría, y los romanos siempre estaban celosos de los ricos, y también sospechaban de ellos, pues se preguntaban cómo habrían amasado sus fortunas. Circulaban rumores sobre magia negra y sacrificios de niños. Sin embargo, por extraño que pareciera, la persecución cesó tras las ejecuciones del circo. El plan de Nerón había fracasado, porque en última instancia las víctimas fueron objeto de la compasión de personas convencidas de que unos inocentes habían sido sacrificados a la brutalidad de un solo hombre, no en interés de la nación. En cualquier caso, a todos se les daba un ardite tan insignificante secta, e incluso Nerón los olvidó a causa de sus problemas personales. Así pues, los cristianos volvían a estar a salvo.

—¿Eres *domina* Amelia, esposa de Cornelio Cayo Vitelio?

Al levantar la vista, Amelia vio a un miembro de la Policía de la Prefectura de pie junto a ella, el rostro sombreado por la visera de su casco. Iba acompañado de seis fornidos guardias.

—Sí —asintió.

—Te ruego que me acompañes, señora.

La Prefectura romana, que albergaba la prisión principal de Roma, era una edificación imponente situada en las inmediaciones del Foro. En el exterior, una impresionante fachada de mármol blanco con hermosas y esbeltas columnas, así como estatuas, daban a la plaza abierta, pero el interior era un laberinto de pasadizos y celdas oscuros e inhóspitos.

—¿Por qué me habéis traído aquí? —quiso saber Amelia cuando la conducían hacia las entrañas que se extendían bajo el edificio principal.

Los hombres que la escoltaban no respondieron, sino que siguieron marchando a su lado con expresiones pétreas entre el tintineo de sus corazas, que rebotaba contra las paredes húmedas.

Se detuvieron ante una pesada puerta de madera. El centinela la abrió, se hizo a un lado e indicó a Amelia que entrara.

—¿Vais a encerrarme? —inquirió Amelia, incrédula.

A la luz de la antorcha del guardia vislumbró una celda desagradable que olía a mil demonios.

—Por favor, señora —volvió a indicar con un gesto.

El primer impulso de Amelia fue de protestar, de echar a correr incluso. Sin embargo, sabía que no serviría de nada. Fuera cual fuese el error cometido, pronto se aclararía. Con la cabeza erguida, Amelia entró en la celda como si entrara en un templo iluminado por el sol más radiante.

La puerta se cerró tras ella y oyó el chasquido de la llave al girar en la cerradura. Cuando los guardias se alejaron, llevándose consigo la antorcha, la oscuridad la envolvió y Amelia fue presa del pánico. Corrió a la puerta y apretó el cuerpo contra ella. Sobre su cabeza se abría una ranura protegida por barrotes y fuera de su alcance, de forma que no podía mirar por ella ni de puntillas. No obstante, entraba por ella una luz tenue procedente de los candelabros del pasillo, y sus ojos no tardaron en acostumbrarse a la oscuridad.

La celda estaba sumida en la penumbra y olía a moho y orina. En las paredes se veían cadenas, y en los rincones se amontonaban pilas de paja podrida. Vio viejas manchas de sangre en el suelo y oyó los gritos lejanos de otros presos. En un intento de combatir el pánico que amenazaba con adueñarse de ella, procuró pensar con claridad. Sin duda se trataba de un error. Pero... el hecho de que los guardias hubieran sabido dónde encontrarla y de que la hubieran identificado a primera vista... Eso significaba que alguien los había puesto en antecedentes. Pero ¿quién? Y más desconcertante aún..., ¿por qué?

Presa de un presentimiento aterrador (¿y si la tenían encerrada para siempre?), Amelia se dejó caer al suelo con el oído apretado contra la pesada puerta y las rodillas dobladas sobre el pecho. La oscuridad la envolvía y los múltiples hedores le abrumaban los sentidos. De repente, sintió que algo le rozaba el pie y lanzó un grito. Sin duda su familia la echaría de menos y acudiría a preguntar por ella. Pero había oído hablar de personas encerradas en aquella cárcel para siempre, olvidadas...

Entrelazó las manos y empezó a rezar.

Cornelio Vitelio llegó a la cárcel ataviado con su toga de ribetes color violeta, un atuendo que tan solo un puñado de privilegiados podía lucir, y lo llevaba adrede, no tanto para impresionar a los guardias de la prefectura como para recordar a Amelia su posición y su poder.

—¿Está aquí? —preguntó al centinela de guardia.

—Desde el primer turno, señor —repuso el hombre, dedicando a Cornelio el breve saludo que los soldados de carrera dispensaban a civiles de relevancia—. Diez horas.

—¿Sin comida ni agua?

—Sin comida ni agua, como ordenaste, aunque sí le hemos proporcionado un cubo para orinar. ¿Cuánto tiempo quieres que la retengamos?

—Ya te lo haré saber. De momento, no le digas nada.

Con los años, el jefe de la guardia había aprendido que el silencio resultaba muy lucrativo. El conocido abogado, cuya cerveza gratuita había consumido en más de una ocasión el propio guardia, no era el primer hombre que ordenaba arrestar a un pariente pesado a fin de acabar con conductas indeseadas. Guiñó el ojo a Cornelio y se concentró de nuevo en su partida de dados.

Cornelio siguió al carcelero por el nauseabundo pasillo y se detuvo ante la puerta de la celda para prepararse mentalmente, como hacía a menudo antes de un juicio. Por fin indicó al guardia que abriera la puerta.

—¡Por todos los dioses, Amelia! —exclamó al irrumpir en la celda mientras la puerta se cerraba tras él.

—¡Cornelio! —gritó Amelia, arrojándose a sus brazos.

—No daba crédito cuando me dijeron que te habían encerrado aquí.

—¿Por qué me han traído? ¿Estoy detenida? Nadie me dice nada.

—Siéntate y mantén la calma. Por lo visto, alguien te ha acusado de ser cristiana.

Amelia lo miró asombrada.

—Pero, Cornelio, mi fe no es ningún secreto, y además, no es ningún delito.

—Me temo que Nerón prosigue con su venganza contra los cristianos, pero en secreto, a causa de la repulsa pública. —Al ver que Amelia lo creía, pues había palidecido sobremanera y parecía muy asustada, añadió—: Nerón me ha permitido venir a hablar contigo antes de que dé comienzo el verdadero interrogatorio.

—¿Te refieres a... la tortura? —farfulló Amelia con la boca tan reseca que apenas podía articular palabra.

—Renuncia a la nueva fe, Amelia. Dame los nombres de sus miembros y serás libre.

—¿Y si no los revelo?

—Entonces el asunto quedará fuera de mi alcance —repuso su esposo, extendiendo las manos para dar mayor énfasis a sus palabras.

Amelia pensó en las personas a las que tanto afecto había cobrado, en Gaspar, Jafet, Cloe, Febe..., y empezó a temblar como una hoja. ¿Sería capaz de callar sus nombres bajo tortura?

—¿Hasta dónde...? —balbució—. ¿Hasta dónde está dispuesto a llegar Nerón?

Cornelio hundió los hombros como Amelia le había visto hacer durante algunos juicios; un gesto mucho más expresivo que las palabras.

—¡Ayúdame, Cornelio! ¡Quiero vivir! Quiero ver crecer a nuestros nietos, quiero ver a Cayo recibir su toga.

En aquel instante, la vida le pareció más dulce y deseable que nunca, y jamás se había sentido tan desesperada.

—¡Te lo ruego, Cornelio! Te lo suplico por nuestros hijos. ¡Ayúdame!

Cornelio la asió por los hombros.

—Es lo que quiero hacer, Amelia. A pesar de todo lo que ha sucedido entre nosotros, nunca te habría deseado algo así. Pero Nerón ha tomado una decisión. Diles lo que quieren saber y saldrás de aquí conmigo hoy mismo.

Amelia lo miró con expresión aterrorizada.

—No..., no puedo.

—Entonces dímelo a mí y yo se lo diré a los guardias. Con eso se conformarán. ¿Dónde y cuándo se reunirán los cristianos la semana próxima? ¿Y quiénes son?

Amelia no tenía modo de saber que Cornelio no utilizaría los nombres. No se los revelaría a los guardias y sus amigos no sufrirían daño alguno. Sin embargo, ella creía que su revelación podía perjudicarlos, de modo que guardó silencio. Cornelio intentó otra táctica.

—Renuncia a la nueva fe, Amelia, y podremos vivir como antes, hace años, cuando éramos felices. Te llevaré a Egipto. ¿Te gustaría?

Amelia escudriñó el rostro de su esposo a la luz de la antorcha que se filtraba entre los barrotes. Parecía sinceramente trastornado.

—Nerón puede matar mi cuerpo, Cornelio —dijo por fin—, como mató el de mis amigos. Pero no están muertos. Nerón no tiene poder sobre la muerte. ¿Qué tiene, en definitiva?

Cornelio le lanzó una mirada penetrante. ¿Se refería a Nerón, o bien se trataba de una referencia velada a él? Pero no, no detectó astucia en su rostro.

—Si permites que esto suceda, es imposible que me ames a mí o a mi familia. ¡No piensas en nuestros hijos!

—¡Sí pienso en ellos! —replicó Amelia—. ¡Cornelio, lo hago por ellos!

—Si no quieres hacerme caso, Amelia, nada puedo hacer.

Dicho aquello, se volvió para salir.

—¡No! —gritó su esposa—. ¡No me dejes aquí!

—Es muy sencillo obtener tu libertad, Amelia, hasta un niño lo entendería.

Amelia lo miró con expresión horrorizada.

—¿Realmente vas a dejarme encerrada en este espantoso lugar?

—Como ya te he dicho, el asunto está fuera de mi alcance.

Cornelio se aseguró de adoptar una expresión lo más impotente y abatida posible antes de que la puerta se cerrara tras él, y mientras seguía al carcelero por el pasadizo, experimentó cierta irritación ante la negativa de Amelia a cooperar. Había esperado súplicas y llantos en el último instante, seguidos de una victoria aplastante. Pero en vista del fracaso, ordenó al centinela que la retuviera toda la noche sin comida ni agua.

—¿Puedes disponer que oiga sonidos de tortura? —preguntó tras reflexionar unos instantes.

—Puedo hacer algo aún mejor, señor —propuso el carcelero, quien a menudo mitigaba el aburrimiento de su trabajo con diversiones sádicas—. Puedo entrar en su celda con las manos manchadas de sangre. Nunca falla.

Amelia despertó al oír la llave girar en la enorme cerradura de hierro. Se incorporó muy despacio, con todas las articulaciones agarrotadas por haber dormido sobre el suelo de piedra. Tenía la piel acribillada a picaduras, algunas de las cuales le escocían, mientras que otras resultaban dolorosas. Nunca había estado tan sedienta.

—¿Cornelio? —murmuró.

Pero era su hija, y Amelia se sorprendió al ver el terrible aspecto que ofrecía.

—Madre —exclamó la joven de diecinueve años al abrazar a Amelia entre lágrimas—. ¡Es terrible!

—¿Has...? —empezó Amelia, pero de inmediato quedó aterrada por la extrema debilidad física que la atenazaba—. ¿Podría beber un poco de agua?

Cornelia golpeó la puerta y pidió agua. Al poco, el carcelero, aunque no el de la noche anterior, apareció con una jarra de agua, una antorcha encendida y dos taburetes. No parecía complacerlo en absoluto su trabajo.

—Me he enterado por Cornelio —explicó Cornelia, refiriéndose a su hermano, no a su padre—. Vino a visitar a un cliente y supo de tu detención. Oh, madre, no podía creerlo. ¿Por qué estás aquí?

Antes de hablar, Amelia tenía que calmar su sed, de modo que bebió directamente de la jarra y disfrutó de la sensación del agua en las manos, los brazos y el cuello. No creía que ni cien baños consiguieran purificarla. Por fin relató a su hija la conversación que había sostenido con Cornelio, preguntándose por qué no había venido él.

—Pero si no he oído hablar de ninguna nueva persecución —se sorprendió Cornelia con el ceño fruncido—. Últimamente, Nerón está demasiado preocupado por su propio pellejo para prestar atención al de los demás.

Así supo Amelia lo que en verdad ya sabía en su fuero interno, lo que poblaba sus sueños y le susurraba al oído al son de las ratas y los incesantes gritos de los demás presos. Todo aquello era obra de Cornelio. Si conseguía hacerla renunciar a su nueva fe, habría triunfado de nuevo sobre ella.

De repente, también Cornelia lo comprendió.

—Ha sido papá, ¿verdad? —musitó—. ¿Por qué? ¿Por qué te odia?

—Porque herí su vanidad. Hace tiempo causé un grave daño a su orgullo, aunque no lo hice adrede. La multitud del circo…

—¡Lo recuerdo! Todo el mundo habló de ello durante semanas. Papá creía que la gente lo vitoreaba a él, pero eras tú el objeto de su admiración. ¿Es esa la razón por la que…?

—¿Por la que qué, Cornelia?

La joven inclinó la cabeza.

—Vi al bebé. Era una niña perfecta, no tenía el pie deforme. Sin embargo, papá ordenó que se la llevaran. Quedé horrorizada y no sabía qué pensar de él.

—Tu padre era tu héroe y resultó no ser más que un hombre.

—Y sigue castigándote. No se lo permitas, madre. Dale lo que te pide, y serás libre.

Amelia sacudió la cabeza.

—Si le doy lo que quiere, nunca seré libre.

—Sí lo serás. ¡Yo te ayudaré! No puede perseguirnos a ambas, madre —exclamó Cornelia, cada vez más frenética—. No se trata de Nerón, solo de papá vengándose de ti.

—Escúchame, hija. No importa si se trata de Nerón, de un estadio abarrotado de gente o de un solo hombre. No puedo renunciar a mi fe.

Cornelia cayó de rodillas, sepultó el rostro en el regazo de su madre y rompió a llorar. Mientras acariciaba el cabello de su hija, Amelia se asombró de que tan solo dos años antes, el día en que Cornelia dio a luz a su primer hijo, ella fuera una mujer sin fe. Sin embargo, ahora tenía fe en abundancia y solo deseaba poder compartirla con su hija, entregársela como una copa pletórica de esperanza.

—Y ahora vete, niña —murmuró—. Cuida de la familia en mi lugar y vela por su bienestar. Y al pequeño Lucio, trátalo como a un hermano, pues lo es.

Se abrazaron, se besaron y se despidieron sin que Cornelia dejara de prometer que lograría liberar a su madre. No obstante, Amelia sabía que eso era imposible, pues Cornelio era quien detentaba todo el poder.

Pocos instantes después de la marcha de Cornelia llegó Cornelio, por lo que Amelia supuso que habría estado esperando al otro lado de la puerta.

—De una vez por todas, mujer, ¿renunciarás a esta locura?

Al denegar con un gesto, Amelia advirtió auténtica estupefacción en el rostro de su esposo.

—Cornelio, creo que me llevaste al Circo para asustarme —dijo—. Creo que esperabas que presenciar la muerte de Raquel me obligara a renunciar a mi nueva fe. Sin embargo, tu estrategia surtió el efecto contrario; lo que vi, lo que me obligaste a presenciar —prosiguió con mayor fuerza—, el hecho de que tú asesinaras a mis amigos me ha reafirmado en mi decisión. Nunca revelaré los nombres de mis compañeros cristianos y nunca renunciaré a mi fe.

Cornelio se cernía sobre ella envuelto en su impresionante toga oficial, un atuendo que inducía a la gente a apartarse de su camino, y vio la ira en sus ojos. No obstante, no añadió una sola palabra más, y cuando giró sobre sus talones y salió, cerrando la puerta tras de sí, Amelia supo que estaba perdida. Estuviera o no Nerón implicado en el asunto, fueran o no ciertos los cargos presentados contra ella, sabía que Cornelio se vengaría de ella definitivamente. De un modo u otro, se cercioraría de que recibía su castigo en el Circo. No estaría sola; Cornelio mandaría crucificar también a Jafet, Cloe y todos los demás, reservándola a ella para el final.

Cornelio recorrió con paso furioso el húmedo pasadizo y la resbaladiza escalera con que había pretendido meter el miedo en el cuerpo de Amelia para obligarla a obedecerle de nuevo. Sin embargo, una nueva idea ya empezaba a cobrar forma en su mente, un medio para trocar su fracaso en otra ventaja. Diría a Amelia que había logrado obtener su puesta en libertad gracias a su influencia política y el prestigio de su nombre. Ella esparciría el chisme entre sus amistades y al cabo de muy poco tiempo Cornelio se convertiría en un héroe.

Así pues, estaba impaciente por ordenar al jefe de guardia que pusiera en libertad a Amelia, tal como ambos hombres ya habían acordado. Sin embargo, el jefe no estaba allí, y ocupaba su lugar un subordinado que le explicó que su superior se había ausentado, llevándose consigo el manojo de llaves.

—¡Ve en su busca! —espetó Cornelio, ansioso por seguir adelante con la puesta en libertad de Amelia para poder dorar su reputación.

En la tenebrosa celda, Amelia se sentía enferma y aterrada. Sudaba copiosamente y temblaba como una hoja. Pensó en todos los años de vida que aún deberían quedarle, en su familia, en los bebés que crecerían, en su casa de la ciudad, incluso en la villa del campo, que de repente se le antojaba el más preciado de los bienes. Quería asistir a las ceremonias de virilidad de Cayo y Lucio, ver a su hijo mayor ganar su primer caso en los tribunales, mecer a los bebés de sus hijas, envejecer con sabiduría y apreciar al máximo cada puesta de sol. ¿Cómo había podido darlo todo por sentado, su vida, su familia, cuando debería haber atesorado cada amanecer, cada nuevo día?

Rezó como nunca había rezado, la mujer que antes carecía de fe pero ahora estaba tan pletórica de ella que no solo rezaba a su nuevo Redentor, sino también a la Santa Madre Juno. Rezaba para encontrar alguna señal. «¿Qué debo hacer?»

Esperó una respuesta, pero lo único que oía era el silencio agobiante de las gruesas paredes entre las que se hallaba confinada, así como los lejanos gritos de otros presos implorando liberación, comida, agua. Escuchaba también el latido de su corazón y los temores que su conciencia le susurraba. Siguió rezando y escuchando hasta que por fin, agotada por el miedo, el hambre y la sed, sacó el collar escondido bajo el vestido y contempló el corazón del cristal azul, el núcleo de polvo de diamante cósmico que había cobrado la forma de un salvador crucificado. De repente, la respuesta acudió a su mente.

Era esa piedra la que le había devuelto la fe en los dioses y que ahora reforzaba su fe. Sabía lo que debía hacer.

Con manos temblorosas pugnó por liberar el cristal de su antiguo marco de oro; cuando lo consiguió lo sostuvo a la tenue luz de la antorcha y a punto estuvo de lanzar un grito al ver su belleza. El engaste de oro le había impedido apreciar su hermosa transparencia, la increíble claridad y nitidez de la imagen de Jesús. ¡Qué extraño pensar que había considerado maldita aquella piedra, poseída por la imagen de un fantasma! Pero, por supuesto, eso era lo que Cornelio le había querido hacer creer.

Entonces imaginó el dolor que la esperaba, el tormento y la agonía, seguidos de una muerte ignominiosa en el Circo. Sabía que carecía de la fuerza suficiente para callar bajo tortura los nombres y el paradero de sus amigos. El corazón le dio un vuelco. Su espíritu quería ser fuerte, pero ella sabía que la carne podía ser débil. Sin embargo, tal vez en esos momentos pudiera hacer acopio de suficiente fuerza antes de que diera comienzo la tortura.

De pronto recordó aquel día, siete años atrás, en que Cornelio, dueño de la vida y la muerte, eligió la muerte. Amelia se enfrentaba ahora a la misma elección, y pensando en la inocente recién nacida condenada a una muerte segura, eligió la vida: la vida eterna.

Tras tomar la decisión sintió que una extraña calma se apoderaba de ella y, súbitamente, todos los misterios quedaron disipados. Tal vez cuando Jesús había hablado del fin del mundo, no se refería a que llegaría al mismo tiempo para todos, sino que a cada uno le llegaría el turno a su debido tiempo, como se turnaban la muerte y la vida. «Y para mí, el fin del mundo llega esta noche.»

Contuvo el aliento y aguzó el oído. Del final del pasillo le llegó el murmullo de voces. Debía actuar con rapidez antes de que fueran a buscarla.

Tragar la piedra no fue fácil. En cuanto se la colocó sobre la lengua, empezó a sudar y sintió que se le revolvía el estómago. De nuevo pensó en la vida que aún le quedaba, en la hermosa casa, en el esposo que ahora quería mostrarse afectuoso con ella, pretendiendo empezar otra vez, colmarla de regalos. Pero sus pensamientos vagaban una y otra vez hacia el hombre clavado en la cruz, que había perdonado a sus asesinos y la había purificado a través del bautismo espiritual.

Empujó la piedra con la lengua hacia la garganta, pero no consiguió tragarla, de modo que la empujó con el dedo, y al percibir las arcadas temió que la vomitaría o bien que se desmayaría y que los carceleros conseguirían sacársela antes de tiempo.

Presa de más arcadas, Amelia se inclinó atenazada por terribles dolores y siguió empujando la piedra garganta abajo mientras rezaba mentalmente: «Dios, perdóname por quitarme la vida, pero mi carne es débil. No puedo soportar la idea de arrastrar a mis queridos amigos a la arena conmigo, pese a que nuestras muertes serían las de unos mártires».

Entonces hizo su aparición el instinto de supervivencia y el pánico se apoderó de ella. El corazón le latía con violencia, y se llevó las manos al cuello. Si bien quería morir, su cuerpo se resistía. Sus pulmones pugnaban por aspirar aire y su boca se abrió de par en par. Terribles puñales de dolor le atravesaban el pecho y sentía la cabeza a punto de estallar. Cayó al suelo y se retorció como pez sacado del agua. Los pulmones le ardían y los oídos le zumbaban. «¡Dios mío, pon fin a esta tortura!»

Por fin, una sobrecogedora paz la envolvió mientras la vida abandonaba su cuerpo como pétalos de una rosa estival cayendo uno a uno. El cristal azul, aquel pedazo de cosmos, maravilloso en su misterio y perfección, que largo tiempo atrás había guiado a una joven llamada Espigada en su viaje para salir de África, que más tarde había inducido a una mujer llamada Laliari a perder el miedo a los muertos, que había mostrado a un muchacho llamado Avram su lugar en el mundo, quedó alojado con firmeza en la garganta de una mujer de fe inquebrantable. Mientras la negrura la envolvía, mientras se preparaba para morir y reunirse con Raquel y sus queridos amigos, y tal vez con la niña abandonada que había nacido perfecta, a Amelia no se le escapó la ironía de que el objeto que su esposo le había dado con intención de castigarla se había convertido en el instrumento de su redención.

Los guardias no sabían cómo había muerto Amelia, pero su rostro estaba inflamado y tenía la lengua lívida y protuberante. El médico de la cárcel señaló que *domina* Amelia tenía aspecto de haber muerto de un ataque cardíaco. El temor al tormento en el Circo debía de haber sido demasiado para ella, dijo. Cornelio recordó que su esposa le había dicho que había fracasado en su intento de castigarla llevándola a los juegos. Cierto era que quería infundirle temor, pero no hasta el extremo de matarla.

Entonces reparó en algo que los demás no notaron, en la ausencia de la piedra, y de inmediato supo qué había ocurrido.

Sin embargo, no quería que Amelia alcanzara el estatus de mártir; prefería que la gente creyera que había muerto por cobardía, y por ello no mencionó la piedra azul ni la heroicidad con que su esposa se había quitado la vida. Guardó silencio y se convirtió en el esposo afligido ejemplar.

Por su parte, Cornelia enloqueció de dolor y culpó a su padre de la tragedia. Le prohibió incinerar a su madre y la mandó sepultar en una hermosa tumba que parecía una casa, con sus falsas ventanas y puertas, así como un jardín. Cornelia la visitaba cada semana con grandes demostraciones de dolor. Como venganza particular contra su padre, abrazó la fe de su madre a pesar de que no creía en ella, y empezó a practicar el cristianismo abiertamente, convirtiendo su hogar en una casa-iglesia, exhibiendo los rituales a cada ocasión hasta el día en que se dio cuenta de que era una auténtica cristiana. Consciente de su fe, lanzó una campaña para mantener viva la memoria de su madre e insistió en que los cristianos celebrasen el martirio de Amelia cada año en el aniversario de su muerte, ocasión en la que Cornelia pronunciaba una elegía dedicada a su madre, a su desafío a las autoridades y a su muerte heroica.

Cuando el primer hijo de Cornelia, el bebé que había nacido el día en que Cornelio regresó de Egipto trayendo consigo el collar robado del sepulcro de una reina, se hizo mayor y se convirtió en un cristiano apasionado e importante diácono de la Iglesia, mandó crear un relicario de plata para albergar los restos de su abuela, y un día señalado, en presencia de cientos de cristianos, los huesos envueltos en un sudario fueron trasladados con gran veneración del ataúd al relicario, para ir a reposar en un templo al que todos acudirían a rendirles culto.

Años más tarde, Cornelia corrió la misma suerte que su madre y se convirtió en una mártir cristiana bajo el emperador Domiciano, que ordenó arrancarle la lengua durante un espectáculo del Circo.

Sin haber sufrido una pérdida excesiva a causa de la muerte de su mujer, Cornelio fue por fin nombrado cónsul, lo cual le granjeó el nombre de un año y, según creía con gran satisfacción, un lugar en la historia. Por desgracia, el Imperio pasó a ser gobernado por un nuevo jefe supremo y el cargo de cónsul quedó relegado al olvido. Mientras que su esposa Amelia se hacía famosa por su martirio e incluso se bautizaba una iglesia con su nombre, Cornelio Cayo Vitelio desapareció del mapa sin pena ni gloria.

Los huesos de santa Amelia fueron trasladados de la cripta familiar durante la era dorada del emperador Marco Aurelio y sepultados en una nueva iglesia, donde miles de cristianos acudían para rendirle tributo. Allí descansó en paz mientras sus descendientes conmemoraban su muerte año tras año, hasta que la última y más brutal de las persecuciones de cristianos estalló bajo el gobierno del emperador Diocleciano en el año 303.

El primer edicto de Diocleciano prohibía las asambleas cristianas. Ordenó quemar iglesias y libros sagrados, y dispuso que todos los cristianos debían renunciar a su religión y ofrecer sacrificios a los dioses del Estado. La pena por el incumplimiento del decreto era la muerte. Durante una reunión secreta de obispos y diáconos se acordó que, si bien la muerte representaba el martirio inmediato y por tanto la unión con Jesús en el cielo, también era necesario para la fe que ciertos miembros de la Iglesia sobrevivieran para difundir la palabra más allá del Imperio. Los misioneros fueron elegidos a suertes. Los cristianos reunieron reliquias, libros y objetos sagrados, entre ellos el relicario de plata que contenía los huesos de santa Amelia, y se escabulleron de Roma una noche de tormenta para zarpar en un barco que acometió el turbulento mar.

Allí, sobre olas altas como edificios, en medio de una noche color negro azabache, *domina* Amelia, antes esposa de Cornelio Cayo Vitelio, fue transportada a la provincia romana de Britania, donde unos simpatizantes cristianos vivían en un asentamiento llamado Portus, antaño una guarnición militar romana, pero ahora una próspera población famosa por sus anguilas.

LIBRO QUINTO

INGLATERRA. 1022

La madre Winifred, priora de Santa Amelia, miró por la ventana del *scriptorium* y pensó: «¡La primavera!».

Oh, benditos colores de la naturaleza, obra del pincel de Dios. Las flores rosa pálido del cerezo, las moras rojas y negras, las drupas de espino navarro escarlata, los junquillos amarillo sol. Ojalá su propia paleta de pintura fuera tan rica y variada. ¡Qué matices de luz sería capaz de crear entonces!

Los colores le infundieron esperanza. Tal vez ese año el abad le permitiera por fin pintar el retablo.

Al poco remitió su júbilo. Había tenido el sueño otra vez, aunque no podía llamarlo sueño en realidad, pues lo había experimentado despierta. Una visión entonces, mientras rezaba a santa Amelia. En la visión veía lo mismo que ya había visto en incontables ocasiones: la vida de la santa, desde su infancia hasta su conversión al cristianismo, desde su detención por unos soldados romanos hasta su martirio a manos del emperador Nerón. Si bien Winifred no sabía qué aspecto tenían los soldados romanos, ni un emperador romano, ni cómo vestía y era la gente mil años atrás, ni siquiera cómo había sido Amelia, pues hacía siglos que nadie veía sus huesos siquiera, estaba convencida de que la visión era exacta, pues procedía de Dios.

El problema residía en cómo convencer al padre abad. Al igual que un hueso entre dos perros, el retablo era una cuestión pendiente entre ellos desde hacía tanto tiempo que Winifred ya ni recordaba cuándo había comenzado la disputa. Cada vez que pedía permiso para trabajar en algo más complicado que un manuscrito, el abad (tanto el presente como sus predecesores) replicaba que su deseo resultaba inapropiado y de hecho rayaba en los pecados de soberbia y ambición. Si bien Winifred cedía siempre, ya que estaba sujeta al voto de obediencia, su mente rebelde pensaba en secreto que los hombres creaban grandes pinturas, mientras que las mujeres solo servían para trazar mayúsculas.

Eso era precisamente lo que hacían la madre Winifred y las hermanas de Santa Amelia, pintar letras mayúsculas, conocidas como iluminaciones, famosas a lo largo y ancho de Inglaterra. El problema radicaba en que Winifred no quería pintar iluminaciones, sino que era el abad quien la obligaba a hacerlo.

Lanzó un suspiro y se recordó que la vida de una monja no giraba en torno a lo que esta deseaba, sino en torno a la obediencia.

Winifred deslizó las manos en las voluminosas mangas del hábito y ya se disponía a dar la espalda a los arcos iris de primavera que la habían distraído, cuando de repente vio a Andrew, el anciano encargado del convento, atravesar el jardín agitando los brazos. Al advertir su expresión preocupada, la madre Winifred se asomó de nuevo a la ventana desprovista de vidrios, lujo que el convento no podía permitirse.

Tirándose de una guedeja cana, Andrew pidió perdón a la madre superiora y anunció que mientras estaba encaramado a un árbol cortando ramas viejas había visto al padre Edman acercándose por el camino.

—Me parece que tardará un cuarto de hora en llegar —calculó.

Winifred se alarmó un tanto. ¿A qué venía el padre Edman? El abad solo acudía una vez al mes a Santa Amelia para escuchar confesiones y recoger manuscritos. En otros tiempos también decía misa, pero ahora estaba demasiado ocupado y era demasiado importante para perder el tiempo con un puñado de monjas ancianas, por lo que sacerdotes de menor rango se encargaban de tal tarea.

—Seguro que trae malas noticias, reverenda madre.

Winifred frunció los labios. Desde luego, el abad nunca alteraba su calendario para dar buenas noticias, que ella supiera. No obstante, tampoco existía necesidad de propagar el pánico.

—Tal vez venga a decirnos que este año repararán nuestro tejado —aventuró.

—Eso sería una noticia muy buena.

—No digas nada a las demás de momento; no hace falta que las inquietemos sin motivo.

Winifred dio las gracias al hombre y le pidió que la avisara cuando el padre Edman llegara a la verja. Acto seguido se apartó de la ventana, y decidiendo guardar por el momento en secreto la visita del abad, pues temía que sus hermanas se preocuparan, pasó junto a la hilera de monjas que ya habían puesto manos a la obra aquella gloriosa mañana de primavera del siglo undécimo de la era de Nuestro Señor.

El *scriptorium* del convento era una gran estancia con una larga mesa central y escritorios alineados a lo largo de las paredes, donde las hermanas de Santa Amelia realizaban su exquisita labor. Casi nunca empleaban luz artificial, de modo que los postigos estaban abiertos de par en par a fin de que entrara el sol matutino. Las monjas trabajaban en silencio, las cabezas cubiertas con velos negros e inclinadas sobre el trabajo. En cierta ocasión, Winifred había visitado el *scriptorium* de la abadía de Portminster, y si bien los monjes benedictinos hacían voto de silencio, la copia de textos sagrados no era una ocupación silenciosa, ya que pese a que algunos monjes empezaban a experimentar con la lectura muda, casi todos seguían leyendo como todo el mundo leía desde hacía siglos, en voz alta.

Los monjes de la abadía de Portminster escribían el texto de los libros, pero dejaban un espacio en blanco para la primera letra de cada página, que se añadía en último lugar en el convento de Santa Amelia. No obstante, si bien eran las iluminaciones y no el texto lo que había alcanzado la fama en toda Inglaterra, eran los monjes quienes se llevaban todo el mérito. La madre Winifred lo aceptaba, pues era obediente a la Iglesia, a Dios y a los hombres. Sin embargo, a veces pensaba en cuán agradable sería que la destreza, el talento y la devoción de sus hermanas obtuvieran el reconocimiento que merecían.

Lo cual la hizo pensar de nuevo en el padre abad. En esta ocasión, su visión-sueño había sido tan vívida que sentía la necesidad de hablar con él. Pero, por supuesto, no podía acudir al abad, sino que debía esperar a que él acudiera a ella. En los cuarenta años que llevaba viviendo en el convento, Winifred casi nunca había abandonado sus muros, e incluso entonces solo había recorrido distancias cortas para presentar sus respetos a familiares que morían y eran enterrados en el cementerio del pueblo. En una ocasión, había asistido a la ordenación del padre Edman como abad de Portminster.

El padre abad... Qué extraño que realizara una visita imprevista. ¿Osaría Winifred atribuirlo a la mano del Señor? ¿Era una señal de que el abad iba por fin a ceder y concederle su deseo? ¿Comprendería por fin que el retablo no sería un objeto de satisfacción ni de orgullo personal para Winifred, sino un obsequio a la santa en agradecimiento por lo que había hecho por ella?

Cuando Winifred era niña y vivía en la mansión de su padre, poseía un don casi sobrenatural para encontrar objetos perdidos, como alfileres, broches, en cierta ocasión incluso un pastelillo de carne que un perro había robado. Su abuela le dijo que tenía «visión», heredada de sus antepasados celtas, pero le advirtió que no se lo contara a nadie, ya que la gente podía creer que era una bruja. Así pues, Winifred había guardado en secreto su segunda visión hasta que un buen día su familia y el servicio pusieron toda la mansión patas arriba en un intento de encontrar una cuchara de madera que se había extraviado. Winifred, que a la sazón contaba catorce años, la «vio» en la despensa tras una mantequera, y en cuanto recuperaron la cuchara todos le exigieron que explicara cómo lo había sabido. Winifred fue incapaz de explicarlo, de modo que la consideraron culpable del extravío. Recibió unos azotes y el padre del muchacho a quien estaba prometida rompió el compromiso, alegando que la joven era de carácter débil. Fue entonces cuando Winifred acudió a la capilla de Santa Amelia para suplicar ayuda a la santa.

Mientras su madre y sus hermanas seguían rezando en la capilla, la muchacha fue a explorar, y cuando dio con el *scriptorium* donde las monjas se inclinaban sobre sus filigranas, cuando vio sus paletas y pigmentos, sus pergaminos y plumas, supo que allí era donde estaba destinada a pasar su vida.

El padre de Winifred quedó encantado cuando su hija solicitó ingresar en el convento, y ahí vivía desde entonces. No pasaba un día sin que elevara una oración de gracias a santa Amelia, que la había salvado de un futuro deplorable: el de la hija imposible de casar, que jamás daría nietos, que apenas aportaría nada a cambio de su manutención y acabaría por convertirse en la más despreciada e inútil de las criaturas, la tía solterona a la que las familias se veían obligadas a mantener y cuyas rabietas y pésimos bordados tenían que tolerar.

El *scriptorium* de Santa Amelia olía a aceite, cera, hollín, carbón, azufre y materia vegetal. El ambiente era brumoso porque las lámparas ardían día y noche, pero no para iluminar la estancia, sino para obtener el negro de humo necesario a fin de elaborar las tintas. Las monjas también se fabricaban los pigmentos. Del lapislázuli, procedente de Afganistán, se obtenía el más puro azul oscuro; para la tinta roja se utilizaba plomo rojo, bermellón mineral o escarabajos rojos aplastados, y la elaboración de algunos tintes era un secreto celosamente guardado entre aquellos muros.

A la cabecera de la mesa central se sentaba la hermana Edith, que aplicaba con gran destreza pan de oro, la primera fase de la iluminación. Se requería una mano especial para aplicar el *gesso* base y sobre él el pan de oro, una vista agudísima para saber cuándo la base alcanzaba el punto justo de humedad, para presionar el paño de seda a la perfección, para afilar con precisión la herramienta de diente canino que se empleaba para el bruñido. Una mano más torpe o un ojo menos exacto que los de la hermana Edith producirían un ornamento de pan de oro que sería de segunda fila en el mejor de los casos.

Otra hermana pintaba una miniatura de Adán y Eva en el Jardín del Edén. Ambos estaban desnudos y poseían figuras femeninas, de caderas y vientres redondeados, pues la monja no tenía idea del aspecto que ofrecía un hombre desnudo. En cuanto a los genitales, las hojas de parra constituían una bendición, pues las hermanas ignoraban qué ocultaban los hombres bajo la ropa. Tampoco la madre Winifred, pese a su ya respetable edad, sabía nada de anatomía humana, ni siquiera femenina, ya que nunca había asistido a un parto ni visto a una mujer en completa desnudez. Sí estaba familiarizada con las metáforas, como la llave del hombre para la cerradura de la mujer, su espada para la vaina de la fémina, pero el tema de la copulación y de la procreación no formaba parte de sus conocimientos.

Nunca pensaba en el sexo ni se preguntaba qué se habría perdido. Por lo que ella sabía y comprendía, sobre todo gracias a las historias que contaban las invitadas que acudían al convento, el sexo se había creado como deporte para los hombres y desgracia para las mujeres. Recordaba la época en que su hermana mayor se casó, el día en que todas las primas se habían reunido para ayudarla a preparar el equipaje, las risas de las muchachas al ver la *chemise cagoule*, un voluminoso camisón con un orificio en la parte frontal para poder dejar a la mujer embarazada con el mínimo contacto físico posible.

—¿Por qué no descansas un poco, hermana? —propuso Winifred a la anciana monja que se disponía a pintar la serpiente.

—Siento tardar tanto, madre superiora, pero mi vista ya no...

—Nos sucede a todas. Deja a un lado el pincel y cierra los ojos unos instantes. Tal vez algunas gotas de agua te sirvan de ayuda.

—Pero el padre abad dijo...

Winifred frunció los labios. Deseaba que, en su visita anterior, el padre abad no hubiera expresado con tanta claridad sus quejas acerca de la creciente lentitud de las labores conventuales; no había necesidad de agobiar a las hermanas con críticas. Además, aquellos problemas no podían evitarse. La hermana Agnes envejecía, de modo que solo cabía esperar que cada vez trabajara más despacio.

—No te preocupes por el abad —la instó con amabilidad—. Dios no desea que nos extenuemos hasta el punto de no poder estar a Su servicio. Descansa la vista y continúa más tarde.

Mentalmente añadió otra petición a la lista que pretendía presentar al abad: un enjuague ocular para la hermana Agnes.

En aquel instante doblaron las campanas para convocar a las monjas a tercia, la tercera de las horas canónicas que se reservaban a lo largo del día para los cánticos religiosos. Las hermanas dejaron los pinceles y plumas sobre la mesa con sumo cuidado, murmuraron una oración sobre la labor incompleta, se santiguaron y salieron en silencio.

Después de atravesar el antiquísimo claustro, se reunieron en el coro, corazón de su capilla. Al este de ella se encontraba el altar donde las monjas celebraban la misa; al oeste, tras una celosía de madera, la nave donde las gentes del lugar, peregrinos e invitados, iban para participar en la misa. La capilla, un edificio de piedra pequeño y modesto, era el corazón del conjunto de edificaciones humildes que conformaban el priorato de Santa Amelia, construido trescientos años antes. Las hermanas, sujetas a la regla de san Benito, que dictaba silencio, celibato, abstinencia y pobreza, dormían en las celdas agrupadas en un dormitorio común y comían en un espacioso refectorio.

Un dormitorio común algo más espléndido albergaba a residentes permanentes que no eran monjas, sino mujeres acomodadas recluidas en el convento.

También había una casa de invitados para peregrinos y viajeros, que por entonces estaba vacía. Junto a la pequeña iglesia se encontraba la sala capitular, donde las monjas se congregaban para leer la Regla y confesar sus pecados, y por último el *scriptorium*, donde pasaban la mayor parte del tiempo. Todas aquellas estructuras de piedra estaban dispuestas en torno al claustro, un rectángulo de arcadas donde las monjas hacían su ejercicio diario. De aquellos muros fríos, grises y silenciosos salían los manuscritos más asombrosamente bellos de toda Inglaterra.

Winifred observó a las hermanas mientras entraban en fila en el coro para cantar. Antaño formaban un grupo numeroso, pero cada vez eran menos, más ancianas y sin una sola novicia joven entre ellas. No obstante, Winifred imponía una disciplina estricta e inspeccionaba a sus hermanas cada mañana para cerciorarse de que sus hábitos estaban impecables. La túnica negra, el escapulario, el velo, la cofia blanca, el griñón... Cuando hacía mal tiempo y en sus infrecuentes salidas del convento, llevaban capas negras con capucha. Todas se anudaban un cordón a la cintura, del que pendía un rosario y un cuchillo de pan. Sus manos nunca debían estar a la vista, sino ocultas en las mangas, por lo que se sujetaban la cintura con ellas tras el escapulario. Siempre debían mantener la vista baja en señal de modestia y humildad, y si bien se les permitía hablar, debían hacerlo en voz baja y con moderación.

Al igual que en todos los conventos de Inglaterra, el ingreso estaba reservado a mujeres pertenecientes a la nobleza. Las mujeres de clase media tenían pocas posibilidades de obtener el permiso necesario y las campesinas no tenían ni una oportunidad. A Winifred le habría gustado abrir las puertas de la vida conventual a mujeres de clase media de posibles y vocación, y tal vez incluso a alguna que otra muchacha campesina. Pero las reglas eran las reglas, y ella no iba a cambiarlas. El convento de Santa Amelia también estaba preparado para acoger a alumnas internas, hijas de barones acomodados que vivían allí para aprender a bordar, a comportarse en sociedad, a hacer reverencias perfectas, a poner la mesa y, en el caso de las hijas de padres más inquietos, incluso a leer, a escribir en latín y a realizar sumas básicas para algún día poder administrar una casa. Asimismo, Santa Amelia también albergaba a viudas con dinero y sin lugar adonde ir, así como a mujeres que huían de esposos o padres abusivos y podían permitirse la estancia en un universo femenino, libre de hombres y del dominio masculino.

En tiempos, había sido una comunidad floreciente de casi sesenta almas, pero ya solo quedaban once, incluyendo a la propia madre Winifred. De las otras diez, siete eran monjas, dos eran aristócratas ancianas que llevaban demasiados años viviendo allí para trasladarse al nuevo convento, y el último era Andrew, el viejo cuidador, que había vivido en el convento desde que apareció un buen día delante de la puerta en una cesta.

La causa del declive de Santa Amelia era el nuevo convento, situado a unos quince kilómetros, construido cinco años antes y que poseía una reliquia mucho más importante que los huesos de una santa. El otro convento atraía a novicias y residentes nobles, así como a colegialas en busca de instrucción, peregrinos y viajeros, todos los cuales llenaban las habitaciones y las arcas del convento de la Vera Cruz. Winifred intentaba no pensar en los escritorios vacíos de su convento, en los tinteros secos desde hacía tiempo, en las pocas hermanas que aún trabajaban en las iluminaciones y que, al igual que ella, iban envejeciendo. El priorato de Santa Amelia había perdido alumnas y novicias que se habían decantado por el convento de la Vera Cruz porque circulaban informes de curaciones milagrosas sucedidas allí, de esposas que quedaban embarazadas, de barones que lograban magníficas fortunas. El abad había contado a Winifred que hacía mucho tiempo que en Santa Amelia no se obraba milagro alguno. Sin embargo, la madre superiora consideraba que Amelia hacía milagros cada día; no había más que echar un vistazo al exquisito trabajo de las monjas.

Pero los peregrinos habían dejado de llegar. ¿Cómo podía competir Santa Amelia con la Vera Cruz? Los peregrinos rara vez visitaban ambos templos, ya que después de recorrer grandes distancias en busca de una bendición o una curación, cualquiera preferiría una astilla del árbol del martirio de Cristo a los huesos de una mujer, razón por la que cada año Santa Amelia quedaba más relegado al olvido.

Además, ¿cómo podía competirse con la juventud y la riqueza?

Winifred tenía cincuenta y tantos años, y no le quedaba familia. Cuando aún vivía su hermano, rico y con importantes contactos políticos, su lugar en el mundo estaba a salvo. Pero había muerto, al igual que sus hermanas y cuñados, y su escasa familia estaba sumida en la miseria. Por el contrario, el nuevo convento contaba con el respaldo del padre de la madre superiora, Oswald de Mercia, hombre muy rico y muy generoso. Por supuesto, también contaba con el apoyo incondicional de la abadía.

La abadía de Portminster, situada en lo alto de una colina con vistas a la pequeña villa de Portminster y al río Fenn, tenía su origen en una guarnición romana establecida en el año 84 d.C. en la costa este de Inglaterra y que con los años se había desarrollado hasta convertirse en una ciudad portuaria llamada Portus, famosa por su resguardado puerto y el comercio de anguilas, una industria que aún prosperaba. En el siglo IV, los restos de santa Amelia fueron trasladados de Roma a Portminster por unos cristianos que huían de la persecución del emperador Diocleciano. Un grupo de monjes eremitas que vivían en un monasterio a las afueras de Portus acogieron a la santa fugitiva en su seno. A lo largo de los siglos, la influencia anglosajona transformó el vocablo *monasterium* en *mynster*, y cuando se construyó una nueva iglesia la bautizaron con el nombre de Portus Mynster. En el año 822, los daneses saquearon y quemaron Portminster, pero los restos de santa Amelia fueron rescatados y escondidos en una pequeña comunidad de religiosas que vivían en un convento situado al final de una olvidada vía romana.

Un siglo más tarde, cuando los monjes benedictinos llegaron a Portminster y erigieron una abadía, se abrió un debate sobre la suerte que debían correr las reliquias de santa Amelia. Por fin se decidió que podrían permanecer en el humilde convento, porque por entonces ya se había consolidado la reputación de los milagros que obraba la santa y que atraían a peregrinos y visitantes de tierras muy lejanas. Amelia, patrona de las enfermedades de pecho, tenía fama de curar todos los males, desde la neumonía hasta la insuficiencia cardíaca, y algunos llegaban al extremo de asegurar que la santa curaba otras «aflicciones del corazón», es decir, el mal de amores. Como consecuencia de ello, la fama y la riqueza del priorato crecieron a la par. Al mismo tiempo, la abadía de Portminster, situada a doce kilómetros de distancia y administradora del convento, se había granjeado una asombrosa reputación como creadora de exquisitos manuscritos iluminados.

Mientras las monjas entonaban los cánticos de la Tercia, la mirada de Winifred se posó en el altar, sobre el cual se hallaba el pequeño relicario donde reposaban los huesos de santa Amelia. De inmediato lo visualizó sobre el trasfondo del retablo que deseaba, un tríptico de tres paneles de madera con rebordes dorados, cada uno de cuatro codos de altura y tres codos de anchura. En el primero plasmaría la conversión de Amelia al cristianismo; en el segundo describiría su misión con enfermos y pobres; en el tercero la mostraría oprimiéndose el pecho y ordenando a su corazón que dejara de latir antes de que los soldados romanos pudieran forzarla a renegar de su fe.

La mirada de Winifred vagó hasta el polvoriento andamio que llegaba hasta el techo sobre el altar. Los soportes y travesaños se habían instalado cinco años antes, cuando el abad les prometió que haría reparar el tejado. Sin embargo, cuando se inauguró el nuevo convento y todo el dinero de Oswald se desvió en aquella dirección, el abad consideró que el proyecto de reparación era un desperdicio y lo canceló. Pero los trabajadores habían dejado montado el andamio, cuya presencia era como una burla para Winifred.

Mientras sus hermanas elevaban la voz en el *Salve Regina*, Winifred vislumbró una sombra al otro lado de la rejilla instalada para separar a religiosas de laicos. Era Andrew.

—El abad está al final del camino —anunció en voz baja y con expresión preocupada.

—Gracias, Andrew —murmuró Winifred—. Ve a abrirle la verja.

Winifred se alejó de sus hermanas, cruzó a toda prisa el claustro y entró en la cocina, donde una mujer canosa ataviada con un sencillo vestido removía las gachas sobre el fuego. Era Mildred, llegada al convento veinticinco años atrás, después de la muerte de su esposo. Puesto que ninguno de sus hijos había sobrevivido hasta la edad adulta y todos sus parientes estaban muertos y enterrados, la comunidad de religiosas se convirtió en su familia. Cuando su fortuna se agotó y ya no podía costearse la manutención en el convento, no dudó en asumir la responsabilidad de cocinera y había olvidado hacía mucho tiempo que una vez había sido esposa de un caballero.

—Necesitaremos cerveza para el abad —señaló Winifred—. Y también algo para comer.

—Madre mía, ¿por qué ha venido? ¡Es demasiado pronto!

Si bien Mildred había recibido orden de ir a buscar cerveza, dejó su puesto y siguió a Winifred hasta la verja de visitantes, donde ambas observaron algo angustiadas la llegada del abad.

—¡Reverenda madre! —exclamó de repente Mildred con júbilo—. ¡Mirad, el padre abad trae unos faisanes! —Al poco se disipó su alegría—. No, solo trae uno. Somos once, así que apenas habrá suficiente para todas, y si el obispo decide cenar con nosotros…

—No te preocupes, nos las arreglaremos.

La madre Winifred seguía observando al padre abad, que cabalgaba sobre su hermoso caballo por el sendero del jardín. De su postura dedujo que sus temores tenían fundamento. Además de libros sagrados, el abad llevaba otra cosa en su mochila… Malas noticias.

—Dios os bendiga, madre priora —exclamó al abad mientras desmontaba.

—Y a vos, padre abad.

La madre Winifred echó un vistazo al escuálido faisán, diciéndose que aquella noche no saborearían una cena opípara precisamente, mientras a su vez el abad olisqueaba discretamente el aire, pero sin detectar aroma tentador alguno. Recordaba los tiempos en que siempre podía contar con el famoso *blankmanger* de Winifred, que la madre superiora preparaba personalmente a base de pasta de pollo mezclada con arroz hervido, leche de almendras, azúcar y anís. Asimismo, elaboraba unas deliciosas empanadillas de pescado y buñuelos que hacían la boca agua… El abad suspiró al recordar aquellas exquisiteces. Por desgracia, aquellos días habían tocado a su fin. Ahora, si se quedaba a cenar, solo podía esperar pan duro, sopa aguada, col marchita y alubias que le harían echar ventosidades hasta bien entrada la semana siguiente.

Juntos entraron en el edificio capitular con el estómago gruñón. Mientras caminaban hablaron del tiempo y otras nimiedades, temas «de rodeo», como los denominaba la priora, pues conocía lo bastante al abad para saber cuándo se esforzaba por posponer las malas noticias, y mientras hablaban, la penetrante mirada de Winifred no pasó por alto que el abad lucía nuevas vestiduras. Su capa, aunque negra, relucía deslumbrante al sol, al igual que su calva rasurada para la tonsura. También reparó en que su cintura se había ensanchado desde que lo viera por última vez, hacía tan solo dos semanas.

Pero lo que más la preocupaba era el motivo de aquella visita inesperada, la cuestión que el abad eludía por el momento. No obstante, no tendría que haberse molestado, pues Winifred ya conocía la naturaleza de la mala noticia: también ese año se quedarían sin poder reparar el tejado. Ella y sus hermanas se verían obligadas a pasar otro invierno plagado de cubos, palanganas y camas mojadas.

Quizá existiera un modo de utilizar aquella desagradable visita en su propio beneficio. Tras darle una noticia tan decepcionante, a buen seguro el abad no podría negarle el deseo de pintar el retablo. Winifred apelaría a cualquier brizna de caridad que albergara su corazón.

La madre superiora creía en la Biblia al pie de la letra, pero con cierto margen para la interpretación. Si bien creía que Dios había creado al hombre en primer lugar, no creía que lo hubiera creado más inteligente. No obstante, había hecho voto de obediencia y por tanto obedecería al abad... dentro de un orden. Si el abad no le concedía un nuevo tejado, entonces tendría que ceder en el tema del retablo; Winifred merecía al menos eso. A sus casi sesenta años, Winifred era la mujer de más edad a la que ella misma conocía. De hecho, era mayor que casi todos los hombres a los que conocía y desde luego que el padre abad, y consideraba que ese simple hecho le otorgaba ciertos privilegios.

Cuando entraron en la sala capitular, una fría sala amueblada con sillas de respaldo recto y dominada por una enorme chimenea manchada de hollín, Winifred preguntó al clérigo si había traído infusión de corteza de sauce.

—No es la primera vez que os lo pido, padre abad.

Mientras acomodaba su considerable volumen en la única silla confortable, el abad se preguntó si Winifred llevaría el griñón demasiado ajustado o si su rostro siempre ofrecía ese aspecto contraído. Acto seguido entrevió sus manos y comprobó que estaban manchadas de azul oscuro, lo que indicaba que la madre había pasado la mañana recolectando hojas de hierba pastel. Aquel arbusto de hoja ancha, que contenía la materia prima necesaria para elaborar tinte azul, era un sustituto excelente del índigo indio que las monjas empleaban para sus pigmentos, pero que resultaba caro y difícil de obtener.

—No debéis pensar en vuestro bienestar, madre Winifred —la regañó con suavidad.

Winifred apretó los labios en una delgada línea.

—Pensaba más bien en la artritis de la hermana Agatha. Sufre dolores tan intensos que apenas puede sostener el pincel. Si mis hermanas no pueden pintar...

Dejó la velada amenaza suspendida en el aire.

—Muy bien, os lo mandaré en cuanto regrese a la abadía.

—Y carne. Las hermanas necesitan comer. Necesitan tener fuerzas suficientes para trabajar —indicó con intención.

El abad frunció el ceño. Sabía bien lo que pretendía la madre superiora. A Winifred se le daba muy bien utilizar las iluminaciones para conseguir cosas, y él nada podía hacer para detenerla, pues la demanda de iluminaciones crecía cada vez más, si bien se guardaba de revelárselo a Winifred.

Sería incorrecto afirmar que el abad Edman odiaba a las mujeres. Sencillamente, no entendía a qué propósito servían y se preguntaba por qué Dios, en Su infinita sabiduría, había elegido un instrumento tan opuesto para la reproducción de Sus hijos, ya que Edman estaba totalmente convencido de que los hombres y las mujeres jamás aprenderían a llevarse bien. De no ser por la mujer, Adán se habría quedado en el Edén, y todos los hombres vivirían ahora en el Paraíso. Por desgracia, Inglaterra no era ningún paraíso, y aquel convento se hallaba bajo su supervisión como abad de Portminster, de modo que formaba parte de sus obligaciones visitarlo con regularidad. Sin embargo, nunca se quedaba más tiempo del necesario, sino que se marchaba con toda la rapidez que le permitía la cortesía.

Mientras intentaba relajarse en aquel ambiente tan abrumadoramente femenino (¿por qué sentían las mujeres tan frívola pasión por las flores?), pensó en los hermanos de su orden, a los que tanto costaba observar el voto de celibato. Edman era célibe pese a que su condición de sacerdote no lo obligaba a ello. Casi todos los sacerdotes se casaban, lo cual Edman no comprendería jamás, y aún más asombroso le resultaba el incidente acaecido en el año 964, cuando el obispo Ethelwold puso a los sacerdotes casados de la catedral de Winchester en la disyuntiva de elegir entre sus cargos y sus esposas, y todos sin excepción se decantaron por sus esposas. El celibato nunca había constituido un problema para Edman, porque nunca había deseado tener contacto carnal con una mujer y no entendía por qué un hombre razonable albergaría semejante deseo. Nacido en la pobreza, con tan solo un vago recuerdo de su madre y huérfano al morir su padre, de oficio pescador, el pequeño Edman había sobrevivido en la ciudad portuaria gracias a su ingenio y su astucia, permitiendo que esposas de granjeros y pescadores lo explotaran como animal de trabajo. Había recibido más mamporros en la cabeza de los que podía contar, lo que le enseñó que ninguna mujer poseía siquiera un ápice de compasión ni ternura. Fue la bondad de un sacerdote del lugar, que le enseñó a leer y escribir, la que rescató a Edman de una vida de humillación y desesperación extremas. Tomó las órdenes sagradas y, gracias a su ambición, su agilidad mental y la capacidad de trabar las amistades apropiadas, logró ascender por el escalafón clerical hasta llegar a dirigir una ilustre abadía y una próspera orden de amanuenses benedictinos.

Por ello sufría irritado en aquellas visitas obligatorias al priorato de Santa Amelia. Sin lugar a dudas podría encomendárselas a algún subordinado, y de hecho en una ocasión había enviado a uno de sus ayudantes al convento para recoger un manuscrito iluminado. La madre Winifred se había ofendido de tal forma que indicó al hombre que el manuscrito no estaba terminado e incluso llegó a insinuar que no lo estaría hasta que el abad fuera a buscarlo en persona. Aquella mujer tenía el extraño don de ser obediente y desafiante a un tiempo. No obstante, en algunos aspectos Edman se mostraba inflexible, como por ejemplo ante su petición de pintar un retablo, y en ese sentido la madre superiora acataba sus órdenes... Gracias a Dios, porque el abad no podía permitirse perder el tiempo que ella dedicaría a santa Amelia cuando su arte era necesario para satisfacer la creciente demanda de iluminaciones.

Aun así, pese al disgusto que le causaba visitar el convento, debía reconocer que lugares como aquel tenían su utilidad. Muchas mujeres superfluas eran enviadas a los conventos para acabar allí sus días de forma respetable, a salvo y sin crear problemas a sus parientes varones. Por supuesto, estaban las que preferían la compañía de las suyas, mujeres que no deseaban obedecer a un hombre, mujeres que se consideraban iguales o superiores a los hombres, mujeres con la extraña idea de que podían pensar por sí mismas. Por ello, los conventos resultaban útiles tanto a los hombres como a las mujeres. No obstante, al abad le habría gustado que las monjas no fueran tan fanáticas de la limpieza. El olor del sudor honrado de un hombre no hacía daño a nadie, pero Winifred y su camarilla siempre apestaban, como todas las mujeres de alcurnia, a la dulce lavanda y el tanaceto que echaban sobre sus colchones para mantener a raya las pulgas.

—¿Cómo fue vuestra visita a Canterbury, padre abad? —inquirió la madre Winifred.

En realidad, se le daba un ardite la visita del abad y esperaba que la respuesta de su superior fuera concisa. A juzgar por su voluminosa mochila, traía mucho trabajo para sus hermanas, lo que significaba que tendría que proceder de inmediato a la preparación de nuevos pigmentos.

Edman reflexionó con tanto esfuerzo que entornó los ojos. En la catedral de Canterbury había presenciado un fenómeno muy extraño, algo llamado «representación teatral», en la que los hombres se disfrazaban y encarnaban una historia. La función formaba parte de las ceremonias de Pascua y constituía una invención de los sacerdotes. Cuando salió al escenario un monje vestido de Diablo, la congregación profirió exclamaciones de temor y furia, y a punto estuvo de linchar al pobre hombre. Se decía que aquellas representaciones contribuirían a que la gente aprendiera las historias de la Biblia con mayor facilidad, pero el abad tenía sus dudas. Si la gente podía limitarse a ver una historia, ¿no dejarían entonces de escuchar los sermones? ¿Dejarían de leer la Biblia los hombres cultos? Tal vez aquella nueva moda no cuajara; desde luego, él no tenía intención alguna de organizar semejante cosa en su abadía.

Se preguntó si las representaciones teatrales serían heraldos de un cambio. Aunque a decir verdad, hubo un día, veintidós años atrás, en que la Iglesia creyó que se produciría un cambio lo bastante drástico para anunciar el fin del mundo.

Menuda desilusión había resultado ser el milenio. Tanta expectación e histeria, tantas bacanales y orgías, tantas personas acudiendo en tropel al abad para confesarse, tantos suicidios y agoreros, tanto pensar que Jesús estaba a punto de regresar y que el mundo se acababa. ¡Y los inacabables debates! ¿Debían contarse mil años a partir del nacimiento de Jesucristo o a partir de su muerte? ¿Marcaba el milenio el Segundo Adviento de Cristo o el inicio del reino de Satanás? ¿Era la destrucción del Santo Sepulcro de Jerusalén por los musulmanes una señal? Pero aquel acontecimiento había tenido lugar en el año 1009. ¿Podía el milenio producirse nueve años más tarde? El abad Edman, a la sazón un joven clérigo, se había unido al movimiento de la Paz de Dios en un intento de frenar el comportamiento desbocado de los señores feudales. Por supuesto, la fiebre del día del Juicio Final reportó ciertos beneficios. Un rico barón del condado había donado todas sus tierras y riquezas a la abadía de Portminster antes de dirigirse al Vaticano para pasar allí la víspera del milenio ataviado con un saco de arpillera y cubierto de cenizas. Entonces, la mañana del 1 de enero del año mil..., nada. Tan solo otra mañana gélida con sus dolores, achaques y flatulencias.

—El viaje transcurrió sin percances, gracias a Dios —respondió por fin, esperando que aquellas preguntas triviales no preludiaran otra petición de pintar el retablo.

Qué pesadez. Por muchas veces que le repitiera que olvidara el asunto, ella insistía. ¿Acaso no sabía que contravenir la voluntad del abad equivalía a contravenir la voluntad de Dios?

Por supuesto que lo sabía, razón por la cual nunca desobedecía. Aquella mujer era un ejemplo de sumisión cristiana, pero aun así utilizaba las confesiones para soltar sus pequeñas rebeldías.

—Soy culpable del pecado de hambre —murmuraba a través de la rejilla en el confesonario—, y de desear que el padre abad nos procure más alimento a mis hermanas y a mí.

El abad hacía caso omiso de la insinuación y le imponía tres Padrenuestros por haber incurrido en el pecado de la gula.

Sin embargo, la irritación del abad estaba teñida de compasión. Pobre Winifred. En cuanto empezó a propagarse la noticia del nuevo convento y su generosidad, dio comienzo un embarazoso éxodo de monjas, residentes y alumnas de Santa Amelia al convento de la Vera Cruz. No podía ser de otro modo, pues Winifred no era precisamente conocida por su abundante mesa, escatimaba en leña y carbón y no permitía animales domésticos. Con frecuencia, las residentes acudían a él para quejarse de las precarias condiciones del convento, y ahora se alojaban cómodamente en el nuevo priorato, donde numerosos hogares ahuyentaban el frío y las mesas rebosaban de carne y vino. La pobre Winifred estaba condenada a permanecer allí, en aquellas estancias gélidas, acompañada de un escaso grupo de seguidoras fieles. De no ser por la producción de iluminaciones, el abad habría clausurado el viejo convento largo tiempo atrás.

Mildred había horneado pastelillos de avena con miel, un manjar sano que las monjas necesitaban mucho. Pero como en la despensa escaseaban tanto la avena como la miel, había confeccionado exactamente once pastelillos del tamaño de una nuez, uno para cada monja y el último para Andrew. Puesto que no podía permitir que la madre superiora no tuviera nada que ofrecer al abad, sacó el plato, decidiendo que sacrificaría su pastelillo para que el abad viera cuán hospitalarias eran. Para su sorpresa y la de la madre Winifred, el abad cogió nada menos que tres pastelillos y se los embutió de golpe en la boca. Ambas mujeres observaron cómo pulverizaban sus mandíbulas y mejillas el valioso manjar, y en cuanto los tragó, alargó la mano para coger tres más. Las pastas desaparecieron en un santiamén, lo cual enfureció a la madre Winifred.

Mientras regaba los insulsos pastelillos con una taza de cerveza aguada, el padre Edman no pudo por menos que observar la mirada que cambiaban las dos mujeres, pero no hizo caso. Nunca se disculpaba por su voraz apetito, ya que estaba convencido de que Dios quería ver a sus servidores bien alimentados. ¿Cómo iba a convencer a la gente de que se convirtiera al cristianismo si él mismo tenía aspecto de espantapájaros? ¿Acaso no dudarían los paganos de un Cristo que mataba de hambre a sus hijos? El abad Edman se tomaba muy en serio su misión evangelizadora, pues si bien Inglaterra mostraba todos los signos externos de la cristiandad, era consciente de que muchos aún adoraban árboles y círculos de piedra. Bajo una delgada capa de supuesta devoción subyacían supersticiones ancestrales y costumbres herejes, por lo que la lucha por el alma de los hombres era una batalla que nunca cesaba. Se veía a sí mismo como un guerrero de Cristo, y todo el mundo sabía que los soldados tenían que alimentarse.

Se limpió los dedos en el hábito y, decidiendo ir al grano, introdujo la mano en su bolsa para sacar las nuevas páginas que requerían mayúsculas. También había traído un libro para que Winifred lo iluminara; otro indicio de que los tiempos estaban cambiando era que otras personas aparte de los clérigos empezaban a mostrar interés por los libros.

—El benefactor desea ver su retrato en la primera página, ataviado con armadura y montado sobre su corcel con escudo y lanza. Asimismo, desea una ilustración de su señora al principio de uno de los salmos.

Winifred asintió; era una petición habitual. Por lo general elegía el salmo 101 para la señora del caballero. En latín empezaba por la letra D, de forma ideal para pintar en ella una silueta humana. Además, la traducción del primer verso decía «Quiero cantar lo que es bueno y justo», lo cual siempre agradaba a las damas.

Aunque en la actualidad se estaban iluminando muchas clases de libros en Inglaterra y Europa, desde Evangelios y libros litúrgicos hasta obras del Antiguo Testamento y las recopilaciones de autores antiguos copiadas por copistas carolingios, la especialidad regional del abad Edman eran los libros de salmos decorados con escenas bíblicas y de una calidad que no se encontraba en ningún otro lugar de Inglaterra, gracias a Winifred. La ilustración se realizaba en un estilo muy vívido, con figuras humanas pintadas en posturas animadas y ataviadas con vaporosas vestiduras. Puesto que, de joven, Winifred había aprendido el arte de la iluminación de una experta en el estilo de Winchester, su obra se manifestaba en ricos matices azules y verdes, así como suntuosos marcos de hojas y animales, aunque también añadía su toque personal en las espirales, entrelazos, nudos y animales imbricados que recordaban la joyería celta.

La competencia entre los centros productores de libros era feroz, pues cada abadía o catedral deseaba que sus obras fueran las más populares entre reyes y nobles. Sin embargo, la creación de iluminaciones era lenta, y la mayoría de las catedrales y monasterios no realizaba más de dos libros al año. Fue uno de los predecesores de Edman quien tuvo la idea de poner a trabajar a las monjas de Santa Amelia, pues gracias a sus manos más pequeñas, a su vista más aguda y a su talento para el detalle podían encargarse de las mayúsculas mientras los monjes escribían el cuerpo del texto. El orgullo había impedido a aquel abad revelar que aquella inestimable labor corría a cargo de mujeres, por lo que todo el mundo creía que eran los monjes de Portminster quienes creaban esas maravillas a una velocidad de vértigo.

—Trabajan a la velocidad de Dios —gustaba de comentar el abad.

Pero en los últimos tiempos se planteaba un problema. En Santa Amelia ya no ingresaban novicias jóvenes, y las artistas originales envejecían y morían. Por ello, al obispo se le había ocurrido una solución razonable y brillante, en opinión de Edman, aunque sabía que Winifred no sería del mismo parecer.

Tenía que dar el siguiente paso con cautela, ya que no tenía idea de cómo reaccionaría ante sus palabras. A fin de cuentas, no podía hacer caso omiso de su vena rebelde. Si no la manejaba con cuidado, podía dar al traste con todo, y el abad era un hombre ambicioso. Dirigir una abadía era sinónimo de éxito, sin lugar a dudas, pero presentía que estaba destinado a hacer cosas más importantes. En Portminster se estaba construyendo una nueva catedral, lo cual significaba que designarían a un obispo para encabezarla. El padre abad tenía intención de ser el elegido, pero su éxito dependía en buena parte de que Winifred siguiera produciendo iluminaciones.

Mientras el abad se dedicaba a engullir los pastelillos horneados para los once moradores del convento, Winifred mandó traer a la sala capitular los manuscritos acabados. Edman procedió a examinarlos. Como siempre, los colores eran tan vibrantes que quitaban el aliento. Tenía la impresión de que si tocaba el rojo, sentiría su latido, de que si olía el amarillo, percibiría la fragancia de los ranúnculos. Al abad le resultaba irónico que Winifred fuera una mujer tan austera e incolora cuando sus creaciones eran tan vibrantes.

No elogió el trabajo; nunca lo hacía, y Winifred no lo esperaba. Sin embargo, la madre superiora advirtió admiración en sus ojos y experimentó una punzada de orgullo, por lo que pensó que era un momento propicio para volver a sacar a colación el tema del retablo.

El abad escuchó pacientemente su explicación de que deseaba ofrecer a santa Amelia algo a cambio de lo que la santa le había dado a ella, pero ya había decidido denegarle su solicitud. No podía permitirse el lujo de que Winifred iniciara un proyecto que llevaría meses, un tiempo precioso robado a la tarea de enseñar a monjas jóvenes el arte de crear iluminaciones.

Por fin carraspeó e intentó aparentar que había meditado muy seriamente la petición.

—Estoy seguro de que santa Amelia considera que ya habéis hecho bastante por ella durante todos estos años de servicio, madre superiora.

—Entonces, ¿por qué no puedo dejar de pensar en el retablo? Es una idea que me persigue día y noche.

—Tal vez os haga falta rezar más —sugirió el abad.

—Rezo muchísimo, pero por única respuesta obtengo una mayor obsesión por el retablo. Incluso sueño con él, siento la mano de Dios que me guía.

El abad frunció los labios. Era una idea peligrosa la de una mujer convencida de que recibía las órdenes directamente de Dios. ¿Y si todas las mujeres empezaran a pensar lo mismo? Las esposas dejarían de obedecer a sus esposos, las hijas ya no obedecerían a sus padres y la sociedad se sumiría en el caos más absoluto.

—Madre superiora, debéis saber que a Santa Amelia no le hace ninguna falta un retablo —anunció por fin.

Winifred enarcó las cejas casi inexistentes.

—¿A qué os referís?

—Me temo… —de nuevo el abad carraspeó, esta vez con nerviosismo—. Me temo que el convento de Santa Amelia será clausurado.

Winifred lo miró con fijeza mientras el silencio se abatía sobre la sala capitular. Del otro lado de las pesadas puertas llegaba el lejano sonido de pasos.

—¿A qué os referís? —repitió por fin la monja.

El abad se irguió.

—Me refiero, madre Winifred, a que estos viejos edificios son insalvables y no merece la pena intentar repararlos. He hablado con el obispo, y conviene en que vos y vuestras hermanas debéis trasladaros al convento de la Vera Cruz para que este lugar pueda clausurarse.

—Pero nuestro trabajo…, las iluminaciones.

—Proseguiréis con él, por supuesto, y transmitiréis vuestros conocimientos a una generación más joven de monjas para que ellas puedan mantener viva la tradición.

Winifred se sentía entumecida. De todas las malas noticias que podía prever, aquella era tan espantosa que jamás le había cruzado por la mente.

—¿Qué será de santa Amelia?

—Recibirá su propia capilla en la nueva catedral de Portminster.

Era muy tarde, y la capilla estaba silenciosa y desierta, a excepción de una figura solitaria alumbrada por la vacilante luz de una vela. Era Winifred y estaba de rodillas.

Nunca había experimentado una desesperación tan profunda. El día que había empezado tan lleno de color y promesas se había tornado oscuro e inhóspito como el invierno inglés. Tener que marcharse del único hogar que conocía. Tener que empezar, a una edad tan avanzada, a transmitir una vida entera de conocimientos a un puñado de muchachas. Tener que decir a sus queridas y ancianas hermanas que las iban a trasladar a un lugar extraño, donde tendrían que adaptarse, después de tantos años de rígida rutina, a nuevos modos y costumbres. ¿Cómo había podido suceder semejante cosa? ¿Acaso nada significaban tantas décadas de servidumbre?

Pero lo peor de todo era la perspectiva de separarse de su querida santa.

Durante gran parte de su vida, Winifred había rezado cada día a santa Amelia. Nunca había empezado ni terminado un día sin dialogar con Amelia; nunca se había alejado demasiado del convento porque no le gustaba estar lejos de la santa. Era Amelia quien le proporcionaba sabiduría y fuerza. Amelia era más que una mujer fallecida mil años atrás; era la madre a la que Winifred apenas había conocido, la hija que nunca tuvo, las hermanas a las que había enterrado en el camposanto de la iglesia. Y ahora, sentada a solas en la capilla a la luz de la vela, entre silenciosos muros de piedra, Winifred se veía obligada a decirle adiós. La embargaba la sensación de hallarse al borde de un precipicio inmenso y aterrador.

—Padre abad —había logrado articular tras recobrarse del golpe inicial—. Llevo viviendo aquí cuatro décadas y no conozco otro hogar. Fue aquí donde santa Amelia me dio el talento de la pintura. ¿Cómo voy a marcharme? Si me alejo de santa Amelia, perderé mi don.

—Tonterías —espetó el abad—. Vuestro don os lo entregó Dios, y podréis visitar a santa Amelia en la catedral de vez en cuando.

Visitar a santa Amelia de vez en cuando. «Pereceré...»

En esos momentos se debatía en un conflicto interior. Desde muy pequeña le habían enseñado a obedecer a padre, esposo, sacerdote e Iglesia. Sin embargo, en ciertos momentos de su vida había considerado que tenía más sentido común y podía tomar mejores decisiones que otras personas. Fue el caso de la víspera del milenio. El predecesor del padre Edman había ordenado a todas las monjas del convento que fueran a la abadía de Portminster para rezar y estar a salvo. Pero Winifred estaba convencida de que estarían más seguras con santa Amelia, por lo que decidió desobedecer al abad. La víspera del año nuevo, la histeria colectiva se apoderó de la abadía y en el tumulto consiguiente resultaron heridas de gravedad muchas personas porque el abad no manejó la situación como debía. El pánico que infundía el cambio de milenio no había hecho más que excitar a la ya impresionable multitud, pero la firme desobediencia de Winifred había salvado a sus hermanas y residentes.

Pero ¿cómo proceder ahora? El asunto no era tan claro, ni mucho menos. Alzó la mirada hacia el relicario colocado sobre el altar, que relucía tenuemente a la luz de la vela. La carga que suponía dirigir y cuidar a sesenta monjas, residentes y alumnas, además de satisfacer las necesidades físicas y espirituales diarias de grupos enteros de peregrinos, no era nada en comparación con la responsabilidad a la que ahora se enfrentaba pese a que solo once personas habitaban el convento.

Winifred experimentó un instante de amarga recriminación. No se trataba de clausurar un lugar obsoleto, pensó, porque con un poco de dinero y unas cuantas reparaciones Santa Amelia podría volver a ser autosuficiente. Se trataba de unas mujeres que ya no resultaban útiles, porque lo que quería el abad era que Winifred empezara a enseñar a las hermanas más jóvenes a pintar iluminaciones.

—Para que Agnes y Edith puedan descansar sus manos agotadas

y disfrutar de sus últimos días en paz. Que manos más jóvenes se ocupen de la ardua tarea —había dicho.

Ella había argumentado que las hermanas amaban su trabajo y que apartarlas de él equivaldría a privarlas de su razón de vivir. Pero el abad se negó a escucharla.

El asunto hacía que Winifred se sintiera vieja y decrépita, un trasto inútil, como una aguja de coser rota. La edad no contaba en absoluto; la juventud lo era todo. Como los montones de hojas podridas debían barrerse para que pudieran brotar de la tierra vástagos nuevos, también a ella y sus hermanas había que barrerlas. Por primera vez en varias décadas, Winifred estaba al borde de la desesperación. Aquel encantador y modesto priorato había sobrevivido a tres siglos de tempestades, inundaciones, incendios e incluso invasiones vikingas. ¡Pero sería una astilla la que acabaría con él!

Temerosa de repente de que sus pensamientos fueran sacrílegos, pues la astilla que albergaba el nuevo convento no era una astilla cualquiera, Winifred entrelazó las manos.

—Oh, bendita Amelia, nunca te he pedido nada —rezó.

Era cierto. La gente acudía a la santa para pedirle favores, curaciones milagrosas y deseos, pero la madre Winifred, que la había cuidado durante cuarenta años, solo le elevaba oraciones de gracias. Sin embargo, ahora tenía una petición, y no era una petición material, ni buscaba alivio para un dolor físico, ni consejo en cuestión de amores ni marido, sino tan solo orientación.

—Dime qué debo hacer.

En aquel instante, cuarenta años de autocontrol se quebraron como una rama seca.

—¡Ayúdame, te lo ruego! —gritó.

Entonces hizo algo que nunca había hecho: se abalanzó sobre el altar y se abrazó al relicario de plata.

Horrorizada por lo que acababa de hacer, pues el relicario solo se tocaba con un plumero para quitarle el polvo, Winifred se irguió a toda prisa, masculló una disculpa, se santiguó y en aquel momento su pie quedó atrapado en el dobladillo del hábito. Perdió el equilibrio, buscó a tientas algo a lo que aferrarse, asió el paño del altar sin darse cuenta y al caer lo arrastró todo consigo, flores, candelabros, relicario y demás objetos.

Chocó contra los escalones de piedra con un doloroso golpe, dio media voltereta y se golpeó la cabeza con tal fuerza que a punto estuvo de perder el conocimiento. Cuando volvió en sí, se encontró tendida en posición supina sobre los escalones del altar, de cara al andamio, con la cabeza atenazada por un dolor agudo. Al intentar moverse, se dio cuenta de que su brazo derecho estaba atrapado bajo un peso.

El relicario, que se había abierto.

Por primera vez en casi mil años, los huesos de la santa estaban al descubierto.

Winifred se levantó de un salto.

—¡Madre de Dios! —exclamó, contemplando horrorizada las reliquias profanadas.

El corazón le latía con violencia mientras intentaba decidir qué hacer. ¿Había tenido lugar una auténtica profanación? ¿Existía algún ritual específico para volver a colocar en su lugar los huesos de la santa? El abad. Debía comunicárselo de inmediato al padre abad.

Pero algo la detuvo. Conteniendo el impulso de salir corriendo de la capilla, la madre Winifred se arrodilló despacio y contempló maravillada los delicados objetos desparramados sobre los escalones. Eran como conchas marinas o guijarros encontrados en un río, frágiles y vulnerables, una falange aquí, un esbelto húmero allá. Para su asombro, el esqueleto estaba casi completo, aunque muy desordenado y casi reducido a polvo. El cráneo seguía unido al cuello, y este a las clavículas. Las costillas se habían desintegrado largo tiempo atrás y la pelvis estaba hecha añicos. Pero fue el cuello lo que le llamó la atención, pues había algo en él que…

Se acercó más y lo examinó con ojos entornados a la mortecina luz de la capilla. En la base del cráneo, donde confluían las dos primeras vértebras…

Abrió los ojos de par en par, se incorporó con cierta dificultad, cogió la vela encendida y la aproximó a los huesos. Contuvo el aliento al ver la llama de la vela danzar sobre los huesos pálidos y captar entre ellos un extraño brillo.

Frunció el ceño. Los huesos no brillaban.

Acercó la vela y se inclinó un poco más con los ojos entornados, aguzando la vista, concentrándose en el resquicio entre ambas vértebras. Una leve corriente barrió la capilla y la llama de la vela se agitó, provocando de nuevo aquel fulgor. Era como la chispa que se obtiene al frotar un pedernal, pensó.

¿Qué sería?

La embargó una sensación sobrecogedora mientras permanecía arrodillada en la capilla con la única compañía de los huesos milenarios. De repente, tenía la impresión de no estar sola. Miró a su alrededor, pero la capilla estaba desierta. Nadie ni nada acechaba entre las sombras. No obstante, los pelos de la nuca se le erizaron y sintió la piel de gallina, como si alguien respirara muy cerca de ella.

Allí había alguien.

Entonces lo supo. En un instante fulgurante, con la claridad mental más asombrosa que había experimentado en su vida, supo que era santa Amelia, despierta al quedar su sueño perturbado por el incidente.

—Perdóname, te lo ruego —murmuró Winifred con voz temblorosa mientras intentaba decidir cómo recoger las piezas y volver a guardarlas en el relicario.

Tendría que hacerlo de la forma más religiosa y reverente que pudiera…, y sin que nadie se enterara. Eso sí lo sabía con certeza; solo ella estaba destinada a ver los huesos, nadie más. Era una señal. Santa Amelia intentaba comunicarle algo.

Cuando la luz de la llama vaciló de nuevo y otra vez arrancó un destello a los huesos, Winifred alargó la mano temblorosa, extendió el dedo anular y con cierta torpeza tocó la columna reseca. Las vértebras eran tan antiguas y estaban tan secas que se desmoronaron y cuando se separaron como las dos mitades de una nuez, dejaron al descubierto un objeto tan maravilloso que Winifred cayó hacia atrás con un grito y aterrizó sobre las nalgas.

Entre las vértebras del cuello de santa Amelia se ocultaba la piedra azul más hermosa que Winifred había visto en toda su vida.

Winifred llevaba consigo el cristal azul de santa Amelia, en secreto, oculto en el fondo del bolsillo de su hábito. No se lo mencionó a nadie después de guardar de nuevo los huesos en el relicario y dejar este en el altar, pues necesitaba tiempo para ponderar el misterio que había desvelado. ¿Qué hacía el cristal azul entre los huesos? ¿Cómo se había alojado allí? ¿Era una señal de santa Amelia? ¿Qué otra cosa podía ser? Los huesos llevaban siglos sellados en el relicario, mil años por lo que sabía Winifred. ¿Por qué habían elegido precisamente aquel momento para manifestarse? La respuesta era evidente. Tras la marcha del abad, Winifred se había sumido en una desesperación tan profunda que había creído que nunca más volvería a salir el sol, pero entonces Amelia le había hablado por medio del cristal azul.

Pero ¿cuál era el mensaje? ¿Guardaba relación con el traslado al nuevo convento? En tal caso, ¿la instaba Amelia a marchar o a quedarse? Nada había ocupado jamás los pensamientos de Winifred con tal intensidad como aquel acontecimiento. Las mujeres que tenía a su cargo dependían de que ella tomara la decisión correcta.

¡Y estaban tan indefensas! Ahí estaba la pobre *domina* Odelyn, anciana y lisiada, siempre esperando junto al pozo a que alguien se acercara para sacarle agua. Odelyn había llegado el convento hacía muchos años, después de que una invasión vikinga acabara con toda su familia. Las joyas de la familia, escondidas en el pozo tras la mansión, le habían costeado la residencia permanente en el convento. Pero desde el día en que se había visto obligada a bajar al pozo para recoger el tesoro que en él ocultara su padre, casi incapaz de descender porque al salir de su escondrijo había visto los cadáveres mutilados de sus padres y hermanos, a Odelyn la aterrorizaban los pozos. Luego estaba la pobre hermana Edith, tan olvidadiza que hacía falta acompañarla cada noche al *necessarium* porque se extraviaba. Y Agatha, cuya artritis alcanzaba a veces proporciones tan espantosas que requería ayuda para comer. La lista era interminable. ¿Cómo iba Winifred a decir a aquellas pobres mujeres que las iban a desarraigar de la única vida que conocían, de todo cuanto les resultaba familiar y reconfortante, para trasladarlas a un entorno desconocido?

Para encontrar la respuesta a su dilema se concentraba en el cristal azul. Empezó a obsesionarse con sus colores e intentó recrearlos con una combinación de pigmentos. Al sostener la piedra semitransparente a la luz veía explosiones de cian y aguamarina, lazos de cielo azul y aciano, lagos de zafiro y mares de turquesa. Pero los colores cambiaban sin cesar. Winifred examinaba la piedra a la luz del sol y de las velas, durante las tormentas y al atardecer, y en ella veía azur, turquesa, azul marino, ultramarino, lapislázuli, índigo, cerceta... La fascinaban el color y la composición del cristal. La piedra no era del todo transparente, pues su corazón era algo nebuloso, una agrupación de partículas que brillaban cuando el sol las captaba. Eran de color blanco plateado y cobraban formas distintas según el ángulo desde el que se las observaba. La madre superiora ató un delgado hilo al cristal y lo hizo girar muy despacio a la luz del sol, con lo que la sustancia del núcleo parecía moverse y cambiar. Resultaba fascinante. Casi le parecía distinguir en el corazón del cristal el fantasma de una mujer que le hacía señas...

Le habría gustado captar su esencia sobre un pergamino, pero para ello haría falta un milagro, pues ¿dónde hallaría semejantes azules, aquella luz y transparencia, aquellos matices líquidos?

—No habéis probado bocado —observó Mildred con gran preocupación después de que las hermanas salieran del refectorio para dirigirse al *scriptorium*.

No era propio de la madre Winifred no vaciar el plato; ni siquiera se había tomado el tónico matinal. La madre superiora creía en la antigua práctica de ahuyentar el invierno de la sangre tomando un brebaje compuesto de siete hierbas primaverales. Desde sus tiempos de joven novicia, tenía por costumbre revitalizarse cada año con una infusión preparada a base de raíces de lampazo, hojas de violeta, ortigas, hojas de mostaza, hojas de diente de león, brotes de asfodelo y cebolla silvestre. Tenía un sabor deleznable, pero resultaba vigorizante en extremo.

—No sois la misma desde la visita del abad.

Mildred siempre recordaba a Winifred los pequeños perros falderos que tanto gustaban a las damas, la clase de animales que podían llevarse en la manga y que asomaban la carita de grandes y acuosos ojos por el dobladillo. Sospechaba que nada escapaba al escrutinio de la cocinera, sobre todo porque su dominio ocupaba un lugar preponderante en el convento. Las hermanas acudían a ella para contarle sus males y penas, para pedirle linimentos, tónicos, remedios y caldos nutritivos. Era una mujer menuda, pero más lista que el abad.

—¿Tan malas noticias traía? —quiso saber.

—Este año no tendremos tejado nuevo —repuso por fin Winifred.

No era toda la verdad, pero tampoco era una mentira. Todavía no había comunicado la noticia a sus hermanas, pues quería rezar más. Había conseguido un poco de tiempo diciéndole al abad que las monjas no podrían trabajar en los nuevos manuscritos si sabían del inminente traslado al otro convento; su superior le había concedido un período de gracia de dos meses, tras el cual debería tener lugar la mudanza. Entretanto, Winifred se dedicaba a ponderar el milagro y el misterio del cristal azul, intentando con todas sus fuerzas dilucidar el mensaje que contenía.

Dejando a Mildred con una expresión escéptica pintada en el rostro, Winifred fue al *scriptorium*, donde sus hermanas habían puesto manos a la obra en silencio y con gran reverencia, creando escenas bíblicas de tan gloriosos colores que toda Inglaterra hablaría de ellas. Los pigmentos eran el secreto que permitía crear aquellas iluminaciones tan notables. A fin de cuentas, ¿de qué servía el talento del artista si empleaba tintes de calidad inferior? Sin embargo, ahora andaban escasas de material y el poco del que disponían no era bueno. Winifred había intentado conseguir algunas monedas del abad para adquirir nuevos pigmentos, pero el clérigo se había negado, sabedor de que la madre superiora era capaz de hacer milagros con lo poco que tenían, como siempre había hecho.

Winifred pensó en el nuevo anillo que había visto en el dedo del abad. Sin duda, se trataba de un obsequio de algún benefactor de la abadía. El valor de aquella pieza podría procurar a las monjas pigmentos de la mejor calidad durante un año entero, y tal vez incluso le habría permitido adquirir malaquita para crear los verdes más impresionantes. En cambio, ella y sus hermanas debían conformarse con los verdes que obtenían del espino cerval y la mora, y en caso extremo de las bayas de madreselva y las hojas de dulcamara. Con toda probabilidad tendrían que recurrir al jugo de lirio, un proceso delicado que requería paciencia y destreza. Las flores de color azul oscuro no parecían una buena fuente de verdes, y el color violáceo que se obtenía en la primera prensa no resultaba nada prometedor. Pero en cuanto se mezclaba con alumbre, aparecía un nítido y hermoso matiz verde. Winifred sabía que el secreto radicaba en eliminar todo el polen.

¿Era justo que el abad, con su hermoso anillo, obligara a sus hermanas a realizar tantos esfuerzos adicionales?

Sin duda alguna ese año no les quedaría otro remedio que elaborar los amarillos con corteza de manzano. Si pudiera permitirse comprar azafrán… El azafrán era el elemento indispensable para imitar el oro. Una pizca de azafrán seco en un plato, cubierta con clara de huevo y dejada reposar, creaba un hermoso amarillo transparente e intenso. Winifred gustaba de emplearlo para reforzar el efecto de las filigranas ornamentales a pluma alrededor de las iniciales coloreadas, para los marcos dorados en los paneles iluminados de los libros y para los toques dorados en las líneas de texto rojo y negro.

Sin embargo, carecían de azafrán, mientras que el abad lucía un bello anillo de rubíes.

Sintió deseos de proferir gritos de frustración y desesperanza. El abad esperaba que Winifred tejiera seda con orejas de cerda, y además que transmitiera todos sus conocimientos a unas monjas jóvenes. No solo que les enseñara a dibujar, pintar o fabricar pigmentos, sino también a adquirir los ingredientes y evitar las estafas. ¿Acaso no veía el abad que durante el proceso de aprendizaje las alumnas crearían iluminaciones mediocres en extremo? ¿No era capaz de anticipar que la reputación de sus libros se resentiría hasta que las novicias alcanzaran el nivel de excelencia de las hermanas a las que pretendía relegar? Su falta de visión de futuro la enfurecía. Como casi todos los hombres, el abad solo pensaba en el presente, dejando que las mujeres se preocuparan por el futuro.

—¡Madre Winifred! —oyó llamar a Mildred.

La cocinera entró corriendo en el *scriptorium* con gran estruendo de sus sandalias sobre las losas.

—¡Ha venido el buhonero, el señor Jaffar Ibn Aziz!

Winifred experimentó una sensación inmediata de júbilo.

—¡Alabado sea el Señor! —exclamó.

Sin duda se trataba de otra señal de Dios; justo cuando más escasas de material andaban, el Todopoderoso llevaba hasta su puerta al vendedor de pigmentos.

—¡Dios os bendiga, señor Jaffar! —saludó mientras corría por el sendero con los velos negros revoloteando a su alrededor.

—¡Y a vos, mi querida señora! —repuso el hombre al tiempo que se descubría y hacía una elegante reverencia.

El comerciante, hombre de origen extranjero, tez olivácea y barba plateada bien recortada, siempre saludaba a la priora de un modo que la hacía pensar en cortes y reyes. Llevaba una larga túnica con lunas y estrellas bordadas, y se tocaba con una gorra acolchada de flecos. Era de estatura alta y complexión robusta, y si bien Winifred calculaba que rozaba los sesenta años de edad, mantenía la espalda erguida y los hombros firmes. Su viejo caballo tiraba de un carro curiosísimo, cubierto de símbolos celestiales, signos zodiacales, cometas, arco iris, unicornios y grandes ojos que todo lo veían. El vendedor era famoso en toda la región como proveedor de sueños, magia, polvo de estrellas y esperanza. A la gente le gustaba el sonido de su nombre, Jaffar Ibn Aziz; los niños corrían en pos de su carro entonando su nombre, que hacía salir a las esposas de sus granjas. En realidad era Simón el Levita, un judío. Contaba a todo el mundo que era de «la lejana Arabia», pero en verdad había nacido en Sevilla, España. Para sus clientes era cristiano, pero bajo la larga túnica llevaba un *tallith*, el chal de flecos ritual, y de noche, cuando estaba a solas, recitaba solemnemente el «Oye, oh Israel». Simón no ocultaba su identidad por causa de los prejuicios locales, ya que la persecución de los judíos no experimentaría su auge en Europa hasta trescientos años más tarde, cuando fuera necesario achacar la culpa de la peste negra a alguien, sino porque había descubierto que le gustaba encarnar a aquel personaje exótico y la notoriedad que conllevaba. Le gustaba vender misterio e ilusión, disfrutaba observando cómo se iluminaban los rostros de los niños cuando hacía números de prestidigitación y magia, pues también él era joven de espíritu. Había llegado a la isla británica por casualidad a bordo de un buque que se dirigía a Brujas, pero que se desvió de su rumbo. Cuando descubrió que era diferente, pues en su patria no era más que uno de tantos como él, mientras que allí era único, decidió quedarse, ya que la diferencia resultaba lucrativa. Llevaba una vida solitaria, realizando un circuito anual de ida y vuelta desde Londres hasta la muralla de Adriano,* y aguardaba con impaciencia el día en que pudiera retirarse a una pequeña granja propia y dejar que la pobre Seska, su fiel compañera durante quince años, se dedicara únicamente a pastar.

* Muralla que mandó construir el emperador romano del mismo nombre, límite septentrional de Inglaterra. *(N. del E.)*

El señor Jaffar Ibn Aziz solo tenía una debilidad que en más de una ocasión había estado a punto de ser su perdición: le gustaban las mujeres con locura. Fueran jóvenes o viejas, gordas o flacas, lentas o rápidas, hallaba gozo y misterio en todas ellas. A veces se preguntaba si se debería a que tenía siete hermanos. Las mujeres eran el regalo de Dios para el hombre, juraba, pese a lo que la Torá decía de Lilith y el desafortunado coqueteo que Adán tuviera con ella. Adoraba su suavidad, su olor, sus estados de ánimo tan mercurianos, el hecho de que a veces fueran más débiles que los hombres, a veces más fuertes. Su feroz instinto maternal. Sus sonrisas coquetas. Su cabello largo…, ay, su cabello largo. Pese a que ya no era joven, tampoco era demasiado viejo para no apreciar un muslo firme, unos senos turgentes y un corazón bondadoso. Nunca forzaba ni comprometía a mujer alguna; o bien iba a él por voluntad propia o no quería saber nada de ella. Pero las mujeres de todos los confines se sentían intrigadas por su naturaleza exótica y, en sus benditos corazones, razonaban que un hombre venido de tan lejos debía de saber más de las artes amatorias que los lugareños. Y a decir verdad, así era.

Viajaba solo y raras veces lo importunaban, ya que incluso los bandidos respetaban al curandero y a veces necesitaban a un vidente. Si bien la gente no sabía leer, los símbolos pintados en los costados de su carro anunciaban sus talentos como alquimista, vidente, sacamuelas y mago. Vendía y trocaba de todo, desde botones, alfileres, dedales e hilo hasta pociones, ungüentos, botellas y cucharas. La única excepción era que no comerciaba con reliquias ni demás objetos religiosos, ya que Simón el Levita pertenecía a la más extraña de las razas: era un vendedor honrado. Por ello dejaba la venta de cabellos, dientes y huesos de santos a charlatanes y curas, y a veces se decía que no existía diferencia alguna entre ambos oficios. Asimismo, albergaba la secreta opinión de que la astilla de la Vera Cruz guardada en el nuevo convento era una farsa, pues se había topado con astillas semejantes en sus viajes por España y Francia, y además había oído hablar de otras tantas en toda Europa y en Tierra Santa, llegando a la conclusión de que todas aquellas supuestas astillas de la Vera Cruz colocadas en fila llegarían a la luna.

Recordaba la locura que había dominado a Inglaterra veintidós años antes, con motivo de un presunto fenómeno que todos llamaban el milenio. El asunto desconcertó a Simón, pues el calendario judío carecía de separaciones entre milenios, al igual que el calendario de sus hermanos musulmanes, que calculaban los años a partir de Mahoma. ¿Significaba eso que solo una tercera parte del mundo terminaría, mientras que el resto seguiría su curso habitual?

Resultó ser una pregunta innecesaria, pues la noche en cuestión pasó sin pena ni gloria, y los sacerdotes declaraban ahora que el fin del mundo tendría lugar en el siguiente milenio, mil años más tarde, en el lejanísimo y por tanto imposible de imaginar año 2000, momento en que Jesús y los ángeles descenderían a la tierra.

En sus viajes por la campiña inglesa, Simón era muchas cosas para muchas personas, pero cada vez que pasaba por el convento de Santa Amelia, cerca del río Fenn, se limitaba a ser él mismo. Admiraba a la priora y sabía que ella hacía caso omiso de su farsa y respetaba la sabiduría que se ocultaba tras la fachada. Por ello se quitaba el gorro de flecos, llamado *kippah*, prescindía de la vara y de los gestos místicos, aunque se dejaba puesta la túnica de mago, porque consideraba que le otorgaba dignidad.

Había transcurrido un año desde que visitara el convento por última vez, y la precariedad en que vivían las monjas lo alarmó. Las paredes en mal estado, los campos descuidados, la ausencia de ocas y gallinas, las malas hierbas a lo largo de un sendero antaño pisoteado por tantos peregrinos... Sabía que el nuevo convento estaba adquiriendo mucha popularidad, pero no había creído que la cercana abadía abandonara a aquellas mujeres a su suerte. Sin duda, el rollizo abad sabía que las devotas hermanas necesitaban comida sobre la mesa y cerveza en sus vasos.

Al ver la blanca sonrisa en el rostro oliváceo, Winifred se dio cuenta de que se alegraba muchísimo de ver al señor Jaffar. Winifred no era una mujer de mundo, pues había nacido a treinta kilómetros del priorato y nunca había viajado más lejos. Hablaba el latín de forma rudimentaria y había leído parte de la Biblia, pero nada más. Ni ella ni sus hermanas sabían nada del resto del mundo, solo lo que les contaban peregrinos y viajeros. Puesto que ya no llegaban peregrinos ni viajeros a Santa Amelia, las visitas del señor Jaffar Ibn Aziz resultaban tanto más valiosas, ya que el vendedor ambulante siempre llevaba noticias y chismes.

Era un hombre extraño, casi repulsivo a causa de su exotismo, pero pese a ello poseía una personalidad atractiva. De haberse permitido albergar pensamientos mundanos, Winifred habría reconocido que era muy apuesto. Si bien sospechaba que no era cristiano, sabía que profesaba un profundo respeto a Dios, y a veces tenía un modo de expresar las cosas que le caldeaba la mente. El señor Jaffar no se parecía en nada a los demás buhoneros que pasaban por el convento. Los otros eran seres mugrientos, ladrones nada refinados, mientras que el señor Jaffar era limpio, elegante y encantador a su manera exótica. Y sobre todo, era digno de confianza.

En el pasado, otros vendedores de pigmentos la habían estafado. La azurita, un tinte muy barato, era fácil de vender al precio del valioso lapislázuli. Para distinguirlos con toda certeza era necesario calentar las piedras al rojo vivo; en el proceso, la azurita se teñía de negro, mientras que el lapislázuli no cambiaba de color. La azurita se adquiría en polvo y algunos estafadores le agregaban arena para incrementar el peso de venta, aunque ello echaba a perder el color. De igual modo, los comerciantes deshonestos colocaban el mejor azul en la parte superior de la bolsa y el tinte de inferior calidad en el fondo. Pero no así el señor Jaffar, quien en aquel instante abrió una caja en el costado de su carro y exhibió tal riqueza de materiales de pintura que Winifred los contempló con el anhelo de quien contempla un opíparo banquete.

—El buen Dios os ha traído en el momento más propicio, señor Jaffar, pues mis hermanas y yo necesitamos con urgencia material nuevo, sobre todo amarillos.

Para su deleite, el vendedor sacó unos cálculos biliares.

Winifred deslizó la mano en un hondo bolsillo de su hábito y sacó el globo de vidrio lleno de agua que empleaba para ver mejor su trabajo. En cierta ocasión, el señor Jaffar había intentado venderle un nuevo invento de Amsterdam, un vidrio pulido llamado lente de aumento, pero la monja había declinado el artículo por considerarlo demasiado caro. Mientras Winifred examinaba los cálculos biliares a través del globo, Simón se dijo que ahí residía el auténtico don de aquella mujer, pues no solo poseía gran talento para el dibujo y la pintura, sino también un impresionante sentido del color. Entre sus dedos diestros y su aguda mirada, el más prosaico de los elementos se transformaba en el matiz más glorioso de la Creación. El pigmento conocido como «verde savia», por ejemplo, un sucedáneo del verdegrís, infrecuente y muy costoso. El verde savia se obtenía del jugo de las bayas de espino cerval maduras mezclado con alumbre y espesado por evaporación. El resultado era un color verde oliva transparente e intenso. Si bien otros monasterios dominaban el arte del color, la habilidad de Winifred consistía en crear matices duraderos. Por regla general, el verde savia no perduraba, lo cual se ponía de manifiesto en la mediocre calidad de manuscritos creados tan solo pocas décadas antes. La madre Winifred, en cambio, sabía espesar el jugo a la perfección y luego almacenarlo en vejigas en forma de jarabe denso en lugar de permitir que se secara. Empleado así en la creación de manuscritos, el color no solo resultaba hermoso, sino también permanente.

Mientras la madre superiora examinaba con parsimonia los polvos y minerales, las materias primas con que crearía animales vivos en sus páginas, Simón la observó con detenimiento y reparó en que ese día ofrecía un aspecto distinto. Su rostro estaba surcado de sombras y en sus ojos se pintaba una expresión atribulada. Siempre le había parecido que la priora era una criatura plácida, a pesar de su austeridad y su falta de sentido del humor. Pero en cualquier caso, nunca le había parecido una persona capaz de inquietarse en exceso.

—En estos instantes no tengo dinero —explicó Winifred tras elegir con cuidado sus compras—. Imagino que permaneceréis unos días en las inmediaciones como tenéis por costumbre.

Simón se mesó el impecable bigote mientras meditaba con ánimo sombrío. A todas luces, la priora no podía permitirse los artículos que había elegido. ¿Cómo pagaría? Sin embargo, no la avergonzaría planteándole la pregunta, pues sabía muy bien cuán importante era conservar la dignidad. Si la madre superiora pudiera separarse de uno de sus libros iluminados… Unos hombres de Londres le habían preguntado si podía conseguirles manuscritos de Portminster. A cambio de un solo libro iluminado, Winifred podría obtener cuantos pigmentos necesitara. Sin embargo, sabía que jamás se separaría de ninguno de ellos, pues estaba convencida de que pertenecían al abad.

—Bien, señora, en tal caso concluiremos nuestra transacción dentro de tres días.

Dicho aquello se preguntó si la madre superiora lo invitaría a tomar cerveza y quizá incluso un pedazo de pastel, y al ver la expresión vacilante de Winifred interpretó erróneamente que ella estaba pensando lo mismo. Pero, para su sorpresa, la monja le preguntó si, en calidad de alquimista, podía echar un vistazo a un objeto bastante extraño que había caído en sus manos.

Esperando ver un diente de santo o un trébol de cuatro hojas, Simón quedó atónito cuando Winifred le alargó un cristal de un azul radiante y profundo como el Mediterráneo. Casi sin aliento, murmuró un juramento en su lengua materna, se acercó el cristal al ojo y lo examinó con todo detenimiento.

La piedra era tan hermosa que Simón apenas podía articular palabra. En una era en la que se consideraba fatal tallar una gema, pues todo el mundo creía que ello destruiría la magia de la piedra, apenas existían cristales de semejante transparencia y luminosidad. Simón había visto muy pocos en su vida; de hecho, una vez había visto un diamante tallado y le había costado creer que un cristal tan opaco pudiera ocultar tal fulgor en su interior. Pero aquella piedra no parecía tallada, pues era lisa y ligeramente ovoide, poco más grande que un huevo de petirrojo, pero de un azul mucho más espectacular. ¿Podría tratarse de aguamarina? En una ocasión había visto una esmeralda procedente de las minas de Cleopatra. También estaba tallada, y sus destellos deslumbraban a quienes la contemplaban. Pero no, el cristal que sostenía en la mano no era tan verde ni de corazón tan puro como aquella esmeralda.

Si bien no podía identificar la piedra, presentía que poseía un valor incalculable.

—Conozco a un hombre en Londres, un tratante de gemas —anunció.

Winifred había oído hablar de Londres. La mayoría de la gente apenas tenía conocimiento del mundo que se extendía más allá de un radio de diez kilómetros de su hogar. Pocos sabían que existían otros países, y su único conocimiento de los extranjeros era que los vikingos que en tiempos habían sido el azote de Inglaterra eran demonios de allende el mar. Pero Winifred sabía que Londres era una ciudad situada al sur, un próspero centro comercial donde residía el rey.

—Londres es el lugar idóneo para vender semejante piedra preciosa —añadió el señor Jaffar.

—¿Vender?

—Por supuesto —exclamó el vendedor al tiempo que le devolvía el cristal—. ¿No es acaso lo que me pedís?

—¿Vender la piedra de Amelia? —repitió Winifred como si el comerciante le hubiera pedido que se cortara el brazo.

Pero el sentido común no tardó en imponerse.

—¿Tan valiosa es?

—Mi querida madre superiora, podría conseguiros una fortuna por esta piedra. Su exotismo vale su peso en oro.

Winifred abrió los ojos de par en par, y su sentido práctico empezó a urdir pensamientos y planes. Con el oro podría reparar el tejado, reforzar las paredes, adquirir camas nuevas y tal vez incluso plantar algunos cultivos y comprar algunas cabras, contratar a algunos muchachos del lugar para ayudar, convertir Santa Amelia de nuevo en un convento autosuficiente, atraer a nuevas novicias y residentes, que aportarían sus donaciones y el mecenazgo de sus familias. En aquel breve instante, en el refulgente destello azul de un cristal, Winifred vio el futuro radiante de Santa Amelia.

De repente frunció el ceño.

—Debo consultárselo al abad.

—¿Qué tiene él que ver con la piedra?

—No sabe nada de ella.

El señor Jaffar Ibn Aziz se acarició la barba.

—Hum —masculló entre dientes.

A Winifred no le costó interpretar el sonido.

—Debería hablar con el abad —insistió sin convicción alguna—. ¿No os parece?

El comerciante le preguntó cómo había llegado la piedra preciosa a sus manos.

—Lo que me parece, madre superiora —repuso cuando Winifred se lo explicó—, es que esta piedra os pertenece. Es un regalo de vuestra santa… Os encontráis en una disyuntiva —observó al ver que Winifred se mordía el labio inferior.

—Así es —suspiró la monja, inclinando la cabeza velada.

—Una disyuntiva entre la fe y la obediencia.

—Tengo la sensación de que Dios intenta decirme algo, pero en cualquier caso ha dicho exactamente lo contrario al abad. ¿Qué decisión debo tomar?

—Está en vuestras manos, querida señora. Debéis examinar vuestro corazón y escuchar lo que os diga.

—Me refiero a Dios, no a mi corazón.

—¿Acaso no son lo mismo?

El señor Jaffar siguió preguntando detalles acerca del cristal, de cómo creía Winifred que se había alojado entre los huesos del cuello de la santa. Winifred le explicó que Amelia había ordenado a su corazón dejar de latir antes de que las autoridades tuvieran ocasión de torturarla para que revelara los nombres de otros cristianos.

—En tal caso, parece que si esta piedra contiene un mensaje, tal como creéis, entonces el mensaje es que debéis hacer caso de vuestra propia opinión.

—Eso mismo creo yo —afirmó Winifred con expresión radiante.

De repente se encontró hablándole de su sueño de pintar un retablo en honor de santa Amelia.

—Y lo que más os inquieta es la posibilidad de que, si os trasladáis al nuevo convento, perdáis esta visión —señaló el sabio extranjero.

—Sí, sí... —musitó Winifred.

—Entonces debéis escuchar a vuestro corazón.

—Pero Dios habla por mediación del abad.

Al ver que el hombre no decía nada y la expresión escéptica que se pintaba en su rostro, Winifred observó:

—Señor Jaffar, sospecho que no sois cristiano.

—Sospecháis bien —corroboró el hombre con una sonrisa.

—¿No tenéis sacerdotes en vuestra fe?

—No como en la vuestra. Tenemos rabinos, pero son más consejeros espirituales que intermediarios de Dios. Creemos que Dios nos escucha y habla con nosotros directamente.

Se sintió tentado de agregar que el Señor crucificado de Winifred también había sido un rabino, pero decidió que no era el momento ni el lugar apropiado para sacar a colación el tema.

—Acamparé a orillas del río durante algunos días mientras visito las granjas de los alrededores, y luego continuaré viaje a Portminster. Podéis comunicarme vuestra decisión antes de mi partida. Rezaré por que sea la decisión correcta, mi querida madre superiora.

La madre Winifred decidió viajar sola a la abadía. Si bien era costumbre que las integrantes de su orden viajaran en parejas o en grupos, sabía que aquel viaje era cosa suya. Aún no había comunicado la noticia a las demás, pese a que las órdenes del abad dictaban que debían abandonar Santa Amelia lo antes posible. Tal vez habría obedecido sin vacilar de no ser por el incidente del relicario y el hallazgo del cristal azul. No obstante, el incidente había sucedido, el notable talismán de santa Amelia obraba en su poder, y ahora se veía obligada a consultar al abad qué hacer a continuación.

Había rezado durante toda la noche, pero pese a no haber pegado ojo se sentía fresca. Enfiló con paso firme y resuelto el sendero que partía del convento, pues llevaba consigo el cristal azul de santa Amelia.

Al llegar al camino principal, Winifred comprobó que no tendría que viajar sola a fin de cuentas. Se unió a un grupo de peregrinos que se dirigían al convento de la Vera Cruz..., tras pasar por delante de Santa Amelia sin detenerse siquiera.

—Tenemos que llegar al convento a mediodía —explicó el hombre que encabezaba el grupo—. Es entonces cuando las hermanas ponen la mesa. Dicen que hoy nos hartaremos de cordero y pan.

En aquel instante reparó en el hábito de Winifred y como era un poco lento de reflejos, hasta entonces no comprendió por fin quién era.

—No queríamos estorbar a las buenas señoras de Santa Amelia —farfulló a modo de excusa mientras se ruborizaba intensamente—. Es que somos un poco brutos.

Dicho aquello caminó a toda prisa hasta la cabeza del grupo para ocultar su vergüenza.

Por el camino se toparon con más personas, granjeros que llevaban sus productos a la feria de Portminster, caballeros que viajaban acompañados de escuderos, damas en literas con cortinas... El sendero serpenteaba entre bosques de espinos navarros, olmos y ríos que se encharcaban en lagunas de aguas profundas y superficie iluminada por el sol. Del camino principal partían sendas que conducían a franjas y prados donde pastaban ovejas. De vez en cuando pisaban adoquinados de antigua manufactura, lo que les recordaba que las legiones romanas habían pasado por allí. Entre todas aquellas personas, rodeada de los colores de la primavera mientras aspiraba el aire fresco del bosque y escuchaba extasiada el canto de los pájaros, Winifred se sentía cada vez más segura de sí misma. Iba a hacer lo que debía, a pesar de que, si el abad se hubiera enterado, lo habría tildado de desobediencia.

Los más ancianos del grupo hablaban de los vikingos, altos demonios de barba dorada que llevaban capas rojas sobre la cota de malla y eran famosos por su cruenta forma de luchar, como si fueran lobos rabiosos. Los recuerdos de los vikingos otorgaban cierto prestigio a esos ancianos, pues habían transcurrido ya treinta años desde la decisiva batalla de Maldon, cuando los daneses, con ayuda del más temido rey vikingo de Noruega, Olaf, derrotaron a los anglosajones y arrasaron Inglaterra. Aunque el derrocamiento del rey Ethelred a manos del rey danés Sweyn, que elevó al poder al danés Canuto, era más reciente, los miembros más jóvenes del grupo jamás habían experimentado semejante terror. Aún circulaban rumores de ataques aislados a manos de vikingos que se negaban a aceptar el tratado de paz con Inglaterra, pero el terror constante que dominara el país durante los últimos cien años había tocado a su fin, Inglaterra había aprendido a dormir a pierna suelta por las noches y el verso «que el buen Dios nos libre de la furia de los nórdicos» ya no formaba parte de la letanía.

Llegaron junto a una señal con una flecha que decía Portminster y señalaba al frente, otra a la izquierda que indicaba un estrecho camino que conducía a Mayfield, y la tercera, más reciente, que señalaba a la derecha y mostraba el camino del convento de la Vera Cruz. No entraba en los planes de Winifred visitar el convento, pero sus pies la llevaron en esa dirección junto con los peregrinos, cuyo tema de conversación cambió a la especulación de los manjares que los esperaban en la mesa de las monjas.

Vislumbraron los muros entre los árboles, y lo primero que oyó Winifred fueron risas. Risas femeninas procedentes del convento. A continuación oyó voces que charlaban alteradas como gallinas. Frunció el ceño. ¿Cómo iba a concentrarse nadie en las cuestiones espirituales en medio de semejante barullo? Mientras atravesaban el prado exterior, Winifred se detuvo en seco con expresión atónita, pues dos mujeres vestidas de novicias se arrojaban una pelota entre carcajadas mientras sus hábitos revoloteaban vergonzosamente al viento. Otra engatusaba a un perrillo con un hueso, fingiendo arrojarlo y riendo cuando el animalito echaba a correr para atraparlo. Otras dos monjas jóvenes estaban encaramadas a sendas escaleras de mano apoyadas en los troncos de dos manzanos, con las faldas recogidas, parloteando alegremente mientras recogían fruta. Al atravesar la verja principal y entrar en el patio, Winifred quedó asombrada al contemplar un hervidero de actividad donde los peregrinos se codeaban con lugareños, residentes y monjas. Había varios tenderetes de madera en los que se vendían las chucherías confeccionadas en el convento, insignias bordadas para que los peregrinos pudieran demostrar que habían visitado el altar de la cruz, frascos de agua bendita, cuentas de rosario, estatuillas, amuletos, dulces y pan. ¡Y las monjas entregaban y recibían dinero!

Mientras se abría paso entre lo que se asemejaba a una feria de pueblo, su asombro inicial se trocó en preocupación. En aquel lugar no había devoción, dignidad ni decoro. El abad le había asegurado que aquellas hermanas se atenían a la regla de san Benito, pero Winifred no detectaba modestia, pobreza ni humildad algunas en el convento.

Un pensamiento irónico le surcó la mente cuando subía la escalera de la casa capitular. La riqueza atraía riqueza. A cualquier observador casual le resultaría evidente que el convento de Santa Amelia andaba escaso de medios, mientras que, a todas luces, la abadía destinaba cuantiosos recursos al nuevo convento, fundado por un rico barón que tampoco reparaba en gastos. ¡Qué huertos junto a los muros! Winifred se llevó la mano al estómago hambriento como si pretendiera calmar a un niño nervioso. Reconocía que había pensado en robar unas manzanas para llevárselas a sus hermanas.

El interior de la casa capitular parecía la morada de un hombre rico, con candelabros de plata, hermosos muebles y tapices en las paredes. Cuando la madre Rosamund salió a su encuentro para saludarla, Winifred se llevó otra sorpresa mayúscula.

He aquí el relato que escuchaba la gente. Cuando el danés Canuto se convirtió en rey de toda Inglaterra, Oswald de Mercia le juró lealtad y otros ingleses siguieron su ejemplo. Su declaración fue recompensada con unas tierras en el condado de Portminster. Cuando Canuto, en su empeño por convertirse en el «rey cristiano por excelencia», anunció su intención de construir nuevos monasterios, Oswald solicitó el honor de erigir un convento en honor de su nuevo aliado. Lo que convenció al conquistador danés fue el relato que Oswald le refirió sobre el año en que viajara a Glastonbury, adonde se rumoreaba que José de Arimatea había llevado el Santo Grial de Cristo. Una noche, acampado junto al camino, Oswald tuvo un sueño en el que se le revelaba el paradero de una valiosa reliquia. En las profundidades de una cueva se encontraba un cofre de hierro que contenía una astilla de la cruz de Jesucristo, que el propio José había enterrado allí. Oswald fue a buscar la reliquia y la instaló en la capilla familiar. La hija mayor de Oswald, Rosamund, era profundamente devota y durante las batallas libradas entre daneses e ingleses, había rezado por la victoria danesa, pues creía que tal era la voluntad de Dios..., o al menos eso decía Oswald. A causa de las plegarias de Rosamund y de la astilla de la Vera Cruz, Canuto accedió generosamente a que se erigiera el nuevo convento en su honor.

Esa era la historia que circulaba, pero la verdad era bien distinta. Oswald de Mercia, cobarde hasta la médula, luchaba en el bando del rey inglés Ethelred cuando se dio cuenta del cariz que tomaba la guerra. Así pues, cambió de bando y se volvió contra su compatriota. En cuanto a su hija Rosamund, no es que fuera muy religiosa, sino que detestaba a los hombres y, puesto que prefería la compañía de otras mujeres, se negó a casarse pese a las amenazas y los sobornos de su padre. Asimismo, tenía sed de poder, de modo que su progenitor dio con la solución ideal, que consistía en dejarle dirigir un convento. No podía tratarse de un convento cualquiera, sino de un centro importante, prestigioso. ¿Y qué mejor modo de conferir importancia a un convento que instalar una reliquia importante entre sus muros? ¿Y qué reliquia podía ser más importante que la cruz en la que había muerto Jesucristo? Por supuesto, no había habido ninguna visita a Glastonbury, ningún sueño, ninguna cueva, ningún cofre de hierro que albergara un pedazo de la cruz. El relicario colocado sobre el altar de la capilla del nuevo convento no contenía más que aire.

Ahora, Winifred se encontraba frente a la priora del gobierno que estaba sumiendo Santa Amelia en la ruina. Para empezar, la madre Rosamund era escandalosamente joven. No podía llevar en la orden más de seis años, y Winifred había tardado treinta en acceder al puesto de superiora. Un rizo rebelde de hermoso cabello rubio cobrizo escapaba del griñón de Rosamund, y a Winifred se le ocurrió la poco misericordiosa idea de que la monja lo llevaba así adrede. Imaginaba a la vanidosa joven delante del espejo, deslizando una horquilla bajo la almidonada tela blanca para sacar el rizo perfecto. Pero lo más asombroso eran las manos de la joven, unas manos que nunca paraban, como mariposas frenéticas atadas a sus muñecas con hilos. Se movían arriba y abajo, adentro y afuera, y las mangas de su hábito retrocedían de modo que sus brazos quedaban expuestos hasta más allá de los codos. A todas luces, Rosamund carecía de instrucción formal en la disciplina benedictina. Y si así era, ¿cómo podía ella, en calidad de superiora, formar a sus hermanas?

Se sintió invadida por la desazón. ¿Cómo podría enseñar a aquellas muchachas frívolas el arte de la iluminación sagrada? Era imposible. Diría al abad que el nuevo convento era una afrenta a la orden y que él mismo debía intervenir para restablecer la disciplina. A Winifred le importaba bien poco la fortuna del padre de Rosamund; aquel convento era una ofensa contra Dios.

—Mi querida madre Winifred, debéis de estar encantada ante la perspectiva de unos años de reposo después de tantos años al servicio de Dios. Poder renunciar al puesto de superiora y volver a ser una monja más...

Winifred se la quedó mirando con fijeza. ¿De qué hablaba la joven? Entonces lo comprendió con la claridad y la transparencia del cristal de santa Amelia. Por supuesto, no podía haber dos madres superioras en un solo convento. Puesto que el abad nada le había comentado al respecto, a todas luces esperaba que Winifred sacara la conclusión lógica. Pese a ello, la idea la trastornó. Era impensable que la despojaran de su título y la relegaran de nuevo a la categoría de simple hermana, obligándola a llamar «madre» a una muchacha que podría haber sido su nieta.

—Por supuesto, no estaréis exenta de responsabilidades —añadió la joven con ligereza—. Mis muchachas no ven el momento de aprender a pintar esas hermosas iluminaciones.

Winifred estaba mareada; Rosamund hacía que su arte sonara a juego de niños.

—No se trata tan solo de pintar —señaló—. Tendré que enseñar la elaboración de los pigmentos, su empleo apropiado...

—Pero si mi padre nos proporcionará los pigmentos, los mismos que utilizan en Winchester —atajó la superiora—. Nos los hará enviar especialmente una vez al mes.

Winifred sintió que se le helaba la sangre en las venas. ¿Utilizar pigmentos mezclados por otras manos?

—Pero yo siempre compro la materia prima al señor Jaffar —protestó en tono casi implorante.

—No hacemos tratos con ese hombre —espetó Rosamund con franco desdén—. Hace tiempo ofendió a mi padre, de modo que no tiene permiso para poner los pies en nuestra propiedad, prohibición que se extiende hasta el camino principal.

Winifred tenía la sensación de que el suelo se abría bajo sus pies y los contornos de la habitación se tornaban borrosos. Las implicaciones de lo que acababa de oír estuvieron a punto de hacerle perder el conocimiento. Dejaría de ser la madre superiora, no controlaría el proceso de elaboración de los pigmentos que eran su razón de ser, y por añadidura nunca volvería a ver al señor Jaffar.

Rosamund le ofreció una visita guiada por el convento, señalando alegremente todas las instalaciones y los pequeños lujos, pero Winifred apenas si la oía. Caminaba con el paso de una mujer que de repente hubiera envejecido dos décadas, y la cabeza le daba vueltas a causa del pesar, la decepción y el asombro.

Sin embargo, a medida que pasaba de estancia en estancia, atravesando el claustro y recorriendo los senderos embaldosados, su estupefacción se trocó en comprensión, hasta que por fin abrió los ojos y se preguntó cómo era posible que hubiera siquiera contemplado la posibilidad de que ella y sus hermanas no se trasladaran allí.

Era otro mundo, un mundo maravilloso. Cada habitación destinada a las residentes disponía de su propio *necessarium*, un cubículo construido en la pared exterior con un conducto que llevaba los excrementos a una trinchera. Qué lujo no tener que recorrer un largo camino hiciera el tiempo que hiciese cuando la naturaleza llamaba. Vio lujos que solo se encontraban en los hogares de los nobles ricos, como velas marcadas para indicar la hora, lámparas de cuerno transparente de buey, suelos recién fregados y cubiertos con alfombras que despedían dulces fragancias... En el jardín posterior, detrás de la cocina, unas criadas hervían sábanas, paños y ropa interior en un barreño de madera que contenía una solución de cenizas de madera y sosa cáustica. Unos muchachos trabajaban en los huertos, mientras que varias mujeres daban de comer a las rollizas gallinas y ocas. También contaban con la ayuda de un anciano contratado exclusivamente para fabricar pastillas de dulce jabón.

La cocina era cinco veces más espaciosa que la de Santa Amelia; la despensa, muy bien provista, aún olía a madera fresca y cal, pues solo tenía cinco años de antigüedad. A Winifred casi se le salieron los ojos de las órbitas al ver el almuerzo que habían preparado. Había un jamón entero, piezas enteras de ternera poco hecha, pan crujiente, tinas de cerveza y barriles de vino. Cuando Rosamund puso ante ella un generoso plato, Winifred alegó que había comido antes de salir de Santa Amelia, pero que para no ofender a la priora guardaría la comida en un paño y se la guardaría para más tarde. En realidad, la dividiría entre las demás, que llevaban mucho tiempo sin probar la mermelada.

A continuación, Rosamund la llevó a la capilla principal, donde los peregrinos, caballeros y pobres, señores y clérigos, enfermos y lisiados, hacían cola para rezar ante el magnífico altar de la Vera Cruz. Aquella iglesia tenía algo que a su pequeña capilla le faltaba, un vitral. ¡Y tantos objetos de oro! ¡Y tantos cirios, todos ellos blancos y rectos! Todo para adorar un pedazo de madera, mientras que los huesos de una mujer real, una mujer que había sufrido el martirio a causa de su fe, descansaban en un lugar modesto, lleno de cirios chatos que no despedían más que humo. Winifred no experimentaba amargura ante tamaño contraste, tan solo tristeza, y de repente sintió deseos de abrazar a santa Amelia y murmurarle que tal vez el nuevo convento era más suntuoso, pero que ella contaba con un amor más incondicional.

Por último, el convento de la Vera Cruz disponía de enfermería, a diferencia de Santa Amelia, con ocho camas y una hermana enfermera especializada en la curación de toda clase de males. Winifred contempló atónita el botiquín repleto de pociones, lociones, ungüentos, linimentos, píldoras y polvos. Había varios frascos de enjuague ocular, remedios para la artritis, tónico de escaramujo para los trastornos renales…

Maravillada ante la gran cantidad de medicamentos disponibles, Winifred pensó también en el *necessarium* privado de que dispondría la hermana Edith junto a su habitación para así no tener que salir acompañada de noche, en el joven del jardín siempre dispuesto a sacar agua del pozo, lo que acabaría con los temores de Odelyn…

Lanzó un suspiro. No podía negar la evidencia. Aquel lugar sería el paraíso para sus ancianas hermanas. Allí estarían bien cuidadas y alimentadas. Daba igual que se quedaran sin misión; la paz y la comodidad revestían mayor importancia.

Rosamund la invitó a pasar la noche en la zona de invitados, donde los colchones estaban rellenos de pluma de ganso, pero Winifred se moría de impaciencia por regresar a su propio convento antes del anochecer. Dio las gracias a la madre superiora por la visita guiada y por su hospitalidad, y abandonó la casa capitular con toda la rapidez que permitía el decoro. Tras cruzar la verja principal y recorrer el sendero hasta el camino principal, se detuvo bajo una frondosa haya y, a solas bajo su sombra, sacó el cristal azul del bolsillo.

Cuando lo vio sobre la palma de su mano, con el sol que se filtraba entre las hojas arrancando destellos a su superficie, Winifred comprendió que el cristal a fin de cuentas no era una señal. No encerraba ningún mensaje de Amelia, y su hallazgo carecía de importancia, había sido una casualidad. Ahora sabía que ella y sus hermanas debían trasladarse al nuevo convento para acabar en él sus días. Haría cuanto estuviera en su mano para enseñar el arte de la iluminación a las novicias, aunque sabía que la excelencia que ahora caracterizaba sus obras se perdería, pues ya percibía que la chispa creativa empezaba a apagarse. El don que santa Amelia le había entregado tantos años antes tocaba a su fin. A partir de entonces, Winifred no sería más que una productora cualquiera de iluminaciones, y enseñaría a unas muchachas mediocres a realizar pinturas mediocres. Por último, desterraría de una vez para siempre el absurdo sueño de pintar un hermoso retablo para Santa Amelia.

Esa noche, cuando regresara al viejo convento, devolvería la piedra azul al relicario para siempre, pues allí era donde pertenecía.

El señor Jaffar Ibn Aziz regresó al cabo de tres días, tal como había prometido. Winifred tenía el dinero que le debía, pues había vendido el único objeto de valor que quedaba en el convento, un hermoso tapiz que había estado colgado en la casa capitular y en el que se veía la imagen de un unicornio. ¿Qué falta les hacía si el convento iba a ser clausurado?

El comerciante le dijo que sentía que fueran a perder su hogar y prometió rezar por su felicidad y éxito en el nuevo convento. Luego hizo algo sorprendente: le entregó un obsequio, algo que sin duda podría haber vendido a buen precio, un pedazo de costoso cinabrio español. Lo posó con gran delicadeza y gratuitamente en la mano áspera y cansada de la madre superiora.

Winifred enmudeció de asombro. Una vez pulverizada, la piedra roja produciría un excelente pigmento bermellón, que les hacía mucha falta.

—Gracias, señor Jaffar —murmuró con profunda humildad.

El hombre volvió a sorprenderla al tomar su mano entre las suyas. Hacía cuarenta años que Winifred no tocaba a otro ser humano, y mucho menos a un hombre. De repente sucedió algo extrañísimo. Winifred percibió la piel cálida bajo sus dedos y por primera vez no vio a un miembro del sexo opuesto como un padre o un hermano, como comerciante o sacerdote, sino como hombre. Clavó la mirada en los oscuros y vivarachos ojos de Simón y experimentó un aleteo desconocido en el pecho.

Entonces tuvo una visión, una función de la «visión» celta que tantos años atrás la condujera hasta cucharas y pastelillos de carne perdidos. En esta ocasión visualizó algo extraviado en el pasado. En un breve instante se vio a sí misma conociendo a ese mismo hombre el día antes de visitar Santa Amelia, hacía ya más de cuarenta años. Sin embargo, en la visión era un joven cargado de pelotas de malabarista y una caja de trucos de magia. Sus miradas se encontraban cuando se cruzaban en el camino, pero solo durante un momento. Al día siguiente, en la capilla de Santa Amelia, en lugar de ir a explorar, la joven Winifred se quedaba pensando en el apuesto joven al que había visto en el camino. No deambulaba por el convento ni daba con el *scriptorium*, sino que regresaba a casa en compañía de su madre y sus hermanas. Al día siguiente acudía al mercado del pueblo, donde volvía a encontrarse con el joven. En esta ocasión entablaban conversación, y de inmediato surgía entre ellos la magia. El joven hablaba con fuerte acento extranjero y también sus ropas eran distintas. Afirmaba que procedía de España y deseaba recorrer el país para llevar alegría y sueños a la gente. Prometía regresar algún día, y Winifred lo esperaba. Pasaban cinco años antes de que volviera a verlo, pero un buen día aparecía ante su puerta con un carro y un caballo nuevos, pidiéndole que fuera con él. Viajarían juntos por todo el mundo, le aseguraba, tendrían muchos hijos y vivirían grandes aventuras. Winifred se fugaba con el desconocido sin mirar atrás.

Parpadeó varias veces para regresar a la realidad y fijó la mirada en los ojos oscuros del señor Jaffar. De repente comprendió que acababa de ver lo que podría haber sido su vida.

—¿Hacia dónde os dirigiréis cuando partáis? —preguntó al comerciante.

La pregunta sorprendió al señor Jaffar.

—A la abadía, madre superiora. Vendo remedios a los monjes.

—Viajad al interior —lo instó Winifred—. Id primero a Mayfield.

—Pero Mayfield no me queda de camino, significa otros dos días de viaje. Y luego tendré que volver sobre mis pasos...

—Os lo ruego —insistió Winifred.

—¿Podéis decirme por qué?

—Tengo un presentimiento, una corazonada. Debéis viajar al interior, atravesar Bryer Wood.

El señor Jaffar meditó unos instantes.

—Lo consultaré con Seska, madre superiora —prometió por fin, refiriéndose a su yegua—. Si accede, daremos el rodeo.

Dicho aquello montó en su carro, cogió las riendas y la saludó con la mano por última vez.

—¿Dónde está la hermana Agnes? Ha llegado la hora.

Mildred acababa de entrar en la sala capitular con sus últimas pertenencias, cacerolas y sartenes antiquísimas, e incluso un rodillo roto; eran objetos inservibles, pero poseían gran valor sentimental para ella y no soportaba la idea de abandonarlos, a pesar de que Winifred le había comunicado que en el nuevo convento no cocinaría.

—Agnes está en el cementerio —contestó a la madre superiora, jadeante a causa del esfuerzo.

Se había negado a dejar atrás siquiera una cuchara, de modo que la cocina entera estaba empaquetada en sacos. El hombre que debía llevarlas al nuevo convento necesitaría más de un carro. Qué ironía; si bien las hermanas hacían voto de pobreza para vivir en el convento, para ingresar en él debían aportar dinero y bienes para la comunidad. Así pues, aunque Winifred y sus hermanas eran pobres, poseían los efectos acumulados a lo largo de varias generaciones de mujeres.

No le sorprendió que Agnes estuviera en el cementerio del convento, pues la hermana lo había visitado cada domingo durante sesenta años, y ahora debía despedirse de él.

Winifred encontró a la anciana monja arrodillada junto a una pequeña tumba situada a la sombra de un olmo fulminado hacía poco por una enfermedad de las hojas. Con las manos artríticas barría hojas muertas, y estaba llorando.

Winifred se arrodilló junto a ella, se santiguó y cerró los ojos para rezar. El diminuto ataúd contenía los restos mortales de un bebé que solo había vivido unas pocas horas. Sesenta y un años atrás, durante una invasión de los nórdicos en Portminster, Agnes y sus primas habían caído en manos de una banda de vikingos. Las demás muchachas habían logrado escapar, pero Agnes fue violada. Al cabo de unas semanas resultó estar embarazada, por lo que su padre la llevó a Santa Amelia y le ordenó que se quedara allí, ya que a sus ojos había deshonrado a la familia. Las monjas la acogieron, pero el niño no sobrevivió. Después de enterrarlo en el camposanto del convento, Agnes decidió quedarse y no volvió a ver a los suyos. Pronunció los votos, aprendió a pintar iluminaciones y cada domingo iba al cementerio para volcar todo su amor en una tumba donde solo se veía el siguiente texto: «John, fallecido el año 962 d.C.».

Agnes alzó la mirada hacia las ramas desnudas y se preguntó por qué Dios habría elegido precisamente aquel momento para traer la enfermedad de las hojas, que ahora llovían sobre la tumba y no tardarían en cubrirla por completo. Cuando las hermanas se marcharan, no quedaría nadie para mantener la tumba limpia de hojas.

—Pronto mi pequeño John quedará sepultado de nuevo y relegado al olvido —observó Agnes.

Junto a la tumba ya se alzaba un montón de hojas que Andrew había tenido intención de quemar más tarde. Pero Andrew no estaría allí más tarde, ya que acompañaría a las monjas al nuevo convento.

Winifred la ayudó a incorporarse.

—Andrew dice que el nuevo convento es muy grande —comentó la anciana.

—Así es, hermana Agnes, pero también es agradable y muy nuevo. Y... —volvió la mirada nublada de lágrimas hacia las ramas del olmo enfermo—. Y todos los árboles están sanos y verdes.

—Nunca aprenderé a moverme por un lugar así.

Winifred había escuchado el mismo temor de labios de las otras monjas. También a ella le infundía cierto miedo la idea de tener que aprender a moverse por aquel laberinto de pasadizos, patios y edificios.

—Y nunca volveré a pintar —prosiguió Agnes mientras se enjugaba los ojos.

—Ya es hora de que reposéis, hermana. Habéis dedicado vuestra vida al servicio de Dios.

—El reposo es para los caballos viejos —protestó la anciana—. ¿Tan inservible soy? Aún veo, aún soy capaz de sostener la pluma. ¿En qué ocuparé el tiempo? ¿Y quién cuidará de mi pobre John?

—Vamos —instó Winifred con suavidad—. Tenemos que irnos.

Se reunieron en la sala capitular, dominada por un inmenso hogar instalado doscientos años antes por una madre superiora especialmente sensible al frío. Su rico hermano había costeado la construcción de la ostentosa chimenea, demasiado grande para aquella estancia, pero no el suministro constante de leña y carbón que requería para funcionar, por lo que la chimenea había caído en desuso. En la imponente repisa se veían inscritas las palabras de Jesucristo por las que Winifred y sus hermanas intentaban regirse: *Mandatum novum do vobis: ut diligatis invicem.* «Un nuevo mandato os doy, que os améis los unos a los otros.»

Mildred se estaba lamentando por tener que dejar atrás su inmensa marmita de estofados. Hacía años que no se utilizaba porque el convento ya no tenía comensales suficientes para aprovecharla.

—Es una buena olla —insistió—. Nos ha alimentado en muchos inviernos duros. No deberíamos abandonarla.

—Es demasiado grande, hermana —alegó la madre Winifred con paciencia—. No podemos manejarla solas. Puede que más adelante podamos enviar a algunos hombres a buscarla.

Mildred adoptó una expresión dubitativa mientras miraba por encima del hombro la cocina, como si estuviera a punto de abandonar a un niño.

La conversación se vio interrumpida por unos gritos procedentes del exterior y el ruido de cascos en el patio. Andrew entró corriendo en la sala capitular, con el rostro blanco como la nieve, farfullando algo acerca de un ataque. Cuando Winifred se acercó a él a toda prisa, otro hombre irrumpió en la sala con el rostro enrojecido por la cabalgada. Llevaba el emblema de la abadía sobre la cota de malla y en la mano sostenía una lanza.

—Disculpad —empezó sin resuello—. Los vikingos han atacado y me han enviado para que os lleve a todas a la abadía.

—¡Vikingos! —exclamó Winifred al tiempo que se santiguaba y las demás monjas proferían gritos de angustia.

El hombre les contó a toda prisa lo que había sucedido. Los vikingos habían atracado en Bryer's Point y recorrido la breve distancia que los separaba del convento de la Vera Cruz. Los partes eran inciertos, pero se creía que el lugar había sido saqueado e incendiado. Apenas se sabía nada de los peregrinos y las hermanas, tan solo que la madre Rosamund había logrado llegar a la abadía para dar la voz de alarma.

—Dice que las monjas se habían refugiado en la capilla, donde los demonios las encontraron y mataron como si de ocas se tratara. Y ahora me han enviado aquí para que os lleve a la abadía. Daos prisa, el tiempo apremia.

—Pero la abadía está muy lejos —protestó Winifred—. ¿Y si nos topamos con los vikingos por el camino?

—Sin duda aquí no estáis a salvo, madre superiora —señaló el hombre con impaciencia—. Daos prisa, que yo os escoltaré. Nos llevaremos el carro.

Se refería al carro del hombre contratado para llevarlas al nuevo convento.

Mientras sus hermanas gritaban y corrían de un lado a otro, presas del pánico, Winifred intentó pensar con claridad. Los invasores no habían atacado la ciudad portuaria ni la abadía, sino un convento desprotegido. ¿Qué les impediría desviarse con la esperanza de lograr otra matanza fácil? En tal caso, el soldado y sus indefensas protegidas se darían de narices con ellos.

El instinto le decía que era más seguro quedarse donde estaban. Enfrentarse a los vikingos en el camino equivalía a un suicidio cierto, mientras que si permanecían en Santa Amelia, los soldados de Oswald tendrían tiempo para perseguir y quizá desviar a los invasores a tiempo.

Winifred percibió el bulto de la piedra azul en su bolsillo y recordó que santa Amelia había afrontado su destino con valor, que no había sucumbido a las torturas de los hombres. Santa Amelia había hecho más que desafiar las órdenes de un simple abad; se había rebelado contra la autoridad del emperador de Roma.

—No —decidió de repente—. Nos quedamos.

El soldado abrió los ojos de par en par.

—¿Acaso habéis perdido el juicio? He recibido órdenes y tengo intención de cumplirlas. Subid todas al carro, por favor.

Pero era como si no hubiera hablado. Las ancianas monjas y las dos residentes se agolparon en torno a su madre superiora como pollitos en torno a la gallina.

—¿Qué debemos hacer? —preguntaron.

Winifred recordaba un episodio acaecido largo tiempo atrás, cuando ella no era más que una niña y los vikingos atacaron un pueblo costero en el norte del país. Los lugareños se refugiaron en la iglesia. Los vikingos no tuvieron más que prender fuego al edificio para matarlos a todos. Recordaba también otro día en que ella, sus hermanos y hermanas se habían agrupado durante una aterradora tormenta. «No debemos agruparnos; es lo que esperan que hagamos.»

—Escuchadme, queridas hermanas. Recordad que nuestra santa afrontó una prueba mucho más dura que esta, pues estaba en juego su fe además de su carne. Sin embargo, halló el valor suficiente para vencer a sus torturadores, de modo que seguiremos su ejemplo.

—Pero ¿cómo, madre Winifred? —farfulló Mildred con voz trémula.

—Cada una de vosotras debe encontrar un escondrijo en el que los invasores no esperarían sorprender a una dama. No os ocultéis bajo la cama ni en un ropero, pues serán los primeros lugares que registren los daneses.

—¿No podemos escondernos todas juntas?

—No —replicó Winifred con firmeza—. Sobre todo, no debemos escondernos juntas, ni siquiera por parejas.

—Madre superiora, el abad ha dado la orden directa de… —terció el soldado.

—Sé lo que más conviene a mis mujeres. Y vos también os quedaréis.

—¿Yo? —El hombre se llevó la mano al pecho, asombrado—. Pero debo regresar a la abadía.

—Os quedaréis aquí —ordenó Winifred—. Encontraréis un escondrijo y allí permaneceréis quieto y en silencio hasta que yo os permita salir.

—Pero yo respondo ante…

—Joven, estáis en mi casa, de modo que os someteréis a mi autoridad. Haced lo que os digo y hacedlo ya.

Tras unos instantes de desorden, las mujeres salieron corriendo de la sala capitular; cada una de ellas se dirigió al lugar que más amaba, pensando que eso la protegería, o bien al que más temía, creyendo que también los invasores lo temerían. Por tanto, Mildred buscó refugio en su querida cocina, la hermana Agnes se dirigió a la tumba de su amado John, Odelyn corrió al pozo que tanto aborrecía, y así sucesivamente, hasta que los once moradores de Santa Amelia desaparecieron como por encanto ante la mirada estupefacta del soldado de la abadía, quien estaba convencido de que los invasores los sacrificarían como ovejas a pesar de todo.

Sin embargo, había subestimado el ingenio de la madre Winifred. Al ser más menudas que los vikingos, las monjas podían ocultarse en lugares a los que los invasores no podían acceder, como ratones en las grietas de la pared. Así pues, Mildred apartó con cuidado las telarañas que se habían acumulado sobre la boca de su enorme olla, se metió dentro y recolocó de nuevo las telarañas sobre su cabeza.

Sacando fuerzas y astucia de flaqueza, la hermana Gertrude trepó por la gran chimenea de la sala capitular y se aferró como un murciélago asustado a las bisagras del humero. La hermana Agatha corrió al dormitorio común, donde desgarró las costuras de un colchón, sacó parte del relleno de paja, que arrojó por el ventanuco, se metió dentro del colchón y pellizcó la costura para mantenerla cerrada. *Domina* Odelyn contempló la posibilidad de bajar al pozo en el cubo, pero se dio cuenta de que el cubo podía delatarla, de modo que descendió con gran dificultad, apoyando pies y manos en las desiguales piedras de la pared. La hermana Agnes se abalanzó sobre la tumba del pequeño John, se cubrió de hojas enfermas y allí se quedó tumbada, temblando. La hermana Edith, a quien siempre le costaba encontrar el *necessarium*, corrió derecha hasta él y se ocultó en el hediondo rincón entre el asiento y la pared.

Hasta que se cercioró de que todos estaban bien escondidos, incluyendo a Andrew y el soldado de la abadía, Winifred no se encaramó al andamio situado sobre el altar.

Los vikingos llegaron al poco, irrumpiendo en el patio delantero entre gritos salvajes y sedientos de sangre. Entraron en la sala capitular y la capilla, los dormitorios comunes y refectorios, la cocina y el *scriptorium* como una manada de toros en estampida. Tal como había vaticinado la madre superiora, registraron sin descanso todos los posibles escondrijos. Buscaron en el confesonario, detrás del altar, detrás de los tapices, dentro de alacenas y baúles, debajo de las camas… En el pozo, *domina* Odelyn mantenía la cabeza baja, y en el agua vio por un instante el reflejo de un rostro enmarcado por una melena roja; sin embargo, el vikingo no la vio, pues su vestido azul oscuro quedaba disimulado entre las sombras. En la cocina, ninguno de los invasores se molestó en buscar dentro de la gigantesca marmita cuya boca estaba cubierta de telarañas. Al oír ruido de pisadas, Gertrude contuvo el aliento dentro del colchón. Oyó que la puerta se abría de par en par, sintió una mirada penetrante recorrer la habitación, y al poco oyó que los pasos se alejaban y entraban en la celda contigua. Las aterradas mujeres permanecieron ocultas y silenciosas en sus escondrijos respectivos mientras veían u oían a los villanos saquearlo todo y mascullar juramentos al no encontrar a una sola mujer.

Escondida en el andamio, Winifred sujetaba la piedra azul en la mano mientras observaba al jefe de los vikingos recorrer la capilla con paso resuelto y mirada atenta. Era el hombre más grande que había visto en su vida, con músculos como melones y cabello color fuego. En un momento dado cogió el relicario de Amelia, lo abrió, tiró los huesos al suelo y los desparramó con los pies. Después de buscar debajo y detrás del altar, en el confesonario y en todos los huecos y resquicios donde podía ocultarse una mujer, se guardó la caja bajo el brazo y salió.

Winifred no relajó su postura. Pese a que todos los músculos y articulaciones le dolían a causa de la posición que se veía obligada a mantener entre los travesaños, permaneció tan inmóvil como pudo, rezando por que los invasores se dieran prisa con la destrucción del convento y se marcharan lo antes posible. El sudor empezó a resbalarle por el cuero cabelludo y bajo el velo. Tenía las manos cada vez más húmedas. De repente, para su horror, el cristal azul se le deslizó de entre los dedos mojados y cayó al suelo.

Tuvo que morderse la lengua para no gritar y rezó con todas sus fuerzas por que no entraran más daneses en la capilla. Sin embargo, para su espanto, el jefe de los vikingos volvió como si hubiera olvidado algo… o como si intuyera que algo fallaba. Horrorizada, Winifred se quedó mirando al gigante pelirrojo de casco con cuernos mientras este recorría despacio el pasillo central hasta el altar. Una vez allí se dio la vuelta y su pie chocó contra el cristal.

Winifred ahogó una exclamación.

El danés bajó la mirada, cogió la reluciente gema y miró a su alrededor, sabedor de que un instante antes no estaba allí. Por fin levantó la vista y escudriñó las sombras, la estructura de soportes y travesaños. Permaneció largo rato en aquella postura. Winifred veía sus penetrantes ojos azules, pero no sabía si el hombre la veía o no.

De repente, la mirada errante del hombre se topó con la de ella. Winifred contuvo el aliento, se aferró a la madera semipodrida e intentó no levantar polvo.

El instante se prolongó mientras el salvaje miraba fijamente a la aterrada monja.

Por fin espetó una orden a sus hombres en su lengua, y por la ventana del triforio Winifred vio que los demás recogían su botín.

Cuando dos hombres se acercaron con antorchas, el jefe les ordenó que se marcharan. Al salir, el vikingo alzó de nuevo la mirada, y esta vez se advertía cierto brillo en sus ojos, una leve curvatura en sus labios. Otra persona habría interpretado la expresión como un homenaje al valor y el ingenio de la monja, pero Winifred solo vio en ella la intercesión de santa Amelia.

Esperó largo rato antes de bajar. Todos sus huesos protestaron cuando por fin se irguió y estuvo a punto de perder pie cuando descendía. Luego subió corriendo la angosta escalera del campanario y al llegar a la cima se asomó al ventanuco. A lo lejos oyó el retumbar de unos cascos de caballos; eran los hombres de Oswald que iban en pos de los invasores. El ruido fue alejándose y por fin la tarde volvió a sumirse en el silencio.

Llamó a sus hermanas para que salieran de sus escondites, ayudándolas a salir de los estrechos lugares en los que tan solo horas antes se habían ocultado con facilidad, y todas se reunieron en la capilla para rezar. Mientras cada una de ellas explicaba cómo había burlado a los villanos en su escondrijo particular, y mientras Winifred pensaba en el andamio erigido cinco años antes, cuando debería haber comenzado la reparación del tejado, en cómo había maldecido su presencia y en cómo había salvado la vida gracias a él, mientras pensaba en el odiado pozo de Odelyn, en el *necessarium* que había sido la cruz de Edith y en las hojas que sumirían en el olvido la tumba del pobre Johnny, se dijo que ni el andamio, ni la marmita, ni el olmo enfermo, ni el pozo, todos ellos objetos de enojo y pesar, eran casualidades. Eran milagros que existían para salvarlas si tenían el valor suficiente para hacer uso de ellos. El valor de Amelia.

Winifred pensó en la piedra azul que el danés se había llevado y esperó que la gracia de santa Amelia lo acompañara y algún día, de algún modo, llenara de luz el corazón del bárbaro.

Mientras el abad cabalgaba por el sendero sobre su hermoso corcel, pensó que el nuevo convento había resultado mucho más práctico para la abadía. Por desgracia, había quedado arrasado por los vikingos, mientras que Santa Amelia, por obra de algún milagro, se había salvado, y ahora era el único convento de Portminster. Irónicamente, si ambos hubieran sido destruidos, se habría erigido un nuevo convento en el otro lugar y Santa Amelia habría quedado condenado a la ruina.

Al tomar el desvío se unió a la corriente de peregrinos que se dirigían hacia el convento. La astilla de la Vera Cruz había ardido durante el ataque al otro convento, de modo que Amelia era de nuevo la única reliquia de la zona. El abad sabía que había tenido lugar un milagro en el convento. ¿Por qué no lo habían incendiado también los vikingos? Todo el mundo decía que era santa Amelia quien se lo había impedido, pero pensando en la indomable madre Winifred, el abad albergaba sus dudas...

Desde el ataque de los daneses se habían producido cambios milagrosos. En aquel momento, deliciosos aromas surgían de la cocina, donde un sabroso estofado hervía en la enorme olla de Mildred. Fuera, un joven sacaba agua del pozo y alargaba el cubo a Odelyn, mientras otro limpiaba las hojas que cubrían una pequeña tumba. El lugar era un hervidero de actividad, de actividad próspera.

Pero el abad no había acudido para felicitar a las monjas de Santa Amelia, sino porque había recibido una noticia inquietante. La madre Winifred no se encargaba personalmente de enseñar a las jóvenes novicias el arte de la iluminación de manuscritos, sino que había delegado la tarea en las monjas ancianas. ¿A qué dedicaba entonces la madre superiora su tiempo? ¿A pintar el maldito retablo?

Bien, pues él pondría fin a aquella tontería de una vez por todas. No toleraría por más tiempo la desobediencia de aquella mujer.

Esperaba que Winifred estuviera junto a la verja para darle la bienvenida como siempre había hecho, pero no vio rastro de ella. Fue la hermana Rosamund, ahora residente en Santa Amelia y desprovista del cargo de madre superiora, aunque ello no parecía importarle, quien salió a su encuentro. Se había convertido en la ayudante de la madre superiora y andaba muy ocupada procurando la comodidad de viajeros, alumnas y residentes, así como encargándose de la supervisión de la reforma de los edificios, el alojamiento de cabras, ovejas y gallinas, además de asegurarse de que la mesa siempre estuviera repleta de comida.

Rosamund acompañó alegremente al abad hasta el nuevo solario, donde la madre Winifred estaba sentada ante un caballete, pintando. Edman estuvo a punto de expresar su opinión al respecto cuando el panel que la madre superiora estaba realizando lo dejó mudo. Entonces vio algo todavía más asombroso: ¡la madre Winifred estaba sonriendo!

Tomó asiento y la observó trabajar en silencio. Winifred había creado una santa Amelia exquisita, radiante y humilde, consagrada a servir a los pobres y a difundir la palabra de Cristo. En el cuarto panel del nuevo retablo, santa Amelia sostenía un cristal azul en la mano a la altura de su cuello. La imagen carecía de sentido para el abad, pero era tan hermosa y fascinante que quitaba el aliento.

Una novicia le llevó cerveza, y mientras la bebía con aire ausente, el abad Edman no solo decidió que permitiría a Winifred terminar el retablo, sino que más adelante le encargaría otras pinturas. Ya le rondaban por la cabeza los posibles compradores y los sustanciosos precios que pagarían por ellas.

Ínterin

Tras ver el magnífico retablo de Winifred, el abad cambió radicalmente de actitud, se atribuyó todo el mérito de haberla alentado y le encargó un tríptico para su iglesia. Nunca llegó a obispo, sino que murió dos años más tarde al atragantarse con una espina de pescado mientras daba cuenta de su tercer plato en la comida de Pascua.

La madre Winifred vivió otros treinta años, que dedicó a crear un número prodigioso de increíbles pinturas, retablos y miniaturas que representaban vírgenes, crucifixiones y natividades. Se identificaban por la omnipresencia del cristal, ya que por entonces los artistas no firmaban sus obras. La piedra no siempre se veía en primer plano, pero si uno la buscaba, acababa por localizarla.

Poco después del ataque vikingo, el señor Jaffar Ibn Aziz regresó a Santa Amelia por última vez para dar las gracias a la madre Winifred por disuadirlo de visitar la abadía aquel día aciago, ya que su decisión de dirigirse al interior en lugar de a Mayfield lo había apartado de la trayectoria de los vikingos, salvándole la vida. La madre Winifred, olvidando la «visión» heredada de sus antepasados celtas, atribuyó todo el mérito a santa Amelia e invitó al comerciante a descansar en el convento tanto tiempo como quisiera. El señor Jaffar decidió retirarse allí, en una pequeña granja situada en el recinto, acompañado de su fiel Seska, que pasó los últimos años de su vida cómodamente en un prado. De vez en cuando, Simón el Levita ayudaba en las tareas del convento, era muy querido entre visitantes y peregrinos, y siguió siendo amigo y consejero de la madre Winifred. De hecho, Simón el Judío y Winifred la monja adquirieron el hábito de reunirse cada tarde para sostener una conversación tranquila, hasta que él falleció catorce años más tarde. Si bien nunca se convirtió al cristianismo, Winifred insistió en que recibiera la extremaunción y fuera enterrado en tierra santificada.

Mientras seguía realizando sus pinturas con mano y vista cada vez menos firmes, la madre Winifred a veces interrumpía su trabajo para pensar en el vikingo que había recogido la piedra azul y se preguntaba qué habría hecho con el poder de santa Amelia.

Lo que sucedió fue lo siguiente: cuando los vikingos regresaron a su barco, lo hallaron en llamas y rodeado por los soldados de Oswald de Mercia, que segaron la vida de todos los daneses. El propio Oswald participó en el saqueo de los cadáveres y encontró una peculiar piedra azul de belleza inigualable. La mandó engastar en una espada que más tarde acompañaría a un infortunado cruzado hasta Jerusalén, donde la piedra fue arrancada de la empuñadura de su arma y llevada a Bagdad como obsequio para el califa. El cristal brilló por un tiempo en su turbante. En un arranque de debilidad, el califa regaló la piedra a una bailarina que la lucía en su ombligo cuando bailaba para él y que una noche se fugó con su amante secreto. El cristal viajó en bolsillos y bolsos, conoció amos y amas, fue vendida, comprada y vuelta a robar, hasta que por fin cruzó de nuevo el canal de la Mancha en manos de un soldado que regresaba de las cruzadas. El hombre, que había quedado ciego durante una batalla en las inmediaciones de Jerusalén y esperaba curarse en el país, se unió a un grupo de peregrinos que se dirigían a Canterbury. Sufrieron el ataque de unos salteadores que vendieron el botín obtenido en el norte. Allí, un joven mandó engarzar el cristal en la tapa de un joyero de madreperla con la esperanza de granjearse los afectos de una joven dama gracias a tan extravagante presente. Pero cuando la dama rechazó su proposición de matrimonio, el caballero viajó al continente, donde juró suicidarse una vez hallara el lugar apropiado. Cierto día conoció a un hombre de Asís llamado Francisco, que estaba a punto de fundar una nueva hermandad basada en la pobreza, y movido por un impulso, el joven despechado entró a formar parte de ella, entregando a la comunidad cuanto poseía, también el maldito joyero.

El campesino que encontró el joyero en el montón de ofrendas caritativas de los franciscanos arrancó la piedra azul de la tapa y con ella se compró una hogaza de pan; cuando la esposa del panadero vio la cautivadora gema, la cambió por otra novedad, un espejo de cristal, convencida de que un objeto capaz de mostrarle su reflejo era más valioso que otro carente de ese don.

En 1349, la peste bubónica acabó con la vida de una tercera parte de la población europea, y por aquel entonces se achacaron al cristal azul siete muertes y seis curaciones mientras pasaba de muerto a superviviente, de paciente a médico. Casi cien años más tarde, cuando una muchacha llamada Juana fue quemada en una pira de Francia acusada de herejía, un hombre que presenciaba la ejecución entre la muchedumbre no se dio cuenta de que un ladrón le birlaba el contenido de los bolsillos, sustrayéndole dos florines de oro y un cristal azul.

Un caluroso día del verano de 1480, una multitud se congregó en las colinas que rodeaban Florencia para presenciar la demostración que un artista inventor de veintiocho años hacía de su última creación, llamada paracaídas. Los testigos no dudaron en hacer apuestas sobre si el joven loco se rompería la crisma o no, pero cuando Leonardo da Vinci aterrizó sano y salvo en un prado, el cristal azul pasó de las manos de un miembro de la familia Médicis a las de un erudito errante que llevó la piedra a Jerusalén como obsequio para su amada hija, quien por desgracia había muerto al dar a luz durante su ausencia. Tan afligido quedó por la muerte de la joven que ocultó el odiado cristal, pues le recordaba a su único retoño, y allí permaneció, guardado en una caja de oro en una hermosa casa situada en lo alto de una colina con vistas a la Cúpula de la Roca, a la espera de su siguiente propietario, del siguiente giro del destino.

LIBRO SEXTO

ALEMANIA. 1520

Si se lo hubieran preguntado, Katharina Bauer habría afirmado que se casaba con Hans Roth por amor, pero en realidad se debía a su intenso deseo de formar parte de una familia.

Poder llamar a una mujer «hermana, tía» o a un hombre «hermano, tío», poder saludar a alguien como «primo», «sobrina» o «sobrino», en eso consistían los sueños de Katharina Bauer. A la edad de diecisiete años, única hija de una viuda que vivía en una modesta habitación sobre una *hofbräuhaus*, Katharina deseaba con todas sus fuerzas, depositando todas sus esperanzas en cada trébol de cuatro hojas, cada amuleto de la suerte, poder llegar a formar parte de una familia numerosa y feliz. Hans Roth, de veintidós años y ojos azul cielo, pertenecía a una familia así.

Hans, uno de los tres hijos y dos hijas de herr Roth, el fabricante de jarras de cerveza, y su esposa, ama de casa, vivía en una casa que más parecía una colmena, abarrotada de familiares, parientes políticos y demás parentela, todos ellos ocupados en la fabricación y venta de jarras de cerveza. Ahora que a Katharina se le permitía ayudar durante la época más ajetreada, si bien no recibía remuneración alguna por ello, y todos la hacían sentir que formaba parte de la familia, la joven abrigaba la secreta esperanza de que el año siguiente ya se dirigiría a herr Roth como «padre».

Eso era amor verdadero, se decía Katharina mientras ayudaba encantada a Hans en la sala de secado, aquella sensación de gozo tranquilo, de paz y satisfacción. Lo había observado en matrimonios de más edad, personas que llevaban casadas toda la vida. Qué suerte que ella y Hans pudieran iniciar su relación de aquel modo. ¡Cuán perfecto sería el futuro que los esperaba!

En cuanto a ese otro aspecto del matrimonio, el lecho y los bebés, Katharina prefería no pensar demasiado en el asunto, pues no deseaba más que besar a Hans. Durante los pocos momentos robados en que estaban a solas en el bosque o junto al río, donde nadie podía verlos, y Hans se mostraba más ansioso, Katharina se veía obligada a frenarle las manos y recordarle que aún no estaban casados. Pero cuando llegara el momento cumpliría con su obligación y sufriría la breve unión física necesaria para engendrar a los hijos.

Mientras sacaban las jarras recién labradas de los estantes de secado, percibieron unos deliciosos aromas que entraban por la ventana abierta. Chuletas de cerdo dorándose sobre el fuego, col guisándose en una olla, patatas asadas, pan recién salido del horno... Frau Roth preparaba el habitual festín de mediodía. Katharina sabía que no estaba invitada, pues frau Roth no se distinguía por su generosidad precisamente. Pero aunque así hubiera sido, Katharina no habría aceptado la invitación, sabiendo que su madre debía conformarse con un huevo y un pedazo de queso. De vez en cuando, un cliente satisfecho pagaba a Isabella Bauer con salchichas y carne, que la mujer hacía durar una semana entera para ella y Katharina. En cambio, tenían pan en abundancia, nunca les faltaba el pan, y puesto que tenían la suerte de vivir sobre la *hofbräuhaus* y puesto que el propietario, herr Müller, andaba loco por la madre de Katharina, tampoco les faltaba la cerveza.

—Estas irán a Italia —explicó Hans al tiempo que colocaban las jarras secas en el horno de quemado.

A Katharina no se le escapó el tono de reverencia con que Hans pronunció la palabra «Italia», pues el joven anhelaba ver mundo. Sin embargo, para Katharina el mundo empezaba y acababa en Badendorf, cuya plaza del mercado estaba dominada por una fuente y flanqueada en dos lados por tiendas y casas con fachadas de piedra y madera. La *hofbräuhaus* ocupaba el tercer lado, mientras que en el cuarto costado se alzaba el Rathaus, el ayuntamiento construido trescientos años atrás, con la puerta principal en el primer piso, a la que se accedía por una escalera que podía retirarse en caso de peligro. Junto a él se hallaba la iglesia románica cuya edificación se remontaba al siglo V, con cimientos, según se rumoreaba, excavados en tiempos de los romanos. La Marktplatz era escenario de festivales anuales, bodas, celebraciones, comercio de frutas y verduras, así como alguna que otra representación teatral religiosa. Por lo que concernía a Katharina Bauer, Badendorf era el mundo entero.

No sabía qué había más allá del recodo del río, al final del camino ni al otro lado de la montaña, y a decir verdad, no le importaba. No sabía que poco antes había tenido lugar una coronación en una ciudad llamada Aquisgrán, la coronación de un emperador llamado Carlos V, el acontecimiento más grandioso desde la coronación de Carlomagno. Tampoco sabía que otro hombre, un monje agustino llamado Martín Lutero, acababa de ser acusado de herejía por el Papa por difundir ideas nuevas y peligrosas, y que sus «protestas» se propagarían como un incendio por toda Europa gracias al oportuno invento de un tercer hombre, llamado Johannes Gutenberg. Katharina Bauer solo conocía su pueblo, el bosque, el castillo y a los ciudadanos de Badendorf. Eso le bastaba.

Cuando Hans cogió la jarra que ella le alargaba, sus dedos se rozaron, y Katharina vio que el rubor se extendía por las mejillas del joven. No le sucedió lo mismo a ella, pues el amor que le profesaba no era una «chispa», como lo denominaba. Ni siquiera estaba segura de que semejante amor existiera fuera de las canciones, los poemas y los relatos románticos. Lo que contaba era el cariño, el afecto y una profunda sensación de bienestar junto a la otra persona. Puesto que conocía a Hans de toda la vida, ese amor había crecido gradualmente con ellos, y cuando los padres de él mencionaron la posibilidad del matrimonio, a Katharina se le antojó lo más natural del mundo convivir con Hans hasta que la muerte los separara. Además, sabía que sería un matrimonio perfecto, pues ella se convertiría en la modista más solicitada de Badendorf y Hans dirigiría la famosa manufactura de jarras de cerveza Roth.

Siglos atrás, las aguas termales habían atraído a los romanos a aquellos parajes para recobrar la salud. Si bien los manantiales se secaron, quedó en su lugar una arcilla ideal para la fabricación de vajillas. Así pues, Badendorf se había hecho famosa por sus jarras de cerveza. Cada una de ellas empezaba como un puñado de arcilla en crudo que se moldeaba, labraba y pintaba a mano, para después hornearla y esmaltarla. A fin de secar la arcilla y conferirle la consistencia adecuada, las jarras se secaban al aire en la sala de secado durante muchas horas antes de ir a parar al horno. El proceso llevaba varios días y requería mucha paciencia. He aquí el secreto de las jarras Roth: cuanto más despacio se eliminaba el agua de la arcilla, tanto más resistente era la jarra resultante. Por ello, existía una gran demanda de jarras Roth tanto en Europa como fuera de ella, lo cual significaba que algún día Hans sería un hombre muy rico, y entonces Katharina podría comprarle a su madre una suntuosa casa y asegurarse de que no tuviera que volver a trabajar.

Una vez terminadas las tareas matutinas, Katharina siguió a Hans al taller donde se colocaban tapas de peltre sobre el lote de jarras más reciente.

Doscientos años antes, los médicos habían deducido que las moscas transmitían la peste, de modo que para evitar la propagación de la epidemia se aprobó una ley que exigía cubrir todas las bebidas. El problema residía en que las tapas que podían retirarse sin más distraían al consumidor del placer de beber cerveza, pues para ello necesitaría ambas manos. Se imponía hallar una solución que dejara una mano libre, y así nació la tapa con bisagra, que permitía beber cerveza con una sola mano y al tiempo respetaba la ley. Las jarras Roth eran famosas por sus ornamentadas y decorativas tapas, que siempre complementaba a la perfección el diseño del cuerpo.

Mientras Katharina ayudaba a un par de primas de la familia Roth a transportar una aparatosa bala de paja para embalar, Hans se le acercó por detrás, le rodeó la cintura con las manos y le susurró algo al oído. Katharina lanzó una risita y se zafó de sus brazos, fingiendo disfrutar del flirteo. Sin embargo, esperaba que una vez estuvieran casados, Hans no la tocara tanto. En cualquier caso, no sería decente en un matrimonio respetable.

Cuando estaba a punto de comentar lo tarde que era y que su madre la estaría esperando, de repente oyeron un grito procedente del exterior. Alguien llamaba frenéticamente a Katharina.

Al salir vio a Manfred, hijo del *hofbräumeister*, corriendo por la plaza y agitando los brazos como aspas de molino.

—¡Katharina! —vociferó—. ¡Date prisa! Ha habido un accidente. Tu madre…

Katharina echó a correr y Manfred se unió a ella sin resuello.

—Estaba detrás del carro de la cerveza cuando el caballo se encabritó y uno de los barriles cayó, golpeando a tu madre. El médico árabe está con ella.

Katharina dio gracias a Dios por ello; el anciano médico era el hombre en quien más confiaba del mundo.

El doctor Mahmoud había huido de España veintiocho años atrás, cuando la reina Isabel conquistó Granada. Estaba en el norte comprando remedios cuando recibió la noticia de la toma de la ciudad y decidió que no valía la pena volver a ella. Tras un año deambulando por Europa, halló refugio en Badendorf, donde Isabella Bauer, consciente de lo que significaba ser un forastero en una ciudad nueva, lo acogió con gran amabilidad y ayudó a los ciudadanos a aceptarlo en su seno.

Ese día, el doctor Mahmoud fue la primera persona a la que Katharina vio al llegar a la puerta abierta de su habitación sobre la *hofbrähaus*, su cuerpo anciano envuelto en la exótica túnica de su cultura, el cabello blanco cubierto por un turbante. Fray Pastorius, un joven religioso de constitución débil y un pie amputado, rezaba en un rincón. Al ver a su madre tendida en el lecho, inconsciente y con un vendaje ensangrentado sobre la frente, Katharina corrió junto a ella y se arrodilló.

Isabella Bauer, la mejor modista de Badendorf y alrededores, contaba treinta y ocho años, y aunque en su vida solo había conocido privaciones y penuria, aún ofrecía un aspecto juvenil. Ahora, con los ojos cerrados por el coma profundo, parecía aún más joven, sin las arrugas de preocupación y edad, la tez pálida y sin mácula.

—Madre —susurró Katharina, tomándole la mano fría e inerte—. Madre —repitió en voz más alta.

Se volvió para mirar al doctor Mahmoud, en cuyo rostro se pintaba una expresión sombría.

El corazón le dio un vuelco. Su madre era la única familia que tenía. Katharina apenas sabía nada de su padre, pues no era más que un bebé cuando el hombre murió víctima de unas fiebres virulentas que asolaron su pueblo natal en el norte. Ni siquiera podía visitarlo en su tumba, ya que había sido necesario incinerar los cadáveres para evitar la propagación de la enfermedad. Ella y su madre habían escapado hacia el sur hasta establecerse en Badendorf, y a medida que crecía, Katharina volvía a menudo la mirada hacia el norte, hacia el recodo del río y el mundo que jamás había visto, imaginando el pueblo y al apuesto y sonriente hombre que había sido su padre.

Si bien Katharina y su madre no pertenecían a la próspera clase alemana de los mercaderes, y aunque su existencia era una lucha diaria y con frecuencia se veían obligadas a arreglárselas sin nada (a menudo Isabella tenía que acudir a sus clientes y casi suplicarles que le pagaran el dinero que le debían), tampoco se consideraban pobres. Vivían en una pequeña habitación sobre la *hofbräuhaus*, el único hogar que Katharina había conocido, y se conformaban con vestidos y zapatos remendados. A veces pasaban hambre o se quedaban sin calefacción en invierno, pero se consideraban afortunadas, ya que no pertenecían al campesinado explotado por la nobleza. Isabella Bauer recordaba con frecuencia a su hija que, si bien no tenían dinero, sí tenían dignidad.

En líneas generales, la vida se había portado bien con ellas. Detrás de la *hofbräuhaus* había un pequeño jardín amurallado donde fray Pastorius enseñaba latín a los muchachos y el doctor Mahmoud examinaba a sus pacientes. La luz allí era excelente, de forma que Katharina y su madre cosían en el jardín mientras el anciano médico árabe visitaba a los pacientes en la intimidad de un biombo portátil que llevaba de su habitación, y el hermano Pastorius inculcaba a los ignorantes hijos de los mercaderes los rudimentos del latín. Por las mañanas, mientras Katharina e Isabella daban sus delicadas puntadas, el aire se llenaba de trinos y del cántico monótono de los discípulos del fraile: *«Anima bruta, anima divina, anima humana...»*, puntuado de vez en cuando por alguna tos tras el biombo del médico. Mientras bordaba rosas y hojas sobre el finísimo hilo, la mente joven y ágil de Katharina asimilaba lecciones destinadas a los muchachos: *«Leone fortior fides»*. Ahora, arrodillada junto al lecho de su madre, la angustiada Katharina oyó los trinos que entraban por la ventana abierta desde el jardín, y de repente la asaltó la premonición de que los días idílicos del jardín habían tocado a su fin.

Por fin, Isabella abrió los ojos. Durante unos instantes no consiguió enfocar la vista, pero entonces vio a Katharina, su cabello dorado formando un halo a la luz del sol que entraba a raudales por la ventana. Isabella sonrió; qué hermosa era su niña. El cabello, antaño pálido como el maíz, y ahora de un profundo matiz dorado. La tez impecable. Los transparentes ojos verdes. Isabella acarició la suave mejilla de su hija y habló con dificultad.

—Dios ha decidido llamarme a Su lado, hija mía. Creía que tendría más tiempo…

—Madre —sollozó Katharina, oprimiéndose la fría mano contra el rostro—. Te pondrás bien; el doctor Mahmoud te curará.

Isabella esbozó una sonrisa triste y ladeó la cabeza sobre la almohada.

—Sé que no me quedan más que unos minutos. Esperaba vivir muchos años más, pero Dios, en su Sabiduría…

Katharina esperó. El doctor Mahmoud mantenía los ojos oscuros y penetrantes clavados en la paciente, mientras fray Pastorius proseguía con sus rezos. Una pequeña multitud de curiosos se había congregado en la entrada, pero herr Müller no los dejaba pasar.

De pronto, Isabella aspiró una profunda bocanada de aire y se dispuso a hablar de nuevo.

—Debes saber una cosa, hija mía, algo que no te he contado…

Las lágrimas caían de las mejillas de Katharina sobre la sábana ensangrentada.

—Allí, en el baúl —susurró Isabella, señalando el único mueble de calidad que poseían, un baúl de madera que contenía telas, hilos, agujas y tijeras—. La caja de los lazos… Tráemela… Y ahora debo contártelo —musitó cuando Katharina regresó junto al lecho con la caja—. Sé fuerte. Pídele a Dios que te dé fuerzas, pues ya es hora de que conozcas la verdad.

—¿De qué se trata, madre? —preguntó Katharina con suavidad.

—No soy tu verdadera madre —confesó Isabella con los ojos anegados de lágrimas—. No eres mi verdadera hija.

Katharina se la quedó mirando, frunció el ceño y alzó la vista hacia el doctor Mahmoud y fray Pastorius, que había enmudecido. ¿Había oído bien?

—Es cierto, Katharina —insistió Isabella con gran esfuerzo—. No eres carne de mi carne, sino hija de otra mujer.

—Mamá, no estás bien. El doctor Mahmoud dice que te has dado un golpe muy fuerte en la cabeza.

—No he perdido el juicio, Katharina. Y ahora escúchame, porque no me queda mucho tiempo.

Isabella respiró con dificultad un par de veces.

—Hace diecinueve años, una epidemia arrasó mi pueblo, llevándose a mi esposo y a mis dos hijos pequeños. Me quedé completamente sola. Los pocos supervivientes nos dispersamos y acabé en una posada, donde trabajé de doncella y también cosía. Una noche llegó una familia; la mujer estaba embarazada, y me encargaron que bordara un faldón de bautismo para el bebé. Pero la mujer murió al dar a luz. El esposo vino a verme destrozado. Nunca había visto a un hombre llorar de aquel modo.

Otra respiración entrecortada.

—Me dijo que se encontraba de viaje, que él y su hijo se dirigían a tierras lejanas y no podían llevar consigo a una recién nacida. Se presentó en plena noche, Katharina, llorando como un niño, y me pidió que cuidara de su pequeña al tiempo que prometía volver a buscarla. Aquella niña eras tú, Katharina.

Entre las personas agolpadas delante de la puerta se elevó un murmullo, pero herr Müller alzó los brazos en demanda de silencio. El doctor Mahmoud asió la muñeca de Isabella para tomarle el pulso y adoptó una expresión aún más sombría. Su mirada indicó a Katharina que se acababa el tiempo.

—Así pues, cogí a la pequeña y le prometí cuidar bien de ella hasta su regreso. Abandoné la posada, pues no confiaba en los propietarios y los creía capaces de robarme las monedas de oro que el desconocido me entregó para tu cuidado. Llegué a Badendorf y conté a todo el mundo que era viuda, lo cual era cierto, y que la niña era mía, lo cual era falso. Creía que tu padre podría localizarme, porque no me había alejado demasiado de la posada…

La voz de Isabella se extinguió, y la moribunda se humedeció los labios resecos con la lengua. Con infinito cuidado, el doctor Mahmoud le levantó la cabeza con una mano mientras con la otra le acercaba una taza de agua a la boca, pero Isabella no pudo beber.

—El hombre…, tu padre, Katharina —prosiguió la mujer tras un largo instante—, me dio algo… Abre la caja y saca los lazos. Levanta el fondo de la caja… Hay algo escondido allí. Te pertenece.

Katharina se sorprendió al descubrir que la caja de los lazos tenía doble fondo, y cuando lo retiró, halló un objeto envuelto en un pañuelo. Al desenvolverlo vio entre lágrimas una pintura religiosa en miniatura, del tamaño de su mano.

—Forma parte de una pareja, un díptico, como el que hay sobre el altar de nuestra iglesia, pero es mucho más pequeño, como puedes comprobar. ¿Ves la piedra azul del cuadro, hija? También está en el otro, y juntos cuentan una historia.

—Madre... —musitó Katharina con voz quebrada—. No lo entiendo.

—Tu padre... tenía una pareja de pequeñas pinturas..., un díptico en miniatura unido por una bisagra. Lo partió en dos... —Isabella cerró los ojos mientras recordaba el solemne ritual que había tenido lugar en plena noche diecisiete años antes—, y me dio esta mitad, esta pintura diminuta, diciendo que, en caso de que no pudiera volver a buscarte personalmente, de que algo le impidiera viajar y tuviera que enviar a otra persona en su lugar, el hombre en cuestión presentaría la otra mitad, y yo sabría que decía la verdad porque ambas mitades encajarían.

Katharina miró a su madre con expresión desconcertada y por fin examinó la pintura con el ceño fruncido.

—¿Es la Virgen? —preguntó.

En el panel, una mujer ataviada con ropas medievales sostenía un cristal azul a la altura de su cuello. Qué gesto tan misterioso. Sin embargo, la piedra poseía a todas luces un gran valor, ya que era de un color y una transparencia asombrosos.

La voz de Isabella se antojaba lejana, como si el espíritu ya abandonara el cuerpo.

—También me mostró la otra pintura... En la parte superior decía en latín: *«Sancta Amelia, ora pro nobis»*.

—Santa Amelia, ruega por nosotros —tradujo Katharina en un murmullo, incapaz de apartar la mirada de la diminuta pintura... que había pertenecido a su padre.

—Dijo que... el cristal azul del cuadro es la Piedra de Santa Amelia y posee propiedades curativas porque el propio Jesús se la entregó a Amelia.

Katharina estaba fascinada por la pintura. ¿Cómo describir el color de la piedra? No era azul celeste, que resultaría demasiado pálido, ni azul marino, demasiado oscuro. Y no mostraba un solo matiz, sino capas y más capas, como si no fuera la imagen de una piedra, sino la propia piedra al natural. Katharina no podía saber que aquella pintura era obra de una madre superiora inglesa llamada Winifred, que había vivido quinientos años antes.

—Tu padre llevaba ropas de hombre rico —siguió explicando Isabella—. Tal vez fuera un noble. En cualquier caso, me dejó una bolsa llena de monedas de oro. Gasté las justas para establecerme en Badendorf, pero a partir de entonces no volví a tocar el dinero, pues era tu herencia. Cada año, en tu cumpleaños, me prometía a mí misma que te confesaría la verdad, pero no me atrevía. Llegaste a mi vida cuando me abrumaba el dolor y la pena por la pérdida de mis hijos. Que Dios me perdone, pero una parte de mí esperaba que aquel hombre no regresara jamás. Sin embargo, en la hora de mi muerte tienes derecho a saber la verdad.

—Calla, madre, debes recuperar fuerzas. Podemos hablar más tarde.

Isabella denegó con la cabeza, un ademán que le costó un esfuerzo supremo.

—Nunca me has pertenecido, Katharina. Debía cuidar de ti hasta que tu padre regresara, pero nunca ha vuelto, y solo puede ser porque está herido, enfermo o en la cárcel. Tal vez en este preciso instante esté rogando a Dios que te devuelva a su lado.

Levantó la mano para rozar las trenzas doradas de Katharina.

—Tienes su mismo color de cabello. También lucía una espléndida barba rubia como el amanecer. Mira el dorso de la pintura.

Katharina le dio la vuelta y leyó la inscripción: «Von Grünewald».

—Ese es tu apellido —dijo Isabella—. Ya lo ves, nunca me has pertenecido; tu destino es otro. Debes encontrar a tu padre, Katharina. Podría necesitar ayuda; quizá esté enfermo. Debes ir en su busca.

—¡Pero no puedo dejarte! —exclamó Katharina.

—Hija mía, las cosas no deberían haber salido así. Tal vez si hubiera revelado la verdad hace mucho tiempo, todo habría sido distinto. Pero llevada por el egoísmo guardé silencio, y ahora debo enmendar el mal. Aquel desconocido... merece tener a su hija junto a él.

Katharina prorrumpió de nuevo en sollozos.

—Pero ¿cómo voy a encontrarlo?

—Me contó que iba en busca de la piedra azul que se ve en la pintura, que se dirigía a Jerusalén, donde creía que se encontraba. Encuéntrala —urgió Isabella, pugnando por respirar—. Encuentra la piedra azul y encontrarás a tu padre. Cuando consigas unir esta miniatura con su pareja, habrás dado con él, Dios mediante.

Su mano frágil, que tantos pájaros, flores y mariposas había bordado, tembló contra la mejilla de su hija.

—Prométeme que irás, Katharina, pues dondequiera que te lleve esta piedra azul, allí hallarás tu destino.

Tras pronunciar aquellas palabras, Isabella exhaló el último suspiro. Katharina se arrojó sobre ella y lloró mientras el doctor Mahmoud y fray Pastorius hacían salir discretamente a los curiosos. Isabella Bauer fue enterrada en el cementerio local tras un hermoso funeral, durante el cual sus numerosos clientes elogiaron su destreza y se vanagloriaron de poseer muchos de los bellos cuellos, pañuelos y ropa blanca que ella había decorado con su excelente mano. Sobre todo se esforzaron por dar el pésame a Katharina hombres y mujeres que las habían hecho esperar durante horas ante la puerta de servicio de sus casas, y que con frecuencia no pagaban a la modista por sus arduas semanas de trabajo, pero que ahora, tras oír que tal vez la joven perteneciera a un linaje noble y que era propietaria de una pequeña fortuna, la trataban con gran respeto y deferencia.

Durante los días siguientes, Katharina se movió rígida, entumecida por el inesperado giro que acababa de dar su vida. Cuando por fin empezó a rehacerse un poco de su dolor, empezó a pensar en la increíble historia que le había contado su madre, preguntándose si sería cierta. Así, acompañada del doctor Mahmoud y de Hans Roth como sus protectores, Katharina salió de Badendorf por primera vez en su vida y viajó hacia el norte, hasta un pueblo que se hallaba a tan solo quince kilómetros de distancia, pero que a la muchacha de diecisiete años le parecía otro universo.

Allí encontró la posada donde había nacido. Acto seguido entró en la cercana iglesia, cuyo anciano párroco recordaba vagamente a una mujer que había muerto al dar a luz, una forastera perteneciente a la nobleza que fue enterrada en el cementerio local. Katharina localizó la lápida; la fecha de la muerte coincidía con la de su nacimiento, y el apellido era Von Grünewald.

Arrodillada junto a la tumba, Katharina intentó sentir algo por la mujer que yacía en ella, pero su dolor se concentraba en la modista que había sido su auténtica madre. No obstante, allí reposaban los huesos y el polvo de la mujer que le había dado la vida, y la joven sintió que la embargaba un sentimiento desconocido. Apoyando las manos sobre la lápida de Maria von Grünewald, fallecida a la edad de veintiséis años, Katharina juró buscar a su padre, el esposo de aquella pobre mujer, y que por muchos obstáculos que se cruzaran en su camino, se uniría de nuevo a su verdadera familia.

Era la comidilla de Badendorf. ¡Katharina Bauer se iba a Jerusalén!

Hans no estaba nada satisfecho.

—¿Por qué tienes que irte?

Puesto que era impensable que viajara sola, Katharina había pedido a Hans que la acompañara, pero por supuesto le resultaba imposible; debía quedarse para dirigir la fábrica de jarras. A continuación se lo propuso a fray Pastorius, pero el pobre joven no poseía una constitución lo bastante robusta para realizar semejante viaje, aunque le habría encantado ver la Ciudad Santa. Por último, Katharina acudió al doctor Mahmoud en busca de consejo, y el médico respondió que era muy importante conocer y honrar al propio padre. Asimismo comentó que, por casualidad, había considerado la posibilidad de volver al hogar de sus antepasados, en El Cairo, para morir allí, y que no debía demorar el viaje, pues ya era un anciano. Así quedó decidido que viajarían juntos.

—He hecho una promesa, Hans —dijo con firmeza cuando regresaban de su último paseo juntos por el bosque que rodeaba Badendorf—. Debo encontrar a mi familia.

—Pero yo soy tu familia. Cuando te cases conmigo.

Katharina le asió ambas manos y esbozó una sonrisa triste.

—Lo sé, Hans, pero mi padre tenía intención de volver a buscarme, y si no lo ha hecho es porque debe de haber sufrido alguna desgracia. En mis sueños lo veo en la cárcel, solo y olvidado, y enfermo en un pueblo lejano. Debo encontrarle; se lo debo tanto a él como a mi madre, a mis dos madres. Una vez lo haya encontrado, volveré a tu lado.

Frau Roth, convencida de que nadie era lo bastante bueno para casarse con su hijo y que había aceptado a regañadientes los votos de compromiso que pronunciaran ante el altar, siempre había albergado la secreta esperanza de que Hans, su pequeño, nunca se casaría. De todos era sabido que herr Roth padecía del corazón y que frau Roth, de constitución fuerte y voluntad de hierro, sin duda lo sobreviviría muchos años. No tenía intención de pasar el resto de su vida sola, y mucho menos a merced de una nuera, por no mencionar que en ese caso se trataría de la hija de una simple modista, ya que ni por un momento se tragó el cuento del noble rico.

—Katharina debe ir, hijo mío —dijo por todo ello con toda la calidez de que fue capaz—. Su destino está junto a su padre.

—Entonces, prométeme que regresarás —exclamó Hans con tal pasión que Katharina se sintió incómoda—. Haz lo que debas hacer, encuentra a tu padre y haz las paces con tu pasado, pero después regresa y sé mi esposa.

Así, a las dos importantes promesas que Katharina había hecho a sus dos madres, a una en su lecho de muerte, a la otra junto a su tumba, añadió una tercera, la de volver a Badendorf para convertirse en la esposa de Hans Roth.

La caravana de mercaderes llegó a Badendorf, y toda la población fue a despedir a Katharina. Frau Roth hizo gran ostentación de la bolsa llena de táleros y *pfennings* de plata que iba a ser su regalo sorpresa para Katharina. La bolsa pasó de mano en mano, y todos comentaron cuán generosa era frau Roth. Acto seguido, cuando nadie la observaba, la mujer sacó la mitad de las monedas, se las guardó subrepticiamente en el bolsillo y entregó a Katharina el resto.

La inmensa caravana se componía de un grupo de mercaderes e inversores que aunaban recursos para proteger sus bienes en los caminos. Llevaban pieles y ámbar de la costa norte para trocarlos en el sur por fruta, aceite y especias que viajarían con ellos al norte. La caravana contaba con la protección de una nutrida guardia de soldados, que cabalgaban junto a los enormes carromatos tirados por robustos caballos. Por el camino, ciertos salteadores de caminos recibirían dinero en concepto de «seguro» y a cambio mantendrían alejados de la caravana a otros malhechores. Muchos civiles se unían a aquellas caravanas, pues era la única forma segura de viajar.

Katharina y el doctor Mahmoud viajarían con la última remesa de jarras de herr Roth, y cuando se despedían entre lágrimas, Hans entregó a la joven una pieza muy especial. El motivo central de la jarra era un paisaje montañoso con un pequeño camafeo de la ciudad de Badendorf que el propio herr Roth había concebido y pintado. El hermano Pastorius, tímido y ruborizado, también entregó un obsequio a Katharina: una bolsa plana de cuero, aceitada y encerada para que fuera impermeable, y colgada de una tira de piel para poder llevarla oculta bajo la ropa. Era del tamaño ideal para la pintura en miniatura de santa Amelia.

Por fin se pusieron en marcha, una caravana de kilómetro y medio de longitud que comenzara su andadura en Amberes y continuaría hasta Nuremberg, el centro comercial de Europa. Seguía una de las principales rutas comerciales terrestres del continente, y se esperaba que llegara a los Alpes en verano, cuando los pasos estuvieran despejados. El camino se conocía por el nombre de Ruta del Ámbar y fue creado mucho antes de que los romanos invadieran Europa, hacía miles de años, cuando los pueblos de la Edad de Piedra asentados en el lejano norte recolectaban el valioso ámbar y lo transportaban por tierra desde el mar del Norte hasta el Mediterráneo y las costas del Adriático. Las legiones romanas agregaron caminos y puentes para hacer practicables los Alpes. Las cruzadas y la repentina popularidad de las peregrinaciones durante la Edad Media intensificó el tránsito en la ruta, y para cuando Katharina y el doctor Mahmoud emprendieron su viaje, formaban parte de un desfile de mercaderes, caminantes, peregrinos, mendigos, vagabundos, caballeros e incluso diligencias reales. Era una procesión pintoresca de hombres que tocaban flautas, mujeres que llevaban pan y bebés, niños persiguiendo perros, un ruidoso grupo que tiraba de tartanas, carretas y carros chirriantes, algunos hombres a caballo, aunque la mayoría viajaba a pie. En suma, una gran multitud que cambiaba en cada encrucijada del camino, pues unos viajeros abandonaban la caravana, mientras otros se unían a ella. El avance se veía entorpecido por numerosas paradas, pues cada frontera requería presentar papeles y pruebas de que ningún viajero padecía la peste. Por las noches acampaban al ras o bien en humildes posadas que cobraban precios exorbitantes. En los pasos alpinos contaban con la ayuda de lugareños especialmente entrenados para sortear los difíciles obstáculos.

A Katharina le parecía una aventura magnífica, pues disfrutaba de la seguridad que otorgaba viajar bajo la protección de mercaderes prósperos que contrataban los servicios de arqueros para su defensa, así como de la posibilidad de viajar en un carro cerrado que por las noches le servía de lecho. Al acabar la jornada, sentados tranquilamente junto a la hoguera, el doctor Mahmoud le enseñaba su lengua materna, convencido de que los conocimientos de árabe le serían de gran utilidad en Tierra Santa. Casi todos los recuerdos de juventud que le refería eran literalmente dulces, pues le hablaba de una fruta dorada española que se llamaba naranja, así como de otra egipcia que recibía el nombre de dátil. Katharina nunca había probado ninguna de las dos.

La relativa comodidad de su viaje rumbo al sur terminó cuando ella y el doctor Mahmoud se vieron obligados a separarse de la caravana en Milán, porque la empresa de exportación de la familia Roth se hallaba en Génova. Les recomendaron que no zarparan desde Génova bajo ningún concepto, pues el viaje llevaría varias semanas más y corrían el riesgo de ser atacados por piratas bárbaros. Así pues, se unieron a una caravana que transportaba artículos textiles franceses para cambiarlos en Venecia por cristal veneciano, y siguieron la fértil llanura del río Po hasta doblar hacia el norte rumbo a Padua y desde allí hacia la costa del Adriático. Mientras que desde Badendorf hasta los Alpes habían viajado entre amigos, ahora se encontraban entre desconocidos, por lo que se mantenían al margen. El doctor Mahmoud había aprendido hacía mucho que con frecuencia el silencio garantizaba la supervivencia. Nunca revelaba que era musulmán, ya que a la sazón representaba al enemigo, sobre todo a medida que se acercaban al Mediterráneo, donde los odiados turcos eran los amos del mar.

Venecia los dejó estupefactos. Si bien por el camino habían pasado por ciudades más grandes e incluso por la imponente metrópoli de Nuremberg, las demás poblaciones no habían sido más que el aperitivo de Venecia. Katharina nunca había visto una ciudad tan llana; no se veía una sola montaña ni colina. La gente vivía a orillas de los canales y se desplazaba en pequeñas embarcaciones de peculiar proa curva. Los ciudadanos lucían ropas más suntuosas de las que había visto en las ciudades del norte; las mujeres de clase alta deambulaban por la ciudad calzadas con altísimos zapatos de plataforma y no se cubrían la cabeza, como era costumbre en Alemania, sino que exhibían orgullosas sus rizos y trenzas adornados con redecillas doradas y lazos. Asimismo, Katharina nunca había visto a hombres de cabello tan largo, y sobre todo los jóvenes producían una impresión muy femenina. Sin embargo, no había nada femenino en las sensuales miradas que le dedicaban. El cabello de Katharina también constituía una atracción. Si bien en Badendorf su melena dorada también destacaba, no era del todo inusual, pero cuanto más al sur viajaba, más exótica se tornaba. Cierto es que veía a mujeres de cabello rubio, pero a todas luces teñido, artificial, de modo que a menudo recibía miradas de admiración de hombres desconocidos. Así pues, nunca se apartaba del doctor Mahmoud mientras, sin perder de vista sus pertenencias, se abrían paso hasta el puerto situado en la vasta laguna.

Durante su avance por calles angostas y a lo largo de los canales, se toparon con una boda que tenía lugar en una de las suntuosas mansiones de la ciudad. Desde un balcón, los novios arrojaban alegremente comida a los transeúntes. Katharina vio faisanes enteros asados, doradas hogazas de pan, fruta confitada y almendras garrapiñadas lloviendo sobre los encantados viandantes. A instancias del doctor Mahmoud, se unieron a la muchedumbre y consiguieron un pequeño queso y un racimo de uva negra, manjares que engulleron mientras proseguían camino hacia el puerto. Más tarde sabrían que tales ostentaciones de riqueza y generosidad eran típicas de aquella poderosa ciudad costera. Al cabo de pocos minutos, ambos viajeros se darían cuenta de que igual de excesivo era el sentido de la justicia de los venecianos, pues al doblar una esquina dieron con una furiosa jauría humana que instantes antes se había abalanzado sobre dos hombres. El pecho de las víctimas estaba abierto en canal, y la gente había clavado sus corazones aún calientes a las puertas de una pequeña iglesia. La semana anterior, aquellos dos hombres habían asesinado al cabeza de una de las familias más poderosas de Venecia.

Se dirigieron a toda prisa al puerto, donde presenciaron más espectáculos asombrosos. Entre un bosque de mástiles y mascarones de proa, velas y cordaje, Katharina vio el agua atestada de carabelas, carracas y galeones, urcas y galeras, naves mercantes y barcos de guerra, canoas, botes, lanchas y balsas, incluso un par de destartalados juncos chinos de velas rojas. El muelle estaba abarrotado de peregrinos, tanto cristianos como musulmanes, que zarpaban o regresaban de sus lugares santos, marineros de todas las marinas, mercantes, eruditos, oficiales y humildes grumetes vestidos con andrajos, estibadores que subían a bordo balas de heno, barriles, animales y mercancías... El aire se llenaba de una auténtica torre de Babel de lenguas extranjeras y el del aroma de mil olores extraños. Katharina incluso vio algo llamado «librería», y si bien no era la primera vez que veía libros impresos, pues la iglesia de Badendorf se enorgullecía de su Biblia, creada en una prensa, nunca había visto tantos libros juntos como en aquella tienda, más de cuatrocientos.

Tampoco había soñado jamás con viajes y aventuras como las que ahora vivía. Su espíritu se debatía entre la tristeza y la alegría, pues lloraba la pérdida de su madre y el hecho de dejar atrás Badendorf y a Hans, aunque al mismo tiempo la emocionaba la perspectiva de conocer a su auténtica familia. No había creído que una persona pudiera mirar atrás y adelante al mismo tiempo, pero eso era precisamente lo que hacía ella en esos instantes.

Se encaminaron a las oficinas del puerto, donde los conocimientos de árabe y español del doctor Mahmoud de poco les sirvieron, pero el alemán y el latín rudimentario de Katharina les fueron de gran utilidad. Por desgracia, dondequiera que preguntaban recibían toda suerte de respuestas, desde capitanes que se negaban a aceptar a bordo a un musulmán, o bien la presencia de una mujer, hasta algunos que se negaban a aceptar pasajeros en general. Después del miedo, la superstición era el sentimiento más importante en la vida de un marinero; si un hereje no hundía el barco, una mujer sin duda acabaría con él.

El día tocaba a su fin, al igual que sus esperanzas. El doctor Mahmoud sugirió que buscaran alojamiento para esa noche y volvieran a intentarlo a la mañana siguiente.

Fue entonces cuando Katharina vio al desconocido. Le llamó la atención porque era distinto de los demás hombres que abarrotaban el muelle, aunque no habría sabido definir en qué consistía la diferencia. Ofrecía aspecto de noble con su jubón blanco abullonado, sus calzones azules también abullonados y sus medias azules. Sobre la ropa llevaba una extraña capa, una prenda anticuada, pues a la sazón los hombres ya no llevaban capa, de color blanco con una cruz azul de ocho puntas bordada en la espalda, como si perteneciera a una orden religiosa. Cabello castaño corto y barba bien recortada sobre el cuello rizado blanco. Alto, atlético, con una elegante espada al cinto sobre la cadera izquierda. A todas luces, un hombre rico. Sin embargo, había algo en su mirada mientras contemplaba el mar, un aire misterioso, o tal vez anhelante, que despertó el interés de Katharina. De repente se volvió para decir algo a uno de los mozos, y Katharina advirtió una sombra de tristeza en su mirada. La tragedia atormenta a este hombre, pensó, y aquel pensamiento la sorprendió. En Badendorf, los desconocidos rara vez captaban su atención y mucho menos estimulaban su imaginación. Sin embargo, aquel hombre acababa de conseguirlo, y la joven no sabía por qué.

Cuando se volvió hacia el doctor Mahmoud para preguntarle hacia dónde debían dirigirse, unos rufianes aparecieron de la nada y los empujaron a un lado para robarles sus pertenencias. Katharina profirió un grito y no pudo más que sostener a su anciano compañero de viaje antes de que este cayera al suelo.

Al ver lo sucedido, el desconocido de la capa emprendió de inmediato la persecución.

—¡Quietos, desgraciados! —ordenó al alcanzarlos y asir a ambos del cuello.

Los ladrones dejaron caer el botín y desaparecieron entre el gentío.

—¿Estáis herida? —preguntó el desconocido a Katharina en latín, la lengua franca de los viajeros cristianos.

—Estamos bien, señor, muchas gracias —repuso Katharina sin aliento, aunque más por la proximidad del desconocido que por el ataque de los rufianes.

—Soy don Adriano de Aragón, caballero de la Hermandad de María. ¿Es turco? —inquirió, refiriéndose al doctor Mahmoud.

Katharina no podía dejar de observar al desconocido. De cerca era aún más apuesto, no precisamente guapo, sino sobre todo interesante. A aquella distancia se tornaban más evidentes las sombras de anhelo y soledad que oscurecían sus ojos.

—El doctor Mahmoud es de España, señor, como vos.

La noticia no pareció interesarle en lo más mínimo.

—¿Hacia dónde os dirigís?

—A Acre y después a Jerusalén.

El desconocido la miró detenidamente. Una muchacha de cabellera dorada y la ingenuidad de un recién nacido. ¿Qué hacía en compañía de un viejo árabe y por qué se dirigía a Jerusalén? El asunto no habría sido de su incumbencia de no ser porque la joven era una cristiana que viajaba a Tierra Santa, y él había jurado ayudar a los peregrinos que se dirigían a Jerusalén.

—Puedo llevaros a Acre —ofreció antes de añadir a toda prisa—: Pero solo a vos, no al anciano.

—¡Pero no puedo abandonar al doctor Mahmoud!

Don Adriano se sorprendió al percibir la pasión en su voz y verla en sus transparentes ojos verdes. A todas luces, no existía parentesco de sangre alguno entre la joven y el anciano, de modo que ¿cuál era el vínculo que los unía? Meditó unos instantes. La familia de don Adriano había luchado para expulsar a los moros de España. Su padre había muerto combatiendo contra los musulmanes, y la hermandad a la que pertenecía, con sede en una fortaleza en la isla de Creta, se dedicaba a intentar arrebatar Tierra Santa a los bárbaros musulmanes y devolvérsela a los cristianos.

Por fin decidió que se debía a la peregrina cristiana y asintió con sequedad. Que el anciano los acompañara; en cualquier caso, no sería responsabilidad suya.

—Esperad aquí —ordenó antes de alejarse con la capa blanca revolteando a su alrededor.

Katharina lo vio enzarzarse en una enojada disputa con un capitán, quien no dejaba de sacudir la cabeza. Pero don Adriano, alto, de porte imponente y evidente rango, ganó la partida, pues el capitán acabó por asentir a regañadientes.

—He convencido al capitán de que aceptar a un musulmán a bordo puede resultar de utilidad si nos topamos con piratas —explicó al regresar junto a ellos—, porque perdonarán la vida a uno de sus hombres santos y a cualquiera que viaje en su compañía. También ayuda el hecho de que vuestro amigo sea médico. Sin embargo, el capitán afirma que su tripulación se negará a navegar con una mujer. Los marineros son una raza supersticiosa, así que os achacarían las culpas de cualquier problema que surgiera, señorita. Solo accederá a llevaros si os disfrazáis.

—¿Si me disfrazo? Pero ¿cómo?

—Viajaréis como nieto del anciano.

Don Adriano los llevó a una pequeña taberna y se fue tras entregar al propietario un florín para que cuidara de ellos. Cuando regresó, llevó a Katharina y al doctor Mahmoud al callejón, donde después de cerciorarse de que nadie los observaba, alargó a la joven un frasco de una maloliente pasta negra.

—Os teñirá el cabello de marrón —indicó.

Mientras Katharina se teñía las raíces y la melena, el doctor Mahmoud rebuscó en su bolsa de viaje y sacó una galabiya, una túnica egipcia larga y recta que pendía del cuerpo holgada e informe. Con el chal de Katharina formó un turbante bastante creíble para cubrirle el cabello recién teñido, que la joven se anudó en lo alto de la cabeza, ocultando los mechones sueltos. Una vez estuvo vestida y salió de la protección de un montón de barriles, el doctor Mahmoud la examinó con ojos de médico. Los senos femeninos le parecían un problema, de modo que sacó un rollo de venda de su botiquín, se lo alargó y le indicó que se vendara los pechos lo más estrechamente posible. Dicho aquello, se volvió con discreción para que Katharina pudiera completar el disfraz.

Al regresar al muelle vieron que don Adriano caminaba hacia ellos, y cuando el caballero vio a Katharina, abrió la boca con aire sorprendido. Era tan alta y delgada, y se había disfrazado con tal pericia que podía pasar por un muchacho.

Don Adriano había comprado botellas de agua, hogazas de pan, buenas porciones de queso, algo de fruta y tiras de tasajo, pues los pasajeros debían llevar sus propias provisiones. Para cuando el anciano musulmán, su nieto y el caballero cristiano cruzaron la pasarela, el sol ya se ocultaba tras el horizonte y los marineros ya estaban encaramados al cordaje.

El buque era una nave portuguesa que poco antes había llegado a Venecia cargada de marfil procedente de África y que ahora zarparía rumbo a la India con la bodega llena de lingotes de cobre destinados a los cobreros de Bombay. Se produjo un breve retraso mientras el capitán ordenaba desplazar parte de la carga, pues si estaba mal colocada, podía provocar el naufragio en alta mar. Una vez seguro de que el cobre estaba almacenado a suficiente profundidad para estabilizar el navío, dio orden de zarpar. Dirigió la plegaria de la tripulación y Katharina detectó seriedad en sus padrenuestros, pues si bien las travesías marítimas eran la forma más rápida de viajar, también entrañaban el mayor peligro. A continuación, dos muchachos tocaron la flauta y el tambor mientras los marineros se afanaban con los cabos y los cabestrantes al ritmo de la música, que los ayudaba a trabajar al unísono. Por fin salieron de la laguna y se adentraron en mar abierto. Katharina estaba de pie en la proa, con el rostro al viento mientras pensaba no en las personas y el pueblo que había dejado atrás, sino en la familia que la esperaba en una tierra ignota.

Dormían como los marineros, en hamacas colgadas entre balas de mercancía en la bodega del barco. Había tan poco espacio que comían sentados a una pequeña mesa encajada entre dos cañones. Sin embargo, casi siempre, si el tiempo lo permitía, los tres pasajeros subían a cubierta para disfrutar del aire fresco.

Katharina no cesaba de hacerse preguntas acerca de su salvador, pues si bien don Adriano no se separaba de ella y el doctor Mahmoud, señalando con su imponente presencia que era el encargado de velar por su seguridad, por lo demás nada tenía que ver con ellos. Reparó en que nunca probaba la carne ni el vino y se preguntó si ello guardaría relación con los votos de su hermandad; cuando lo veía rezar con una rodilla hincada en el suelo, sosteniendo la espada con ambas manos ante sí, como si la empuñadura fuera un crucifijo, sospechaba que era un hombre de profundas convicciones religiosas.

Y de tribulaciones ocultas.

En su rostro advirtió arrugas que en un principio creyó consecuencia de la experiencia y la sabiduría, aunque más tarde llegó a la conclusión de que era el dolor el que las había causado. En su mirada se pintaba aquella expresión anhelante cuando contemplaba el mar durante horas y horas. ¿Qué veía? ¿Qué buscaba? Adriano contemplaba la puesta de sol, el cielo crepuscular, las estrellas cada vez más numerosas en el firmamento, con el rostro vuelto hacia él como si esperara encontrar allí algún mensaje. Llevaba el silencio del mismo modo en que llevaba la capa, envolviéndose en él. ¿Sería para mantener el mundo fuera o para no liberar lo que anidaba en su interior?

Tal vez ambas cosas. Katharina nunca había sentido curiosidad por nadie. Nunca se había preguntado qué pensaba Hans, nunca había deseado sumergirse en las profundidades de su mente. Lo que veía en la superficie era lo que aceptaba sin más. Jamás se le había ocurrido que las personas podían albergar secretos y pasiones bajo esa superficie. Pero ahora no podía dejar de pensar en aquel enigmático desconocido, que no parecía pertenecer al mundo exterior, sino morar en el paisaje interior de su alma.

Aquellas cavilaciones la sobresaltaban, induciéndola a creer que eran los pensamientos sabios y elevados de una adulta. Consideró los centenares de kilómetros que había recorrido, las ciudades y las gentes que había visto, el océano que ahora surcaba, y de repente se sintió muy madura. Había celebrado su decimoctavo cumpleaños en la Ruta del Ámbar, y ya no se sentía como una niña, sino como una mujer. Le gustaba la sensación y consideraba que ya lo entendía todo en la vida. Había vivido muchas cosas en muy poco tiempo, la pérdida de su madre, la verdad acerca de su nacimiento y su identidad, y ahora aquel largo viaje. Sí, Katharina estaba convencida de que ya había visto casi todo el mundo. Cuando pensaba en Jerusalén y en el emotivo reencuentro con su padre y demás familiares, se imaginaba regresando a Badendorf, donde todos la recibirían como a una persona especial porque habría recorrido el mundo entero, convirtiéndose en una mujer sabia. Ya sabía cómo describiría Jerusalén a su regreso, con sus innumerables hileras de iglesias suntuosas, sus gentes devotas, todo el mundo hablando latín y repartiendo bendiciones a diestro y siniestro. Puesto que sería la ciudadana con más mundo de Badendorf, todos acudirían a ella en busca de consejo, incluso el padre Benedict, cuya fama se debía al único viaje que había realizado a Roma. Pero nunca había estado en Jerusalén, la ciudad por la que había caminado el mismísimo Jesús.

A medida que transcurrían los días y el horizonte se extendía inacabable ante ellos, Katharina empezó a sufrir terribles mareos que el doctor Mahmoud se apresuraba a aliviar con un remedio elaborado a base de jengibre. También la incomodaban las miradas impenetrables que le lanzaban los miembros de la tripulación, y cuando el barco hubo recorrido una larga distancia sin divisar tierra firme, la joven sintió que el pánico se apoderaba de su corazón. A menudo acudía en busca de consuelo a la diminuta pintura que guardaba en la bolsa de cuero de fray Pastorius bajo la túnica egipcia. Sentada en cubierta con las rodillas dobladas sobre el pecho y la miniatura entre las manos, clavaba la mirada en el cristal azul y se preguntaba qué tendría para impulsar a un padre a abandonar a su hija recién nacida e ir en busca de la gema. ¿La habría encontrado y sería su poder suficiente para haber borrado de su memoria sus obligaciones en Alemania?

También deseaba poder sostener la jarra que Hans le había regalado, porque en aquel entorno desconocido y aterrador habría podido encontrar solaz en un objeto tan cercano, en el contacto de la arcilla de Badendorf. Pero la jarra estaba guardada entre sus ropas, protegida entre los pliegues de faldas y corpiños, chales y bufandas, a fin de asegurar que no se rompiera. No volvería a verla hasta que llegara a su alojamiento en Jerusalén. ¿Sería en la casa de su padre? Compartirían un trago de cerveza en la jarra, y su padre, un noble alemán tan lejos del hogar, lloraría al ver una pieza tan exquisita.

A la semana de zarpar de Venecia los alcanzó la tempestad.

La mitad de los marineros quería izar la vela mayor, mientras que los demás afirmaban que no era el momento, pues el viento arreciaba. Entre ellos surgió una disputa, y por fin decidieron izar la vela, aunque por entonces era demasiado tarde y la lona se rasgó. Extinguieron todos los fuegos, el de los fogones del cocinero y todas las lámparas. El mar se encabritó. El doctor Mahmoud y Katharina se aferraban el uno al otro. De repente empezaron a retumbar los truenos, los rayos iluminaban el cielo y caía una lluvia torrencial. El viento siguió arreciando hasta que el palo mayor cedió con un monumental crujido y se desplomó sobre cubierta. Los soldados se arrodillaron para rezar en voz alta. Olas gigantescas barrían los costados e inundaban las cubiertas. Los barriles y demás bultos se soltaron y fueron sacudidos de un lado a otro hasta caer al mar. En un momento dado, el mar engulló el barco entero, pero al instante volvió a escupirlo a la superficie. Subía y bajaba, a merced de la tempestad, con su frágil tripulación humana gritando, rezando y agarrándose donde podía para salvar la vida.

Al despertar, Katharina se encontró en una orilla arenosa, con la ropa empapada y algas enredadas en el largo cabello. El cielo seguía encapotado, pero ya no llovía, y el océano era un tumulto grisáceo de crestas espumosas sobre las que flotaban planchas de madera y jirones de vela. Katharina recorrió con la mirada la orilla desierta y vio los restos de navío y carga desparramados por las dunas. Pero no había rastro de seres humanos.

Se incorporó con dificultad y miró a su alrededor con expresión desconcertada. ¿Dónde estaba el barco? ¿Qué había sido de la tripulación?

—¡Doctor Mahmoud! —llamó, pero por única respuesta oyó el aullido burlón del viento.

Caminó dando tumbos por la playa, con la galabiya desgarrada y empapada arrastrándose sobre la arena, y de pronto tropezó con un cadáver. Era el capitán; los cangrejos ya estaban dando buena cuenta de él. Más adelante encontró los vestigios de un baúl de madera, pero casi todo su contenido había desaparecido. De la arena sobresalía un fragmento de cerámica blanca. Katharina tiró de él y limpió la arena que lo cubría. Era un fragmento de la jarra de cerveza que Hans le había regalado al partir. Buscó el resto, pero no halló más piezas. Aún entumecida por el golpe, Katharina sostuvo en el puño cerrado la diminuta pintura ovalada de Badendorf rodeada de montañas.

Entonces vio una figura más adelante, dando tumbos por la arena, con la capa agitándose a su alrededor. ¡Don Adriano! Katharina echó a correr llamándolo a gritos y tropezando con al dobladillo de la galabiya.

—¡Alabado sea Dios! —exclamó el caballero cuando se encontraron.

Katharina se arrojó sollozante entre sus brazos y él la envolvió en su capa húmeda. Durante un rato lloraron y temblaron juntos, hasta que al cabo don Adriano la hizo arrodillarse y ambos dijeron unas oraciones de gracias por haber sobrevivido.

—¿Dónde estamos? —inquirió Katharina, que tenía los labios resecos y cortados por la sal.

Don Adriano contempló con ojos entornados el turbulento océano en un intento de divisar el horizonte.

—No tengo ni idea, señorita —admitió.

—¿Habéis visto al doctor Mahmoud?

—Lo vi hundirse —repuso el caballero con expresión triste—. Intenté alcanzarlo, pero se hundió sin que pudiera hacer nada. Lo siento.

Katharina lloró de nuevo y permaneció sentada en la arena con las rodillas dobladas contra el pecho. Don Adriano le echó la capa sobre los hombros y salió en busca de leña seca para encender una hoguera.

Pasó algún tiempo antes de que Katharina recordara la pintura de santa Amelia. Profirió un grito de júbilo al encontrarla todavía colgada de su cuello en su bolsita impermeable, y cuando la sostuvo a la luz de las llamas del precario fuego que don Adriano intentaba avivar, la imagen de Amelia y el cristal azul le dieron renovadas esperanzas.

Adriano exploró los alrededores y averiguó que se encontraban en una isla que en realidad era poco más que un peñasco carente de fauna y flora. Sin embargo, encontró barriles de agua procedentes del buque que las olas habían arrastrado hasta la orilla, así como leña seca suficiente para mantener encendido el fuego. Juntos escarbaron en la arena en busca de cangrejos y otros mariscos, que prepararon al vapor entre piedras calientes y algas mojadas.

El cielo se oscureció, por lo que supieron que el sol se había puesto, pero las nubes ocultaban las estrellas y del océano se levantó una espesa niebla. Don Adriano protegió el fuego y lo mantuvo encendido. Katharina contemplaba las llamas como si estuviera en trance. No cesaba de imaginar al doctor Mahmoud tal como lo viera por última vez, arrojado por la borda, aterrorizado mientras el turbante salía despedido de su cabeza. Recordó las semanas durante las que habían viajado juntos, su paciencia, las cosas que le había enseñado. Por entonces había creído que podría convencerlo de que se quedara con ella en Jerusalén en lugar de continuar viaje hasta El Cairo, pues el médico árabe era lo más parecido a un pariente de sangre que había conocido en su vida. También se sentía abrumada de dolor por la muerte de su madre, sentimiento que la sorprendió porque lo creía superado. Pero por lo visto la muerte reciente avivaba las anteriores, de modo que Katharina no solo lloraba la del doctor Mahmoud, sino también la de su madre, la de su otra madre, la de la tripulación y la del capitán del navío portugués.

Durante los días siguientes, el mar arrastró hasta la orilla más cadáveres, y a medida que la pareja atrapada en la isla les daba cristiana sepultura, el silencio de Adriano se hacía más hondo, mientras que el dolor y la desesperación de Katharina crecían cada vez más. Una mañana, la joven se topó con el cadáver pálido de uno de los muchachos que habían tocado la flauta y el tambor a bordo del buque, y supo que no podía seguir adelante. Creyendo que su supervivencia no era más que un accidente, que su lugar estaba en las profundidades del mar junto al doctor Mahmoud, se adentró en el mar, resuelta a ahogarse.

Pero Adriano corrió tras ella, y después de un breve forcejeo en el agua, consiguió llevarla de vuelta a la orilla y dejarla sobre la arena.

—No conocemos el propósito de Dios —murmuró con pasión mientras la asía de los hombros—. No imaginamos siquiera cuáles son Sus designios. Lo único que podemos hacer es obedecerle. Nos ha salvado la vida por alguna razón que ignoramos, señorita. Sucumbir a la desesperación equivale a desafiar Su voluntad. Debemos vivir por Él.

Era el discurso más largo que había pronunciado en muchos días y el simple hecho de hablar tanto pareció revivirlo.

Katharina pasó largo rato llorando, y si bien aún sentía que debería haber muerto con el doctor Mahmoud, no volvió a intentar quitarse la vida. Comía poco y bebía lo justo, y deambulaba por la pequeña playa con la mirada fija en el horizonte, convencida de que, de todos modos, ella y Adriano estaban condenados a morir.

Dormían juntos para darse mutuo calor. Una mañana, Katharina despertó y percibió los brazos del caballero alrededor de su cuerpo, su figura sólida contra la de ella, el latido de su corazón bajo su cabeza, que tenía apoyada en el pecho de Adriano. Se incorporó sobre un codo y escudriñó su rostro a la tenue luz del alba, reparando en la arena y la sal que se adherían a sus espesas cejas y pestañas castañas, así como a la barba recortada. ¿Qué atribulados sueños provocaban aquel movimiento espasmódico de los ojos bajo los párpados? ¿Qué pasiones lo impulsaban a seguir vivo y a mantenerla con vida a ella, pues Katharina sabía que sin la intervención de Adriano sin duda se habría suicidado? Entonces recordó que algunas noches despertaba gritando y Adriano la abrazaba y le ofrecía consuelo. ¿Qué la hacía gritar? Sueños en los que se ahogaba.

Por primera vez en varios días brilló el sol; las nubes se disipaban y el mar centelleaba. Mientras Adriano lograba ensartar algunos peces en las lagunas cercanas, Katharina registró la orilla y por fin encontró otro barril de agua del barco. Se preguntaba cuánto tiempo podrían sobrevivir en una isla en la que no crecía un solo árbol. Tenían pescado y marisco, pero nada más. Ningún pájaro se posaba en aquellos parajes, ninguna planta crecía en las grietas rocosas. De repente se le ocurrió que no debía de ser decente que un hombre y una mujer vivieran juntos sin estar casados. ¿Tomaba la Iglesia en consideración a los náufragos al catalogar los pecados?

Cuando llegó otra puesta de sol que parecía burlarse de su desgracia, pues era evidente que la tempestad había desviado el barco lejos de la ruta de navegación habitual, Adriano recobró la voz y las palabras.

—¿Por qué os dirigís a Jerusalén? —inquirió mientras alimentaba la hoguera.

Katharina le contó su historia mientras se trenzaba el cabello, que para su sorpresa aún conservaba el matiz castaño, pues el tinte no se había desvaído con el agua marina.

—Por ello voy en busca de mi padre —terminó.

—¿De un hombre que os abandonó?

—Estoy segura de que no era su intención, de que pretendía regresar a buscarme.

—Pero el joven al que habéis mencionado, Hans Roth… Podríais haberos casado con él y llevar una vida muy cómoda. ¿Por qué arriesgaros a perderlo todo?

Katharina lo miró con expresión resuelta.

—Puede que mi padre esté herido o en manos de hombres crueles. Mi deber es encontrarlo.

Aquellas palabras le dieron que pensar. A decir verdad, don Adriano no sentía más que amargura hacia las mujeres. Había amado a una sola mujer en su vida, y cuando ella lo traicionó con otro hombre, Adriano juró que jamás volvería a amar a otra como la había amado a ella, y que jamás volvería a depositar su confianza en otra mujer. En cuanto ingresó en la Hermandad de María e hizo voto de castidad, desterró a las mujeres de su mente.

Katharina señaló la cruz azul bordada sobre el pecho de su jubón blanco.

—¿Sois sacerdote?

Adriano la miró sobresaltado, y de repente sus facciones se distendieron en una sonrisa.

—No, señorita, no soy sacerdote, tan solo un servidor de Dios.

Calló y se quedó un rato contemplando las llamas.

—Maté a un hombre que no era mi enemigo —prosiguió por fin— y destrocé la vida de una mujer. Durante un día y una noche permanecí tendido de bruces ante el altar de la Virgen a la espera de una señal. Se me apareció en una visión para hablarme de una hermandad consagrada a restablecer su reino en Tierra Santa. Busqué la hermandad e ingresé en ella. Eso sucedió hace veinte años, y desde entonces sirvo a la hermandad y a la Virgen —terminó con expresión melancólica—. ¿Quién era el anciano al que llamáis Mahmoud?

—Se convirtió en mi tutor cuando quedé huérfana.

—¿Un hereje?

—Cree en Dios y reza, incluso con más frecuencia que nosotros. El doctor Mahmoud es un buen hombre. —Los ojos se le llenaron de lágrimas—. Era un buen hombre —se corrigió en un murmullo.

Don Adriano tenía su propia opinión sobre los hombres buenos y los hombres impíos, pero no la expresó. Qué criatura tan inocente, que se había aventurado a salir al gran mundo sin otra protección que la de un frágil y anciano hereje. Don Adriano experimentó un sentimiento infrecuente, algo que no sentía desde hacía largo tiempo, no desde que una mujer llamada María destrozara su vida y lo impulsara a jurar que nunca volvería a amar.

Entonces recordó quien era y desvió la mirada. Al ingresar en la Hermandad de María hizo voto de castidad; las mujeres no tenían lugar en la mente de un hombre consagrado a una cruzada religiosa.

Mientras Katharina contemplaba las chispas elevarse hacia las estrellas indiferentes, los recuerdos surcaban su mente. Recordaba a su madre contándole cuentos tradicionales. Recordaba dar paseos con ella por la nieve, la noche que Isabella había regresado a toda prisa de entregar un bordado a una clienta, trayendo *strudel* aún caliente para compartirlo en un delicioso festín con ella. Recordaba dormir con ella las noches frías, contemplando la nieve caer al otro lado de la ventana, y sentirse a salvo y querida. Pensativa, atizó las brasas.

—Mi madre podría haberse llevado las monedas de oro, dejarme en la posada y tal vez encontrar un marido rico con aquella fortuna —observó en voz baja—. Pero en cambio se quedó conmigo y me crió con amor. Pasó hambre mientras las monedas de oro permanecían ocultas en nuestra habitación. Se sacrificó y renunció a ellas por mí, pero ahora las he perdido en el mar. La he decepcionado.

Adriano asintió con expresión solemne.

—La madre es la primera que nos ama y la primera a quien amamos; los padres siempre van a la zaga —sentenció antes de volverse hacia el horizonte—. Yo sirvo a Dios, pero es a la Virgen María a quien amo y quien consagro mi vida, mi alma. —Miró de nuevo a Katharina—. Me siento como vos, como si hubiera decepcionado a mi madre. Pero saldremos de esta isla, señorita. No moriremos aquí.

Katharina recorrió con la mirada las yermas rocas que flanqueaban la playa, agrestes, oscuras e inhóspitas. «Aquí no crece nada —pensó—, nada sobrevive. ¿Cómo vamos a sobrevivir nosotros?» Entonces miró a Adriano y se maravilló ante aquel hombre que poseía una fe de apóstol.

Mientras la joven dormía, Adriano montaba guardia, los ojos fijos en el mar tenebroso, alerta a la presencia de los peligros que sabía los acechaban. No contó a Katharina que, si bien habían sobrevivido al naufragio, existían otros motivos de temor, pues la posibilidad de que los encontraran los corsarios o un navío otomano era más que real. Los destinos que con toda probabilidad esperaban a una muchacha indefensa y a un caballero cristiano no eran halagüeños precisamente. Pese a todo, Adriano rezaba y esperaba que fuera un buque veneciano el que los localizara.

Sus salvadores no eran piratas ni turcos, sino carroñeros a bordo de una carabela griega, uno de los numerosos navíos mercenarios independientes y oportunistas que surcaban el Mediterráneo en busca de cualquier cosa que pudieran intercambiar para su beneficio. En aquel caso, el capitán era un hombre que vendía esclavos a la corte del sultán. Le parecía importante salvaguardar la virginidad de la joven, por lo que amenazó con matar a cualquiera que la tocara, y asimismo garantizar la integridad física del caballero, ya que sabía que los turcos reservaban un tormento y una muerte especiales a los caballeros cristianos.

Así pues, en lugar de continuar hacia el este, rumbo a Jerusalén y al cristal de santa Amelia, Katharina se encontró dirigiéndose hacia el norte, en una carabela con destino a Constantinopla, corazón del Imperio otomano.

—¿Adónde nos lleváis? Os lo ruego, debo ir a Jerusalén. Si es dinero lo que queréis, mi padre...

Pero las súplicas de Katharina cayeron en saco roto. Encadenada y dejada de lado, sus días transcurrían en tenebrosa confusión y miseria, rezando por que Adriano estuviera a salvo y por que aquella pesadilla acabara pronto.

La carabela se había acercado al islote anónimo con la esperanza de encontrar agua dulce. Encadenada en la bodega del navío y enfrentada a un destino desconocido, Katharina no sabía si dar gracias a Dios por su buena suerte o maldecir su desgracia. A fin de cuentas, ya no estaban atrapados, pero por otro lado se hallaban a bordo de un buque de esclavos. Si la carabela griega no hubiera pasado por el islote, tal vez nadie habría encontrado jamás a Adriano y Katharina, que habrían vivido hasta su muerte en aquel peñasco yermo.

Cuando la carabela atracó en Constantinopla, la bodega estaba abarrotada de mercancía humana, desde niños hasta ancianos de todas las nacionalidades y lenguas, pues había hecho varios altos en el camino para invadir, raptar, robar y comprar esclavos destinados al sultán. Durante la travesía, Katharina había permanecido encerrada en la bodega como los demás, hacinada en un espacio oscuro y hediondo, con escasos víveres y agua, sin contacto alguno con el mundo exterior, presa de violentos mareos y convencida de que estaba a punto de morir. No volvió a ver a Adriano hasta que ambos fueron arrastrados al soleado y bullicioso puerto. Casi cegada por el sol, Katharina lo vio encadenado a una hilera de hombres de aspecto espantoso. Adriano destacaba a causa de su estatura y porte. Iba medio desnudo y parecía haber sufrido malos tratos, pero aun así mantenía la cabeza erguida, y Katharina lo vio inclinarse para ayudar a un compañero que había dado un traspié. Katharina intentó hacerle una seña, pero los látigos los empujaron en direcciones distintas, y la joven lo vio desaparecer entre el gentío ruidoso y multicolor.

El sol y el aire fresco apenas consiguieron reanimarla. Con el cabello teñido infestado de gusanos y la galabiya manchada de vómito, avanzaba dando tumbos sobre adoquines ardientes junto a sus compañeras, que no cesaban de llorar y lamentarse. No tardaron en llegar a la Puerta Imperial, un imponente arco de mármol blanco abierto a todo el mundo y situado a unos cien metros del Hipódromo y de la basílica de Santa Sofía, ahora transformada en mezquita. Adornaban el arco varias cabezas humanas descompuestas como advertencia a toda la población. Atravesaban aquella impresionante entrada gentes de toda clase, desde altos dignatarios hasta los más pobres, musulmanes y cristianos, ciudadanos y forasteros, todos ellos vigilados por fieros guardias armados con cimitarras, lanzas y flechas.

Los centinelas con látigos obligaron a las niñas y mujeres a entrar en un patio más pequeño custodiado por unos enormes hombres de raza negra armados con lanzas. Allí desnudaron a las cautivas y las dejaron temblando bajo el cielo. Katharina quiso protestar; le habían quitado la bolsa de cuero que el hermano Pastorius le había regalado y que contenía la miniatura de santa Amelia, así como el fragmento ovalado de cerámica de Badendorf. Era su «pedacito de Alemania», un trozo de cerámica hecho con tierra alemana, moldeado por manos alemanas y pintada con amor alemán. Dondequiera que estuviera su cuerpo, allí era donde iba su corazón. Pero ahora se lo habían arrebatado junto con la pintura que habría permitido a su padre identificarla. ¿Cómo se las arreglaría para recuperar aquellos objetos?

De repente, apareció una mujer de aspecto formidable que llevaba altísimos zapatos de plataforma y un tocado cónico que la hacía parecer aún más alta de lo que era.

—¿Creyente o no creyente? —preguntaba a cada cautiva, deteniéndose ante ella.

Tras escuchar las respuestas masculladas de las mujeres las examinaba superficialmente y las clasificaba con una sola palabra. «Cocinas», «lavandería», «barracas», «mercado de esclavos». Antes de que la mujer llegara junto a ella, Katharina ya había deducido que las que afirmaban ser creyentes eran destinadas al palacio, mientras que a las no creyentes las enviaban al mercado de esclavos o, lo que tal vez era peor, a las cercanas barracas de los guardias, donde servirían para proporcionar placer a estos.

—*¡La illaha illa Allah!* —farfulló antes de que la mujer le formulara la pregunta.

Lo que significaba «No existe más Dios que Dios», la plegaria musulmana básica que había aprendido del doctor Mahmoud.

La mujer enarcó las cejas.

—¿Eres musulmana?

Katharina se mordió el labio. El doctor Mahmoud le había enseñado lo suficiente del islam y el Corán para que pudiera hacerse pasar por musulmana, pero entonces pensó en Adriano, en su devoción a la Virgen, en su juramento de ayudar a los viajeros cristianos, y sabedora de que lo torturarían por su fe y de que él nunca fingiría ser otra cosa que un fiel seguidor de Cristo, inclinó la cabeza.

—No, señora, soy cristiana... Pero sé leer y escribir —se apresuró a añadir con la esperanza de que ello la salvara del destino de las demás mujeres, ya que sospechaba que la vida en las cocinas y la lavandería de palacio era dura y corta.

La mujer examinó a Katharina con mayor detenimiento que a las otras, inspeccionando sus manos y dientes mientras le preguntaba acerca de su linaje, a lo que Katharina respondió que era de ascendencia noble. Por fin, la mujer llamó por señas a una ayudante. Esta hizo cruzar a Katharina una puerta que, para su sorpresa, se abría a unos humeantes baños, donde mujeres y muchachas charlaban en distintos grados de desnudez. Allí, la ayudante le frotó el cuerpo e inspeccionó su cabello en busca de piojos mientras refunfuñaba que las cristianas no se lavaban con frecuencia. A continuación, Katharina fue obligada a sufrir la total eliminación del vello corporal, lo que, según averiguó más adelante, se esperaba de todos los hombres y mujeres musulmanes según el dictado coránico.

Le proporcionaron ropa limpia, un peculiar atuendo compuesto de túnica larga, pantalones y un velo para cubrirse la cabeza, y tras una breve entrevista y una demostración de su habilidad con la aguja, la asignaron al séquito de la jefa de vestuario. No tardó en descubrir que su puesto, pese a ser ínfimo y simplísimo, le permitía moverse por toda la sección femenina de palacio con un grupo de costureras, cada una de las cuales desempeñaba una función específica. Informaron a Katharina que si se desenvolvía bien, tal vez algún día la ascenderían a guardiana del hilo, tarea que consistía en organizar y supervisar todo el hilo de bordado y que le permitiría tener a otras mujeres a su cargo. Aquella información, que sin duda tenía intención de alegrarla, se le antojó una sentencia carcelaria, ya que significaba que pasaría el resto de su vida en aquel lugar.

Así dio comienzo su nueva vida en el palacio del gran sultán de Constantinopla. A nadie se le daba un ardite que fuera una ciudadana alemana en busca de su padre, que fuera una mujer nacida libre y con derechos, que fuera de ascendencia noble. De hecho, a nadie le importaba nada sobre ella, ni siquiera su nombre, ya que en el palacio del sultán vivían miles de esclavos y sirvientes que habían llegado allí como prisioneros. Vivían hasta el fin de sus vidas entre aquellos altos muros con actitud resignada, y muchos incluso sacaban provecho de la situación, ascendiendo a cargos de importancia, adquiriendo riqueza e incluso influencia política.

El serrallo, un complejo de pabellones situados en un entorno de suntuoso verdor y rodeado de altos muros, estaba construido en lo alto de una colina con vistas al obelisco de Teodosio, y las fabulosas caballerizas del sultán albergaban cuatro mil corceles. En aquel universo aislado y exótico, Katharina probó por primera vez el arroz y aprendió a beber café por la mañana, a mediodía y por la noche. También aprendió a arrodillarse cinco veces al día cuando llamaban a oración, y en cada ocasión su corazón lloraba por el doctor Mahmoud, que había rezado de igual modo en el jardín de Badendorf, durante el viaje por la Ruta del Ámbar y en la cubierta del malogrado navío portugués. En sus oraciones también se acordaba de Adriano, esperando contra toda esperanza que siguiera vivo y cerca, y de su padre, fortaleciendo su decisión de viajar a Jerusalén para encontrarlo.

Las mujeres que vivían en el harén imperial se dividían en dos clases: las concubinas y sus criadas. Las concubinas, elegidas según criterios estrictos de belleza, porte y encanto, eran las compañeras sexuales del sultán. Las criadas, desde las más insignificantes hasta las más cultas, satisfacían las múltiples necesidades de las concubinas. Katharina recibió el encargo de añadir filigranas y adornos a unas telas de una riqueza y una suntuosidad ya inimaginables. Pero al menos no la enviaron a las cocinas ni bajo los baños, donde se dedicaban a mantener el agua caliente. En otras sociedades, aquel trabajo se encomendaba a hombres, pero estos no podían entrar en el recinto del serallo.

Katharina sabía que en otra parte del palacio existía un mundo distinto, el mundo real del comercio, la ciencia y los hombres. En lo alto de la Puerta Imperial había una habitación desde la que las damas del sultán podían presenciar los desfiles sin ser vistas, y desde allí Katharina veía las interminables procesiones de dignatarios extranjeros, visitantes, embajadores, jefes de Estado, científicos y artistas. Vivían en una era de exploración y descubrimiento, y puesto que el sultán se consideraba un gobernante ilustrado, recibía gustoso a gentes de todo el mundo. Bajo el arco de mármol pasaban conquistadores españoles con sus indios del Nuevo Mundo para regalar al sultán esclavos aztecas e incas. Emisarios de la corte de Enrique VIII llevaban libros de astronomía y obras musicales compuestas por el propio rey. De Italia llegaban artistas con nuevas ideas de pintura y escultura. Al ver a aquellos europeos montados a caballo, Katharina se sentía tentada de llamarlos a gritos. «¡Estoy aquí! ¡Llevadme con vosotros, os lo ruego!» Pero aunque ese otro mundo se hallaba a tan solo unos muros de distancia, bien podría haberse encontrado entre las estrellas, pues era inaccesible para las mujeres del harén imperial.

A veces creía que enloquecería en aquella jaula de oro, y con frecuencia lloraba con el rostro sepultado en la almohada a altas horas de la noche, pero guardaba silencio y se adaptaba a la rutina de ese universo irreal, siguiendo a las modistas, realizando sus finas puntadas, observando y escuchando mientras contaba los días y esperaba la ocasión de escapar. Discretamente, se interesó por un hombre al que habían hecho prisionero con ella y al que los mismos tratantes de esclavos habían transportado hasta Constantinopla. Un caballero español, explicó. También preguntó por las pertenencias que arrebataban a los cautivos, pues entre las suyas se encontraba algo muy especial que anhelaba recuperar. Pero todas sus preguntas chocaban contra un muro de indiferencia.

Así pues, tendría que arreglárselas para encontrar ella misma a Adriano y la miniatura de santa Amelia.

Aunque vivía en una cárcel, era una cárcel con cierta libertad, pues mientras permaneciera entre los muros del serrallo, Katharina tendría plena libertad de movimientos. Los interminables pasillos con sus magníficos pilares y fuentes, los bancos de mármol y las glorietas exóticas, los jardines donde los músicos tocaban sin cesar, las inesperadas plazas en las que los malabaristas y las bailarinas entretenían a su público, los laberintos de aposentos y los baños eran como una ciudad aislada de lujo imponderable que satisfacía hasta el último deseo de sus mimados moradores. El recinto entero estaba impregnado de una deliciosa fragancia cítrica, pues todas las columnas y paredes de mármol se lavaban a diario con zumo de limón para que relucieran. Sin embargo, había un lugar que le estaba vedado, una hermosa columnata llamada la Puerta de la Perla. Según le explicaron, conducía a los aposentos privados de la sultana Safiya, la concubina predilecta del sultán, y solo podía accederse por invitación.

Siempre pasaba algo emocionante en palacio, ya fuera una festividad religiosa con música y banquetes, una fiesta para celebrar el aniversario de alguien o un festival en honor del sultán, con desfiles, trompetas y artistas invitados. En el harén imperial, los momentos más emocionantes eran aquellos en que se seleccionaba a una muchacha para compartir el lecho del sultán. Si bien todas las mujeres de palacio, desde la más insignificante hasta la propia sultana, pertenecían al sultán, quien podía hacer con ellas lo que le viniera en gana, pocas lo veían en persona. Esa era la razón por la que había tan pocos niños en el harén, tan solo niñas engendradas por el sultán. Tres varones habían muerto al poco de nacer, lo que dejó al gobernante con un solo hijo varón, vástago de una concubina a la que Katharina nunca había visto. Las mujeres que quedaban embarazadas, por lo general de algún guardia o visitante que se había colado en el recinto, eran ejecutadas. Las muchachas entraban allí vírgenes y acababan sus días sin conocer varón. Por ello, cuando el sultán elegía a una joven para que compartiera su lecho, selección con la que nadie estaba familiarizado porque él nunca visitaba el harén, los días de preparativos se contaban entre las más bulliciosas de las celebraciones, con mucho parloteo, chismes y especulaciones mientras todas bañaban, daban masajes, vestían y adornaban con suntuosidad a la afortunada, tratándola como a una reina y susurrándole consejos sobre los mejores modos de complacer al sultán. A la mañana siguiente, la excitación continuaba, ya que todas anticipaban los obsequios que la joven recibiría, especulaban sobre la generosidad del sultán, se alegraban sinceramente por la elegida y celebraban su buena fortuna, ansiosas por saber cómo había ido la noche. La joven en cuestión nunca volvería a ser escogida para acudir al dormitorio del sultán, pero aun así se convertía en una persona especial, y su elevada posición en el harén quedaba garantizada.

Otro de los pasatiempos predilectos entre las mujeres consistía en pasear en pequeñas embarcaciones por una inmensa piscina interior, arrancando los turbantes a los eunucos para ver qué equipo lograba arrojarlos más lejos. También se organizaban innumerables diversiones con monos y loros domésticos, así como palomas adiestradas que llevaban diminutos brazaletes de perlas atados a las patas y hacían trucos. Pasaban largas horas jugando al backgammon y al ajedrez, tardes interminables probándose vestidos, velos, zapatillas y joyas, cepillándose mutuamente el cabello, lo cual podía constituir una distracción que duraba toda la velada, experimentando con cosméticos, mezclando perfumes, aplicándose afeites y arrancándose pelos imaginarios de cualquier parte del cuerpo.

También los chismes revestían importancia capital en el harén, y tanto concubinas como criadas engullían murmuraciones con las mismas ansias con que engullían frutas confitadas. Quién se acostaba con quién (Jamila y Sarah), quién había roto el corazón a quién (la bruja de Farida a la pobrecita Yasmina), quién buscaba el favor de la sultana Safiya, quién estaba engordando, quién estaba envejeciendo. Durante varias semanas, el principal tema de conversación había sido la escandalosa aventura amorosa entre Mariam y uno de los eunucos africanos, a quienes habían sorprendido, decapitado y colgado en la Puerta Imperial para servir de ejemplo a los demás. Sin embargo, a Katharina le parecía que el principal pasatiempo en el harén consistía en pasar horas enteras sin hacer nada. Gran parte de aquella ausencia de actividad transcurría en los baños, donde las mujeres se bañaban, recibían masajes y se depilaban. Pasaban horas tendidas en la sauna, mordisqueando frutas y bebiendo mientras chismorreaban. Los baños carecían de bañeras, pues los turcos sospechaban que en las aguas quietas moraba el *yinn* maligno, de modo que las mujeres se sentaban en bancos de mármol mientras dejaban que las esclavas les enjabonaran y frotaran el cuerpo. A Katharina la asombraba su falta de modestia, pues aquellas mujeres se sentaban completamente desnudas e incluso caminaban por ahí exhibiendo senos turgentes y traseros firmes. Puesto que eran mujeres sensuales que casi nunca estaban en brazos de un hombre viril (los eunucos interesaban a bien pocas de ellas), buscaban el placer sexual en otras féminas y a menudo entablaban relaciones amorosas apasionadas que conllevaban celos y odios de intensa virulencia.

Tanto tedio, languidez y falta de objetivos llenaba a Katharina de una vaga inquietud. Aquellas mujeres habían llegado allí contra su voluntad, pero aun así parecían satisfechas, felices incluso, como si su corazón y sus recuerdos estuvieran entumecidos. Llevaban una vida que más se asemejaba a una muerte placentera, y Katharina temía que si pasaba demasiado tiempo en ese lugar encantado, también ella sucumbiría a su magia. Eso no debía suceder bajo ningún concepto; había prometido a su madre que buscaría a su padre, y además debía la vida a Adriano.

Atormentada por visiones de lo que podía estar sucediéndole en esos precisos instantes, Katharina se consumía de culpa por la lujosa vida que llevaba. Cada mañana, durante la primera oración, se recordaba a sí misma que en la isla, Adriano no la había abandonado, así que tampoco ella podía abandonarlo ahora. De un modo u otro saldaría la deuda que había contraído con él.

Ahí estaba de nuevo el eunuco desfigurado, observándola. Katharina estaba convencida de que no era un suceso casual. Después de varias semanas de encontrárselo en los lugares más insospechados, había llegado a la conclusión de que la seguía. Y eso la asustaba.

Tras ocho meses en el harén imperial, Katharina había conseguido, gracias a su ingenio y astucia, mantenerse al margen del entresijo de relaciones, amores, celos, politiqueos, conspiraciones, conjuras y contraconjuras que no cesaban de surgir entre los grupos rivales. La jerarquía era esencial y cambiaba como las dunas de arena a medida que las concubinas perdían o ganaban posiciones dentro del harén, se granjeaban el favor de la mayoría o lo perdían por cualquier capricho. Solo la sultana Safiya, la favorita del sultán, estaba por encima de aquel tumulto, y Katharina aún no había visto a tan importante personaje. Todas intentaban atraer a Katharina a las distintas facciones, pero la joven conseguía mantenerse neutral, y al cabo de un tiempo empezaron a respetarla por eso, ya que sabían que podían confiar en ella y su integridad. Asimismo había conseguido caer en gracia a sus temperamentales amas, las jefas de la seda, los hilos y las zapatillas, y si bien no había trabado amistades en el harén, tampoco se había hecho enemigas.

Pero los eunucos eran harina de otro costal, y ni aun después de ocho meses intentando adaptarse a ese mundo imposible que en nada se parecía al universo que se abría más allá de los muros de palacio, conseguía entender a las extrañas criaturas que vigilaban a las mujeres.

Supervisaban el harén exclusivamente eunucos negros especialmente feos o desfigurados, a fin de evitar cualquier interés amoroso por parte de las mujeres. Capturados en África durante su juventud, eran castrados durante el trayecto, por lo general en un desierto, cuya arena caliente era el único remedio contra la elevada incidencia de hemorragias fatales, ya que la operación era agresiva en extremo. A fin de reunir los requisitos necesarios para entrar en el harén imperial, el hombre debía someterse a la extirpación total del pene y los testículos, lo cual lo obligaba a orinar a través de un conducto que mantenía oculto bajo la ropa. Los eunucos podían llegar a ostentar gran poder y disponer de un séquito de esclavos y sirvientes; podían ser enemigos formidables si uno caía en desgracia con ellos, razón por la que a Katharina le preocupaba sobremanera que aquel hombre la siguiera y la espiara. ¿Ante quién respondía y por qué?

Sus sospechas se confirmaron una noche, muy tarde, cuando despertó en su cama del dormitorio común porque una mano le cubría la boca. No era infrecuente que algunas muchachas desaparecieran misteriosamente y nunca más se supiera de ellas; las demás siempre rumoreaban que se debía a infracciones cometidas, al hecho de haber caído en desgracia o a asuntos de celos. Nadie sabía adónde iban a parar aquellas desafortunadas, y nadie se atrevía a averiguarlo. A Katharina se la llevaron del dormitorio mientras las demás observaban la escena fingiendo dormir, temerosas de que incluso el mero hecho de ser testigos del rapto atrajera el mismo destino sobre ellas.

Una vez fuera, a la luz de la luna, el eunuco la soltó y le indicó con un gesto que guardara silencio y que lo siguiera.

La condujo a unos aposentos situados en un ala especial del harén, donde solo vivían las damas más cotizadas, y Katharina quedó asombrada ante su suntuosidad. Aquel rincón era lo más lujoso que había visto hasta entonces, con mullidas alfombras y tapices magníficos, divanes atestados de almohadones y mobiliario dorado. Quien vivía allí tenía riqueza y poder.

Y entonces la vio. Era una joven no mucho mayor que ella, esbelta y bellísima, ataviada con relucientes sedas color violeta y bermellón ribeteadas de oro.

—La paz sea contigo —la saludó la joven con una sonrisa—. Quítate el velo, por favor.

Katharina obedeció, dejando al descubierto su largo cabello, peinado en intrincadas trenzas alrededor de la cabeza.

—Y el sombrero —pidió más que ordenó la joven.

Katharina se quitó el pequeño sombrero cuadrado de seda que le cubría la coronilla. La concubina la observó unos instantes y por fin se echó a reír.

—¡Parece que lleves un casquete amarillo! —comentó.

Katharina se ruborizó; todas las muchachas se burlaban de ella por esa razón. Les encantaba escuchar el relato de cuando se disfrazó de chico y se tiñó el cabello para parecer egipcia. Pero lo más divertido era que el cabello le había crecido bastante, y las raíces eran de su color natural, mientras que el resto seguía siendo castaño.

—Mi eunuco me dijo que eras rubia —explicó la joven antes de extender la mano—. Toma asiento y ponte cómoda, por favor.

Acto seguido ordenó a los criados que trajeran café, que se servía en tazas diminutas y a Katharina aún le parecía imbebible.

—Te he estado observando —anunció la misteriosa anfitriona—. O mejor dicho, mi eunuco te ha estado observando para informarme de tus actividades. —Tomó un sorbo de café con infinita delicadeza—. No te has unido a ninguna facción. No hay ni una sola concubina que pueda afirmar tenerte en el bolsillo, como suele decirse. Eso habla a favor de tu carácter, pues algunas de ellas pueden mostrarse muy persuasivas a la hora de reclutar secuaces. Eres una persona independiente, un fenómeno infrecuente en el harén.

Hablaba árabe, y Katharina había aprendido lo suficiente en los últimos meses para entenderla y hacerse entender.

—¿Qué desea de mí la sultana? —preguntó.

Katharina sabía que los sultanes otomanos ya no se molestaban en contraer matrimonio y que hacía siglos que aquella dinastía no tenía esposas. No obstante, las concubinas favoritas podían ocupar un lugar especial, y a falta de un título más apropiado, la actual favorita recibía el nombre de «sultana».

—No soy la sultana —la corrigió la joven—, sino la segunda favorita del sultán. Me llamo Asmahan y te he hecho venir para pedirte un favor.

—¿Un favor, señora? —repitió Katharina, de inmediato en guardia.

—Hace ocho años fui raptada de mi hogar en Samarcanda y vendida a la casa del sultán —narró Asmahan con voz suave y meliflua—. Al igual que tú, me convertí en una prisionera del harén, condenada a vivir aquí el resto de mis días. Pero tuve suerte, pues fui elegida para pasar una noche con el sultán. Como bien sabes, las elegidas ascienden en el escalafón, si bien nunca vuelven a verlo. Pero yo, alabado sea Dios, quedé embarazada. Durante nueve meses me mimaron, agasajaron y observaron mientras todo el mundo esperaba a ver si daba a luz un niño o una niña. Si era niña, sería criada en el harén y educada para un futuro matrimonio político. Pero si era varón…

Katharina ya sabía que el sultán tenía un hijo con una concubina favorita. Asmahan era la envidia de todo el harén.

—El sultán debe de estar muy contento —comentó a falta de algo mejor que decir mientras se preguntaba qué favor le pediría aquella mujer tan poderosa.

—Sí, adora a nuestro hijo. Con frecuencia, Bulbul pasa días enteros en los aposentos de su padre.

Otro sorbo pensativo del fuerte brebaje.

Katharina esperó.

Por fin, Asmahan se inclinó hacia delante y siguió hablando con voz tensa.

—Sin duda, sabes que la sultana también está encinta.

Katharina sintió deseos de decirle que ni siquiera los petirrojos podían poner huevos en palacio sin que sus mil habitantes se enteraran.

—Eso tengo entendido —repuso en cambio.

La sultana Safiya era la mujer más poderosa del Imperio otomano, porque solo ella era llamada en reiteradas ocasiones al lecho del sultán.

—No es su primer embarazo —prosiguió Asmahan casi en un susurro.

Katharina imaginó mil ojos invisibles que las observaban, mil oídos que escuchaban tras los cortinajes.

—Los demás terminaron en abortos o bien con el nacimiento de niñas. Sin embargo, los astrólogos aseguran que esta vez se trata de un varón. ¿Sabes lo que les ha sucedido a otras mujeres a las que el sultán ha dejado encinta?

Katharina había oído cosas. Tan solo algunas semanas antes, una pobre infeliz embarazada de cinco meses fue convocada a los aposentos de la sultana Safiya, y nunca más se supo de ella. Circulaba el rumor de que Safiya le había propinado tal puntapié en el vientre que el consiguiente aborto había acabado con la vida de la madre y su futuro hijo.

—Mediante diversos métodos, la sultana ha conseguido mantener el camino despejado para su hijo. Yo tuve suerte… y fui lista. Cuando se acercaba el momento, solicité al sultán que me enviara a sus médicos personales, de modo que Safiya no pudo tocar a mi bebé. Sé que odia a mi hijo, pero ni siquiera ella ha osado intentar eliminarlo. Sin embargo, una vez dé a luz un varón, podrá eliminarlo legalmente.

—¿Lo matará? —preguntó Katharina.

—¡Ojalá! No, un destino mucho más cruel espera a mi pequeño Bulbul si la sultana tiene un varón. —Asmahan miró en derredor a pesar de que estaban solas en la lujosa estancia—. En el palacio existe una habitación llamada la Jaula. Es un pequeño cubículo situado al final de un largo pasillo. Las ventanas y las puertas están selladas para impedir todo acceso al mundo exterior. Allí viven príncipes turcos a quienes no se permite heredar el trono. Crecen en total aislamiento a cargo de sordomudos, y después de muchos años suelen perder el juicio.

—¡Qué crueldad! Pero ¿por qué?

—Existe una tradición según la cual el hijo que hereda el trono debe eliminar a sus hermanos. Sin embargo, dicha eliminación debe tener lugar sin derramamiento de sangre, por lo que la condena consiste en cadena perpetua en la Jaula. Eso es lo que espera a Bulbul si Safiya da un hijo varón al sultán.

—No lo comprendo, señora. Vuestro hijo es mayor.

—Pero yo soy de linaje inferior al del Safiya. Ella procede de una familia turca muy noble y antigua, mientras que los míos son nómadas. En mi país somos ricos y poderosos, pero eso nada significa aquí. Safiya se lo recuerda al sultán a cada ocasión, y ya percibo que su voluntad se inclina hacia ella.

—Pero ¿cómo puedo ayudaros yo?

—Dios mediante, llevarás a Bulbul de vuelta a Samarcanda, junto a mi familia.

Katharina profirió una exclamación ahogada.

—¡Samarcanda! Pero señora, ¿por qué yo? De los centenares de mujeres que viven entre estos muros...

—Porque eres la única que desea escapar. He detectado en ti un intenso impulso de huir de este lugar. Algo te espera más allá de estos muros. Casi todas las mujeres que viven en palacio son felices aquí, como sin duda habrás observado. Muchas fueron raptadas de misérrimas aldeas donde se enfrentaban a una vida ardua al servicio de esposos dominantes. En cambio, aquí viven rodeadas de lujos y gozan de libertad, al menos en el interior del harén. Y las que no son felices se resignan a su destino. También te he elegido a ti —añadió antes de levantar los brazos y retirar el intrincado velo escarlata que le cubría la cabeza, dejando al descubierto una melena de cabello dorado— porque eres de tez clara y cabello rubio como yo. Bulbul podrá pasar por hijo tuyo.

Katharina se asombró al ver un cabello tan parecido al suyo. Las rubias no eran inusuales en el harén imperial, pero puesto que el cabello claro se consideraba señal de debilidad y falta de pasión, las mujeres rubias siempre se teñían el cabello de rojo.

—Me gustaría mucho poder ayudaros, señora, pues en efecto quiero marcharme. Pero no puedo.

Asmahan enarcó las cejas exquisitamente pintadas.

—¿Por qué no? Deseas salir de este lugar, ¿no es así?

—Oh, sí, señora —se apresuró a asentir Katharina con gran énfasis—. Busco a mi familia, pues, al igual que vos, fui separada de ella hace mucho tiempo; no conozco a mi padre ni a mis hermanos, y ansío con todas mis fuerzas reunirme con ellos.

Asmahan asintió con seriedad.

—Separarse de los parientes de sangre es una desgracia, razón por la que Bulbul debe ir junto a los suyos. Pero ¿por qué no quieres hacerme el favor que te pido?

—Hay un hombre, un caballero cristiano al que raptaron y trajeron a Constantinopla conmigo. No puedo marcharme sin él.

Asmahan frunció el ceño.

—Un caballero cristiano no duraría mucho en una ciudad turca; el odio es demasiado profundo. Sin duda lo torturaron y mataron hace mucho, que Dios se apiade de su alma.

—Pero no lo sé con certeza. No puedo partir hasta conocer el destino de Adriano. Y si sigue con vida, deberá acompañarme.

Asmahan meditó unos instantes.

—Haré averiguaciones —prometió.

—¿Puedo pediros otro favor, señora? —inquirió Katharina—. Cuando me trajeron a palacio, llevaba conmigo una pequeña bolsa de cuero que contenía recuerdos de gran valor sentimental para mí y que me arrebataron. ¿Podríais encontrarla?

Asmahan volvió a fruncir el ceño.

—Por regla general, las posesiones de los cautivos se consideran demasiado insignificantes para el sultán y su casa, de modo que se entregan a los hombres que traen a los prisioneros o bien a los pobres de la ciudad como parte de las obras de caridad del sultán. Veré lo que puedo hacer, pero te advierto que está en manos de Dios. Y ahora —añadió con pasión— recuerda que este asunto es muy peligroso. Hay espías por todas partes, y la sultana me vigila. Ahora que eres mi amiga, tampoco tú estás a salvo, de modo que debes tener cuidado. Vuelve mañana por la noche con tus útiles de bordado.

En su siguiente visita a los aposentos de Asmahan, Katharina vio la bolsa del hermano Pastorius sobre el sofá. Se abalanzó sobre ella y la abrió al punto. La miniatura de santa Amelia seguía allí, al igual que el camafeo de cerámica de Badendorf.

Katharina lloró mientras se oprimía la bolsa contra el pecho.

—Dios os bendiga, señora, me habéis devuelto la vida.

Asmahan contuvo la lengua, creyendo que sería demasiado cruel hacer saber a la muchacha que aquellos objetos eran tan nimios que nadie los quería, ni siquiera los carroñeros que acudían al hospital benéfico en busca de ropa gratuita y un vaso de vino medicinal. Sin embargo, comprendía a Katharina, ya que también ella habría dado todo el oro y las joyas del mundo por sentir entre los dedos la lana de las ovejas del vasto rebaño de su padre. Así pues, el viejo dicho de que perla para uno es guijarro para otro no carecía de fundamento.

A partir de entonces, Katharina acudió cada noche a los aposentos de Asmahan, llevando consigo sus útiles de bordado para fingir que realizaba alguna obra para la concubina, aunque en realidad su tarea consistía en familiarizarse con el pequeño Bulbul, un niño rollizo, rubio y dulce que, llegado el terrible momento, debería marchar dócil y callado con su nueva madre.

Era una mañana fresca y nublada, y una fina lluvia caía sobre Constantinopla. La jefa de vestuario llegó corriendo al Pabellón de las Palomas, donde sus ayudantes cosían un traje para una afortunada muchacha que había sido seleccionada como compañera de lecho del sultán, y arrebató la aguja y los hilos de manos de Katharina.

—¡La sultana quiere verte! —espetó.

El corazón le dio un vuelco. ¡La sultana! ¿Acaso había descubierto el plan secreto de Asmahan?

Fuera la esperaba un eunuco, un hombre de aspecto formidable al que nunca había visto. Lucía ropajes elegantes, y su turbante adornado con ricas plumas era de tela dorada. Largo tiempo atrás le habían cortado la nariz, sustituyéndola por un pico dorado que le confería apariencia de criatura mítica. El hombre no pronunció palabra, sino que se limitó a volverse y echar a andar para mostrarle el camino. Katharina lo siguió, llena de curiosidad, pero cuando se acercaban a la Puerta de la Perla se puso a temblar de miedo. ¿Cuántas habían pasado bajo aquel arco para no volver jamás? Si la sultana había descubierto que estaba ayudando a Asmahan, no tenía posibilidad alguna de abandonar sus aposentos con vida.

Katharina no había creído posible que existiera un lugar más suntuoso que los aposentos de Asmahan, pero la vivienda privada de la sultana cortaba la respiración. Le habían contado que la sultana adoraba las perlas, pero el espectáculo que vio al entrar sobrepasaba todas sus fantasías. Todos los tapices, las cortinas, las banquetas, los almohadones de los divanes e incluso las esteras del suelo mostraban bordados de perlas rosadas, blancas y negras. En una silla parecida a un trono, también con perlas incrustadas a centenares, se sentaba una mujer tan cubierta de ropajes tachonados con perlas que parecía hallarse en medio de una tormenta de nieve. Katharina jamás había visto tantas perlas en una persona, y se preguntó cómo se las arreglaba para caminar bajo tanto peso.

Los ojos de Safiya eran duros e impasibles como sus valiosas perlas, y escudriñaban a la ayudante de modista con franqueza insondable. Katharina intentó no ponerse nerviosa ni mirar a la sultana fijamente. Gruesas líneas de lápiz de ojos flanqueaban sus párpados inferiores y superiores, ensombreciendo sus ojos, y llevaba los labios pintados de un rojo tan intenso que daba la impresión de haber comido mermelada y olvidado limpiarse la boca. Pese al abundante maquillaje, era evidente que la concubina favorita del sultán era vieja..., sorprendentemente vieja. Katharina había oído decir que tenía casi cuarenta años. Qué extraño que el sultán la llamara una y otra vez a su lecho cuando podía elegir entre cientos de muchachas núbiles.

El embarazo de Safiya era muy avanzado.

—Últimamente visitas a Asmahan con mucha frecuencia. ¿Por qué? —exigió saber con voz penetrante y mortífera como una cimitarra.

Katharina intentó no temblar.

—Le gustan mis bordados, señora.

—A mí tu trabajo me parece mediocre. Asmahan carece de gusto.

Aquellos ojos flanqueados de negro la taladraban de tal modo que a Katharina se le revolvió el estómago.

—¿Por qué tiemblas, muchacha?

—Es que nunca... —Katharina se detuvo para humedecerse los labios resecos—. Nunca había estado en tan elevada compañía, señora. Es como contemplar a una diosa.

Katharina no tenía idea de dónde había sacado aquellas palabras, pero sin duda surtieron el efecto deseado. La sultana pareció suavizarse un poco; ni siquiera una mujer de tan elevada posición como ella era inmune a los halagos.

—Debes hacer algo por mí —exigió, yendo al grano—. Hazlo bien y te concederé cualquier deseo.

Katharina apenas logró disimular su asombro.

—¿De qué se trata, señora?

—Debes espiar a Asmahan. Observa lo que hace, a quién ve, escucha las conversaciones y luego ven a contármelo todo. ¿Me has entendido?

—Sí, señora. ¿Hay algo en especial que...?

—Todo —la atajó Safiya—. Quiero que me cuentes todo lo que suceda; yo me encargaré de decidir qué es importante y qué no.

Observó a Katharina con aire pensativo durante unos instantes antes de proseguir.

—Tal vez debas cierta lealtad o fidelidad a Asmahan. Eso es asunto tuyo, pero no permitas que se interponga en el camino de la misión que te he asignado. En caso de que tu corazón flaquee, recuerda mi promesa de concederte cualquier deseo si tus informes me complacen.

Dicho aquello, la sultana suspiró y se llevó una mano muy enjoyada al vientre.

—Llevo en mis entrañas al heredero del sultán —anunció innecesariamente y de un modo que no dejaba lugar a malentendidos.

Sin duda, el hijo de Asmahan no tenía ni una sola posibilidad.

—Ten cuidado, muchacha —advirtió la sultana con dureza cuando Katharina se disponía a marcharse—, pues al igual que tú vigilarás a Asmahan, otros te vigilarán a ti y me rendirán cuentas de cada uno de tus movimientos.

Katharina siguió visitando a Asmahan cada noche con la excusa de bordar para ella, pero ahora la abrumaba un nuevo y terrible secreto. Mientras jugaba con Bulbul, le contaba cuentos y le cantaba ante la mirada triste de Asmahan, quien sabía que aquellos eran los últimos días que pasaba con su hijo, Katharina se preguntaba qué podía decir a Safiya, si debía confesar los últimos acontecimientos a Asmahan y si Adriano aparecería algún día. Durante el día sentía que cien ojos invisibles la espiaban. El palacio estaba surcado de puertas secretas, pasadizos ocultos y celosías con mirillas. Espías espiando a la espía.

—¿Alguna noticia de don Adriano? —inquiría cada noche al llegar a los aposentos de Asmahan.

Pero la respuesta siempre era negativa, hasta que por fin Katharina empezó a pensar seriamente que la sultana era más poderosa. Si le revelaba el secreto de Asmahan, ¿rescataría Safiya a don Adriano y les concedería a ambos la libertad? La sultana había prometido concederle cualquier deseo.

—Mi hijo corre cada vez mayor peligro —anunció una noche Asmahan—. Safiya ha jurado que no será el heredero del sultán.

—Pero ¿y si la sultana da a luz una niña?

—Entonces asesinará a mi hijo por celos. Cada día que pasa, el peligro aumenta y tengo más miedo. Mi eunuco ha localizado a un hombre en quien podemos confiar. Custodiará a Bulbul cada instante hasta el día de la partida.

—¿Cómo sabéis que podéis confiar en él?

«Si ni siquiera puedes confiar en mí», pensó Katharina, maldiciendo el destino que la había colocado en aquel dilema de ayudar a Asmahan o convertirse en su espía y pedir a la sultana que la ayudara a localizar a Adriano.

—¿Se te da bien juzgar el carácter ajeno, Katharina? Tal vez tú misma puedas decirme si este hombre es digno de confianza.

Asmahan señaló su jardín privado, en cuyo estanque Bulbul hacía navegar sus veleros de juguete.

Al salir al jardín, Katharina vio una alta figura ataviada con una túnica de pie bajo un sauce. Era un hombre delgado, demacrado incluso, de barba desigual y cabello hasta los hombros. Cuando se volvió, vio sus ojos hundidos en oscuras cuencas, los profundos surcos en torno a las comisuras de unos labios que llevaban mucho tiempo sin sonreír.

El hombre se la quedó mirando un instante, hasta que por fin la reconoció.

—Alabado sea Dios en Su misericordia —susurró al tiempo que avanzaba hacia ella con paso inseguro.

Katharina lo alcanzó primero y los escuálidos brazos de Adriano la rodearon en el más tierno de los abrazos. Bajo su ropa, Katharina sintió piel y hueso, y lloró sobre un hombro del que apenas quedaba nada.

Adriano lloró con ella, pues había estado seguro de no volver a verla.

—¿Cómo...? —empezó Katharina tras retroceder un paso para embeberse de su imagen.

El caballero se secó las lágrimas.

—Sentado en la maloliente bodega de un barco de esclavos, pensaba en una muchacha a la que había conocido, una joven muy valiente que había abandonado la seguridad de su ciudad, de una vida tranquila y cómoda para ir en busca de su padre. Ningún peligro logró disuadirla de su propósito, ni siquiera el hecho de naufragar con un desconocido en una isla desierta. Al recordar la determinación de su voz y la fuerza de su espíritu, me decía que sin duda podía equipararme a ella. Elevé una plegaria a la Santa Madre, renovando mi voto de restablecer Su soberanía en Jerusalén y reunirme con mis hermanos caballeros en Creta, y mientras dormía se me apareció en su sueño para decirme que de nada le servía muerto, ya que los mártires no construían iglesias, y que necesitaba a sus soldados con vida. Así pues, me despojé de mi capa de caballero en el barco y eliminé cualquier prueba de mi verdadera condición, de modo que cuando nos sacaron de la bodega de ese barco en el muelle, nadie reparó en mi identidad. Fingí ser mudo, pero cuando vieron mi corpulencia, los capataces me enviaron a trabajar a la fábrica de ladrillos, porque las obras nunca se acaban en palacio. Desde entonces, me he dedicado a construir los muros que nos mantienen encerrados.

Tomó las suaves manos de Katharina entre las suyas, mucho más ásperas y callosas.

—Lo que me mantenía con vida era el juramento que había hecho a la Virgen, pues debo regresar a Jerusalén, pero también pensar en ti, Katharina, me ha permitido seguir adelante, pues sabía que tú habrías tenido la fuerza y el valor suficientes para soportar el infortunio. —La sombra de una sonrisa surcó su rostro—. Y me decía que yo, un caballero de la Hermandad de María, sin duda sería capaz de hacer lo mismo que una simple muchacha.

En aquel instante, Asmahan salió al jardín y se detuvo para observar a la luz de la luna a la extraña pareja, formada por la joven rolliza ataviada con lujosas sedas y el hombre flaco y andrajoso.

—He decidido que no debes viajar sola, Katharina —anunció por fin—, ya que ello podría atraer la atención sobre ti. Debes partir en compañía de un hombre al que puedas hacer pasar por tu esposo y que pueda protegeros a ti y a mi hijo. Tengo suficiente dinero y amigos para procuraros plaza en una de las caravanas. Te daré cartas para mi familia. Mi padre es el jeque Ali Sayid, un hombre rico y poderoso que te recompensará con generosidad por lo que has hecho.

Katharina miró a Asmahan con los ojos inundados de lágrimas. En aquel instante se desvaneció de su mente cualquier pensamiento acerca de la sultana Safiya, del espionaje y la intriga. Solo era consciente de las manos ásperas y callosas que asían las suyas.

—Mis espías me han hablado de una caravana que partirá hacia Samarcanda con la próxima luna llena —prosiguió Asmahan—. Pediré permiso al sultán para acudir a la mezquita ese día. Le diré que es el aniversario de mi padre y que deseo rezar por él; sin duda me concederá ese deseo. Llevaré conmigo a Bulbul y por supuesto un séquito de damas y eunucos como protección. Entre ellos os encontraréis tú y tu español. En la mezquita, las mujeres rezamos tras una celosía para que los hombres no puedan vernos. Podrás escabullirte sin ser vista, y mi eunuco os llevará a ti y a Adriano al punto de partida de la caravana. Más tarde, yo regresaré a palacio.

Katharina recobró por fin la voz, pese a que era tarea difícil en aquella noche tan mágica.

—Pero sin duda el sultán reparará en la ausencia del niño.

—Últimamente, el sultán está muy ocupado librando al Imperio de los caballeros de Rodas —explicó Asmahan, mirando a Adriano—, de modo que ve poco a nuestro hijo. Para cuando descubra que el pequeño ha desaparecido, tú y Bulbul ya estaréis lejos, y nadie sabrá dónde.

Aunque Katharina no deseaba formular la siguiente pregunta, lo hizo porque le pareció lo más razonable.

—¿Por qué no podéis ir vos?

—Si yo desapareciera, de inmediato daría comienzo la búsqueda, y los hombres del sultán me localizarían en cuestión de días. En cambio, pasarán semanas antes de que se descubra la ausencia de Bulbul, y por entonces ya será demasiado tarde para encontrar vuestro rastro. —Alargó un paquete a Katharina—. Primero viajarás a Bagdad, que se encuentra en el extremo más alejado del Imperio otomano. En esta primera etapa del viaje contarás con la protección del sultán; he mandado preparar salvoconductos. En Bagdad te unirás a una caravana con destino a Samarcanda, y en esta etapa viajarás bajo la protección de mi padre, quien ha redactado los documentos necesarios. Mi padre es un hombre poderoso y temido; estás a salvo. Una vez en Samarcanda, te recompensará generosamente por lo que has hecho. En cuanto Bulbul esté al cuidado de mi familia, serás libre para ir a donde te plazca.

Bagdad, Samarcanda... Tan lejos de Jerusalén, tantos kilómetros en la dirección opuesta. Pero Katharina pensó en el pequeño Bulbul y en la recién nacida a la que su padre viudo había dejado en una posada para ir en busca de una piedra azul. El infortunio de aquel niño se parecía mucho al suyo, salvo que en el caso de Bulbul, su vida corría peligro.

—Señora, no tengo palabras para expresar mi gratitud —musitó—. Por encontrar a Adriano y por...

Asmahan levantó una mano enjoyada.

—Lo hago por mi hijo y solo por mi hijo. Protégelo a toda costa y háblale a menudo de mí.

Katharina no volvió a ver a Adriano, pues los hombres tenían prohibido estar en compañía de las mujeres. Sin embargo, la joven seguía visitando cada noche a Asmahan, llevando consigo sedas y bordados, y cada mañana explicaba a la sultana que Asmahan había chismorreado sobre las demás concubinas y sobre los politiqueos del harén, sin dejar de preguntarse si la astuta Safiya sería capaz de detectar sus mentiras. Cada noche, en el dormitorio común, Katharina contemplaba la imagen de la piedra de santa Amelia y sentía que el corazón se le henchía de esperanza. Muy pronto, ella y Adriano volverían a ser libres, y de nuevo podría dedicarse a buscar el cristal azul y, Dios mediante, a su familia.

Dos días antes del día previsto para su partida, circuló por palacio el rumor de que Safiya estaba de parto. Todas las actividades quedaron suspendidas mientras todo el mundo esperaba noticias con ansia. Asmahan no se separaba de Bulbul y Katharina esperaba novedades en el dormitorio.

Entonces se enteraron de que la sultana había dado a luz un varón.

Se les había acabado el tiempo. En el instante en que el recién nacido fue llevado al pecho de su madre, Safiya reclamó su derecho a encerrar al hijo de Asmahan en la Jaula. Los eunucos y guardias de la concubina más joven abandonaron a su ama casi de inmediato. Ya no existía posibilidad alguna de que Asmahan fuera a la mezquita a rezar por su padre. Solo era cuestión de horas que los eunucos de la sultana llegaran para llevarse a Bulbul.

Si bien Adriano aún creía que los turcos eran herejes impíos y enemigos suyos, aquella concubina le había salvado la vida y conseguido reunirlo con Katharina, de modo que se convirtió en su más resuelto protector o al menos en el protector de su hijo, ya que nada podía hacerse para salvar a Asmahan. Con ayuda de su fiel eunuco, Adriano escaló el muro del jardín, se ató a Bulbul, dormido a causa de la leche con zumo de adormidera, a la espalda con correas, y escaló de nuevo el muro antes de ayudar a Katharina a salvarlo. Protegidos por las tinieblas de la noche, siguieron al eunuco por el laberinto de muros exteriores y callejones que rodeaban el palacio y por fin al laberinto de calles de la ciudad. Antes de partir, Asmahan había entregado a Katharina un cofrecito de madera lleno de dinares de oro, la moneda oficial del Imperio otomano. Después de abrazarla, Asmahan besó a su hijo por última vez. Mientras Katharina y Adriano seguían al eunuco hasta el inmenso campamento de la caravana, la joven ya sabía el destino que aguardaba a Asmahan cuando se descubriera su estratagema; era el mismo castigo que sufrían todas las mujeres del harén que quebrantaban las reglas de la sultana. Sería metida en un saco con un gato y una serpiente y arrojada a las aguas del Bósforo.

La caravana partió al amanecer, un convoy de mil camellos que transportaba perfumes y afeites procedentes de Egipto y que por el camino recogería cristales coloreados de Siria y pieles de las estepas eurasiáticas para llevarlos a China, cuyos habitantes sentían auténtica pasión por aquellos artículos, y allí trocarlos por seda y jade, que serían traídos de regreso a las naciones occidentales, donde eran sumamente apreciados. Por el camino se topaban con artistas que viajaban a China, malabaristas, acróbatas, trovadores y magos, así como gentes procedentes de Oriente, monjes, eruditos y exploradores que se dirigían a Europa. Si bien encontrarían caza por el camino, Katharina y Adriano llevaban consigo provisiones de pan, fruta seca, carne salada y queso curado, así como grandes cantidades de agua. Les gustaba el hecho de formar un trío despreocupado. Adriano era el protector, Katharina la madre, y Bulbul el «hijo» de ambos. Cuanto más se alejaban de Constantinopla y sus horrores, cuanto más cabalgaban bajo el sol y el aire fresco, comiendo alimentos sanos y hallando mil motivos para reír, más se recuperaba Adriano. Su cuerpo recobró la robustez y sus ojos volvieron a brillar. En una sola ocasión, Katharina le dijo que era libre de ir a Jerusalén, que no tenía obligación alguna de acompañarla en el largo viaje a Samarcanda, pero Adriano la acalló con el juramento de no apartarse de su lado hasta que hubieran cumplido la promesa hecha a Asmahan. Después de aquello, viajarían juntos a Jerusalén.

Durante su lento avance hacia el este, Katharina, que un día, a escasa distancia del Adriático, había creído conocer casi todo el mundo, vio por primera vez el desierto y experimentó las tormentas de arena, que se desencadenaban de forma tan repentina que el viajero desprevenido moría sin remisión. Muy pronto, ella y Adriano aprendieron a observar a los camellos. Si de repente gruñían y enterraban la cara en la arena, significaba que se acercaba una tormenta, por muy despejado que estuviera el cielo. Al instante, los integrantes de la caravana se cubrían la nariz y la boca, y en cuestión de minutos aparecía la tormenta en toda su fiereza para disiparse poco después.

Solían acampar al raso, bajo las estrellas, en oasis y cruces de caminos, pero a veces paraban en guarniciones o caravasares, donde encontraban posadas, camas decentes, músicos y otras diversiones. Mientras surcaban arenas doradas bajo el cielo azul intenso, bajo esponjosas nubes blancas o a la sombra de palmeras verde esmeralda, el viaje adquirió una dimensión irreal para Katharina, quien sostenía a Bulbul en brazos sobre el camello de andar bamboleante que los mecía. Ante ella veía a Adriano, sus hombros anchos, su espalda erguida, un hombre de profundas convicciones, de devoción inconmensurable y también de insondables misterios.

No habría sabido determinar en qué preciso instante se enamoró de él. Tal vez fue al verlo por primera vez en el puerto de Venecia. O bien mientras lo observaba rezar en la cubierta del navío portugués. O cuando dormían abrazados en la isla desierta, sintiéndose como los dos últimos habitantes de la tierra. Fuera cuando fuese, Katharina mantenía su amor en secreto, pues Adriano tenía un destino y ella, otro distinto. Nunca le abriría su corazón, de modo que guardaba sus sentimientos bajo llave en el pecho, protegiéndolos en aquella cámara especial donde tenían cabida su madre, su padre y ahora incluso la trágica concubina Asmahan, que les había salvado la vida.

Pero aquellas emociones nuevas la asustaban, pues nunca había experimentado semejante pasión por Hans Roth. Ahora que ardía con cada mirada y con el mero sonido de la voz de Adriano, le resultaba incomprensible haber creído en tiempos que el amor no era más que un mito. El deseo que sentía por Adriano era más intenso que cualquier hambre y sed que hubiera experimentado jamás; era un anhelo espiritual que ocupaba su mente día y noche. El amor de Katharina requería una vía de escape que encontró en la confección de una nueva capa para el caballero español. Tras comprar secretamente en Ankara una medida de tela blanca, varios hilos de seda y unas agujas, se puso a trabajar en su obra de amor cada día cuando la caravana se detenía a descansar y Adriano salía con los demás hombres a cazar o buscar leña para las hogueras. Sabía que el caballero albergaba un profundo dolor en su pecho, más hondo que las cicatrices de su pobre cuerpo torturado, un dolor que había vislumbrado por primera vez en las arrugas que surcaban su rostro, que había oído en su voz aquel día en la isla desierta, cuando le habló de una mujer a la que había amado. Si bien Katharina sabía que no podía aspirar a convertirse en un bálsamo para aquella pena, rezaba por que la nueva capa contribuyera a restablecer una parte de su dignidad.

Adriano no solo ocupaba sus pensamientos a causa del creciente amor que le profesaba, sino también por un detalle que la desconcertaba, un rompecabezas que se intensificaba cada día. El español le había dicho que había hecho votos de celibato y austeridad al ingresar en la hermandad, y que dichos votos eran la penitencia por haber matado a un hombre. Sin embargo, ahora que pasaban los días y las noches en mutua compañía, compartiendo comida y cobijo, fingiendo ser el padre y la madre del encantador Bulbul, Katharina empezaba a ser consciente del alcance de esos votos. Ni los días y las noches pasados en el barco portugués, ni el tiempo transcurrido en la isla desierta le habían bastado para observar de verdad a aquel hombre. Pero allí, en el desierto inacabable, bajo un cielo que se extendía hasta la eternidad, Katharina veía a Adriano con una claridad meridiana, y se le antojaba que llevaba demasiado lejos sus votos de abstinencia y austeridad, pues no solo se privaba de comer carne y beber vino, sino de ingerir alimentos en cantidad suficiente. Parecía empeñado en pasar hambre, en castigar su cuerpo, en alcanzar los límites de la resistencia, cazando y cortando leña hasta mucho después de que los demás hombres se hubieran retirado a descansar junto a sus hogueras. El delito del que era culpable (aunque Katharina no estaba segura de que fuera un delito, pues, ¿acaso luchar por una mujer no equivalía a luchar por los propios derechos?) había tenido lugar veinte años atrás. ¿No había hecho suficiente penitencia? No obstante, Katharina albergaba otra sospecha que se intensificaba con cada kilómetro que recorrían hacia el este. ¿Y si la historia de Adriano encerraba más secretos de los que había revelado hasta entonces?

Katharina se dio cuenta de que su obsesión por Adriano empezaba a enturbiar el objetivo principal de su viaje, es decir, encontrar a su padre, por lo que se apoyaba cada vez más en el retrato de santa Amelia para recordarse su propósito. Al igual que una creyente sinceramente deseosa de rezar, pero cuya mente errante deambulaba más allá de los vitrales hacia los campos de margaritas, Katharina necesitaba cada vez más fuerza de voluntad para no perder el rumbo. Noche tras noche, en lo que se había convertido en un ritual, sacaba la pequeña pintura y contemplaba el cristal azul mientras recitaba en silencio la misma letanía: «Este es mi destino».

En cuanto Bulbul se encontrara de nuevo con la familia de su madre, Katharina daría media vuelta y se dirigiría a Jerusalén en busca del cristal azul y de su padre.

Y Adriano debería ir a donde lo llamaran las estrellas.

La caravana era una criatura dinámica y cambiante, con gentes que iban y venían, clanes enteros y viajeros solitarios que encogían y agrandaban la serpiente que avanzaba por desiertos, llanuras y colinas. Sintiéndose a salvo en sus personajes imaginarios, tan lejos de Constantinopla y el peligro de ser descubiertos, Katharina y Adriano trababan amistad con los recién llegados, compartiendo con ellos hoguera y comida antes de despedirse y dar la bienvenida a nuevos amigos.

La lengua les planteaba cada vez más problemas a medida que viajaban hacia el este, pues topaban con nuevos dialectos y variantes de idiomas con los que creían estar familiarizados. A Katharina le resultaba cada vez más difícil el árabe, y el griego de Adriano les servía de bien poco. Si bien el latín llevaba más de mil años implantado en Oriente, a ambos les costaba cada vez más entenderlo, pues la lengua original se había ido adaptando a cada región. Sin embargo, se entendían muy bien el uno al otro; de hecho, su comunicación ya no se apoyaba tanto en las palabras como en los gestos, las expresiones faciales y los silencios cargados de miradas significativas. Cuantos más días y noches pasaban en mutua compañía, más cuenta se daban de que era lo único que necesitaban.

En el norte de Persia, la caravana se detuvo en un pequeño valle situado entre dos agrestes cordilleras, y los viajeros dieron allí con un río muy peculiar; en sus orillas no crecía vegetación alguna, y los alrededores eran rocosos y yermos, pero el agua fluía cálida y de un brillante color verde. El jefe de la caravana les explicó que aquel matiz esmeralda se debía a los depósitos minerales. El agua era potable y, según afirmaban algunos, incluso tenía propiedades curativas. Así pues, acamparon junto a su orilla, un conjunto de mil tiendas y mil hogueras a la luz de la luna.

Katharina acogió con satisfacción la idea de lavarse por fin el cabello a fondo. En las últimas semanas se lo había lavado alguna que otra vez, pero siempre andaban escasos de agua, de modo que para mantenerlo limpio recurría a un truco aprendido de los beduinos, cuyas mujeres se restregaban el pelo con una mezcla de ceniza y sosa para luego peinárselo durante horas. De este modo, el tinte oscuro que se aplicara en Venecia para adquirir el aspecto de un joven árabe empezó a dar paso a un castaño más claro coronado por las raíces rubias que formaban un casquete en lo alto de su cabeza. Sin embargo, en aquel río empleó jabón, se lavó el cabello, lo masajeó y enjuagó varias veces. Cuando terminó, se lo secó al viento, y el espectáculo de su melena rubia ondeando al viento era tal que todo el mundo se detuvo a mirarla con fijeza.

Sobre todo Adriano.

Aquella noche, bajo una luna radiante, Katharina regaló a Adriano la capa que le había bordado, y el caballero quedó tan conmovido que no supo qué decir. Había recuperado su emblema, la cruz azul de ocho puntas que representaba su hermandad y confería sentido a su vida. Por fin podría volver a mostrar al mundo su condición y su dedicación a la Virgen María.

Finalmente, bajo las estrellas, Adriano contó a Katharina toda su historia.

La joven ya sabía que más de veinte años antes, en Aragón, había estado locamente enamorado de una muchacha llamada María, que había supuesto que se casarían, pero que ella le había confesado que estaba enamorada de otro hombre. Adriano montó en cólera y desafió a su rival. En la consiguiente pelea, Adriano mató al otro, y María, presa del dolor, se recluyó en un convento, donde suponía que seguía viviendo. Eso era lo que Katharina sabía de su historia, pero aquella noche, bajo una luna rolliza y majestuosa que los vigilaba desde el cielo, junto al río esmeralda que gorgoteaba con suavidad en su lecho de piedra, Adriano confesó el dolor que llenaba todos los días de su vida.

—En lo más hondo de mi corazón —musitó mientras se arrebujaba en su capa de caballero—, en lo más profundo de mi ser sabía que María no me amaba. Eran el orgullo y la arrogancia lo que me impedía verlo con claridad. Creía que con el tiempo lograría que me amara. Pero el otro hombre... Si hubiera sido cualquier otro hombre, tal vez lo habría dejado correr. Tal vez me habría vuelto de espaldas y esperado a que María viniera a mí. Pero el otro hombre era mi hermano, y eso no lo pude soportar. —Miró a Katharina con expresión angustiada—. Sí, el hombre al que maté era mi hermano. Acabé con su vida cegado por los celos. Era un hombre inocente, no me había hecho nada. No tengo derecho a ser feliz, Katharina. No tengo derecho a amarte ni a que me ames.

Dicho aquello estalló en amargos sollozos y Katharina lo estrechó entre sus brazos. Adriano sepultó el rostro en su dorado y limpio cabello, sintiendo su cuerpo joven y cálido contra el suyo, sus labios sobre las mejillas, en el cuello, sus lágrimas mezclándose con las de ella, hasta que por fin sus bocas se encontraron, y juntos se tendieron bajo la capa de caballero con la cruz azul bordada, hallando por fin consuelo en el amor.

Más tarde, al despertar, Adriano se levantó, tomó a Katharina de la mano y la condujo hasta la orilla del río esmeralda. Allí clavó en la tierra la espada, la hermosa arma con empuñadura de oro que Asmahan le había dado para que protegiera a su hijo. Se arrodilló junto a Katharina y volvió a tomarle la mano.

—Aunque estamos lejos de sacerdotes e iglesias, nos encontramos en presencia de Dios, la Virgen María y todos los santos. Ante tan elevados testigos, mi amada Katharina, declaro que eres mi esposa y yo soy tu esposo, y te entrego mi alma y mi cuerpo, mi amor y mi devoción, por el resto de mis días y también después de que la muerte nos reúna en el cielo.

Katharina pronunció el mismo juramento, sabedora de que, les deparara lo que les deparase el futuro, siempre estarían juntos.

Pasaron una semana de amor, unidos como marido y mujer, preguntándose qué habían hecho para merecer semejante felicidad y prometiendo a Dios hacer buenas obras y favores en pago de tanto gozo, hasta que un amanecer salieron de la tienda y fueron a bañarse al río. Adriano se envolvió en la capa de caballero mientras Katharina se unía a las demás mujeres y niños en otra parte del río para jugar con Bulbul y contarle, como cada día, que pronto se reuniría con su abuelo y todos sus primos. Cuando el pequeño le preguntó, también como cada día, si su madre también estaría allí, Katharina respondió:

—No lo sé, pero quiere que estés con tu abuelo, quien te enseñará a montar a caballo.

Pero por primera vez lamentaba tener que entregar al niño a su familia, pues en las semanas transcurridas desde que abandonaran Constantinopla había llegado a profesarle gran cariño.

Lo estaba envolviendo en una toalla cuando oyó el primer grito. Al volverse vio a unos hombres a caballo, blandiendo enormes espadas y cabalgando por el campamento.

Katharina alzó en volandas al pequeño y echó a correr. Al llegar a la zona del río donde se bañaban los hombres de la caravana comprobó que los habían cogido por sorpresa. En medio de la confusión vio a Adriano, que se distinguía de los demás por su capa de caballero blanquísima a la luz del sol matutino, y en el instante en que gritaba su nombre vio que una espada se hundía en su espalda, justo en medio de la cruz, y que su amado extendía los brazos, caía de rodillas y por fin se desplomaba de bruces en un charco formado por la sangre que abandonaba su cuerpo. Acto seguido vio que la espada se elevaba en el aire y le rebanaba el cuello, produciendo un sonido espeluznante cuando la cabeza quedó seccionada del tronco.

Katharina dio media vuelta e intentó correr, pero los invasores le dieron alcance y le arrebataron al niño. Horrorizada, vio a Bulbul salir despedido por los aires y chocar de cabeza contra una roca que le abrió el tierno cráneo como si de un melón se tratara.

En aquel instante, un dolor intensísimo le atenazó la cabeza y las tinieblas se apoderaron de ella.

Al volver en sí comprobó que se encontraba en un recinto con otras mujeres, algunas de ellas llorando, otras furiosas, varias abatidas y desoladas. No recordaba nada, pero le dolía la cabeza y sentía náuseas.

¿Dónde estaba? Se frotó los ojos y miró a su alrededor. A juzgar por lo que veía, se hallaban en un corral improvisado con paredes de piel de cabra y sin techo que las protegiera del sol castigador, tan solo un árbol sin hojas que extendía sus ramas secas y quebradizas. Al otro lado de las pieles de cabra parecían erigirse unas tiendas muy toscas, y también vio humo de hogueras. Oía gritos, discusiones y cascos de caballos.

La cabeza empezó a aclarársele y las náuseas remitieron, pero seguía sin recobrar la memoria. De pronto, unos hombres entraron en el recinto y examinaron con rudeza a las muchachas, desnudándolas y escudriñando cada centímetro de sus cuerpos. Puesto que no parecían interesados en abusar de ellas sexualmente, a Katharina se le ocurrió que debían de ser tratantes de esclavos.

¡La carabela griega! ¡El palacio de la sultana! Otra vez no, por favor.

Katharina retrocedió hasta que dio un traspié y cayó contra el tronco de un árbol muerto. Se llevó la mano al pecho y entonces percibió algo bajo el vestido. Al sacarlo vio con sorpresa que era una bolsita de cuero que llevaba colgada del cuello con una tira de piel. Le resultaba vagamente familiar y sospechaba que debía ser importante, de modo que se la quitó a toda prisa y la escondió en un orificio del tronco del árbol tras cerciorarse de que nadie la observaba.

Al poco, los hombres llegaron junto a ella y muy excitados empezaron a hablar de su cabello. Aunque no comprendía su lengua, algunos gestos eran universales y supo que poseía algún valor para ellos. La desnudaron y la examinaron de arriba abajo; cuando terminaron con todas las cautivas, recogieron todas las ropas y posesiones, y repartieron toscas vestiduras de lana áspera. Una vez solas, cuando el sol ya se acercaba al horizonte, Katharina volvió junto al árbol, sacó la bolsita escondida y volvió a colgársela del cuello.

Fue durante la noche cuando lo recordó todo, pues soñó con Adriano y Bulbul. Despertó gritando, y cuando la realidad de lo sucedido y de su nueva situación la azotó con toda su violencia, rompió a llorar de forma tan desgarrada e inconsolable que las demás la dejaron en paz.

A partir de entonces vivió sumida en una bruma, ajena a los intentos de comunicación de las otras mujeres, sin reaccionar a las preguntas, bebiendo agua solo cuando se la acercaban a los labios y negándose a ingerir alimento alguno mientras permanecía sentada, con la mirada clavada en el horizonte.

Adriano muerto, con una espada hundida entre los omóplatos.

El cerebro de Bulbul desparramado sobre una roca.

Pero ella seguía viva y de nuevo era una esclava.

Cuando una de las mujeres de la tribu acudió para lavarle el cabello, Katharina no protestó ni se resistió. La mujer procedió con vigor y meticulosidad, le secó la melena, se la peinó y por fin llevó a otras mujeres al corral para que admiraran la belleza de sus rizos dorados.

Al día siguiente, la mujer regresó con jabón y un cuchillo afilado, esta vez para afeitarle la cabeza y guardar el cabello en una cesta. Katharina se sometió de nuevo sin protestar y sin apartar la mirada del desierto que se extendía hasta el infinito.

Al cabo de una semana vio a una mujer que, a juzgar por la gran cantidad de monedas que lucía, debía de ser la esposa del jefe, llevando una tosca peluca rubia. En medio de su letargo, Katharina se preguntó por qué se molestarían aquellas mujeres en ponerse peluca si siempre llevaban la cabeza cubierta. Aquella noche oyó gemidos extasiados procedentes de la tienda del jefe, y con una intensa punzada de dolor recordó cuánto le gustaba a Adriano deslizarle las manos por el cabello.

A la mañana siguiente, un hombre irrumpió furioso en el recinto, agarró la cabeza de Katharina y la examinó como si de un melón se tratara. Luego empezó a gritar a la mujer que la había rasurado. Katharina no entendía su lengua, de modo que no podía discernir el motivo de la discusión, pero una y otra vez surgía la palabra Zhandu, y el hombre no cesaba de señalar hacia el este.

Las otras prisioneras le contaron que sus captores eran los kosh, famosos tratantes de esclavos de la región, un pueblo orgulloso y arrogante que se consideraba la primera raza creada por los dioses, mientras que todas las demás no eran más que inventos de última hora y por tanto destinadas a servir a los kosh. Sociedad nómada y guerrera que no se mezclaba con las otras razas, a las que consideraba inferiores, los kosh tenían el rostro chato, ojos rasgados y el cabello más rojo que Katharina había visto en su vida; montaban fieros caballos de grueso pelaje y crines deshilachadas.

Cuando levantaron el campamento y los kosh emprendieron viaje hacia el este, Katharina no protestó ni cuestionó su destino. Pero a medida que recorrían kilómetros, deteniéndose brevemente en los asentamientos que encontraban para vender sus bienes humanos, aunque sin desprenderse de ella, empezó a comprender que la conservaban mientras le crecía el cabello y que la llevaban a un lugar llamado Zhandu.

Caminando junto a sus caballos y camellos, Katharina era ajena a la arena ardiente bajo sus pies, al cansancio de sus huesos, al hambre que le atenazaba el estómago. Solo pensaba en Adriano. ¿Dónde estaría su alma? ¿Había volado de regreso a España y se encontraba en su amado Aragón? ¿O había viajado hasta Jerusalén para convertirse en una sombra en alguna iglesia pequeña consagrada a la Virgen Santa? ¿O tal vez flotaba sobre las cabezas de sus camaradas de la hermandad en Creta, instándolos en silencio a luchar contra los infieles? A veces, en plena noche, cuando el viento aullaba y Katharina contemplaba las estrellas, casi sentía a Adriano junto a ella, un fantasma reconfortante que anhelaba estrecharla entre brazos más corpóreos que los suyos.

Cierta noche, un hombre fue a verla y se enzarzó en una animada discusión con la mujer que se había convertido en su cuidadora. Katharina llevaba suficiente tiempo escuchando aquella lengua para captar sus rudimentos, y supo que la mujer pedía un precio exorbitante por ella. Cuando el hombre quiso saber a qué se debía semejante demanda, la mujer tocó el vientre redondeado de Katharina.

—Aquí dentro hay un niño —sentenció.

Sus palabras arrancaron a Katharina de su ensimismamiento. Al bajar la mirada comprendió que la mujer estaba en lo cierto, pues en su letargo no se había dado cuenta de que el período mensual no la había visitado ni de que, pese a lo poco que comía, su abdomen crecía.

El hijo de Adriano.

Por fin se sintió capaz de sacar la bolsita de cuero del hermano Pastorius de debajo de la túnica mugrienta para contemplar su contenido, y cuando vio el pequeño camafeo de Badendorf y la miniatura de santa Amelia con su cristal azul, rompió de nuevo a llorar. Sin embargo, con su dolor se mezclaba una chispa de esperanza; una parte de Adriano seguía viva.

La inmensa caravana de los kosh siguió avanzando hacia el este, parando tan solo para vender esclavos y recoger provisiones, y adentrándose cada vez más en tierras ignotas y muy alejadas del mundo que Katharina conocía. Si bien sus captores la alimentaban, la comida apenas bastaba para mantenerla con vida, y la joven quería vivir más que nada en el mundo. Por ello adquirió el hábito de luchar por conseguir más alimento, de robar a otros a fin de nutrir la nueva vida que crecía en su seno. Katharina consideraba que los kosh eran una raza despiadada, salvaje e incomprensiblemente brutal. Cuando un criminal era decapitado, la tribu jugaba al polo con su cabeza. También las bodas eran primitivas en extremo. La futura novia subía a un caballo y huía al galope perseguida por sus pretendientes. El que le daba alcance y conseguía arrojarla al suelo se convertía en su esposo. Los kosh mataban a trabajar a sus esclavos y dejaban atrás sus cadáveres sin enterrarlos. Sin embargo, reían, bailaban, cantaban y tomaban un brebaje tan potente que los meros vapores mareaban a Katharina.

Durante aquellos meses, mientras observaba y escuchaba, la joven aprendió su lengua como en tiempos aprendiera el latín y el árabe, ya que ello podía garantizar su supervivencia y la de su hijo nonato.

Por fin, mientras los kosh pasaban el invierno en una meseta situada entre muros ruinosos erigidos por una raza olvidada, nació la criatura de Katharina, una niña de cabello rubio que con su primer llanto resquebrajó la pared de piedra que la joven había construido alrededor de su corazón. La llamó Adriana en honor a su padre, y a medida que transcurrían los días y las semanas, mientras amamantaba a la pequeña y le cantaba, Katharina sintió que su pena empezaba a derretirse, dando paso a un júbilo inesperado. La hija de Adriano, con cabello suave como el vellón.

Pero el bebé nació demasiado menudo y luchaba por sobrevivir. La leche de Katharina se secó muy pronto, por lo que se vio obligada a robar de nuevo comida.

Cuando el jefe y la mujer acudieron para inspeccionar a la recién nacida y vieron su cabello dorado, asintieron con aire satisfecho, y Katharina oyó otra vez la palabra Zhandu. Supo que tanto a ella como a su hija las esperaba un destino especial.

Mientras cruzaban las Montañas del Mayor Dolor de Cabeza, los kosh acamparon en un paso rodeado de cumbres nevadas. Una noche oyeron un estruendo parecido al retumbar de un trueno, que alarmó a Katharina pero alegró sobremanera a sus captores. A la mañana siguiente emprendieron el camino a pie, escalando el paso hasta alcanzar el lugar de la avalancha. Se pusieron a escarbar frenéticamente en la nieve, una empresa ardua que requirió la participación de todos, prisioneros inclusive, hasta que por fin sus esfuerzos se vieron recompensados. Profiriendo gritos de júbilo, los tratantes de esclavos desenterraron los cadáveres y la carga de la infortunada caravana atrapada bajo el alud. En un principio, Katharina creyó que buscaban supervivientes, pero al localizar a una víctima aún viva en la nieve, la mataron a golpes, pues solo les interesaba el botín. Mientras presenciaba el obsceno saqueo y oía los gritos ahogados en petición de ayuda, sus captores despojaron a los muertos y los heridos de sus ropas y joyas, llevándose grandes riquezas, ya que la caravana procedía de China y transportaba oro y seda. Por fin reanudaron el viaje, pero tomando una ruta alternativa, pues aquel paso no quedaría despejado hasta la primavera, cuando la nieve se derritiera y las riadas del deshielo arrastraran consigo los cadáveres de hombres y bestias.

Durante su estancia con los kosh, Katharina vio cosas bellísimas y cosas terribles mientras los observaba con los ojos de dos personas distintas: la Katharina que se maravillaba ante la diversidad del mundo y la Katharina que sostenía a la hija de Adriano contra su pecho y lloraba en silencio.

Solo intentó escapar una vez. En un cruce de caminos pasaron junto a un inmenso campamento cuyos integrantes abrevaban a cientos de caballos, camellos y ponies de carga, y donde el humo de mil hogueras se elevaba cálido hacia el cielo. Cuando sus peligrosos captores instalaron su propio campamento río arriba, tal vez a unos quince kilómetros de la encrucijada, Katharina esperó hasta que todos se durmieron, se escabulló sigilosamente de la tienda de las prisioneras, desató un caballo y se puso en marcha con Adriana bien sujeta a su pecho.

Le dieron alcance a pocos metros del perímetro del campamento, la arrastraron de vuelta y le propinaron una paliza en presencia de todos. A partir de entonces, cada vez que la caravana se acercaba a otros viajeros o asentamientos, alguien se llevaba a Adriana lejos de ella y no se la devolvía hasta que volvían a ponerse en marcha; de ese modo se aseguraban de que Katharina no intentaría fugarse otra vez.

Atravesaron las dunas entre doradas y rojizas del maldito Takla Makan, donde numerosos espejismos y sonidos sobrecogedores atraían a viajeros desprevenidos a la muerte. Las arenas cambiaban con tal rapidez e imprevisibilidad que los senderos desaparecían constantemente, por lo que las gentes que pasaban por allí erigían torres de huesos de animales a fin de marcar el camino para los siguientes. Las torres que construyeron los kosh eran estructuras de huesos humanos. La caravana avanzaba serpenteante por brumosos barrancos fluviales y cruzaba elevados pastos barridos por el viento. En pleno verano solo viajaban de noche, mientras que en invierno debían enfrentarse a la nieve y los glaciares.

Transcurrieron otros dos años antes de que los kosh alcanzaran su destino, un rincón remoto en lo alto de las montañas, muy alejado de la Ruta de la Seda, donde unos centinelas montaban guardia en extrañas torres de piedra. Cuando por fin llegaron al final del viaje, al pie de una misteriosa meseta envuelta en nubes, adonde, según decían, ningún forastero podía llegar, Katharina llevaba con ellos casi cuatro años. El cabello volvía a caerle por la espalda, y tenía veintitrés años. Su hija Adriana tenía tres.

El camino a Zhandu era un paso montañoso cada vez más estrecho y empinado. Avanzaban en fila india a lo largo del peligroso sendero, flanqueado a ambos lados por sendos precipicios cuyas paredes eran de roca color hierro. Al final del camino se alzaba una imponente y gruesa puerta de madera coronada por pinchos y custodiada por hombres armados con lanzas. No existía otra entrada a la meseta que aquella puerta, y solo podían entrar quienes tenían el permiso del Gobernante Celestial. Por esa razón, Zhandu llevaba siglos aislado del resto del mundo.

Una vez se le franqueó el paso, la caravana kosh siguió hasta cruzar el Puente Celestial, una maravilla de la ingeniería, de mármol y granito, colocada sobre enormes pilones entre los que fluía un río de agua color esmeralda y espuma blanca, muy caudaloso a causa del deshielo. Allí se extendía una meseta que producía la sensación de hallarse en la cima del mundo, un llano inmenso salpicado de árboles verdes y campos fértiles. Katharina abrió los ojos de par en par al ver hectáreas y más hectáreas de fruta, flores y pastos, pues jamás había contemplado nada que se asemejara tanto al Edén. En el centro de tan fabulosa frondosidad se alzaba una ciudad de cúpulas, chapiteles y murallas blancas que parecía ondular bajo el sol cegador.

Los kosh acamparon en el llano a la sombra de las cúpulas turquesa y las torres de cristal erigidas tras las murallas inexpugnables de Zhandu. No se permitía la entrada a cualquiera; de hecho, miles de personas acampaban en la llanura y solo podían contemplar maravillados una ciudad a veces envuelta en nubes tan bajas que parecía flotar entre ellas.

Cuando un representante de la ciudad salió al encuentro del jefe kosh para darle la bienvenida, Katharina preguntó a una de las mujeres qué querían de Zhandu los kosh y todos los demás mercaderes acampados en el llano. ¿Por qué merecía la pena realizar un viaje tan largo y peligroso hasta aquel lugar aislado en el fin del mundo? Según la concisa respuesta de la mujer, los zhandu poseían mucha más riqueza de la que necesitaban, pagaban cualquier precio que se les pedía y nunca regateaban. Cuando vio yaks cargados con pilas de magníficas pieles blancas, y le dijeron que eran el pago por ella, recordó cuánto valor poseían esas pieles, llamadas armiño, en Constantinopla e incluso en Europa, y quedó asombrada de que las entregaran con tanta ligereza, como si de hogazas de pan se tratara. Sus captores estaban en lo cierto. A todas luces, los zhandu pagaban cualquier precio que se les pidiera, por muy exorbitante que fuese, sin importarles si era justo o no.

Montaron a Katharina sobre una mula con Adriana sobre su regazo, y ataron el animal al camello del representante, que se desplazaba en una litera con cortinas para que nadie pudiera verlo. Iban acompañados de cien guardias ataviados con uniformes idénticos compuestos por pantalones azules, chalecos color escarlata y turbantes amarillo canario. Cuando la peculiar procesión cruzó las imponentes puertas de la ciudad, Katharina miró por encima del hombro y vio que los kosh se disponían ya a partir, sin duda ansiosos por regresar a la civilización y vender las pieles con enormes márgenes de beneficio.

No las llevaron muy lejos, sino que al poco un grupo de sirvientes vestidos de azul y rojo, y calzados con peculiares zapatillas de puntera curvada, las bajaron de la mula. Desde allí las condujeron hasta una puerta de la muralla, donde fueron entregadas a un chambelán de ropas suntuosas que sin decir palabra las llevó por un largo pasillo, las hizo subir tres escaleras curvadas, las condujo por más pasillos, bajo arcadas y por puertas mucho más bajas que un hombre hasta que por fin las dejó, sin ceremonial alguno, en un jardín que contenía los pájaros más peculiares que Katharina había visto en su vida, enormes criaturas rosadas que se sostenían sobre una sola pata.

De la nada apareció una mujer de aspecto notable que flotaba en un mar de sedas. Poseía el rostro chato y los ojos rasgados de los kosh, así como una sonrisa a la que le faltaba un diente. Lucía el más espectacular de los peinados, consistente en largos mechones rojos peinados en dos enormes ruedas a ambos lados de la cabeza con lazos de colores y adornos de plata, oro y perlas. Los bordados de su vestido de seda eran impresionantes, incluso para Katharina, que conocía las exquisitas labores de aguja que se realizaban en el palacio del sultán. El pavo real turquesa y oro que ornamentaba el vestido de aquella mujer parecía a punto de exhibir su plumaje y echar a andar.

Llegó con una expresión alegre y esperanzada pintada en el rostro, pero al ver el largo cabello rubio de Katharina y mirarla a los ojos, frunció el ceño y profirió una exclamación despectiva antes de girar sobre sus talones, dispuesta a marcharse.

—¡Por favor, señora! —suplicó Katharina en la lengua de los kosh.

La mujer se volvió hacia ella con asombro.

—¿Hablas nuestra lengua?

—Llevo cuatro años con vuestro pueblo —explicó Katharina, deduciendo por el aspecto de la mujer que pertenecía a la raza de los kosh—. Os lo ruego, ¿podemos marcharnos mi hija y yo?

La mujer se la quedó mirando como si estuviera loca, hizo un gesto impaciente con la mano y se alejó flotando en su nube de seda.

Katharina se volvió hacia el chambelán, que llevaba una larga túnica de seda escarlata y un pequeño sombrero negro del mismo material.

—Debo irme —aseguró—. No podéis tenerme encerrada aquí.

El hombre la miró con igual expresión que la mujer.

—Puedes irte —dijo con indiferencia—. A la Hermana Suprema no le sirves.

También hablaba kosh, si bien una variante que a Katharina le llevó unos instantes comprender.

—¿Puedo irme? —repitió, parpadeando por el asombro—. ¿Puedo marcharme de Zhandu con mi hija? ¿Ya no somos prisioneras?

—Debes irte. No tenemos prisioneros y no nos agradan los invitados —espetó el hombre con la nariz arrugada como si percibiera algún olor nauseabundo—. Los guardias te llevarán de vuelta a las puertas de la ciudad.

—¿Ahora? Pero no tenemos dinero ni comida.

—Eso no es de nuestra incumbencia.

—Entonces, ¿por qué nos han traído hasta aquí?

El chambelán agitó la mano con ademán desdeñoso.

—Una equivocación —repuso vagamente—. Te irás ahora mismo.

Katharina lo vio marcharse e intentó protestar, pero de inmediato unos hombres ataviados con el uniforme de los centinelas la obligaron a abandonar el jardín. No se mostraban amenazadores como los guardias y los eunucos del palacio del sultán, pero sí se comportaban con la impaciencia de quien no quiere que su almuerzo se retrase.

—La gente que me trajo hasta aquí —intentó razonar con ellos— ya se ha marchado. No lograré alcanzarlos. ¿Qué será de mi hija y de mí?

Pero los hombres siguieron empujándolas, hasta que por fin Katharina alzó en volandas a Adriana y echó a correr por un largo pasillo que parecía conducir a otros pasillos. Al mirar atrás comprobó que los guardias habían desaparecido.

Miró a su alrededor desconcertada. ¿Qué sería de ellas? No podían marcharse ni tampoco quedarse.

—Mamá —musitó Adriana antes de apoyar la cabeza en su hombro.

Katharina se dio cuenta en aquel momento de que la experiencia había fatigado a su pequeña. La pobre Adriana, tan menuda al nacer y aún ahora, a los tres años, por causa de la vida dura y llena de privaciones que habían llevado con los kosh. Puesto que sus captores no se habían molestado en darles de comer aquella mañana, sin duda considerando que sería desperdiciar la comida ya que de todos modos iban a venderlas a los zhandu, Adriana estaba más débil de lo habitual. Katharina concluyó que debía encontrar un lugar para ocultarse durante la noche y decidir a la mañana siguiente qué podían hacer.

Tras deambular por innumerables pasillos, descubrió que el palacio de Zhandu era como una colmena abarrotada de elegantes cortesanos, tanto hombres como mujeres, lo cual contrastaba de forma radical con la segregada sociedad de Constantinopla. Todos ellos poseían las facciones asiáticas y el cabello rojo de los kosh, de modo que Katharina se preguntó si ambas razas descenderían de los mismos antepasados. Los hombres lucían estrafalarios sombreros del tamaño de ruedas de carro, con ribetes de piel y coronas altas y puntiagudas. Las mujeres llevaban tocados increíblemente complicados, cada uno más impresionante que el anterior. Todos ellos parecían tener un propósito en sus idas y venidas, pues llevaban papeles y libros, instrumentos musicales y bandejas de comida, y nadie prestó la más mínima atención a la andrajosa mujer que sostenía en brazos a una fatigada niña.

Procurando eludir a los centinelas y a cualquiera que pudiera expulsarlas de la ciudad, Katharina recorrió numerosos pasillos de mármol pulido hasta que por fin llegó a lo que parecía un ala desierta.

Allí dio con una puerta en cuyo dintel se veían telas de araña, y pensando que se trataba de una estancia abandonada y por tanto ideal para esconderse, la abrió y entró.

La luz entraba a raudales por unas ventanas altas y estrechas, iluminando una torre de piedra circular llena, de suelo a techo, de armas de toda índole. Había espadas, lanzas, hachas, jabalinas, arcos, flechas y muchas clases de cotas de malla y armaduras. Sin duda había dado con un arsenal, pero aquel tenía algo extraño, pues aparecía cubierto de una gruesa capa de polvo y festoneado de telarañas, como si llevara décadas en desuso.

Katharina se acercó a una ventana para mirar al exterior. Al pie del muro de piedra se abría un precipicio de unos trescientos metros hasta la llanura, que se extendía hasta el horizonte. A cada lado de ella, las agrestes montañas perforaban el cielo con sus cumbres envueltas en nieves eternas. Recordando que le habían contado que el paso montañoso era el único acceso posible a Zhandu, Katharina se dio cuenta de que ningún enemigo podría atacar aquel reino, que probablemente nadie lo había intentado desde hacía generaciones y que, por tanto, los ciudadanos de la fabulosa ciudad llevaban siglos sin ver a un solo invasor ni hacer la guerra.

Encontró unas capas de lana guardadas en un baúl, así como unos yelmos antiguos que, envueltos en la lana, hacían las veces de almohadas. Dejó a Adriana en el arsenal tras ordenarle que no tocara nada y caminó hasta un pasillo donde recordaba haber visto lo que parecía ser un altar dedicado a una diosa. La estatua que ocupaba el nicho era una mujer esbelta de ojos de paloma y sonrisa compasiva, a cuyos pies los fieles habían dejado velas encendidas y comida. Al advertir cierto parecido con la Virgen María, Katharina murmuró una plegaria antes de llevarse parte de la comida y una vela, convencida de que la diosa lo comprendería.

Ella y Katharina se hartaron de higos y pastelillos que regaron con una pequeña jarra de lo que parecía zumo de fruta tibio. Después de comer, Katharina llevó a cabo el ritual que iniciara tras el nacimiento de Adriana. Sacó la pintura de santa Amelia y el camafeo de Badendorf, y contó a Adriana la historia de su vida. Habló de Hans Roth, de Isabella Bauer y los demás habitantes de su pueblo, de la familia que los esperaba allá donde estuviera el cristal azul, un abuelo para Adriana, y quizá muchos primos, porque Isabella había mencionado a los hijos del noble, quienes sin duda se habrían casado y tendrían hijos.

—¿Cómo te llamas? —preguntaba Katharina a su hija todas las noches.

—Adriana von Grünewald —respondía siempre la pequeña.

Al ver los bostezos de su hija, Katharina supo que había llegado el momento de contarle un cuento para ayudarla a conciliar el sueño, ya que Adriana despertaba a menudo a causa de pesadillas pobladas por los kosh.

—Érase una vez… —empezó.

Katharina había enseñado a Adriana la lengua de sus captores porque algún día podría garantizar su supervivencia, de modo que esa noche le contó en kosh la historia de Amelia y el cristal azul. Pero como Katharina nunca había oído hablar de santa Amelia antes del día en que murió su madre, y por tanto no conocía la verdadera historia de la santa, inventó una.

—Érase una vez una señora bondadosa y amable que se llamaba Amelia y vivía en el bosque cerca de Badendorf. Amelia era muy pobre y solo poseía un tesoro, un cristal azul perfecto que Jesús le había dado un día que caminaba hambriento por el bosque y Amelia le dio pan y salchichas. En el castillo de lo alto de la montaña vivía un rey malvado que codiciaba el cristal azul…

Sin que las fugitivas escondidas en el arsenal abandonado lo supieran, un anciano calzado con babuchas blancas y ataviado con una larga túnica del mismo color deambulaba por los pasillos de palacio y, al oír una voz, se acercó movido por la curiosidad y aplicó el oído a la puerta para escuchar. Al oír las palabras «Y Amelia y el apuesto príncipe fueron felices y comieron perdices», entró en la estancia y aplaudió.

Katharina alzó la mirada con un sobresalto.

—Cuenta otra historia —pidió en el dialecto kosh propio de los zhandu antes de sentarse en el suelo con las piernas cruzadas.

Katharina se quedó mirando al intruso. Era muy anciano, de cabeza perfectamente redonda, como una naranja, y calvo a excepción de una franja de cabello blanco. Sus ojos eran rasgados como los de los kosh y parecían siempre entornados, como si sonriera, aunque no era así. Todo en él parecía redondo, desde el vientre redondeado bajo la túnica hasta la punta de la nariz redondeada, a juego con las mejillas redondeadas que se levantaban cada vez que sonreía sin motivo aparente. ¿Sería un retrasado mental?

—Otra historia —repitió el anciano con más terquedad.

Katharina miró a Adriana, que observaba a su peculiar invitado. Durante su breve vida, pasada por entero entre los kosh, había aprendido a guardar silencio en presencia de desconocidos y no llamar la atención.

Al comprender que el hombrecillo no se marcharía hasta que escuchara otro cuento, Katharina se decidió por la historia de Edipo y la Esfinge, una historia muy corta, con la esperanza de que después se fuera.

Pero cuando Edipo descubrió el enigma, el anciano aplaudió, lanzó una carcajada que dejó al descubierto sus encías desdentadas y pidió otro cuento. Cuando Katharina objetó que su hija estaba cansada, el hombre se puso de mal humor, y aunque la joven le aseguró que estarían encantadas de que volviera al día siguiente, empezó a gritar, atrayendo a unos guardias que aparecieron como por ensalmo.

Katharina se levantó de un salto con Adriana en brazos y se apartó cuanto pudo de las lanzas de punta dorada. El anciano parloteaba tales incoherencias que Katharina no entendía nada, y de pronto, otra persona se materializó en el arsenal, por lo que la joven se preguntó si habrían estado registrando el palacio en busca del anciano.

Era la mujer del jardín, a la que el chambelán había llamado Hermana Suprema, ahora ataviada con una túnica de seda en la que se veían bordadas unas flores tan llamativas que Katharina las creyó capaces de atraer a las abejas.

—¿Por qué sigues aquí y por qué perturbas a mi hermano? —quiso saber.

—No teníamos adónde ir...

La mujer espetó una orden a los guardias, que avanzaron un paso.

—Os lo ruego, señora —imploró Katharina—. Dejad que nos quedemos un rato más. Mi hija no está bien.

—Eso no es de mi incumbencia —refunfuñó la mujer.

—¡Sí lo es! Los kosh me trajeron hasta aquí y me vendieron a vos.

—Sí, pero no me sirves, así que tendréis que marcharos.

—¡No puedo irme! ¡Mi hija no está bien!

Los ojos rasgados observaron a Adriana.

—¿Qué le pasa?

—Los kosh no nos alimentaban como es debido; tan solo nos daban los restos que ni siquiera sus perros querían. Mi pequeña no comió lo suficiente cuando era bebé, y tengo que conseguir que se reponga.

—Los kosh son unos cerdos —sentenció la mujer en kosh—, pero aun así, debes irte.

—Puedo trabajar para pagar nuestro sustento —se apresuró a asegurar Katharina, desesperada—. Bordo muy bien.

—¡Bah! Tengo un montón de bordadoras. Yo misma bordo, y mejor que tú, me atrevería a afirmar.

Cuando se disponía a salir, su hermano la retuvo tirándole de la manga y le susurró algo al oído. La Hermana Suprema se volvió de nuevo hacia Katharina con los ojos entornados.

—Mi hermano dice que cuentas historias. ¿Qué clase de historias?

Katharina se puso de inmediato a la defensiva. ¿Constituirían los cuentos un delito en aquel lugar?

—Cuentos infantiles, romances. No prentendía hacer ningún mal.

—Cuéntame una.

¿Qué clase de personas eran aquellas que tenían miedo de las historias?

—Pero si no son más que cuentos inofensivos, señora.

—Quiero oír uno.

Para sorpresa de Katharina, la mujer cruzó las piernas y se sentó en el suelo como había hecho el anciano.

Buscó el cuento más inocuo que conocía a fin de evitar cometer alguna ofensa por la que ella y Adriana pudieran acabar en una mazmorra. Eligió la historia de Simbad y al instante tenía un público extasiado compuesto por su hija, el anciano, la hermana de este y los guardias, que se acercaron para oír mejor. Cuando llegó al final, en el que Simbad logra el tesoro de los ladrones, todos se echaron a reír y aplaudieron, desde Adriana hasta el más fiero de los centinelas.

La actitud de la Hermana Suprema cambió de inmediato.

—Excelente —alabó con una sonrisa que iluminó su rostro redondo—. Cuenta otro.

—Pero señora, mi hija está cansada y débil... Las dos estamos exhaustas.

—Uno más y podréis dormir.

Para cuando Katharina llegó a la mitad del cuento de la tortuga y la liebre, Adriana ya dormitaba entre sus brazos, pero su peculiar público seguía atento y fascinado, sin apenas respirar ni pestañear, pendiente de cada palabra. Cuando acabó, todos rieron y vitorearon a la mañosa tortuga.

Katharina quedó asombrada ante la reacción de aquellas personas a cuentos que ella creía universales. En su hogar, solo podían contarse esos cuentos a los más pequeños, ya que todos los demás se aburrían y pedían historias nuevas. ¿Acaso el aislamiento autoimpuesto de Zhandu había provocado un vacío de cuentos nuevos? ¿Acaso se habían aburrido de los suyos y anhelaban conocer nuevos mitos y leyendas como otros anhelan poseer oro y beber vino?

La Hermana Suprema se levantó.

—Puedes quedarte; nos contarás historias.

El corazón de Katharina brincó esperanzado.

—¿Tendremos una habitación para nosotras solas?

—Mientras tengas historias que contarnos.

—¿Y comida para mi hija?

La mujer volvió a entornar los ojos y por fin arrugó la nariz.

—Está muy canija y necesita engordar. Si nos cuentas buenas historias, dispondrás de unos aposentos cómodos, buena ropa y comida en abundancia —afirmó con una carcajada—. Mi hermano está muy contento —prosiguió al tiempo que palmeaba el brazo del anciano— y se asegurará de que tú también lo estés... Vivirás con nosotros para siempre.

El alivio de Katharina se trocó en pánico.

—Pero debo ir a Jerusalén...

—¿Eh? ¿Dónde está eso?

Por un instante, Katharina permaneció muda de asombro. ¡Pero si todo el mundo había oído hablar de Jerusalén!

—Es una ciudad... —empezó, pero un gesto impaciente de la mujer la hizo callar.

—Cuando ya no te queden historias que contar, podrás irte.

—Necesitaré dinero para el viaje.

—Tenemos dinero de sobra —resopló con indiferencia la Hermana Suprema—. Si nos cuentas tus historias, te marcharás de aquí convertida en una mujer rica.

Fue así como Katharina supo que las dos personas a las que había contado cuentos aquella noche eran el Gobernante Celestial, rey de Zhandu, y Rosa de Verano, su hermana.

La primera velada narrativa, cuando los guardias las escoltaron a ella y Adriana a los aposentos reales, Katharina se llevó un buen susto. Allí no solo estaban el rey y su hermana, sino un público compuesto por cientos de personas.

Sin embargo, no se arredró, pues era lo mismo contar un cuento a un solo niño que a trescientos adultos. Lo importante era captar su interés, darles un héroe, mantenerlos en vilo y por fin recompensarlos con un final satisfactorio. Mientras desgranaba las historias, unos escribas sentados a ornamentadas mesas labradas con pergamino, plumas y tinta las plasmaban en la intrincada caligrafía de Zhandu. Más tarde, según le dijeron, las copiarían y las distribuirían por todo el reino para que otros cuentacuentos las leyeran a los ciudadanos de los confines más alejados.

Katharina contó al Gobernante Celestial y su corte historias de los bosques de su tierra natal, y cuando se le agotaron los cuentos populares alemanes, echó mano de las vidas de Jesús y los santos antes de recurrir a las historias sobre Mahoma que había oído en Constantinopla. Los predilectos de la corte eran los cuentos poblados de seres míticos como ranas parlantes, burros danzarines, caballos voladores y ogros que se agazapaban bajo los puentes para coger desprevenidos a quienes los cruzaban. También les encantaban los milagros y las maldiciones. Cada noche deleitaba a su cada vez más numeroso público, y cada día recibía la recompensa prometida de una moneda de oro, comida en abundancia y libertad de movimientos por la ciudad. De ese modo, Katharina descubrió que la gente era igual en todas partes, ya fueran campesinos en una granja de Alemania o hechiceros en un ancestral reino de las montañas, pues las gentes de

Zhandu reían cuando un ratón engañaba a un gato, lloraban cuando una hermosa heroína moría y vitoreaban cuando los héroes apuestos salían victoriosos. Proferían exclamaciones de horror cuando la Reina Malvada creía estar comiéndose el corazón de Blancanieves, gritaban «¡Cuidado!» cuando la pequeña Caperucita Roja se topaba con el lobo en los bosques, se estremecían cuando Katharina describía los inmensos y tenebrosos bosques poblados de ranas y ogros malvados, abucheaban cuando el mezquino zorro afirmaba que las uvas debían de estar agrias y aplaudían cuando el heroico Sigfrido arrebataba el tesoro mágico a los nibelungos. Pero su cuento predilecto fue el de la muchacha a quien su madre moribunda instaba a ir en busca de su padre y que durante su viaje vivía increíbles aventuras y grandes tribulaciones. Al ver que Katharina no acababa el cuento, todos le preguntaron si la joven encontraba por fin a su padre, y cuando les respondió que era su historia, convinieron en que era la mejor de todas.

Por primera vez desde su estancia en el campamento a orillas del río verde esmeralda, Katharina conoció la felicidad. Zhandu era un magnífico escenario de cumbres nevadas y valles verdísimos, cúpulas doradas y chapiteles de marfil. Todas las cosas poseían nombres fascinantes, como Puerta de Jade, Palacio de la Felicidad Celestial o Salón de las Contemplaciones Gozosas. Los escasos visitantes que llegaban del mundo exterior eran llevados ante el Espejo de las Verdades Ocultas, y un mago, el *wu*, que en la lengua ancestral de Zhandu significaba «hechicero», examinaba el reflejo para juzgar la sinceridad de la persona. Cada noche, un ejército de cocineros creaban auténticas maravillas culinarias, como torres de algodón de azúcar, mazapán en forma de flores y animales, pasteles multicolor que se deshacían en la boca, exóticas y caras huevas de pescado, traídas en arduos viajes desde el lejano norte y dispuestas sobre rebanadas de delicado pan y exquisitas galletas, vino enfriado en la nieve y bajado de las montañas…

Al llegar a Zhandu con los kosh, Katharina se había asombrado al ver la gran cantidad de pieles de armiño que sus captores cobraban por ella, y se había preguntado si los habitantes de Zhandu serían tan ricos que nada les importaba el dinero. Sin embargo, ahora sabía que el mundo exterior no tenía nada especial que ofrecerles, pues disponían de árboles cargados de fruta todo el año, inmensos campos de cereales y hortalizas, caza en abundancia, un bosque entero de abejas productoras de miel, agua saludable que brotaba de manantiales perennes... Se permitía la entrada a pocos forasteros y aun a menos comerciantes. Cuando se presentaban ante las puertas de la ciudad, unos emisarios salían a su encuentro para inspeccionar sus mercancías, pero casi siempre regresaban con las manos vacías. Zhandu poseía toda la seda, joyas, manjares y vino que podía desear.

Pero carecían de historias. Por primera vez en muchas generaciones, una forastera aportaba algo nuevo.

Katharina y su hija fueron alojadas en fabulosos aposentos, con inmensos lechos cubiertos con colchas de seda, y recibieron ropa y joyas nuevas, además de comida en abundancia y libertad para moverse por la ciudad..., siempre y cuando estuvieran de regreso en palacio cada noche a la hora del cuento para el Gobernante Celestial. Adoptaron los modos y costumbres de Zhandu, y así fue como Katharina descubrió el secreto de los increíbles peinados de las mujeres. Primero se confeccionaban estructuras de jade muy fino que se fijaban al cuero cabelludo y sobre ellas se peinaba el cabello largo antes de agregar rizos y trenzas a fin de disimular el jade y producir la impresión de que el tocado se sostenía por sí solo. El conjunto se aseguraba con largas varillas de marfil que parecían agujas de tricotar. Madre e hija llevaban largas túnicas de seda y babuchas de puntera curva, y cada noche, después del cuento, Katharina contaba su creciente fortuna mientras pensaba en el día que pudieran reanudar su viaje.

Cuanto más se adaptaban a la vida en aquel peculiar reino, más remitían las pesadillas de Adriana, recuerdos de un hombre inmolado por diversión, de tener que pelearse con los perros por la comida, de ser apartada de su madre como castigo... Asimismo, la niña empezó a crecer y hacerse más fuerte. El médico de la corte la examinó y dictaminó que padecía un mal de la sangre a causa de la malnutrición en el seno materno, por lo que le recetó un té especial de Zhandu que, junto con el agua, mágica en palabras de Rosa de Verano, y el aire tan puro a causa de la altitud, poseía magníficas propiedades curativas.

Sin embargo, el médico le advirtió que la niña correría peligro si se marchaba, ya que su salud dependía de Zhandu y empeoraría en cuanto se alejara de la saludable influencia del lugar. Katharina se tomó muy en serio la advertencia, sobre todo porque, tras una vida plagada de amenazas, durante la cual había creído en más de una ocasión que su hija no saldría adelante, veía que allí, en Zhandu, Adriana estaba a salvo por fin. Por primera vez conocía la estabilidad y un hogar, como Katharina cuando era niña, con Isabella Bauer en Badendorf. ¿Tenía su madre derecho a arrebatarle eso?

Así pues, cada noche, cuando Adriana ya estaba dormida y en el palacio reinaba el silencio, Katharina se sentaba a la luz de una lámpara para contemplar la miniatura de santa Amelia y el cristal azul. Jerusalén se le antojaba muy lejano, como si no existiera, y hacía casi veinticinco años que su padre había dejado a su hija recién nacida al cuidado de una modista pobre. ¿Seguiría con vida a aquellas alturas?

Cuando llevaban un año en Zhandu y Katharina contaba sus monedas de oro en un intento de decidir si tenían suficiente para marcharse, Rosa de Verano acudió a sus aposentos.

—Ven conmigo.

En un gesto mecánico, Katharina alargó la mano para asir la de Adriana, pero Rosa de Verano le indicó que no lo hiciera.

—Deja a la niña aquí; lo que vas a ver la asustaría.

Sin embargo, Katharina nunca iba a ninguna parte sin su hija, de modo que ella y Adriana fueron conducidas por un pasadizo que no conocían hasta una parte del palacio que Katharina no había visitado. Al llegar ante una puerta cerrada y custodiada, Rosa de Verano se volvió hacia ella con expresión muy seria.

—En el primer momento te asustará, pero no te hará daño.

—¿A quién voy a conocer, señora?

—A mi hijo, el príncipe heredero de Zhandu.

Katharina quedó asombrada, pues nunca había oído mencionar a ningún príncipe heredero. Más la sorprendió todavía que la hicieran cruzar otras dos puertas cerradas y vigiladas hasta llegar a la estancia más impresionante que había visto en su vida.

Era una sala ciega, sin ninguna ventana que perforara las paredes, por lo que en ella no entraba ni un solo rayo de sol. Estaba iluminada por cien lámparas colgadas de los altos techos y numerosos candelabros de pared. Coronaba la inmensa habitación una gran cúpula pintada de azul con nubes blancas. Buena parte del suelo estaba ocupada por un estanque lleno de peces de colores, e incluso había una magnífica garza real vadeando entre los juncos. Varios árboles crecían en enormes macetas, y alrededor del estanque había arbustos y flores de todas clases, produciendo la impresión de estar al aire libre a pesar de que no era así. También crecía césped aquí y allá, y había senderos enlosados que serpenteaban por la habitación. Precedidas por Rosa de Verano, Katharina y Adriana llegaron a un encantador pabellón idéntico a los que salpicaban los jardines exteriores, un lugar alegremente iluminado por numerosas lámparas. Katharina no daba crédito a lo que veía. Entre los arbustos pastaban gacelas, y un pájaro voló sobre su cabeza, sobresaltándola. Era como si, por alguna razón inescrutable, el mundo exterior se hubiera trasladado al interior.

—Mantén la calma —advirtió Rosa de Verano—. Al principio asusta a la gente, pero te aseguro que es inofensivo.

Katharina se preguntó si aquella sería una especie de cárcel donde permanecía encerrado el príncipe heredero, apartado del sol y de las miradas de sus súbditos, y en tal caso, cuál habría sido su delito. Asió la mano de Adriana con más fuerza y con mucho retraso puso en tela de juicio la sensatez de haberla llevado hasta allí.

El príncipe se llamaba Lo-Tan, que significaba «Dragón Fiero», y Rosa de Verano explicó a Katharina que cada noche, mientras ella contaba sus historias a la corte de Zhandu, el príncipe permanecía oculto tras una rejilla para escuchar, pero que ahora deseaba conocerla en persona.

Rosa de Verano le dijo también que su hijo era la razón por la que Katharina había sido llevada hasta Zhandu, pues el Gobernante Celestial había emitido una petición para encontrar a una mujer que encajara en cierta descripción con intención de desposarla con el joven. Cuando apareció Lo-Tan, Katharina comprendió de inmediato por qué Rosa de Verano la había rechazado nada más verla, ya que mientras que ella era rubia y de tez pálida, su colorido nada tenía que ver con la blancura del joven, quien de hecho era tan incoloro que se ajustaba a lo que Katharina había oído denominar «albino».

¿Le habían puesto su nombre con la esperanza de que algún día se convirtiera en un fiero dragón? A Katharina le recordaba una paloma, una paloma blanca e inmaculada, suave, delicada, del color de la nieve. Fueron sus ojos lo que más cautivó a Katharina, unos ojos de pupilas rojas rodeadas de iris rosados que la miraban con seguridad y firmeza desde un rostro iluminado por una sonrisa amable, desarmante.

Antes de que Katharina pudiera devolverle el musitado saludo, Adriana se zafó de la mano de su madre y, en lugar de salir huyendo, como había temido Rosa de Verano, corrió hacia el príncipe y le tiró de la pernera del pantalón de seda amarilla.

—¿Eres un conejo? —le preguntó.

—¡Adriana! —la regañó su madre.

Pero el príncipe se limitó lanzar una carcajada y apoyar una rodilla en el suelo para poder mirar a la pequeña fijamente.

—¿Tengo aspecto de conejo?

Adriana lo observó con el ceño fruncido.

—Bueno, no tienes orejas de conejo.

—Es porque no las llevo siempre —explicó el joven con una sonrisa.

—¿En serio? —exclamó Adriana con entusiasmo—. ¿Y dónde las guardas?

Lo-Tan se levantó y se volvió hacia Katharina.

—¿Me haría la joven dama el honor de contarme una historia? —pidió con voz suave como una nube esponjosa.

Cuando Katharina se ruborizó y repuso que el honor sería suyo, Rosa de Verano sonrió con los ojos inundados de lágrimas de alivio y gratitud.

Katharina y Adriana pasaban las tardes en el fascinante jardín interior, descubriendo más estanques y cascadas, más pájaros volando en libertad y numerosos ciervos domesticados. Puesto que los médicos reales habían advertido a la familia que la exposición a la luz solar podía perjudicar o quizá incluso matar al príncipe, Lo-Tan nunca salía de aquella estancia, pero a Katharina no le importaba, ya que hallaba paz y tranquilidad en su presencia, y a Adriana, a quien Lo-Tan puso el mote de Pulga Feliz, le encantaba jugar en su país de las maravillas.

Dragón Fiero confesó tímidamente a Katharina que su nombre le resultaba poco apropiado y difícil de pronunciar, de modo que dio en llamarla Wei-Ming, que significaba Loto Dorado. Por ello, una tarde, cuando Rosa de Verano acudió al Jardín de los Reflejos Pacíficos, se dirigió a ella como Loto Dorado para decirle:

—Estás pensando en marcharte.

Katharina advirtió la tristeza en el rostro redondo de la mujer y se dio cuenta de que le había cobrado gran afecto y la echaría mucho de menos.

—Sí. He reunido suficiente dinero para que me acepten en una caravana que me lleve a Jerusalén.

—¿Y te llevarás a tu hija contigo?

Katharina no respondió enseguida, pues aún no lo había decidido. Adriana tenía ya cinco años y era una niña sana y feliz con muchos amigos, entre ellos Dragón Fiero, su favorito. De hecho, era una presencia tan alegre en la corte, con sus túnicas de seda en miniatura, su cabello dorado retorcido en forma de divertidos chapiteles y su incesante parloteo en perfecto kosh, como si hubiera nacido allí, que era la favorita de todos. Pero Katharina había advertido desde el principio que su estancia sería temporal, que algún día tendrían que marcharse.

—Voy a hacerte una propuesta —prosiguió Rosa de Verano con amabilidad, pues comprendía el dilema de la joven, reacia a dejar atrás a su pequeña para emprender un viaje largo e incierto—. Este Jerusalén del que hablas está muy lejos, y durante el viaje pueden sucederte muchas cosas. Te han raptado y vendido en dos ocasiones, de modo que puede ocurrirte de nuevo. Si dejaras a Pulga Feliz aquí, quedaría huérfana en tal caso, pero si la llevaras contigo podría morir, ser vendida como esclava o, en el mejor de los casos, volver a enfermar en cuanto se alejara del saludable influjo de Zhandu.

Katharina asintió con un gesto; Rosa de Verano no le estaba diciendo nada que ella no hubiera considerado ya. Por lo visto, no había solución posible. Tenía que marcharse, no podía abandonar a su hija ni tampoco llevarla consigo.

Entonces Rosa de Verano pronunció unas palabras que, por una vez en su vida, dejaron a Katharina muda de estupefacción.

—Cásate con mi hijo, y entre todos encontraremos a tu padre... Nuestra dinastía necesita herederos sanos —se apresuró a añadir al ver que Katharina no respondía—. Ya ves que mi hermano carece de descendencia viva, y Lo-Tan es mi único hijo. Hace quince años, cuando Lo-Tan tenía doce, intentamos encontrar a una joven de sus mismas características, convencidos de que así debía hacerse. Sin embargo, ahora creemos que nunca encontraremos a una mujer como él.

Por fin, Katharina recobró el habla.

—Pero... no le amo.

Rosa de Verano se la quedó mirando sin comprender.

—¿Qué tiene que ver el amor con el matrimonio? Tampoco yo amaba al padre de Lo-Tan.

—Es que además ya estoy casada —musitó Katharina.

Rosa de Verano le dio unas palmaditas en la mano.

—Mi querida niña, el hombre que ocupa tu corazón murió; debes seguir adelante con tu vida. Es lo que él habría deseado, sin lugar a dudas. Dime, ¿no sientes al menos cariño por mi hijo?

—Oh, sí —asintió Katharina con sinceridad.

Había llegado a sentir un gran afecto por el delicado Lo-Tan. No existía hombre más bondadoso ni modesto en el mundo, y además, era tan bueno con Adriana...

—Si te casas con él —continuó Rosa de Verano—, podrás permanecer en Zhandu, y difundiremos comunicados, como ya hicimos cuando buscábamos a una mujer albina. Ya has podido comprobar las distancias que recorren las noticias. A fin de cuentas, te localizamos en las profundidades de Persia, ¿no es así? A buen seguro, también podremos alcanzar Jerusalén. Todas las caravanas pasan por aquí, y todos sus jefes conocen las riquezas que los aguardan si nos traen lo que buscamos. De este modo, Loto Dorado, no tendrás que separarte de tu hija, no tendrás que arrostrar los peligros de un viaje tan largo y arduo, y pese a ello encontrarás a tu padre.

—Debo pensarlo —repuso Katharina.

Aquella noche rezó a santa Amelia para pedirle consejo, sosteniendo la diminuta pintura que en algún confín del mundo tenía una pareja, otra miniatura de santa Amelia y su sagrado cristal azul, con toda probabilidad en manos de un noble europeo de barba dorada como una puesta de sol que esperaba la llegada de su hija. También rezó al espíritu de don Adriano, a quien amaría el resto de sus días, y por fin oró sobre la figura dormida de su hija, la pequeña Pulga Feliz, radiante de salud y libre al fin de pesadillas.

A la mañana siguiente, cuando el sol se filtraba entre los cortinajes de seda de su dormitorio, cuando oyó los susurros de los cortesanos, el gorgoteo de las fuentes y los gloriosos trinos de los pájaros, Katharina se preguntó cómo podía haber titubeado siquiera. Las palabras de Rosa de Verano habían sido sabias, ya que los comunicados de Zhandu llegaban a todos los confines de la tierra, y si alguien podía localizar a su padre, serían los emisarios procedentes de aquel reino engarzado entre las montañas.

Y al fin y al cabo, Katharina sentía afecto por Lo-Tan.

Así pues, accedió, y un hermoso día de verano, con todos los ciudadanos de Zhandu congregados para la celebración, Katharina Bauer von Grünewald de Badendorf, Alemania, madre del hijo de un caballero de la Hermandad de María, don Adriano de Aragón, España, contrajo matrimonio con el hijo albino del Gobernante Celestial y Rosa de Verano, el príncipe Lo-Tan, y de ese modo se convirtió en la princesa Wei-Ming de Zhandu.

De acuerdo con lo prometido, el Gobernante Celestial envió a numerosos hombres en busca de la piedra azul y del padre de Katharina, correos y emisarios con comunicados que prometían sustanciosas recompensas a quien pudiera proporcionar alguna información sobre la piedra azul, la propia piedra azul o un extranjero de barba dorada.

La noticia se propagó como un incendio a lomos de camellos y yaks, en boca de hombres que soñaban con las riquezas de Zhandu, a través de conversaciones en guarniciones, caravasares y cruces de caminos. Siempre que dos viajeros se encontraban junto a una hoguera, salían a colación el cristal azul de Zhandu y el extranjero de barba dorada. Como el viento susurrando sobre las dunas, los comunicados volaron por el mundo, hasta que al cabo de un año, la búsqueda arrojó sus primeros frutos. En la meseta que se abría ante las puertas de Zhandu aparecieron piedras azules de todas clases, algunas grandes como melones, otras pequeñas como guisantes. Las había de color azul real, azul cielo, azul verdoso, azul casi negro... Cada día, los guardias salían a recogerlas y llevárselas a Katharina para que las examinara, pero la recompensa nunca cambiaba de manos.

Por fin, el Gobernante Celestial mandó a sus artistas copiar el díptico de santa Amelia sobre papel resistente, pero aunque las reproducciones eran buenas, ninguna de ellas captaba el azul vivo del cristal, y además santa Amelia ofrecía un aspecto asiático. Aquellas pinturas salieron de Zhandu en forma de rollos con la promesa de una recompensa escrita sobre ellos en kosh, latín, árabe y alemán.

Pasaron los años. Si bien el amor de Katharina por Lo-Tan jamás alcanzó las proporciones de pasión y ansia que había sentido por Adriano, el cariño que le profesaba se ahondaba cada vez más. Compartía con él su mundo sin sol, y Adriana creció y floreció hasta convertirse en hermana mayor de un hermano, una hermana y más tarde otro hermano. Cuando Adriana tuvo edad suficiente, empezó a asistir a la escuela con otros niños de la corte para aprender a hacer sumas básicas con un artilugio llamado ábaco, así como a caligrafiar letras y palabras rudimentarias. Pese a que no aprendió nada de geografía, ya que el pueblo de Zhandu creía que la tierra era plana y que Zhandu ocupaba su centro, sí adquirió nociones de astronomía, matemáticas, poesía y pintura.

Siguieron llegando a Zhandu piedras azules grandes y pequeñas, transparentes y opacas, desde azul celeste hasta azul marino, y con ellas venían historias de hombres con barba dorada. Katharina las escuchaba todas con la misma atención que dedicaba a examinar las piedras, pero ninguna descripción encajaba con el noble alemán que había viajado a Jerusalén en busca de un cristal azul mágico.

Al fin, el verano del décimo año después de que saliera el primer comunicado, cuando Katharina, pese a vivir feliz con Lo-Tan y sus hijos zhandu, empezaba a preguntarse si no debería haber emprendido el viaje personalmente a fin de cuentas, un mensajero llegó con la noticia de que unos mercaderes habían dado con el hombre que buscaba la piedra azul.

—¿Habéis encontrado a mi padre? —inquirió Katharina, siempre esperanzada, aunque escéptica.

—¡Y os lo hemos traído!

Los guardias condujeron al forastero al Jardín del Gozo Eterno, donde la familia real estaba congregada en muda expectación. El corazón de Katharina latía con fuerza mientras por su mente surcaban innumerables preguntas: «¿Qué nos diremos? ¿Cómo debo dirigirme a él? ¿Lo acompañarán mis hermanos?».

Cuando el hombre pasó bajo la arcada y se adentró en el jardín bañado por el sol radiante, Katharina profirió un grito. Lo primero que vio fue la capa, y aunque muy gastada, remendada y no tan blanca como en aquellos días junto al río esmeralda, aún ofrecía un aspecto digno e imponente. La tez de Adriano estaba bronceada por el sol y contrastaba con el blanco cabello que le llegaba a los hombros. Sin embargo, aunque su cabello ya no era oscuro, sus ojos seguían siendo los mismos, y no tenía el rostro de un anciano, sino tan solo de un viajero curtido.

Katharina se arrojó a sus brazos, y mientras los demás contemplaban la escena conmovidos y maravillados, Adriano le contó que estaba en Tashkent cuando conoció a un hombre que iba mostrando por allí la copia de la pintura, y de inmediato supo que por fin había dado con ella.

Katharina lo devoraba con los ojos mientras le tocaba los brazos, percibiendo su solidez, y en silencio daba gracias a Dios por aquel milagro.

—¡Pero si vi cómo te mataban en el río verde!

Adriano tampoco se cansaba de contemplarla, a su Katharina de siempre, aunque extraña en su túnica de seda, con el cabello dorado dispuesto sobre la cabeza como una exótica jaula de pájaros.

—En nuestra caravana había un hombre que codiciaba mi capa y me la robó mientras me bañaba. Para su desgracia, los kosh atacaron en aquel momento. Resulté herido y a punto estuve de ahogarme en el río, pero unos nómadas me encontraron, me llevaron a su campamento y me curaron.

Comprendiendo que aquello era el principio de una historia, el Gobernante Celestial, Rosa de Verano y los niños se agolparon a su alrededor para escuchar.

—Una vez recuperado —narró Adriano—, me despedí de mis salvadores y salí en tu busca, Katharina. Sin embargo, no hallé rastro alguno y no tenía modo de averiguar qué dirección habías tomado, si es que seguías con vida. Así pues, me dirigí a Jerusalén, creyendo que si en algún lugar había de encontrarte, sería allí. Busqué la piedra azul, pero ya no estaba allí. Conocí a un hombre que me contó que un noble sajón, el barón Von Grünewald, también había llegado a Jerusalén en busca de la piedra azul. Llegamos quince años tarde, Katharina. El hombre dijo que el alemán viajó a Bagdad desde Jerusalén, de modo que seguí su pista hasta allí. Durante todos estos años he seguido el rastro de tu padre con la esperanza de que me llevara hasta ti.

—Pero ¿llegaste a encontrarlo?

—No, pero te he encontrado a ti —señaló Adriano con una sonrisa.

—Pero ¿qué me dices de tu misión en Creta, de tu hermandad? ¿No deberías haber regresado con ellos?

—Mientras estaba en Jerusalén supe que los turcos habían invadido Creta y acabado con todos los miembros de la hermandad.

Se interrumpió y miró a su público con el aire de un hombre que esconde un secreto maravilloso.

—Pero la gran noticia, Katharina..., es que aunque no he logrado encontrar a tu padre, sé dónde está.

Los presentes profirieron una exclamación ahogada, ya que todo el mundo estaba al corriente de la búsqueda de Katharina.

—Habla —lo instó ella.

—Cuando estaba en Tashkent conocí a un hombre que me habló de un alemán y sus tres hijos, que llevaban una pintura en miniatura como la tuya. Buscaban una piedra azul, y me contó que, según habían sabido, la piedra había sido vendida a unos monjes que viajaban rumbo al este, hacia la corte de Catay. Allí fue tu padre, Katharina, a China, y con toda probabilidad sigue allí.

Trajeron comida y vino, y aquellos increíbles seres envueltos en sedas deslumbrantes revoloteaban a su alrededor como aves exóticas. A pesar de su cabello blanco y el desgaste físico propio de la edad, Adriano era más alto que los zhandu, y le hacía gracia llamar tanto la atención, pues, a decir verdad, no tenía idea de qué lo esperaba cuando lo escoltaban hasta el aislado reino de las montañas.

Pero cuando una muchacha se presentó ante él, se inclinó en una reverencia respetuosa y lo llamó padre, su risa se apagó. El jardín se sumió en un silencio absoluto, como si incluso los pájaros y las fuentes hubieran enmudecido ante la reacción de aquel hombre a una noticia que nunca había sabido. Era padre.

Transcurrieron algunos instantes antes de que recuperara el habla.

—En nuestro hogar de Aragón había un retrato de mi madre cuando tenía tu edad —musitó por fin con esfuerzo—. Eres idéntica a ella, Adriana.

Padre e hija se abrazaron, y todos los presentes lloraron, sobre todo el Gobernante Celestial, que sollozaba como un niño mientras se enjugaba las lágrimas con las inmaculadas mangas blancas de su túnica.

—Si deseas volver con Adriano como su esposa, lo comprenderé y te dejaré marchar, pues es tu primer esposo. Y si decides viajar a Catay en busca de tu padre, cuentas con mi bendición. Pero ruego a Kwan Yin, mi amada Loto Dorado, que siempre me lleves en tu corazón.

—Adriano y yo nunca estuvimos realmente casados —explicó Katharina—, al menos no según nuestras leyes. Mi esposo eres tú, Lo-Tan, y siempre lo serás. —En cuanto al otro tema, Katharina dijo con el corazón encogido—: Aquella piedra azul significaba para mi padre más que su propia hija. No solo me dejó al cuidado de una desconocida, sino que me abandonó. Si ahora yo saliera en su busca, abandonaría a mis hijos. Sin embargo, a diferencia de mi padre, mis hijos significan para mí más que una escurridiza piedra azul. No iré a buscarlo; mi lugar está aquí, contigo, con mi familia.

A la mañana siguiente fue al encuentro de Adriano, que contemplaba maravillado las riquezas y las glorias de Zhandu, y tomó sus ásperas manos entre las suyas.

—No iré a Catay en busca de mi padre. Creo que el cristal azul se convirtió en su obsesión, al igual que él se convirtió en la mía. Además, creo que en un momento dado perdí de vista mi verdadero objetivo, como él perdió de vista el suyo. Mi padre eligió su camino, Adriano, y yo he elegido el mío. Me quedaré aquí. Pero sería para mí motivo de inmenso gozo si terminaras tu largo viaje y te quedaras aquí también. ¿Puedes quedarte… como mi amigo más querido? —añadió, pues su matrimonio con Lo-Tan pendía entre ellos, y ambos sabían que jamás podrían recuperar la intimidad que en tiempos habían compartido.

—Cuando me conociste, Katharina —repuso Adriano con profunda sinceridad—, yo era un hombre intolerante. En mi corazón anidaba un intenso odio hacia todos los hombres de otros credos. Utilizaba la religión para calibrar a los demás, y si no abrazaban a Cristo, no podían ser hombres dignos. En mi arrogancia estaba convencido de que mi destino consistía en llevar a todos los hombres al único Dios verdadero, fuera con la palabra o con la espada. Pero cuando recobré el conocimiento después del ataque junto al río esmeralda, y me encontré en compañía de unos hombres que adoraban el fuego, estaba al borde de la muerte; ellos me cuidaron, me devolvieron la salud y me trataron con gran amabilidad. En otros tiempos los habría tachado de adoradores del demonio, pero durante mi convalecencia comprendí que no eran más que personas, iguales al resto de los seres humanos, luchando por sobrevivir, con sus miedos y sus esperanzas, y adorando a los poderes en los que creían. Sería feliz quedándome aquí y hablando a las gentes de Zhandu de Jesús, Katharina, y si lo aceptan, mejor que mejor. Sin embargo, ya no soy de la opinión de que hay que aplastar cabezas para acercar a la gente a la fe verdadera, porque ya no creo que exista una sola fe verdadera.

Agregó que no había obrado bien al casarse con ella tantos años atrás, que había quebrantado sus votos, y que consideraba que lo ocurrido junto al río esmeralda había sido su castigo. De hecho, había pasado los últimos diez años purgando su pecado a través de la búsqueda del cristal azul y del padre de Katharina, así como manteniéndose célibe.

Katharina aceptó su explicación, pero al advertir las miradas que las damas de la corte lanzaban al robusto forastero, sus risitas ahogadas y sus comentarios susurrados tras los abanicos, se preguntó cuánto tiempo resistiría el renovado voto de celibato de Adriano.

Los misterios del destino la fascinaban. ¿Y si su madre, Isabella Bauer, hubiera muerto antes de que Katharina llegara a su lado? ¿Y si se hubiera llevado a la tumba el secreto que rodeaba el nacimiento de Katharina? En tal caso, Katharina se habría casado con Hans Roth y se habría trasladado a la casa situada tras la fábrica de jarras de cerveza para pasar allí el resto de sus días, con el convencimiento de que Badendorf era el mundo.

—He viajado disfrazada de muchacho y he vivido en un harén turco; he sufrido un naufragio, he sido vendida como esclava, he sido cristiana, musulmana y adoradora de diosas; he amado a un hombre al que perdí y he vuelto a encontrar; he conocido el éxtasis y el dolor, la plenitud y la pérdida. He hablado alemán, árabe, latín y la lengua de los zhandu. He viajado hasta los confines de la tierra y presenciado maravillas indescriptibles. Pero a pesar de todo, Badendorf siempre ha sido mi hogar, y en cierto modo lo sigue siendo, con su pintoresca Marktplatz, con su entrañable Rathaus, el río, el bosque y el castillo. Pero Zhandu también es mi hogar, y si bien dudo de que algún día llegue a encontrar a mi verdadero padre, he encontrado a otro en el Gobernante Celestial. En ti tengo a un hermano, Adriano, y en Rosa de Verano, una hermana y una tercera madre. No me faltan primos, tías ni tíos aquí en Zhandu, y mi familia es más extensa aún que la de los Roth de Badendorf. Además tengo a Adriana, Lo-Tan y los hijos que él engendró. Durante todos estos años he buscado a mi familia y hasta ahora no he comprendido que me ha acompañado en todo momento. Buscaba el cristal azul, pero en realidad nunca se ha separado de mí, pues está en la miniatura de santa Amelia. Aquí me quedaré, en Zhandu, adonde pertenezco.

Ínterin

Katharina pasó el resto de su vida en el aislado reino de las montañas, viendo crecer a sus hijos y ocupando el trono junto a Lo-Tan cuando este sucedió a su tío, el Gobernante Celestial. Cuando Rosa de Verano murió y fue enterrada, Katharina lloró de nuevo por las madres a las que había amado. Cuando Adriano falleció a la edad de noventa y tres años, el reino entero lo lloró, pues habían adorado sus historias.

Llegaron y se fueron otras dos generaciones que contaban una y otra vez las historias de Katharina von Grünewald, hasta que por fin Zhandu sucumbió, pero no a manos de un ejército invasor, sino de la naturaleza en forma de un terremoto tan intenso que todas las murallas, las cúpulas y los chapiteles de la ciudad encantada se desmoronaron, segando la vida de todos sus habitantes. A continuación llegaron las tormentas de lluvia y nieve, cubriendo las ruinas de Zhandu de barro, rocas y enormes bancos de arena. Con las décadas y los siglos, el clima fue cambiando, hasta que finalmente las arenas desérticas sepultaron la última punta del último chapitel que quedaba. Quinientos años más tarde, los arqueólogos analizarían los escombros e intentarían imaginar el aspecto que había tenido la ciudad.

El barón Von Grünewald viajó en efecto a China con sus hijos tras saber por boca de un mercader en Tashkent que el cristal azul había acompañado a una expedición de monjes cristianos decididos a evangelizar la corte del emperador. Nunca olvidó que había dejado a una hija en Alemania a cargo de una modista, y sinceramente creía que algún día regresaría a buscarla. Pero el barón era hombre de espíritu vagabundo que solo necesitaba un motivo para seguir viajando. Al igual que el Santo Grial empujaba a otros hombres de intenciones nobles a países lejanos, la piedra de santa Amelia era el impulso del barón. Pero cuando por fin la encontró en poder de una cortesana real de gran destreza amatoria, cuando por fin sostuvo entre los dedos el objeto que llevaba buscando casi toda la vida, el propósito de la piedra murió, y también el del barón. Sin dejar de jurar que volvería a casa y se reuniría con su hija, el barón Johann von Grünewald murió en la lejana China sin volver a pisar su querida Europa.

Desde China, el cristal azul viajó a bordo de un buque cargado de especias a las Indias Holandesas, donde la gema, tras haber perdido todo vínculo con los santos cristianos, fue bautizada con el nombre de Estrella de Catay por un capitán romántico que le atribuía poderes mágicos capaces de convencer a cierta joven de Amsterdam para que se casara con él.

No muy lejos de la costa de India, el buque sufrió un ataque pirata, el capitán fue vendido como esclavo y la Estrella de Catay fue llevada a un templo de Bombay, donde la engarzaron en la estatua de un dios y durante un tiempo la llamaron el Ojo de Krishna. Pero cuando se desató una guerra religiosa y el templo fue saqueado, el cristal azul fue de nuevo liberado. Un capitán de barco holandés lo llevó a Amsterdam, donde lo vendió a un comerciante de piedras preciosas llamado Hendrick Kloppman. Con ayuda de unas cartas que el capitán del buque especiero había escrito años antes al gremio de joyeros, a fin de pedirles que tasaran la piedra, Kloppman la identificó como la Estrella de Catay, y de las misivas dedujo que el capitán enamorado había tenido intención de regalársela a cierta joven dama de Keisersgracht Straat. Actuando como hombre de conciencia y honor, Kloppman localizó a la joven y le ofreció la joya. La mujer, ya no joven y sin deseo alguno de contraer matrimonio, aceptó el cristal con indiferencia y se lo vendió a Kloppman por una suma suficiente para abrir su propia tienda de telas y así garantizar para siempre su independencia de los hombres. Más tarde, Kloppman viajó a París y, con la esperanza de multiplicar el valor de la piedra, exageró la leyenda romántica de la Estrella de Catay, inventando una historia sobre un mago de la corte imperial de China que había creado el cristal con hielo de los glaciares del norte, huesos de dragón, sangre de ave fénix y el corazón de una virgen.

Algunos le creyeron.

LIBRO SÉPTIMO

LA ISLA DE MARTINICA, EN EL CARIBE. 1720

Brigitte Bellefontaine tenía un secreto.

Era un secreto relacionado con el amor prohibido que sentía por un canalla de ojos oscuros, y sentada a su tocador, mientras se cepillaba el cabello y se desmaquillaba, intentó no pensar en ello, pues cada día que pasaba la agobiaba más el sentimiento de culpabilidad.

Un sonido grosero la sacó de su ensimismamiento. Brigitte miró por el espejo el reflejo de su esposo, Henri. Despatarrado en la cama, roncando, otra vez borracho.

Lanzó un suspiro. No había nada peor que un francés incapaz de aguantar el vino.

Y eso que se lo había prometido. Le dijo que esa noche, en cuanto los invitados se fueran, pasarían un agradable rato juntos bajo las estrellas.

—Como en los viejos tiempos, *ma chérie*, cuando éramos jóvenes amantes.

Pero entonces llegaron los invitados, la fiesta entró en su apogeo, y el vino no cesaba de fluir. Ahora Henri estaba tendido de espaldas en la cama, con la peluca ladeada y el chaleco manchado de restos del menú, consistente en buñuelos de bacalao y crepes rebosantes de chocolate deshecho.

Brigitte dejó el cepillo sobre el tocador y examinó con tristeza la joya que había lucido durante la fiesta, un impresionante broche de platino en cuyo centro había engastado un cristal azul rodeado de diamantes y zafiros: la Estrella de Catay, tan llena de promesas románticas en su ingenua juventud.

Se suponía que la Estrella de Catay llevaba amor y aventura a la vida de quien la lucía. ¿Acaso no se lo había augurado la gitana? Y así había sido..., durante un tiempo al menos. En la noche de bodas de Brigitte, Henri, el hombre que ahora roncaba en la cama, fue un amante magnífico, y la joven, que a la sazón contaba diecisiete años, creyó que había muerto e ido al cielo. Sin embargo, ahora, veinte años y siete hijos más tarde, casi había renunciado a conocer de nuevo la pasión verdadera. Henri era un buen hombre, pero en su interior ya no ardía fuego alguno. Y Brigitte anhelaba sentir fuego.

Demasiado inquieta para conciliar el sueño, se levantó y fue a las puertas que se abrían al balcón. Salió a la noche tropical impregnada de las fragancias de la plumeria y la mimosa, cerró los ojos y lo visualizó..., no a Henri, sino al desconocido de ojos oscuros, alto y noble, de facciones y porte aristocráticos, atuendo impecable, experto espadachín y amante espléndido. Aparecía de repente, sin previo aviso, cuando Brigitte estaba en el jardín o contemplando los peces exóticos del estanque, materializándose en el día tórrido como las nubes tormentosas que se cernían sobre la isla a toda velocidad para inundar Martinica y luego disiparse hasta no ser más que un recuerdo. Así era él, y su forma de hacer el amor era como esas tormentas tropicales, fiera, ardiente, irresistible. El mero hecho de pensar en él la hacía estremecer.

Por desgracia, no existía.

Brigitte creía que enloquecería si no volvía a experimentar amor y pasión en toda su vida. Pero ¿cómo lograrlo? Era impensable que tuviera una aventura amorosa con uno de los colonos del lugar. Tenía una reputación que mantener, además de la de su esposo. Puesto que no había ningún otro candidato, recurría a un amante imaginario, un caballero diabólico que había inventado y cuyo nombre cambiaba con su estado de ánimo. Por lo general era francés, se llamaba Pierre o Jacques, visitaba la isla un solo día, se reunía con ella en una gruta, donde hacían el amor apasionadamente durante toda la tarde, y al partir le prometía que algún día regresaría, una promesa que alimentaba el alma de Brigitte y la mantenía viva.

Sus fantasías no solo llevaban amor a su vida, sino que también le permitían recuperar su juventud, pues en ellas volvía a ser joven, hermosa y esbelta, una figura que hacía girar la cabeza a los hombres como sucedía antaño. Por desgracia, si bien aquellas fantasías le proporcionaban placer, también provocaban en ella intensos sentimientos de culpabilidad. Brigitte era una buena católica y creía, tal como predicaban los sacerdotes, que los pecados de pensamiento eran tan graves como los de obra. Tener pensamientos lujuriosos fuera de los confines del matrimonio era pecado. Si se imaginaba haciendo el amor con uno de los colonos, cometería adulterio. Pero ¿era adulterio si el amante en cuestión no existía?

Clavó la mirada en el lejano horizonte, reconocible tan solo por la ausencia de estrellas. Un firmamento radiante sobre su cabeza, pero a sus pies tan solo el inhóspito océano. Más allá..., París, a seis mil kilómetros de distancia, donde sus amigos, familiares e hijos vivían en un mundo tan distinto de las Antillas que era como si vivieran en la luna.

Brigitte deseaba haberse marchado con sus hijos. No echaba de menos el frío ni el hacinamiento de París, pero sí su vida cultural y social. Nacida en el seno de una familia noble, había conocido la compañía de reyes, reinas y representantes de la mejor sociedad de Francia. Añoraba las obras de Molière y Racine, así como los espectáculos de la Comédie-Française y aquellos gloriosos tiempos en que el Rey Sol patrocinaba con tanta generosidad las artes. Pero ¿qué obras se representarían ahora? ¿Quién era el actor de moda? ¿Qué llevaban las damas de la corte? Los colonos de Martinica dependían del correo para recibir noticias, y a veces las cartas llegaban con mucha demora, si es que llegaban, a causa de los caprichos del mar, el tiempo y los piratas. Tres años atrás se habían enterado de que su gran rey, Luis XIV, había muerto... ¡dos años antes! Ahora era su nieto, Luis XV, un niño de diez años, quien ocupaba el trono francés.

Se levantó una brisa nocturna que agitó las frondas de las palmeras y las hojas gigantescas de las plantas bananeras, haciendo susurrar los pliegues de muselina del peinador de Brigitte. Cuando la brisa le acarició la piel desnuda como el suspiro de un amante, sintió una punzada de dolor. Eso la asustaba, pues la hacía sentirse débil y vulnerable. Enviar a los hijos al continente era algo que hacían todos los colonos, para asegurarse de que se convertirían en damas y caballeros. Por ello, Brigitte envió a su ruidosa prole a casa de su hermana en París para que todos recibieran una educación adecuada en modales y etiqueta. Pero ahora que lo había hecho, los echaba mucho de menos. Disponía de demasiado tiempo, demasiado sol, demasiados perfumes tropicales y brisas balsámicas. Henri se distraía con sus campos de caña de azúcar, la refinería y la destilería de ron. Pero sin los hijos y con los sirvientes para ocuparse de todo lo demás, ¿qué le quedaba a una señora de las islas? Brigitte era una lectora ávida, pero incluso ese pasatiempo no hacía más que reflejar su creciente insatisfacción, ya que sus gustos se inclinaban por parejas de amantes trágicos de Francia, como Eloísa y Abelardo, dos italianos muy jóvenes, pero no por ello menos trágicos, Romeo y Julieta, dos ingleses de tiempos muy remotos, Tristán e Isolda, el soldado romano Antonio y la reina macedónica, Cleopatra... Devoraba aquellos cuentos románticos y tristes al igual que sus amigos devoraban frutas exóticas y ron. No existía mejor tristeza, pensaba, que la tristeza mezclada con dulzura. En sus fantasías secretas, ella y su amante debían vivir separados, y el delicioso dolor que ello provocaba en su corazón no cesaba de arrancarle suspiros lánguidos en las tardes ardientes de la isla.

Intentaba convencerse a sí misma de que los sueños resultaban mucho más satisfactorios que la realidad. Además, los sueños eran inocuos, mientras que la realidad podía estar plagada de peligros. A pesar de ser un Edén tropical, Martinica tampoco carecía de amenazas, desde tormentas repentinas y arrasadoras, y la Montagne Pelée siempre a punto de escupir lava, hasta fiebres y enfermedades exóticas, y lo peor de todo, los piratas. Aquella misma noche, durante la cena, cuando la conversación no giraba en torno al precio del ron y los esclavos, solo se hablaba de piratas y sobre todo de uno en concreto, un perro inglés llamado Christopher Kent. Uno de los invitados, rico cultivador de piñas, acababa de sufrir uno de sus ataques. La goleta de Kent, llamada *Bold Ranger*, atacó el buque mercante del hombre, lo abordó, arrojó a la tripulación por la borda y se llevó un sustancioso botín en monedas de oro. Nadie sabía qué aspecto tenía, si bien los escasos supervivientes de sus ataques afirmaban que era muy alto y se parecía al mismísimo Demonio.

De repente, la quietud de la noche se vio quebrada por unos gritos procedentes de las cabañas de los esclavos, hombres que apostaban en peleas de mangostas y serpientes. Al igual que el susurro del viento y el frufrú de las palmeras, eran sonidos característicos de la isla que recordaban a Brigitte al pueblo indígena que antaño poblaba aquella isla, los indios con sus tambores y su desnudez, viviendo tal como Dios los había creado, como Adán y Eva. Sus espíritus seguían allí, en los árboles, los ríos y las cimas envueltas en bruma. Ahora habitaban la isla otros seres primitivos procedentes de África, más gentes desnudas que tocaban tambores y llenaban la noche con sus ritmos primordiales mientras cantaban y danzaban a la luz de las hogueras.

El aire se le antojaba pesado, recordándole que se hallaban al inicio de la estación de los huracanes. Entró de nuevo en el dormitorio, cerró la cristalera de doble hoja y se acercó al tocador para guardar la Estrella de Catay en su estuche. A lo largo de los años, el cristal azul se había convertido en el símbolo del mar azul que la rodeaba y el cielo azul que la cubría. Cuando escudriñaba su corazón de polvo de diamante, veía fuego y pasión. Su pasión atrapada, pugnando por liberarse.

Caminó hasta la cama y quitó las botas a su marido. Henri sonreía en sueños. Brigitte suspiró de nuevo. No era un mal hombre, tan solo un inconsciente. Tras deslizarse entre las sábanas junto a él, cerró los ojos y, a pesar de que sus fantasías la hacían sentir culpable, se dejó llevar una vez más por la imagen de él, su amante imaginario. Por fin concilió el sueño, y en él, su amante imaginario alargaba la mano hacia ella.

Henri Bellefontaine no era ajeno al reciente descontento de su esposa. A fin de cuentas, ya no tenía a los niños para ocupar el tiempo, mientras que él se encargaba de la plantación. Bellefontaine cultivaba azúcar y exportaba ron, además de cultivar y exportar canela, clavo y nuez moscada, productos de gran demanda en Europa, donde se utilizaban en cocina, perfumes y medicamentos. Por ello, Henri Bellefontaine era un hombre muy rico, pero también muy atareado. En cambio, ¿qué tenía Brigitte? Considerándose un esposo amante y atento, pero ajeno por completo a la verdadera causa de sus frecuentes suspiros y su inquietud, que atribuía a la añoranza del hogar y los hijos, se le ocurrió la solución ideal.

Le compró un telescopio.

El aparato se encontraba montado sobre una plataforma especial en el tejado, un magnífico instrumento de latón importado de Holanda y fijado en un trípode, que permitía ver toda la isla y más allá en un ángulo de trescientos sesenta grados. Henri se felicitaba por su idea brillante. Brigitte ya no se sentiría tan alejada y aislada de todo, pues el telescopio acercaba el mundo a sus ojos. El horizonte, Francia, sus hijos..., todo se aproximaba. Las islas parecían hallarse al alcance de la mano en forma de manchas verde esmeralda que flotaban en un mar azul jacinto. Los ajetreados puertos de Martinica, sus poblaciones costeras con intenso tráfico de barcos y personas. Por último, las almenas y las murallas de defensa, las calles y callejuelas, los tejados que ascendían por capas hacia las colinas.

El gesto había conmovido a Brigitte, pues Henri era un hombre entrañable con el corazón en su sitio. Tampoco la había confinado en el lugar más remoto de la tierra; a fin de cuentas, Martinica era el centro cultural de las Antillas Francesas, una isla rica y aristocrática, famosa por su buena vida además de por su frondosa vegetación tropical, sus profundas gargantas y sus imponentes acantilados. Su hogar era una plantación magnífica situada en un saliente de la ladera de la Montagne Pelée, un volcán que de forma regular escupía vapor y hacía temblar la tierra como si pretendiera recordar a los seres humanos que eran mortales al fin y al cabo. La casa estaba construida en el típico estilo criollo, con las habitaciones principales en la planta baja y los dormitorios en la superior. La rodeaban generosas extensiones de césped que relucían como alfombras fabulosas, flanqueadas por palmeras cuyas frondas susurraban al viento. Brigitte adoraba su casa tropical y Martinica en general. Nadie sabía a ciencia cierta por qué se llamaba así la isla; algunos afirmaban que se derivaba de un nombre indio que significaba «flores», mientras que otros lo atribuían a san Martín. Pero Brigitte Bellefontaine, con su corazón romántico, creía que cuando Colón la descubrió, la isla le pareció de una belleza indescriptible, por lo que la bautizó con el nombre de una mujer a la que amaba en secreto.

Brigitte había adquirido el hábito de subir a su rincón del tejado cada atardecer, su momento predilecto del día, cuando terminaba el trabajo y daban comienzo las diversiones de la velada, un momento también en que se producían cambios espectaculares sobre el

Caribe, cuando el cielo luminoso daba paso a un firmamento negro y salpicado de estrellas. Brigitte daba instrucciones a los esclavos de la cocina para la cena, luego tomaba un largo y perezoso baño, se ponía la ropa interior y las enaguas, se cubría con el peinador de gasa y subía al tejado para contemplar cómo el sol abandonaba el mundo en toda su magnificencia.

Mientras tomaba un vasito de ron a pequeños sorbos, Brigitte mantenía el ojo aplicado al telescopio, escudriñando el mar y la bahía, las montañas y las nubes, las pequeñas aldeas de pescadores, todo ello mientras pensaba en la velada que estaba a punto de comenzar. Esa noche no tendrían invitados, pues era domingo. Estaría a solas con Henri. ¿Se quedaría su esposo con ella o sucumbiría a la llamada de la isla, es decir, al juego en Saint Pierre? Aquella mañana, al despertar, Henri se dio cuenta de que se había dormido sin cumplir su promesa y se había mostrado contrito.

—*Ma chère! Ma puce!* No soy digno de ti.

Dicho aquello la besó en la mejilla y, ataviado con ropa de montar, salió para inspeccionar los campos de caña de azúcar.

Brigitte vio encenderse las luces de la ciudad portuaria, puertas abrirse para recibir el sol poniente, pequeñas embarcaciones que transportaban a hambrientos visitantes procedentes de los barcos atracados. Casi le parecía oír la música y las risas, oler los aromas de la comida, ver las sonrisas de la gente. Desvió el telescopio y observó las verdísimas cumbres de las montañas, las crestas que subían y bajaban como olas del océano, selvas tropicales de todos los matices verdes que conocía el ojo humano. Al este, más lejos del cielo anaranjado, en el tranquilo lado de barlovento de la isla, con sus playas prístinas, sus lagunas verde lima y las calas recónditas…

Se detuvo en seco. ¿Mástiles? ¿Velas plegadas?

Enfocó la lente para ver el barco con claridad y aguzó la vista. Tenía que tratarse de una goleta norteamericana a juzgar por los dos mástiles y el casco estrecho, así como por el hecho de que debía de tener una quilla poco profunda para poder navegar por aguas surcadas de bancos de arena hasta una cala tan pequeña.

Brigitte frunció el ceño. ¿Por qué estaba anclado allí?

Hizo ascender la lente del telescopio por el palo mayor, con sus vergas y su cordaje, hasta ver la bandera.

¡Era un barco pirata! Imposible confundir la insignia, que los franceses llamaban sarcásticamente *jolie rouge*, «bonito rojo», y los ingleses, Jolly Roger. Por regla general mostraban calaveras y huesos cruzados, pero el dibujo de aquella era un chafarote del que caían gotas de sangre.

—Dios mío —musitó.

Sabía bien de qué buque se trataba; era el *Bold Ranger*, que pertenecía al sanguinario Christopher Kent. Desde donde se encontraba no veía a nadie en cubierta.

Se echó a temblar. ¿Dónde estaban? Había oído hablar de la costumbre de Kent de atacar deprisa y con brutalidad. Atacar, saquear y poner pies en polvorosa antes de que las víctimas tuvieran ocasión de defenderse.

Siguió mirando por el telescopio con ademanes frenéticos, escudriñando las colinas que se alzaban entre la cala y la plantación, una distancia de apenas tres kilómetros. Henri y sus hombres se encontraban en algún lugar de aquel verdor, inspeccionando la caña de azúcar. Pero no los veía.

Christopher Kent era la pesadilla de todo colono. Era uno de esos piratas que no se limitaba a abordar barcos, sino que también lanzaba temerarios ataques en tierra. Todos los propietarios de plantaciones escondían sus fortunas en algún lugar de sus fincas; era el único modo de garantizar su seguridad, y Kent lo sabía, de modo que llegaba de noche para coger desprevenidos a sus indefensas víctimas y los obligaba a desvelar el paradero del oro, por lo general bajo tortura.

—Dios mío, te lo ruego, que no vengan en esta dirección —susurró con la boca reseca.

Entonces los vio, piratas ascendiendo por la ladera de la colina, empujando a capataces y esclavos a través de los campos de caña de azúcar. Henri cayendo del caballo…

—¡Colette, ve a buscar mi mosquete! —ordenó.

Sabía que no podía acertar a semejante distancia, pero tal vez pudiera acercarse un poco o bien efectuar unos disparos de advertencia. Se preguntó si los soldados de la fortaleza estarían al corriente de la presencia de los piratas. Lo dudaba, ya que en ese caso las campanas de la iglesia estarían sonando y oiría disparos de cañón. Kent había llegado por el costado de barlovento de la isla y entrado sigilosamente en la cala. Dos colinas ocultaban el llano donde la plantación de Bellefontaine se extendía a lo largo y ancho de muchas hectáreas. Los piratas podían atacar, realizar su trabajo mortífero en silencio y con gran rapidez, y marcharse como fantasmas, dejando atrás tan solo cadáveres y ruinas humeantes. Los soldados tardarían al menos un día en enterarse de lo sucedido, y para entonces el barco de Kent ya navegaría en alta mar.

—¿Qué ocurre, señora? —preguntó la joven negra sin aliento mientras subía por la estrecha escalera, sosteniendo con torpeza la larga arma de fuego.

Colette era africana de tercera generación. Había nacido en Martinica, al igual que su madre, pero su abuela había sido llevada allí desde África, junto con otros miles de esclavos, para trabajar en los campos de caña y tabaco de los colonos franceses.

—Envía a Hercule a la fortaleza —empezó mientras intentaba localizar a los piratas sin la ayuda del telescopio, aunque el sol ya se había ocultado tras el horizonte y la luz era cada vez más mortecina—. ¡Dile que se dé prisa, Colette! Dile que hay piratas y que…

Entonces lo vio por el telescopio. Christopher Kent, una figura alta e imponente toda vestida de negro. Llevaba calzones ajustados y una casaca larga. Los relucientes botones dorados de su chaleco brillaban bajo los últimos rayos del sol poniente. Su rostro permanecía entre las sombras de la ancha ala de su tricornio, coronado por una hermosa pluma blanca que se agitaba en la brisa. Cuando se volvió y su rostro quedó parcialmente iluminado, Brigitte se dio cuenta con un sobresalto de que le recordaba al amante imaginario de sus fantasías.

Su mente empezó a trabajar a toda velocidad. La fortaleza se encontraba a quince kilómetros de distancia, al otro lado del terreno montañoso, y la noche no tardaría en caer, sumiendo la selva y los caminos en la más completa negrura antes de que el mensajero pudiera llegar muy lejos. Los piratas habían encendido antorchas, que ahora ardían a la luz agonizante del anochecer, y las llamas avanzaban lentas pero seguras por la ladera de la colina.

Tras echar un último vistazo por el telescopio a Kent, ahora apenas visible, tan solo una figura fantasmal que caminaba entre la exuberante vegetación, como un conquistador, Brigitte se volvió hacia Colette.

—Déjalo pasar —dijo antes de dejar el mosquete en el suelo.

—Pero señora —gimió Colette—. ¡Son piratas! ¡Debemos avisar a todo el mundo!

—Calla —ordenó Brigitte mientras bajaba la escalera que conducía a su dormitorio—. No se lo digas a nadie, Colette.

De repente, la situación requería otra estrategia y también pensar con claridad.

Brigitte poseía un hermoso vestido que nunca había llevado. La había acompañado desde Francia veinte años antes, un vestido muy especial que tenía intención de lucir cuando celebraran el cumpleaños del rey. Pero durante la travesía a Martinica quedó encinta, y tras el nacimiento de su primer hijo, el traje ya no le cabía. Más tarde volvió a quedar embarazada, y el ciclo continuó hasta que por fin renunció a volver a ponérselo. En cualquier caso, ahora gobernaba otro rey al que ni siquiera conocía.

El vestido en sí era de seda y de un deslumbrante rosado estival, con el corpiño bordado en escarlata y bermellón, y la camisola de color amarillo sol, tal como dictaba la moda en aquellos tiempos, cuando la misión de los trajes era deslumbrar y los colores debían ser lo más llamativos posible. Tenía aspecto de atardecer tropical, con el sol dorado ardiendo en el cielo sonrosado. Tras el nacimiento de su séptimo hijo había hecho ensanchar la cintura, de modo que por fin le cabía (eso sí, con ayuda de un corsé bien ceñido), pero lo cierto era que el vestido había quedado anticuado. Aquel estilo tan intrincado y pomposo pasó de moda a la muerte de Luis XIV. ¿Cómo iba a llevarlo? Por ello, el traje pasó a convertirse en un símbolo de juventud perdida y oportunidades desaprovechadas, y el mero hecho de verlo le recordaba pasiones jóvenes y besos robados en jardines veraniegos.

El pulso se le aceleró mientras sacaba el vestido del baúl y daba órdenes a una trastornada Colette. Resultaba difícil darse prisa con un atuendo tan complicado compuesto de corsé, faldas, miriñaque, lazos, corchetes y encima Colette tan aterrada que parecía a punto de echar a correr en cualquier momento. La propia Brigitte también estaba asustada, pero para tranquilizarse se concentró en la imagen de Kent, aquella figura tenebrosa y amenazadora. Mientras contenía el aliento para que Colette le anudara el último lazo, Brigitte efectuó unos rápidos cálculos mentales. Los piratas debían de haber llegado a la destilería, y de allí a la casa quedaba menos de un kilómetro.

Por fin se miró en el espejo, pero al verse frunció el ceño. Aunque el vestido era imponente, ella seguía ofreciendo un aspecto ajado y rollizo. Kent no se dignaría ni a mirarla. Entonces recordó la Estrella de Catay, y con dedos temblorosos se prendió el broche en el punto más bajo del escote para que los diamantes y los zafiros dieran la impresión de que el cristal azul había volado cual mariposa hasta posarse sobre su busto desnudo.

La transformación fue instantánea. Ante ella veía a una mujer nueva. ¡El cristal era mágico, sin lugar a dudas! Brigitte Bellefontaine volvía a ser joven, esbelta y hermosa.

Antes de bajar, asió con firmeza la mano de Colette.

—Y ahora escúchame. Estamos a punto de recibir una visita inesperada. No tengas miedo ni intentes huir.

—Pero señora…

—¡Colette! Escúchame con atención, pues debes hacer exactamente lo que yo te diga…

Antes de salir del dormitorio, se miró por última vez en el espejo y esbozó una sonrisa de resuelta aprobación. «A veces, un vestido resulta más desarmante que un arma», pensó mientras echaba un vistazo al mosquete apoyado contra la pared.

Aunque en Bellefontaine trabajaban más de cien esclavos, distribuidos entre los campos, la refinería y la destilería, bastaba un puñado de hombres armados con pistolas y mosquetes para mantenerlos asustados y a raya. Mientras Brigitte cruzaba el salón principal de su casa, del exterior le llegó el sonido de pasos, órdenes y el ocasional restallido de un látigo. Las esclavas, cuyo trabajo se concentraba en la familia del amo, su casa, los huertos y las gallinas, acudieron corriendo al ver a sus hombres entrar en el patio principal dando tumbos a punta de pistola y espada, y empezaron a lamentarse a gritos. Por su parte, los sirvientes domésticos corrieron a las ventanas y se agazaparon tras ellas para contemplar la escena con los ojos abiertos de par en par por el terror.

Brigitte se detuvo un momento para tranquilizarse. Apenas podía respirar. Se oían gritos, chillidos y disparos procedentes del patio, pero ella esperó tras la puerta cerrada, intentando calmarse, una actriz a punto de hacer su gran entrada. Pugnando por no perder la compostura, pues en realidad sentía deseos de echar a correr, aguardó otro minuto y por fin abrió la puerta muy despacio.

Los piratas ofrecían un espectáculo aterrador con su arsenal de armas. Llevaban mosquetes, trabucos, chafarotes, dagas y pistolas. Algunos incluso blandían hachas destinadas a cortar redes y cordaje. Calculaba que había unos cincuenta, todos ellos con el cabello largo y mugriento, vestidos con andrajos y calzando botas desemparejadas. Sobre el trasfondo de las antorchas encendidas, a Brigitte se le antojaban un ejército satánico de diablos y demonios.

Henri estaba arrodillado y atado, y Brigitte tuvo que contenerse para no correr hacia él.

El porche era un arco iris de flores de todos los colores y enredaderas. La fragancia colectiva era embriagadora y las últimas abejas del día revoloteaban entre los capullos. En aquel marco, como si de un escenario teatral se tratara, Brigitte permaneció en silencio hasta que todos los hombres enmudecieron.

El capitán Kent acababa de alcanzar el primer peldaño de la escalinata cuando reparó en que todo el mundo estaba callado. Se volvió y alzó la mirada. En la penumbra y a la luz de las lámparas, Brigitte distinguió sus facciones con mayor claridad, unas facciones duras y angulosas. Kent llevaba un abrigo largo de corte generoso, que le llegaba a los tobillos, y lucía suntuosos bordados de hilo de seda y de oro, así como una magnífica hilera de botones dorados. Vestía calzones negros sobre inmaculadas medias blancas, zapatos relucientes de deslumbrantes hebillas doradas y rizados cuellos y puños blancos. Bajo el tricornio de ala ancha no llevaba peluca, sino su propio cabello largo peinado en una cola y con rizos dispuestos sobre las orejas, tal como dictaba la moda. Un elegante caballero hasta el último detalle, pensó Brigitte, como si se dispusiera a presenciar una ópera en lugar de saquear una casa.

Cuando sus miradas se encontraron, un pensamiento repentino surcó la mente de Brigitte. En la tienda de la adivina instalada en los jardines de Versalles, durante una gran fiesta en honor del cumpleaños del rey, con actores, malabaristas y un carnaval. La vieja gitana diciendo a Brigitte, por entonces una jovencita de dieciséis años: «Esta piedra azul posee un fuego abrasador. ¿Lo ves? Está atrapado en su interior. Algún día, ese fuego saldrá en libertad y te consumirá de amor y de pasión. Entre los brazos de un hombre. Un hombre que te hará el amor de un modo que casi te matará de éxtasis».

Con las manos firmemente entrelazadas ante ella, Brigitte caminó hasta la barandilla del porche con toda la elegancia y serenidad de que fue capaz.

—Bienvenido a mi casa, monsieur —musitó.

Kent se la quedó mirando unos instantes y por fin sonrió. Por el modo en que recorría todo su cuerpo con la mirada, Brigitte supo que no la habría mirado así una hora antes. Sin embargo, ahora estaba bellísima gracias a la magia del cristal azul, que la había hechizado y transformado en una criatura exquisita.

—Milady —la saludó al tiempo que se quitaba el tricornio con un gesto exagerado y adelantaba una pierna para inclinarse ante ella.

Brigitte siguió hablando casi en un murmullo, pero el silencio era tal que todo el mundo la oyó.

—Os ofrecemos la hospitalidad de nuestro hogar.

En silencio, Brigitte dio gracias a Dios por el hecho de que ella y sus hermanas hubieran tenido de niñas un preceptor inglés, pues su padre creía que sus hijos debían recibir una educación completa a fin de poder acceder a los mejores y más cultos círculos. Más tarde, su hermana se había casado con un barón inglés, en cuya tierra se había establecido, por lo que Brigitte llevaba veinte años escribiendo cartas en inglés a sus sobrinos y sobrinas, por fortuna. Si bien no dominaba aquella lengua, era del todo capaz de comunicarse en ella.

—¿Hospitalidad? —repitió Kent con las cejas enarcadas—. No vamos a quedarnos, señora. Recogeremos el oro y luego nos marcharemos.

—¡Sálvate, Brigitte! —gritó su esposo, arrodillado a pocos metros de distancia.

Brigitte se humedeció los labios.

—Rechazar la hospitalidad de una casa es grosero, monsieur, y tenía entendido que erais un caballero.

—Entonces sabéis quién soy —constató Kent con una sonrisa.

—Sois el capitán Christopher Kent.

—¿Y no me tenéis miedo?

—Sí os lo tengo —aseguró ella con toda la calma que pudo, aunque tenía el corazón desbocado de temor—. Pero seáis quien seáis, y sean cuales sean vuestras intenciones, en mis círculos es costumbre ofrecer hospitalidad al visitante.

Kent lanzó una carcajada breve y seca.

—¿Acaso creéis que unas cuantas vituallas salvarán vuestro oro?

Brigitte irguió la barbilla.

—Malinterpretáis mis intenciones, señor. Podéis llevaros nuestro oro, ya que a todas luces no puedo hacer nada para deteneros. Pero creía que como caballero comprenderíais las normas del comportamiento civilizado.

Advirtió un destello en sus ojos oscuros y supo que le había tocado la fibra sensible. Pirata o no, Christopher Kent estaba convencido en su fuero interno de que era un caballero. ¿Por qué si no se vestiría de aquel modo mientras sus hombres llevaban harapos?

—Tengo seis lechones listos para asar —añadió.

Kent puso los brazos en jarras y rió con ganas.

—¡Vaya, este truco es nuevo!

Algunos de los hombres corearon sus risas, pero uno de ellos, mayor que Kent, de larga melena gris peinada en numerosas trenzas y un tumor a un lado de la nariz, se adelantó un paso.

—Perdone, señora, ¿y cómo vais a preparar esos lechones?

Sin hacer caso del hombre, Brigitte siguió dirigiéndose a Kent.

—Los cocino con clavo, ajo, alcaparras y orégano, y los acompaño de pan caliente empapado en salsa de ajo, queso de cabra a las hierbas y sopa fría de jengibre. De postre hay tartaletas de mango cubiertas de salsa de chocolate.

—¿Y para beber? —intervino de nuevo el salvaje.

—Vino francés y brandy —contestó Brigitte a Kent.

El hombre se restregó el lado bueno de la nariz y por fin se volvió hacia el capitán.

—Puede que no sea mala idea, Chris. Hace siglos que no nos llevamos al cuerpo una buena comida.

—¿Y dejar que los soldados nos cojan desprevenidos? ¿Es que no ves que es un truco, Phipps?

—No creo que los soldados sepan que estamos aquí, Chris, pero puedo ir a comprobarlo... Y no creo que sea un truco —agregó en voz más baja—. Creo que la señora negocia para producirnos un poco de piedad.

Kent meditó unos instantes y, entretanto, Brigitte aspiró una profunda bocanada de aire, arrancando un intenso destello al broche que llevaba prendido en el pecho.

Tal como había previsto, Kent se fijó en la joya, echó un vistazo al blanco busto e hizo una señal a Phipps, quien a su vez ordenó a otros dos hombres que treparan a sendos árboles para vigilar. Acto seguido, Kent dio otra señal, y un grupo de piratas subió la escalinata en estampida, pasando junto a Brigitte para entrar en la casa.

Recurriendo a todo su autocontrol, Brigitte intentó hacer caso omiso del saqueo que tenía lugar en su casa. En aquel momento, su hogar nada significaba para ella; que los piratas se llevaran sus preciosos muebles, su cerámica, sus cortinas y todas las joyas.

—Los vigías dicen que todo está en calma —informó Phipps al cabo de un rato—, que no se ha dado la alarma y que en el puerto todo sigue igual. ¿Qué hay del festín, Chris?

Kent subió la escalinata y se acercó a Brigitte, quien apenas podía respirar mientras alzaba la mirada hacia el pirata, cuya figura se cernía sobre ella.

—¿Cómo sé que no nos envenenaréis? —musitó—. No sería la primera vez que una mujer hermosa me engaña.

El corazón le dio un vuelco. ¡La había llamado hermosa!

—Entiendo vuestras reservas, señor. Dejad que vuestros hombres sacrifiquen y asen los animales, que supervisen la elaboración de las salsas y los jugos de cocción, y que mis esclavos lo prueben todo.

Percibió las oscuras corrientes que fluían en los ojos del pirata mientras evaluaba una situación que a todas luces le resultaba inesperada.

—Espero que no me toméis por idiota —murmuró.

Sus miradas se encontraron. El instante se alargó tanto que Brigitte no se atrevía ni a respirar. Sabía que era un momento crucial. Por fin, Kent se relajó y esbozó una sonrisa.

—¡Nos quedamos a comer! —decretó.

Sus hombres lo vitorearon, y Kent se inclinó hacia Brigitte.

—Y ahora hablemos de negocios, señora. ¿Vais a decirme dónde está el oro o preferís que sonsaquemos la información a vuestro esposo?

Recordando las historias que había oído sobre Kent, sobre sus hombres atando a propietarios de plantaciones por las muñecas al abrasador sol de mediodía hasta que revelaban el paradero de sus fortunas, Brigitte se apresuró a responder:

—Os ruego que no hagáis daño a mi esposo. Si me lo prometéis, os llevaré al tesoro.

Tras cerciorarse de que los esclavos preparaban los asadores y de que los sirvientes de la cocina entendían bien las tareas que les había asignado, al tiempo que les aseguraba de que nadie les haría daño si cooperaban, Brigitte condujo a Kent y a un puñado de sus hombres por un sendero enlosado, uno de los numerosos caminos que surcaban aquel paraíso tropical y que pasaba por jardines y edificaciones, por la refinería, la destilería y los alojamientos de los esclavos. Brigitte precedía a sus «invitados» con el paso grácil que aprendiera de jovencita, con las voluminosas faldas color rosa y amarillo flotando sobre las losas del sendero como si nada las impulsara. Era un andar que había perfeccionado en los jardines de Versalles para atraer la atención de los jóvenes, y que ahora utilizaba para llevar a unos ladrones hasta el tesoro escondido.

Alcanzaron un claro entre la frondosa vegetación y vieron ante ellos tal espectáculo que incluso aquellos hombres tan embrutecidos profirieron exclamaciones admiradas. Era una glorieta que parecía construida de estrellas blancas y relucientes. Brigitte se hizo a un lado con un ademán elegante, como si se dispusiera a servir el té.

—Allí —dijo mientras señalaba el suelo de la estructura—. Bajo aquellos tablones.

Los piratas clavaron las antorchas encendidas en la tierra, corrieron hacia la glorieta, destrozaron los tablones con las hachas y por fin sacaron los cofres ocultos bajo ellos. Brigitte guardó silencio mientras los hombres arrastraban el botín de vuelta al complejo, donde otros habían encendido una hoguera con muebles de la casa, según comprobó. A la luz de las llamas, los saqueadores forzaron las cerraduras de los cofres y profirieron exclamaciones de júbilo al ver las monedas de oro, pues las monedas eran lo que más complacía a los bucaneros.

A todas luces, aquello era la señal para que diera comienzo la fiesta, pues de repente surgió de la nada un violín, y alguien empezó a tocar una animada jiga. Algunos hombres habían irrumpido en la destilería y acercaban rodando enormes barriles de ron. Varias esclavas nerviosas empezaron a repartir botellas de vino y vasos entre los hombres, mientras que al otro lado de la hoguera, los lechones ensartados se asaban despidiendo deliciosos aromas. Brigitte vio que los piratas arrastraban a su esposo y a los demás cautivos a la pocilga, donde los arrojaron al barro entre carcajadas.

En algún momento durante el brusco trayecto desde los campos, Henri había perdido la magnífica peluca, una pieza voluminosa y negra, de rizos cuidadosamente dispuestos sobre la coronilla que luego caían en cascada sobre los hombros y por la espalda. Los recién llegados a la isla comentaban que tales pelucas estaban pasadas de moda, pero a Henri no le importaba, pues le gustaba atenerse a las viejas tradiciones, según las cuales un caballero siempre debía ofrecer el mejor aspecto posible, por lo que llevaba sus pelucas a todas horas, sin importar el tiempo que hiciera ni la tarea que debiera realizar. Pero ahora se le había caído, y ahí estaba, con la cabeza descubierta, el cabello canoso alborotado en todas direcciones mientras los piratas lo empujaban y lo pateaban sin dejar de mofarse de él.

Brigitte se clavó las uñas en las palmas de las manos para mantener la compostura. Sentía deseos de agarrar una de aquellas antorchas encendidas y aporrear con ella a cuantos piratas pudiera.

Pero en aquel instante, Kent la miró, y Brigitte recordó su decisión y el hecho de que esa noche sería su única oportunidad.

—Hum —masculló el capitán, escudriñando su rostro a la luz vacilante de las llamas—. Me pregunto por qué no tenéis miedo.

Su comentario la sobresaltó. ¿Acaso no advertía su pulso acelerado, el terror en su mirada, el temblor que le agitaba las manos?

—Sí tengo miedo —lo contradijo.

Era cierto, aunque el motivo de su miedo ya era harina de otro costal.

—Cuando salisteis de la casa no parecíais sorprendida de vernos; más bien daba la impresión de que nos esperabais.

Brigitte señaló el tejado de la casa.

—Sobre aquella plataforma hay un telescopio que me permitió ver vuestro ascenso desde la playa.

Kent la miró con expresión interesada.

—Me gustaría verlo.

Brigitte asintió y echó a andar. Cruzaron el patio donde los lechones se asaban ensartados en ramas cortadas de los árboles mientras los hombres de Kent se dedicaban alegremente a vaciar los toneles de ron. En la copa de dos altas palmeras, unos vigías con catalejos observaban la fortaleza y la población de Saint Pierre. Al más mínimo indicio de movimiento militar, darían la señal, y Kent y sus hombres desaparecerían. Brigitte rezaba por que no se diera esa señal.

La casa había sido desvalijada meticulosamente, la cerámica hecha añicos en los suelos de madera pulida, los muebles volcados, la plata y el oro amontonados junto a la puerta, listos para partir con los bucaneros... Sin decir palabra, Brigitte llevó a Kent al jardín posterior, donde las orquídeas violeta y la buganvilla naranja se mezclaban con los hibiscus rojos y las adelfas rosa claro. Subió la estrecha escalera con la espalda y la cabeza erguidas, como si mostrara la casa a un miembro de la realeza. Pero era muy consciente del chafarote que Kent llevaba al cinto junto con la daga y la pistola. Se estremeció de temor, como si la siguiera un animal salvaje, el jaguar negro que el gobernador tenía encerrado en una jaula en su mansión.

Al llegar al tejado y su peculiar plataforma de barandilla baja, comprobaron que la luna llena acababa de surgir del horizonte. Desde allí se disfrutaba de una amplia vista sobre el complejo, donde los aterrorizados esclavos de Brigitte cocinaban bajo la atenta mirada de los hombres de Kent, quienes los obligaban a probar cuanto preparaban, incluso la grasa con que regaban los lechones.

Al oír la música, Brigitte lanzó una mirada curiosa a Kent.

—Somos una tripulación afortunada —comentó este con una sonrisa—, pues entre nosotros hay varios músicos. Todo barco pirata ansía contar al menos con un flautista y un violinista. —Hizo un gesto de asentimiento mientras contemplaba la fiesta que se desarrollaba abajo—. Tengo una buena tripulación.

Phipps, el hombre de las mil trenzas, era el furriel, el hombre fuerte del barco, magistrado y ejecutor de castigos por faltas leves. Asimismo, se responsabilizaba de la selección y el reparto de los botines. Luego estaban Jeremy, encargado de la navegación, y Mulligan, el contramaestre, Jack, el artillero, Obadiah, el velero, y Luke, el carpintero. Incluso disponían de cirujano a bordo, aunque lo cierto es que de poco servía en climas tropicales, donde las principales causas de muerte eran la fiebre amarilla, la malaria y la disentería, todas ellas incurables, por lo que su principal misión consistía en efectuar amputaciones.

Brigitte mostró a Kent el telescopio y advirtió que era tan alto que debía inclinarse para mirar por él. Asimismo percibió que bajo el largo abrigo y los calzones había un cuerpo de notable fuerza física. Los colonos franceses, dueños de esclavos que hacían todo el trabajo duro y apasionados *gourmets*, se convertían en hombres blandos que habían dejado atrás los duelos y los caballos. Sin embargo, Brigitte sospechaba que Christopher Kent era poseedor de un cuerpo surcado de potentes músculos.

Kent miró por el telescopio y, tras cerciorarse de que ningún soldado había salido de la fortaleza, se irguió y centró su atención en su desconcertante anfitriona.

—Menuda pieza —comentó al ver el broche que adornaba su escote.

—Es una piedra famosa llamada la Estrella de Catay, señor. Fue creada en la lejana China por un mago que, según cuenta la leyenda, pretendía granjearse con su ayuda el corazón de una dama. Se supone que ofrece amor y aventura a la vida de quien la lleva.

Kent alargó la mano hacia la joya con una sonrisa, pero Brigitte la cubrió con la mano. ¡Aún no podía quitársela! Necesitaba seguir siendo hermosa un rato más, y si la cogía en ese momento, su belleza se desvanecería, dando al traste con su plan.

—Os la entregaré como obsequio cuando os marchéis.

Kent se echó a reír y por un instante siguió mirando la mano de Brigitte, que no solo cubría la joya, sino también su pecho.

—¿Y a qué os referís exactamente al decir que me lo entregaréis como obsequio, al broche o al tesoro que se oculta bajo él?

Brigitte no desvió la vista, sino que clavó en el capitán una mirada desafiante.

—¿Es así como tratáis a las mujeres de la isla en la que vivís? —quiso saber.

Kent desvió la mirada hacia el lejano horizonte y pareció decidir si debía contestar a la pregunta.

—No vivo en una isla —anunció por fin—. Tengo una plantación en la colonia norteamericana de Virginia.

—¿Vivís entre gentes civilizadas? —se asombró Brigitte.

—De hecho, son esas llamadas gentes civilizadas quienes respaldan mis actividades —replicó Kent con una sonrisa irónica—. A fin de cuentas, un botín solo es un botín hasta que puede venderse. Sin compradores, la piratería carecería de razón de ser.

—No lo comprendo.

—Son los norteamericanos quienes compran mis mercancías. En Inglaterra tratan a los piratas sin misericordia alguna, pero en Norteamérica gozamos de la protección de sus puertos e incluso de su hospitalidad. Son los norteamericanos quienes aprovisionan mi barco y encuentran compradores para mis tesoros..., a cambio de una comisión, por supuesto. Así pues, los norteamericanos se enriquecen conmigo.

—Es impensable —exclamó Brigitte con el ceño fruncido.

—Es política —puntualizó él—. Al respaldar a bucaneros como yo, los norteamericanos socavan la soberanía británica en una lucha que cada vez es más encarnizada. Los ingleses han aprobado una norma llamada Ley de Navegación, según la cual no pueden entrar en las colonias de Inglaterra más que bienes llegados a bordo de buques ingleses servidos por tripulaciones inglesas. A los norteamericanos no les parece justo, de modo que eluden la ley británica siempre que tienen ocasión.

—Así que mis hermosos candelabros y la porcelana de mi madre...

—Con toda probabilidad, acabarán sobre la repisa de una chimenea en una casa de Boston.

Dicho aquello empezó a aflojar los tornillos que sujetaban el telescopio a la plataforma.

—¡Me lo regaló mi esposo! —protestó Brigitte.

Kent se limitó a reír al tiempo que levantaba el aparato.

—Un hombre muy sentimental, vuestro esposo.

—Vos no lo entenderíais, señor —espetó Brigitte con indignación.

—Entiendo que las mujeres prefieren regalos bellos o de significado romántico, pero... ¿un telescopio?

—Es más que un telescopio, señor, es un instrumento de poder.

—¿En qué sentido?

—Me permitió veros llegar sin que vos me vierais a mí, ¿no es cierto?

—Sí —asintió Kent despacio—, es cierto. Nos visteis llegar sin que nos diéramos cuenta, pero no disteis la alarma. Qué extraño.

Se dirigió a la escalera y le indicó por señas que lo precediera. Brigitte bajó a la planta inferior y lo condujo hasta el salón principal, donde, para su sorpresa, Kent pidió algo de beber al tiempo que se quitaba el tricornio. Su cabello era de un negro azabache, sin atisbo de canas a pesar de que Brigitte le calculaba casi cuarenta años, pues de cerca su rostro estaba surcado de arrugas causadas por la edad y la intemperie.

Tras negarse a aceptar una botella de vino ya abierta e insistir en que fuera a buscar una cerrada, Kent salió al porche, donde conversó unos instantes con Phipps.

—Todo sigue tranquilo en el fuerte y en la ciudad —comunicó a Brigitte al entrar de nuevo en la casa—. No saben que estamos aquí.

A través de los cristales transparentes del ventanal delantero, Brigitte vio que la luna continuaba su ascenso por el firmamento, bañando con su luz todo el complejo, donde los hombres de Kent se tornaban cada vez más bulliciosos y animaban a algunas de sus esclavas a mostrarse amables. Aún no habían empezado a comer, pero el olor del humo y la carne asada impregnaba el aire.

Kent contempló el retrato colgado sobre la chimenea, una escena pastoral en la que se veía a Henri y Brigitte Bellefontaine sentados bajo un inmenso roble y rodeados de sus hijos. Kent mencionó a los jóvenes Bellefontaine y el hecho de que por fortuna se parecían a su madre y no a su padre.

—Lo significan todo para mí —declaró Brigitte—. Mis hijos son mi vida.

—Pero aun así los alejasteis de vuestro lado —observó el pirata.

—Una decisión que lamento.

Brigitte se acercó con una bandeja sobre la que había dispuesto dos copas de vino. Kent le hizo probar un poco de ambas antes de elegir una.

—Me insultáis —susurró Brigitte.

—Milady, existen mil formas de matar a un hombre, pero el envenenamiento es el arte femenino por excelencia. Y existen mil formas de envenenar. ¿Encendemos el fuego? Está refrescando.

Brigitte ordenó a uno de sus esclavos que encendiera un fuego, y al poco, las llamas proyectaban la alta sombra de Christopher Kent sobre las paredes.

El pirata probó el brandy sin dejar de observarla por encima del borde de la copa.

—Así que vuestro esposo os arrastró a este lugar dejado de la mano de Dios donde ni siquiera podéis criar a vuestros hijos.

—Mi esposo no me arrastró. Vinimos aquí para construir algo. Los Bellefontaine son una familia antigua y noble, pero la generación anterior malgastó la fortuna familiar de tal forma que a mi esposo no le quedaron tierras que heredar, así que aceptó la oferta del rey de venir aquí y ayudar a construir la colonia. A cambio, la tierra sería nuestra. Este es nuestro verdadero hogar, señor, el hogar que construimos para nuestros hijos, pues todos regresarán a Martinica. Su estancia en París es temporal; en cuanto acaben su educación volverán. Esa es la razón por la que os ruego que no matéis a mi esposo —añadió, casi sin aliento—. Nuestros hijos necesitan a su padre.

Kent miró por la ventana y vio que el señor Phipps observaba a una de las esclavas mientras esta probaba un pedazo de pan recién horneado para luego dárselo a él. Todo estaba bajo control.

—Los hombres como vuestro esposo —declaró por fin en tono sombrío—, los hombres ricos y poderosos necesitan aprender ciertas lecciones.

Dicho aquello se sumió en un silencio huraño y siguió con mirada hosca e impenetrable a sus hombres, que bailaban alrededor de la hoguera. Por fin se volvió hacia ella.

—En cualquier caso —prosiguió en tono más ligero—, el destino de vuestro esposo no depende de mí, sino de mis hombres...

—Pero a buen seguro podéis ordenarles que...

—Es evidente que no entendéis la ley de alta mar, milady. Soy el capitán de mi tripulación, pero formamos un barco democrático, como todos los barcos piratas. Mis hombres toman sus propias decisiones. Ni yo doy órdenes ni ellos las aceptarían. Lo que suceda no está al alcance de mi mano.

Se dirigió a las puertas cristaleras que daban al jardín posterior y aspiró una profunda bocanada de aire nocturno.

—¿Qué es ese perfume?

Era una embriagadora mezcla de jazmín, lirio del valle, fresia, lila y madreselva.

—¿Qué pirata asume la responsabilidad de sus actos? —quiso saber Brigitte a su espalda.

Kent se volvió hacia ella.

—Señora, no sabéis nada de mí ni de mi mundo. Pensad lo que queráis, no me importa.

—Entonces, ¿culpáis al mundo de vuestros males?

—¿Qué ha hecho el mundo por mí?

—Así que matáis por venganza, incluso a personas inocentes.

—Es la ley de la supervivencia. Al igual que el halcón mata a la serpiente y la serpiente mata a la rata. Solo los fuertes sobreviven, es lo que he aprendido a lo largo de mi vida.

—Pero ¿por qué os ensañáis con los franceses?

—Me ensaño con todo el mundo. La humanidad entera es mi enemiga; no hago distingo alguno entre ingleses, franceses, españoles y árabes. Soy un príncipe libre, señora, y tengo tanto derecho a hacer la guerra contra el mundo entero como el que dirige un ejército en el mar y otro en la tierra.

Brigitte le dio la espalda sin saber qué decir. Veía las flores de su jardín con tanta claridad a la luz de la luna como si fuera de día. En algún lugar cantó un ave nocturna. La isla seguía durmiendo bajo el reluciente disco. No se oía fuego de cañón procedente del fuerte, ni había rastro alguno de barcos, ni se veía ninguna fila de antorchas ascendiendo por la ladera de la montaña, ni los centinelas encaramados a las palmeras habían dado la alarma. El olor acre del humo y los aromas de los manjares llenaban el aire, y las canciones ebrias y el son del violín se mezclaban con estridentes risas femeninas.

Kent guardaba silencio y parecía ensimismado.

—Qué extraño —murmuró al cabo de un rato—. He visitado todas estas islas en los últimos años, he pisado su tierra y bebido de sus ríos, he anclado mi barco en sus aguas y saboreado sus frutas, pero nunca las he visto realmente.

Brigitte esperó, y la noche parecía esperar con ella. Imaginó todos aquellos pájaros de plumaje colorido, todas las flores tropicales de hojas y pétalos suculentos, las estrellas fulgurantes, la rolliza luna marfileña, incluso la espuma de las olas en la playa... Imaginó que el universo entero se había detenido un instante para esperar con ella.

—Sin embargo, ahora sí me parece verlas —continuó Kent—. Al menos Martinica. ¿Qué poderes mágicos confluyen en este lugar?

Contempló de nuevo el cristal azul que Brigitte llevaba en el pecho.

—Qué piedra tan misteriosa. Nunca había visto nada igual; no es ni un diamante ni un zafiro. Se parece a un topacio azul, pero más oscuro, más nebuloso. ¿Y qué tiene en el centro? Parece un grupo de estrellas.

Alzó la vista para mirarla.

—Aquí hay poderes mágicos, pero... ¿es la isla? ¿O sois vos, señora? ¿Con qué clase de hechizo me habéis encantado? —De pronto frunció el ceño con expresión inquieta—. Mis hombres y yo deberíamos marcharnos —decidió en tono resuelto—. Me pone nervioso quedarme tanto tiempo en un lugar. Sospecho que hemos sucumbido a vuestra seducción.

El corazón de Brigitte dio un vuelco. ¡No podía marcharse!

—Pero vuestros hombres aún no han comido.

—Pueden llevarse la comida.

—Los lechones todavía no están listos, y además, algunos de vuestros hombres...

Dejó la frase sin terminar y lanzó una mirada significativa hacia los árboles que rodeaban la casa. Kent comprendió al instante; también él había visto a algunos de sus hombres escabullirse entre el follaje con esclavas.

—¿Por qué no nos tenéis miedo? —quiso saber, lanzando otra mirada curiosa a Brigitte.

—Sí os tengo miedo.

—No cesáis de afirmarlo, pero no os creo. Nunca he visto a una mujer actuar como vos. Estoy acostumbrado a los gritos, las carreras y los desmayos..., o a verlas esconderse detrás de sus esposos. En cambio vos estáis hecha de otra pasta. —La mirada de Kent descendió de su rostro a sus hombros, desnudos y muy blancos a la luz de la luna—. Pero tembláis, señora. Sin duda ha refrescado mucho.

—A esta altitud —musitó Brigitte sin aliento, como si la altitud no le permitiera respirar—, la temperatura baja mucho por las noches pese a que los días son cálidos.

—¿Y cómo entráis en calor por las noches? —preguntó el pirata con un destello malicioso en los ojos.

—Martinica tiene lugares cálidos.

Kent detectó un matiz desafiante en su mirada, y cuando Brigitte se movió un poco, captó el fulgor de fuego azul sobre su pecho. ¿Sería otro desafío?

—Mostrádmelos —murmuró.

Mientras cruzaban de nuevo el complejo envuelto en humo, algunos de los hombres de Kent lo llamaron alegremente, haciendo comentarios soeces sobre su acompañante. Por entonces ya se cortaban el pan ellos solos y daban buena cuenta de piñas y cocos. Brigitte reparó en que empleaban sus propias dagas en lugar de los cuchillos de cocina que les habían proporcionado los esclavos. También observó que el señor Phipps había encontrado la caja de copas de peltre sin estrenar recién llegada de Francia y aún embalada en paja, pues los piratas estaban bebiendo en ellas, de nuevo para evitar el envenenamiento. De hecho, no corrían ningún riesgo, sino que se cercioraban de que cada cebolla, cada pizca de pimienta que se agregaba a los platos pasara por los labios de otra persona, y una vez listos los cochinillos, los hombres procedieron a trincharlos con sus propias dagas.

Pero al menos estaban bebiendo y comiendo, que era lo que había pretendido Brigitte para impedir que se marcharan en cuanto tuvieran el oro. Una vez se fueran, jamás volvería a tener otra oportunidad con Kent.

Caminaba con la cabeza erguida, evitando mirar a su esposo mientras precedía al capitán pirata entre sus alegres hombres y por el inmaculado césped verde hasta adentrarse en la jungla fresca y espesa.

En cuanto las hojas y las frondas se cerraron a su espalda, el bullicio quedó amortiguado y se encontraron envueltos en un extraño silencio. Brigitte oyó que Kent desenvainaba el chafarote, pero siguió avanzando por el sendero apenas visible a la luz de la luna. Sobre sus cabezas, el techo de hojas apenas permitía vislumbrar pedazos de la luna llena; por todas partes se oía el susurro de criaturas nocturnas entre las hojas y cientos de ojos dorados que brillaban en la oscuridad. Por fin llegaron al final de la espesura, y ante ellos oyeron un peculiar murmullo.

Brigitte llegó en primer lugar, y cuando Kent se reunió con ella, se detuvo en seco y masculló un juramento, pues se hallaban ante una vista increíble.

La laguna debía de medir unos treinta metros de diámetro y estaba flanqueada de grandes cantos rodados, juncos, dunas cubiertas de hierba y una pequeña playa de arena. Se hallaba en un gran claro, de modo que la luna llena se reflejaba como una moneda dorada en su superficie, surcada por círculos concéntricos causados por una asombrosa cascada. El salto de agua procedía de un géiser que burbujeaba entre unas rocas muy altas y caía en un torrente espumoso de agua y vapor caliente.

Consciente de que aquello no era ninguna trampa, Kent enfundó el chafarote, avanzó un paso y lanzó otro juramento.

—Nunca había visto un lugar semejante. ¡Es como una casa de baños! ¿Cómo es posible que el agua esté tan caliente?

—La calientan unas termas volcánicas subterráneas —explicó Brigitte al tiempo que observaba las perlas de sudor que brillaban sobre la frente del pirata.

En aquel clima tórrido, las orquídeas salvajes crecían en abundancia, al igual que las enredaderas verde jade, flores flamenco, numerosas variedades de hibiscus y otras flores carnosas de tumescentes tallos.

Kent caminó hasta la orilla del agua, puso los brazos en jarras y contempló extasiado el asombroso panorama. La caldeada atmósfera le rizaba las puntas del cabello y había hecho aparecer una franja de sudor en su labio superior. Se quitó el sombrero y el largo abrigo, que dobló con cuidado antes de depositarlo en el suelo. La camisa de hilo blanco estaba tan húmeda de sudor que se le adhería al cuerpo, dibujando con toda claridad sus músculos.

Perplejo, Kent se restregó la frente. La bruma abrasadora y el perfume floral lo aturdían. Aquel paraíso de exuberante verdor lo había despojado de toda lógica y cordura. Jamás se había sentido tan seducido ni imaginado que pudiera sucumbir a semejante magia. Se volvió hacia su encantadora acompañante y de nuevo captó el destello de fuego azul que adornaba su pecho. ¿Era el cristal el que lo había hechizado o la mujer? ¿O quizá ambos?

Se plantó a su lado en cuatro zancadas y la asió por los brazos.

—Desde el momento en que llegamos he tenido la sensación de que queríais retenernos aquí. Sospechaba que pretendíais tendernos una trampa, que habíais enviado a mensajeros al fuerte. Pero ha pasado mucho rato, no ha aparecido ningún soldado, y mis vigías los habrían visto si se dirigieran hacia aquí. No habéis dado la alarma, ¿verdad?

Brigitte denegó con la cabeza.

—¿Queríais que me quedara?

Brigitte asintió sin decir nada.

—Juradlo por lo que más amáis. Jurad que queríais que me quedara.

—Lo juro —murmuró Brigitte—. Juro por la vida de mis hijos que quería que os quedarais.

Era cierto.

Kent la atrajo hacia sí y la besó. Al cabo de un instante se separaron para tomar aire, pero de inmediato el pirata la asió de nuevo mientras la cascada humeante seguía su eterno camino y la luna los observaba con desapego. Rindiéndose a sus besos, Brigitte pensó en la adivina gitana de hacía tanto tiempo y comprendió que la leyenda era cierta, que la Estrella de Catay encerraba en verdad poderes de amor y pasión. Sabía que sin ella aquella noche nunca habría ocurrido.

Yacían sobre la hierba húmeda, exhaustos. Habían nadado en la laguna caliente y se habían abrazado bajo la cascada.

—Eres mágica y rara, como esta gema azul —murmuraba en aquel instante Kent—, e igual de bella. Ven conmigo, Brigitte. Vive conmigo en mi plantación de Virginia. Puedo hacerte muy feliz.

A continuación le habló de su hogar en Norteamérica y por fin se durmió mientras Brigitte yacía entre sus brazos, contemplando la luna tropical que avanzaba inexorable hacia el horizonte del oeste.

Kent despertó con el canto de los pájaros. El cielo seguía negro, pero la luna se había puesto y el alba no tardaría en despuntar. Vio a Brigitte de pie en la orilla del agua, tan vestida como podía vestirse una dama sin la ayuda de una doncella.

—Ven conmigo —repitió antes de besarla una vez más.

Se vistió en silencio, aún aturdido por la magia de la noche. Cuando enfilaron el sendero de regreso a la plantación... y a la realidad, supo dos cosas. Quería conservar a aquella mujer y estaba muerto de hambre.

Casi todos los hombres estaban despatarrados en torno a la hoguera casi extinguida, roncando con la boca abierta. Algunos de ellos caminaban dando tumbos, gimiendo mareados. Las mujeres se habían esfumado. De repente, Colette apareció junto a ellos como si hubiera aguardado el retorno de su ama, llevando en las manos un plato de comida caliente y una jarra de ron.

—Lo ha guardado para vos —explicó Brigitte al tiempo que cogía el plato y se lo alargaba—. De lo contrario, no habrían quedado ni los huesos.

Con una sonrisa satisfecha, Kent se sentó en la hierba y empezó a embutirse la suculenta carne en la boca. Estaba cocinada y sazonada a la perfección. Cuando estuvieran sobrios, sus hombres asegurarían que nunca más volverían a comer tan bien.

Kent volvió el rostro hacia el este, donde el cielo empezaba a teñirse de gris.

—Debemos partir pronto. Mi barco está oculto, pero aun así corremos el riesgo de que nos descubran.

Brigitte miró los corrales donde estaban encerrados los hombres. Casi todos ellos dormían tras dar buena cuenta del ron que les habían llevado las esclavas. Sin embargo, no habían comido nada, siguiendo las estrictas órdenes que Brigitte había dado a Colette. Vio a Henri, aún encadenado al gallinero, con aspecto abatido y desgraciado.

—Recoge lo que quieras llevarte lo antes posible —indicó Kent mientras devoraba la jugosa carne de lechón y la regaba con ron—. No necesitarás gran cosa, mi amor, pues te compraré todos los vestidos y joyas que desees.

Brigitte vio a Colette junto al porche, observando con ojos solemnes enmarcados por un rostro muy negro. La joven se había cruzado de brazos, como si los sucesos de la noche la hubieran dejado indiferente.

El cielo siguió palideciendo y en la selva que los rodeaba empezó a sonar el parloteo de los monos y el canto ruidoso de los pájaros. El último de los piratas se desplomó, pero Kent no reparó en ello mientras rebañaba el plato con un pedazo de pan.

—¿No tienes hambre, mi amor? —preguntó con la boca llena.

Por fin se arrodilló junto a él, la falda revolteando a su alrededor en un esplendor que recordaba la salida del sol, oro sobre rosa.

—Martinica es famosa por sus flores, monsieur. Pero aun así, muchos de nosotros traemos nuestras plantas predilectas de Francia. ¿Conocéis la adelfa?

Señaló unos arbustos altos y frondosos salpicados de flores rosadas y de muñones de ramas blanquecinas.

Kent rebañó el último hueso de lechón y engulló el último jirón de piel tostada.

—Espera a ver las flores que hay en Norteamérica, tesoro.

Brigitte le mostró los espetones sobre los que se habían asado los lechones.

—Hemos cocinado los lechones en esos espetones. Ordené a Colette que se asegurara de quitar bien toda la corteza antes de ensartar con ellos la carne.

Kent bebió un largo trago de ron y la miró con expresión desconcertada.

—¿Y a mí qué me importa?

—La adelfa es venenosa. Toda ella.

Kent siguió mirándola sin comprender.

—Vuestros hombres no están dormidos, monsieur, sino muertos.

Dicho aquello hizo una seña a Colette quien, sabiendo lo que se esperaba de ella, echó a correr. Fue de hombre despatarrado en hombre despatarrado, les rozó brevemente el cuello a todos y al terminar dedicó una sonrisa triunfal a su ama.

—¿Muertos? —farfulló Kent, parpadeando—. ¿De qué estás hablando?

De repente, en el instante en que el alba despuntaba sobre las cumbres y arrojaba lanzas de luz sobre la plantación, lo comprendió. Ahora veía lo que no había visto en la penumbra previa al amanecer, que sus hombres yacían en posturas poco naturales y en un silencio demasiado profundo para estar durmiendo.

Se levantó de un salto y arrojó lejos de sí el plato y el vaso.

—No te creo. Supervisamos cada paso de la cocción e hicimos probar cada ingrediente.

—Pensáis tan solo en el veneno que actúa desde el exterior, pero no os habéis detenido a pensar en el veneno que actúa desde el interior. Durante la cocción, la resina de las ramas de adelfa brotó e impregnó la carne de los lechones.

—No te creo.

—Mirad a vuestros hombres.

Kent se volvió despacio y contempló incrédulo los cuerpos desparramados a la pálida luz del alba. La voz de Brigitte le llegó entre el humo de la confusión y los rescoldos de la hoguera.

—Dijisteis que existen mil modos de envenenar a un hombre, pero os equivocabais, monsieur, porque existen mil y uno. No tuvisteis en cuenta la adelfa.

Kent le lanzó una mirada atónita.

—¿Cuándo decidiste hacerlo?

—En cuanto os vi por el telescopio, antes de que llegarais a la plantación. Teníais razón desde el principio, monsieur; era una trampa. Cuando os vi subir por la ladera y supe que no había tiempo de dar la voz de alarma, comprendí que nuestra única esperanza residía en envenenaros a todos. Pero ello requería que os quedarais aquí, y la única forma de conseguirlo era seduciéndoos.

—¡No fuiste tú quien me sedujo, sino que yo te seduje a ti!

Brigitte señaló los espetones.

—Estaban preparados antes de que alcanzarais la plantación. ¿No os habéis preguntado por qué no envié un mensajero al fuerte en cuanto os vi? Cierto, los soldados no habrían llegado a tiempo, pero ¿no os pareció extraño que no lo intentara siquiera?

Kent no respondió, sino que se frotó el rostro con las manos sudorosas. Estaba pálido como un muerto.

—Decidí no enviar mensajeros al fuerte porque los soldados se habrían puesto en marcha, y al verlos vos y vuestros hombres habríais huido. Para que mi plan funcionara debía reteneros aquí hasta que no quedara ni un solo lechón, de modo que decidí correr el riesgo.

—Entonces, ¿lo que compartimos en la laguna no significó nada para ti? —preguntó el pirata, furioso.

—Sí, monsieur, significó salvar la vida de mi esposo y la herencia de mis hijos. —Señaló los cofres llenos de monedas de oro que los hombres de Kent habían desenterrado de la glorieta—. Este oro pertenece a mis hijos. Mi esposo amasó esta fortuna para dejarla en herencia a nuestros hijos e hijas. ¿Creéis que iba a permitiros que nos la arrebatarais?

De repente, Kent se llevó las manos a la cabeza.

—No me encuentro bien.

—Vuestra muerte será rápida. A diferencia de vuestros hombres, habéis comido poco más que carne y no habéis bebido mucho.

—No pretenderás quedarte de brazos cruzados, presenciando mi muerte.

—Os lo habéis buscado —replicó ella sin atisbo de compasión.

—¿Cómo puedes decir algo así... después de lo que hemos compartido? ¡Pero si disfrutaste!

—Fingía, monsieur. Vuestras manos me resultaban repugnantes.

—Entonces no eres más que una ramera.

—No, señor, tan solo soy una mujer dispuesta a cualquier cosa para conservar a su familia, incluso a acostarse con una serpiente.

La frente de Kent se estaba empapando de sudor.

—Qué error tomarte por una dama.

—Qué error subestimar hasta dónde está dispuesta a llegar una mujer para proteger a su familia.

—¡Por el amor de Dios! —aulló Kent, aferrándose el estómago.

Brigitte lo observaba con indiferencia, como quien observa el agua a punto de hervir en una olla.

—Mis esclavos ya van de camino al fuerte para alertar a los soldados —anunció al ver que la tez de Kent cambiaba del blanco al ceniciento para luego ponerse lívida—. No tardarán en llegar, pero para entonces ya habréis muerto.

Kent alargó la mano hacia ella. Brigitte retrocedió un paso, y cuando el pirata cayó, sus dedos se curvaron en torno al broche, rasgándole el corpiño. Al chocar contra el suelo tenía el cristal azul encerrado en el puño, y sus matices de magia y embrujo relucían entre sus dedos a la luz del sol naciente.

—*Mon chou*, las Antillas enteras hablan de ti. ¡Te has convertido en una heroína!

Se disponían a acostarse. Si bien habían celebrado una fiesta, Henri estaba sobrio y ahora miraba a su esposa con un nuevo destello de amor y deseo en sus ojos.

—¿Te das cuenta de la ironía, Henri? Si te hubiera revelado la auténtica razón de mi descontento, nunca me habrías comprado el telescopio, y sin el telescopio, aquella noche habría sido bien distinta.

—Entonces, demos gracias a Dios por mi estupidez.

Brigitte se deslizó entre las sábanas y apagó la vela.

—Henri, quiero que los niños vuelvan de París. Ya sé que no es lo apropiado, que los colonos no educan a sus hijos en las islas, pero seremos los primeros. Importaremos preceptores, profesores de equitación y damas de alta cuna para que les enseñen decoro y etiqueta. Tal vez incluso funde una escuela... Sí, eso es lo que haremos.

—Sí, *mon chou* —asintió él, decidiendo que le concedería cualquier deseo, pues era sumamente encantadora.

Alargó las manos hacia ella, pero Brigitte se zafó de él.

—¿Qué ocurre, *mon chou*?

—Te enamoraste de mí porque era hermosa. Y viste cuán hermosa estaba la noche de Kent. Pero era la Estrella de Catay. Fue ella la que me hizo bella durante el tiempo suficiente para retener al capitán Kent.

Con gran tacto, Henri había eludido preguntar qué había sucedido en la laguna, y pese al lamentable estado en que se encontraba el vestido de Brigitte a la mañana siguiente (sin duda, su esposa se había visto obligada a resistirse contra el villano y había logrado conservar intacto su honor), se convenció a sí mismo de que su esposa, inteligente conversadora, se había limitado a pasarse la noche entera charlando con el inglés. Por supuesto, Brigitte no desmintió aquella versión.

—Pero si eres bellísima por ti misma —aseguró Henri—, y no existe en el mundo gema capaz de conferirte semejante belleza... De acuerdo —suspiró tras reflexionar unos instantes.

Se levantó del lecho y regresó al cabo de unos instantes. En la oscuridad, Brigitte percibió el contacto de sus dedos sobre el corpiño del camisón.

—¿Qué haces?

—Te convierto de nuevo en una mujer hermosa. Ya está, aquí tienes tu cristal azul.

Brigitte sintió que la magia de la piedra, de la Estrella de Catay, se ponía en funcionamiento de inmediato, transformándola. Más que dispuesta aceptó el abrazo de Henri, sintiéndose de nuevo hermosa, pues lo que funciona con un pirata sin duda puede funcionar igual de bien con un esposo. Una vez exhaustos, mientras Brigitte concluía que la vida en Martinica sería un paraíso a fin de cuentas, Henri encendió una vela para alumbrar el camafeo de marfil que le había prendido en el corpiño. El cristal azul seguía guardado en su estuche.

Brigitte se echó a reír y alargó de nuevo las manos hacia él.

ÍNTERIN

Tras la derrota de Christopher Kent, Martinica no sufrió más invasiones piratas, y la llamada era dorada de la piratería tocó a su fin poco más tarde, cuando las flotas del mundo aunaron fuerzas para recuperar los mares. Henri y Brigitte vivieron hasta la avanzada edad de sesenta y sesenta y tres años respectivamente, dejando a sus hijos un legado de riqueza y honor. La plantación de Bellefontaine sobrevivió a terremotos, huracanes y una tremenda erupción de la Montaigne Pelée, hasta convertirse en lo que es hoy, una popular atracción turística donde jóvenes y joviales guías cuentan a los visitantes la emocionante historia del señor y la señora Bellefontaine, que armados con tan solo un telescopio y un mosquete lograron vencer a cien sanguinarios piratas en el transcurso de una sola noche.

En 1760, el hijo de Brigitte, por entonces ya un anciano disoluto aquejado de gota y más de una enfermedad venérea, jugaba una partida de póquer con un hombre llamado James Hamilton. Lo único que le quedaba a Bellefontaine era un cristal azul que había pertenecido a su madre. No conocía su valor, tan solo que recibía el nombre de Estrella de Catay. Al perder la mano, la piedra pasó a manos de James Hamilton, quien se la regaló a su amada, Rachel, quien le dio dos hijos ilegítimos en la isla de Nevis, en las Antillas. Poco después de que la familia se trasladara a la isla de St. Croix, James Hamilton abandonó a Rachel y a los dos niños, Alexander y James. Con el cristal azul como aval, Rachel obtuvo un crédito y abrió una pequeña tienda en la población principal de la isla, donde James aprendió el oficio de carpintero, mientras que Alexander, que a la sazón tenía once años, entró a trabajar como empleado en el almacén general. Con el tiempo prosperaron, y Rachel acabó comprando por motivos sentimentales el cristal azul que había empeñado.

Cuando el hijo menor cumplió los diecisiete años, un clérigo del lugar recaudó fondos para enviarlo a estudiar a Nueva York. Durante su estancia en el Kings College, Alexander Hamilton conoció y se enamoró de Molly Prentice, hija de un pastor metodista. Le juró devoción eterna, que selló con el presente de un cristal azul que su madre le había entregado como obsequio de despedida cuando abandonó las Antillas. Sin embargo, el padre de Molly no aprobaba la relación de su hija con un joven pobre de ascendencia dudosa, de modo que la envió a vivir con unos parientes en Boston, donde más tarde se enamoró y se casó con Cyrus Harding, al que dio ocho hijos. No volvió a ver a Hamilton, pero conservó el cristal como recordatorio de su primer amor, y cuando se enteró de su muerte, acaecida en un duelo con un hombre llamado Aaron Burr, ya no pudo soportar la visión de la joya, de modo que se la dio como regalo de boda a su hija Hannah, una joven de inclinaciones místicas que aseguraba ser capaz de comunicarse con los muertos. Hannah afirmaba que el cristal azul ayudaba mucho en tales menesteres.*

* La autora se basa en un hecho real: la muerte en duelo de Alexander Hamilton, secretario del Tesoro en Washington, frente a Aaron Burr, candidato presidencial frente a Jefferson. El hecho se produjo en 1804. *(N. del E.)*

LIBRO OCTAVO

EL OESTE AMERICANO. 1848

«Este, sur, norte y oeste, dime oh, espíritu, qué rumbo debo tomar.»

Al terminar el canto silencioso, Matthew Lively mantuvo los ojos cerrados un instante más y al abrirlos vio que el cristal se había detenido. Así era como Matthew tomaba todas las decisiones importantes, consultando la Piedra Bendita.

La piedra apuntaba hacia el oeste. Matthew experimentó una punzada de emoción. Había querido viajar hacia el oeste, ver la nueva tierra que se extendía al otro lado de las Montañas Rocosas, tal vez incluso labrarse un porvenir en ella. Pero si la Piedra Bendita le hubiera ordenado poner rumbo al este, habría navegado hacia Europa. Viajando al sur habría llegado a Florida, y yendo hacia el norte habría acabado en los parajes ignotos de Canadá.

Pero la piedra señalaba la palabra «oeste», que Matthew había escrito sobre un papel cuadrado blanco junto con las palabras «sur», «este» y «norte» en los puntos cardinales correspondientes, que había trazado con ayuda de una brújula. Acto seguido había colocado el cristal liso, que su madre había bautizado con el nombre de Piedra Bendita, en el centro del papel y la había hecho girar. Al detenerse, su extremo más estrecho señalaba hacia el oeste.

Apenas podía contener el júbilo. Arrugó el papel, guardó el cristal en su estuche especial forrado de terciopelo y bajó para comunicar sus planes a su madre. Pero al pie de la escalera se detuvo en seco. Las cortinas que separaban el recibidor del salón estaban corridas, lo cual significaba que su madre estaba en plena sesión espiritista y no se la podía molestar.

A Matthew no le importó. Era joven y estaba hambriento, de modo que lo celebraría con pastel y un vaso de leche en la cocina hasta que los clientes ávidos de contacto con los espíritus se marcharan.

Mientras se cortaba una generosa porción de pastel de chocolate, esperó que el contacto de su madre con los espectros fuera positivo esa tarde, ya que no estaba de humor para discutir con ella ni quería arriesgarse a que se negara a dejarlo marchar. Matthew necesitaba irse; si se quedaba en Boston moriría sin remisión.

Era por causa de Honoria. A punto había estado de acabar con él al rechazar su proposición de matrimonio. Tenía el corazón destrozado, y no existía bálsamo ni ungüento alguno para curar esa clase de herida. No se trataba tan solo de que lo hubiera rechazado, sino el tono con que se lo había dicho.

—No podría vivir con un hombre que trata a diario con cuerpos enfermos —había exclamado horrorizada.

Matthew no se lo reprochaba; la propia Honoria era una criatura frágil que se pasaba media vida tendida en un diván, donde recibía a las visitas. Además, tampoco él estaba hecho de la pasta de los héroes. Matthew Lively sabía muy bien qué veía la gente al mirarlo, a un joven pálido y nervioso que tartamudeaba con frecuencia y que, pese a su formación universitaria, estaba demasiado poco seguro de sí mismo.

Aun así, el rechazo le había hecho daño, por lo que Matthew Lively, de veinticinco años, decidió mientras apuraba su vaso de leche que no quería volver a saber nada de mujeres.

Hannah Lively, hija de Molly Prentice, que en tiempos había sido la amada de Alexander Hamilton, entró en la cocina. Era una mujer de aspecto corriente ataviada de bombasín negro y tocada con una pequeña cofia de encaje.

—¿Cómo ha ido la sesión, madre? —se interesó Matthew.

Estaba orgulloso de que su madre fuera una de las médiums más solicitadas de la Costa Este.

—Los espíritus se han manifestado con gran claridad, aun sin la ayuda de la Piedra Bendita —repuso su madre antes de dirigirle una mirada expectante.

—¡La piedra ha señalado hacia el oeste, madre!

Hannah asintió con sabiduría.

—El espíritu guía del cristal sabe dónde se encuentra tu destino.

Hannah Lively, una mujer de sesenta años a la que sus numerosos amigos y vecinos consideraban una auténtica profetisa, creía a pies juntillas en el poder del cristal, de modo que Matthew no le reveló que se había visto obligado a hacer girar la piedra once veces antes de conseguir que apuntara hacia el oeste. Imaginaba que el poder requería cierto calentamiento.

—Tengo que partir hacia Independence hoy mismo —exclamó, emocionado—. Dicen que no conviene salir después del primero de mayo. Las caravanas que salen después de ese día no encuentran pastos tan buenos por el camino, y además, es de vital importancia llegar a las montañas de California antes de las primeras nieves…

Se interrumpió en seco al darse cuenta de que con sus palabras desvelaba que siempre había tenido intención de viajar hacia el oeste.

Sin embargo, a su madre no le importó. Siempre y cuando el cristal diera su aprobación, Matthew podía ir a donde le dictara el corazón.

En aquel instante oyeron el sonido de la puerta principal al abrirse y cerrarse, seguido de unas firmes pisadas sobre la estera del recibidor. Era el padre de Matthew, que sacudía la lluvia de su chistera, un caballero de cabello plateado y porte distinguido, como correspondía a su profesión.

—El pequeño Simson ha muerto —anunció con solemnidad—. Tenía pulmonía; no había nada que hacer.

Dicho aquello, Jacob Lively entró en la biblioteca y, tal como tenía por costumbre, se ocupó de los asuntos profesionales antes que nada. Hombre de hábitos concienzudos, el viejo Lively sacó un certificado de defunción en blanco, sumergió la pluma en el tintero y procedió a rellenar meticulosamente el formulario, sacando el reloj del bolsillo para calcular la hora exacta de la muerte. De casa de los Simson a la suya se tardaban seis minutos a pie.

Una vez finalizó la tarea se volvió hacia su familia, convertido ya en esposo y padre.

—A juzgar por la expresión que veo en el rostro de mi hijo, ya se ha tomado una decisión, ¿no es así? —observó con una sonrisa.

—¡Me voy al oeste, padre!

Jacob abrazó a su hijo.

—Te echaré de menos, hijo, de eso no cabe la menor duda. Pero naciste para echar raíces en tierras lejanas, tu madre y yo siempre lo hemos sabido —aseguró con desusada emoción.

Los Lively habían observado la creciente inquietud de su hijo menor, comprendían su anhelo por viajar a un lugar donde se le necesitara e imaginaban que el oeste sería el lugar donde más harían falta sus conocimientos.

—Ahora que ha llegado el momento, te deseo la mejor fortuna, hijo.

Sus padres le hicieron un regalo, un maletín negro con sus iniciales estampadas en oro. Todo lo que contenía era nuevo. Bisturí, tijeras, agujas para suturar carne y piel, hilo de sutura de seda y tripa, gasas, vendas, jeringuillas y catéteres. Matthew abrió los ojos de par en par al sacar un valioso instrumento.

—¡Un estetoscopio! —se maravilló.

—Es francés —declaró su padre con orgullo.

Se veían pocos estetoscopios a aquel lado del charco. El largo tubo de madera con un extremo más ancho que se posaba sobre el pecho del paciente, se había inventado pocos años antes. Las creaciones originales eran mucho más cortas, pero los médicos se dieron cuenta de que un tubo más largo impediría que las pulgas de los enfermos los atacaran.

Antes de su partida, su madre quería realizar una última sesión de espiritismo, ya que tenía intención de regalarle la Piedra Bendita, razonando que en los cuatro mil kilómetros que recorrería entre Boston y Oregón, Matthew la necesitaría más que ella.

Mientras su madre consultaba la Piedra Bendita a solas, Matthew paseaba nervioso por el salón. La inminente aventura lo emocionaba y asustaba a un tiempo; era la primera vez en su vida que tomaba la iniciativa de emprender algo solo. Desde muy pequeño, siempre había sido un seguidor, e incluso había seguido los pasos profesionales de sus hermanos mayores y su padre. De hecho, si alguna vez había albergado la idea de dedicarse a otra profesión, la había desterrado de su mente, ya que semejante osadía no casaba con su temperamento.

Después de comunicarse con el espíritu de la Piedra Bendita, Hannah tomó la mano de su hijo, depositó la piedra en la palma y le cerró los dedos sobre ella.

—Ahora escúchame con atención, hijo —pidió con seriedad—. Te espera una dura prueba. Debes afrontarla con valor, entereza y sabiduría.

—Lo sé, madre —repuso el joven en voz baja—. El viaje a Oregón es largo e incierto.

—No, hijo, no me refiero al viaje. Sí, sin duda será arduo, pero ¿qué viaje no lo es? Me refiero a otra cosa, a un punto de inflexión en ese viaje. Algo espeluznante y tenebroso —terminó con expresión sombría.

—¿Puedo evitarlo? —preguntó Matthew, alarmado.

Hannah denegó con la cabeza.

—Se interpondrá en tu camino, es tu destino. Sin embargo, se trata de una prueba. Si permites que el cristal te guíe, él te conducirá a la luz y la vida.

Por fin llegó el momento de la partida. A Matthew lo esperaba un largo viaje a pie, a caballo, en diligencia, en barco y en tren hasta llegar a Independence, donde daría comienzo el viaje hacia su destino.

—Ya se lo he dicho —gritó el jefe de caravana—. ¡No llevo a mujeres solas y se acabó!

Emmeline Fitzsimmons lanzó a Amos Tice una mirada exasperada. Llevaba dos semanas en Independence, el punto de partida de la ruta de Oregón, recorriendo el inmenso campamento a orillas del Missouri donde las familias aguardaban la señal para ponerse en marcha, y todavía no había dado con ningún jefe de caravana dispuesto a llevarla. Era injusto. Muchos hombres solteros hallaban plaza en las caravanas. En cambio, una mujer soltera…

Sentía ganas de gritar.

El capitán Amos Tice era originariamente un montañés, y eso se notaba en su atuendo. Llevaba una larga chaqueta de ante con flecos, pantalones a rayas, botas, camisa de franela y un cinturón indio de cuentas del que pendía un largo cuchillo de caza. El sombrero de ala ancha manchado de sudor sombreaba un rostro enrojecido por el sol y una barba canosa por la edad y las penurias. Nadie sabía con exactitud de qué era «capitán», pero tenía fama de ser un hombre justo y procurar que sus emigrantes llegaran a su destino. Tice miró de arriba abajo a la audaz joven. No era lo que se decía una belleza, y al capitán no le entusiasmaban el cabello alborotado color miel ni las pecas, pero aun así era bonita y le gustaba su silueta rolliza y robusta. En cualquier caso, aceptarla en su caravana era buscarse problemas seguros.

—Lo siento, señorita —repitió—, pero las reglas son las reglas. No aceptamos a mujeres solteras que viajen solas.

Emmeline estaba ya más que exasperada. Era el séptimo jefe de caravana que la rechazaba, y las posibilidades menguaban con cada intento. Las primeras caravanas ya habían salido, y al cabo de un par de semanas ya no saldría ninguna a causa de la nieve en las sierras.

—Pero puedo ser de gran ayuda. Soy comadrona —explicó antes de agitar el brazo en dirección a las mujeres y niños del campamento—. A juzgar por el aspecto de algunas de estas mujeres, necesitarán mis servicios.

Tice frunció el ceño con aire desaprobador. Ninguna dama decente mencionaría un tema tan delicado como el estado de buena esperanza de una mujer. Además, dudaba de que fuera partera. Era demasiado joven, demasiado fina. Y soltera por añadidura, de las que creaban más problemas. El viaje a Oregón era un trayecto de tres mil kilómetros que, Dios mediante, llevaría cuatro meses. Eran demasiados kilómetros y demasiadas noches para viajar en compañía de una mujer como ella. Le dio la espalda para indicar que el tema quedaba zanjado.

—Si encuentro a alguien... —dijo Emmeline con rapidez—. Si encuentro una familia dispuesta a viajar conmigo, ¿me permitirá ir en la caravana?

Tice se mesó la barba y escupió jugo de tabaco en el suelo enfangado.

—De acuerdo, pero primero tendré que dar el visto bueno a la familia.

Independence era una bulliciosa ciudad fronteriza donde se mezclaba toda clase de personas. Había tramperos canadienses ataviados con pieles, mulateros mexicanos luciendo chaquetas azul brillante y pantalones blancos, andrajosos indios kanza montados en ponies, oportunistas yankies que vendían cualquier artículo imaginable, y miles de emigrantes con sus carromatos cargados de pertenencias y esperanzas. En el aire primaveral resonaban los martillos de los herreros, los gritos de los jugadores en las calles enlodadas, los sonidos de las pianolas procedentes de las tabernas. Gentes con prisas entraban y salían de tiendas cargadas de artículos, y las calles estaban atestadas de indios que vendían su artesanía.

Emmeline estaba de pie ante la concurrida mercería cuando oyó una conversación entre dos hombres.

—Sí, señor, me lo ha dicho mi hermano. Dice que en Oregón los cerdos campan a sus anchas, sin dueño, gordos, redondos y ya asados, con cuchillos y tenedores clavados en el cuerpo, así que lo único que hay que hacer es ir cortando rodajas cuando te entra el gusanillo.

Fue entonces cuando vio al joven médico, a punto de entrar en la botica situada en la acera de enfrente.

Acometida por una idea repentina, cruzó la calle y entró en la tienda. Tras esperar un instante para que sus ojos se acostumbraran a la penumbra, vio rótulos anunciando las píldoras biliares Windham, el bálsamo del doctor Solomon y el ungüento de Holloway. Los estantes que se alzaban tras el mostrador estaban repletos de tónicos y polvos destinados a curarlo todo, desde la gota hasta el cáncer, con la promesa de una curación garantizada. Emmeline cogió un frasco de Jarabe Calmante para Bebés. Según la etiqueta, contenía morfina y alcohol, y la dosis recomendada era «hasta que el bebé se calme».

Al poco vio al joven médico hablando con el boticario. Dedujo que era médico por el maletín negro que llevaba, idéntico al que su padre y sus tíos siempre llevaban cuando realizaban visitas a domicilio, el omnipresente maletín negro de médico. El joven era delgado y pálido, y el traje le sentaba bastante mal. A Emmeline le pareció que estaba nervioso. Mientras se abría paso entre los clientes para situarse junto a él ante el mostrador, el joven abrió el maletín negro y sacó un frasco para que el boticario se lo llenara. Emmeline vio gasa, vendajes, hilos de sutura y tijeras.

—Perdone, doctor, ¿podría ayudarme?

El joven se volvió hacia ella con un sobresalto.

—¿Es a mí? —preguntó con el rostro tan ruborizado que contrastaba espectacularmente con el blanco cuello almidonado.

Emmeline había recibido una educación lo bastante esmerada para saber que nunca debía dirigirse a un desconocido sin haber sido presentada antes. Sin embargo, corrían tiempos peculiares y, a fin de cuentas, aquello era la frontera.

—Me llamo Emmeline Fitzsimmons y deseo viajar al oeste —explicó por ello con audacia—. Puesto que soy mujer y viajo sola, los jefes de caravana son reacios a aceptarme a bordo. Permítame viajar con usted, doctor. Podría servirle de ayudante; tengo formación de comadrona.

Sostuvo en alto su bolsa de cuero, que contenía los instrumentos y remedios propios de su oficio.

—Y no solo eso —se apresuró a añadir—. Mi padre era médico y me permitía ayudar en la consulta. También yo quería estudiar medicina, pero no me aceptaron en la facultad —suspiró con amargura—. Podría serle de mucha utilidad.

Matthew no sabía que pensar de aquella directa joven. A diferencia de su amada Honoria, tan esbelta y frágil, la señora Fitzsimmons era de constitución fuerte y busto generoso. Poseía labios muy rojos y carnosos, así como ojos enmarcados en largas pestañas, y despedía un embriagador perfume femenino que casi lo mareó. Tragó saliva. Su feminidad patente lo ponía nervioso, y le horrorizaba que hubiera sugerido algo tan impensable como que dos completos desconocidos, hombre y mujer por añadidura, viajaran juntos.

—Lo… lo siento… —tartamudeó.

—Mire —insistió ella al tiempo que abría la bolsa y sacaba varias partidas de nacimiento en blanco—. He visto certificados de defunción en su maletín. Nuestra colaboración resultaría de lo más práctico. ¿Ha visto alguna vez a dos personas que encajen mejor? Me parece que se trata de una señal.

Pero Matthew siguió mascullando excusas, cogió su frasco ya lleno y salió a toda prisa.

Negándose a dejarse vencer, Emmeline regresó al gran campamento de emigrantes y volvió a recorrerlo con la mirada. Muchas de las caravanas ya habían partido y quedaban muy pocas. Deseaba con todas sus fuerzas unirse a la de Tice, que partiría a la mañana siguiente.

A diferencia de la mayoría de los jefes de caravana, Tice ya había viajado a Oregón, conocía el camino y a los indios, razón por la que exigía un precio más alto que los demás. Sin embargo, por mucho dinero que le ofreciera Emmeline, nunca sería suficiente.

Se detuvo a observar a un apuesto joven ataviado con un chaleco de cuadros y un llamativo bombín que había montado una cámara sobre un trípode mientras una pequeña multitud presenciaba la escena. «Silas Winslow, daguerrotipista. Retratos halagüeños garantizados», anunciaba el rótulo de su carromato. El invento era el último grito. Emmeline había posado para un fotógrafo antes de abandonar su hogar en Illinois para que sus hermanas pudieran conservar el retrato. Por desgracia, no habían podido permitirse el lujo de hacerse uno de ellas, por lo que Emmeline tendría que llevarlas en su recuerdo y en su corazón.

Siguió caminando entre los carromatos, donde los hombres revisaban las provisiones y engrasaban las ruedas, mientras las mujeres supervisaban la carga de muebles, baúles y ropa de cama. Por fin vio a una familia recién llegada; la mujer estaba embarazada de muchos meses e intentaba ocuparse al mismo tiempo de niños, pollos y el carromato. Se acercó a la agobiada mujer y se presentó con toda la alegría que logró mostrar dado su estado de ánimo.

—Soy comadrona y podré serle de utilidad cuando le llegue el momento, lo que sin duda ocurrirá durante el viaje.

La mujer respondió que se llamaba Ida Threadgood y que le estaría muy agradecida por su ayuda.

—Sería una bendición que viajara con nosotros, señorita Fitzsimmons, una auténtica bendición... Al igual que ese hombre —añadió Ida en tono sombrío mientras miraba a su esposo, que estaba enganchando los bueyes— es una auténtica maldición.

La despejada mañana del 12 de mayo de 1848 todo el mundo iba vestido con sus mejores galas: las mujeres encorsetadas, tocadas con sombreros de flores y protegidas con parasoles, guantes y abanicos, los hombres bien afeitados, con el cabello engominado, los tirantes y las hebillas nuevos y relucientes. Las casas de baños de Independence apenas habían dado abasto la noche anterior, ya que todos los emigrantes querían asearse a fondo por última vez antes de emprender el viaje. Una banda tocaba *Yankee Doodle* y *Barras y Estrellas* mientras estallaban los fuegos artificiales y Silas Winslow tomaba fotografías de grupo a quienes podían permitírselas. familiares y amigos agitaban la mano y se enjugaban las lágrimas mientras se despedían de los seres queridos que estaban a punto de adentrarse en tierras ignotas.

Por fin, los emigrantes iniciaron la marcha. Sería un viaje de tres mil kilómetros a una velocidad de tres kilómetros por hora. Partían con pulcros carromatos cubiertos de lona y tirados por bueyes que recibían el sobrenombre de «goletas de la pradera» porque al avanzar entre la hierba alta parecían barcos navegando a toda vela por un mar verde. El convoy se componía de setenta y dos carromatos, ciento treinta y seis hombres, sesenta y cinco mujeres, ciento veinticinco niños y setecientas cabezas de ganado y caballos. Todos los carromatos iban cargados de pertenencias personales, muebles y provisiones adquiridas en Independence. Cada persona llevaba cien kilos de harina, cincuenta de panceta, cinco de café, diez de azúcar y cinco de sal, además de arroz, té, alubias, fruta seca, vinagre, encurtidos y mostaza. Además, los emigrantes transportaban bienes para comerciar, como algodón para los indios con quienes se toparían por el camino, encaje y seda para los españoles, libros y herramientas para los yankies ya establecidos en el oeste... Las mujeres llevaban manteles, vajillas y la Biblia familiar, mientras que los hombres portaban armas, arados y palas. Viajaban acompañados de un pintoresco surtido de perros, pollos y ocas.

Desde Independence, la ruta atravesaba territorio shawnee a lo largo del río Kansas, donde la caravana recibía ayuda de los indios para cruzar. Los indios cobraban setenta y cinco centavos por carromato, lo que a los emigrantes se les antojaba un asalto a mano armada. Mientras que los hombres cabalgaban, casi todas las mujeres caminaban junto a los carromatos, al igual que los conductores de las yuntas de bueyes; solo los ancianos y los niños viajaban montados en los vehículos. Al final de la primera jornada, la ingente masa de carromatos, bueyes, caballos, mulas y reses se detuvo con gran algarabía para acampar, preparar la cena, dormir y dar de comer a los animales para a la mañana siguiente levantar el campamento y reanudar la marcha como un enorme pueblo itinerante. Así transcurrirían los siguientes cuatro meses. Por el camino se encontrarían con gentes que se dirigían a California, que recientemente se había incorporado a Estados Unidos y ya no estaba en guerra con México. Pero los emigrantes que viajaban rumbo a Oregón no veían motivo alguno para ir a California, que otros les habían descrito como un «desierto inútil sin nada aparte de indios y mexicanos». Un hombre solo que pasó junto a ellos con muchas prisas afirmó que alguien había encontrado oro allí, pero todo el mundo se rió de él y lo tildó de pobre iluso.

La pradera se extendía ante ellos llana, herbosa y en algunos puntos ablandada por la lluvia. Los emigrantes viajaban con la vista fija en el horizonte, cada familia caminando junto a su carromato y sus bueyes, siguiendo inexorablemente a la que la precedía y precediendo a la siguiente. Tim O'Ross, Rebecca y los hijos de sus respectivos matrimonios anteriores; Charlie Benbow y su esposa Florine, los criadores de pollos; Sean Flaherty, el irlandés cantor, y su amigable perra negra, Daisy; los cuatro hermanos Schumann, de Alemania, cuyo carromato estaba repleto de arados de hierro forjado y otros aperos de labranza. Los Schumann sabían muy poco inglés y durante largo tiempo creyeron que «maldita sea» significaba «mula».

Al inicio del viaje, los emigrantes no se conocían, pero pronto trabaron amistades. Puesto que el capitán Amos Tice nunca se entrometía en los asuntos de los demás y se preocupaba tan solo de que pagaran el precio por ir en la caravana y se avinieran a ayudar en las tareas, la caza y la defensa contra los indios, recaía sobre los propios viajeros la responsabilidad de presentarse unos a otros. De esta forma averiguaban quién era de Ohio, Illinois o Nueva York, cuál era la profesión de cada cual, quién era viudo y cuántas veces se había vuelto a casar. Una tarde, un conductor de Kentucky abordó a Matthew Lively.

—La señora Threadgood dice que la señorita Fitzsimmons le dijo que era usted médico. ¿Puede arrancarme una muela? —le preguntó mientras se frotaba la mandíbula inflamada con una mueca de dolor.

Matthew le contestó que no trabajaba de dentista, pero que, según tenía entendido, Osgood Aahrens, del último carromato, era barbero.

Ida y Barnabas Threadgood, al igual que la mayoría de los matrimonios que viajaban en la caravana, llevaban a cuestas tres y cuatro matrimonios respectivamente, después de haber enviudado en dos y tres ocasiones, y entre ambos tenían muchos hijos. Ida agradecía la ayuda de la señorita Emmeline, que ayudaba a cocinar, lavar y cuidar de los niños a cambio de una cama y la protección de una familia, ya que los hombres no tardaron en darse cuenta de que entre ellos viajaba una joven soltera y en empezar a revolotear a su alrededor como moscones. Este hecho no escapaba a Albertina Hopkins.

—Esa muchacha va a revolucionar a los hombres solteros —declaró—. Recordad lo que os digo, la señorita Emmeline Fitzsimmons va a provocar más de una pelea.

Las demás mujeres se mostraron de acuerdo, pues sospechaban de las jóvenes que viajaban solas, sobre todo de aquella, que no parecía lamentar en absoluto su soltería. La señorita Fitzsimmons no era nada tímida ni fina, y bromeaba con los hombres demasiado alegremente para el gusto de las señoras.

—Ninguna mujer decente va por el mundo con la cabeza descubierta y el cabello suelto —sentenció Albertina en voz lo bastante alta para que la oyera todo el mundo, incluso Emmeline, mientras removía la panceta en la sartén—. Todos sabemos lo que le pasó a Jezabel en la Biblia.

Albertina tenía opiniones contundentes sobre gran cantidad de temas. En cierta ocasión, cuando se cruzaron con una familia negra que intentaba viajar al oeste sola, con tan solo tres carromatos, los integrantes de la caravana decidieron organizar una votación para decidir si los dejaban unirse a la partida de Tice. Si bien Emmeline, Silas Winslow, Matthew Lively e Ida y su esposo votaron a favor de permitir que los negros viajaran con ellos, todos los demás se opusieron. Así pues, Amos Tice se vio obligado a explicar a los antiguos esclavos de Alabama que les convenía más ir a California, donde recibían con los brazos abiertos a los negros.

—En Oregón no admiten a negros —aseguró, lo cual era cierto.

—Si los morenos quieren ir al oeste, me parece bien —dijo Albertina en cuanto dejaron atrás los tres destartalados carromatos, los seis bueyes, los dos caballos, la vaca, los cinco adultos y los siete niños que integraban la familia negra—. Sencillamente, suponía que preferirían viajar con los suyos. Además, no entiendo por qué empeñarse en ir a un sitio donde no te van a recibir bien.

Albertina era una mujer corpulenta con cara de bulldog y voz igual de potente que su silueta. Hablaba con igual contundencia de su cristianismo como de la moral dudosa de Emmeline Fitzsimmons, e incluso había puesto a sus hijos los nombres de dos expresiones arameas de la Biblia: la niña se llamaba Talitha Cumi, que significaba «Levántate, niña», y el niño, Maranatha, que significa «El Señor se acerca». Albertina, que siempre sacaba a colación las buenas obras que realizaba, quizá porque nadie más hablaba de ellas, creía que el Señor la enviaba al oeste para que llevara la religión y la civilización a los herejes, si bien nunca explicaba con claridad quiénes eran los herejes de Oregón.

Por el contrario, el señor Hopkins era un hombre callado, agradable y complaciente. Puesto que ambos eran viudos, también él había aportado los hijos de su anterior matrimonio, que junto con los tres de Albertina y los dos pequeños que tenían en común formaban un nutrido grupo. A los ojos del resto de la caravana, eran unos auténticos diablillos que correteaban a sus anchas, robaban comida y atormentaban a los animales, pero Albertina hacía la vista gorda y aseguraba a pleno pulmón que eran unos ángeles. Todos los hombres de la caravana compadecían al callado señor Hopkins y se preguntaban de dónde sacaba tanta paciencia, hasta que una noche, varios días después de abandonar Fort Laramie, los hermanos Schumann lo descubrieron sentado detrás de un algodonero, bebiendo whisky en secreto.

—Esa Emmeline Fitzsimmons me ha dicho que tiene veinticinco años —comentó Albertina la cuarta noche mientras comía bollos calientes—. ¿Os lo podéis imaginar? —exclamó antes de emplear términos como «arroz pasado» y «para vestir santos»—. Considero sumamente impropio que una joven soltera asista partos. Me da igual la formación que tenga; sigue siendo una virgen que no entiende nada de esos menesteres... Pobre Ida Threadgood —añadió con un suspiro.

Los demás convinieron con ella.

Matthew Lively no pudo evitar escuchar la perorata, pues el viento soplaba en su dirección. Estaba casi convencido de que la señora

Hopkins se equivocaba al decir que a la señorita Fitzsimmons se le había pasado el arroz. Durante los primeros días de viaje, había tenido múltiples ocasiones de observar a la joven de la alborotada melena color miel, ya que el carromato de los Threadgood avanzaba tres carromatos por delante del suyo, y sospechaba que la señorita Fitzsimmons no permitía que los hombres la escogieran, sino que los elegía ella. Si era una solterona, desde luego no se debía a que no se le hubiera declarado nadie.

No sabía por qué la señorita Fitzsimmons le llamaba tanto la atención. De hecho, ni siquiera lo atraía. No se comportaba como una dama, y verla comer con un entusiasmo casi masculino lo repugnaba. Su amada Honoria apenas probaba bocado. Estaba tan delgada que sus pómulos y clavículas sobresalían de un modo doloroso, y era tan débil que apenas podía levantar el abanico para darse aire. No era de extrañar que la mitad de los hombres de Boston estuvieran desesperadamente enamorados de ella. Pese a todo, la señorita Fitzsimmons poseía algo interesante, y Matthew creía que sus razones para viajar al oeste eran idénticas a las suyas, es decir, encontrar un lugar donde sus conocimientos fueran necesarios.

—Gracias a Dios que viaja usted con nosotros —suspiró Ida Threadgood, llevándose las manos al abdomen mientras la caravana proseguía su inexorable avance hacia la llanura de Kansas—. Esto no fue idea mía. El chiflado de mi marido vendió la granja sin ni siquiera avisarme, y allí me encontré, desarraigada, con cinco hijos y otro en camino.

Emmeline intentó disimular su asombro; nunca había oído a una mujer referirse de forma tan irrespetuosa a su esposo. Sin embargo, no tardó en averiguar que Ida no era la única que albergaba semejantes pensamientos. Muchas de las mujeres de la caravana estaban allí en contra de su voluntad, siguiendo a sus esposos o padres al oeste porque no les quedaba otro remedio. Ventilaban su enojo en voz baja junto a las hogueras o los barreños para que los hombres no las oyeran. Para ellos constituía una gran aventura viajar de aquel modo, pero las mujeres necesitaban raíces, un lugar permanente, sobre todo cuando empezaban a llegar los hijos. Puesto que no tenían nada más en que ocupar el tiempo, se consolaban en la creencia de que el trabajo duro de hoy les granjearía una vida mejor mañana.

A unos doscientos kilómetros de Independence, doce días después de la partida, la señora Biggs se puso de parto. Cuando Emmeline se disponía a ayudarla, Albertina Hopkins la empujó a un lado y a punto estuvo de derribarla. Emmeline se sintió tentada de atacar a la mujer con uñas y dientes, pero se contuvo por consideración a la pobre señora Biggs.

Al día siguiente, una gran tormenta apareció en el horizonte, y mientras se acercaba a toda velocidad, los viajeros dispusieron los carromatos en un enorme círculo, encerraron a las reses y los caballos, y por fin se resguardaron bajo las revoloteantes lonas mientras los truenos y los relámpagos asolaban el lugar. Tras verse sorprendida por la repentina lluvia mientras ayudaba a desenganchar la yunta de bueyes de los Threadgood, Emmeline corrió a refugiarse bajo el carromato más próximo, que resultó ser el de Matthew Lively. Se apretujaron en respetuoso silencio mientras la naturaleza amenazaba el ganado y los carromatos, arrancando gritos de terror a mujeres y niños. De repente, tan deprisa como había llegado, la tormenta siguió avanzando por la llanura, dejando atrás el arco iris más espectacular que los viajeros habían visto en toda su vida.

—Ah, ha salido el sol —constató Albertina Hopkins al bajar de su carromato e instar a su prole que jugara en el barro, como si fuera la artífice del fenómeno.

Mientras abandonaba la protección del carromato de Matthew, Emmeline sintió una curiosidad creciente por el joven médico. Su rostro alargado le confería aspecto de haber asistido a demasiados funerales. ¿Perdería a muchos pacientes?, se preguntó. Emmeline no sabía que, en ese mismo instante, Matthew se preguntaba por qué ella se pasaba la vida sonriendo. ¿De dónde sacaba la energía? ¿Acaso nadie le había dicho jamás que no era propio de una señorita hablar por los codos?

El 29 de mayo, tras dos semanas y media de viaje, alcanzaron la orilla del Gran Río Azul, que confluía con el Kansas desde el norte, y los viajeros quedaron trastornados al ver que la crecida de las aguas era tal que resultaba imposible cruzarlas. Como no podían seguir adelante, aprovecharon la ocasión para hacer su primera colada y tomar el primer baño desde que salieran de Independence. Aplicaron vigorosamente jabón de sebo a cuerpos y prendas, lavando juntos a niños y camisas mugrientas, vestidos manchados, mantas, abrigos e «innombrables». Aquella noche salió la luna creciente y los emigrantes se entretuvieron con música, relatos y coqueteos inocentes alrededor de las numerosas hogueras. Silas Winslow, soltero codiciado de profesión lucrativa, se convirtió en el centro de atención de madres de hijas solteras, al igual que Matthew Lively, pues ya había corrido el rumor de que era médico.

Pero si bien Winslow disfrutaba una enormidad de que lo trataran como a un príncipe, engullía las tartas y permitía que las señoras se ocuparan de remendarle y lavarle la ropa, Matthew se sentía abrumado. Tímido por naturaleza y torpe en las relaciones sociales, Matthew nunca había sido hasta entonces centro de atención de las damas. Por añadidura, la delicada Honoria seguía presente en su corazón, y el joven aún sufría el dolor de su rechazo. Por todo ello, las ansiosas hijas de granjeros y colonos, a la caza de marido, lo ponían sumamente nervioso. La única excepción era la notable señorita Emmeline Fitzsimmons, a quien se había oído decir que no creía en el matrimonio. Matthew se lo había oído comentar a la señora Ida Threadgood, explicándole que el matrimonio era una institución artificial, inventada por los hombres para subyugar a las mujeres. Así pues, aunque no lo desconcertaba como las hijas de los emigrantes, con sus tartas y sus sonrisas coquetas, lo desconcertaba de todos modos.

Por fin el río se hizo practicable, pero hacían falta transbordadores para llevar los carromatos. Así pues, los emigrantes talaron árboles a fin de construir una balsa de troncos y ramas lo bastante grande para transportar una goleta de la pradera. Era una tarea ardua porque la corriente era rápida y profunda, además de que forzar a los caballos y reses a cruzar a nado constituía una labor casi imposible. Los emigrantes trabajaron durante dos días bajo la lluvia hasta lograr que todos atravesaran el río. Durante ese tiempo, los temperamentos se desataron, y dos conductores estuvieron a punto de matarse a cuchilladas.

En la otra orilla, exhaustos y cubiertos de barro, los desalentados emigrantes estaban intentando enganchar los bueyes, reunir caballos y reses, y encender algún tipo de hoguera cuando, de repente, Barnabas Threadgood profirió un grito y se desplomó.

Todos se agolparon alrededor del hombre inconsciente mientras Emmeline corría a buscar a Matthew Lively. Ida estaba de pie junto a su esposo con los brazos en jarras.

—Esto no lo había hecho nunca —declaró.

Matthew se abrió paso entre la gente, clavó una rodilla en el suelo y palpó el cuello de Barnabas. Los espectadores guardaron silencio mientras el joven médico abría su maletín negro y sacaba el estetoscopio. Era la primera vez que veían uno y abrieron los ojos como platos cuando Matthew apoyó el extremo sobre el pecho del hombre para escuchar su corazón. Al cabo de unos instantes alzó la vista con expresión pesarosa.

—Su esposo está muerto, señora.

—¿Ah, sí? —dijo Ida.

Dicho aquello, contempló durante un minuto el rostro de Barnabas, luego miró hacia el oeste durante otro minuto y por fin desvió la vista hacia el este.

—En cuanto lo hayamos enterrado, me vuelvo a Missouri.

Para asombro de Emmeline, otras cuatro esposas se unieron a ella junto con sus hijos y seis conductores. Si sus maridos protestaron, desde luego no lo hicieron en voz alta. Sin embargo, ahora Emmeline estaba de nuevo sola, en medio de la nada, a más de doscientos kilómetros de Independence. Cuando Amos Tice le anunció que debía volver con Ida, Emmeline le plantó cara e insistió en que seguiría el viaje hacia Oregón.

Lo que sucedió a continuación sorprendió incluso a Tice. Cuatro conductores, dos granjeros viudos, Silas Winslow y un desgarbado adolescente se ofrecieron a escoltar a la señorita Fitzsimmons hasta Oregón. Al ver que estaba a punto de desencadenarse una pelea para decidir quién se encargaba de proteger a la joven dama, Matthew regresó a su carromato y sacó la Piedra Bendita.

Mientras la sostenía en la palma de la mano ponderó sus inesperadas acciones. La decisión respecto a lo que debía ser de la señorita Fitzsimmons recaía sobre Amos Tice o sobre la tozuda joven, pero en cualquier caso no era asunto de Matthew. Sin embargo, algo en su interior, una sensación desconocida y perturbadora, lo instaba a intervenir y tomar la iniciativa. La conciencia le dictaba tomar una decisión y Matthew no estaba acostumbrado a eso.

No obstante, no dependía por completo de él, ya que acataría lo que le ordenara la Piedra Bendita.

Cada noche celebraba el ritual de contemplar el cristal, y cada mañana, cuando despertaba porque no podía desterrar de su mente la aterradora profecía de su madre sobre la gran prueba que lo esperaba, aquel suceso «espeluznante y tenebroso», hacía lo propio. Esperaba hallar algún modo de evitar la ordalía, pero el espíritu guía no le revelaba nada. Sin embargo, en esos momentos tenía otra pregunta que formular a la piedra azul, de modo que sacó la pequeña pizarra que reservaba para aquellos menesteres y un pedazo de tiza. En un extremo de la pizarra escribió «sí» y en el otro, «no». Luego situó el cristal entre ambas, le preguntó si debía ofrecer a la señorita Fitzsimmons su protección e hizo girar la piedra. Al poco señaló la palabra «sí». La hizo girar de nuevo. Y por tercera vez. Al comprobar que siempre señalaba el «sí», decidió que más valía no poner en tela de juicio la decisión del espíritu guía, ya que eso podía acarrearle mala suerte. Por tanto, regresó a la disputa que la señorita Fitzsimmons había provocado sin querer, vio que Tice intentaba separar a dos contendientes y con el corazón desbocado y las manos sudorosas a causa de aquel atrevimiento que no iba con su carácter, ofreció a llevar a Emmeline en su carromato.

La joven aceptó de inmediato.

Enterraron a Barnabas Threadgood junto al camino, rezaron una apresurada oración y volvieron a ponerse en marcha. A su espalda y en sentido opuesto, Ida Threadgood, su prole, tres carromatos cargados de mujeres y niños, y cuatro conductores que habían cambiado de opinión sobre su viaje al oeste, emprendieron el viaje de regreso a la civilización.

Cuando los carromatos de la caravana principal se pusieron en marcha, Albertina Hopkins hizo saber a todo el mundo que no aprobaba que dos personas solteras viajaran juntas.

—No es asunto suyo —resopló Emmeline mientras subía al pescante junto a Matthew.

El joven guardó silencio; en su fuero interno, estaba de acuerdo con la señora Hopkins.

Albertina siguió oponiéndose furiosamente al arreglo y así se lo hacía saber al capitán Tice a cada ocasión. Algunas de las otras mujeres se unieron a la cruzada, pero a otras no les importaba, por lo que pidieron a Tice que dejara en paz a los jóvenes.

—Puede que necesitemos de sus conocimientos —observó Florine Benbow sin saber que sus palabras se convertirían en profecía.

Mientras cruzaban las inmensas praderas cubiertas de hierbas altas del este de Kansas y Nebraska, que no parecían acabar nunca, Emmeline y Matthew llegaron al acuerdo de obrar en todo momento con decencia y sin ocultar nada. Así, Emmeline dormiría en el carromato, mientras que Matthew se acomodaría sobre una estera en el suelo. Sin embargo, comían juntos, instalaban y levantaban el campamento juntos, se ocupaban de los bueyes, reparaban el carromato e iban a buscar agua juntos. Se amoldaron a la rutina cotidiana de la caravana. Al amanecer, una corneta tocaba diana para despertar a los viajeros. Los hombres que durante la noche se habían encargado del ganado traían los caballos y las reses de la pradera mientras las mujeres encendían hogueras y preparaban el desayuno a base de pan, panceta y café. Después de comer, un rato que solía transcurrir en paz y armonía, desmontaban las tiendas, guardaban todos los enseres en los carromatos, reunían a los bueyes y los enganchaban a los vehículos. La caravana se ponía en marcha a las siete para aprovechar el fresco matutino y recorrer cuantos kilómetros pudiera antes del mediodía, momento en que se detenían a descansar durante una hora antes de viajar otras cinco horas. Cuando el capitán Tice daba por fin la señal de parar y acampar, los viajeros acogían el anuncio con gruñidos de alivio y algunos vítores cansados. Era el momento de disponer los carromatos en un círculo y encadenarlos unos a otros para protegerlos de posibles ataques indios, si bien los indios preferían atacar las caravanas en movimiento. Los animales salían a pastar y las mujeres preparaban la cena. Las horas que seguían al ágape eran las mejores del día, pues los amigos se reunían, tal vez había música y baile, y en cualquier caso chismes y algunas buenas historias alrededor de la hoguera.

Era como un sueño para aquellas personas acostumbradas al confinamiento de las granjas y las casas. Los días eran duros, pero las noches eran pacíficas y los campamentos parecían meriendas campestres donde la gente trababa amistades, los niños correteaban en libertad y la comida se compartía con generosidad. Todavía no habían surgido los celos, la envidia no había empezado a bullir, las quejas aún no se habían abierto paso hasta la tienda de Amos Tice. Al cabo de poco tiempo, muy poco tiempo, los ánimos empezarían a caldearse, los nervios empezarían a aflorar, y Tice sería acusado, como todos los jefes de caravana, de ser injusto y tener favoritos.

Era el suyo un trabajo ingrato. Su responsabilidad consistía en determinar todos los aspectos de la vida en la caravana, el orden en que viajaban los carromatos, la asignación de tareas como la recogida de agua o de leña, los turnos de guardia y la vigilancia del ganado. En días sucesivos, los últimos de la larga fila empezarían a quejarse de que se pasaban el día entero tragando el polvo de sus predecesores, y aunque Tice rotaba el orden de los carromatos a fin de que todos pudieran viajar a la cabeza, nadie estaba satisfecho.

Asimismo se ocupaba de administrar justicia. Cuando el perro de Sean Flaherty atacó los pollos de Benbow y mató seis antes de ser capturado, los Benbow exigieron matar al can de un disparo. Pero Sean abrazó a Daisy y explicó con los ojos arrasados de lágrimas que era cuanto tenía en el mundo. Así pues, se organizó una votación que salvó la vida de Daisy y obligaba al señor Flaherty a pagar un precio justo por las aves muertas del señor Benbow.

También tenían sus penas. Jeb, el conductor de Kentucky, acabó por sucumbir al abceso que se le había infectado en la mandíbula después de que Osgood Aahrens, el barbero, le arrancara la muela picada. Lo enterraron junto al camino y siguieron adelante. Se añadieron más tumbas a medida que algunos niños morían de sarampión, varios hombres quedaban aplastados bajo carromatos y morían al nacer bebés que en ocasiones eran sepultados junto a sus madres. También veían tumbas cavadas por otros emigrantes que los habían precedido. En las décadas venideras, la ruta de Oregón quedaría salpicada de miles de cruces y lápidas.

Mientras el carromato de Matthew avanzaba tirado por los caballos, Emmeline se sentaba a su lado, el rostro vuelto hacia el sol, imaginando la Tierra Prometida que la esperaba, donde hombres y mujeres vivirían en igualdad. Sujetando las riendas y manteniendo suficiente distancia respecto al carromato que lo precedía a fin de no respirar el polvo que levantaba, Matthew disfrutaba del sol que inundaba la llanura y le mostraba una existencia diametralmente distinta de los oscuros salones donde la comunidad espiritista de Boston celebraba sus sesiones. Allí, la vida se centraba en los muertos, mientras que aquí se centraba en los vivos, en el ganado que pastaba, en los halcones en pleno vuelo, en los niños que corrían y reían, en la perra Daisy que ladraba mientras perseguía conejos y pavos demasiado bobos para volar.

La hija de médico de Illinois y el joven de Boston conversaban poco, montados en el pescante del carromato con la mirada clavada en el horizonte, sin haber imaginado jamás que pudiera existir una tierra tan vasta, un cielo tan infinito. Sentían que sus almas se expandían a cada kilómetro, como si se hubieran pasado la juventud confinados en un baúl del desván y los hubieran tendido al sol para que les diera el aire. Allí, en presencia de aquel horizonte tan lejano y evasivo, a Emmeline se le antojó un buen momento para entablar conversación. Le inspiraba curiosidad la piedra azul que el doctor Lively sacaba y miraba de vez en cuando, de modo que lo interpeló al respecto.

—Se llama la Piedra Bendita —explicó el joven con los ojos entornados por el sol mientras manejaba las riendas—. Se la regalaron a mi madre el día de su boda. Dice que es muy antigua, tan antigua como el mundo tal vez, y que encierra todo el poder de las personas que la han tenido en sus manos a lo largo de los milenios. Mi madre siempre la consultaba, y yo hago lo mismo.

No le explicó que su madre también la utilizaba para ponerse en contacto con los muertos, ni tampoco le habló de la sombría profecía de Hannah, según la cual lo esperaba una prueba espeluznante y tenebrosa. Tal vez la prueba se había presentado ya y era la decisión de llevar consigo a Emmeline, algo que desde luego no le había granjeado la popularidad ni entre los hombres ni entre las mujeres.

—¿Y el cristal lo guía? —quiso saber Emmeline con un destello de interés en la mirada.

—Sin él estaría perdido. A veces tengo la sensación —añadió con timidez— de que soy cobarde por naturaleza. Me resulta harto difícil tomar decisiones por mí mismo.

—Sencillamente usted es cauteloso, doctor Lively —puntualizó la joven—. Mi problema reside en que soy demasiado valiente. Nada me asusta, y eso a veces me acarrea problemas.

Se quitó el sombrero y sacudió la larga melena en la brisa.

—No sabe usted la suerte que tiene al ser hombre. Puede dedicarse a la profesión que desee, sin exponerse a los prejuicios de los demás. Yo quería ser médico, pero no me lo permitieron porque soy mujer. Es injusto, por eso me voy al oeste. Allí el ambiente será más tolerante y democrático, una tierra realmente libre. Soplan vientos nuevos en la nación, las mujeres están despertando. Asistí a una conferencia maravillosa en Seneca Falls, donde se redactó una declaración de intenciones que incluía seis formas de discriminación contra la mujer, incluyendo el voto, igual salario por igual trabajo, el control de nuestras personas y nuestros hijos... Estamos empezando a movilizarnos, doctor Lively.

Matthew se removió inquieto en el pescante. Ya estaba familiarizado con las opiniones radicales de la señorita Fitzsimmons. Si bien llevaban poco tiempo fuera de Independence, Emmeline ya había empezado a recibir proposiciones matrimoniales, de todos los hermanos Schumann (con el señor Hopkins haciendo las veces de intérprete), de Sean Flaherty, quien declaró que poseería la mayor granja de patatas de Oregón, del joven Dickie O'Ross, a quien todavía no le había cambiado la voz... Pero Emmeline las había rehusado todas, alegando que su negativa no se debía a ningún defecto de los pretendientes, sino al hecho de que no tenía intención de casarse. Explicaba a cuantos estaban dispuestos a escucharla que no pensaba quedar atrapada en una institución artificial inventada por las iglesias y las sociedades para mantener a las mujeres a raya. Si tenía hijos, los tendría sola, sin tener que responder ante un esposo.

Las mujeres de la caravana, sencillas granjeras o pueblerinas que nunca habían oído ideas tan radicales ni leído un libro titulado *Vindicación de los derechos de la mujer*, de Mary Wollfstonecraft, creían que Emmeline era demasiado joven para razonar o que quizá había perdido el juicio, si bien algunas envidiaban en su fuero interno su espíritu independiente y le deseaban suerte. Pero Matthew sí había conocido en Boston a mujeres como la señorita Fitzsimmons, que se hacían llamar «feministas» y lo ponían nervioso en extremo. Cómo añoraba a su callada, pálida y frágil Honoria, que apenas abría la boca y desde luego no albergaba un solo pensamiento político. Cada noche, cuando el campamento dormía, cuando estaba a solas e intentaba consultar en vano la Piedra Bendita para ver el espíritu guía que su madre siempre veía, también sacaba el daguerrotipo de Honoria, tan delgada, de ojos tan hundidos que casi parecía un fantasma. Apenas comía, de modo que todos los vestidos pendían informes de su cuerpo. Sus muñecas eran delicadas como huesecillos de pájaro, sus mejillas tan hundidas que le conferían un aspecto etéreo. Era la hermosa y demacrada Ligeia de Edgar Allan Poe.

—¿Qué opinión le merece la anestesia? —le preguntó Emmeline, cambiando de tema con tal brusquedad que lo cogió desprevenido—. ¡El cloroformo, el éter, he aquí la auténtica revolución de la cirugía! —exclamó sin darle tiempo a responder—. Mi padre asistió la extirpación de un tumor de pecho, y la mujer permaneció dormida durante toda la intervención. La próxima revolución posibilitará que las mujeres se hagan médicos. En el este hay demasiados prejuicios; las cosas serán distintas en el oeste... Doctor Lively, debería sonreír más —añadió tras un breve silencio.

«Y usted debería hablar menos», pensó Matthew.

Cuando se adentraron en territorio pawnee, los hombres cargaron y prepararon rifles y pistolas de chispa y percusión, pero los indios solo se acercaron movidos por la curiosidad y con la esperanza de recibir algún regalo.

A medida que subía la temperatura, se espesaba la polvareda y se acababa la paciencia, resultaba cada vez más difícil comportarse de un modo civilizado y fino, pero las mujeres estaban resueltas a conseguirlo. Muchas seguían llevando corsé, aunque algunas los habían guardado sin decir nada a nadie. Los sombreros de flores habían dado paso a las cofias de calicó, mucho más prácticas. Si bien ya no se usaban manteles y la porcelana buena, es decir, la que había sobrevivido a las difíciles travesías de los ríos, estaba guardada a buen recaudo, las mujeres seguían obligando a hombres y niños a asearse antes de las comidas y bendecir la mesa antes de proceder a engullir los alimentos. Cuando encontraron a un hombre ahorcado de un árbol, muerto hacía unos tres días, por lo que sin duda había viajado con la caravana anterior, y con un rótulo colgado del cuello que decía «Hizo trampas con las cartas», se detuvieron para fabricarle un ataúd y darle un entierro digno.

Acamparon a orillas del Pequeño Río Azul, y Victoria Correll se puso de parto de su primer hijo. Albertina Hopkins, que se había autoproclamado comadrona de la caravana, dominó el acontecimiento pese a los intentos de ayudar de otras dos esposas. Su voz se oía por toda la caravana mientras regañaba a la señora Correll por comportarse como una criatura.

—¡Cállese de una vez! ¡Mire que es boba! ¿Acaso la Biblia no nos dice que Dios hizo a la mujer para parir con dolor? Todos estos gritos ofenden al Todopoderoso.

Cuando Albertina salió del carromato rumbo a la letrina construida para las mujeres en una alameda, Emmeline acudió sin ser vista junto a la pobre Victoria.

—Puede que Dios nos diera el dolor, pero también nos ha dado los recursos para aliviarlo. Esto es un elixir de hierbas que mi padre siempre daba a las parturientas. Le aliviará los dolores y permitirá que la llegada de su hijo al mundo sea más fácil.

Albertina se indignó al enterarse, pero a partir de entonces las mujeres empezaron a acudir a Emmeline con sus problemas femeninos, pues la joven llevaba consigo remedios para aliviar los dolores, calmar los nervios y curar malestares de índole general.

Al llegar al extremo oriental del territorio cheyenne, la caravana se topó con un río crecido y con una peligrosa resaca. En circunstancias normales habrían acampado y esperado a que las aguas bajaran, pero la proximidad de indios hostiles los ponía nerviosos, de modo que votaron a favor de intentar cruzar el río. Albertina Hopkins protestó que era domingo, el peor día para dedicarlo al trabajo, pero los demás hicieron oídos sordos, de modo que cuando a media tarde el carromato de los Correll volcó, abocando a la señora Correll y su bebé recién nacido a una muerte segura, Albertina los miró con expresión triunfal.

Emmeline y Florine Benbow se ocuparon de vestir los cadáveres, peinar a la señora Correll y envolver al bebé en la manta más hermosa que encontraron. Silas Winslow les hizo una fotografía gratuita para que la conservara el señor Correll, quien con gran pesar aceptó el caballo que le ofrecieron los hermanos Schumann y puso rumbo a Missouri. No volvieron a verlo.

La caravana siguió su curso.

En su carromato, donde tintineaban las bandejas de cobre y los frascos de sustancias químicas, Silas Winslow siguió dedicándose al lucrativo negocio de tomar daguerrotipos de los muertos a medida que sobrevenían más desgracias, como las pulmonías, la disentería, niños que caían de los carromatos y quedaban aplastados bajo las ruedas... Nadie culpaba al doctor Matthew Lively por no ser capaz de salvarles la vida, pues todo el mundo sabía que los médicos poco podían hacer contra las enfermedades devastadoras y las heridas graves. Pero Matthew ayudaba a fabricar los ataúdes y rellenaba los certificados de defunción para que las familias los llevaran consigo a Oregón como recuerdo.

El 9 de junio llegaron a orillas del Platte, un río ancho y poco profundo situado a cuatrocientos kilómetros de Independence, lo que significaba que habían completado la primera etapa del viaje. A partir de entonces atravesarían un nuevo tipo de paisaje, una tierra de hierba corta, artemisa, cactus y aridez creciente. Por primera vez vieron un nuevo y extraño medio de comunicación, una serie de calaveras blanqueadas de búfalo alineadas a lo largo del camino con mensajes escritos sobre ellas por integrantes de caravanas anteriores. Una de ellas advertía a quienes pasaran por allí que más tarde tropezarían con dificultades con los indios pawnee y que el camino estaba muy embarrado.

El viaje se tornaba cada vez más dificultoso. El calor estival resultaba opresivo y traía enfermedades. Cada vez más carromatos se averiaban porque las ruedas encogían y la madera se astillaba. Los árboles y demás vegetación escaseaban, por lo que se veían obligados a recoger excrementos de búfalo para encender las hogueras. Cuando no encontraban, avanzaban entre nubes de polvo tras los carromatos a fin de recoger malas hierbas para quemarlas. Las mujeres recolectaban bayas silvestres, amasaban tartas sobre los pescantes y las cocían sobre piedras calientes para dar un poco de variedad a las comidas, consistentes en su mayoría en alubias y café. En ocasiones, los hombres salían a cazar y regresaban con algún alce, pero a menudo volvían con las manos vacías, por lo que acabaron viéndose obligados a tratar con los indios, intercambiando camisas por salmón y carne de búfalo seca. Los emigrantes vieron más tumbas recientes por el camino, pero no se arredraron, y cuando Billy el Ciego, el explorador nocturno, quien apenas veía de día pero poseía mejor visión nocturna que cualquier otro ser humano vivo, por lo que siempre se le encomendaba vigilar el ganado mientras los demás dormían, fue hallado muerto una mañana con una flecha clavada en la espalda y sin su caballo, los emigrantes no sucumbieron al pánico, sino que se limitaron a dejar un mensaje escrito en una calavera de búfalo para las caravanas que los siguieran.

Entre las averías de los carromatos, los sustos que daban los bueyes nerviosos, las intoxicaciones, las mordeduras de perro y serpiente, el sarampión, la disentería, las fiebres, la muerte puerperal y las bajas por peleas a cuchillo, las reservas de vendas e hilo de sutura de Matthew menguaban con rapidez. También Emmeline estaba cada vez más ocupada, pues muchas de las mujeres aborrecían a Albertina Hopkins y recurrían a la señorita Fitzsimmons cuando se ponían de parto. Tal como Florine Benbow había vaticinado, la pareja empezaba a ser indispensable.

A su pesar, Emmeline y Matthew se estaban convirtiendo en pareja también en otros aspectos.

Casi todos los miembros de la caravana se retiraban temprano por las noches, pero algunos permanecían levantados, sobre todo los más jóvenes. A Matthew le gustaba aprovechar el silencio nocturno para leer a la luz de una lámpara, sobre todo poesía y a veces la Biblia, mientras que a Emmeline le gustaba contemplar las estrellas.

—¿Cómo sabemos que vamos en la dirección correcta? —inquirió una noche.

Matthew dejó el libro y señaló el firmamento.

—¿Conoce la Osa Mayor? ¿Esas estrellas que forman una especie de cacerola gigantesca? ¿Ve las dos estrellas al final del mango? Pues señalan la Estrella Polar, y la Estrella Polar siempre se encuentra a menos de un grado de distancia del norte exacto.

Emmeline le lanzó una mirada de admiración.

—Declaro que es usted un hombre muy culto, doctor Lively.

Dos noches más tarde, Matthew intentaba coserse un botón de la camisa con una aguja de sutura curvada e hilo de seda, pero no lo lograba. Al ver que Emmeline lo observaba, creyó que se echaría a reír, pero no fue así. La joven se acercó a él con un pequeño costurero, cogió la camisa y se sentó junto a él.

—A mí tampoco se me da bien remendar ropa —aseguró con tacto—, pero puede que tenga un poco más de experiencia.

El resultado fue perfecto.

A lo largo de los kilómetros, de los días plagados de calor, polvo y moscas, de las noches llenas de aullidos de lobos y el lamento de los vientos, Matthew fue cambiando de opinión respecto a la señorita Fitzsimmons, que nunca se quejaba por tener que hacer tareas de hombre. Cuando los ríos estaban crecidos y los carromatos se atascaban, Emmeline se metía en el agua sin reparo alguno, y la falda se hinchaba a su alrededor mientras empujaba con todas sus fuerzas para liberar las ruedas del barro. Azuzaba a los bueyes con los hombres, se encargaba de la colada, reparaba ejes partidos, desollaba búfalos y remendaba lonas como el mejor. A medida que transcurrían los días, Matthew empezó a sentir auténtica admiración por ella. Cada vez miraba menos el daguerrotipo de la frágil Honoria, y cuando lo hacía, se preguntaba cuánto habría durado en aquel viaje. En cualquier caso, sin duda habría sido un estorbo en lugar de una ayuda.

Matthew también estaba experimentando cambios de otra índole. Bajo las mangas de la camisa empezaban a desarrollársele los músculos y su rostro estaba cada vez más bronceado por el sol. La palidez de los salones oscuros se había desvanecido gracias al riguroso clima de calor, polvo y tormentas. Asimismo, las manos se le cubrieron de callos mientras trabajaba codo con codo con Emmeline Fitzsimmons.

Entonces llegó la noche en que la perra de Sean Flaherty, Daisy, robó uno de los pasteles de carne de Rebecca O'Ross, y mientras el animal corría por el campamento con el manjar entre los dientes, la menuda señora O'Ross se dedicaba a perseguirlo con un rodillo. Todos los demás reían histéricos. Matthew se unió a la hilaridad general, y al volverse hacia Emmeline, vio que la joven reía con tal fuerza que las lágrimas le resbalaban por las mejillas. En aquel instante comprendió que la pasión era la savia que impregnaba cada aspecto de su naturaleza, no solo su forma de comer o de expresar sus opiniones acerca de los derechos de las mujeres. Emmeline Fitzsimmons aceptaba, experimentaba y disfrutaba la vida con toda la exuberancia que Dios le había dado. A renglón seguido lo asaltó una idea inesperada, y era que la joven también debía de ser apasionada en el amor.

Sintió que las mejillas le ardían y que se quedaba sin aliento. Cuando Emmeline giró la cabeza hacia él y sus miradas se encontraron, el corazón le dio un salto de emoción.

El 26 de junio, la caravana acampó en las inmediaciones de Fort Laramie, bajo un cielo cálido y despejado. Grupos de indios sioux, a punto de entrar en guerra con sus vecinos, los indios cuervos, visitaron el campamento, donde compartieron el desayuno de los emigrantes, consistente en pan y carne, a cambio de cuentas y plumas. Todos se despidieron de la forma más amigable, y el miedo que los nativos inspiraban a los norteamericanos remitió un poco. Sin embargo, cuando un trampero francés llamado Jean Baptiste se unió a la caravana por un día y les habló de la posibilidad de nieves tempranas en las montañas, aparecieron nuevos temores, ya que todos habían oído contar historias de emigrantes atrapados en montañas nevadas y muertos de inanición, de modo que Amos Tice comunicó a su gente que convenía apretar el paso.

El 4 de julio, los emigrantes celebraron el septuagésimo segundo aniversario de la nación con cerveza, fuegos artificiales, discursos patrióticos y oraciones. Dos mil guerreros sioux, espléndidos en sus pieles de búfalo decoradas con cuentas y plumas, y cabalgando en formación militar para enfrentarse a sus enemigos de la tribu vecina, se detuvieron para presenciar la peculiar celebración de los forasteros blancos. Tras aceptar una copa del brandy que el callado señor Hopkins había reservado para la ocasión, Matthew Lively se volvió con los demás hacia el este para recordar a los amigos y seres queridos que habían dejado atrás. Matthew pensó en su madre y las sesiones de espiritismo, mientras Emmeline Fitzsimmons, de pie junto a él y con un vaso del vino de Charlie Benbow en la mano (procedente de un barril que había sobrevivido a una de las travesías fluviales), pensó en sus padres enterrados en tumbas gemelas en la granja que ella había heredado y vendido. Sean Flaherty alzó la copa para brindar por Irlanda. Tim O'Ross pensó en una pelirroja que vivía en Nueva York, y los Schumann, en la familia que habían dejado en Baviera. Todos brindaron por los hogares que habían abandonado y acto seguido se volvieron hacia el oeste y brindaron por el nuevo hogar que los esperaba.

El 17 de julio acamparon en la cima del South Pass, el ancho desfiladero que atravesaba las Montañas Rocosas, espina dorsal del continente. Era el momento de reparar carromatos dañados, remendar ropas, poner refuerzos y ponderar el significado de aquel punto de inflexión, pues el South Pass se hallaba a mitad de camino. Al este de las Rocosas, los ríos fluían en dirección al Mississippi, mientras que al otro lado fluían al oeste en dirección al Pacífico. Aparecieron tableros de ajedrez y barajas de cartas, una armónica y un violín tocaban animadas melodías. El señor Hopkins bebía en silencio mientras su mandona esposa exponía sus ruidosas opiniones a sus cortesanos y permitía que los niños corretearan por donde les viniera en gana.

Emmeline estaba remendando una falda a la luz de una lámpara cuando la primogénita de los Hopkins la abordó con timidez. Era hija de la primera esposa del señor Hopkins, Albertina era su madrastra y le tenía un miedo cerval. Por ello acudía a contar sus problemas a la comadrona. Tras oír las primeras palabras entrecortadas de la avergonzada confesión, Emmeline comprendió de inmediato la situación. La muchacha había pasado varios momentos a solas con uno de los conductores y había sucedido lo inevitable.

—Me temo que es cierto, querida —musitó al tiempo que palmeaba la mano de la asustada muchacha—. La ausencia del mes es el primer indicio de que hay un bebé en camino.

La joven rompió a llorar, sobre todo por temor a la ira de su madrastra, y Emmeline adoptó una actitud práctica.

—He oído hablar de que en la caravana que nos precede viaja

un predicador. Pediré al doctor Lively que vaya a buscarlo y lo traiga de vuelta. Os casará y nadie sabrá lo ocurrido.

El predicador, que había oficiado más funerales de lo que jamás habría imaginado, estuvo encantado de volver sobre sus pasos para celebrar un matrimonio en la caravana de los Tice, y algunas familias lo acompañaron para distraerse un poco. Después de que la hija de los Hopkins y el conductor pronunciaran los votos bajo la atenta mirada de la majestuosa Albertina, que nada sabía del secreto de su hijastra, dio comienzo una alegre fiesta con música y baile bajo el firmamento estrellado, y Silas Winslow tomó una fotografía a la feliz pareja.

Durante la celebración, mientras comían pastel sin hornear y bebían sidra caliente, Emmeline observó a Matthew a la luz de las llamas. «Se ha vuelto más seguro de sí mismo —pensó—. Ya no es aquel joven nervioso de hace tres meses. Y el bronceado le sienta bien.»

Acto seguido se preguntó qué era lo que hacía al doctor Lively tan especial entre tantos otros hombres, casi todos ellos más fuertes y curtidos que él. No tardó en llegar a la conclusión de que se debía a su bondad, porque cualesquiera que fueran las circunstancias, sin importar cuán ardua, cuán calamitosa fuera una situación, siempre podía contarse con la ayuda espontánea de Matthew. Compartía de buen grado comida y carromato, a menudo llevando a mujeres exhaustas cuando sus esposos hacían caso omiso de sus necesidades, y siempre se interesaba por la salud y el bienestar de la gente, mientras que los demás estaban demasiado cansados para preocuparse por tales menudencias.

En aquel preciso instante, mientras Emmeline pensaba en el doctor Lively y empezaba a reconocer que no era tan feo a fin de cuentas, que quizá incluso era apuesto, Matthew también pensaba en Emmeline Fitzsimmons, aunque sus pensamientos no eran tan amplios como los de ella, sino que se concentraban en una sola realidad: las curvas de la señorita Fitzsimmons resultaban bastante agradables.

Fort Bridger, llamado así en honor de su fundador, Jim Bridger, llevaba cinco años funcionando como almacén general. Era un asentamiento de toscos edificios construidos de troncos, indios ataviados con prendas de ante, tramperos, leñadores y emigrantes que se dirigían hacia el oeste. Cuando se acercaban al fuerte se toparon con otra caravana que viajaba hacia el este, pues habían arrojado la toalla y decidido regresar a casa. Fue sobre todo la pérdida de numerosas vidas lo que hizo trizas su sueño, y la caravana se componía en su mayor parte de mujeres, niños y algunos ancianos. La caravana de Tice había perdido doce carromatos y treinta y dos almas, y después de tres meses de viaje sus integrantes formaban un grupo mucho más andrajoso que al salir de Independence, pese a los esfuerzos por observar una conducta mínimamente civilizada. Los niños iban descalzos y mugrientos, los hombres llevaban las barbas largas y desaliñadas, la ropa manchada y desgarrada. Incluso Silas Winslow, dandy y fotógrafo, tenía manchas en el chaleco a cuadros, así como churretones de grasa en el elegante abrigo, manchas que no se quitaban ni con toda la sosa del mundo. Tampoco estaban de tan buen humor como al principio, cuando consideraban el viaje como la más feliz de las aventuras, pues por el camino habían surgido celos y odios, disputas y peleas, resentimientos y amargas rivalidades, de modo que muchos de los que antes eran amigos se habían convertido en enemigos encarnizados. Sin embargo, todos se alegraban de haber llegado a lo que consideraban el trampolín de la última etapa del viaje. A partir de allí pondrían rumbo al norte en dirección a Oregón.

Y allí también tomarían una decisión que resultaría ser su sentencia de muerte.

En el fuerte conocieron a un montañés que había llegado al oeste y ahora regresaba al este, un hombre que advertía a cuantos se mostraban dispuestos a escucharlo que tal vez les hablaran de un nuevo atajo y que debían evitarlo a toda costa.

—Tomen la ruta normal y no se desvíen de ella en ningún momento —aconsejó a Amos Tice y otros jefes de caravana—. Tomar el atajo resultaría fatal.

—Si existe un camino más corto, es una tontería tomar el más largo —objetó Tice.

Hablaba como si pensara en el bienestar de sus emigrantes, pero algo había sucedido a Amos Tice en los últimos kilómetros antes de llegar a Fort Bridger. Había experimentado un cambio total, si bien ninguno de los viajeros lo sabía. Jean Baptiste, el trampero francés que había pasado un día con la caravana, no solo traía pieles de la sierra, sino también un cartel que había cogido en un lugar de California llamado Sutter's Sawmill. Para impedir que el francés mostrara el cartel a los demás integrantes de su caravana o de las siguientes, Amos Tice le pagó un precio generoso por él, porque en el fondo, Tice era un hombre enormemente codicioso. La única razón por la que llevaba viajeros a Oregón residía en que quería hacerse con todas las tierras posibles y obtener beneficio de los sueños y las esperanzas de los emigrantes. Pero todo ello cambió al ver el cartel que traía el francés, pues anunciaba que se había encontrado oro en California.

Tice compró el cartel, el francés siguió su camino y el jefe de la caravana guardó el secreto. Durante el último trecho hasta Fort Bridger había ponderado el problema, pensando en el mejor modo de llegar a California. Si abandonaba la caravana tendría que viajar solo, una opción peligrosa en extremo. La unión hacía la fuerza, motivo por el que existían las caravanas. Por ello, Tice tenía el secreto objetivo de convencer a sus compañeros de que lo acompañaran a California. Una vez allí los abandonaría y procedería a convertirse en un hombre inmensamente rico, pero de momento ¿cómo persuadir a los emigrantes de que cambiaran de ruta? Paradójicamente, la solución acababa de proporcionársela el montañés con sus advertencias de no hacer caso de los rumores acerca del atajo que conducía a Oregón.

Tice avivó las llamas de dicho rumor, diciendo que había oído decir que la ruta alternativa no solo era más corta, sino también más agradable, y que de ese modo los viajeros no tendrían que sufrir los peligros y la penuria a la que se había visto sometidos sus predecesores. Acto seguido dibujó un mapa falso que parecía auténtico. Estuvo trabajando en él en secreto un día y una noche enteros, asegurándose de que ofrecía un aspecto usado, gastado y digno de confianza. Asimismo se cercioró de que en el camino que tomarían no tropezarían con mormones, que se habían establecido el año anterior cerca de uno de los parajes por los que pasarían. Amos Tice era uno de los soldados que habían detenido y encarcelado a Joseph Smith, si bien no había sido su ejecutor, y no quería saber nada de los Santos del Último Día. Por fin presentó su plan y el mapa «auténtico» a los viajeros en el campamento instalado a las puertas de Fort Bridger. El entusiasmo con que hablaba no era falso, pues su mente estaba llena de imágenes de ríos cargados de pepitas de oro.

—Está muy claro —comentó mientras extendía el mapa para que todos lo vieran—. La ruta de Oregón atraviesa peligrosas montañas, así como una larga y arriesgada travesía fluvial sobre balsas, donde ya han perecido muchos. Yo propongo tomar este otro camino. Miren, avanza en línea recta por la llanura y luego atraviesa un paso montañoso. En California giramos hacia el norte y seguimos una ruta llana y agradable, refrescados por la brisa marina y rodeados de árboles frutales hasta donde alcanza la vista.

—Pero ¿no es más largo ese camino? —intervino Charlie Benbow.

—En kilómetros sí, pero el otro es más largo en tiempo y peligros. ¿Recuerdan el South Pass de las Montañas Rocosas? ¿Lo fácil y agradable que fue atravesarlo? Pues bien, las sierras no tienen nada que ver con las Rocosas. Cruzarlas será un paseo.

Los viajeros le creyeron.

Sin embargo, querían pensarlo unos días. Al fin y al cabo, aquel era el último punto civilizado y más allá los esperaban tierras salvajes e inexploradas, de modo que mientras meditaban la propuesta de Tice, emplearon los días de descanso en reparar carromatos y arneses, dar de comer a los caballos y al ganado, así como preparar comidas para el viaje que los esperaba. Su actitud era optimista, pues el paraíso se extendía al otro lado de la siguiente cordillera, las sierras de California. El grupo de Tice ya casi sentía en el rostro las suaves brisas del Pacífico.

No obstante, algunos albergaban dudas. Matthew Lively no acogió con excesivo entusiasmo el plan de Tice, sino que prefirió consultarlo primero con el espíritu guía de la Piedra Bendita (aunque en su fuero interno no le parecía buena idea tomar el atajo). Permitió que Emmeline participara en la consulta, pues ya se había acostumbrado a mostrarle la piedra y explicarle cómo funcionaba. Se sentaron en la parte posterior del carromato, a la cálida luz de un quinqué, mientras el resto del campamento se ocupaba ruidosamente de sus asuntos bajo las estrellas. Matthew utilizó de nuevo la pizarra con las palabras «sí» y «no» escritas sobre ella.

—¿Debemos tomar el nuevo atajo? —preguntó en voz baja.

Emmeline observó con expresión solemne la vertiginosa trayectoria del cristal, que acabó por señalar la palabra «sí».

Matthew frunció el ceño. Detestaba poner en tela de juicio la sabiduría del cristal, pero algo en su interior le decía que debían seguir por la conocida ruta del norte, y Emmeline estaba de acuerdo con él. Si bien se consideraba una mujer de espíritu aventurero, dispuesta a probar cualquier cosa nueva, le parecía una tontería abandonar un camino seguro para enfilar otro inexplorado, por muy prometedor que resultara.

—Hágala girar otra vez —pidió.

Pero la respuesta de la piedra fue la misma.

—La Piedra Bendita dice que debemos seguir a Amos Tice —masculló Matthew mientras se frotaba el mentón.

—¿Y usted qué cree?

Matthew no tenía ni idea. Nunca había tomado una decisión seria en su vida. Incluso cuando era niño y su madre tomaba todas las decisiones por él, primero consultaba el cristal.

—Mi madre siempre decía que los espíritus nos guían y que debemos obedecerlos.

—¿Aun cuando la intuición dicte lo contrario?

—Me avergüenza confesar que mi intuición siempre ha sido débil. Cuando era pequeño, dejaba que mis hermanos me llevaran de la mano, y cuando crecí me limitaba a imitar a mis compañeros. Soy un seguidor, señorita Fitzsimmons, e iré adonde me digan líderes como Amos Tice o el espíritu guía del cristal.

La miró a la luz dorada de la lámpara, reparando en el hermoso color ámbar de sus ojos.

—¿Qué hará usted, señorita Fitzsimmons? —inquirió con un nudo en la garganta.

Le daba miedo la respuesta, pues en aquel instante crucial se dio cuenta de que albergaba hacia ella sentimientos profundos.

—Lo considero a usted un compañero de viaje agradable, doctor Lively —repuso Emmeline en voz baja—, y creo que trabajamos bien juntos. Si me separo de usted ahora, me costará encontrar a otra persona amable que me acoja. Así pues, iré a donde vaya usted, doctor Lively.

A Matthew se le aceleró el pulso. Tragó saliva y se humedeció los labios.

—Señorita Fitzsimmons —musitó a toda prisa—, hay algo que debe saber…

—Hola —saludó en aquel momento una voz procedente de la oscuridad exterior.

Era Silas Winslow, que se acercaba con su habitual andar chulesco y el bombín calado hasta los ojos.

—He decidido no seguir con Tice, señorita Fitzsimmons —anunció, haciendo caso omiso de Matthew, al que consideraba su rival por causa de Emmeline—. Me voy al norte con una nueva caravana que se está formando bajo la dirección de Stephen Collingsworth. Si se encuentra sola, será para mí un placer escoltarla hasta Oregón —ofreció antes de llevarse la mano al pecho con ademán teatral—. Y le aseguro, mi querida señorita Fitzsimmons, que observaré el comportamiento más caballeresco mientras sea su protector.

Emmeline lo miró unos instantes y por fin abrió la boca para responder, pero en aquel momento oyeron unos gritos.

—¡Doctor Lively! —llamó alguien desde otra zona del campamento—. ¡Doctor Lively! Joe Strickland está herido.

El conductor yacía gimiente en su carromato, inconsciente por el dolor. Explicaron a Matthew que un buey testarudo reacio a volver a su yunta le había pisado el pie. Un simple vistazo al pie lastimado indicaba aun al ojo menos experimentado que Joe estaba en un grave apuro. Varios huesos perforaban la piel, la sangre empezaba a restañar y un espantoso color violáceo se estaba propagando desde los dedos. Con ayuda de Emmeline, Matthew lavó la herida, aplicó una pomada y la cubrió con vendas limpias. Cuando intentó recolocar el hueso en su lugar, Joe profirió un grito y de inmediato se sumió en un estado de inconsciencia aún más profunda. Su rostro se tiñó de un alarmante matiz grisáceo y sudaba copiosamente. Puesto que Joe viajaba solo, Emmeline se ofreció voluntaria para cuidar de él.

Se tomaron las decisiones definitivas. Varias caravanas se dividieron, pues algunos integrantes de la de Tice decidieron seguir hacia el norte con Collingsworth por la ruta original, mientras que diversos miembros de caravanas recién llegadas al fuerte optaron por unirse a Tice y tomar el atajo. Loco por la señorita Fitzsimmons, Silas Winslow resolvió viajar con Tice a pesar de todo.

Se despidieron de personas con las que habían viajado desde Missouri, prometiendo reunirse de nuevo en Oregón. Si bien se habían unido nuevos miembros con los correspondientes carromatos, reses, esposas e hijos, la caravana de Tice era más reducida que al partir, con treinta y cinco vehículos, sesenta y nueve hombres, treinta y dos mujeres, setenta y un niños y trescientos animales entre caballos y cabezas de ganado.

Todos albergaban grandes esperanzas mientras pasaban junto a ríos pletóricos de truchas, campos cubiertos de flores de lino y espesas arboledas de álamos temblones y sauces. La caravana se sentía más fuerte con la aportación de «sangre» nueva, pues los recién llegados eran fuertes y gozaban de buena salud. Sin embargo, Matthew Lively estaba inquieto; algo andaba mal, y no alcanzaba a comprender de qué se trataba. Se preguntó si la causa residiría en la sombría profecía de su madre, pero guardó silencio, ya que todos los demás parecían convencidos de que Tice había tenido una idea excelente y estaban de muy buen humor.

El idilio no duró.

Tras unos cuantos días de viaje agradable en extremo, llegaron a la cordillera de Wasatch, un conjunto se cumbres altas y nevadas divididas por profundas gargantas. Los cañones estaban flanqueados de sauces, arbustos llenos de bayas, plantas algodoneras, boj y alisos, mientras que los lechos fluviales eran estrechos y estaban cargados de cantos rodados. El paso por aquella espesura requería la ayuda de todos los hombres fuertes de la caravana.

Armados con hachas, machetes, cadenas y azadas, se abrían paso como podían por entre los sauces, las algodoneras, los álamos temblones y el boj. Cada noche, los hombres caían exhaustos sobre sus mantas mientras las mujeres atendían las ampollas y los arañazos de sus esposos, hermanos e hijos con ungüentos y palabras de aliento. Al menos tenían agua en abundancia, señalaba Tice, y hierba para el ganado. Pero también tenían auténticos enjambres de mosquitos y moscas.

Avanzaban apenas ocho kilómetros al día, y finalmente se vieron obligados a enganchar el doble de bueyes a los carromatos a fin de superar la cima de la montaña. Cuando llegaron al otro lado, ante su mirada atónita se extendía un formidable obstáculo, el Gran Lago Salado.

Los campamentos eran menos alegres y estaban envueltos en un sobrio silencio. El avance era lento, pues las temperaturas diurnas eran elevadísimas y tostaban el desierto. Las heridas sufridas durante la travesía de la cordillera ralentizaban la marcha, pues cada vez había menos hombres capaces de enganchar y desenganchar los bueyes, y se hacía necesario detenerse con mayor frecuencia para descansar. Mientras las mujeres se preocupaban por sus hombres (el pie de Joe Strickland había empezado a supurar y Emmeline cuidaba del herido lo mejor que podía), Amos Tice albergaba un temor secreto, que estuvieran acumulando demasiado retraso. Ante ellos se alzaban las sierras y la amenaza de nieve.

Cruzaban el lecho yermo del inmenso lago mientras el sol implacable caía sobre sus cabezas. Bajo aquel calor abrasador que recordaba un horno, los emigrantes se preguntaban si habrían entrado en un nuevo infierno. Humedecían las lenguas de los animales con toallas mojadas porque aquella tierra árida estaba tan desprovista de agua que temían que los bueyes y el ganado enloquecieran de sed. Era un desierto alcalino desolado, donde no se veía rastro alguno de seres vivos. Los carromatos se antojaban gigantescos a causa de las ondas provocadas por el calor, que todo lo aumentaban. Las montañas que se alzaban ante ellos parecían suspendidas en el aire y el sol de mediodía era como un martillo. La fragua de Vulcano, pensaban los más cultos de entre los viajeros. Al atardecer, las sombras se extendían kilómetros y kilómetros, y el aire nocturno era un azote helado que penetraba en las mantas. Los niños lloraban, el ganado se quejaba. La superficie del desierto era tan compacta que los cascos de los animales apenas dejaban huella sobre la sal dura y la costra alcalina, pero al llegar al centro del desierto, dieron con un lago poco profundo que convertía la sal en papilla. Era como avanzar por un inmenso cuenco de gachas; cada paso requería un enorme esfuerzo, porque había que sacar el otro pie de la sal. Aquel lodo pegajoso les cubría los pies como moldes de cemento, se acumulaba en las ruedas de los carromatos y hacía tropezar a los bueyes.

Pero los emigrantes seguían avanzando por aquel horno, sudorosos y medio muertos de sed. El pie de Joe Strickland empeoró. Mientras la infección y la fiebre sacudían el cuerpo del pobre hombre, Emmeline viajaba en el carromato de los Hammersmith con la cabeza de Joe sobre el regazo. Otros miembros de la caravana también estaban enfermos, pero sabían que debían seguir adelante, que detenerse significaría una muerte segura.

Un grupo de hombres elegido por los demás anunció a Tice su intención de acudir a los mormones en busca de ayuda, aunque no sabían dónde se había asentado la gente de Brigham Young, pero el jefe de la caravana, sabedor de que tenía mala reputación entre los Santos del Último Día, declaró con voz autoritaria que estaban demasiado lejos y que sería un suicidio buscarlos siquiera.

Así pues, continuaron avanzando bajo el calor abrasador de los días y el frío penetrante de las noches, con los labios agrietados y ensangrentados, las lenguas tumefactas, bebiendo agua a cucharadas. Los bueyes de los hermanos Schumann acabaron por desplomarse y gemir de sed, de modo que los cuatro alemanes enterraron sus arados y demás aperos de labranza en la sal con la intención de regresar a buscarlos tras hallar tierras en Oregón.

El pequeño de los Biggs, que Albertina Hopkins había traído al mundo tres meses antes, sucumbió al calor y fue enterrado en el desierto. Los pollos de los Benbow empezaron a caer fulminados por el calor y la sed, e incluso Daisy, siempre dispuesta a dar brincos, caminaba cabizbaja junto al carromato de Sean Flaherty.

Creían que el Gran Lago Salado no acabaría nunca.

Pero por fin acabó, y cuando la exhausta caravana llegó a la primera fuente de agua en las colinas, mientras el día abrasador daba paso a una noche fresca, el ganado corría en estampida para beber y la gente se apartaba para que los animales no los pisotearan, y Matthew Lively se decía que aquella era la espeluznante y tenebrosa prueba que su madre le había profetizado, Emmeline se acercó a él.

—Joe Strickland tiene gangrena; habrá que amputarle el pie.

De repente, Matthew se sintió como si cargara todo el peso del mundo y sus habitantes sobre los hombros. Se sentó en el suelo junto a la hoguera que intentaba encender y sacudió la cabeza.

—No puedo hacerlo —anunció.

Emmeline se sentó junto a él y le apoyó una mano en el brazo.

Al igual que todos los demás, el rostro de Matthew estaba enrojecido y surcado de ampollas, los ojos legañosos, la ropa tiesa por el sudor y la suciedad.

—Yo le ayudaré —prometió—. Una vez ayudé a mi padre a amputar una pierna. No soy remilgada, doctor Lively.

Matthew la miró y sintió ganas de echarse a llorar.

—Señorita Fitzsimmons, no soy médico.

—¿Cómo? —musitó Emmeline, asombrada.

—Que no soy médico. Usted lo supuso cuando me vio en Independence y no me molesté en sacarla de su error.

—Entonces, ¿qué es usted? —quiso saber Emmeline con el ceño fruncido.

—Me dedico a las pompas fúnebres —repuso Matthew con un hilo de voz.

Emmeline parpadeó y frunció aún más el ceño.

—¿Quiere decir que es... una especie de embalsamador?

—Exacto, embalsamador, enterrador...

—Pero... su maletín de médico...

—Los utensilios del hombre que cura cuerpos son idénticos a los del hombre que se ocupa de su eterno descanso, sobre todo cuando la muerte es consecuencia de una herida. Tenemos que hacer las mismas suturas y vendajes que los médicos. El estetoscopio nos permite determinar con toda seguridad que la persona está muerta antes de sepultarla.

—¡Pero lo vi comprar medicamentos en la botica!

—Eran para mí; todos los inviernos sufro del pecho.

Emmeline estaba tan estupefacta que apenas podía articular palabra.

—¿Por qué me engañó? ¿Cómo ha podido permitir que todo el mundo crea que es médico?

Matthew le dirigió una mirada pesarosa.

—Si la vida de un grupo de personas dependiera de usted, ¿les revelaría la verdad? Señorita Fitzsimmons, se ha quejado usted muy a menudo de los prejuicios, del estigma que supone ser mujer. Pues bien, yo me enfrento al mismo estigma a causa de mi profesión. Recuerde cómo cambió la actitud de Albertina hacia mí cuando creyó saber que era médico. Al principio me desaprobaba porque permitía que usted viajara en mi carromato, pero en cuanto creyó que era médico, de repente contaba con su beneplácito.

Emmeline adoptó una expresión pensativa.

—Me parece que ya lo comprendo.

—Pongo a la gente nerviosa —murmuró Matthew, afligido—, porque les recuerdo algo en lo que no quieren pensar. Pero es el negocio de la familia. Mi padre y mis dos hermanos se dedican a lo mismo, así que no me quedaba más remedio que seguir sus pasos.

—Querido Matthew —dijo Emmeline, llamándolo por primera vez por su nombre de pila—. No tiene por qué avergonzarse de la profesión que le enseñó su padre, pues lo que hace nada tiene de infame. Es una profesión honorable, una misión necesaria, y la gente necesita a hombres como usted, que respeta a los difuntos y el dolor de los vivos, pues he visto cómo se comporta cuando muere alguien. Mi padre y mis tíos me hablaban de enterradores que robaban cadáveres, engañaban a las familias, vendían a los deudos ataúdes que estos no podían permitirse, se aprovechaban de su dolor y su sentimiento de culpabilidad. Usted puede marcar la diferencia, Matthew, y realizar un cometido muy importante, porque sus servicios son necesarios en los momentos más difíciles y vulnerables de la vida de un ser humano.

Matthew no podía más que mirarla y recordar las palabras de Honoria cuando rechazó su proposición de matrimonio. «No podría vivir con un hombre que trata a diario con cuerpos enfermos», había dicho.

—¿De modo que mi... profesión no la incomoda?

—Sería una hipócrita redomada si me incomodara. Tomé la decisión de viajar al oeste al comprobar cuántos prejuicios encerraban las obsoletas tradiciones del este. Todas las personas nacen en un molde, y en ese molde se espera que transcurra el resto de sus vidas. Yo quería ser médico, pero lo único que me decían era que las mujeres nacen para ser esposas y madres. Así pues, resolví ir adonde imperara la libertad de ideas, un lugar libre de sesgos ciegos. ¿Qué clase de feminista sería si exigiera amplitud de miras a los demás y no a mí misma?

—¿Y no cree que...? —Matthew carraspeó y se ruborizó intensamente—. ¿No considera que mi nombre puede representar un problema? Preferiría no tener que cambiármelo.

Emmeline se lo quedó mirando unos instantes.

—¡Ah! —exclamó, comprendiendo por fin y llevándose una mano a la boca.*

—No solo sería un paria, sino también el hazmerreír de todos.

—El apellido no molesta a su padre, ¿verdad? —señaló Emmeline con una sonrisa—. Así pues, tampoco debería molestarlo a usted.

—Es distinto —insistió Matthew con voz apesadumbrada—. En Boston, los Lively se dedican a las pompas fúnebres desde hace generaciones, desde los tiempos de los primeros colonos, y nadie se fija en el nombre, pero aquí... ¿Puede un embalsamador llamado Lively granjearse el respeto de la gente?

Emmeline reconocía que podía suponer un problema, pero no era aquel el momento de preocuparse del nombre de Matthew. Joe Strickland moriría si no hacían algo respecto a su pierna.

Fueron al carromato de los Hammersmith, y aunque Joe Strickland llevaba dos días inconsciente, en ese instante abrió los ojos y habló en uno de esos arranques de lucidez que en ocasiones tienen lugar cuando un hombre está a las puertas de la muerte.

—Agradezco cuanto ha hecho por mí, doctor, y aunque sé que solo pretende ayudarme, no puedo permitir que me quite la pierna. Conduzco ganado desde que me separé de las faldas de mi madre, es lo único que sé hacer. Y no hay nada más inútil que un vaquero al que le falta una pierna. Así pues, me despediré ahora, si no le importa.

Joe murió aquella noche, pero nadie culpó a Matthew, pues todos consideraban que había hecho cuanto estaba en su mano. Emmeline descubrió un nuevo motivo para admirar a su compañero de viaje, pues si bien le corroía la conciencia el hecho de guardar en secreto la verdad de su profesión, antepuso los sentimientos de los demás a los suyos. Por su parte, ella también guardó el secreto y siguió llamándolo doctor Lively.

En cuanto a Matthew, a lo largo de las semanas siguientes miraría atrás y comprendería que fue aquella noche cuando se enamoró.

Siguieron adelante dando tumbos. Más bueyes se desplomaron sobre la sal y muchos animales se alejaban en busca de agua. Otros cuatro

* El apellido del personaje, Lively, significa «vivo» o «vivaz». *(N. de la T.)*

carromatos quedaron abandonados porque algunas familias enterraban los bienes que ya no podían llevar, con la intención de volver algún día en su busca. Fueron a parar bajo tierra baúles de ropa y recuerdos, reliquias familiares, colchas, mantequeras y sartenes. Durante el viaje desde Independence, los emigrantes habían ideado varias formas para guardar su dinero a buen recaudo. Algunos se limitaban a guardarlo en los baúles junto con otras pertenencias, pero otros practicaban orificios en las plantas de sus carromatos y escondían en ellos las monedas. Silas Winslow tenía una caja de latón con una etiqueta que rezaba «Sustancia química cáustica. Abrasa los ojos y la piel de forma instantánea al abrirse». Allí era donde ocultaba todas sus monedas. Al verse obligado a abandonar su carromato y todo el pesado equipo fotográfico, se sujetó la caja metálica a la espalda.

Una sensación de premura embargaba a los miembros de la caravana. Habían desperdiciado varios días valiosos en la búsqueda del ganado extraviado, el verano tocaba a su fin, las cumbres cercanas estaban cubiertas de nieve, las provisiones escaseaban y aún debían recorrer cientos de kilómetros de desierto de Nevada.

Tras salir del desierto de sal de Utah llegaron a territorio montañoso, y desde un paso elevado divisaron otro valle desértico, más allá otra cordillera y después de ella otro valle. Tal era la topografía de Nevada, un ritmo incesante de valles y montañas, valles y montañas, que se extendía desde el desierto de sal hasta las sierras. Cada valle era un desierto, cada montaña, una pared. Lo único que podían hacer los emigrantes era avanzar paso a paso con la esperanza de que los últimos bueyes resistieran.

Se adentraron en territorio payute, donde los ataques eran una forma de vida. Por las noches les robaban ganado, y de día, caballos. A medida que se iban quedando sin bueyes, se veían obligados a abandonar más carromatos. Casi todos los viajeros iban a pie, ahora ligeros de equipaje. Los más jóvenes montaban a caballo por parejas y las escasas provisiones iban en los últimos carromatos.

Charlie Benbow perdió más pollos, pero aún le quedaban algunos animales de cría en condiciones, y los vigilaba día y noche. La hija de los Hopkins que se había casado en el South Pass acudió a Emmeline aquejada de dolores, y como la joven estaba embarazada de cuatro meses, Emmeline se alarmó. Sin embargo, no le reveló sus temores, sino que se limitó a darle un tónico calmante. Sean Flaherty aún tenía a Daisy, pero cada vez menos patatas para poner en marcha su granja en Oregón. Y Osgood Aahrens había perdido todos sus útiles de barbero en una ciénaga. Cuando por fin enfilaron la cuesta a lo largo del río Truckee, las reses que quedaban eran animales demacrados que caminaban dando traspiés, los viajeros estaban débiles y malnutridos, los víveres escaseaban de forma alarmante, y cuando por fin divisaron Sierra Nevada, la cordillera estaba envuelta en oscuras y ominosas nubes.

La tercera semana de octubre, la extenuada caravana llegó a un espacioso valle de montaña, donde sus miembros vieron copos de nieve revoloteando entre los pinos. Allí se reagruparon y descansaron, instalándose como podían. Pero a la mañana siguiente los despertó una nevada ligera, y comprendieron que debían agilizar el ascenso a la cumbre, pues al otro lado se encontraba California.

Cinco días más tarde alcanzaron un lago de montaña, al otro lado del cual daba comienzo el paso que atravesaba las sierras. Intentaron cruzar, pero la nieve frustró sus esfuerzos y los obligó a retirarse a la orilla del lago, donde la tierra era plana, había madera en abundancia y podrían encontrar caza. Allí construyeron precarios refugios con tiendas, colchas, pieles de búfalo y maleza. Ciento cincuenta y nueve personas se apretujaban en los míseros cobijos con la esperanza de que las primeras nieves se derritieran y pudieran cruzar el paso. Mientras esperaban y rezaban, hicieron recuento de lo que les quedaba y descubrieron que aún les quedaban algunos carromatos con sus correspondientes reses y caballos, así como provisiones de alubias, harina, café y azúcar. Decidieron reunir todos los víveres, incluyendo los pollos de Charlie Benbow y las patatas de Sean Flaherty, y distribuirlos a partes iguales entre las familias.

Aquella noche, cuando Albertina Hopkins protestó, lanzando una mirada significativa a Emmeline Fitzsimmons, que las muchachas solteras debían dormir en un refugio aparte, su esposo le ordenó en voz baja que cerrara el pico, y ella lo cerró.

Matthew no podía conciliar el sueño. El viento gélido se colaba por los resquicios de la «tienda» de tal forma que resultaba imposible ponerse cómodo. Sin embargo, otra cosa lo mantenía despierto: la acuciante sensación que lo embargaba desde que salieran de Fort Bridger, la sensación de que algo iba muy mal.

Sorteando los cuerpos dormidos, llegó junto a Amos Tice, lo zarandeó para despertarlo y exigió hablar con él fuera, donde por suerte el cielo estaba despejado y la luna iluminaba el paisaje nevado. Con desusada firmeza, Matthew pidió echar un vistazo al mapa de Tice, alegando que aquel camino no era la senda de rosas que había prometido el jefe de la caravana.

Tice protestó pero acabó sacando el mapa, esperando en su fuero interno que Matthew no pudiera verlo bien a la luz de la luna. Pero en cuanto tuvo el papel en sus manos, aun entre el vapor de su aliento, Matthew vio con toda claridad algo que no había notado en Fort Bridger, y era que aquel mapa era obra de una mano inexperta y no estaba dibujado a escala.

—¿De dónde lo sacó, Amos? —preguntó con suspicacia.

—Me lo dieron en Fort Bridger —repuso Tice sin mirarlo a los ojos.

—¿Donde aquel viejo montañés se pasaba el día aconsejando a todo el mundo que hicieran caso omiso de los rumores sobre el atajo? ¿Vio usted este mapa y se lo creyó? ¡Pero si salta a la vista que es falso, Amos!

Algo brilló en los ojos de Tice, un destello de poder en su rostro exhausto, y acto seguido lanzó una carcajada que alarmó a Matthew.

—Pues parece que a estas alturas ya da igual.

Dicho aquello deslizó la mano bajo la chaqueta de ante con flecos y sacó un grueso y arrugado papel que, al desplegarlo, resultó ser un cartel que anunciaba el hallazgo de oro en Sutter's Sawmill.

—¡Debería habernos consultado si estábamos interesados en el oro! —exclamó Matthew tras releerlo varias veces sin dar crédito a sus ojos.

Pero Tice se limitó a lanzar otra carcajada antes de volver al refugio. A la mañana siguiente, él y otros cinco hombres se habían esfumado.

Los viajeros habían sido abandonados a su suerte.

Levantaron el campamento, cargaron los carromatos que quedaban y se pusieron en marcha, resueltos a cruzar las montañas. Pero por el camino encontraron más nieve y realizaron varias tentativas vanas más de atravesar las sierras. Cada vez hácia más frío y grandes nubarrones pendían a poca distancia de los pinos Ponderosa. La ropa de los emigrantes estaba fría y mojada, de modo que todos temblaban, apenas capaces de contener el pánico y la desesperación, y rezaban por que el tiempo aguantara.

Cuando una lluvia torrencial los cogió desprevenidos, algunos lo consideraron una buena señal, pero Matthew recordaba lo que había oído decir a Jim Bridger en el fuerte.

—Lluvia en un valle de las sierras significa nieve en el paso.

Por primera vez en su vida, Matthew se enfrentaba al verdadero terror. En su joven vida había visto la muerte en numerosas ocasiones, tanto en la funeraria de su padre como en las sesiones de espiritismo que celebraba su madre, pero nunca se había encarado con su propia mortalidad. La idea lo aterrorizaba. Recordaba cuán valiente se había sentido montado en el pescante de su carromato al salir de Independence, Missouri, miembro de un éxodo de personas audaces dispuestas a conquistar tierras inexploradas. Pero ahora veía, con ojos mucho más pesimistas, que su actitud no había encerrado valentía alguna, ya que todos habían considerado el viaje como una aventura magnífica, una especie de merienda campestre.

Nadie había anticipado aquella situación.

Mientras montaban otro campamento de refugios improvisados, los emigrantes, con el ánimo por los suelos, rezaron por que la lluvia barriera la nieve, pero al día siguiente vieron que la capa de nieve se había tornado mucho más profunda.

La montaña que se alzaba ante ellos resultaba sobrecogedora, pero sabían que debían seguir adelante. Los bueyes estaban débiles por la dieta a base de ramas de pino, y los viajeros se vieron obligados a abandonar más carromatos. Cargaron cuanto pudieron sobre los bueyes que quedaban y todos ellos, inclusive los niños, se dispusieron a transportar lo demás.

Ya casi había un metro de nieve.

Intentaron continuar, pero la última cumbre se erigía ante ellos como una pared blanca. Desmoralizados y exhaustos, se veían incapaces de seguir, de modo que se retiraron a la orilla de un pequeño lago, donde durante otra tormenta de nieve construyeron refugios con tablones de los carromatos, lona, colchas y pieles de búfalo para protegerse del frío. En su interior encendieron hogueras, pero el humo no tardó en obligarlos a salir al exterior entre jadeos y accesos de tos, para practicar orificios en las pieles, que además de ventilar los refugios también permitían la entrada del frío. La caza era escasa. Matthew consiguió capturar un coyote que los viajeros devoraron junto con un caldo de lechuza que se reservó a los pequeños y los enfermos. No encontraron ciervos, pues estos habían migrado a tierras más bajas. Las alubias y la harina se racionaban en porciones ridículas. Dieron cuenta de los últimos pollos de los Benbow y ya no quedaba ninguna de las patatas de Sean Flaherty. Pese a todo, aún bendecían los alimentos antes de cada comida.

A dos mil quinientos metros de altitud, intentaban encender hogueras y mantenerlas vivas. A los más débiles les costaba respirar por la falta de oxígeno, y la pobre hija de los Hopkins, embarazada de cinco meses, sufrió un aborto que a punto estuvo de costarle la vida. El feto recibió cristiana sepultura, y Albertina Hopkins, bastante menos corpulenta y bastante más callada que al salir de Independence, cuidó tenazmente de su hijastra.

Después de siete días sin dejar de nevar salió el sol, y los emigrantes, algo más esperanzados, decidieron enviar una avanzadilla al paso para ver si podían cruzarlo y llegar a Sutter's Mill, desde donde podrían enviarles una partida de rescate. Eligieron a los ocho hombres más fuertes, pero cuando Matthew Lively se ofreció voluntario, todos los demás convinieron en que el «médico» debía quedarse con las mujeres y los enfermos. Los exploradores recibieron la ropa de más abrigo y paquetes de carne seca, y todos los viajeros se despidieron de ellos con gran bullicio.

Regresaron al atardecer. Imposible, dijeron. La nieve bloqueaba todos los caminos.

Alguien calculó que sería hacia el 5 de diciembre cuando los emigrantes empezaron a sacrificar las reses que quedaban, aunque muchos animales se habían alejado durante las nevadas para quedar sepultados en la nieve. Los hombres tenían tan poco éxito en la caza que un nuevo y sobrecogedor pensamiento asaltó a los viajeros. Si quedaban atrapados durante el invierno, no habría suficiente comida para todos.

La esposa de Charlie Benbow, Florine, murió congelada. Puesto que el suelo estaba demasiado duro para cavar una tumba, la envolvieron en una mortaja, la tendieron entre dos tablones y cubrieron su cadáver con piedras.

Otra partida intentó salir de allí, esta vez con algunas mujeres, pero la tormenta de nieve los obligó a regresar. A partir de entonces permanecieron apretujados en sus precarios refugios, temblorosos, con síntomas de congelación, intentando entrar en calor junto a fuegos cada vez más exiguos, pues resultaba muy difícil encontrar madera seca. Las biblias, que hasta entonces se habían utilizado para hallar consuelo espiritual, iban a parar al fuego para proporcionar algún consuelo físico, al igual que cualquier otra cosa que no pudiera llevarse ni comerse. Los viajeros presenciaban desesperados cómo los salmos, el Cantar de los Cantares, los Evangelios y las Epístolas de San Pablo eran pasto de las llamas. Los niños recibían las mantas más gruesas y dormían con los pocos perros que quedaban para conservar algún calor. Una tormenta de nieve sepultó toda la carne almacenada y les llevó un día entero localizarla con ayuda de largos palos. A la mañana siguiente, la carne había desaparecido de nuevo, y esta vez vieron huellas de lobos que se alejaban del campamento.

En un desacostumbrado alarde de inspiración heroica, azuzada sobre todo por el hambre, Silas Winslow decidió atacar la cima por sí solo, resuelto a traer una partida de rescate al campamento. Lo encontraron dos días más tarde, vivo pero ciego a causa de la nieve. Lo llevaron de vuelta al campamento y le vendaron los ojos con calicó para impedir mayores males, y el hombre aún tuvo la presencia de ánimo suficiente para decir que esperaba que la ceguera fuera temporal, ya que, ¿de qué servía un fotógrafo ciego?

Emmeline hacía cuanto estaba en su mano para levantar la moral de sus compañeros. Cantaba con ellos, les narraba historias y los impulsaba a hablar de sus proyectos en Oregón. Las primeras veladas obtuvieron cierto éxito, pero a medida que se intensificaba el frío y todo el mundo temblaba y castañeteaba los dientes pese al fuego y las mantas, la gente se tornaba más reacia a hablar.

Los temores de Matthew crecieron al ritmo de los de los demás, pues había suspendido en el ambiente un terror que nadie mencionaba. El paisaje, incluidos cantos rodados, pinos y el pequeño lago, se había teñido por completo de blanco. No había rastro de peces, pájaros ni piñones. Cuando se agotaran las provisiones, se haría necesario empezar a comer otras cosas.

Y cuando también esas otras cosas, es decir, los últimos perros, las semillas de manzana de los Schumann y el cuero hervido, se acabaran, habría que encontrar alguna alternativa.

Matthew sostenía el cristal azul en la mano enguantada día y noche mientras escudriñaba los ojos hundidos de sus compañeros. La muerte por inanición se acercaba peligrosamente. Todos sufrían síntomas de congelación. Cuando Daisy, el último perro vivo, fue sacrificada, Sean Flaherty salió disparado del refugio destrozado por el dolor e intentó ahorcarse en un árbol, pero la rama congelada cedió y los hombres lograron llevarlo de vuelta al refugio.

La Piedra Bendita no daba respuestas, por mucho que Matthew contemplaba su corazón. No sentía el poder espiritual que su madre le atribuía, y el cristal no le susurraba respuesta alguna al oído en un aliento fantasmal.

Cada vez más emigrantes contraían fiebres y pulmonía. Dos jóvenes, Freddy Hastings y Abe Waterford, cuyas madres esperaban ansiosas noticias desde Oregón, murieron ahogados en las aguas gélidas cuando intentaban practicar un orificio en el hielo para pescar. Los demás estaban demasiado débiles para sacarlos, de modo que los dejaron allí para que el deshielo se ocupara de reflotar sus cadáveres. Cuando los Schumann consiguieron capturar unos ratones, que asaron sobre las brasas, se desencadenó una escabrosa batalla por la comida, huesos y colas incluidos. Pese a todo, Osgood Aahrens consiguió que bendijeran el repugnante alimento antes de engullirlo.

La debilidad aumentaba. Soñaban con comida. Un hombre, enloquecido por el hambre, salió corriendo de la tienda empapada y fue encontrado muerto en la nieve horas más tarde. Lo dejaron allí, y la nieve no tardó en sepultar su cuerpo. Charlie Benbow empezó a sostener conversaciones con su esposa muerta, Florine.

Matthew y Emmeline dormían abrazados. No albergaban pensamiento alguno de romanticismo ni intimidad física, sino que se limitaban a darse calor, contacto humano y afecto.

El amanecer del día de Navidad trajo otra tormenta de nieve. El viento azotaba las tiendas como mil espadas y aullaba como un fantasma atenazado por el dolor. A los ocupantes de ojos vidriosos que se apretujaban en las frágiles tiendas les costaba encender y mantener encendido el fuego. Registraban todas sus pertenencias en busca de algo que llevarse a la boca, y se deshacían del oro y el dinero, pues ya no poseían valor ni significado para ellos. Llevaban dos semanas sin comer, subsistiendo a base de hielo derretido que bebían a sorbos.

Rebecca O'Ross, mujer de escasa resistencia física, fue la primera persona adulta en morir de inanición. Su esposo, Tim, estaba tan trastornado por el dolor que cuatro hombres tuvieron que alejarlo a rastras de su tumba por temor a que muriera congelado allí mismo. Su hijo, Dickie, se acurrucó en un rincón del refugio y allí lloró hasta que por fin quedó en silencio, mirando al infinito con ojos vidriosos.

Al cabo de una semana, cuando uno de los hermanos Schumann murió de pulmonía, por primera vez se produjo cierto titubeo respecto al entierro. Nadie pronunció las palabras ni se atrevía a mirar al vecino, pero la idea, terrible y muda, estaba suspendida sobre ellos, tan ruidosa como el viento que aullaba en su incesante tormento.

Helmut Schumann se había convertido en carne fresca.

—¡Dios mío, no! —exclamó Matthew al captar el verdadero significado del silencio—. No somos animales.

—Sí lo somos —objetó el señor Hopkins en voz baja y triste—. Somos humanos e hijos de Dios, tal vez, pero también somos animales y necesitamos comer.

Su mujer, Albertina, sollozaba con el rostro sepultado entre las manos. Resultaba imposible identificar a aquella criatura esquelética envuelta en un vestido holgado con la mujer dominante que saliera de Independence ocho meses antes. Pero sus dos hijos habían muerto y su espíritu se había hecho pedazos.

—¿Y qué comeré yo? —terció Manfred Schumann—. ¡No puedo comerme a mi propio hermano!

Otro silencio cargado de significado fue su respuesta. Helmut era el primero, pero sin duda no el último.

Matthew salió del refugio y corrió dando tumbos por la nieve mientras las lágrimas se le congelaban sobre las mejillas. Por fin cayó de rodillas y prorrumpió en sonoros sollozos. Cuando Emmeline llegó junto a él, la abrazó con fuerza. Pese a las múltiples capas de ropa y el abrigo confeccionado con una manta, percibió la piel y los huesos de la joven. Ya no era una mujer robusta, pero en sus ojos aún había vida cuando escudriñaron sus ojos con angustia y compasión, al igual que en sus labios cuando buscaron los de Matthew para besarlo.

—No podemos hacerlo —gimió Matthew contra su cuello—. No podemos rebajarnos a eso.

—¿Acaso tenemos elección? ¿Es preferible dejarse morir? Matthew, estamos atrapados y así seguiremos hasta la primavera. No tenemos comida, no tenemos…

Incapaz de terminar la frase, también ella rompió a llorar, y juntos lloraron en la nieve, meciéndose el uno al otro, elevando su lamento al cielo gélido e indiferente.

Por fin, Emmeline consiguió dominarse y tiró de Matthew para levantarlo.

—Necesitan a un líder. Necesitan que alguien mantenga unidos sus cuerpos y sus almas. A ti te respetan.

—No soy un líder. Tú eres la valiente, Emmeline. Lo has sido desde el principio, ya en Independence, cuando estabas tan decidida a emprender este viaje sola.

Emmeline lo miró con expresión atormentada.

—No soy valiente, Matthew, ya no. Estoy muerta de miedo. Toda esa palabrería… Qué fácil resultaba entonces. Pero ahora que tengo necesidad de valor auténtico, no encuentro ninguno en mi interior. Tú eres afortunado, porque la Piedra Bendita te guía. Yo solo me tengo a mí misma, y soy una guía muy débil, te lo aseguro.

El joven sacó el cristal del bolsillo e intentó ver el espíritu guía que su madre siempre había visto en su corazón. De repente, todas las esperanzas y la fe en la piedra cedieron ante el hambre y la desesperación.

—¡Es una farsa, un bulo! —gritó antes de arrojarla lejos de sí.

—¡No! —exclamó Emmeline, pues aunque ella no creía en la magia del cristal, sabía que Matthew sí tenía fe en ella.

Corrió por la nieve dando traspiés en su búsqueda frenética de la piedra.

—Espera —dijo Matthew, siguiéndola.

Cuando la encontraron, y Emmeline se agachó para recogerla, Matthew vio algo en la nieve. Frunció el ceño, entornó los ojos y se puso en cuclillas. Al poco se frotó los ojos y parpadeó. No había error posible; eran huellas de oso.

—¿Qué es? —preguntó Emmeline al ver su expresión.

Matthew se incorporó y miró a su alrededor. El paisaje era de un blanco intensísimo e informe. Aguzó la vista y por fin arrugó la nariz.

—¿Hueles eso?

Emmeline olisqueó el aire.

—¡Qué hedor tan espantoso!

—Creo que sé lo que es —anunció Matthew antes de echar a andar por la nieve, seguido de Emmeline.

Llegaron junto a un montículo de excrementos de oso aún humeantes, lo que significaba que eran recientes y que, por tanto, el oso andaba cerca.

—¡Tenemos que decírselo a los demás! —exclamó Emmeline—. Podemos matarlo, y entonces tendremos comida…

—¡No! Un grupo de personas ahuyentaría a la bestia y entonces tal vez nunca la encontráramos. Si pudiera acercarme al oso sigilosamente con un arma…

—Matthew, no eres cazador.

Pero Matthew sabía que debía hacerlo solo y lo antes posible. Con el pulso acelerado por el miedo, entró corriendo en uno de los refugios y cogió el arma de Charlie Benbow. No diría nada a los otros, que de todos modos estaban demasiado débiles y aletargados para reparar en que se llevaba el rifle o para que les importara. Sería demasiado cruel alimentar sus esperanzas. Pidió a Emmeline que lo esperara dentro, a resguardo del frío, y que rezara.

Matthew sabía que era una locura enfrentarse a un oso solo y con la única ayuda de un rifle, pero no estaba pensando en términos racionales. Puso el seguro al arma y se guardó la única bala de reserva en el guante para poder recargarla con rapidez. Acto seguido empezó a seguir las huellas del oso con gran dificultad, pues la nieve lo deslumbraba y le nublaba la visión. Cada aliento era como una puñalada en los pulmones, y ya no sentía los pies. De vez en cuando se detenía para escuchar, pero el bosque albo estaba sumido en el más absoluto silencio.

La desesperación empezaba a adueñarse de él. ¡Tenía que encontrar al animal! Tenía que impedir que los demás cometieran el acto innombrable que estaban considerando. A Matthew lo habían educado para que respetara a los muertos, y su profanación se le antojaba un crimen abominable. Los muertos no podían defenderse, de modo que los vivos debían protegerlos.

Pero a decir verdad, los ocupantes del improvisado campamento apenas estaban vivos; más bien eran cadáveres andantes.

De repente se detuvo en seco. Ahí estaba, a unos cien metros de distancia, un enorme oso pardo que escarbaba en la nieve. Matthew avanzó con sigilo, se agazapó tras un árbol, quitó el seguro del rifle, apuntó con cuidado y disparó.

El oso emitió un rugido y levantó las patas delanteras. Al ver a Matthew echó a correr hacia él. El joven echó a toda prisa pólvora en el arma, la recargó y disparó de nuevo. El oso rugió de nuevo, se tambaleó, dejó caer las patas delanteras sobre la nieve y salió huyendo.

—Espera —musitó Matthew con un hilo de voz, incapaz de creer que hubiera estado tan cerca de conseguirlo y que ahora se le escapara—. Por favor.

Rompió a llorar de nuevo. Tanta comida... Podría haber salvado la vida de todos, pero tenía pésima puntería y había fracasado.

Entonces vio el rastro de sangre sobre la nieve.

Regresó al campamento con toda la rapidez de que fue capaz, dando tumbos y cayendo varias veces en la nieve. Al llegar vio a varios hombres agolpados en torno al cadáver de Helmut Schumann, entre ellos el señor Benbow, que sostenía en la mano un cuchillo de carnicero. Las mujeres estaban acurrucadas alrededor de la hoguera, llorando.

—¡No! —gritó Matthew.

Cuando les habló del oso y propuso que todos siguieran su rastro, algunos no se mostraron de acuerdo.

—Un oso herido es demasiado peligroso —señaló Aahrens, el barbero.

—He visto lo que un oso herido es capaz de hacer a un hombre. Es una locura, doctor —añadió Charlie Benbow.

—¿Por qué no lo sigue usted? Vaya a echar un vistazo y luego nos viene a buscar —sugirió Bret Hammersmith.

Matthew escudriñó los ojos hundidos y los rostros demacrados, en los que se advertía la locura del hambre, y supo que no aguardarían a que regresara con noticias del oso, sino que tan solo querían desembarazarse de él.

—Estoy demasiado débil —alegó, lo cual era cierto—. No creo que pueda caminar solo por la nieve. Les pido que me acompañen. He dado al oso y no creo que viva mucho tiempo. Cuando lo encontremos, tendremos comida y podremos sobrevivir, mientras que aquí —aseguró mientras recorría con la mirada el infierno al que habían descendido—, aunque nuestros cuerpos sobrevivan, nuestros espíritus morirán.

Pero también a Emmeline la aterraba la idea de abandonar el campamento. Matthew le asió las manos heladas.

—Ahora debes ser valiente, Emmeline, por los demás. Si tú vienes, ellos te seguirán.

—Pero tengo miedo.

—Me cercioraré de que no nos ocurra nada. No te preocupes, mi amor.

Por fin se decidieron a acompañarlo, un lastimoso grupo de personas medio muertas de hambre que caminaban apoyándose las unas en las otras, cargando a sus seres queridos sobre los hombros, tropezando en los montículos de nieve. Llevaban escasas pertenencias, tan solo mantas y colchas, cacerolas y brasas bien protegidas. En varias ocasiones estuvieron a punto de desistir, pues tenían la sensación de deambular perdidos por un limbo blanco y cegador. Pero Matthew localizó el rastro de sangre y alentó al andrajoso grupo a seguir adelante, prometiéndoles un festín de carne asada al final del camino. Describió la grasa friéndose en la sartén con palabras tan vívidas que todos acabaron oliéndola y se les hizo la boca agua. Emmeline aunó sus esfuerzos a los de él, asiendo del brazo a los que caían para contarles que había visto al oso herido, lo cual era mentira, y que por entonces ya debía de estar muerto. Ya quedaba poco, apenas unos metros, unos pasos, un solo paso, no, no, no, no se pare, no se caiga, agárrese de mi brazo…

Ruth Hammersmith se dejó caer en un montículo de nieve y quedó inerte. Su esposo se tumbó junto a ella e instó a los demás a continuar, mirándolos con ojos hundidos y rodeados de círculos oscuros.

Los viajeros medio muertos siguieron adelante sin pensar, oyendo a duras penas las palabras de aliento de Matthew, abriéndose paso por los montículos de nieve, los pies y las manos entumecidos por el frío, los rostros blancos por la temperatura extrema.

Otros se desplomaron en la nieve con sus hijos en brazos. Emmeline intentó levantarlos, pero estaba demasiado débil para hacer otra cosa que no fuera seguir a Matthew.

Cuando tanto Emmeline como Matthew empezaban a creer que habían hecho el camino en vano, encontraron la cueva a cuyo interior se dirigía el rastro de sangre.

Mientras los demás esperaban a una distancia prudente, Matthew y Manfred Schumann entraron con cuidado, aguzando el oído, olisqueando el aire, con los rifles preparados. En el interior de la cueva encontraron al oso, y estaba muerto.

Manfred y Osgood Aahrens sacaron fuerzas de flaqueza para hundir cuchillos en el vientre del animal para rajarlo. Al ver las tiernas entrañas desparramarse por el suelo de la cueva, los demás entraron dando tumbos y se abalanzaron sobre los humeantes y ensangrentados manjares en un arrebato de locura. Devoraron la carne cruda y aún caliente del oso hasta recobrar fuerzas, momento en que volvieron sobre sus pasos en busca de los que habían quedado rezagados. Los Hammersmith habían muerto, pero todos los demás fueron llevados a la cueva, que se llenó de calor humano mientras los viajeros se atiborraban de carne de oso pardo.

Aquella noche durmieron exhaustos junto al cadáver, y los niños en el interior para entrar en calor. Al despertar encendieron un fuego con las brasas que llevaban consigo, elevaron una oración de gracias al Señor y procedieron a descuartizar al animal.

Comieron generosas cantidades de carne asada, pero también sostuvieron tiras en el humo hasta secarla para así poder conservarla y comerla en las semanas venideras. Enterraron los huesos y el cráneo para no atraer a los lobos, y finalmente utilizaron la piel tiesa, que cubría casi todo el suelo de la cueva, como alfombra.

Murieron otras seis personas a pesar de la comida y el calor, pero cuando tuvo la impresión de que el resto sobreviviría, Matthew hizo recuento. Quedaban cincuenta y cinco hombres, veinticuatro mujeres y cincuenta y tres niños, cuarenta personas menos que al salir de Fort Bridger.

Un día, cuando los rayos del sol brillaron cálidos por primera vez y vieron las primeras nieves derretirse junto a un río, Matthew se volvió hacia Emmeline y tomó su rostro entre las manos.

—Me encanta el sonido de tu voz, Emmeline. No dejes de hablar nunca, nunca guardes silencio. Al empezar este viaje, yo era una persona sombría, demasiado seria, y consideraba que sonreías demasiado. Pero fue tu exuberancia la que me impidió hundirme. Crecí entre muertos y oscuridad, pero tú has traído luz y alegría a mi vida.

—Y tú me impides salir volando, querido Matthew, pues era una mujer frívola y demasiado segura de mí misma, y tú eres mi roca, mi estabilidad.

La partida de rescate de Sutter's llegó a mediados de marzo, dirigida por uno de los hombres que había huido con Amos Tice. Al llegar a la civilización, el hombre había sentido cargo de conciencia y habló a las autoridades de un grupo de emigrantes atrapados junto al último paso. De inmediato se presentaron voluntarios numerosos hombres que, cargados con armas y provisiones, recorrieron el camino en un tiempo récord.

De los ciento setenta y dos hombres, mujeres y niños que habían salido de Fort Bridger en agosto, habían sobrevivido menos de ciento veinte.

Todos aseguraron a sus salvadores que era el doctor Lively quien los había salvado, su valor y su sabiduría para tomar la decisión acertada en una hora de adversidad extrema.

Ninguno de ellos mencionó el incidente acaecido junto al cadáver de Helmut Schumann.

Cuando por fin llegaron a Sutter's Mill y comprobaron que era un lugar en plena expansión, lleno de oportunidades y barrido por la fiebre del oro, Matthew sacó la Piedra Bendita del bolsillo por última vez.

—No lo veo —declaró con firmeza.

—¿Qué es lo que no ves?

—El espíritu guía. ¿Ves el corazón nebuloso del cristal? Parece polvo de diamante y cambia de color si haces girar la piedra a la luz. Mi madre decía que era un espíritu, pero yo solo veo depósitos minerales —comentó antes de alargar la piedra a Emmeline—. ¿Qué ves tú?

Emmeline examinó con detenimiento el corazón del cristal.

—Veo un valle —repuso por fin—. El valle verde y exuberante donde nos instalaremos para empezar una nueva vida —añadió antes de devolvérselo.

—Me gustaría saber... —musitó Matthew mientras intentaba distinguir el valle de Emmeline en la Piedra Bendita—. Durante todo este tiempo he creído que el cristal me dictaba lo que debía hacer, pero quizá era yo quien tomaba las decisiones, no la piedra. Yo quería ir al oeste, así que hice girar la piedra once veces hasta que conseguí que señalara hacia el oeste. Cuando Ida Threadgood te dejó junto al río y necesitabas que alguien te acompañara —prosiguió mientras se volvía hacia ella con una sonrisa—, de hecho ya había tomado la decisión de pedirte que viajaras conmigo. Si no lo hubiera deseado, no habría consultado la Piedra Bendita. Pero carecía de la suficiente seguridad en mí mismo para tomar las decisiones solo, de modo que utilizaba la piedra como muleta. Sin embargo, ya no la necesito.

—No emitas juicios precipitados —aconsejó Emmeline, que había meditado mucho sobre el milagro ocurrido en el lago de la montaña—. Fue la Piedra Bendita la que nos condujo hasta las huellas de oso. Sin ella, a buen seguro habríamos muerto.

Matthew asintió, absorto en sus pensamientos.

—He estado pensando, Emmeline —dijo por fin—, que Lively tal vez sea un nombre extraño para un enterrador, pero es perfecto para una comadrona. —De pronto se puso muy serio—. Sé que juraste no casarte nunca, pero...

Emmeline le puso un dedo en los labios.

—Por supuesto que me casaré contigo, querido Matthew, porque formamos una pareja ideal de comadrona y enterrador. Yo los ayudo a venir al mundo, y tú los acompañas en su último viaje. —Cogió de nuevo la Piedra Bendita y la sostuvo a la luz—. Me pregunto cuántas personas habrán tenido en sus manos este cristal y lo habrán consultado para obtener consejo, protección o buena fortuna. Me pregunto si serían como tú, Matthew, ajenos a su fuerza, atribuyendo todo el mérito a un mineral inanimado. Pero tú has acabado por descubrir tu poder, el espíritu que anida en todos nosotros, el espíritu necesario para superar las adversidades. Las personas son fuertes, Matthew, ahora lo sé. Sean cuales fueren las pruebas que se interpongan en nuestro camino, podemos salir airosos de ellas.

—Tienes razón, ya no necesitaremos la piedra —convino el joven al tiempo que se la guardaba en el bolsillo—, pero puede que a alguien le resulte de utilidad en el futuro para hallar fuerza interior, sabiduría y poder.

Matthew besó a Emmeline y tomó las riendas para poner en marcha el carromato hacia su futuro en el valle verde, hacia una nueva esperanza.

ÍNTERIN

Los Lively compraron tierras, invirtieron en minas de oro y ferrocarriles, y amasaron una fortuna. Matthew se convirtió en una figura destacada de la comunidad y años más tarde ocupó un escaño en el Congreso del estado convertido en una figura relevante e imponente. Cuando le preguntaban qué consejo daría a futuros emigrantes que tomaran las rutas de Oregón y California, Matthew siempre respondía:

—Que no tomen atajos.

Tanto él como Emmeline vivieron hasta edades muy avanzadas y fueron enterrados en Livelyville, California.

Heredó la Piedra Bendita Peter, su primogénito, quien a su vez se la entregó a su hija Mildred cuando esta se licenció en la Facultad de Medicina. La doctora Lively llevó el cristal «de la buena suerte» consigo a África, donde pasó treinta años como misionera médica antes de regresar a Estados Unidos para someterse a tratamiento por una extraña enfermedad que había contraído durante un safari en Uganda. Puesto que Mildred Lively no tuvo hijos, legó el cristal a la mujer que cuidó devotamente de ella durante los últimos meses de su vida, una japonesa afincada en Estados Unidos que se llamaba Toki Yoshinaga.

Toki y su familia fueron expulsados de su casa de San Francisco tras el bombardeo de Pearl Harbor y enviados a vivir a un lugar llamado Manzanar. Después de la guerra, la familia se vio obligada a vender todos sus objetos de valor para salir a flote. Por el cristal azul obtuvieron cien dólares, una suma considerable en 1948.

El comprador era un contable llamado Homer, cuya afición era la gemología, y cuando examinó su nueva adquisición sobre el banco de trabajo que tenía instalado en el garaje, reparó emocionado en que tal vez había dado con un nuevo mineral. Tras someter la piedra al primer examen científico desde que un holandés llamado Kloppman la analizara en Amsterdam en el año 1698, Homer descubrió que era una piedra de gran dureza, 8,2 en la escala de Mohs, de intenso lustre y escasa exfoliación. Su color azul le recordaba algunas variedades del topacio y la turmalina, pero poseía una «estrella» en el centro, como sucedía en el caso de algunos zafiros. Emocionado por primera vez en muchos años, Homer empaquetó la piedra junto con otros ejemplares y la llevó a un congreso de gemología que se celebraba en Albuquerque, Nuevo México, con la esperanza de que sus sospechas se confirmaran y de que la gema tal vez incluso fuera bautizada con su nombre… Homerita sonaba muy bien. Al día de llegar al congreso, Homer conoció a una joven muy interesada por las piedras preciosas que lo convenció de que le enseñara la colección que tenía guardada en su habitación. Por desgracia, el ingenuo contable malinterpretó las intenciones de la voluptuosa joven y, anticipando el escarceo amoroso, sufrió una coronariopatía fatal.

La colección de Homer permaneció en el garaje sin que su viuda le prestara ninguna atención, hasta que al decidir retirarse a una comunidad de jubilados vendió «todos aquellos trastos inútiles» a un espíritu libre llamado Rayo de Sol, que creaba piezas de bisutería y accesorios por encargo de las tiendas de artículos para fumar marihuana que abundaban en Hollywood Boulevard, motivo por el cual, en 1969, la Piedra Bendita fue a parar a un lugar llamado Woodstock, sujeta con alambre al mango de una pinza para sostener colillas de porros propiedad de un hippie llamado Argyle. Tras la muerte de Argyle en una guerra no declarada en el sudeste asiático, su hermana revisó sus pertenencias y al encontrar la pinza cortó el alambre para liberar el cristal azul. Creyendo que no era más que un pedazo de vidrio, se lo regaló a su hija de ocho años, quien con papel de aluminio y pegamento confeccionó una corona para una de sus muñecas.

Cuando la niña se fue de casa para ingresar en la universidad, donó todos sus juguetes al Ejército de Salvación, donde el cristal azul cayó en manos de una mujer que recorría con regularidad tiendas de segunda mano y mercadillos en busca de objetos de valor que ojos menos agudos que los suyos…, al menos en su opinión, hubieran pasado por alto. Considero que el cristal tenía posibilidades, pues era una entusiasta seguidora de la *new age* y percibía claras vibraciones al tocarlo.

Así fue como la piedra azul que había navegado por galaxias y nebulosas hasta aterrizar en la Tierra primitiva, un cristal cósmico que había conferido a una protohumana llamada Espigada la sabiduría para alejar a los suyos del peligro, que había consolado a Laliari e ilustrado a Avram, que había llevado la fe al corazón de *domina* Amelia, que había dado a la madre Winifred el valor necesario para desafiar la orden de un abad y a Katharina la esperanza para ir en busca de su padre, que había canalizado la pasión oculta de Brigitte Bellefontaine en usos más prácticos y por fin había convertido a Matthew Lively en dueño de su propio destino, terminó en una pequeña tienda de un pueblo costero de California. Hoy en día se la puede ver allí, expuesta en un modesto escaparate lleno de cristales curativos, cartas del Tarot e incienso. Si no pasas ante la tienda demasiado aprisa, o demasiado distraído por la agenda electrónica, el periódico o el móvil, sin duda la verás.

Y si sientes la necesidad de hallar fuerza interior, valor o sabiduría, entra en la tienda, contempla la piedra, sostenla en la mano y espera a ver qué te «dice». La propietaria está dispuesta a venderla a un precio razonable… a la persona adecuada.

ÍNDICE